KB029860

마사지사

TUI NA(Chinese Massage)
by Bi Feiyu

Copyright ⓒ 2008 Bi, Feiyu
Korean translation copyright ⓒ 2015 Munhakdongne Publishing Corp.
All rights reserverd.

Korean translation rights arranged with Andrew Nurnberg Associates Ltd.
through EYA(Eric Yang Agency).

이 책의 한국어판 저작권은 EYA(Eric Yang Agency)를 통해
Andrew Nurnberg Associates Ltd.와 독점계약한 (주)문학동네에 있습니다.
저작권법에 의하여 한국 내 보호를 받는 저작물이므로
무단 전재와 무단 복제를 금합니다.

이 도서의 국립중앙도서관 출판예정도서목록(CIP)은
서지정보유통지원시스템 홈페이지(http://seoji.nl.go.kr)와
국가자료공동목록시스템(http://www.nl.go.kr/kolisnet)에서 이용하실 수 있습니다.
(CIP제어번호: CIP2015017404)

Blind Massage

마사지사

비페이위 장편소설 | 문현선 옮김

문학동네

차례

일러두기

1. 주석은 모두 옮긴이주이다.
2. 국립국어원 외래어표기원칙에 따라 신해혁명(1911년) 이전의 인명과 지명은 한자음으로 표기하고, 이후의 인명과 지명은 중국어 표기법에 따라 원어 발음으로 표기하였다.
3. 책등과 표제지, 본문 각 장의 제목을 한글 점자로 병기하였다.

이 책을 막 시작하려는 순간,
마침 밤이 서서히 내려앉았다.
나는 서재에 눈을 감고
고즈넉이 앉아 있었다.
오래 아주 오래……

비페이위

정의 定義

뜨내기손님이 있어야 한다. 단골손님이나 회원카드가 있는 VIP와 비교해 뜨내기손님이 삼분의 일 정도는 되어야 하고, 장사가 잘될 때는 반수를 넘기는 게 상례다. 보통 마사지사들은 뜨내기손님에게 더 공을 들인다. 주로 립서비스지만. 이른바 장사 수완이라는 거다. 뜨내기손님을 잘 관리해야 단골이 된다. 그리고 단골손님이 일 년짜리 카드를 사면 바로 VIP가 되는 것이다. VIP가 가장 중요한 건 더 말할 것도 없다. 많을 필요도 없다. 그저 일고여덟 명만 있어도 기본 월수입은 보장된다. 물론 마사지사들은 VIP를 중시했다. 하지만 내심 가장 중요하게 생각하는 것은 뜨내기손님이었다. 어딘지 모순되어 보이지만 그게 현실이다. 따지고 보면 VIP도 뜨내기손님부터 시작하는 법이니까. 마사지사들은 뜨내기손님과 친해지는 완벽한 매뉴얼을 경험으로 습득했다. 예를 들어 호칭을 붙이는 데도 요령이 있다. 어떤 사람을 '지도자님'이라고 부르고, 어떤 사람을 '사장님'이라고 부르며, 어떤 사람을 '선생님'이라고 부를지 세심하게 신경써야 한다. 마사지사들은 목소리를 판단 근거로 삼았다. 물론 사용하는 어휘와 말투도 판단의 주요한 근거였다. 손님이 입만 열어도 그들은 '지도자님'이 온 건지, '사장님'이 온 건지, '선생님'이 온 건지 알 수 있었고 틀리는 법이 없었다.

대화의 내용은 상황에 따라 복잡해질 수 있겠지만, '지도자님'이든 '사장님'이든 '선생님'이든 일단 '몸'에 대한 칭찬부터 시작했다. 다른 사람의 몸을 칭찬하는 것이야말로 마사지사의 본분이라 할 수 있다. 그들은 응당 이러한 원칙을 준수했다. 그러나 다른 사람의 몸에 있는 사소한 결점을 일깨워주는 것 또한 그들의 본분이자 원칙이었다. 아니면 어떻게 장사를 하겠는가? "몸에 문제가 있으시네요!" 이는 거의 틀림없는 사실이다. 이어서 건강에 대한 약간의 지식을 제공한다. 예를 들어 어깻죽지에 대한 정보. 어깻죽지는 사람의 근섬유가 가장 복잡하게 얽혀 있는 부위로 우리 몸에서 중요한 부분이다. 이두근과 삼두근, 승모근의 힘줄이 모두 여기에 집중되어 있기 때문이다. 어깨 부위를 쓰는 특정 동작을 오랜 시간 계속하다보면 힘줄의 섬유가 늘어날 수 있고, 이런 상태가 지속되면 근육의 체액이 배어나오기 시작한다. 체액이 배어나오는 현상 자체를 무서워할 필요는 없다. 근육은 스스로 체액을 다시 흡수하니까. 그러나 이 상태가 오래 지속되면 근육은 더이상 체액을 흡수하지 못하게 된다. 그때부터가 문제다. 배어나온 체액 때문에 근섬유가 뭉치는 것이다. 일단 뭉치면 염증, 그러니까 오십견을 유발할 수 있다. 그러면 통증은 피할 수 없는 일이 된다. 적절한 치료를 시행해 이 증상을 효과적으로 제어하지 못한 채 오랜 시간이 지나면 근섬유가 석회화된다. 석회화가 시작되면 큰일이다. 생각해보라. 근육이 모두 딱딱하게 굳어버리면 탄성 따위가 있을 수 있겠는가? 꼼짝달싹할 수 없게 되는 것이다. 친구와 인사를 하는데 팔뚝도 들어올리지 못한다면 당연히 곤란하지 않겠는가? 그러니까 어깻죽지는 잘 다루어야 한다. 여자도 그렇고, 남자도 그렇고, 자기 몸을 좀더 잘 돌봐야 한다. 운동은 필수다. 정말 운동할 시간이 없다면 다른 방법도 있다. 다른 사람이 대신 내 몸을 움직여주게 하는 것이다. 그것이 바로 마사지다. 마사지를 받으면 뭉쳤던 부분이 풀어지게 되니까. "건강, 건강"만 외치면 뭐하나? 중요한 것은 어떻게 건강을 지키느냐다. 그러니까 이런 것들, 즉 엄정한 과학적 지식, 다정한 깨우침, 그리고 따뜻한 홍보 문구가 필요하다. 이 내용들은 전혀 복잡하지 않으며, 손님들도 그 말을 곧이곧대로 받아들이지는 않는다. 그러나 일단 문제를 얘기해주는 것과 해주지 않는 것은 다르다. 이 문제들에 대해 손님들은 결코 싫증을 느끼는 법이 없다.

이날 점심 무렵 길을 가던 손님 한 명이 가게에 들어왔는데, 어찌나 기세등등한지 들어서면서부터 목청껏 사장을 불러댔다. 사장인 사푸밍이 휴게실에서 걸어나오자 손님이 말했다. "당신이 사장인가?" 사푸밍은 만면에 미소를 띠고 공손하게 말했다. "황송합니다. 사푸밍이라고 합니다." 손님이 말했다. "전신 갑시다. 당신이 직접 해주시오." 사푸밍이 말했다. "영광입니다. 안쪽으로 드시지요." 그리고 곧바로 손님을 마사지실로 안내했다. 조수인 샤오탕은 손발이 무척 잰 편이었다. 그는 순식간에 시트를 새로 갈았다. 손님이 열쇠 꾸러미를 아무렇게나 마사지 침대 위에 내던졌다. 사푸밍은 눈은 보이지 않았지만 소리로 판단하는 능력이 아주 비상했다. 그의 귀는 곧바로 물건이 던져진 방향과 거리를 탐지해냈다. 사푸밍은 정확하게 열쇠 꾸러미를 집어들었다. 손으로 그 길이와 넓이를 더듬어보고 그는 단박에 이 기세등등한 손님이 운전사임을 알아챘다. 트럭 운전사였다. 몸에서 희미한 기름 냄새가 나는데 휘발유가 아니라 경유였다. 사푸밍은 미소를 지으며 샤오탕에게 열쇠 꾸러미를 건넸고, 샤오탕은 다시 그것을 벽에다 걸었다. 사푸밍은 헛기침을 한 번 한 뒤 손님의 뒤통수에 손을 댔다. 그의 뒤통수는 얼음장같이 차가워 이십삼사 도밖에 되지 않는 것 같았다. 틀림없이 에어컨을 최대로 틀어 차 안을 냉장고처럼 만들고 다닐 것이다. 사푸밍은 손님의 목덜미를 손으로 꽉 쥐어보더니 고개를 들면서 미소를 띠고 말했다. "사장님은 목이 별로 안 좋으시네요. 몸을 너무 차게 하시면 안 좋습니다." '사장님'이 한숨을 내쉬고는 말했다. "이런 제미 씹할, 목 디스크라도 온 건지 머리가 어지럽고 계속 잠이 쏟아져. 안 그러면 내가 뭐하러 이런 곳에 왔겠나? 아직 이백 킬로는 더 가야 한다고." 사푸밍은 운전사의 욕설을 듣고 그가 화이인* 출신임을 알아차렸다. 화이인 남자들은 다른 모든 중국 남자들처럼 '씹'한다는 욕을 하기 좋아했다. 그러나 화이인 사람들은 나름의 높은 기준과 엄격한 원칙을 지니고 있어서 오직 '제 어미'랑만 씹을 한다. 제 어미가 아니면 절대로 씹을 하지 않는다. 사푸밍은 먼저 화이인 '사장님'의 뭉친 어깨 승모근을 풀었다. 손가락으로 살갗을 벗기듯 문질러서. 그러고 나서 손날을 이용해 목덜미

---

* 중국 장쑤 성 북부에 있는 도시인 '칭장'의 전 이름.

를 비볐다. 아주 빠른 속도로 비벼서, 마치 톱질을 하는 것처럼 보였다. 무딘 칼로 목을 자르는 동작 같기도 했다. 조금 지나자 운전사 뒤통수의 체온이 올라가기 시작했다. 몸이 풀리는 모양이었다. 운전사는 몸이 풀리기 시작하자 연거푸 "제미 씹할"을 찾았다. 사푸밍이 말했다. "목 디스크는 아니네요. 워낙 몸을 차게 하셔서 그래요. 멀리 가셔야 한다니 차 안 온도를 좀 높이면 편하실 겁니다." '사장님'은 역시 '사장님'이었다. 더는 말이 없더니 곧 늘어지게 코를 골아댔다. 사푸밍은 고개를 돌리고 작은 소리로 샤오탕에게 일렀다. "가서 일 봐. 나갈 때 문 조용히 닫고." 샤오탕이 말했다. "저렇게 코를 골면서 쿨쿨 자는데, 뭘 그렇게 작은 소리로 말해요?" 사푸밍은 웃으며 생각했다. 그도 그렇네. 사푸밍은 더이상 별말 하지 않고 가벼운 손놀림으로 한 시간 동안 마사지를 계속했다. 마사지가 끝나자 소금 찜질팩으로 효과를 높였다. '사장님'은 결국 뜨끈한 찜질팩이 몸에 닿자 놀라 잠에서 깼다. 그러더니 온몸이 개운해졌는지 기운이 펄펄 넘쳐 보였다. '사장님'은 일어나 앉아 눈을 껌뻑거리며 연신 고개를 움직여 허공에 영永 자를 쓰더니 말했다. "제미 씹할, 개운한걸. 제대로 개운해!" 사푸밍이 말했다. "개운하시죠? 그러면 된 거예요." '사장님'은 그래도 신기한지 이번에는 두 눈을 감고 고갯짓으로 래來 자를 썼다. 그러고 나서는 아예 고개로 글자 쓰기에 심취한 사람처럼 아래턱을 쭉 내밀며 갈고리 획을 그어 보였다. 아주 길게 원하는 만큼 내뻗어 세상의 끝을 더듬어보려는 듯이. 한참 만에야 운전사는 만족스러운 표정으로 이리저리 휘돌리고 내두르던 턱주가리를 거두고 말했다. "그저께는 목욕탕에서 쪼그만 계집애가 조물조물 만지작대는 게 그냥 괜찮다싶더니

만, 괜찮기는 개뿔. 제미 씹할, 그래봤자 쪼그만 방에서…… 역시 당신네 장님들 안마가 최고야!" 사푸밍은 '사장님' 얼굴을 향해 고개를 돌리고 말했다. "저희가 하는 건 안마가 아닙니다. 추나推拿라고 하지요. 다음에 또 찾아주십시오, 사장님."

닥터 왕

⠈⠂ ⠘⠥⠆⠃⠒⠶

닥터 왕은—마사지센터의 맹인 마사지사들은 모두 '닥터'라는 호칭으로 서로를 부른다—선전*에서 일을 시작했다. 그가 일했던 가게는 선전 기차역 바로 근처에 있었다. 20세기 말은 맹인 마사지사들의 황금시대였다. 황금시대라는 말은 좀 먹물티가 나는 표현이다. 그때는 돈이 완전히 미쳐 날뛰며 필사적으로 그의 손가락 사이로 파고드는 것 같았다. 닥터 왕의 기억으로는 그랬다.

그때는 왜 그렇게 돈이 잘 벌렸던가? 가장 직접적인 원인은 홍콩 반환이었다. 홍콩 사람들은 중국 전통 마사지인 추나에 열광했다. 그들에게도 마사지는 전통적인 삶이자 문화였다. 가격은 상당히 센 편이었다. 추나는 처음부터 끝까지 사람이 하는 작업이니,

---

* 중국 광둥 성 남부에 있는 도시로 홍콩과 인접해 있다. 1980년 경제특구로 지정돼 중국 경제성장에 견인차 역할을 했다.

홍콩의 인건비를 고려하면 보통 사람들이 어디 엄두나 낼 수 있었겠는가? 그러나 홍콩이 중국에 반환되자 상황은 급변했다. 홍콩 사람들은 벌떼처럼 선전 쪽으로 몰려들었다. 홍콩에서 선전으로 가는 건 아주 쉬웠다. 사내와 계집이 서로 끌어안는 것만큼이나. 백 년 만에 집으로 돌아왔는데, 어찌 끌어안지 않겠는가? 홍콩의 골드칼라, 화이트칼라, 블루칼라가 앞다투어 안기고자 하는 열정을 드러내며 필사적으로 조국의 품안으로 파고들었다. 선전 사람들이 제일 먼저 이 횡재를 거머쥐었고, 순식간에 선전의 추나 산업은 발전하기 시작했다. 생각해보면, 본토 사람들은 인건비를 끌어내리는 일을 귀신도 울고 갈 정도로 잘했다. 더군다나 선전은 특구이기까지 했다. 특구가 대체 뭔가? 인건비가 더욱 싼 곳이다.

또 한 가지 원인을 들지 않을 수 없다. 때는 세기말이었다. 사람들은 세기말이 다가오자 갑자기 엄청난 공황에 빠졌다. 밑도 끝도 없이 나타난 이 공황은 정확히 말하자면 공황이라기보다 일종의 '헛불'이었다. 이 '헛불'이 기세등등하게 타올라 사람들의 눈동자는 불꽃을 뿜어내며 번득이고, 온몸의 근육은 부들부들 떨렸다. 돈을 쓸어담아야지. 얼른 가서 한밑천 잡자고! 늦으면 때를 놓친단 말이야! 이런 생각들이 사람들을 미치게 했다. 사람들이 미치니 돈도 미쳤다. 돈이 미치니 사람들은 더 미쳤다. 미친 사람은 쉽게 지친다. 지치면 어떻게 해야 하나? 중국 전통 마사지 추나가 의심할 나위 없이 좋은 방법이었다.

선전의 맹인 마사지업은 이런 배경에서 급속도로 성장했다. 그 속도는 가히 비할 데가 없었다. 여름날 소낙구름이 일듯, 봄날 온 산에 붉은 꽃이 흐드러지듯 빨랐다. 이 흥분되는 엄청난 소식은 중국 전역의 맹인들에게 곧바로 퍼졌다. 소식에 따르면, 선전에 맹인 마사지의 새로운 시대가 열렸다고 했다. 온 거리가 다 돈이라더라. 살아서 펄펄 뛰는 잉어처럼 땅에서 솟구치고 하늘에서 떨어진다더라. 외지 사람들은 곧 선전 기차역 근처에서 온 거리가 맹인들의 물결로 넘쳐나는 웅장하고 화려한 풍경과 마주칠 수 있었다. 이 새로운 도시는 개혁과 개방의 창구일 뿐 아니라 맹인들의 응접실이자 천국이었다. 잔뜩 들뜬 맹인들이 검은 안경을 쓰고 손에 지팡이를 짚고 큰길이나 육교 왼쪽에 붙어 반은 서에서 동으로, 반은 동에서 서로, 반은 남에서 북으로, 또다른 반은 북에서 남으로 오고갔다. 그들은 생선 두름을 꿰듯 줄줄이 어디론가 들어갔다 줄줄이 밖으로 나왔다. 어깨가 부딪고 발꿈치가 잇닿을 만큼 많은 사람들의 행렬이 기세 좋게 이어졌다. 정말 행복하고도 정신없이 바쁜 시절이었다. 등불이 하나둘 꺼질 즈음이면, 또다른 사람들의 행렬이 끝도 없이 이어졌다. 지쳐 쓰러질 듯한 홍콩 사람들, 홍콩에 거주하는 지쳐 쓰러질 듯한 일본 사람들, 홍콩에 거주하는 지쳐 쓰러질 듯한 유럽 사람들, 홍콩에 거주하는 지쳐 쓰러질 듯한 미국 사람들. 물론 그중에도 역시 지쳐 쓰러질 듯한 본토 사람들이 가장 많았다. 이 신흥 자산계급, 공공장소에서 열 손가락에 침을 묻혀가며 돈을 세는 일이라곤 전혀 없는 그 새로운 귀족들이 벌떼처럼 몰려왔다. 그들은 피곤했다. 머리부터 발끝까지 세기말의 피로에 절어 지칠 대로 지쳤다. 그들은 피곤했고, 피곤한 나머지 온몸에 쥐가 나고 살갗이 벗겨질 지경이었다. 그들은 심지어 마사지센터에 와서 몇 시간짜리를 받을지 정할 새도 없이 침대에 드러눕자마자 잠들어버리기도 했다. 외국인들의 드르렁 소리와 중국인들의 드르렁 소리가 여기저기서 들려왔다. 맹인 마사지사는 그들의 몸을 풀어주었고, 아예 마사지센터에서 하룻밤 자고 가는 손님도 많았다. 그들은 날이 밝아서야 잠에서 깼다. 깨어나서는 약소한 팁을 줬다. 그리고 나면 또 돈을 벌기 위해 뛰어나갔다. 돈은 그들 곁에서 함박눈처럼 흩날렸다. 손에 든 검을 뻗으면 바로 닿을 듯한 거리에서. 손을 내뻗기만 하면, 한 걸음만 더 크게 내디디면, 칼끝이 "사락" 하고 돈의 심장을 꿰뚫고 나갈 참이었다. 칼날에 피 한 방울 안 묻히고 이기는 싸움.

닥터 왕도 돈을 벌기 시작했다. 그가 버는 돈은 다른 사람들이 버는 것에 비하면 푼돈에 불과했다. 그러나 가난에 인이 박인 닥터 왕은 선전에 오자마자 덤벼드는 돈다발에 놀라 까무러치고 말았다. 어떻게 돈을 이렇게 번단 말인가? 무서웠다. 그는 그저 '제힘으로 먹고살기'가 목표인 사람이었다. 그게 무슨 뜻인가? 자기 능력으로 등 따숩고 배부르면 족하다는 것이다. 그런데 닥터 왕의 수입은 제힘으로 먹고사는 것 이상이었다. 그야말로 꿈속을 노니는 격이었다. 그는 위안화뿐 아니라 홍콩 달러와 엔화, 미국 달러까지 벌어들였다. 닥터 왕이 처음으로 미국 달러를 만져본 것은 어느 토요일 이른 아침이었다. 살결이 곱고 보드라운 일본인 손님이었다. 손도 작고 발도 작았는데, 팁으로 준 지폐도 어쩐지 크기가 좀 작았다. 길이도 짧고 폭도 좁고. 닥터 왕은 미심쩍은 생각이 들었다. 혹시 가짜 돈이 아닐까. 그러나 손님이 '외국 친구'였기 때문에 대놓고 물어보기가 멋쩍었다. 이른 아침이라 닥터 왕은 피곤해 죽을 지경이었지만, 이 '가짜 돈' 때문에 근육이 긴장해 뻣뻣해졌다. 그는 그 자리에 서서 망설였다. 손안에 든 팁을 계속 만져보았다. 친절한 일본인 친구는 닥터 왕이 망설이는 모습을 돈이 적다는 의미로 받아들였는지, 잠시 생각해보다 한 장을 더 주었다. 여전히 좀 짧고 좁은 지폐였다. 이렇게 되니 닥터 왕의 의심은 한결 더 심해졌다. 또 한 장을 주다니 무슨 뜻인가? 설마 이 정도로 하찮은 돈이란 말인가? 닥터 왕은 돈을 손에 쥔 채 꼼짝 않고 서 있었다. 일본인 친구는 의아해하면서 다시 한 장을 더 꺼냈다. 그리고 닥터 왕의 손바닥에 툭 올려놓더니 닥터 왕의 엄지손가락을 꼭 쥐어 얼굴 쪽으로 들어올리며 말했다. "아주 기가 막혔어! 이 손가락, 이거, 이거!" 닥터 왕은 칭찬을 듣자 뭐라 말하기 더 멋쩍어져 얼른 고맙다는 대답만 건넸다. 여전히 사기를 당했다는 생각에 마음이 답답했지만, 끝내 그 말을 꺼낼 엄두가 나지 않았다. 그는 그 '작은 돈' 세 장을 움켜쥐고 오후까지 전전긍긍하다 결국 더는 참지 못하고 눈이 멀쩡한 사람에게 그 돈의 정체를 물어보았다. 그 돈은 미국 달러였다. 그것도 삼백 달러나 됐다. 닥터 왕은 저도 모르게 눈썹을 한껏 추어올렸다. 입이 쩍 벌어져 한나절이나 다물어지지 않았다. 닥터 왕의 운이 트이기 시작했다. 그는 단숨에 조국의 남쪽 바닷가에 커다란 원 세 개를 "그렸다".

　돈은 이렇게 미쳐 돌아갔다. 눈이 벌게져 막무가내로 덤벼들었다. 『아라비안 나이트』의 마법 양탄자처럼 공중을 이리저리 날아다녔다. 둥실 떠올라 뱅글뱅글 맴돌고 공중제비를 돌다 수직 낙하했다. 그러고는 한 치의 어긋남도 없이 닥터 왕의 손가락 사이로 휙 날아들었다. 닥터 왕의 귀에는 돈이 내지르는 기이한 엔진 소리가 들리는 것 같았다. 그 소리는 날카로운 호루라기 소리에 맞춰 요란하게 울려퍼졌다. 날이 갈수록 상황은 점점 더 격렬해져 마치

전쟁터 한가운데 놓인 것 같았다. 닥터 왕은 그렇게 돈을 벌었다.

닥터 왕은 '전쟁터'에서 '봄날'을 맞았다. 연애를 시작한 것이다. 때는 이미 새 천년이 목전에 다가온, 곧 새로운 세기가 시작되려는 참이었다. 세기말의 마지막 밤, 벙부* 출신의 맹인 처녀 샤오쿵이 선전의 다른 곳에서 닥터 왕을 만나러 기차역에 당도했다. 손님이 없었기 때문에 마사지센터는 고요하기 그지없었다. 천년의 마지막 밤에 전혀 걸맞지 않은 적막함이었다. 맹인들은 휴게실로 비집고 들어가 제각각 쓰러졌다. 그들도 피곤했다. 모두 아무 말 없었지만, 가슴속에는 불만이 가득했다. 그들은 사장에게 따졌다. 이런 때에 어째서 휴가를 주지 않는 겁니까? 하지만 사장은 말했다. 이런 때에 어떻게 휴가를 줘? 다른 사람들 노는 날이 우리한테는 대목이야. 어떻게 그들이랑 같을 수 있겠어? 사람들이 다 휴가라 놀러 나갔다 지쳐서 돌아오는 때가 우리한테는 기회라고. 얼마나 벌어들일지 누가 알겠어? 그러니 기다려! 한 사람도 빠짐없이. 마사지사들은 기다리고 또 기다렸지만, 장사는 완전히 바닥을 기었다. 아무도 오지 않았다. 닥터 왕과 샤오쿵은 하릴없이 휴게실에 멀뚱히 앉아 있었다. 좀 있다 닥터 왕이 한숨을 나지막이 내쉬더니 위층으로 올라갔다. 그 소리를 들은 샤오쿵도 몇 분 뒤에 계단을 더듬어 올라가 마사지실로 들어갔다.

마사지실은 더 조용했다. 닥터 왕과 샤오쿵은 가장 안쪽에 있는 빈칸을 찾아 문을 열고 들어갔다. 그들은 각자 다른 마사지 침대에 걸터앉았다. 보통때 마사지칸은 언제나 사람이 넘쳐서 문제

---

* 중국 안후이 성에 있는 도시.

였다. 이렇게 썰렁한 적은 한 번도 없었다. 천년의 마지막 밤이 이처럼 예상에서 빗나가자 아무래도 마음이 불안했다. 뭔가 새로운 일이 벌어지려는 것만 같았다. 공을 들여 배경을 만들고 기다리는 것 같았다. 기다리며 준비하는 듯했다. 무엇을 준비하나? 말하기는 좀 그렇다. 닥터 왕과 샤오쿵은 웃었다. 소리도 없이, 각자 웃었다. 보이지는 않지만 상대방이 웃고 있다는 걸 서로 알았다. 웃음 뒤에 그들은 상대방에게 물었다. "왜 웃는데?" 뭐라고 하겠나? 상대방에게 질문을 되돌리는 수밖에. "당신은 왜 웃어요?" 두 사람은 한마디씩 주거니 받거니 또 주거니 받거니 했다. 나중에는 물음이 아니라 말장난이 되고 말았지만, 한편으로는 아주 진지했다. 어떤 가능성이 점차 뚜렷해졌다. 물러날 수 없을 정도로 바짝 다가왔다. 그들은 계속해서 웃을 수밖에 없었다. 다른 수가 없었다. 너무 웃어서 두 사람 모두 뺨이 굳을 지경이었다. 얼굴이 부자연스러워졌다. 계속해서 웃는다는 것은 역시 힘든 일이었다. 그러나 웃음을 멈추는 것도 쉬운 일은 아니었다. 천천히, 공기중에 어떤 암시가 떠돌기 시작했다. 움직임이, 아주 작은 움직임이 물결을 그리며 퍼져나갔다. 이 잔잔한 파문은 곧 파도가 되었다. 언제부터인지 모르지만, 물결이 무리를 이루며 불에 기름을 부은 기세로 여기저기서 솟구쳤다. 천군만마처럼. 이쪽에서 솟구치는가 싶더니 금방 또 저쪽에서 솟구쳤다. 위험의 징조가 빠르게 다가왔다. 파도에 뒤집히지 않으려고 그들은 손으로 침대 가장자리를 꽉 움켜쥐었다. 필사적으로 움켜쥔 손가락 마디마디에 점점 더 힘이 들어갔다. 꽉 움켜쥘수록 파고는 더욱 높아졌다. 그렇게 한참 동안 그들은 균형을 유지했다. 하지만 속으로는 둘 다 힘껏 버티는 중이었다. 마침내 닥터 왕이 본론으로 들어갔다. 그는 마른침을 삼키고 물었다. "너…… 잘 생각해본 거지?" 샤오쿵은 고개를 옆으로 돌렸다. 그녀는 이미 결심을 굳힌 말을 꺼내기 전에 고개를 옆으로 돌리는 버릇이 있었다. 샤오쿵이 침대 가장자리를 꽉 움켜쥔 채 말했다. "잘 생각하고 결정한 일이에요. 당신은요?" 닥터 왕은 한참 동안 말이 없었다. 배시시 웃었다 순간 웃음을 거두고, 미소를 지었다 거두고, 거뒀다 다시 미소짓기를 서너 번 반복하더니 마침내 입을 열었다. "당신도 알잖아. 난 중요하지 않아. 중요한 건 당신이지." 이 말을 하기 위해 닥터 왕은 아주 긴 시간을 들였고, 샤오쿵은 줄곧 기다려야 했다. 그 한없는 기다림 속에서 샤오쿵은 손가락으로 마사지 침대의 인조가죽을 계속 잡아당겼다. 인조가죽이 샤오쿵의 손가락 아래서 뿌드득거리며 울어댔다. 닥터 왕의 말을 듣고 샤오쿵은 그 뜻을 곰곰이 되씹었다. 그 말이 "잘 생각하고 결정한 일이야"라고 말해주는 것보다 더 좋았다. 샤오쿵은 그제야 숨을 돌렸다. 순식간에 온몸이 달아올랐다. 문득 몸이 아주 미묘하게, 그러나 뼛속 깊이 변하는 게 느껴졌다. 아무도 건드리지 않았는데 스스로 허물어져버린 듯한 느낌이었다. 샤오쿵은 마사지 침대에서 스르르 내려와 곧장 닥터 왕의 코앞까지 걸어갔다. 닥터 왕도 자리에서 일어났다. 그들의 두 손이 거의 동시에 서로의 얼굴을 세심하게 어루만지기 시작했다. 손끝이 눈에 닿았다. 그 손끝이 서로의 눈을 쓰다듬자 두 사람은 눈물을 흘렸다. 갑자기 일어난 일이었다. 둘 다 전혀 예상하지 못한 일이었다. 두 사람은 상대방의 손끝으로 시선을 돌렸다. 눈물은 언제나 사람의 마음을 뒤흔든다. 그것은 다음에 벌어질 일을 알 수 있게 한다. 그들은 곧바로 키스를 하려 했지만 할 수 없었다. 코끝이 서로 맞부딪쳤다 재빨리 비켜갔다. 샤오쿵이 재치 있게 고개를 살짝 틀었다. 닥터 왕도 머리가 나쁜 사람은 아니었다. 샤오쿵의 숨소리를 따라가, 드디어 샤오쿵의 입술을 찾아냈다. 마침내 그들은 입술을 맞댔다. 두 사람의 첫 키스였다. 각자의 첫 키스이기도 했고. 입맞춤은 그리 뜨겁지 않았다. 그보다는 어떤 두려움이 깃들어 있었다. 그 두려움 때문에 그들의 입술은 떨어졌어도 몸은 외려 더욱 밀착되었다. 한덩어리처럼 철썩 달라붙었다. 그들은 입맞춤보다 이 '몸의 키스'를 더 좋아하고 이것에 더 의미를 두는 것 같았다. 서로에게 기댈 수 있으니까. 기댈 수 있다는 느낌은 정말이지 좋은 것이다. 얼마나 안정적이고, 얼마나 마음이 놓이고, 얼마나 든든한가. 운명을 같이하는 느낌. 닥터 왕은 샤오쿵을 더욱 세게 끌어안았다. 거칠다 싶을 정도로. 샤오쿵이 다시 키스하려 하는 순간, 닥터 왕이 북받치는 감정을 주체하지 못하고 외쳤다. "난징*으로 가자! 당신을 데려가겠어! 난징으로! 가서 가게를 열자! 가게를! 내가 당신을 사모님으로 만들어주겠어!" 말은 두서가 없었다. 샤오쿵이 까치발을 하고 속삭였다. "키스, 키스해줘요. 키스해줘요." 이번 입맞춤은 길었다. 한 세기를 뛰어넘을 만큼. 샤오쿵은 역시 샤오쿵이었다. 세심했다. 긴 입맞춤 끝에 그녀는 뭔가 생각났다는 듯 소리로 시간을 알려주는 손목시계를 꺼내 버튼을 눌렀다. 시계가 시간을 알렸다. "지금 시각은 베이징 시각으로 영시 이십일분입니다." 샤오쿵은 손목시계를 닥터 왕의 손에 건네주고 다시 울음을 터뜨렸다. 그리고 울음 섞인 목소리로 목

---

* 장쑤 성 서남쪽에 있는 도시. 중국의 정치, 군사, 문화, 교육의 중심지.

청을 돋워 크게 외쳤다.

"새해예요! 새로운 세기가 밝았어요!"

새해에, 새로운 세기에 닥터 왕은 연애를 시작했다. 닥터 왕에게 연애는 곧 목표였다. 삶의 모든 것이 순식간에 명확해졌다. 열심히 일해서 돈을 충분히 벌면 고향으로 돌아가 가게를 열자. 하루빨리 사랑하는 샤오쿵을 사모님으로 만들어주자. 닥터 왕은 알았다. 게으름만 피우지 않으면 언젠가는 이 목표를 이룰 날이 오리라는 것을. 닥터 왕이 이렇게 자신한 이유는 자신의 기술에 남다른 자부심이 있기 때문이었다. 그는 조건이 좋았다. 손을 만져보면 알 수 있는데, 그의 손은 크고 넓적하고 살집이 두둑한데다 시원스럽게 생겼다. 닥터 왕의 손님은 모두 알았다. 닥터 왕은 경직된 손님의 몸을 풀 때 다른 마사지사처럼 목부터 시작하지 않고 엉덩이부터 시작했다. 커다랗고 살집 두둑한 그의 두 손이 엉덩이 전체를 단단하게 쥐면 손님의 몸은 대개 확 풀어졌다. 정말로 온몸의 근육이 풀어졌다기보다 그런 느낌이 드는 것이었지만, 효과가 있을 때는 전기가 짜르르 흐르는 것 같기도 했다. 닥터 왕은 타고난 마사지사였다. 눈에 문제가 없었다 해도 마사지사를 하면 성공할 최고의 재목이었다. 사실 손이 제아무리 크고 손바닥이 제아무리 두툼해도 그뿐이라면 소용이 없다. 정말로 중요한 것은 역시 손힘이다. 닥터 왕은 기골이 장대했고, 덩치가 큰 만큼 힘이 넘쳤다. 손가락 힘도 좋아 뭐든 자유자재로 할 수 있었다. "뭐든 자유자재로 할 수 있다"는 점이 핵심인데, 그에 따라 힘의 질이 결정되기 때문이었다. 고르고 부드럽고 깊이 있게 전달되면서 자극적으로 쿡쿡 찌르는 느낌이 없는 힘. 보통 기운이 없으면 '안간힘'을 쓰게 되는데, 마사지사가 '안간힘'을 쓰면 손님이 통증을 느끼므로 좋지 않다. 이 통증은 대개 살에만 느껴지지만, 잘못하면 근육과 뼈까지 상하게 할 수도 있다. 추나에서는 힘이 얼마나 깊이 있게 전달되느냐가 중요하다. 묵직하게 깊숙이 스미며 막힘이 없어야 한다. 그대로 근육 깊숙이까지 전달되도록. 아프기도 아프지만 시큰함이 동반되고 붓기도 한다. 하지만 뭐라 말할 수 없는 편안함이 있다. 이게 바로 마사지의 효과다. 닥터 왕은 손가락이 굵고 손바닥은 두툼한데다 힘이 있었다. 그 손으로 또 얼마나 강력하고 비상하게 경혈을 짚는지, 일단 짚었다 하면 별 힘을 주는 것 같지 않은데도 손님은 그 손아귀에 꽉 잡힌 듯한 느낌을 받았다. 이렇게 꽉 잡히고 나면 그 손이 어떻게 몸의 근육을 '괴롭히든지' 그대로 내맡기고 싶어졌다. 이런 솜씨 덕분에 닥터 왕은 단골과 VIP가 유난히 많았다. 대부분은 '시간제' 손님이지만, 밤샘 손님도 꽤나 많았다. 그렇다보니 닥터 왕의 수입은 팁만 해도 다른 마사지사와 수준이 달랐다. 동료들도 모두 알고 있었다. 닥터 왕은 이 업계의 큰손이었다. 주식 투자를 할 만큼 여윳돈이 넉넉했다. 그는 상하이와 선전 주식시장에 투자를 했다.

바로 그 주식이 닥터 왕에게 골치 아픈 문제가 되었다. 닥터 왕은 분명 돈이 있는 축에 속했다. 그러나 주판알을 튕겨보니, 난징에 돌아가 가게를 열자면 그가 가진 돈만으로는 아무래도 빠듯했다. 그럭저럭 번듯하게 차려놓고 체면치레라도 하려면, 현실적으로 동업 외에 다른 방법이 없었다. 그러나 닥터 왕은 동업할 생각이 없었다. 동업이 웬 말인가? 그러면 샤오쿵은 대체 누구의 사모님이 된단 말인가? 그런 사모님 자리라면 샤오쿵도 내키지 않을 것이다. 샤오쿵에게 내키지 않는 일을 시킬 바엔 차라리 좀더 기다리게 하자. 이 '사모님' 문제에 있어서 닥터 왕의 결심은 확고부동했다. 그 자신은 '사장' 자리에 연연하지 않았지만, 샤오쿵에 대해서는 얼렁뚱땅 넘어가고 싶지 않았다. 몸과 마음을 다해 내게 일생을 맡기겠다고 나서주었는데, 그게 어디 그리 쉬운 일인가? 그런 결심에 보답하기 위해서라도 반드시 샤오쿵을 '사장 사모님' 자리에 앉혀야만 했다. 그녀가 자기 가게에 편히 앉아 물이나 마시고 과쯔*나 까먹을 수 있다면, 닥터 왕은 지쳐서 피를 토한다 해도 여한이 없었다.

닥터 왕이 어쩌다 있는 돈을 다 끌어 주식 투자를 하게 되었을까? 말하자면 그 역시 연애 때문이었다. 연애라는 게 뭔가? 닥터 왕이 직접 체득한 바로는 가슴앓이였다. 닥터 왕은 샤오쿵 때문에 가슴앓이를 했다. 좀더 구체적으로 말하자면, 샤오쿵의 두 손 때문에 마음이 아팠다.

둘 다 선전에 있기는 해도 닥터 왕과 샤오쿵이 함께 일을 하는 것은 아니었다. 사실 얼굴 한 번 보기도 힘들었다. 어쩌다 한 번 본다 해도 늘 시간이 빠듯해 키스 몇 번 나누는 게 전부였다. 샤오쿵은 키스를 제일 좋아했다. 샤오쿵이 키스에 심취해버리면 매번 키스만 하기도 급급했다. 나중에는 상황이 좀 나아졌는데, 키스 외에 얼마간 한가로운 마음으로 시간을 즐길 여유가 생겼다. 예를 들어 서로 머리를 쓰다듬어준다든지 손을 만져본다든지 하면서 말이다. 샤오쿵의 손은 정말 작은데다 보들보들하고, 손가락도 가늘었다.

---

* 호박씨, 해바라기씨 등을 껍질째 소금이나 향료를 넣고 볶은 것.

'섬섬옥수'란 그녀의 손을 두고 이른 말이리라. 그러나 샤오쿵의 손에는 흠이 하나 있었다. 중지와 검지, 엄지의 관절마다 팥알만한 굳은살 덩어리가 박여 있었던 것이다. 할 수 없는 일이기는 했다. 마사지로 벌어먹고 사는 사람 가운데 손이 이렇지 않은 이가 누가 있겠는가? 그러나 닥터 왕은 곧 샤오쿵의 손에서 이상한 점을 발견했다. 뭔가 잘못됐다. 가지런히 편 샤오쿵의 손가락이 똑바르지 않았다. 둘째 마디부터 한쪽으로 비스듬히 휘었다. 닥터 왕은 샤오쿵의 손가락을 잡아당겨 바로잡았다. 그러나 손을 놓자 다시 휘어졌다. 샤오쿵의 손은 벌써 심각하게 변형되었다. 이게 손인가? 이런 것을 손이라고 부를 수 있는가? 샤오쿵도 이 사실을 잘 알았다. 멋쩍어진 그녀는 손을 감추려 들었다. 하지만 닥터 왕이 한사코 놓지 않는데 샤오쿵이 어떻게 손을 잡아 뺄 수 있겠는가? 닥터 왕은 그렇게 샤오쿵의 손을 움켜쥔 채 한참이나 아무 말 없이 가만히 있었다.

샤오쿵은 체격이 작고 깡마른 편으로, 어쨌든 추나를 배워서는 안 되는 사람이었다. 손님 가운데는 정말 별별 사람이 다 있다. 손도 대지 못하게 하는 사람, 손을 대기만 해도 간지럼을 타거나 아프다고 하는 사람 등등. 그래도 이런 손님들은 괜찮은 편이다. 어떤 손님들은 이와 전혀 다르다. 쇠가죽인지 쇠심줄인지, 엄청나게 힘이 든다. 살살 하면 손해를 본다는 생각이 드는지 이를 북북 갈며 마사지사를 몰아세운다. "힘 좀 써봐. 좀더 힘을 써보라고." 닥터 왕도 이런 손님을 받아봤다. 가장 대표적인 경우가 아프리카에서 왔다는 덩치 큰 사내였다. 그 손님은 중국말을 별로 잘하지 못했다. 그러나 딱 한마디는 귀에 쏙 박히게 유창하게 했다. "세계해." 한 시간이 지나자 닥터 왕처럼 덩치 좋은 한창나이의 청년도 완전히 지쳐 온몸이 땀범벅이 되었다. 샤오쿵의 손가락도 틀림없이 이런 엄청난 중노동으로 인해 휘어지고 비틀어진 것이리라. 그녀의 체력으로, 그런 손가락으로 어떻게 이런 중노동을 하루하루 견뎌낼 수 있겠는가? 어떻게 하루 열네다섯 시간의 고단함을 이겨낼 수 있겠는가?

"세게 해. 좀더 세게 하라고!"

닥터 왕은 샤오쿵의 손목을 꽉 쥐고 그녀의 손가락을 어루만졌다. 마음이 찢어지는 듯했다. 닥터 왕은 꽉 쥔 샤오쿵의 손으로 갑자기 자기 따귀를 때리기 시작했다. 짝 소리와 함께 그녀의 손바닥이 그의 뺨에 닿았다. 깜짝 놀란 샤오쿵은 어찌된 영문인지 몰라 어리둥절했다. 잠시 후 그 이유를 알아차렸을 때는 이미 늦은 뒤였다. 닥터 왕은 아주 끝장을 보겠다는 기세로 계속 뺨을 때리려 했다. 샤오쿵은 죽을힘을 다해 손을 빼내고는 닥터 왕의 머리를 자기 가슴으로 끌어당겨 안았다. 샤오쿵이 울면서 말했다. "당신 왜 이러는 거예요? 이게 당신과 무슨 상관이라고?"

닥터 왕이 돈을 몽땅 주식시장에 털어넣은 것은 일종의 도박이었다. 사실 그도 처음에는 한참이나 망설였다. 샤오쿵의 손을 떠올리기만 하면, 닥터 왕은 빨리 돈을 모으고 싶어졌다. 하루아침에 벼락부자가 될 수 없다는 사실이 한스러울 뿐이었다. 그러나 새해 들어서는 예전처럼 돈이 미쳐 날뛰지 않았다. 손가락 사이는 어쨌거나 전부 해봐야 겨우 여덟 개였다. 그해가 반쯤 지났을 때, 닥터 왕의 머릿속에 갑자기 주식시장이 떠올랐다. 지난 몇 년간은 확실히 돈이 미쳐 날뛰었다. 그러나 더이상은 그렇게 미쳐 날뛰지 않았다. 돈은 기껏해야 작은 미친놈이었다. 진짜 미친놈은 돈이라 불리지 않고 주식이라 불렸다. 주식이라는 놈. 주식이라는 이 미친놈은 한번 날뛰기 시작하면, 발돋움을 하거나 땅재주만 넘는 게 아니었다. 가문 땅을 뚫고 나오는 대파처럼 쑥쑥 튀어올랐다. 닥터 왕은 시시때때로 손님들이 주식시장에 대해 떠드는 소리를 귀 아프게 들었다. 들을 때마다 참 야릇하다는 생각을 했다. 그놈은 어쩐지 친숙하기도 하고 음흉하기도 하고 살짝 미친 것도 같은데다 매우 현실적이기도 해서 쉽게 믿을 수가 없었다. 주식에 대해 굳이 정리해보자면 이렇게 말할 수 있을 것이다. "돈이 하늘에 날아다니면, 아무리 뿌리치려 해도 뿌리칠 수 없다. 돈이 땅 위를 기어다니면, 아무리 줍지 않으려 해도 줍지 않을 수 없다. 돈을 품안에 안고 있는 건, 그야말로 바보짓이다." 못 해볼 게 뭐라고? 못 해볼 게? 만약 내일이라도 주식시장에서 한방 크게 터져주면, 모레 오전에는 샤오쿵을 데리고 곧장 난징으로 날아갈 수 있을 텐데? 닥터 왕은 뚝뚝 소리가 나도록 목을 꺾었다. 눈썹이 들썩들썩했다. 그는 하늘을 향해 고개를 들었다. 그리고 그간 모은 돈을 전부 풍덩 소리가 나도록 쏟아넣었다.

　닥터 왕이 뛰어들었을 때는 시기가 좋지 않았다. 이미 막차였다. 그가 가진 돈 전부를 쏟아넣자마자 주식시장이 안면을 바꿨다. 물론 곧바로 도망쳐 나올 기회는 있었다. 그랬다면 손해가 그리 크지는 않았을 것이다. 하지만 닥터 왕이 어떻게 도망칠 수 있었겠는가? 그의 입장에서는 단 한푼의 손해도 용납할 수 없었다. 그의 돈은 그냥 돈이 아니었다. 손가락 관절마다 팥알만하게 자라난 크고 작은 혹이었다. 뼈가 휘고 비틀어지는 고통이었다. 매일매일 반복되는 철야의 기억이었다. "세게 해." 골수에 사무치는 그 한마디 명령이었다. 엄지가 지쳐 힘을 못 쓰면 검지로 했다. 검지가 지쳐 힘을 못 쓰면 중지를 썼다. 중지가 지쳐 힘을 못 쓰면 팔꿈치로 바꿨다. 팔꿈치마저 지치면 다시 검지로 돌아왔다. 그 돈은 그의 피와 땀이었다. 닥터 왕은 절대로 손해를 보고 물러설 수 없었다. 그래서 기다렸다. 일확천금은 아니더라도, '본전'만큼은 어찌됐든 되찾아야 했다. 닥터 왕은 '본전'을 찾겠다는 일념에 바닥없는 심연으로 끌려들어갔다. 그는 몸뚱이도 없고 목소리도 없고 평생 마주칠 일도 없었을 미친놈의 손아귀에 꽉 잡히고 말았다. 죽을 때까지 놓아주지 않을 손아귀에 명줄을 잡혔다.

주식시장은 재주를 넘지 못했다. 땅바닥에 나자빠졌다. 난동을 부리고, 데굴데굴 구르고, 쥐가 나고, 눈을 치뜨고, 게거품을 물며 도무지 자리에서 일어날 줄을 몰랐다. 니미 빌어먹을 폭락! 니미 말아먹을 주식! 도대체 주식시장이 어쩌다 요 모양 요 꼴로 빌어먹게 됐단 말인가? 누가 주식시장을 이렇게 말아먹었단 말인가? 닥터 왕은 시도 때도 없이 고개를 기울인 채 라디오 곁을 지켰다. 그는 라디오를 통해 "보이지 않는 손"이라는 말을 배웠다. 지금 생각하니 이 "보이지 않는 손"이 사람을 가지고 놀았던 것이다. 멀쩡하게 잘 살고 있는 사람을 미치게 만들어놓았던 것이다. 이 "보이지 않는 손" 뒤에는 틀림없이 또다른 손이 있을 것이다. 마찬가지로 눈에 보이지 않지만, 더 크고 강력하고 미쳐 날뛰는 손이. 닥터 왕은 자신의 손을 볼 수 없었다. 그러니까 자신의 손 또한 "보이지 않는 손"인 셈이었다. 그러나 그의 "보이지 않는" 두 손은 저 "보이지 않는" 두 손에 비하면 너무나 보잘것없이 작고 무력했다. 그는 개미였다. 저 "보이지 않는" 두 손 가운데 하나는 하늘이고, 다른 하나는 땅이었다. 외손뼉으로 닥터 왕을 선전에서 우루과이까지 보낼 수 있었다. 닥터 왕은 그 외손뼉을 맞받아치지 않았다. 그저 손가락 마디를 꺾을 뿐이었다. 손마디라도 풀어볼까. 엄지들에서 두 번씩 소리가 났고, 다른 손가락들에서는 세 번씩 소리가 났다. 모두 합쳐 스물여덟 번, 두두두두두두두둑둑 폭죽 터지듯 연달아.

돈은 미쳤다. 미쳐서 닥터 왕을 부자로 만들었고, 미쳐서 또 알거지로 만들었다.

"난 이미 지쳐버렸고, 빈털터리로 돌아왔죠."* 닥터 왕은 어린 시절에 들었던 이 노래를 곧잘 불렀다. 2001년 말, 난징으로 돌아가는 닥터 왕의 귓가에 메아리처럼 울리던 노래도 바로 이 곡이었다. 닥터 왕은 풀이 죽어 고개를 숙였다. 그러나 다른 의미에서는 기쁘기도 했다. 어쨌거나 샤오쿵이 그를 따라 함께 난징으로 왔기 때문이다. 샤오쿵은 벙부로 돌아가지 않고, 비밀스럽게 닥터 왕과 난징으로 왔다. 이쯤 되면 그 뜻이야 뻔한 셈이었다. 닥터 왕의 어머니는 너무 기뻐서 그대로 숨이 넘어갈 지경이었다. 아들아, 장하다! 장해! 어머니는 자신과 남편이 쓰던 침실을 방째로 내주고 부엌으로 아들을 끌고 들어갔다. 그리고 아들의 귀에 대고 속삭였다. "저 아가씨하고 자버려라. 자버려! 일단 자고 나면 그담에야 어딜 도망가겠니?" 닥터 왕은 고개를 돌려버렸다. 화가 났다. 너무 화가 났다. 그는 어머니의 저속함에 넌덜머리가 났다. 정말이지 어머니는 평생을 가도 저놈의 모리배 근성을 고치지 못하겠구나! 닥터

---

* 1984년 유행한 〈고향의 구름(故郷的雲)〉이라는 노래의 한 소절.

왕은 눈썹꼬리를 치켜올리며 고개를 숙였다. 어떤 일들은 '이렇게' 할 수 있더라도 절대 '그렇게' 말해서는 안 되는 것이다.

닥터 왕과 샤오쿵은 대보름까지 집에서 함께 지냈다. 샤오쿵은 갈수록 신수가 훤해졌다. 닥터 왕의 어머니는 끊임없이 그녀에게 칭찬을 늘어놓았다. 샤오쿵은 정말 예쁘구나, 샤오쿵은 피부가 정말 곱구나. 난징의 물은 선전이랑 비교도 안 된단다. 피부에 무척 좋지, "우리" 샤오쿵 얼굴빛이 나날이 좋아지는구나. 그러고는 그 사실을 증명하기 위해 샤오쿵의 손을 붙잡아 손등끼리 비벼보이기도 했다. "그렇지? 어디 한번 말해보렴. 그렇지?" 그랬다. 샤오쿵도 느낄 수 있었다. 피부가 한층 더 매끄럽고 윤이 나는 느낌이었다. 얼굴도 마찬가지였고. 하지만 샤오쿵도 결국 여자였다. 이 갑작스러운 변화의 원인이 결국 무엇인지 알아차리고 말았다. 샤오쿵은 너무 부끄러워 당황하기 시작했다. 그녀는 당황하면 부산을 떨기보다 옴짝달싹하지 못하는 편이었다. 온몸이 뻣뻣하게 굳었다. 상체에 힘이 들어가 꼿꼿해졌다. 그녀는 닥터 왕의 어머니에게 잡히지 않은 나머지 손을 엄지손가락이 손바닥 한가운데를 파고들도록 꽉 쥐었다. 맹인은 이 점이 좋지 않다. 자신은 보이지 않으니까 어떤 비밀이든 다른 사람이 훤히 다 들여다보지 않을까, 조금도 숨기지 못하고 다 드러내고 마는 것은 아닐까 마음을 졸인다. 샤오쿵은 떨리는 가슴과 설레는 마음으로 보낸 두 사람만의 아름다운 밤을 다른 사람들이 훔쳐본 기분이었다.

닥터 왕은 이 기회를 그냥 놓치지 않았다. 부모님이 안 계신 틈을 타서 앞으로의 일을 넌지시 입에 올렸다. "우리 그냥 돌아가지 말까?" 샤오쿵은 그러자고도 그러지 말자고도 하지 않았다. 그저 이렇게 말할 뿐이었다. "그쪽에 아직 짐이 있잖아요." 닥터 왕은 한참을 생각하더니 말했다. "한번 다녀와도 되고." 하지만 곧 이렇게 덧붙였다. "그럼 또 기차표를 두 장이나 허비하게 되겠네?" 샤오쿵은 생각했다. 그건 그렇네. 그러나 역시 미련이 남는지 덧붙였다. "아니면 저 혼자 다녀올게요." 닥터 왕이 더듬더듬 샤오쿵의 손을 찾아 감싸쥐더니 한참을 말이 없다 입을 열었다. "가지 마." 샤오쿵이 말했다. "며칠 안 되잖아요?" 닥터 왕은 또 잠깐 침묵을 지키다 마침내 말했다. "나는 당신 없이는 하루도 못 살아. 당신이 가버리면 당신을 기다리다 내 먼눈이 다시 멀고 말 거야." 그 말이 무지근한 아픔으로 다가왔다. 닥터 왕은 진실한 사람이었다. 그래서 그의 이런 말이 더욱 사람을 아프게 했다. 샤오쿵은 어떻게 대답해야 할지 몰랐다. 한참을 생각하다보니 행복이 한도 끝도 없이 밀려왔다 밀려갔다. 하늘로 붕 떴다 땅으로 쑥 꺼지는 것 같기도 했다. 온몸의 피가 얼굴로 몰렸다. 샤오쿵은 생각했다. 아이참, 온몸의 피가 아침이고 밤이고 얼굴로만 몰리는데, 얼굴빛이 안 좋을 수 있나? 샤오쿵은 닥터 왕의 손을 잡아끌며 아주 자신만만해져서 생각했다. 지금 자신의 모습은 틀림없이 아주 '예쁠' 거라고. 그렇게 생각하자 샤오쿵은 자신감이 사라지고 뼈에 사무치는 아쉬움이 몰려왔다. 그녀의 '예쁜' 모습을 닥터 왕은 볼 수 없다. 평생 볼 수 없다. 그가 볼 수 있었다면 얼마나 좋아했을까. 아쉬움은 아쉬움일 뿐이다. 샤오쿵은 스스로를 타일렀다. 욕심부리지 말자. 지금도 충분히 좋으니 너무 욕심부리지 말자. 어쨌든 샤오쿵은 굴러온 사랑을 껴안을 줄 아는 여자였다.

샤오쿵은 난징에 남기로 했다. 이 문제가 해결되자 닥터 왕의 고민은 오히려 깊어졌다. 그는 원래 샤오쿵을 데리고 난징으로 돌아와 '사모님'으로 만들어줄 심산이었다. 그러나 그에게 무슨 가게가 있는가? 앞으로 그의 가게가 있을 수나 있겠는가? 밤이 깊어 사위가 고요한 시간, 닥터 왕은 잠을 이루지 못한 채 샤오쿵의 고른 숨소리를 들으며 살그머니 그녀의 열 손가락을—정확하게는 그녀의 비뚜름한 손가락 사이사이를—어루만졌다. 그의 불면은 비뚤배뚤했다. 그의 꿈 또한 비뚤배뚤했다.

닥터 왕은 이삼일쯤 주저하다 사푸밍에게 전화를 걸었다. 닥터 왕과 사푸밍은 인연이 깊었다. 어릴 때부터 동창으로 대학도 같이 다녔고, 둘 다 중의학 추나를 전공했다. 유일하게 다른 점이 있다면, 졸업 후에 닥터 왕은 선전으로 가고 사푸밍은 상하이로 갔다는 것이다. 그러다 어쩌다보니 두 사람 모두 난징으로 돌아왔다. 그러나 두 사람의 운은 전혀 달랐다. 사푸밍은 벌써 사장이었다. 닥터 왕은 여전히 일자리를 찾아야 하는 형편이었고. 사 사장의 손가락에 박인 굳은살은 벌써 사라지고 없겠지.

이 전화는 닥터 왕에게 고역이었다. 작년이던가 재작년이던가? 재작년이었을 것이다. 사푸밍이 마사지센터를 막 개업했을 때, 일손이 너무 모자란 나머지 선전까지 직접 전화를 걸어왔다. 그는 닥터 왕이 돌아와주기를 간절히 바랐다. 사푸밍도 닥터 왕의 기술을 알고 있었다. 닥터 왕이 와준다면, 든든한 기둥을 얻는 것이요, 간판스타가 생기는 것이었다. 장사도 잘되고 이름도 날릴 터였다. 닥터 왕을 불러들이기 위해 사푸밍은 엄청나게 유리한 수입 배분을 제시하며 한껏 체면도 세워주었다. 닥터 왕이 벌어들이는 돈에는 손을 안 대는 것이나 마찬가지인 조건이었다. 동업도 좋다고 했다.

사푸밍은 아주 분명하게 말했다. 동창이자 동료인 "라오왕"*이 와서 "가게의 품격을 한껏 높여주길" 바란다고. 닥터 왕은 거절했다. 선전에서 돈이 이렇게 잘 벌리는데, 뭐하러 시골구석으로 돌아간단 말인가? 그러나 닥터 왕 자신도 알았다. 진짜 이유가 거기 있지 않다는 것을. 진짜 이유는 닥터 왕의 마음에 있었다. 그는 옛친구의 가게에서 일하고 싶지 않았다. 친구 사이가 상하 관계로 바뀌면 언젠가는 사이가 틀어져버리고 말 테니까.

곱게 주는 술을 안 받고 벌주를 받는다고 했던가. 사람이 공손히 '부탁'할 때는 가지 않더니, 이제 와서 문 앞까지 쫓아가 구걸이라니…… 결국 결과야 같을지 몰라도 속내는 차이가 컸다. 커도 많이 컸다. 물론 닥터 왕은 군이 친구 가게에 구걸할 필요는 없었다. 난징에 마사지센터가 얼마나 많은데, 어느 가게로든 못 가겠는가? 닥터 왕이 사푸밍의 가게를 떠올린 것은, 아무래도 샤오쿵 때문이었다.

샤오쿵에게는 그녀만의 독특한 면이 있었다. 어디를 봐도 흠잡을 데가 없지만, 딱 한 가지만은 아무래도 좋게 말해주기 힘들었다. 바로 지독히도 인색하다는 점이었다. 너무 인색해서 자린고비라는 말도 부족할 지경이었다. 일단 돈이 손에 들어오면, 그 돈을 겨드랑이에 단단히 끼운 채 누가 기관총을 들이댄다 해도 절대 내주지 않을 사람이었다. 그냥 친구에게 이런 '병'이 있다면 닥터 왕은 결코 받아들이지 못했을 것이다. 그러나 곰곰이 생각해보면, 샤

---

* 중국어 호칭에서 성씨에 '라오'라는 접두어를 붙이면 친근감이나 존중의 뜻을 나타낸다.

오쿵은 언젠가 자기 마누라가 될 사람이니 이건 사실 '병'이라고 할 것도 아니었다. 인색한 게 아니라 '살림 밑천'인 것이다. 선전에 있을 때도 샤오쿵은 이런 성격 때문에 프런트와 관계가 좋지 않았다. 마사지사와 프런트의 관계는 언제나 중요하다. 그것은 특수한 관계다. 어떤 의미에서 보면, 마사지사가 프런트와 얼마나 관계를 잘 유지하는가에 그 마사지사의 생존이 걸려 있다. 프런트를 맡은 사람은 맹인이 아니다. 그 일은 눈이 성한 사람만 할 수 있다. 게다가 눈이 아주 밝다. 손님이 문에 들어서면, 부티가 줄줄 흐르는 갑부인지 빌어먹을 거렁뱅이인지 대번에 알아본다. 부자를 누구에게 넘겨주고 거렁뱅이를 누구에게 넘겨주느냐가 여기에선 가장 중요한 문제다. 그리고 이 결정은 오로지 프런트의 한마디에 달려 있다. 마사지사는 팁으로 먹고사는 직업이다. 똑같이 하루 여덟 시간을 일하더라도 결과는 전혀 다른 이유가 바로 여기에 있다. 물론 가게에는 가게마다 나름의 규칙이 있으니 순서를 어지럽힐 수는 없다. 하지만 순서라는 게 무슨 소용인가? 그것도 어차피 사람이 정하는 것인데. 쉬운 예를 하나 들어보자. 마사지사도 화장실에는 가야 하지 않는가? 당신이 화장실에 가려고 하는데, 진짜 갑부가 가게에 들어왔다고 치자. 프런트가 당신 사정을 생각해 선뜻 나서서 그 갑부에게 "잠깐만 앉아 계세요" "물이라도 한잔 드릴까요"라고 말하는 게 잘못일까? 전혀 아니다. 볼일을 다 보고 가뿐한 몸으로 돌아오면 그 갑부가 당신 손에 맡겨질 것이다. 반대로 당신이 막 화장실에 들어갔는데 프런트가 바로 '다음 순번'에게 배정해 버리면, 당신이 볼일도 다 못 보고 급하게 뛰어나오더라도 갑부는 이미 다른 마사지사의 침대에 누워 시시덕거리고 있을 것이다. 그렇다고 당신이 뭐라고 할 수 있겠는가? 아무 말도 할 수 없다. 그래서 프런트와는 반드시 좋은 관계를 유지해야 한다. 프런트가 만약 당신을 주시하기 시작한다면, 그 번쩍이는 눈동자가 당신의 세계 곳곳을 따라다닐 텐데, 살아남을 수 있겠는가? 그러면 어떻게 좋은 관계를 유지할 수 있을까? 아주 간단하다. 먹인다. 이 한 단어로 정리할 수 있다. 무엇을 먹이나? 역시 한 단어로 정리된다. '돈'이다. 가게에는 이런 행위를 절대 금지하는 엄격한 규정이 있다. 그러나 마사지사들이 어디 이런 규정에 손발이 묶일 사람들인가? 마사지사들은 온갖 꾀를 짜내어 프런트에게 자신들의 '작은 성의'를 받아달라고 들이밀었다. 눈이라는 건 정말 보통 물건이 아니지 않은가. 누가 두려워하지 않으랴? 마사지사들이 바라는 것은 프런트가 한 쪽 눈은 환하게 열고 다른 쪽 눈은 꼭 감아주는 것이다. 프런트에서 눈을 한 번 뜨느냐 감아주느냐에 따라, 맹인들의 하루가 순조롭게 지나가느냐 아니냐가 결정되었다.

그런데 샤오쿵은 돈을 절대 '먹이지' 않고 틀어쥐기만 했다. 그녀는 이렇게 돈을 틀어쥐는 자신의 행동에 이론적인 근거를 지니고 있었다. 그녀는 매우 자랑스러워하며 닥터 왕에게 말했다. 자신은 황소자리이기 때문에 돈을 좋아한다고. 돈이 부족하면 산소가 부족한 양 숨쉬는 것조차 보통때보다 거칠어진다고. 물론 이것은 웃자고 하는 말이었다. 샤오쿵은 닥터 왕과 진지하게 이 문제에 대해 이야기한 적이 있었다. 샤오쿵도 사실 돈을 틀어쥐고 쓸 줄 모르는 사람은 아니었다. 그저 화가 나기 때문이었다. 샤오쿵은 말했다. 나는 맹인이다, 얼마나 고생고생해서 이 돈을 벌었는데, 그 사람들 눈에 찔러넣어준단 말인가. 그렇게는 못한다! 닥터 왕은 그녀의 심정을 이해했다. 하지만 내심 저도 모르게 한숨이 나왔다. 바보로구나! 닥터 왕이 웃으며 물었다. "안 보이는 데서 손해를 많이 볼 텐데, 그건 알고 있어?" 샤오쿵은 헤헤 웃으며 말했다. "알죠. 손해 좀 보면 다시 틀어쥐면 되는 것 아니에요?" 닥터 왕은 그저 하늘을 향해 고개를 들 수밖에 없었다. 샤오쿵에게는 이런 계산법이 있었구나. "당신이란 사람은," 닥터 왕은 그녀를 품에 안고 어루만지며 미소를 지었다. "정치라고는 도무지 모르는군."

닥터 왕은 알고 있었다. 샤오쿵은 어디를 가더라도 손해를 볼 사람이라는 것을, 어디를 가더라도 다른 사람의 놀림감이 될 사람이라는 것을. 그녀가 고집이 세다고만 치부할 일이 아니었다. 그녀가 선전에서 얼마나 억울한 일을 많이 당했는지는 하느님만 아시리라. 자린고비라는 것 외에 또하나, 그녀는 너무 자존심을 세우며 도도하게 굴었다. 자존심이 세고 도도한 사람은 고생을 안 할 수가 없다. 닥터 왕이 생각 끝에 결국 옛친구 밑에서 일하기로 마음을 굳힌 이유가 바로 여기에 있었다. 어찌됐든 사장이 옛친구이고 동창이니, 샤오쿵이 업신여김당하지는 않을 것이다. 감히 그녀에게 애먼 소리를 할 사람은 없을 것이다.

닥터 왕은 전화기를 들고 사푸밍의 휴대폰 번호를 누른 뒤 "사 사장"이라고 외쳤다. 사 사장은 닥터 왕의 목소리를 듣고는 숨이 넘어갈 듯 기뻐했다. 흘러넘치는 열정이 수화기를 타고 닥터 왕의 귀까지 그대로 밀려왔다. 하지만 사 사장은 곧 "미안해"라며 지금은 "일하는 중"이라고 했다. 그러고는 "이십 분 후에 다시 전화줘"라고 덧붙였다.

전화를 끊은 닥터 왕은 입꼬리를 살짝 올리며 쓴웃음을 지었다.

사푸밍은 어찌 잊었단 말인가, 닥터 왕도 맹인이라는 것을. B-1급*, 아무것도 보이지 않는 맹인 중의 맹인이라는 것을. 맹인이란 그렇다. 가까이 있는 것은 아무것도 볼 수 없지만, 오히려 멀리 있는 것이라면 '훤히 들여다볼' 수 있다. 더군다나 전화를 통해서라면. 사푸밍은 "일하는 중"이 아니었다. 홀에 나와 있었다. 전화기 너머로 들려오는 소리로 그곳이 홀이라는 것을 알 수 있었다. 닥터 왕은 홀과 마사지실을 왼쪽 엉덩이와 오른쪽 엉덩이만큼이나 분명하게 구별할 수 있다. 겉으로는 전혀 다른 점이 없지만, 그사이에는 아주 뚜렷한 골이 있다. 사푸밍 이 자식, 말하는 품이 갈수록 눈이 성한 인간을 닮아간다니까. 잘났네. 아주 잘났어.

닥터 왕은 화가 치밀었다. 그러나 그런 심사를 밖으로 드러내지는 않았다. 그는 이십 분 후에 다시 전화를 걸었다.

"사 사장, 사업이 잘되나보네." 닥터 왕이 말했다.

"그럭저럭. 밥은 벌어먹고 살아."

"나도 옛친구한테 붙어서 밥 좀 벌어먹을까 하는데." 닥터 왕이 말했다.

"농담도 원." 사푸밍이 말했다. "너는 선전에 그리 오래 있었으니, 허리는 말할 것도 없고 허벅지랑 팔뚝도 실해졌을 거 아니야. 그런 네가 나한테 와서 밥을 벌어먹겠다고? 우리 가게를 집어삼키지나 않으면, 하늘에 감사할 일이겠군." 사푸밍은 이제 정말 말을 잘했다. 갈수록 눈이 성한 인간 같아졌다.

닥터 왕은 사푸밍에게 화를 낼 여유도 없었다. "진심이야. 나 지

_____
* 우리나라 시각장애 1급에 해당하는 시력.

금 난징에 있어. 괜찮다면 네 가게에서 일하고 싶어. 네가 불편하다면 다른 방법을 찾아보고."

사푸밍은 닥터 왕이 농담하는 게 아님을 알았다. 사푸밍은 담배에 불을 붙이고 닥터 왕과 흥정을 시작했다. "이렇게 하자. 난징 사람들 돈 쓰는 건 너도 잘 알 거야. 선전하고 비교하면 안 되지. 한 시간에 육십 위안, VIP는 사십오 위안, 너는 십오 위안을 가져가는 거야. 한 달에 백 시간 이상 일하면 십육 위안, 백오십 시간 이상이면 십팔 위안으로 계산하지. 팁은 없고. 난징 사람들은 팁을 주는 데 익숙하지 않으니까. 그건 너도 잘 알 거야."

닥터 왕도 잘 알았다. 그는 웃기 시작하더니 부끄러운 듯 말했다. "근데 군식구가 하나 있어."

사푸밍은 무슨 말인지 알겠다는 듯 웃으며 말했다. "이 자식, 제법인데…… 눈은 어떤데?"

"나랑 같아. B-1급." 닥터 왕이 말했다.

"대단한데." 사푸밍이 말했다. "이 자식, 진짜 제법이구나!" 사푸밍이 갑자기 목소리를 높이며 물었다. "결혼은?"

"아직이야."

"그럼 됐어. 결혼했다면 나도 방법이 없었을 거야. 너도 알겠지만, 숙식도 내가 제공해야 하잖아. 두 사람이 결혼했다면 방을 따로 얻어줘야 할 텐데, 그 비용까지는 무리지. 결혼을 안 했다니 잘됐네. 너는 남자 숙소에서 살고, 여자는 여자 숙소에 살면 돼. 네 생각은 어때?"

닥터 왕은 전화를 끊고 샤오쿵 쪽으로 몸을 돌려 말했다. "내일 같이 한번 다녀오자. 당신도 가서 보고, 괜찮으면 모레부터 출근하자고."

샤오쿵이 말했다. "좋아요."

원래 계획대로라면 닥터 왕은 서둘러 일을 시작할 이유가 없었
다. 선전에 있을 때 그와 샤오쿵은 설을 맞아 가능한 한 푹 쉬면서
이 기간을 두 사람의 허니문으로 즐기자고 했다. 결혼식은 아주 간
단히 치를 계획이었다. 제아무리 예쁘게 꾸며봤자 자신들의 눈에
는 보이지 않는다. 다른 사람에게 보이기 위한 겉치레가 되어버릴
수밖에 없는 것이 맹인의 결혼식이다. 닥터 왕이 말했다. "이번 설
에는 내가 당신을 한 달 내내 꿀단지 속에 푹 빠져 지내게 해줄게."
샤오쿵은 닥터 왕의 말에 아주 침착하게 답했다. "좋아요. 낭군님
말씀을 따르지요."

그러나 결국 닥터 왕과 샤오쿵의 허니문은 스무 날도 채우지 못
하고 말았다. 닥터 왕이 이렇게 갑작스레 생각을 바꾼 데에는 실질
적인 이유가 있었다. 더는 집에 머무를 수가 없었던 것이다. 닥터
왕은 동생이 하는 짓거리를 더이상 두고 볼 수 없었다. 말하자면
좀 웃기지만, 닥터 왕의 동생은 사실 덤으로 태어난 존재였다. 동
생이 태어났을 당시 나라에선 산아제한 정책을 시행하고 있었다.
동생이 세상에 나올 수 있었던 것은 오로지 닥터 왕의 눈 덕분이었
다. 동생이 태어났을 때, 닥터 왕은 벌써 어느 정도 철이 든 나이였
다. 그는 웃음소리만 듣고도 부모님이 온 마음으로 기뻐한다는 것
을 알 수 있었다. 어린 닥터 왕은 그게 너무 기뻤다. 그것은 일종의
해방이었다. 하지만 동시에 서글픔이기도 했다. 그는 벗어날 수 없
는 질투에 시달렸다. 때로는 마음속에 미움이 응어리져 악독한 생
각이 번뜩 떠오르기도 했다. 하지만 이런 생각은 외려 동생에 대한

그칠 줄 모르는 애정으로 바뀌어갔고 그는 기꺼이 동생을 대신해 죽을 수도 있었다. 동생은 작년 노동절에 결혼했다. 결혼 전날 동생은 선전으로 전화를 걸어와 닥터 왕에게 농담 비슷하게 말했다. "형, 나 먼저 결혼한다. 형이 갈 때까지 못 기다리겠어." 닥터 왕은 동생의 결혼을 진심으로 기뻐했다. 너무 기쁜 나머지 온몸이 덜덜 떨릴 정도였다. 그러나 그는 손가락을 꼽아보고는 실망하고 말았다. 난징에 기차를 타고 가면 결혼식 시간에 맞출 수가 없었다. 닥터 왕은 바로 비행기를 떠올렸지만, 또 마음이 아파졌다. "바로 가서 비행기 표를 예약할게"라고 말하려다 문득, 그의 의심 많은 성격이 그를 깨우쳤던 것이다. 웬 '장님'이 자기 결혼식에 앉아 있는 모습을 동생이 바랄까? 그래서 닥터 왕은 말했다. "이런, 어째서 며칠이라도 일찍 말해주지 않았냐?" 동생이 말했다. "괜찮아, 형. 그렇게 멀리 떨어져 있는데 뭐. 겨우 결혼일 뿐이잖아? 그냥 알고나 있으라고 전화한 거야." 닥터 왕은 동생의 말뜻을 곧 이해했다. 동생이 바라는 것은 축의금뿐, 다른 건 없었다. 의심 많은 성격이라 다행이었다. 그렇지 않으면 동생을 부끄럽게 만들 뻔했다. 닥터 왕은 동생에게 한바탕 덕담을 늘어놓은 뒤 황급히 전화를 끊었다. 마치 병이라도 난 것처럼 땀이 결렸다. 닥터 왕은 혼자 은행에 들렀다 우체국으로 가서 동생에게 이만 위안이나 되는 돈을 부쳤다. 원래 그는 오천 위안 정도만 부치고 말 심산이었다. 너무 마음이 상하고 자존심도 상했기 때문에 닥터 왕은 화가 났고 자신의 뺨을 후려치고 싶은 마음까지 들었다. 그는 이를 악물고 네 배나 되는 돈을 보냈다. 그의 행동은 일종의 화풀이였다. 절연의 표시이기도 했다. 형제 사이도 이것으로 끝이다. 창구의 직원은 여자였다.

그녀는 돈을 받아들고 말했다. "이걸 혼자 다 버신 거예요?" 마음
이 상해 기분이 엉망이었던 닥터 왕은 이렇게 쏘아붙여줄까 생각
했다. "훔친 돈은 아니지!" 그러나 닥터 왕은 교양인이었다. 게다
가 여직원의 목소리에 담긴 찬사의 뜻도 알아들었다. 닥터 왕은 웃
으며 말했다. "그렇죠. 이런 눈으로는 기껏해야 왼손으로 오른손
밖에 못 훔치거든요." 자조 섞인 유머였다. 여직원이 웃자 우체국
안의 모든 사람이 따라 웃었다. 아마도 모두가 그를 보고 있었으리
라. 여직원이 상체를 기울여 닥터 왕의 팔뚝에 손을 얹더니 도닥도
닥 두드리며 말했다. "젊은 분이 정말 대단하시네요. 어머니가 이
돈을 받으시면 정말 기뻐하시겠어요!" 닥터 왕은 그 웃음소리에
감사했다. 그 토닥임에 감사했다. 따사로운 기운이 미처 막을 새도
없이 맹렬하고 갑작스럽게 그의 마음 깊은 곳까지 밀려들었다. 하
마터면 울 뻔했다. 동생아, 동생아, 내 하나뿐인 동생아, 너는 오늘
처음 만난 이 생면부지인 사람만도 못하구나! 내가 너를 부끄럽게
하지 않겠다. 됐냐? 됐겠지! 이제 된 거지?

　난징으로 돌아온 뒤에야 닥터 왕은 많은 일이 동생의 뜻에서 비
롯된 것이 아니었음을 알았다. "구샤오닝"이라는 여자가 동생을
망쳐놓은 것이었다. 닥터 왕은 구샤오닝의 목소리만 듣고도 손 하
나 까딱 않고 남을 부리기만 하는 여자라는 사실을 알았다. 남쪽
지방 말씨였는데, 입만 열었다 하면 간사함이 뚝뚝 묻어났다. 전혀
좋은 인간이 아니다. 동생도 그렇지, 물러터져서는 결혼하자마자
무슨 일이든 마누라 좋은 대로 질질 끌려다니다니…… 그러면 안
되는 법이다! 닥터 왕은 곧바로 동생을 용서했다. 대신 다른 사람
에게로 미움이 옮겨갔다. 구샤오닝의 목소리만 들어도 화가 천길

만길 치솟았다.

닥터 왕은 동생 때문에 마음을 끓였다. 동생은 일이 없었다. 구샤오닝도 일을 하지 않았다. 도대체 어떻게 살아가려고 그러나? 다행히 구샤오닝의 아버지가 군대에 있어서 집안이 비교적 부유했기에 망정이지, 하마터면 두 사람은 등짝을 붙이고 살 집조차 없었을 것이다. 동생 내외는 정말이지 신선놀음을 즐기는 재주를 타고난 것 같았다. 오늘은 영화를 보러 가고, 내일은 찻집에서 빈둥거리고, 그다음날에는 노래방에 가서 노래를 불렀다. 구샤오닝의 몸에서는 향수 냄새까지 진동했다. 어째서 저들은 걱정이라는 걸 하지 않을까? 도대체 어떻게 삶을 꾸려가려고?

닥터 왕은 사실 이 집을 떠난 지 오래였다. 열 살에 학교에 들어간 후부터 대학을 졸업할 때까지 쭉 기숙사 생활을 했다. 그리고 졸업한 뒤에는 선전으로 떠났다. 말하자면 닥터 왕은 열 살 되던 그해에 이 집을 떠나 끊길 듯 말 듯한 관계만 부지해왔던 셈이다. 그는 사실 동생이 어떤 사람인지 전혀 알지 못했다. 어릴 때 다소 제멋대로였다는 정도만 알 뿐이었다. 그는 동생이 왜 구샤오닝 같은 여자를 아내로 맞았는지 도무지 이해되지 않았다. 구샤오닝이 동생에게 어떤 언사를 쓰는지 한번 들어보라. "뵈는 게 없어?" "눈깔이 삐었어?" 도무지 사람에 대한 배려라고는 없었다. 그런 말들을 듣고 있자면 닥터 왕은 마음이 몹시 언짢아졌다. 맹인들은 이렇다. 개인적으로는 "눈이 삐었다"는 말 따위에 그다지 신경쓰지 않는다. 자신도 그런 말을 하고 맹인끼리 서로 농담으로 말하기도 한다. 그러나 맹인 아닌 사람이 그러면, 어쨌거나 마음이 쓰인다. 구샤오닝은 이러한 금기를 건드린 것이다. 그녀가 고의로 그랬다고는 할 수 없지만 시아주버니를 안중에도 두지 않는 것이다. 어디 시아주버니뿐인가, 손위 동서 또한 안중에 없는 것이다. 틀림없다. 시아주버니를 무시하는 것은 그렇다고 치자. 자기 '형님'에게도 오만방자하게 굴다니! 구샤오닝이 오면 샤오쿵은 말수가 티나게 줄었다. 샤오쿵도 무언가를 느낀 게 틀림없었다.

이런 것들은 큰 문제도 아니었다. 닥터 왕은 식탁에서 정말 심각한 문제를 발견했다. 섣달그믐날 집에 와서 저녁을 먹겠다던 동생은 〈춘완〉*이 시작될 때까지도 오지 않았다. 그러더니 설날 당일 저녁 무렵에야 겨우 찾아와 얼렁뚱땅 부모님께 세배를 드린 뒤에 닥터 왕에게 미적지근한 말 몇 마디를 던지고는 가버렸다. 진짜 문제는 정월 초이레부터 시작되었다. 매일 점심때에 딱 맞춰 와서는 차려놓은 밥을 먹고 가버리고, 또 저녁때에 맞춰 와서 밥을 먹고 또 가버리는 것이었다. 이런 날이 대보름까지 계속 반복되었고, 닥터 왕은 그제야 그들의 뜻을 짐작했다. 그들은 샤오쿵과 닥터 왕이 여기서 공밥을 얻어먹는다고 생각하는 게 틀림없었다. 형과 샤오쿵이 '공밥'을 먹는다면, 자기들이라고 왜 못 먹겠는가? 어차피 공짜로 먹는 공용 식당이라면 자기들도 이용하겠다는 것이겠지.

한 끼 밥이 무슨 대수랴? 두 끼 밥도 별거 아니다. 그러나 이렇게 날이 가고 달이 가도록 노인네들 등골을 빼먹다니. 도대체 언제까지 그럴 셈인가? 노인네들은 가난하고 배고픈 나날을 보내고 있는데. 이것은 닥터 왕과 샤오쿵을 내쫓는 것이나 마찬가지다. 그것도

---

* 〈춘절연환만회(春節聯歡晚會)〉의 중국어 약칭. 섣달그믐 저녁부터 방송되는 설맞이 문화 예술 공연 TV 프로그램.

아주 기세등등하게. 틀림없이 구샤오닝 그 계집의 수작일 것이다! 틀림없다! 닥터 왕은 떠날 수 있었다. 하지만 그러면 샤오쿵과의 허니문은 어찌되는가? 닥터 왕은 아무 말도 하지 않았지만, 속으로는 분하고 억울하기 그지없었다. 그런데도 뭐라 말할 수가 없다.

　말할 수 없더라도 뭐라고 하기는 해야 했다. 적어도 샤오쿵에게는 무슨 말이든 해줘야 했다. 허니문은 다음에 보내자고. 밤에 부모님과 함께 거실에 앉아 뉴스를 다 '보고' 나서 닥터 왕과 샤오쿵은 방으로 들어갔다. 닥터 왕은 침대에 걸터앉아 샤오쿵의 손을 잡아끌고는 뭔가 말을 하려다 말았다. 샤오쿵이 갑자기 닥터 왕의 입술에 제 입술을 갖다 댔다. 이리 되니 닥터 왕은 더 말을 할 수가 없었다. 샤오쿵은 입을 맞추며 옷을 벗었다. 스웨터를 벗을 때에야 닥터 왕의 입술이 잠깐 틈을 얻었다. 그가 막 말하려는데 샤오쿵의 작은 입술이 또 그를 막았다. 그는 샤오쿵이 하고 싶어한다는 것을 알았다. 그러나 자신은 전혀 그럴 기분이 아니었다. 가슴이 답답하고, 계속 망설여졌다. 샤오쿵은 어느새 실오라기 하나 걸치지 않은 맨몸이 됐다. 뜨거운 그녀의 체온을 온몸으로 느낄 수 있었다. 샤오쿵은 그를 이끌고 누우며 말했다. "내 사랑, 안아줘요." 닥터 왕은 내키지 않았지만 아무래도 샤오쿵을 거절할 수는 없었다. 두 사람의 몸은 곧 하나가 되었다. 샤오쿵은 두 다리를 쳐들어 닥터 왕의 허리를 단단히 얽어매더니 문득 수학 문제 하나를 던졌다. "우리는 몇 사람이죠?" 닥터 왕이 맞받아쳤다. "한 사람이지." 샤오쿵은 그의 얼굴을 떠받치고 말했다. "내 사랑, 정답이에요. 기억해요. 영원히 기억해야 해요. 우리는 한 사람이에요. 당신이 무슨 생각을 하는지, 무슨 말을 하려는 건지 다 알아요. 그러니 아무 말도 할 필요 없어요. 우리는 한 사람이니까요. 지금처럼 이렇게 당신은 내 안에 있어요. 우리는 한 사람이에요." 닥터 왕은 그 말들을 다 듣고 있었다. 막 무슨 말인가를 하려는데 온몸이 숨가쁘게 뜨거워져 도무지 말을 꺼낼 수가 없었다. 갑자기 몸속에서 거센 파도가 치솟았다. 갑작스레 들이닥쳤다. 그 몸안의 모든 것이 거칠게 솟구쳐 절정에 올라 뻣뻣하게 굳었다가 다음 순간 천군만마가 내달리듯 요동쳤다. 그와 거의 동시에 닥터 왕은 눈물을 쏟고 말았다. 그의 눈물이 광대뼈를 타고 턱으로 흘러 샤오쿵의 얼굴에 한 방울씩 떨어졌다. 샤오쿵은 문득 입을 벌렸다. 자기 남자의 눈물을 마시고 싶었다. 이 순간적인 바람이 샤오쿵에게 놀라운 결과를 가져왔다. 그녀도 절정에 이른 것이었다. 다시는 반복할 수 없을 것 같은 이 짧은 섹스는 참 불가사의하게도, 어떤 특별한 기술이나 준비가 없었는데도, 더없이 자연스럽고 완벽했다. 완전무결에 가까웠다. 샤오쿵은 재빨리 두 다리를 풀고 반듯하게 누워 허리를 들어올렸다. 순간 삶이 끝난 듯한 기분이 들었다. 둥둥 떠다니는 느낌이었다. 무게를 잃고 미끄러져나갈 것만 같았다. 아니, 이미 미끄러졌다. 위험했다. 위기일발의 순간이었다. 샤오쿵은 닥터 왕의 커다란 두 귀를 꼭 붙잡았다. 그리고 안간힘을 쓰며 끌어당겼지만, 이내 손에서 빠지려 했다. 너무 위험해. 샤오쿵은 닥터 왕을 꽉 끌어당겼다. 그의 무게가 필요했다. 그의 무게가 자신의 온몸을 '짓누르기' 바랐다.

　"……꽉 안아줘요. ……더 꽉 내리눌러줘요. 나 혼자 날아가도록 두지 마요…… 난 무서워요."

사푸밍

:· ·:··: :·:·:::

　오전 열시, 닥터 왕이 '군식구' 한 명과 '한번 둘러보기로' 한 그
때 마침 사푸밍의 위통이 시작되었다. 사푸밍의 위통은 갈수록 규
칙적으로 찾아왔다. 오전 열시쯤 한 번, 오후 서너시쯤 한 번, 오밤
중이나 새벽에 또 한 번. 이미 여러 번 반복해서 겪은지라 사푸밍
은 대처 방법을 마련해두고 있었다. 일단 통증이 시작되면 호주머
니에서 시러* 알약 한 알을 꺼내 입안에 넣고 우적우적 씹어 물 없
이 삼켰다. 몇 분이 지나면 곧 통증이 가라앉았다. 중약中藥도 효과
는 있지만, 아무래도 양약처럼 이렇게 단숨에 약효가 나타나지는
않았다.
　사푸밍이 홀에서 약을 우적우적 씹고 있을 때, 닥터 왕이 '사쭝
치 마사지센터' 문 앞에 도착해 "사 사장"하고 외쳐 불렀다. 도대

---

* 중국의 대표적인 건강식품 브랜드.

체 무슨 심산이란 말인가! '친구'라고 부르는 대신 '사 사장'이라는 호칭을 어찌나 힘주어 부르는지, 마치 덤프트럭 클랙슨을 울린 것 같았다. 사푸밍은 안에서 달려나와 문 앞에 서서 닥터 왕과 인사를 나누었다. 닥터 왕은 먼저 사 사장에게 샤오쿵을 소개했다. 격식을 갖춰 '닥터 쿵'이라 칭하며. 사푸밍은 두 사람이 정말로 결혼 전임을 알 수 있었다.

　사 사장은 닥터 왕과 일이 분 정도 간단히 인사를 나눈 뒤 곧 그를 데리고 휴게실로 자리를 옮겼다. 휴게실은 쥐죽은듯 고요했다. 하지만 닥터 왕은 휴게실에 빽빽하게 앉아 있던 많은 사람이 일제히 일어섰다는 사실을 알아차렸다. 그는 잠깐 어리둥절해하다 웃으며 물었다. "조회하는 건가?" 사푸밍이 대꾸했다. "조회는 보통 월요일에 하지. 오늘은 업무 관련 강의를 듣는 날이야." 닥터 왕이 말했다. "잘됐군. 나도 좀 배워야겠는걸." 사푸밍이 웃으며 말했다. "이 친구, 농담도 많이 늘었네. 시간 좀 내서 네가 이 사람들한테 강의라도 해줘. 요즘은 교육을 너무 대충 시키는지 갈수록 엉망이네. 말도 못해. 우리 때랑은 정말이지 비교가 안 된다고." 닥터 왕은 너털웃음을 터뜨렸다. 사푸밍이 그래도 옛친구가 왔다고 직원들 앞에서 닥터 왕의 체면을 세워주려 한다는 것을 알 수 있었다. 그의 이런 배려로 닥터 왕의 뒤에 선 샤오쿵까지 안도의 한숨을 쉴 수 있었다. 닥터 왕은 치켜세워준다고 그대로 성큼 그 자리에 올라앉는 우를 범하지는 않았다. 그리고 웃으며 말했다. "사 사장도 참 겸손이 지나치네. 사 사장이야말로 이론과 실전 경험을 두루 갖춘 일류가 아닌가." 사푸밍은 다른 사람이 자신의 손재주를 칭찬하는 것은 그리 신경쓰지 않았다. 그러나 자신의 '이론'을 칭찬해주면 매우 귀담아들었다. 자신이 '이론을 갖춘' 사람이라는 점에 무척 자부심이 있었기 때문이다. 사푸밍이 웃었다. 닥터 왕의 말은 사푸밍의 비위를 맞추기 위한 것만은 아니었다. 사 사장은 정말이지 수완이 있었다. 불과 몇 분 사이였지만 닥터 왕은 이미 알아보았다. 사업의 규모가 크든 작든, 사푸밍은 빈틈없는 경영을 하고 있었던 것이다. 일의 체계는 분명했고, 교육도 잘 이루어지는 것 같았다. 닥터 왕은 마음을 놓았다. 남의 가게에서 일을 할 때 닥터 왕은 이 두 가지, 업무와 교육의 분명한 체계를 갖추었는지를 살폈다.

닥터 왕의 느낌이 맞았다. 사쭝치 마사지센터의 특징은 사업 확장에 힘쓸 뿐 아니라 업무 훈련을 특별히 중시한다는 점이었다. 이 또한 사푸밍의 기발한 발상이었다. 사실 훈련은 명분이었고, 관리라는 말이 맞을 것이다. 보통 오전 열시 전후는 마사지센터가 한산한 시간이었다. 사푸밍의 마사지사들은 대개 이러한 기회를 보아 낮잠을 청하곤 했다. 근무시간의 낮잠, 맹인의 좋은 점이 바로 여기에 있다. 눈이 멀쩡한 사람이라면 눈을 감는 순간 다른 사람들이 그 사실을 알게 된다. 하지만 맹인은 다르다. 자리에 앉아 고개만 제대로 들고 있으면 아무도 알아채지 못한다. 눈으로 알아볼 수는 없지만 누가 잠들었는지 아는 사람은 다 안다. 목소리가 달라지기 때문이다. 놀라서 막 깨어난 사람은 하나같이 잠이 덜 깨 흐리멍덩한 목소리 아니면 깜짝 놀라 과장된 목소리가 나온다. 반응부터가 다른 것이다. 사푸밍은 예전부터 이 점을 확실히 인식하고 있었다. 그때부터 내심 스스로에게 한 가지를 엄격하게 요구했다. 언젠가 자기 가게를 열고 사장이 되었을 때, 절대 자기 마사지센터에서는 직원들이 낮잠을 자지 못하게 하리라. 반드시 이러한 행위를 근절하리라. 손님은 모두 눈이 멀쩡한 사람들이다. 만약 직원들이 졸면서 고개를 박고 있으면, 손님은 직원들이 게으르다고 생각하는 것이 아니라 장사가 잘 안 되는 가게라고 생각하게 된다. 반대로 비는 시간을 이용해 모임을 갖고 업무상의 문제에 대해 토론하거나 하면 벌써 홀의 분위기가 달라진다. 뭔가 군기가 바짝 든 것처럼 보이는 것이다. 이런 분위기가 중요하다. 그것은 마치 파도와 같아서, 하나가 열을 부르고 열이 백을 불러 일파만파 퍼져나간다. 사푸밍도 남의 가게에서 일한 경험이 있었다. 그래서 직원들의 생활을 속속들이 알았다. 그때의 경험을 살려 관리하니 수완이 남다를 수밖에. 그는 직원들의 약점이 무엇인지 잘 알았다. 이른바 관리는, 하하, 바로 그 약점을 장악하는 게 핵심이다.

사푸밍은 닥터 왕과 샤오쿵을 데리고 모든 마사지실을 쭉 돌았다. 각 방마다 들어가보면서. 닥터 왕은 사푸밍의 수입을 벌써 짐작하고도 남았다. 열서너 명의 직원에 침대가 열일고여덟 개니까 그리 크다고는 할 수 없지만, 그렇다고 작다고도 할 수 없었다. 닥터 왕이 밑천을 다 날리지 않았더라면, 그도 가게를 차려 그럭저럭 이 정도 규모는 되었을 텐데. 이렇게 생각하니 닥터 왕은 마음이 불편해졌다. 손가락 관절에서 또 한차례 두두두두둑 폭죽 터지는 소리가 울렸다.

마지막 방까지 돌아보고 난 뒤에 사푸밍은 뒤로 한 발짝 물러서 여닫이문을 닫았다. 닥터 왕은 때가 됐음을 알았다. 이야기는 바로 본론으로 들어갔다. 사푸밍은 정이 뚝뚝 묻어나는 말투로 말했다. 옛친구가 와서 일을 돕겠다니 더할 나위 없이 좋으며 진심으로 환영한다는 내용이었다. 그러나 잘 들어보면 공평을 중시한다는 뜻을 담고 있었다. 닥터 왕은 사푸밍의 말을 이해했다. 비록 옛친구이기는 하나 닥터 왕도 이곳에서는 다른 직원과 마찬가지이며 절대 특별 대접을 해줄 수 없다는 얘기였다. 닥터 왕은 아예 툭 까놓고 시작하기로 했다. 그는 작은 목소리로 간명하게 답했다. "그 점은 염려 마. 내가 고용살이를 하루이틀 한 것도 아니니." 닥터 왕이 이렇게까지 따라주자 사푸밍은 손바닥을 비비며 말했다. "그럼 두 사람은 나가서 필요한 것들을 준비하지. 생필품이나 뭐 그런 거 있잖나. 내가 바로 숙소에 전화해 방을 정리해두라고 하지." 닥터 왕이 사푸밍의 어깨를 툭툭 쳤고, 사푸밍도 닥터 왕의 어깨를 툭툭 쳤다. 사푸밍은 목소리를 높여 말했다. "사쭝치 마사지센터에 온 것을 환영합니다."

닥터 왕은 고개를 갸웃했다. 이해가 안 됐다. 틀림없이 '사푸밍 마사지센터'일 텐데, 어째서 '사쭝치 마사지센터'라고 하지?

"이렇게 된 거야." 사푸밍이 설명했다. "이 가게는 나랑 장쭝치 두 사람이 동업한 거지. 내가 반, 저쪽이 반. 그러니 '사쭝치'가 아니겠나?"

"장쭝치는 누군가?"

"내가 상하이에서 알게 된 친구."

"그 사람은 지금 어디 있는데?"

"휴게실에."

"난 아직 그 사람은 못 만나봤는데." 닥터 왕이 말했다.

"괜찮아." 사푸밍이 말했다. "아직 시간 많은데, 뭐. 그 사람 이 사람 할 게 있나. 나랑 그 사람은 한사람이나 마찬가지야. 그는 지금 강의중이지."

닥터 왕은 고개를 들고 "오!"라는 몸짓을 해 보였다. 그러나 소리는 내지 않았다. 마음이 조금 편해졌다. 그는 샤오쿵의 손을 잡았다 바로 놓았다. 샤푸밍의 가게도 동업이었단 말이지. 그 또한 반쪽짜리 사장이었던 것이다. 한 가지는 분명해졌다. 상하이에서 샤푸밍은 절대 선전에 있을 때의 닥터 왕만큼 잘나가지 못했다.

닥터 왕과 샤오쿵을 배웅하고 샤푸밍은 찬바람 속에 서서 고개를 들어 자기 가게를 '쳐다보았다'. 그는 이 가게가 불만스러웠다. 엄밀하게 말하자면 사쭝치 마사지센터는 입지가 별로 좋지 않았다. 난징 주변부의 이류 부지에 겨우 낄까 말까 했다. 이십 년 전에 이곳은 다 논밭이었다. 그런데 요즘 도시는 다른 곳에는 신경쓰지 않고 가슴 확대에만 열 올리는 여자처럼 큰 것만 밝힌다. 그래서 젖가슴이 아닌 곳까지 모두 젖가슴으로 만든다. 한번 '불룩'해지고 나면 만사가 오케이다. 정말 값이 나가게 되는 것이다. 물 대는 논이 됐든 목화밭이 됐든 대번에 이류 부지가 된다. 샤푸밍은 우선 일을 벌이고 보자고 스스로를 설득했다. 장사가 잘되면, 그래서 사업 규모가 커지고 세도 좀 올라가고 땅값도 오르면, 가게를 시내 중심지로 옮기는 거다. 그는 가게를 구러우나 신제커우* 쪽에 낼 계획이었다.

이 일을 시작한 첫날부터 샤푸밍은 '제힘으로 먹고살기'가 아니라 자본의 원시축적을 위해 노력했다. '제힘으로 먹고살기'는 얼마나 황당하고 오만하며 자기밖에 모르는 얘긴가. 그러나 이게 바로

---

* 두 곳 모두 난징의 번화가.

멀쩡한 사람들이 장애가 있는 사람들에게 하는 소리였다. 장애가 있는 사람들은 이 멀쩡한 사람들을 '정상인'이라는 다른 이름으로 부르기도 했다. 사실 정상인은 비정상이다. 선생이 됐든 관리가 됐든, 그들은 언제나 장애인에게 말한다. '제힘으로 먹고살기'를 해야 한다고. 굉장한 자신감이다. 마치 장애가 있는 사람만 '제힘으로 먹고살기'를 해야 하는 것처럼 말한다. 그들 자신은 전혀 그럴 필요가 없다는 듯, 뭐든 이미 다 된 밥에 젓가락만 얹으면 된다는 듯, 이 세상의 장애인만 '제힘으로 먹고살기'를 하면 모든 문제가 해결된다는 듯 말이다. 그러면 아무도 굶어 죽지 않고, 아무도 얼어 죽지 않는 것처럼. 참 대단하다. 이런 니미럴 '제힘으로 먹고살기' 같으니라고. 사지육신이 멀쩡한 인간은 맹인의 심장에 몇만 마력의 힘이 들끓고 있는지 영원히 알 수 없을 것이다.

자본의 원시축적을 위한 사푸밍의 파란만장한 노정은 차마 눈뜨고 볼 수 없을 정도로 처참했다. 마르크스는 자본의 원시축적이 죄악을 동반한다고 말했다. 사푸밍의 경우에는 죄악을 동반할 만한 조건을 갖추지 못했다. 조건이 충분하지 않았다. 그의 자본의 원시축적이 동반한 것은 희생이었다. 그는 자신의 건강을 희생했다. 젊디젊은 나이에 사푸밍은 이미 심각한 목 디스크와 위처짐증에 시달렸다. 그 자신이 얼마나 많은 목 디스크 환자를 치료했던가? 셀 수도 없다. 그러나 그 자신의 목 디스크는 이미 손쓸 도리가 없을 정도로 심각했다. 어지러움을 느낄 때면 거의 토할 지경까지 되었다. 현기증이 날 때마다 사푸밍의 뇌리에는 오직 한 가지, 돈만 떠올랐다. 돈은 뭐하려고? 빌어먹을 '제힘으로 먹고살기' 위해서가 아니었다. '밑천'을 만들기 위해서였다. 그는 '밑천'이 필요했다.

이 '밑천'에 미친듯이 집착했다. 현기증이 나면 그의 눈은 반짝 빛을 발했다. 현기증 끝에 그는 마침내 '보았다'. 자기 업계의 진상을 '목도'하고야 말았다. 그 진상은 아주 단순한 관계의 양상이었다. 당신이 다른 사람을 위해 일하거나 다른 사람이 당신을 위해 일한다. 아주 간단했다.

선천적인 맹인이 아니었다면 그는 혼자서 온 세상을 마주할 수도 있었을 것이다. 사푸밍은 그렇게 믿었다. 그는 공부에 재능이 있었다. 이야말로 사푸밍의 하늘 높은 줄 모르는 자부심의 근거였다. 그는 머리가 좋았다. 예를 들면, 중의학의 경락과 경혈의 위치를 공부할 때 닥터 왕과 다른 학우들이 아직 심수, 폐수, 신수, 천중, 미중, 족삼리*를 헤매는 동안, 사푸밍은 선생님에게 승인을 받고 의과대학으로 해부학을 배우러 갔다. 시체를 해부하고 만져보면서, 육체를 익히고 골격과 신경과 장기와 근육을 익혀 사푸밍은 인체 구조를 완벽히 파악했다. 중의학은 좋은 것이긴 하나 나름의 문제가 있었다. 중의학의 근거와 해법은 모두 철학에서 비롯되었다. 그래서 무슨 현상이든 인체와 우주, 천지 만물을 연관시키는 음양오행 사상으로 해석했다. 처음에는 단순하게 시작하지만 깊이 들어가지 않을 수 없고, 들어가면 들어갈수록 학문이 더욱 오묘하고 아리송해진다. 양의학은 그렇지 않다. 모든 단계가 깊이 들어가도 쉽게 이해된다. 양의학에서는 신체를 다룰 때 그 자체의 물질성과 실증성만 따질 뿐 무슨 신비하고 오묘한 사상이나 명상 따위를 엮지 않는다. 한마디로 해부학은 보다 실용적이고 효과를 빠르

---

* 모두 혈 자리 이름.

게 볼 수 있는 학문이었다. 미래의 마사지사, 특히 맹인들은 시체를 속속들이 더듬어 분명하게 알아야만 살아 있는 사람을 더 잘 다룰 수 있을 것이었다.

사푸밍은 공부를 잘했다. 같은 과의 또다른 우등생인 닥터 왕과는 스타일이 완전히 달랐다. 닥터 왕도 공부를 잘했다. 그는 자기가 앞으로 무엇을 하면 되는지 잘 알았다. 터놓고 말하자면, 그는 자기 몸을 밑천으로 벌어먹고 살 작정이었다. 그래서 몸을 튼튼히 하기 위한 노력을 쭉 해왔다. 남는 시간엔 거의 헬스클럽에서 살았다고 해도 과언이 아니었다. 앞으로 자기가 쓸 팔심과 손가락 힘을 기르기 위해 그는 누워서 드는 역기의 무게를 놀랍게도 백이십오 킬로그램까지 늘렸다. 그의 팔뚝은 보통 여학생의 허벅지만큼이나 굵었다. 엄지손가락의 누르는 힘은 살을 뚫고 뼈까지 찌릿찌릿 전해졌다.

사푸밍은 이런 기본기를 다진 적이 없었다. 그는 손재주가 아무리 좋아봤자 결국은 수공업자밖에 안 된다고 굳게 믿었다. 또 무공이 아무리 뛰어나도 기껏해야 힘쓰는 장사가 될 뿐이었다. 사푸밍은 장군이 될 생각이었다. 그렇게 헬스클럽에서 용을 쓰면 뭣한단 말인가? 차라리 영어나 일어를 좀더 배워두는 것이 낫다. 사푸밍의 '안목'이 장기적이고 독창적이며 전략적인 선견지명이었다는 점은 나중에 증명되었다. 상하이로 가서 막 일을 시작했을 때, 향수 냄새만 나면, 그러니까 외국 손님이 오면, 맹인들은 부끄러워 어쩔 줄 모르며 하나같이 말을 붙이려 들지 않았다. 그제야 사푸밍이 한 수 위였다는 사실이 드러났다. 그는 짧은 영어나 일어로나마 손님과 인사를 나누었다. 일단 인사를 하고 안면을 트면 손님은 자연스럽게 그의 단골이 됐다. 자기 손님을 빼앗는다고 사푸밍을 원망하는 사람은 없었다. 오히려 동료들은 사푸밍을 부러워하고 존경하는 마음까지 품었다. 사푸밍은 한층 꾀가 생기고 외국어를 하는 데도 자신감이 붙었다. 그는 더듬대는 영어나 일어로 팁에 관해 외국 친구들과 토론을 벌이기 시작했다. 결국은 흥정하는 것이었지만 말이다. 숙소로 돌아와서는 동료들에게 무슨 얘기였는지 통역해주기도 했다. 동료들은 그의 말을 듣고 깜짝 놀랐다. 그건 단순한 흥정이 아니었다. 그야말로 '국제무역'이었다. 국제무역이 어디 따로 있다던가. 동료들은 입을 쩍 벌리고 다물 줄 몰랐다. 사푸밍은 크게 놀았다. 그는 영업에서 두각을 나타냈다. 한창 바쁠 때는 제 몸을 갈가리 찢어 이리저리 보내지 못하는 것이 한스러울 따름이었다.

  사푸밍은 거의 죽기 아니면 까무러치기였다. 그는 밤낮을 가리지 않고 일했다. 그의 지압술은 그다지 대단한 편이 아니었다. 그러나 코쟁이 외국놈이 지압술을 알기나 하겠는가? 그들은 이두박근, 삼두박근, 대흉근, 광배근, 승모근, 복근이나 알지, 심수니 격수니 천중이니 따위는 몰랐다. 누르기, 압박하기, 문지르기, 비비기, 찍기, 두드리기, 밀기 같은 지압 방식에 대해서는 더더욱 알 리가 없었고. 외국인은 사푸밍의 지압술보다는 언술을 통해 더 많은 것을 느낄 수 있었다. 그의 친절함, 기민함, 박학다식함, 그리고 짧은 외국어 탓에 자신도 모르게 구사하게 되는 유머. 간단한 예를 들어보자면, 한번은 외국인이 사푸밍의 얇은 옷차림을 보고 춥지 않으냐고 물은 적이 있었다. 사푸밍은 이렇게 답하고 싶었다. 아뇨, 저는 추위를 모르는 남자거든요. 그러나 그가 내뱉은 영어 문장은 이랬다. "I am a hot man." 이 영어의 뜻이 대체 뭐던가? "나는 밝히는 남자거든요"다. 외국인들은 배꼽이 빠져라 웃었다. 그들은 이 맹인 친구가 이처럼 '뭘 좀 아는' 사람일 줄 미처 몰랐다. 사푸밍의 출현은 수많은 손님이 장애인에 대해 지니고 있던 선입견에 변화를 일으켰다. 심지어 외국인이 중국인에 대해 가지고 있던 기본적인 생각까지 완전히 바꿔놓았다. 그들은 '미스터 사'가 달변인데다 낙관적이고, '오픈 마인드'이며 '유머러스'하다고 생각했다. 이런 까닭에 사푸밍의 손님은 모두 이삼일 전부터 예약을 해야 했다. 아무 때나 불쑥 찾아와 '미스터 사'를 만나는 일은 절대로 불가능했다. 사실 그렇게까지 미리 예약할 필요는 없었다. 그러나 사푸밍은 이런 방식으로 이름값을 더 올렸다. 원래 그런 것이다. 예약하기 힘들면 힘들수록 사람들은 더 매달리게 된다. 사푸밍의 영업은 나날이 발전했다. 그뒤로 사푸밍은 손님을 끌어모으는 데 골머리를 썩이지 않아도 됐다. 그의 영업은 완전히 '국제무역'이었다. 외국인들은 대부분 민펑루와 쓰샹루가 만나는 로터리 쪽에 있는 마사지센터에 대해 알고 있었다. 또한 그 마사지센터에 정말 대단한 '닥터 사'가 있다는 것도. 그들은 그의 손재주와 말솜씨가 '판타스틱'하다고들 했다.

그러나 복병이 있었다. 사푸밍의 영업은 곧 쇠락의 기미를 보였다. 언젠가부터 외국 친구들이 도리어 사푸밍에게 흥정을 하기 시작한 것이다. 사푸밍은 그 모든 것을 바로 자기 동료들이 가르쳤다는 사실을 전혀 알지 못했다. "좀더 싼값에 마사지를 받을 수 있다." 사푸밍의 동료 가운데 한 명이 외국 친구에게 말해줬던 것이다. "허리를 자르고 또 한 칼 더!" 허리를 자르고 또 한 칼 더? 이게 도대체 무슨 말인가? 외국인들은 이해가 가지 않는지 고개를 갸웃거렸다. 언어에는 확실히 장벽이 많다. 그러나 서로 통하고자 하면 어떤 장애도 극복되는 법이다. 사푸밍의 또다른 동료가 시범을 보였다. 그는 한 손으로는 외국 친구의 배를 더듬고 다른 손은 똑바로 세워 '칼'처럼 만들어 위로 쳐들었다. 올라갔던 손이 칼이 떨어지듯 떨어졌다. 외국인의 몸에 '찰싹' 소리와 함께 한 '칼'이 떨어진 것이다. 그 외국인이 정신을 채 차리기도 전에 손이 다시 올라가더니 또 한 '칼'이 떨어지며 '찰싹' 소리를 냈다. 이번에는 무릎 쪽이었다. 이제 외국인의 몸은 털이 부숭부숭한 종아리만 남았다. 외국인은 자기 발을 보고, 그 털이 부숭부숭한 발이 아직 살아 움직이는 것을 보고 드디어 깨달았다. 그는 의화단*을 만난 것이 아니었다. 그들은 교역을 논하기 시작했다. 그것도 매우 중국적인 방식으로. 제값을 사분의 일로 만들 수 있고, 심지어 팔분의 일, 나아가 십육분의 일로도 만들 수 있었다. 중국의 셈법은 참으로 놀라웠다. 한부漢賦**나 당시唐詩만큼이나 매력적이었다. "예—!" "알겠어! 나 알겠어!" "너무 맛져(멋져)! 너—무 맛져(멋져)!"

사푸밍의 영업은 급전직하로 추락했다. 잘못된 판단을 한 것이다. 너무 비대해지고 견고해진 자존심이 그의 판단에 장애물이 됐다. 닥터 왕의 주식 놀음과 마찬가지로 사푸밍 또한 수습할 수 있는 적당한 때를 놓치고 말았다. 사푸밍은 그의 '국제무역'을 수습하는 과정에서 너무 중국인다운 사고를 해버렸다. 그는 자신과 외국인 사이를 '친구'라고 생각했다. 친구란 쉽게 갈아치우기가 '미

---

* 청나라 당시 서양 세력을 배척하고 반그리스도교를 주창한 결사집단. 1900년에 의화단 운동을 일으켰다.
** 한나라 때 널리 쓰인 시와 산문을 결합한 운문의 일종.

안한' 법이다. 사푸밍이 틀렸다. 외국 손님들은 전혀 미안하게 여기지 않았다. '미안해한' 사람은 사푸밍뿐이었다. 그뒤로 상황이 더 흥미진진해졌다. 사푸밍은 영어와 일어를 듣기만 해도 민망해 얼굴을 들 수가 없었다. 그는 버려진 것만 같았다. 숨고 싶었다. 뭐가 민망하지? 왜 숨고 싶지? 사푸밍도 몰랐다. 그저 민망하고 민망할 뿐이었다. 영업은 나락으로 곤두박질쳤다. 사푸밍의 건강은 하필 이때 그 간악하고 잔혹한 면모를 드러냈다.

사푸밍의 몸은 사실 학생 시절부터 좋지 않았다. 왜 좋지 않았을까? 죽기 살기로 공부만 파고들었기 때문이다. 맹인은 사실 '죽기 살기로 공부'하기에 전혀 적합하지 않다. 눈이 멀쩡한 사람은 제아무리 열심히 한다 해도, 그러니까 제아무리 '밤낮을 잊고', 제아무리 '달빛을 빌려', 제아무리 '등잔불로 아침을 밝히며' 공부한다 해도, 어쨌거나 밝은 낮과 어두운 밤의 구별이 있다. 그러나 맹인에게는 이러한 구별이 없다. 그들은 시간 바깥에 존재했다. 게다가 눈이 멀쩡한 사람은 책을 어느 정도 읽으면 눈에 피로를 느낄 수밖에 없다. 맹인은 이런 피로를 알지 못했다. 오로지 검지의 촉각에만 의지했다. 사푸밍은 '낮밤도 없이' 책을 '읽었다'. 의학을 읽고, 문학을 읽고, 역사를 읽고, 예술을 읽고, 과학을 읽고, 경제를 읽고, 위아래로 오천 년의 역사를 읽고, 좌우로 팔만 리의 지리를 읽었다. 그는 공부를 해야 했다. 그는 왕지환*의 시를 굳게 믿었다. "천 리를 꿰는 눈을 가지려거든, 한 층 더 높은 누각에 오르라." 이 두 구절을 모르는 사람이 누가 있으랴? 하지만 사푸밍에게 이 시

---

* 당나라 시인.

는 그냥 시가 아니었다. 철학이요, 의지의 다짐이었다. 책 한 권이 누각의 한 층이었다. 일정 높이의 층에 '오르고' 나면 사푸밍은 '천리를 꿰는 눈'을 가지게 될 터였다. "가슴속 뭉게구름 출렁이는데, 눈 부릅뜨고 돌아오는 새를 보누나." "오나라와 초나라 땅은 동남으로 갈리고, 하늘과 땅은 낮과 밤 가운데 떠 있도다."* 사푸밍은 자신이 '다시 눈을 뜰' 수 있으리라 믿었다.** 그의 부모가 기대해마지 않았던 것처럼. 사푸밍은 모든 사람의 가슴속에 한 쌍의 눈이 더 있다는 사실을 굳게 믿었다. 그는 한 권 한 권의 책을 통해 마음의 눈을 '떴다'. 사푸밍은 시간 밖에서 그처럼 아주 원대한 포부를 품었다.

그는 공부했다. 날은 단 한 번도 밝은 적이 없었다. 바꿔 말하자면, 날은 단 한 번도 어두워진 적이 없었다.

학생 시절의 사푸밍은 그래도 젊었다. 일반적으로 맹인은 공부를 시작하는 시기가 늦은 편이다. 비슷한 학년의 눈이 멀쩡한 학우들과 비교하면, 사푸밍의 나이는 이미 적지 않았다. 그래도, 아무리 '적지 않더라도' 젊었다. 젊은이에게는 젊은이의 특징이 있는 법이다. 젊은이의 몸은 힘든 일을 좀 겪어도 버틸 수 있다. 오늘 좀 힘든 것은 괜찮다. 내일 좀 힘든 것도 괜찮다. 모레 좀더 힘들다 해도, 아직은 상관없다. 톨스토이의 말이 딱 맞는다. 육체는 정신의 노예여야 한다!

목뼈는 사푸밍의 몸안에 있었다. 위장도 몸안에 있었다. 사푸밍

---

* 각각 당나라 시인 두보가 지은 「태산을 바라보며(望嶽)」과 「악양루에 올라(登岳陽樓)」의 한 구절.
** 사푸밍의 이름 '푸밍(復明)'은 '시력을 회복한다'는 뜻.

은 그들을 노예처럼 부렸다. 야망에 불타서 매일같이 부려먹었다. 그들이 망가질 대로 망가졌다는 사실을 사푸밍이 깨달았을 때, 그들은 더이상 노예가 아니었다. 반대로 연약한 귀족 아가씨 임대옥*이 되었다. 걸핏하면 성깔을 부리며 사람을 못살게 굴었다.

건강은 언제나 다른 사람이 먼저 알아보는 법이다. "이보게, 자네 안색이 어째 그리 나쁜가? 어디 불편한가?" 하지만 맹인은 이런 것을 서로 봐줄 수가 없다. 신발이 큰지 작은지도 영원히 자신만 알 수 있을 뿐이다. 사푸밍의 영업이 타오르는 불꽃과 우거진 들풀처럼 번성할 때, 사푸밍의 목뼈와 위장은 이미 심각한 상태였다. 사푸밍은 꾹 참으며 아무 말도 하지 않았다. 맹인의 자존심은 대단한 것이었다. 하소연을 뼛속부터 경멸했다. 하소연은 상스러운 짓이었다. 밥을 빌어먹는 짓이나 다를 바 없었다. 사푸밍의 자존심으로는 더더욱 그러했다. 그는 절대 남에게 불평을 늘어놓지 않았다. 한 발 양보해 남한테 말한다 쳐도, 그게 무슨 소용이란 말인가? 일이 이렇게나 잘 풀리는데, 이렇게나 바쁜데, 돈을 벌지 않을 수 있겠는가. 그는 한 달에 만 위안 이상을 벌었다. 만 위안이라니, 과거의 사푸밍이라면 상상조차 할 수 없는 액수였다. 원래 사푸밍은 장기적인 계획을 세우고 있었다. 마흔 전에 반드시 사장이 되겠다는. 현재 상황으로 보자면, 이건 지나치게 장기적인 계획이었다. 이 계획을 한참이나 앞당겨 실행할 수 있으리라! 이를 이루기 위해서라면, 어떠한 병고라도 참을 수 있었다. 참고 참고 또 참고 참아보자. 가게를 열기만 하면 나도 '자산계급'이 될 것이다. 그

---

* 소설 『홍루몽』의 여주인공.

러면 누군가 나를 위해 건강과 쾌적함과 돈을 '생산'해주리라. 목뼈나 위장에 이상이 있는 정도라면, 어쨌거나 치명적인 부위는 아니다. 사푸밍도 반은 의사이니, 나름대로 '보고 들은 바가 있었다'. 기껏해야 몸이 좀 불편한 것뿐이다.

겉으로 보기에는 목뼈와 위장과 사푸밍의 사이가 틀어진 것 같았지만, 사실은 그의 직업이 목뼈, 위장과 잘 맞지 않는 것이었다. 위장만 하더라도, 사푸밍은 실로 이 녀석을 심하게 혹사시켰다. 늘 밤새워 공부했던 까닭에 그는 학생 시절 내내 아침밥을 먹어본 적이 없었다. 일을 시작한 뒤에는 상황이 더 심각해졌다. 마사지사의 일은 주로 밤에 몰렸다. 다음날 아침에는 침대가 너무 그리워 아침밥 따위를 챙길 여력이 없었다. 그럼 점심은? 사푸밍에게는 결정권이 없었다. 결정권은 손님에게 있었다. 손님을 맞은 이상 밥을 먹으러 갈 수는 없는 일 아닌가? 이런 경우도 자주 있었다. 마침 밥을 먹으려는데 손님이 온다. 어쩌겠는가? 가장 손쉬운 선택은 빨리 먹는 것이다. 하지만 말이 빨리 '먹는다'지, 사푸밍이 밥 먹는 모습을 보면 '먹는다'고 말하기 어려웠다. 그는 밥을 '씹어 먹어'본 적이 없었다. 언제나 '마셨다'. 밥과 반찬을 적당히 비빈 뒤 거기다 국을 부어 말아가지고 죽처럼 만들었다. 씹을 필요 없이 그냥 마시면 되도록. 후룩, 후룩, 후루룩. 입은 그냥 상징적으로 몇 번 움직여준다. 끝났다. 순식간에 다 뱃속으로 들어갔다. 빨리 먹기는 별 대수로운 재주도 아니었다. 어떤 마사지사가 빨리 못 먹겠는가? 문제는 얼마나 빠른가였다. 아주 빠르지 않으면 곤란했다. 아침밥은 벌써 건너뛰었고, 저녁은 언제 먹을 수 있을지 모른다. 사푸밍은 거의 매일 이 점심 한 끼에 의지했다. 그래서 정말 열심히, 애를 써서 '마셨다'. 너무 빨리, 많이 '마셨기' 때문에 문제가 생겼다. 일반적으로 손님들은 점심을 먹고 나서는 추나를 받고 싶어하지 않았다. 주로 발마사지를 받았다. 마사지사가 발을 누르고 비틀고 밀고 문지르는 동안, 손님은 선잠에 빠져들곤 했다. 그러나 발마사지는 반드시 앉아서 해야 하는 일이었다. 자리에 앉기만 하면 사푸밍의 위장은 곧 '꼿꼿하게 섰다'. 위장이 치받는 바람에 먹은 것을 다 게워낼 지경이었다. 트림 한 번 하려면 온몸을 꼿꼿이 세우고 고개를 바짝 들어서 해야 했다. 말하자면, 배부른 죄였다. 물론 배고픈 죄도 있었다. 그러나 사실 견디기는 그 편이 훨씬 나았다. 기억을 더듬어보면, 사푸밍이 더 많이 견뎌야 했던 것은 아무래도 배고픈 죄였다. 매일 새벽 한시가 지나면 사푸밍은 완전히 녹초가 되곤 했다. 젊은 사람의 특징 가운데 하나는 몸이 지쳐서 쓰러질 때 위장은 외려 그 어느 부위보다 기운이 펄펄 난다는 점이다. 배고픔이 어느 수준에 이르면, 위장은 신경질을 부리며 사납게 칼질을 시작한다. 난데없이 손가락 다섯 개가 불쑥 튀어나와 위 안쪽에서 끊임없이 밀고 당기고 문지르고 쥐어뜯었다. 솜씨로 치면 사푸밍과 비교해도 손색이 없을 정도였다.

사푸밍의 위장은 이렇게 매일매일 망가져갔고, 결국 아프기 시작했다. 사푸밍은 약을 먹지 않았다. 정즈화*의 노랫말이 꼭 그의 마음 같았다.

그 사람이 말했지 바람 속에서

---

* 중국의 대중가수. 세 살 때 소아마비를 앓아 두 다리를 쓰지 못하게 됐다.

이 정도 아픔 따위 뭐가 대수야
눈물을 닦자 묻지 말자
어째서냐고

정즈화는 장애인이었다. 스스로 의지를 북돋고자 하는 그의 선율은 언제나 진취적이고 호방한 기상이 넘쳤다. 따뜻한 면도 있었지만, 그보다는 활기참과 용맹함이 앞섰다. 사푸밍은 정즈화가 특별히 자신을 위해 노래를 불러주고 있다고 믿었다. 그래. 이 정도 통증 따위야 뭐가 대수겠나? 눈물을 닦자. 묻지 말자. 어째서냐고. 사실 사푸밍은 눈물을 닦을 필요도 없었다. 그는 눈물을 흘릴 줄 몰랐다. 눈물을 경멸했다.

위장은 이제 더이상 통증을 유발하지 않았다. 대신 동통으로 자신의 존재를 증명했다. 통증과 동통 사이에 무슨 구별이 있는가? 아프다는 점에서는 별다른 차이가 없다. 그래도 차이가 있기는 있다고 사푸밍은 생각했다. 통증은 일정한 면적 안에서 산발적으로 일어나 아주 느리게 퍼져나간다. 예를 들면 마사지에서 '주무르기'나 '문지르기'를 할 때와 같다. 동통은 한 점에서 시작한다. 감각이 집중되어 무척 예리하게 파고든다. 정말 깊은 곳까지 미친다. 매번 더 날카롭고 깊숙하게 찌르는 것 같다. 마사지의 '찍기'에 가깝다. 나중에 이 동통은 또 한번 변했다. '찢기'의 형태로. '찢기'는 대체 어떻게 하는 것인가? 위장 속 두 개의 손은 또 어디서 불쑥 튀어나온 것일까?

샤오마

⠐⠢

닥터 왕은 남자 숙소에서 지내기 시작했다. 보통 침실과 거실, 서재에 이층침대 서너 개를 놓고 방마다 여섯에서 여덟 명이 살도록 개조한 임대주택 중 한 방이 남자 숙소였다.

닥터 왕은 이제 막 들어온 신참이라 선택의 여지 없이 위쪽 침대를 써야 했다. 그는 좀 실망했다. 연애중인 사람은 본능적으로 아래쪽 침대를 갈망하기 마련이다. 편리하니까. 물론 닥터 왕은 불평을 하지는 않았다. 그는 위쪽 침대의 난간을 붙잡고 힘껏 끌어당겼다. 침대는 꿈쩍도 하지 않았다. 앵커볼트로 단단히 고정한 게 틀림없었다. 닥터 왕은 이 사소한 부분에 뭐라 말할 수 없는 희열을 느꼈다. 사푸밍 이 자식은 정말 쓸 만하다. 맹인 사장은 이래서 좋다. 눈이 멀쩡한 사람은 이런 사소한 점에 소홀하기 쉽다. 물론 그들은 상당히 주도면밀하지만, 그들 몸에 적합한 것만 안다는 데 문제가 있었다.

아래쪽 침대를 쓰는 사람은 샤오마였다. 이전의 경험에 비추어, 닥터 왕은 샤오마를 각별히 깍듯하게 대했다. 단체 숙소에서 아래쪽과 위쪽 침대의 관계는 언제나 미묘하다. 서로 친절하게 대해도 사실 진심으로 친해지기는 쉽지 않다. 잘 지내지 못하면 골칫거리가 생겨버린다. 이 골칫거리는 대개 큰 문제가 아니어서 보통은 입밖에 내지도 못하고 그냥 사이가 틀어지기 일쑤다. 닥터 왕은 누구와도 껄끄럽게 지내고 싶지 않았다. 나라를 놓고 싸우는 것도 아니고 기껏해야 밥벌이를 하는 것인데, 굳이 그럴 필요가 있겠나? 사이좋게 돈벌이를 하면 되는 거지. 그래서 닥터 왕은 샤오마를 깍듯하게 대했다. 하지만 곧 자신이 지나치게 깍듯했다는 사실을 깨달았다. 이 녀석은 정말이지 속을 알 수가 없었다. 남이 나에게 잘해줘도 그만, 못 해줘도 그만이었다. 샤오마는 누구에게도 잘해주지 않았고, 누구에게도 못되게 굴지 않았다.

샤오마는 아직 어렸다. 이제 이십대 초반이었다. 아홉 살 때 교통사고를 당하지 않았다면, 나는 지금쯤 뭘 하고 있을까? 지금 어떤 모습일까? 이것은 일종의 가정이었다. 전혀 재미도 없고 쓸모도 없지만, 아무래도 떨쳐지지 않는 그런 가정 말이다. 일이 없어 한가할 때면 샤오마는 이런 가정을 즐겨 했다. 그렇게 한참 생각하다보면, 혼자 자기만의 공상에 멍하니 빠져들곤 했다. 교통사고는 샤오마의 몸에 어떤 외적 흔적도 남기지 않았다. 팔다리를 끊어놓지도, 누가 봐도 끔찍해할 커다란 흉터를 남기지도 않았다. 그러나 단 한 가지, 그의 시각신경을 끊어놓고 말았다. 샤오마는 완전히 눈이 멀었다. 빛을 감지하는 아주 기본적인 감각조차 남지 않았다.

샤오마의 눈 자체는 멀쩡했다. 겉으로 보기에는 눈이 멀쩡한 사람과 전혀 구별이 되지 않을 정도였다. 굳이 차이를 찾자면 사실 있기는 있었다. 눈동자가 훨씬 자주 움직인다는 점이었다. 그가 깊은 생각에 잠기거나 화가 났을 때, 그의 눈동자는 습관적으로 움직였다. 좌우로 불안하게 흔들렸다. 그러나 보통 사람들은 잘 알아보지 못했다. 그래서 샤오마는 다른 맹인보다 한층 더 골치가 아팠다. 예를 하나 들자면, 맹인은 버스를 무료로 탈 수 있으니 샤오마도 물론 무료였다. 그러나 어떤 운전사도 그에게 장애가 있다는 사실을 믿으려 들지 않아 곤란한 상황에 처하곤 했다. 한번은 막 버스에 탔는데, 운전사가 계속 작은 메가폰을 들고 사람들을 향해 말했다. "승객 여러분, 유의 사항을 말씀드립니다. 표를 알아서 정산해주십시오." 샤오마는 '알아서 정산'이라는 말을 듣고 곧 알아차렸다. 운전사의 말에는 의도가 있었다. 바로 그를 노린 것이었다. 샤오마는 통로에 서서 손잡이를 꽉 붙든 채 아무 말도 하지 않았다. 어떤 맹인이 "나는 맹인이다"라고 외치고 다닌단 말인가? 쓸데없이 힘이 남아돈단 말인가? 샤오마는 입도 열지 않고 움직이지도 않았다. 운전사도 만만치 않았다. 하필이면 집착이 강한 사람이었다. 운전사는 물통을 들어 물을 마시며 계속 기다렸다. 엔진이 공회전하는데도 차를 출발시킬 생각을 안 했다. 한참을 그러고 있자니 차 안의 분위기가 괴괴해졌다. 냉랭한 정적이 맴돌았다. 그렇게 몇십 초를 대치하자 샤오마는 더이상 버틸 수가 없었다. 그러나 이제 와서 차비를 내자니 멋쩍었다. 그러니 차에서 내리는 수밖에. 샤오마는 결국 버스에서 내렸다. 엔진이 부릉 소리를 내더니 버스가 따뜻한 배기가스를 샤오마의 다리 쪽으로 내뿜었다. 보이지 않는 위로인 듯, 보이지 않는 조롱인 듯. 샤오마는 많은 사람들 앞에서 공공연히 모욕당한 것에 너무나 분노했다. 그러나 그는 웃었다. 그의 미소는 한 폭의 자수처럼 그의 얼굴에 한 땀 한 땀 아로새겨졌다. 나는 이 빌어먹을 장님 노릇조차 제대로 못하는구나. 사람들은 그것조차 인정해주지 않는구나. 웃기는 웃었으나, 샤오마는 두 번 다시 버스를 타지 않았다. 그는 거부를 배웠다. '공공公共'과 관련된 모든 것을 거부했다. 말이 거부이지, 사실은 두려움이었다. 집에 있는 것이 딱 좋았다. 샤오마는 전 세계를 향해 엄숙히 선포할 생각 따위 전혀 없었다. 신사 숙녀 여러분, 나는 장님입니다. 나는 진짜 장님이란 말입니다!

샤오마는 미남이었다. 그를 본 사람은 모두 그가 꽃미남의 표본이라고 생각했다. 처음에 샤오마는 그 말을 전혀 믿지 않고 화를 냈다. 자기를 놀리는 거라고 굳게 믿었다. 그러나 그렇게 말하는 사람이 갈수록 많아지자, 샤오마는 마음을 진정시키고 자신이 잘생겼다는 남들의 생각을 받아들이게 되었다. 샤오마의 눈은 아홉 살 때 완전히 멀었다. 그때 내 모습이 어땠더라? 전혀 기억나지 않았다. 마치 꿈 같았다. 아스라히 먼. 샤오마는 사실 자기 얼굴을 잊은 지 오래였다. 너무 아쉬웠다. 그래도 이제는 괜찮았다. 자신도 스스로가 멋있다는 사실을 인정했으니까. 멋-지-다-멋지다. 모두 세 음절로, 위에서 아래로 뚝 떨어지는 사성四聲의 발음 과정은 꽤 복잡했지만, 빈틈없고 경쾌했다. 썩 듣기 좋았다.

잘생긴 샤오마에게 한 가지 티가 있다면 목이었다. 그의 목에는 깜짝 놀랄 만큼 커다란 흉터가 있었다. 그것은 교통사고의 기념물이 아니라 그 스스로 만든 것이었다. 교통사고가 난 뒤 샤오마는 곧 일어설 수 있었지만, 마땅히 보여야 할 빛이 보이지 않았다. 샤오마는 당황했다. 아버지는 그에게 장담했다. 괜찮아, 금방 좋아질 거야. 샤오마는 그때부터 기다리기 시작했다. 그 기다림이란 사실 기나긴 치료의 여정이었다. 아버지는 샤오마를 데리고 쉬지 않고 돌아다녔다. 베이징, 상하이, 광저우, 시안, 하얼빈, 청두를 돌아다 녔고, 가장 멀게는 라싸까지도 찾아간 적이 있었다. 부자는 도시와 도시 사이를, 병원과 병원 사이를 돌아다녔다. 어린 샤오마는 줄곧 길 위에 있었고, 매번 목적지가 아닌 절망에 도달했다. 그러나 아 버지는 죽어도 사그라들지 않을 만큼 열정이 넘쳤다. 그는 거듭해 서 사랑하는 아들에게 장담을 하고 또 했다. 괜찮아, 좋아질 거야. 아빠가 기필코 다시 빛을 보게 해주마. 샤오마는 아버지의 뒤를 따 르며 기대하고 또 기대했다. 그러나 점점 조급해지기 시작했다. 그 는 '보고' 싶었다. 정말이지 '보고' 싶었다. 그러나 빌어먹을 눈은 어떻게 해도 떠지지 않았다. 사실은 멀쩡히 떠져 있었지만. 그는 손으로 눈앞의 어둠을 전부 찢으려 했다. 그러나 어떤 노력을 해도 그의 두 손은 눈앞의 어둠을 찢어버리지 못했다. 그는 아버지를 붙 잡고 분노를 터뜨렸다. 물어뜯기 시작했다. 아버지의 손을 물고 놓 지 않았다. 라싸에서 벌어진 일이었다. 그러던 어느 날 아버지가 굉장히 기쁜 소식을 들었다. 난징, 그들의 기나긴 여정의 시작점이 었던 그곳에 어떤 안과 의사가 독일에서 돌아와 난징 시 최초의 개 인 병원을 개업했다는 소식이었다. 샤오마도 독일이라는 나라를 알고 있었다. 그곳은 더더욱 먼 곳이었다. 샤오마의 아버지는 샤오 마를 안아올리며 큰 소리로 외쳤다. "아들아, 난징으로 돌아가자. 이번에는 틀림없이 나을 수 있을 거다. 이 아비가 장담하마. 나을 거야!"

'독일에서 왔다'는 의사는 더이상 먼 곳에 있지 않았다. 그의 손은 이미 샤오마의 얼굴을 어루만질 만큼 가까운 곳에 있었다. 아홉 살의 샤오마는 갑자기 아주 좋지 않은 예감에 사로잡혔다. 그는 먼 곳을 믿었다. 그는 '주변' 사람을 믿은 적이 없었다. '주변'에서 일어나는 어떤 일도 믿지 않았다. '독일에서 왔다'는 손이 자기 얼굴을 어루만질 수 있다면, 그 손은 더이상 먼 곳에 있는 것이 아니었다. 나중에 일어난 일들이 샤오마의 예감이 맞았다는 사실을 증명해줬다. 충격적인 일이 벌어졌던 것이다. 아버지가 의사 선생을 바닥에 자빠뜨리고 주먹을 휘둘렀다. 복도 저쪽, 샤오마와 멀리 떨어진 곳에서. 이치대로라면 멀리 떨어져 있었기 때문에 샤오마는 들을 수 없어야 했다. 그러나 샤오마는 똑똑히 들었다. 그의 귀가 일어날 수 없는 기적을 만들어냈던 것이다. 그는 모든 것을 다 들었다. 아버지와 의사 선생은 줄곧 무슨 꿍꿍이인지 수군수군 이야기를 나누더니, 이어 아버지가 무릎을 꿇었다. 무릎까지 꿇었지만 아버지는 '독일에서 왔다'는 의사 선생의 마음을 움직이지 못했다. 아버지는 의사 선생에게 달려들어 단숨에 그를 바닥에 쓰러뜨려 짓눌렀다. 그리고 의사 선생에게 명령했다. 자기 아들에게 앞으로 일 년이면 눈이 좋아질 거라고 장담하라고. 의사 선생은 거절했다. 샤오마는 의사 선생의 말을 똑똑히 들었다. "그건 불가능합니다." 아버지는 결국 주먹을 휘둘렀다.

아홉 살의 샤오마는 바로 이 순간 폭발했다. 샤오마의 폭발은 다른 어떤 폭발과도 달랐다. 놀랍도록 차갑고 고요했다. 아홉 살인 어린애의 폭발이라고는 아무도 믿을 수 없을 정도로. 샤오마는 병실 침대에 누워 있었다. 쫑긋 세운 귀가 다른 방향으로 움직였다.

옆 병실에서 누군가 사기 숟가락으로 사기그릇에 담긴 음식을 먹는 소리가 들렸다. 숟가락이 그릇에 부딪치며 짤그랑 소리를 냈다. 너무도 듣기 좋은, 너무도 조화로운 소리였다.

샤오마는 벽을 짚어 옆방으로 갔다. 그리고 문틀을 짚고 서서 웃으며 말했다. "아주머니, 저도 한 입만 주실 수 있어요?"

그는 고개를 돌리며 작은 소리로 말했다. "먹여주시지는 않아도 돼요. 혼자서 먹을게요."

아주머니가 샤오마의 오른손에는 그릇을, 왼손에는 숟가락을 쥐여주었다. 샤오마는 그릇과 숟가락을 받아들었지만 먹지 않았다. 쨍그랑, 샤오마는 손에 든 그릇을 문틀에 부딪쳐 박살냈다. 샤오마의 손엔 깨진 사기그릇 조각 하나가 들려 있었다. 그는 사기 조각을 그대로 제 목에 찌르고 내리그었다. 아홉 살 아이가 이렇게 끔찍한 짓을 하리라고는 아무도 생각지 못했다. 아주머니는 놀라서 쓰러질 지경이었다. 소리를 지르려고 했지만, 입만 쩍 벌어질 뿐 소리가 나오지 않았다. 샤오마의 피가 파편처럼 허공으로 튀었다. 그는 성공적으로 도화선에 불을 붙였다. 마음이 더할 나위 없이 가볍고 상쾌했다. 피는 정말 뜨거웠고, 기세 좋게 흩날렸다. 그러나 샤오마는 어쨌거나 아홉 살이었다. 그는 잊고 있었다. 자기가 있는 곳이 대로도 아니고 공원도 아니라는 것을. 그곳은 병원이었다. 병원에선 곧바로 샤오마를 살려냈다. 샤오마의 목에는 끔찍하게 커다란 상처가 남았다. 상처는 샤오마와 함께 자랐다. 그가 자랄수록 상처도 커졌다. 넓어지고 길어졌다.

많은 뜨내기손님이 자리에 누우면 곧 샤오마의 목에 난 상처로 시선을 돌렸다. 아마도 너무 끔찍하기 때문일 것이었다. 대부분 호기심도 많아서 꼭 상처에 대해 묻고 싶어했다. 그래도 대놓고 묻기는 민망한지 말을 돌려가며 물었다. 샤오마는 내성적이라 별로 말이 많지 않았지만, 이런 경우와 맞닥뜨리면 도리어 분명하게 사정을 밝혔다. 우물쭈물하면 오히려 말을 더 많이 하게 되어버리기 때문이었다. "이 상처가 궁금하신 거죠?" 샤오마가 말했다. 손님은 대개 겸연쩍어하며 그렇다고 대답했다. 그러면 샤오마는 천천히 설명했다. "눈이 안 보이게 되었거든요. 눈이 안 보이니 초조해졌죠. 그러다 자포자기 심정이 되고 그러다 살고 싶지 않아졌어요. 이 상처는 제가 그런 거예요."

"아……" 손님은 불안해 물었다. "지금은?"

"지금요? 지금은 초조하지 않아요. 이제 와서 초조해하면 뭐하겠어요?" 샤오마는 이 말을 하면서 미소를 지었다. 그의 말투는 아주 평온하고 평화로웠다. 이야기를 마치고 나면 샤오마는 더이상 입을 열지 않았다.

샤오마가 말하는 걸 별로 좋아하지 않았기 때문에 닥터 왕은 마사지센터에서도 웬만하면 그에게 말을 걸지 않았다. 그러나 숙소에 돌아오면 최대한 깍듯하게 대했다. 보통 잠자기 전에 샤오마와 짧은 대화를 몇 마디 나눴다. 대화는 모두 단답식으로 짧게 이어졌고, 때로는 몇 단어에 불과하기도 했다. 그렇게 겨우 서너 마디 주고받는 게 전부였다. 언제나 닥터 왕이 먼저 말을 건넸다. 이런 몇 마디 대화를 우습게 봐서는 안 된다. 아래위층 침대 사이에서 이런 것은 필수다. 사실 나이로 따지자면 닥터 왕이 샤오마보다 훨씬 위라, 그가 이렇게까지 할 필요는 없었다. 그러나 닥터 왕은 계속 이런 태도를 고집했는데, 거기에는 나름의 이유가 있었다. 닥터 왕은 선천적인 맹인이고, 샤오마는 후천적인 맹인이었다. 같은 맹인이라도 선천과 후천에는 차이가 있었다. 그 차이는 하늘과 땅만큼 컸는데, 이를 제대로 구분하지 못하면 이 바닥에서 살아남기 힘들었다.

침묵을 예로 들어보자. 대중 앞에서 맹인 대부분은 말이 없다. 그러나 이 침묵에도 여러 종류가 있다. 선천적인 맹인의 입장에서 보면, 자신들의 침묵은 타고나는 것이니 그냥 그러려니 하고 살아간다. 후천적인 맹인은 이와 달리 두 세계를 겪는다. 두 세계를 잇는 일종의 특수한 구역이 있는데, 바로 연옥이다. 그러나 후천적인 맹인이라고 해서 누구나 연옥을 통과할 수 있는 건 아니다. 연옥의 입구에서 후천적인 맹인은 한바탕 자아의 대혼란과 붕괴를 경험한다. 이 대혼란과 붕괴의 경험은 미친듯이 포악하고 잔혹하며, 폐허가 될 때까지 모든 낡은 것들을 때려부수고 뒤집어엎는다. 기억 깊은 곳에는 그가 결코 잃어버린 적 없는 이전의 세계가 있다. 그가 잃어버린 것은 그와 이 세계가 맺고 있는 관계일 뿐이다. 관계를 잃어버렸기 때문에, 세계는 순식간에 깊어지고, 단단해지고, 멀어진다. 문제는 이 변화가 부지불식간에 일어나기 때문에 미리 막으려 해도 막을 수 없다는 것이다. 후천적인 맹인은 이 변화에 적응하기 위해 반드시 해야 하는 일이 있다. 살인. 그는 반드시 자신을 죽여야만 한다. 이 살인은 칼이나 총이 아닌, 불로만 가능하다. 반드시 벌건 혀를 날름대며 활활 타오르는 불꽃 속에서 몸을 굴려야 한다. 틀림없이 자기 살이 타는 냄새를 맡아야 한다. 불사조의 부활이 무엇이던가? 부활에 이르려면 먼저 제 몸을 불태워 죽어야만 하는 것이다.

그냥 불타 죽는 것만으로는 부족하다. 여기에 더욱 큰 고난의 시험이 있다. 바로 자아를 다시 빚어내는 것이다. 그러려면 강철 같은 강인함과 바위 같은 인내심이 필요하다. 시간도 필요하다. 그는 조각가다. 그러나 위대한 예술가는 아니다. 그의 작업은 순서 없이 뒤죽박죽 이루어진다. 여기를 한번 파내고, 저기를 한번 찍어내고 하면서. 다시 태어났을 때, 자신이 누구인지 아는 사람은 거의 없다. 그는 아주 낯선 조각품이다. 일반적으로 이 조각품은 그가 처음에 바랐던 모습과는 큰 차이가 있게 마련이다. 그는 그 자신을 사랑하지 않게 된다. 그래서 침묵한다.

후천적인 맹인의 침묵이야말로 진정한 침묵이다. 이 침묵에는 아무 내용도 없는 것 같지만, 그 속에는 비통함에 하늘을 탓하고 땅에 머리를 찧으며 견뎌온 고난과 절망이 담겨 있다. 그의 침묵은 잘못을 바로잡으려다 지나쳐 더 나빠져버린, 그런 성질의 것이다. 그의 고요 또한 마찬가지이고, 침착함 또한 그러하다. 그는 반드시 잘못된 것을 바로잡으려다 빗나가는 과정을 거쳐야만 하며, 이 과정을 고도의 신앙으로 승화시켜야만 한다. 이 신앙의 인도 아래 지금의 '나'는 하느님이 되고 과거의 '나'는 마귀가 된다. 그러나 마귀가 여전히 몸 안에 있기 때문에 그는 부단히 스스로에 대한 경계를 엄중히 해야 한다. 과거의 '나'는 삼천 년 전 악업의 결과물이자 미소를 머금고 날카로운 이빨로 물어뜯는 한 마리 독사다. 이 뱀은 어찌나 꿈틀대며 요동치는지 요염하기 그지없고, 온몸에 넘쳐나는 치명적인 독의 힘으로 조금만 방심해도 그를 덮쳐 다시는 일어나지 못하게 만들어버린다. 이 두 개의 '나' 사이에서 후천적인 맹인은 지극히 불안정한 상태로 남는다. 그는 쉽게 화를 낸다. 그래서 쉽게 화를 내는 자신을 억눌러야 한다.

이런 의미에서 볼 때, 후천적인 맹인에게는 어린 시절이나 소년 시절, 청년 시절, 중년 시절, 노년 시절이 존재하지 않는다. 부활 후의 그는 곧바로 파란만장한 세상과 맞닥뜨린다. 풋내가 가시지 않은 그의 표정은 세상의 쓴맛 단맛을 두루 거쳐 나온 것이다. 그것은 생존을 위한 숨겨진 비기다. 사실 그는 모든 것을 꿰뚫어보며, 가슴속에 내력조차 모르는 사연을 품고 있다. 그의 육체에는 눈동자가 없다. 그의 육체 자체가 바로 칠흑같이 검은 눈동자이기 때문이다. 그 눈동자에는 모든 사람이 담겨 있다. 오직 한 사람, 자기 자신만 빼고. 이 눈동자는 때로는 호시탐탐 기회를 노리며, 때로는 따뜻하고 다정하게 사람을 사로잡는다. 그 눈동자는 수수방관도, 반신반의도, 모호한 태도도 알 수 있다. 땅에 발을 딛지 않는 신령 같다.

샤오마의 침묵은 조각품처럼 엄숙하다. 침묵은 능력도 본능도 아닌 일종의 기예다. 최고의 경지에 다다른 기예. 특별한 일이 일어나지 않는 한 그는 몇 시간, 몇 주, 몇 개월, 심지어 몇 년이라도 침묵을 유지할 수 있으리라. 샤오마에게 삶이란 억제, 그리고 계속되는 일종의 반복이다.

하지만 삶에 반복이란 있을 수 없다. 삶은 공장의 생산 라인이 아니다. 어떤 사람도 삶을 모형틀에 넣고 비누나 슬리퍼를 찍어내듯 똑같은 모양과 질감과 무게를 가진 날들을 찍어낼 수는 없다. 삶은 그 나름의 가감법을 가지고 있어서, 오늘은 조금 더 많고 내일은 조금 더 적고, 또 모레는 조금 더 많은 법이다. 이렇게 조금은 더해지고 또 조금은 덜어지는 것이야말로 삶의 본래 모습이다. 그것이 삶을 재미있고 사랑스럽게 만들기도 하고, 예측 불가능한 것으로 만들기도 한다.

샤오마의 삶에 더하기의 법칙이 작용했다. 무탈하게 흘러가던 일상에 닥터 왕이 더해지고, 샤오쿵도 더해진 것이다.

샤오쿵이 처음 샤오마의 숙소에 온 것은 새벽 한시가 조금 넘은 시간이었다. 마사지사들은 보통 밤 열두시까지 일하고 열두시 십오분쯤 '집으로 돌아온다'. 마사지사들은 '퇴근한다' 대신 '집으로 돌아온다'는 표현을 썼다. 열네다섯 시간을 내리 육체노동을 하다 갑자기 긴장이 풀리면, 몸이라는 놈은 염치 따위 내던지고 어디든 기대서 '집으로 돌아온' 것처럼 구는 것이다. 집으로 돌아오면 그들은 곧바로 씻을 수도, 그대로 잠이 들 수도 없다. 너나없이 쥐죽은듯 한참을 고요히 앉아 있는 것이다. 이 시간은 그들에게 가장 소중한 시간이다. 어쨌거나 단체 생활이기 때문에 계속 이렇게 조용할 순 없고, 와자하게 떠들썩해지기 마련이다. 불쑥 누군가 흥이라도 오르면 곧 먹을 것이 마련된다. 한참을 먹다 기분이 좋아지면 뜬금없이 논쟁을 벌이고 이런저런 허튼소리를 늘어놓는다. 웃고 떠들고 장난치며 소란을 피운다. '집에서' 떠는 수다는 편안하다. 그들은 특별한 주제 없이 이런저런 말을 던진다. 아이스크림에 대해 이야기하다 지하철 일호선에 대해 떠들고, 디즈니, 은행 이자, 학교 친구, 자동차, 중국 축구, 손님이 들려준 '에피소드', 부동산, 양꼬치, 영화배우, 증권, 중동 문제, 개꿈, 일본 선거, 나이키 운동화, 설날 저녁 모임, 셰익스피어, 바람 피우는 상대, 올림픽, 각기병, 구운 만터우*와 빵의 차이, NBA, 연애, 에이즈, 자선 활동 등

---

* 소를 넣지 않은 찐빵.

별별 이야기가 꼬리에 꼬리를 문다. 무엇이 걸리든 걸리는 대로 이야기한다. 신나게 이야기하다 싸움이 붙고, 잠깐 새에 사이가 틀어지기 일쑤다. 사이가 좀 틀어지는 것 정도는 별문제가 아니다. 금세 다시 풀어지니까. 당연히 좀더 즐거운 환담을 위해 때로는 남자 숙소와 여자 숙소를 오가기도 한다. 그러면 이야기는 한층 더 무르익고 시끌벅적해진다. 이 시끌벅적한 소란에는 과쯔 까먹는 소리와 라디오 소리도 한몫한다. 라디오에선 주식 상황, 만담, 스포츠 뉴스, 청취자 사연, 심리 상담, 광고 등이 흘러나온다. 물론 이렇게 숙소를 오가는 데는 규칙이 있다. 먼저 여자 숙소로 놀러갔다 밤이 너무 늦어지면 남자 숙소로 자리를 옮기는 것이다. 아무래도 여자는 자기 전에 할 일이 많기 때문이다. 잠자리에 들기 전에 필요한 일련의 일들. 여자라는 존재는 아무래도 불편한 구석이 많다. 어디 '냄새나는 사내들'*처럼 고린내 나는 양말을 벗지도 않고 엎어져 코를 골겠는가.

새벽 한시가 넘은 깊은 밤, 샤오쿵이 마침내 닥터 왕의 숙소로 찾아왔다. 샤오쿵이 방안으로 들어서자마자 쉬타이라이가 샤오쿵에게 "형수님" 하고 외쳤다. 이 호칭은 어딘가 이상했다. 아니, 사실 따지고 보면 이상할 건 없었다. 샤오쿵의 연인인 닥터 왕을 벌써 몇몇이 '형님'이라고 깍듯하게 불렀기 때문이다. 닥터 왕이 이곳에 온 지 얼마 되지도 않았는데. 닥터 왕은 그런 사람이었다, 한눈에 남달리 성실한 사람이라는 걸 알 수 있는. 인정이 많고, 강건하고, 바지런하고, 성실한, 그러나 말주변은 없는 사람. 손해도 좀

---

* 중국에서 유행했던 대중가요의 제목.

볼 줄 알고, 어떤 궂은일도 참아낼 수 있을 듯한 사람. 잔머리는 좀처럼 굴릴 줄 모르고, 말은 느릿느릿하고, 늘 부드러운 미소를 짓는 그런 사람. '형님'이란 이런 사람이었다. 닥터 왕이 이렇게 '형님'의 반열에 올랐는데, 샤오쿵이 형수가 아니면 뭐란 말인가?

쉬타이라이는 우스갯소리나 농지거리를 별로 좋아하지 않았다. 평소에 묵묵히 자기 일만 열심히 하는 사람이었다. 이런 사람이 샤오쿵을 보고 냅다 '형수'라 부르니 그 여파가 상당했다. 결혼도 하지 않은 여자가 '형수'라 불리는 것은, 어쨌거나 흥미진진한 일이었다. 속마음이 드러난 상황이랄까. 서로 이심전심으로 마음이 통하는 상황이랄까. 재미있는 일이었다. 놀려주고 싶은 마음이 생겨났다. 모두들 일시에 웅성대기 시작했고, 다 같이 "형수님" "형수님" 하며 사람을 들었다 났다 난리였다. 샤오쿵은 전혀 생각지 못한 상황에 어안이 벙벙해졌다. 이제 막 샤워를 마치고 간단히 치장을 한 뒤에 나선 길이었는데, 문을 들어서자마자 모두의 '형수님'이 되고 말았다. 샤오쿵은 어찌하면 좋을지 몰라 안절부절못했다.

샤오쿵은 떠들썩한 사람들의 함성 속에서 매트리스의 강철 스프링이 삐걱거리는 소리를 들었다. 그녀는 닥터 왕이 그녀에게 자리를 만들어주었음을 알았다. 그래서 삐걱거리는 스프링 소리를 쫓아 걸음을 옮기긴 했으나 도무지 위쪽에 있는 닥터 왕의 침대를 찾을 수가 없었다. 하릴없이 샤오마의 침대인 아래쪽 침대에 엉덩이를 붙였다. 정중앙이었다. 샤오쿵 나름대로 속셈이 있었다. 그녀의 왼쪽엔 닥터 왕이, 오른쪽엔 샤오마가 앉을 수밖에 없을 것이다. 샤오쿵이 샤오마와 인사를 나누기도 전에 장이광이 샤오쿵 앞으로 바짝 다가왔다. 그는 서서히 심문을 시작했다.

장이광은 자왕* 탄광 출신으로 십육 년 동안 광부로 일했다. 벌써 두 아이의 아버지였으며, '집안'에서 유난히 소란을 떠는 사람 가운데 하나였다. 그는 사실 마사지센터에서 잘 어울리지 못하는 편이었다. 우선 나이가 걸렸다. 밥벌이를 위해 이 길로 뛰어든 맹인은 대개 젊었다. 평균을 내자면 스물대여섯. 반면 장이광은 벌써 '마흔을 향해 가는' 연배로 확실히 나이가 많았다. 그가 마사지센터에서 잘 어울리지 못하는 이유는 순전히 나이 때문만은 아니었다. 또다른 이유가 있었다. 그는 '맹인'이라고 하기에는 부족함이 있었던 것이다. 서른다섯이 되기 전, 장이광의 눈은 아무 이상도 없었다. 호시탐탐 먹잇감을 노리는 맹수의 그것처럼 서늘하게 빛나는 눈빛을 지니고 있었다고 해도 과언이 아니었다. 서른다섯을 넘긴 뒤, 그의 눈동자는 더이상 먹잇감을 노리는 그런 빛을 발할 수 없게 됐다. 한 번의 가스폭발이 그의 눈을 깜깜한 갱 안에 영원히 가둬버렸기 때문이다. 눈이 멀었으니 어쩌겠는가? 장이광은 그 길로 집을 나와 마사지 일을 시작했다. 그러니 다른 마사지사들과 비교하면 맹인 축에도 못 끼는데다 성격까지 거친 그가 맹인들 사이에서 어떻게 마사지로 밥벌이를 하겠는가? 그러나 그에겐 그만의 필살기가 있었다. 남달리 힘이 셌고, 그 힘을 전혀 아끼지 않았다. 마사지를 시작하면 '헉헉'대도록 온 힘을 다했다. 마치 손님의 몸에서 석탄이라도 캐내듯. 그래서 몇몇 손님은 특별히 그를 좋아했다. 사푸밍은 장이광의 이런 점이 마음에 들어 거둬들였다. 영업 수완도 나쁘지 않았다. 그러나 장이광의 나이가 아무리 많더라

* 장쑤 성 쉬저우 시에 있는 구.

도 그를 형님이라 불러주는 사람은 없었다. 그는 존중을 받을 타입
은 아니었다. 어른다운 구석이라고는 도무지 찾아볼 수 없었다. 그
의 가장 큰 특징은 '항상 도를 넘는다'는 것이었다. 적당히 행동하
는 법이 거의 없었다. 다른 사람과의 관계도 그랬다. 좋을 때는 너
무 좋아 끝 간 데 없이 잘해주며 간이고 쓸개고 다 꺼내 술이라도
담가줄 듯 굴었다. 그러나 미워할 때는 또 너무 미워했다. 일단 사
이가 틀어지면 바로 손찌검이었다. 사실 맹인들 사이에서 그는 진
짜 친구가 없었다.

　장이광은 침대 기둥을 붙잡고 서서 먼저 '이 집'의 규칙을 이야
기했다. 새로 온 사람은 누구나 그의 심문을 받아야 한다는 것이었
다. 그러지 않으면 절대 '한식구'가 될 수 없다고. '형수님' 역시 예
외는 아니었다. 샤오쿵은 이 모든 것이 장난이라는 걸 알았지만,
그래도 적이 긴장되었다. 장이광이라는 사람은 벌써 결혼도 했고
아이도 둘이나 있으니, 어쨌거나 이런 심문 '업무'에 꽤나 '전문'
일 것이다. 샤오쿵의 이런 염려는 적중했다. 장이광의 심문 내용은
'형님'과 '형수님'의 '관계'에 집중되었다. 그는 이리 돌려 묻고 저
리 에둘러 물으며 절대 노골적으로 공격하지 않았다. '특별'한 내
용을 모두 끌어낼 수 있는 더할 나위 없이 점잖은 방법을 썼다. 그
는 듣는 이가 연상을 하도록 유도했다. 일단 그 유도신문에 걸려
연상을 하게 되면, 정말 뭐라 대답할 수 없는 지경이 되고 말았다.

　"먼저 머리를 좀 굴려봅시다. 이건 아이큐 측정이외다. 수수께끼
인 셈이지." 장이광이 말했다. "자, 그러니까 형님과 형수님이 홀
딱 벗은 채 얼싸안고 있다, 이것을 사자성어로 뭐라고 할까요?"

　뜬금없이 웬 사자성어? 형님과 형수님이 홀딱 벗은 채 얼싸안고

있는 상황에 대해서야 평생이라도 떠들 수 있겠지만, 네 글자로는 어떻게 표현한단 말인가?

장이광이 말했다. "흉다길소 兇多吉少."

형님과 형수님이 홀딱 벗은 채 얼싸안고 있는데, 어째서 '흉한 일은 많고 길한 일은 적다'는 말인가? 하지만 사람들은 곧 그 까닭을 깨달았다. 형님과 형수님이 홀딱 벗은 채 얼싸안고 있으니, '가슴은 많고 거시기는 적다 胸多鷄少'*는 게 아닌가? 사람들은 웃다가 나동그라졌다. 그러고 보면 이 인간은 참 물건 중의 물건이긴 했다. 마사지센터의 판창장 또는 자오번산**이었다. 입심이 제법이었다.

머리를 한 번 '굴린' 장이광은 이제 형수님은 나 몰라라 고개를 돌리고 닥터 왕을 심문하기 시작했다. 장이광이 말했다. "어제 오후에 어떤 손님이 형수님 몸매가 참 좋다고 입에 침이 마르도록 얘기하던데. 형수님 몸은 있을 것은 다 있고 없을 것은 없다고. 좀 말해보세요. 형수님 몸에는 대체 뭐가 있고 뭐가 없나요?"

사람들이 또 모두 웃었다. 닥터 왕도 웃었다. 비록 부자연스러운 웃음이기는 했지만, 그의 마음에는 행복이 벅차올랐다. 형수님이 다른 사람의 칭찬을 받는다면, 기뻐할 사람은 형님이 아니겠는가. 더 말할 것도 없이 말이다. 그러나 샤오쿵은 견디기 힘들었다. 그렇다고 뭐라 말할 수도 없어 그저 엉덩이만 들썩거렸다. 마치 형님과의 관계를 정리라도 하려는 듯 그녀의 몸이 닥터 왕으로부터 멀어졌다. 하지만 그게 다 무슨 소용인가? 장이광은 점점 더 그들을

---

* 兇多吉少와 胸多鷄少는 중국어 발음이 '슝둬지사오'로 같다.
** 둘 다 중국의 유명한 코미디 배우.

몰아붙였다. 그가 다가들며 몰아붙일 때마다 샤오쿵은 샤오마 쪽으로 좀더 옮겨갔다. 계속 조금씩 옮겨가다보니, 나중에는 샤오쿵의 몸이 거의 샤오마의 몸에 닿을 지경이었다.

워낙 눌변인 닥터 왕은 장이광의 심문에 순식간에 막다른 골목으로 몰리고 말았다. 샤오쿵은 당황한 나머지 앞뒤 가리지 않고 자리에서 벌떡 일어나 갑자기 샤오마를 한 대 쳤다. 그것도 꽤 세게. 샤오쿵이 말했다. "샤오마, 내가 이렇게 사람들 앞에서 놀림감이 되는데, 어째서 당신마저 도와주지 않는 거죠?"

샤오마는 사실 정신이 딴 데 가 있었다. 그는 '집안'에서 일어나는 일에 이제껏 끼어들어본 적이 없었다. 그가 열중하는 일이란 딴 생각에 빠져 있는 것뿐이었다. 샤오쿵이 '남자 숙소'에 들어선 순간부터 샤오마는 줄곧 아무 말도 없이 조용히 있었다. 형수님이 바로 샤오마의 침대까지 올 줄은 생각도 못했다. 그는 처음부터 형수님의 몸에서 풍기는 향기에 사로잡혔다. 형수님의 머리칼에서 나는 그 냄새에. 형수님은 막 머리를 감은 참인지, 아직도 머리가 축축하게 젖은 채였다. 샴푸 냄새가 아직 머리칼에 남아 있었다. 그러나 머리칼에 남은 샴푸 냄새는 더이상 원래의 그 냄새가 아니었다. 머리칼 냄새도 원래의 그 냄새가 아니었다. 샴푸와 머리칼이 어떤 신비한 화학반응을 일으켜, 형수님 자체가 단숨에 향기가 되었다. 샤오마는 까닭도 없이 온몸이 굳었다. 긴장했다. 실은, 감동을 받은 것이었다. 형수님은 참으로 향기롭구나. 샤오마는 장이광의 의뭉스러운 심문 따위는 신경조차 쓰지 않았다. 형수님이 자신을 향해 다가오고 있다는 것만 신경썼다. 형수님의 몸은 조금씩 조금씩 샤오마 쪽으로 다가왔다. 샤오마는 형수님의 향기에 완전히 포위되었다. 그 향기에는 손가락도 있고 팔도 있어 어루만질 수도, 기댈 수도, 끌어안을 수도 있을 것 같았다. 샤오마는 형수님의 향기에 안겨 있다는 생각에 온 정신을 집중했다. 콧구멍을 활짝 열고 벌름대며 숨을 깊게 들이마시고 싶었지만, 도저히 그럴 수 없었다. 그저 남몰래 숨을 참을 뿐이었다. 숨이 막혀 죽을 지경이었다.

형수님이 이런 샤오마의 사정을 알 리 없었다. 그녀는 그저 관심의 초점을 바꾸고 싶었을 뿐이다. 닥터 왕이 곤경에서 벗어날 수 있도록 그녀는 보드라운 주먹으로 끊임없이 샤오마를 쳤다.

"샤오마, 당신이 나빠!"

샤오마는 고개를 쳐들고 말했다. "형수님, 제가 나쁜 게 아니에요."

샤오마는 사실 무척이나 성심성의껏 답했다. 심지어 다소 당황해 목소리가 떨리기까지 했다. 그러나 그런 투로 말할 분위기가 아니었다. 이런 분위기에서 샤오마의 "제가 나쁜 게 아니에요"는 놀리는 말처럼 들렸다. 심하게 말하면, 일종의 희롱으로 볼 수도 있었다. 이렇게 그는 놀이에 끼어들고 말았다. 평소에 말이 없던 샤오마가 이렇게 입을 열자마자 다른 사람을 놀리는 말을 하다니. 말이란 이런 것이다. 말없는 사람이 입을 열면 곧 우스개가 되고 만다.

사람들이 웃자 샤오쿵은 샤오마 역시 '나쁘게' 굴고 있다고 받아들였다. 그녀는 다소 과장된 말투로 말했다. "정말 못됐어! 난 줄곧 당신이 착한 사람이라고 생각했는데, 속에 꿍꿍이를 품고 있을 줄이야! 당신은 나쁜 사람들보다 훨씬 더 나빠!" 말은 이렇게 했지만, 사실 샤오쿵은 내심 뿌듯했다. 그녀의 자그마한 계략이 맞아들어갔던 것이다. 어쨌거나 사람들은 샤오마 쪽으로 관심을 돌리기 시작했다. 그럼 좀더 세게 나가볼까? 일단 시작했으니 끝까지 가보

자. 일이 마음먹은 대로 흘러가자 내심 자신감도 얻고, 가볍게 놀아보자는 생각도 든 샤오쿵은 손을 뻗어 샤오마의 목을 꼬집었다. 물론 그녀에게도 다 생각이 있어 가볍게 살짝만 비틀었다. 그러면서 큰 소리로 말했다. "샤오마, 당신이 나빠. 그렇지?"

여기서 맹인의 특징을 또하나 말해야겠다. 그들은 서로 볼 수 없는 까닭에 시선이나 표정으로 서로에게 눈치를 줄 수 없다. 그래서 그들이 한자리에 모여 웃고 떠들고 즐길 때면 남녀노소를 막론하고 모두 손발을 함께 써야만 한다. 말하자면 '손짓 발짓'을 다하는 것이다. 이 문제에 있어서 그들에게는 금기가 없었다. 웃고 떠들며 놀다보면 옆에 있는 친구를 치고 때리고 할퀴고 꼬집을 수도 있다. 친구 사이라면 당연한 것이다. 만약 두 사람이 한 번도 접촉해본 적이 없다면, 그것은 눈이 멀쩡한 사람들이 서로 일부러 눈길을 피하는 것과 같다고 할 수 있다. 마음속에 꿍꿍이를 품고 있거나, 상대를 받아들이지 않는 것이다.

샤오마는 자기 말의 어디가 그렇게 웃긴지 알 수 없었다. 그러나 형수님의 손은 이미 자기 목을 꼬집고 있었다. 부지불식간에 형수님의 피부가 샤오마의 몸에 닿은 것이다. 형수님은 꼬집으면서 자기 행동을 말로도 표현했다. 단단히 혼내는 것이라는 걸 알도록. 마치 샤오마를 꼬집어 죽일 수도 있다는 듯이. 그녀의 몸이 움직이자 머리칼 또한 물결치기 시작했다. 형수님의 머리칼 끄트머리가 몇 번이나 샤오마의 얼굴을 쓸었다. 아직도 물방울이 뚝뚝 듣는 머리칼은 사람의 마음 깊은 곳까지 내리치는 채찍이었다.

"당신이 나쁜 거야. 안 그래?" 형수님이 소리를 질렀다.

"제가 나빴어요."

샤오마는 "제가 나빴어요"라는 자신의 말이 또 웃음거리가 될 줄은 생각도 못했다. 샤오마는 있어도 없어도 그만인 제삼자에서 어느새 중심인물로 부상했다. 그게 어떤 의미인지 헤아려보기도 전에 샤오마는 완전히 혼란에 빠져 허우적댔다. 도대체 뭘 어떻게 해야 할지 도무지 알 수 없었다. 그의 팔이 문득 두 개의 절굿공이 같은 무언가에 부딪혔다. 온통 살로 이루어진 절굿공이. 몰캉하고 부드러우면서도 탄성이 느껴지는, 뭐라 말할 수 없는 완고함을 품은. 샤오마는 갑자기 아홉 살로 돌아간 기분이었다. 그 감각은 놀랍고도 신기했다. 순식간에 뭔가가 일어났다 가라앉았다. 아주 원시적이고 생기발랄한 에너지가 느껴졌다. 샤오마는 온몸이 뻣뻣해졌다. 다시 움직일 엄두가 나지 않을 만큼. 그의 팔은 아홉 살이던 그해처럼 굳어버렸다. 세상을 떠난 그의 어머니. 생일 케이크. 새빨간 촛불 아홉 개. 그리고 갑자기 덮쳐온 찬란한 빛. 쾅 하는 소리. 차가 뒤집어졌다. 머리칼 냄새가 그의 온 세계를 뒤덮었다. 젖가슴. 있을 것은 다 있는 몸. 형수님. 욕망이 꿈틀꿈틀 고개를 들었다. 숨이 막혔다.

샤오마는 갑자기 눈시울을 붉혔다. 그는 고개를 높이 처들었다. 그리고 형수님의 손을 붙잡으며 말했다. "형수님."

사람들이 또 한바탕 미친듯이 웃어댔다. 전혀 머뭇거림이 느껴지지 않는 웃음이었다. 이게 사람들이 보통 말하는 '웃음바다'라는 것이겠지. 누가 생각이나 했겠는가. 평소에 말이 없어 답답하던 샤오마에게 이렇게 천연덕스럽게 사람들을 웃기는 재주가 있을 줄이야. 그가 장이광보다 한 수 위였다.

"난 형수가 아니에요." 샤오쿵이 짐짓 엄숙하게 말했다. "나는 샤오쿵이라고요!"

"당신은 샤오쿵이 아니에요." 샤오마도 엄숙하게 대꾸했다. "형수님이지요."

사람들이 웃고 떠드는 가운데 샤오쿵이 화를 냈다. 물론 그런 척한 것뿐이지만. 샤오마 이 사람, 나빠도 보통 나쁜 게 아니다. 사람을 놀려도 유분수지. 아주 목숨 걸고 놀리는군. 하지만 샤오쿵에게 무슨 수가 있겠는가? 그녀는 샤오마를 어떻게 할 도리가 없었다. 다행히 샤오쿵은 '형수님'이라는 호칭이 내심 마음에 들었다. 그래서 화를 좀 누그러뜨리며 말했다. "형수라고 하면 형수 하죠 뭐."

그러나 세상 어떤 미혼 여성도 '형수'라는 호칭을 아무렇지 않게 단번에 받아들이진 못한다. 적지 않은 어색함과 부끄러움의 과정이 필요하다. 샤오쿵은 부끄러움의 과정에서 샤오마의 손을 잡아당겨 한 번 비틀어주었다. 사실은 그에게 경고를 한 셈이었다. 다음에는 어떻게 손봐줄지 두고보라고.

샤오마는 형수님의 경고를 알아차렸다. 그는 자신도 모르게 입을 앙다물었다. 입을 다문 건 별 뜻 없는 행동이었지만, 문득 자신이 웃고 있다는 걸 깨달았다. 이 은밀한 표정은 그렇게 까닭도 없이 찾아왔다. 그러나 그는 웃음이라는 것이 특별한 틈새 같은 것임을 잘 알았다. 이 틈새로 무엇인가가 파고들었다. 어머니에 대한 어슴푸레한 기억이었다. 조금은 서글픈, 조금은 따스한. 시간이라는 녀석은 정말 고약하기 짝이 없다. 도무지 지나갈 줄을 모른다. 사라진 시간들은 항상 사람의 표정 깊은 곳에 숨어 있다가, 전혀 의도치 않은 표정에 의해 처음부터 다시 길어올려진다.

닥터 왕은 침대의 다른 쪽 모서리에 멀찍이 떨어져 앉은 채 희희

낙락이었다. 그는 웃으며 품에서 담배를 꺼내더니 사람들에게 죽 돌렸다. 처음부터 끝까지 말은 한마디도 없었다. 이런 모습이 샤오 쿵은 아쉬웠다. 닥터 왕의 다른 점은 다 좋았다. 샤오쿵은 그가 그 녀를 위해 죽을 수도 있다고 굳게 믿었다. 그러나 이런 닥터 왕도 해줄 수 없는 일이 있었다. 샤오쿵을 위해 앞에 나서서 말을 해주 는 일은 평생 없으리라. 말주변은 정말 젬병이니까.

그렇다고 샤오쿵이 뭐라 할 수 있겠는가? 아무 말도 할 수 없었 다. 웃음소리가 점점 잦아들었다. 샤오쿵은 샤오마의 손을 붙잡은 채 멍하니 있었다. 당연히 닥터 왕 때문이었다. 멍한 상태였기 때 문에 그녀의 모든 몸짓은 거의 무의식 상태에서 이뤄졌다. 자기가 뭘 하는지 전혀 알지 못했다. 샤오마는 이렇게 형수님에게 손을 잡 힌 채 몸이 둥둥 떠다니기 시작했다. 마치 하늘을 나는 기구 같았 다. 형수님도 또다른 기구였다. 그들은 함께 두둥실 떠다니기 시작 했다. 샤오마는 하늘이 한도 끝도 없이 펼쳐져 있지 않다는 사실을 깨달았다. 하늘은 원뿔 모양이었다. 얼마나 넓고 아득하든, 결국 저 끝에서는 꼭짓점 하나로 모아지는 것이다. 그러니 두 개의 기구 는 하늘에서 만날 수밖에 없다. 뾰족한 탑 꼭대기에서 그들은 두 개의 기구가 아니라 두 마리 말이 된다. 천마가 하늘을 달린다. 어 떤 무게도 느껴지지 않는다. 그저 푸른 풀과 머리칼의 냄새뿐이다. 말이 서로 기대어 부빈다. 조금은 지친 몸짓이다.

샤오쿵의 첫 나들이는 성공적이지 못했다. 그러나 어떤 의미에 서 보면 아주 성공적이었다. 샤오쿵, 그리고 닥터 왕과 동료들 사 이의 관계가 순식간에 융화되었던 것이다. 융화는 언제나 일종의 상징성을 지닌다. 서로 허물없이 웃고 떠들 수 있다는 것이다. 웃고 떠드는 것은 중요하다. 마음을 활짝 열고 속을 다 드러내 보이지는 않더라도, 어느 정도 화기애애하고 좋은 분위기를 만들 수 있으니까. 그야말로 진실한 우정에 버금가는 인간관계를 형성하는 지름길이다.

그 첫 나들이 이후 샤오쿵은 매일 밤 잠자리에 들기 전에 닥터왕의 숙소에 들러 잠깐 앉아 수다를 떠는 게 습관이 됐다. 물론 언제나 샤워를 하고 난 뒤였다. 이는 곧 규칙이 되었다. 맹인들은 곧잘 규칙을 만들곤 한다. 그들은 규칙을 만들고 지키는 데 꽤 신경을 쓰고, 어지간해서는 바꾸지 않는다. 무슨 일이든 일단 그렇게 하기로 하면 계속해서 해야 하는 것이다. 규칙은 그들의 생명줄과도 같다. 따르지 않으면 고생을 하게 되기 때문이다. 쉬운 예를 하나 들어보자. 길을 가다 모퉁이를 돌 때, 반드시 지금껏 지켜온 규칙을 따라야 한다. 한 발짝을 더 가도, 한 발짝을 덜 가도 모퉁이를 돌 수 없다. 잘못 돌았다가는 앞니와 작별하게 될지도 모른다.

새로운 규칙이 만들어지자 샤오쿵과 닥터 왕이 예전에 지켰던 규칙은 중단되었다. 난징에 온 첫날, 샤오쿵과 닥터 왕은 생활 속에서 규칙을 하나 만들었다. 매일 밤 꼭 두 번씩 사랑을 나누는 것이었다. 처음 한 번은 꽤 격렬했다. 닥터 왕은 종종 처음 사랑을 나눌 때 매우 거칠게 굴었다. 땅이 흔들리고 산이 무너질 듯이, 목숨을 걸고 죽어라 내달리며 사람을 잡아먹을 듯한 기세로. 반면 두번째는 무척이나 다소곳했다. 쥐면 꺼질세라 놓으면 날아갈세라 조심조심 움직였다. 신비롭게 느껴질 정도로 다정다감했다. 두 사람을 이어주는 모종의 끈 같은 것이 느껴지는 은근한 사랑이었다. 이렇게 말할 수 있으리라. 첫번째가 섹스라면, 두번째는 오롯한 연애라고. 샤오쿵은 둘 다 좋아했다. 그래도 굳이 하나를 골라야 한다면, 아마 두번째를 고를 것이다. 그것은 정말 매혹적인 사랑이었다. 그러나 열흘 만에 이 규칙이 무너져버렸다. 그들이 다시 일을 시작하면서 그들의 격렬함과 다소곳함 모두 사라져버렸다. 일을 마치고 '집'에 돌아오면, 샤오쿵은 정말이지 너무너무 '그리웠다'. 처음에는 머릿속에서만 '그리워했지만', 나중에는 몸도 함께 '그리워했다'. 머릿속으로 그리워할 때는 그런 대로 괜찮았는데, 몸이 그리워하니 참으로 골치가 아팠다. 괴로워 미칠 지경이었다. 샤오쿵은 흐리멍덩해지는가 하면, 온몸에 열이 펄펄 끓어오르기도 했다. 욕망의 불꽃이 타오르기 시작했던 것이다.

이렇다보니 남자 숙소에 놀러갈 때마다 샤오쿵의 마음은 유난히 복잡했다. 다른 사람은 자신의 이런 상태를 몰라도 상관없지만, 어쩌면 닥터 왕도 모를지 모른다. 샤오쿵은 의기소침해졌다. 그러나 한편으로는 굉장히 흥분되었다. 의기소침한 기분과 흥분감 모두 강렬했다. 서로 정비례하며 다른 쪽을 보고 달렸다. 그래서 샤오쿵은 걸핏하면 화를 내거나 쉽게 마음이 상하는 등 감정 기복이 심해졌다. 그녀의 행동거지 역시 흥미로웠다. 도발적 행동을 즐겼고, 특히나 애교를 떨고 싶어했다. 그녀는 마음껏 애교를 떨어댔다. 그녀가 얼마나 닥터 왕의 품안으로 뛰어들고 싶은지 아무도 모르리라. 설사 '아무것'도 안 하더라도, 그저 닥터 왕이 팔로 으스러져라 안아주기만 해도, 닥터 왕의 입술을 맛보기만 해도 얼마나 좋을까. 한 번 애무를 해주기만 해도 좋을 텐데. 그러나 단체 숙소에서 이런 일이 가능하겠는가? 불가능했다. 샤오쿵 자신도 모르는 사이에, 그녀의 애교와 도발은 샤오마 쪽으로 방향을 틀었다. 그녀는 샤오마를 미치게 만드는 데 재미를 붙였다. 말로도 그러했고, 손동작으로도 그러했다.

샤오마의 행복은 하루하루 커져만 갔다. 그는 점점 더 형수님의 향기에 빠져들었다. 그 향기를 도대체 뭐라고 묘사하면 좋을지 알 수 없었다. 샤오마는 사방에 맴도는 이 향기를 형수님이라 부르기로 했다. 이즈음 형수님은 어디에나 있었다. 마치 샤오마의 손을 잡고 마룻바닥을 걸어다니고, 궤짝에 걸터앉고, 의자에도 앉고, 벽에 기대고, 창문 곁을 서성대고, 천장에 매달리고, 심지어 그의 침대 위 베갯머리에까지 다가드는 기분이었다. 이리 되고 보니, 숙소가 더이상 숙소가 아니라 아홉 살 샤오마의 큰길이 되었다. 아홉 살 무렵에 큰길이 사람을 얼마나 미치게 만들었던가! 큰길의 대형 상점과 호텔만 사람을 홀렸던 것이 아니다. 주렁주렁 매달린 열대 과일, 나이키 농구화, 아디다스 티셔츠, 아이스크림이 그려진 커다란 광고판. 형수님은 다정하게만이 아니라 난폭하게도 샤오마를 끌고 다녔다. 형수님은 샤오마를 단단히 가르쳤다. 샤오마의 어머니도 그처럼 엄하게 샤오마를 가르치셨는데, 언제나 심하게, 줄기차게, 반항했다. 그러나 형수님에게는 전혀 반항을 할 수 없었다. 그저 그녀가 배시시 웃으며 자신을 괴롭히도록, 그녀가 달콤한 몸짓들로 자신을 옭아매도록, 그녀가 부드러운 손길로 자신을 끝장내도록 놔둘 수밖에 없었다. 마치 두 사람 사이에 모종의 밀약이 맺어지기라도 한 것처럼. 그들은 하늘이 맺어준 것처럼 완벽한 한 쌍이었다.

어느 화요일 밤, 형수님이 오지 않았다. 감기에 걸렸던 것이다. 샤오마는 아련하게 들리는 그녀의 기침 소리를 들었다. 그는 잠을 이루지 못한 채 줄곧 침대에 걸터앉아 아무것도 하지 않고 마음속으로 기다렸다. 얼마 지나지 않아 남자 숙소와 여자 숙소의 거의 모든 사람이 잠들었다. 샤오마는 알았다. 오늘은 기다려도 오지 않으리라는 것을. 그는 옷도 벗지 않고 자리에 누웠다. 코로 형수님의 향기를 맡아보려고 애쓰기 시작했다. 그것은 절망적인 시도였다. 그는 실패했다. 없었다. 아무것도 없었다. 있어야 할 것이 없었다. 없어야 할 것도 없었다. 샤오마는 절망 속에서 자기 침대의 시트를 더듬었다. 형수님의 머리카락 한 올이라도 찾아보려고. 하지만 역시 찾을 수 없었다. 그런데 이 황당한 노력이 샤오마에게 한 가지 기억을 떠올리게 했다. 그의 팔과 형수님의 가슴이 맞닿았던 그 신비로운 접촉의 순간을. 보송한 옷감 너머의 그 감촉. 그의 하체가 짧은 순간 굉장한 변화를 일으켰다. 커지고, 굵어지고, 단단해졌다. 그때 닥터 왕이 몸을 뒤척이며 기침을 터뜨렸다. 샤오마는 깜짝 놀랐다. 그는 스스로를 단속했다. 닥터 왕의 기침 소리를 일종의 경고로 이해했다. 샤오마는 더는 단단해지고 싶지 않았다. 하지만 어떻게 해야 할지 도무지 알 수가 없었다. 반대로 샤오마의 물건은 점점 무섭게 변해갔다.

두훙

· · · · · · ·
· · · · · · ·
· · · · · · ·

두훙은 닥터 왕과 샤오쿵보다 먼저 사쭝치 마사지센터에 왔다. 그래봤자 몇 달 먼저일 뿐이지만. 지팅팅이 두훙을 사쭝치 마사지센터에 추천해주었다. 처음 왔을 무렵에 두훙은 아는 사람이 없어 매일같이 지팅팅과 붙어 지냈다. 하지만 사실 굳이 붙어 지낸다고 표현할 필요는 없었다. 마사지사의 생활 반경이란 대개 마사지센터 아니면 숙소였기 때문에, 사실상 십여 명이 모두 매일같이 붙어 지내는 셈이었으니까. 그래도 이렇게 모여 지내다보면, 아무래도 관계가 가깝기도 멀기도 하기 마련이었다. 이 사람과는 조금 친하고, 저 사람과는 많이 친한 식의 관계가 어디나 어느 정도는 있는 법이니까. 하지만 두훙은 한두 달을 지팅팅과만 꼭 붙어다니다, 곧 가오웨이와 어울렸다.

가오웨이는 프런트 직원이었다. 눈이 멀쩡한 사람 말이다. 두훙의 시력이 정상이었다면, 가오웨이가 납작코에 눈이 작은 아가씨라는 걸 알 수 있었을 것이다. 가오웨이는 워낙 잘 웃었는데, 한번 웃으면 위아래 눈꺼풀 사이로 그저 가느다란 빛 한줄기만 보일 뿐이었다. 큰 눈이 사람을 홀린다지만, 작은 눈도 매혹적인 데가 있다. 가오웨이가 눈을 가느다랗게 뜨고 미소짓는 모습은 실로 매혹적이었다. 두훙은 앞이 보이지 않으니 가오웨이의 작은 눈이 짓는 눈웃음이 얼마나 매력적인지 알지 못했다. 그러나 이런 사실을 몰라도 두훙은 가오웨이랑 죽이 맞아 매일같이 붙어 지냈다. 얼마나 죽이 잘 맞았느냐? 가오웨이가 매일 제 삼륜차로 두훙을 출퇴근시켜줄 정도였다. 맹인은 행동에 어려움이 있는데, 가장 큰 어려움이 길을 다니는 것이었다. 이제 가오웨이처럼 사심 없이 돕는 사람이 생겼으니, 두훙은 전에 비해 훨씬 편해졌다. 그러면서 알게 모르게 지팅팅에게 소홀해졌다. 식사를 할 때도 가오웨이와 어깨를 나란히 하고 앉아 함께 씹고 함께 삼켰다.

가오웨이는 이곳에 면접을 보러 왔을 때만 해도 삼륜차를 몰지 못했다. 물론 자전거는 끝내주게 탔다. 가오웨이가 사중치 마사지센터에 온 첫날, 사푸밍은 그녀에게 어서 삼륜차를 배우라고 요구했다. 가오웨이가 말했다. "바퀴가 두 개인 자전거도 잘 타는데, 세 개인 삼륜차를 못 탈 리 없지 않겠어요?" 사푸밍은 가오웨이에게 당장 나가서 타보라고 했다. 그러나 그녀는 삼륜차를 타자마자 우스운 꼴을 보이고 말았다. 그대로 벽을 향해 돌진하며 비명을 내질렀다. 그곳의 모든 맹인이 가오웨이의 비명을 들었다. 결국 쾅 소리와 함께 가오웨이와 삼륜차는 담벼락에 부딪혀 튕겨나왔다. 사람들은 배꼽이 빠져라 웃었다.

가오웨이는 바닥에서 일어나 잠깐 궁리해보고는 그 이유를 알아차렸다. 자전거는 핸들이 있어도 커브를 돌 때 몸의 중심에 기대야 한다. 핸들은 보조 역할을 할 뿐이다. 반면 삼륜차는 바퀴가 셋인 까닭에 노면과의 관계가 고정적이다. 커브를 돌 때 자전거를 타던 사람은 습관적으로 몸의 중심을 옮기는데, 전혀 소용없는 짓이다. 삼륜차는 가던 방향 그대로 거침없이 나아간다. 그럼 바로 브레이크를 잡으면 될 것 같지만 그렇지 않다. 삼륜차의 브레이크는 핸들에 달려 있지 않다. 손으로 따로 브레이크를 잡아당겨야 했다. 급할 때 이 사실이 생각나지 않으면 브레이크를 쓸 수 없다. 그러면 차는 완전히 통제 불능이 된다. 가오웨이는 운이 좋은 편이었다. 그녀가 시운전을 했을 때 다행히 앞에 담벼락이 있었으니까. 만약 양쯔 강이 앞에 있었다면, 가오웨이의 비명이 제아무리 컸다 해도 소용없었을 것이다.

기본적으로 프런트 직원의 가장 중요한 업무는 손님을 배정하는 일이다. 시간표를 짜고 통계를 내는 일도 마찬가지로 중요하다. 그러나 마사지센터에서는 또 한 가지 빠뜨릴 수 없는 일이 있다. 베갯잇과 침대 시트를 운반하는 작업이다. 환경위생부의 규정에 따르면, 마사지센터의 베갯잇과 시트는 일인 일회 사용으로 제한돼 있다. 한 번 사용한 베갯잇과 시트는 모두 세탁업체에 보내 깨끗이 빨아서 다음날 오전에 다시 받아와야 했다. 그러자니 보내고 받아오는 일이 문제였다. 일손을 덜기 위해 사푸밍은 이 업무를 프런트에 맡겼다. 삼륜차를 탈 줄 모른다면, 눈이 얼마나 매혹적이고 유혹적이든 사푸밍은 절대 고용하지 않을 것이다.

다행히 삼륜차는 비행기가 아니었다. 가오웨이는 몇 번 움직여보고는 그새 좌회전과 우회전을 익혔고, 제법 멋지게 가랑이 사이에 놓인 브레이크를 잡아당기며 차를 세웠다. 마사지센터에서는 마사지사와 다른 종업원에 비해 프런트 직원이 한결 좋은 자리였다. 돌아가면서 쉴 수 있었기 때문이다. 하루를 일하면 하루는 쉬었다. 그러나 가오웨이는 단 한 번도 쉰 적이 없었다. 그녀는 매일같이 출근했다. 두훙을 실어다주기 위해서였다. 한밤중에도 삼륜차로 두훙을 마중하러 왔다. 바로 이런 이유로 두훙과 지팅팅의 관계가 서서히 소원해졌고, 결국 두훙은 가오웨이와 어울리게 됐다. 그녀들은 이야기를 나눌 때도 큰 소리로 떠들지 않고 귓속말을 했다. 재잘재잘. 누군가 그들에게 "무슨 이야기 하는 거야?"라고 물으면 두훙은 보통 이렇게 대답했다. "당신 욕하는 거예요."

지팅팅은 이 모든 것을 지켜'보면서' 마음이 영 편치 않았다. 다행히 두훙은 영리해서 이 문제를 제법 잘 풀어나갔다. 지팅팅에게 먹을 것을 자주 건네는 식으로. 귤 서너 조각이나 땅콩 일고여덟 알, 밤 네댓 개 등등. 매번 이처럼 사소한 것을 조금, 그러나 아주 다정하고 친절하게, 마치 팅팅 언니를 위해 특별히 남겨둔 것처럼 주는 것이다. 이렇게 형편없이 적은 주전부리가 오히려 사람의 마음을 움직인다. 양이 적으면 적을수록 더 맛있다. 확실히 여자들 사이에서만 통하는 뭔가가 거기 있었다. 두훙은 가끔 지팅팅의 머리를 빗어주기도 했다. 지팅팅은 마음이 넓은 여자였고, 또 두훙보다 몇 살 더 많았기 때문에 그 일을 더이상 마음에 두지 않았다. 지팅팅은 두훙의 태도에 아주 만족했다. 두훙도 마음을 쓴다면 된 것이다. 다 같은 맹인인데 이해해줄 건 이해해줘야지. '삼륜차'와 좋은 관계를 유지하는 것이 아무래도 편할 테니까.

두훙은 전문적으로 추나를 배웠다고 하기 어려웠다. 기껏해야 어깨 너머로 반쯤 배운 거라고나 할까. 칭다오 맹인학교에 있을 때, 그녀는 자신의 관심과 열정 대부분을 음악에 쏟았다. 두홍이 처음에 선생님의 가르침을 잘 따랐다면, 어쩌면 지금 무대 위의 인생을 살고 있었을지 모른다. 선생님들은 모두 말했다. 두홍은 음악에 타고난 재능이 있어. 특히 음악적 기억력이 뛰어나. 일반적으로 사람들은 자기가 어떤 방면에 뛰어난 재능이 있는지 모른다. 그런 재능이 밖으로 드러날 때 그 자신은 단지 한 가지 사실만 알 뿐이다. 해보니까 쉽구나.

두홍에게 음악은 바로 그런 것이었다. 두홍이 어떻게 음악을 배우게 됐는지 이야기하려면 그녀가 초등학교 오학년이었을 때로 거슬러올라가야 한다. 그때 두홍의 학교 학생들은 단체로 극장에 가서 영화를 '보았다'. 미래 우주에 대한 할리우드 영화였는데, 처음부터 끝까지 날카롭게 귀를 찌르는 소리가 여기저기서 울려댔다. 음악은 더 정신없었다. 엇박자에다 갑자기 뚝 끊어져 아무 소리도 안 들리다 또 문득 귀를 파고들었다. 이른바 '테크노 음악'이었다. 일주일 후, 두홍의 음악 선생님이 화장실에서 볼일을 보다 누군가 흥얼거리는 소리를 들었다. 귀에 익은 멜로디인데 도대체 뭔지 알 수가 없었다. 생각을 더듬어보니 기억이 났다. 할리우드 영화의 테크노 음악이 아닌가? 선생님은 손을 씻고 그곳에 서서 기다렸다. 선생님의 눈앞에 나타난 사람은 다름 아닌 두홍이었다. 선생님이 물었다. 그렇게 시끄럽고 복잡한 곡을 다 외운 거니? 두홍은 무슨 말인지 잘 몰라 웃으며 선생님에게 반문했다. "음악이 무슨 교과서도 아닌데 외울 필요가 있나요?" 두홍의 말이 어쩐지 대단하게 들렸다. 그 말을 눈이 멀쩡한 사람이 했다면, 조금은 거만하게 느껴졌을 것이다. 그러나 맹인에게는 그런 자신감이 없다. 있다 하더라도 그런 식으로 표현하지 않는다. 그래서 어쩐지 '대단'하게 들린 그 말의 뜻은 결국 액면 그대로의 의미였다.

선생님은 두훙을 교무실로 데려가 모든 선생님 앞에서 두훙에게 브람스 한 소절을 연주해 들려주었다. 네 마디였다. 연주가 끝난 뒤에 선생님은 두 손을 무릎 위에 가지런히 놓고 두훙이 따라 흥얼거리길 기다렸다. 두훙은 피아노 옆에 서서 두 팔을 피아노 위에 얹은 채 좀처럼 소리를 내려 하지 않았다. 선생님은 그녀가 쑥스러워한다는 사실을 알았다. 그래서 다른 선생님들에게 '모두 나가 있으라'고 눈치를 주었다. 선생님들이 모두 나갔지만 두훙은 여전히 소리를 내지 않았다. 창밖에 숨어서 지켜보던 선생님들은 결국 인내심을 잃고 흩어졌다. 이들이 흩어져 아무도 남지 않았을 때, 두훙은 비로소 멜로디를 흥얼거리기 시작했다. 그녀가 흥얼거린 것은 오른손으로 연주한 멜로디였다. 음정과 박자, 높낮이 모두 아주 정확했다. 선생님이 감탄하기도 전에 놀라운 일이 벌어졌다. 두훙이 이어 왼손의 반주 부분도 흥얼거렸던 것이다. 그것은 무척 어려운 일이다. 극소수의 천재만 비로소 해낼 수 있는. 선생님은 너무 놀라 할말을 잃었다. 그는 두 손으로 두훙의 어깨를 잡고 왼쪽으로 한 번, 오른쪽으로 한 번 밀며 두훙을 뚫어져라 바라보았다. 이 아이가 두훙이란 말인가? 수학 시험에서 늘 사십 점을 겨우 받던?

그 아이가 두훙이었다. 수학 공부에는 재능이 없었다. 국어 공부에도 재능이 없었다. 체육에도 재능이 없었고. 그러나 음악은 아예 배울 필요가 없었다. 듣기만 하면 바로 따라할 수 있었다. 어째서 아무도 몰랐단 말인가? 그러나 이제라도 발견했으니 늦은 것은 아니다. 두홍은 아직 오학년이었다. 쇠뿔도 단김에 빼랬다고, 선생님은 두홍을 당장 피아노 앞에 앉혔다. 두홍은 별로 관심을 보이지 않았다. 선생님이 말했다. 도대체 뭐에 관심이 있는 거니? 두홍이 말했다. 저는 노래하는 게 좋아요. 선생님은 피아노 의자에 앉은 채 마음이 급해져 손바닥으로 계속 자기 허벅지를 쳐댔다. 행진곡 리듬이었다.

두홍, 넌 정말 뭘 모르는구나. 아무것도 몰라! 맹인이 노래하는 게 뭐 그리 대단하겠니? 귀머거리도 아니고 벙어리도 아닌데, 노래를 할 줄 아는 것이 뭐 그리 특별하겠어? 특수교육이 뭔지 아니? 응? 알아? 말해줘도 넌 모를 거다. 특수교육은 한 사람의 부족한 점을 찾아내 결코 해낼 수 없을 것 같은 일을 하게 해주는 거야. 예를 들어, 귀머거리나 벙어리가 노래를 한다든지, 신체적 장애가 있는 사람이 춤을 춘다든지, 지능이 떨어지는 사람이 대단한 발명을 해낸다든지 하는 거지. 그래야 학교와 교육의 힘이 돋보이는 거란 말이다. 한마디로 장애가 있는 사람은 뼈를 깎는 수고로움과 인내를 통해 칼로 만든 산을 넘고 불꽃이 이글대는 바다를 건너 뭔가를 해내야—그것도 기막히게 잘해내야—그러니까 쉽게 할 수 없는, 절대로 할 수 없을 것 같은 그런 일을 해내야 비로소 사람들의 마음을 얻고 시대를 감동시키며 사회를 전율케 하는 힘을 갖게 된단 말이다. 너는 맹인이니 노래하는 것은 그다지 신기한 일이 아니잖니? 입은 멀쩡하니까. 하지만 피아노를 치는 것은 어려워. 맹인이 가장 하기 힘든 거란 말이다. 피.아.노.연.주. 알아듣겠니? 네가 얼마나 좋은 조건을 갖췄는데! 어째서 아까운 줄을 모르는 거니? 이건 재능을 썩히는 거야! 부모님 모셔오렴!

두훙은 부모님을 모셔오지 않았다. 대신 선생님의 의견을 따랐다. 피아노 선생님은 목수처럼 두훙을 잘 깎은 의자로 만들어 피아노 앞에 놓았다. 두훙은 거의 신의 속도라 해도 좋을 만큼 빠르게 발전해, 삼 년 만에 피아노 시험에서 팔급까지 올라갔다. 기적을 창조해낸 것이었다.

중학교 이학년이 되었을 때 두훙의 기적은 끝났다. 두훙이 스스로 끝내버린 것이었다. 주변에서 아무리 어르고 달래도 두훙은 두 번 다시 피아노 앞에 앉으려 하지 않았다.

이 모든 것은 한 번의 공연 때문이었다. '장애인에게 사랑의 마음을'이라는 대형 자선 만찬에서 열린 공연이었다. 만찬에는 유명인이 많이 참석했다. 모두 왕년에 스크린과 브라운관을 누비던 스타거나 요즘 잘나가는 대중 가수였다. 특별 게스트였던 두훙은 땅바닥에 질질 끌리는 나팔꽃 모양의 빨간 드레스 차림으로 만찬에 참석했다. 이날 연주할 곡은 〈바흐 인벤션 3번〉이었다. 일종의 다성악으로 왼손과 오른손의 대조적인 연주를 강조한 곡인데, 연주하기가 무척 어려웠다. 두훙은 〈바흐 인벤션 2번〉이 더 자신 있었다. 그러나 선생님은 그녀에게 용기를 북돋아주며 좀더 어려운 곡을 시도해보자고 했다. 이 자리는 두훙의 첫번째 공연, 공식적인 데뷔 무대였다. 무대에 오르자마자 두훙은 뭔가 엇나간다는 느낌을 받았다. 너무 긴장해 손이 경직되었다. 특히 약지가 갑자기 지금까지의 자유로운 움직임을 잃어버리고 뻣뻣하게 굳어버리더니 도무지 말을 듣지 않았고, 좋아질 기색도 보이지 않았다. '약지 무력증'은 사실 두훙의 고질병이었다. 그녀는 이 약점을 고치기 위해 부단히 노력했고, 거의 좋아졌다. 그러나 결국 이렇게 엄청난 무대 위에서 '약지 무력증'이 다시 고개를 삐죽 내밀고 말았다. 약지에 힘을 주기 위해 두훙이 할 수 있는 유일한 일은 손목의 힘을 이용하는 것뿐이었다. 그런 방법으로 두훙은 건반을 눌렀다. 박자가 엉망이 되었다. 두훙 자신도 도저히 들어줄 수 없을 지경이었다. 이게 무슨 바흐란 말인가? 여기 어디에 바흐가 있단 말인가?

두훙은 완벽한 아름다움을 추구하는 사람이었다. 그녀는 연주를 멈추고 싶은 마음뿐이었다. 멈추고 처음부터 다시 연주하고 싶었다. 그러나 이건 연습이 아니라 실전이었다. 두훙은 그저 선율에 따라 무기력하게 연주를 계속해나갔다. 두훙의 마음은 심각하게 상하고 말았다. 이 상황을 도무지 받아들일 수가 없었다. 마치 죽은 파리떼를 한 줌이나 입안에 쓸어넣은 기분이었다. 손가락이 또 실수를 했다. 연주 실력이 연습 때의 반에도 미치지 못했다. 두훙은 자포자기했다. 마음속에 뭐라 말할 수 없는 비감과 절망이 차올랐다.

두훙은 몇 번이나 울고 싶었지만, 다행히 울지는 않았다. 두훙 자신도 도대체 어떻게 연주를 마쳤는지 알 수 없었다. 마지막 음표에 가까워졌을 때, 두훙은 뭐라 말할 수 없는 억울한 심정으로 팔을 쳐들고 공중에서 열 손가락을 쫙 펼쳤다. 어떤 감정을 끝장내듯 숨을 참으며 열 손가락으로 동시에 피아노 건반을 내리눌렀다. 그리고 기다렸다. 마지막 마디를 연주할 때까지 기다려 숨을 들이마시고, 손목을 들어올려 마무리를 지었다. 드디어 끝났다. 차마 들어줄 수 없을 정도로 끔찍한 바흐 인벤션이었다. 얼굴을 들 수가 없었다. 완벽한 실패였다. 두훙은 그 순간 더이상 참을 수 없을 것 같았다. 울고 싶었다. 박수 소리가 울리기 시작했다. 열렬한, 영원히 끝나지 않을 것 같은 열렬한 갈채였다. 만감이 교차했다. 자리에서 일어나 허리를 숙여 인사했다. 다시 한번, 깊숙이 허리를 숙였다. 그때 여자 사회자가 나타났다. 사회자는 두홍의 연주를 칭찬했다. 대여섯 개의 형용사를 줄줄이 늘어놓으며 앵무새처럼 찬사의 말을 되풀이했다. 한마디로 두홍의 연주가 정말 완벽하게 아름다웠다는 말이었다. 두홍은 울고 싶은 마음이 사라졌다. 심장이 점점 차갑게 식었다. 더할 나위 없이 싸늘하고 차갑게. 두홍도 알고 있었다. 그녀는 어쨌거나 맹인이었다. 영원히 맹인일 터였다. 그녀 같은 사람은 오직 한 가지를 바라고 세상에 나온다. 두 눈과 온몸이 멀쩡한 사람들의 관용과 동정. 그녀 같은 사람이 피아노를 연주한다는 사실만으로도 이미 대단한 것이다.

사회자는 두홍의 손을 잡고 그녀를 무대의 가장 앞쪽까지 이끌고 나왔다. 사회자가 말했다. "카메라, 카메라 잡아주세요." 두홍은 그제야 알았다. 그녀가 텔레비전에 나오고 있다는 사실을. 그녀가 사는 성 전체, 어쩌면 전국의 시청자들이 그녀를 보고 있을 것이다. 그 순간 두홍은 도대체 어떻게 하면 좋을지 알 수 없었다. 사회자가 말했다. "시청자 여러분께 인사해주세요. 이름이 뭐죠?" 두홍이 말했다. "두홍이요." 사회자가 말했다. "좀더 크게 말씀해주시겠어요?" 두홍이 큰 소리로 말했다. "두―홍―입니다." 사회자가 말했다. "지금 기분이 어때요? 기쁜가요?" 두홍은 생각을 좀 하다 말했다. "기뻐요." 사회자가 말했다. "좀더 크게 말씀해주시겠어요?" 두홍은 목청을 높여 소리쳤다. "기―뻡―니―다!" "왜 기쁜데요?" 사회자가 물었다. 왜 기쁘냐고? 이건 또 무슨 질문인가? 이런 것도 질문이라고 할 수 있나? 두홍은 대답할 말이 없었다. 사회자가 말했다. "그럼 이렇게 질문드려볼까요? 지금 가장 하고 싶은 말이 뭐죠?" 두홍은 입술을 달싹였다. '제힘으로 먹고살기'라든가 '운명 개척하기'라는 말 따위가 떠올랐지만, 누구나 다 아는 그 말을 그 순간 두홍은 도무지 한 문장으로 완성시킬 수 없었다. 다행히 음악이 울려퍼졌다. 바이올린이었다. 조금씩 조금씩, 먼 데에서 가까운 데까지, 낮은 곳에서 높은 곳까지, 사람의 마음을 느긋하게 해주었다. 흐느끼는 것 같기도 하고 속삭이는 것 같기도 했다. 사회자는 더이상 두홍을 기다리지 않고, 음악이 흐르는 가운데 시청자들에게 두홍의 이야기를 들려주기 시작했다. 배경 음악에 맞춰 시를 읊는 듯한 말투였다. 그녀는 '가엾은 두홍'이 날 때부터 '아무것도 보지 못했다'고, '가엾은 두홍'이 이제야 '살아갈 용기를 내고 있다'고 말했다. 두홍은 이 말들이 기분 나빴다. 사람들이 자기를 두고 '가엾다'고 말하는 것이 너무 싫었다. '아무것도 보지 못한다'고 말하는 것은 더더욱 싫었다. 두홍은 그 자리에 얼어붙은 듯 서 있었다. 이미 얼굴이 구겨질 대로 구겨진 채였다. 하지만 사회자의 감정은 이제 막 무르익어 최고 수위에 이른 저수지의 물처럼 출렁댔다. 그녀는 북받치는 감정에 높아진 목소리로 물었다. "두홍은 왜 오늘 여러분 앞에 나와 이렇게 연주를 했을까요?" 그래. 왜 그랬을까? 두홍도 그 까닭을 알고 싶었다. 무대 아래는 쥐죽은듯 고요했다. 사회자는 사람들에게 감동의 눈물을 강요하며 자문자답을 이어갔다. "'가엾은 두홍'이 전 사회의 모든 할아버지와 할머니, 삼촌과 이모, 언니, 오빠, 동생 들이 자신에게 보여준 관심에 보답하기 위해서랍니다!" 조금 전까지만 해도 배경음악에 불과했던 바이올린 소리는 이제 사회자의 목소리에 맞춰 높아지더니 온 연회장에 메아리치며 '전 사회'의 모든 대지 위로 퍼져나갔다. 구슬프게 흐느끼다못해 끊어질 듯 아련한 선율이 마치 장송곡처럼 사람들의 마음을 슬프게 만들었다. 갑자기 사회자가 흐느끼기 시작했다. 다시 말을 이으려고 해도 목이 메어 못할 것 같았다. '보답'. 그것은 두홍이 전혀 생각지 못했던 말이었다. 그녀는 그저 바흐를 연주했을 따름이었다. 그저 멋진 연주를 들려줄 생각이었다. 비록 준비한 만큼 멋진 연주는 아니었지만. 왜 보답해야 하는가? 누구에게 보답해야 하는 것인가? 그녀가 누구에게 빚을 졌나? 언제 무슨 빚을? 그것도 '전 사회'에? 두홍은 피가 거꾸로, 얼굴까지 솟구쳐올랐다. 그녀는 한마디를 내뱉었다. 그녀는 자신이 무슨 말을 했는지 똑똑히 알고 있었다. 그러나 마이크를 들고 있지 않았으므로 아무 말도 하지 않은 것이나 다름없었다. 바이올린 선율은 벌써 클라이맥스로 향하고 있었다. 높아지던 바이올린 소리가 홀연히 멎었다. 그와 동시에 사회자의 말도 마침표를 찍었다. 사회자는 두홍의 어깨를 안고 그녀를 부축해 조심스럽게 무대 아래로 내려갔다. 두홍은 다른 사람에게 부축 받는 것을 싫어했다. 그것은 그녀가 마음에 담고 있는 최대한의 허영이었다. 그녀는 걸을 수 있었다. 설사 '아무것도 보지 못한다' 하더라도, 그녀 혼자 멀쩡하게 무대 아래로 내려갈 자신이 있었다. '전 사회'가 그녀를 보고 있으니까. 두홍은 사회자의 손을 밀어냈다. 그러나 사랑의 힘은 단호했다. 사회자는 손을 놓지 않았다. 두홍은 그렇게 불면 꺼질세라 조심조심 부축을 받으며 무대에서 내려왔다. 두홍은 깨달았다. 그녀가 여기 온 것은 음악과는 아무 관계도 없는 일이라는 것을. 두홍은 다른 사람들의 사랑을 구걸하러 온 것이었다. 빚을 갚으러 온 것이었다. 두훙은 이 빚을 절대로 다 갚을 수 없으리라. 바이올린의 감동적인 선율이 그녀를 도와 그녀의 사정을 하소연했다. 사람들을 울려야 했다. 누군가 울어야 그녀의 빚이 조금이라도 줄어드니까. 그래, 좋다. 어디 한번 나를 실컷 가엾게 여겨보라! 두훙의 손이 파르르 떨렸다. 사회자 때문에 그녀는 토할 것만 같았다. 음악 또한 그녀를 구역질나게 했다. 두훙은 고개를 똑바로 들고 오연하게 턱을 내밀었다. 음악은 원래 이러한 것이었구나. 비천한 것.

두훙의 선생님은 무대 아래 서 있다 두훙을 두 팔 벌려 맞아 껴안아주었다. 선생님은 희비가 교차하는 듯했다. 두훙은 선생님이 왜 그토록 벅찬 기쁨과 슬픔을 느끼는지 이해할 수 없었다. 어떤 반응을 보여야 할지도 알 수 없었다. 그녀는 그저 가만히 선생님의 열렬한 숨결을 느낄 뿐이었다.

선생님의 뜨거운 숨결에 데어 상처라도 입은 것처럼, 그후 두훙은 두 번 다시 피아노 수업에 가지 않았다. 선생님은 줄기차게 두훙의 기숙사를 찾아와 왜 그러냐고 물었다. 두훙은 기숙사의 친구들을 모두 내보내고 답했다. "선생님, 저는 피아노를 배우지 않겠어요. 얼후*를 가르쳐주세요."

선생님은 속이 탔다. "무슨 뜻이니?"

두훙이 말했다. "언젠가 거리로 나가 노래로 먹고살아야 할 때, 얼후라면 들고 다니기 편할 테니까요."

---

* 중국 현악기. 우리나라 해금과 모양이 비슷하지만, 줄의 재질이나 운지법이 조금 다르다.

두홍의 이 말은 참으로 당돌한 것이 아닐 수 없었다. 이 말의 속 뜻은 두홍 나이 또래에 걸맞지 않은, 신랄한 것이었다. 그러나 두 홍의 말은 있는 그대로의 사실이었다. 그녀는 더이상 어리지 않았 다. 스스로의 미래를 생각해야 했다. 하루종일 무대에 서서 빚을 갚을 수는 없지 않겠는가? 언제까지 그래야 한단 말인가?

빌어먹을 음악 같으니! 음악이란 처음부터 그렇게 개 같은 것이 었다! 그녀는 그저 바흐를 연주했을 뿐이다. 그런데 어디서 생긴지 모를 빚을 잔뜩 껴안고 말았다. 평생을 갚아도 다 갚을 수 없는 빚 을. 단 한 번의 공연이 두홍의 마음속에 평생 지울 수 없는 치욕을 심어주었다.

두홍은 벼랑 끝에 다다라서야 정신을 차렸다. 선생님 앞에서 두 홍은 완강한 태도로 일관했다. 피아노 수업을 거부했을 뿐 아니라 모든 공연 섭외도 거부했다. '자선 공연'이 무엇이며, '사랑의 마 음'이라는 것이 무엇인지 그녀는 다 알아버리고 말았다. 툭 까놓 고 말해 장애인을 데려다 눈이 멀쩡한 사람들을 감동시키는 것이 었다. 사람들은 감동을 참 좋아했다. '전 사회'가 감동을 필요로 했 다. 감동할 테면 하라지. 눈물을 흘릴 테면 흘리라지. 쾌감이 느껴 질 테니까. 그러나 다시는 나를 거기 끌어들이지 마라. 나는 잘 살 고 있으니까. 나를 위한 눈물 따위 필요 없으니까.

생각에 생각을 거듭한 끝에 두홍은 결국 마사지를 선택했다. 그 러나 선택이라는 말은 옳지 않다. 두홍에게는 사실 선택의 여지가 없었으니까. 두홍은 다시금 두 손을 내밀었다. 이번에 손끝에 와 닿은 것은 피아노 건반이 아니라 친구의 몸이었다. 그런데 인생이 두홍을 놀리려고 작정한 모양이었다. 피아노가 얼마나 어려운가?

그럼에도 두훙은 거의 머리를 쓸 필요도 없이 익혔는데, 이렇게 쉬운 마사지는 도통 익히지 못했다. 두훙은 인체의 기본 경혈조차 제대로 기억하지 못했다. 기억했다 하더라도 제대로 찾질 못했다. 또 제대로 찾았다싶으면, 이번에는 손가락이 제대로 '짚지'를 못했다. 피아노를 칠 때 중요한 것은 강약과 빠르기다. 두훙은 이 강약과 빠르기를 친구들의 몸에 적용했다. 친구들은 두훙을 놀려댔다. 그녀가 손가락을 짚을 때마다 말했다. "도—." 또다른 곳을 짚으면, "레—". 그다음은 자연스럽게 "미파솔라시"였다. 그러면 두훙은 친구의 몸을 꼬집었다. 친구는 "아야" 하고 소리쳤다. 웃을 거 다 웃고, 떠들 거 다 떠들면서도 두훙은 후회하지 않을 수 없었다. 그 많은 시간을 부질없이 보내버렸으니, 졸업을 하고 나면 어떻게 해야 할까.

두훙은 결국 둘러 둘러 난징까지 오게 되었다. 친구의 친구의 친구를 통해 지팅팅을 알게 되었다. 지팅팅은 저멀리 난징에 있는, 남의 일에 무척 열성적인 사람이었다. 그녀는 "뭐든지 내게 다 맡겨"라는 장부다운 기상이 있었다. 맹인들 사이에서는 매우 보기 드문 성격이었다. 따지고 보면 그녀의 시력이 상대적으로 좋기 때문일지도 몰랐다. 지팅팅의 교정시력은 거의 B-3급* 수준이었다. 친구의 친구의 친구였지만, 지팅팅은 두훙에게 휴대폰으로 전화를 걸어 말했다. "다 친구인걸, 뭐. 이봐, 동생, 이리로 와. 난징 참 좋은 곳이야."

얼굴도 보기 전에 지팅팅은 두훙을 '동생'이라고 불렀다. 두훙은

---

* 시각장애 등급 중 시력이 가장 좋은 등급.

그저 지팅팅이 하는 대로 따라서 그녀를 '팅팅 언니'라고 불렀고. 사실 두훙은 그런 것을 별로 좋아하지 않았다. 촌스러우니까. 게다가 밉살맞은 약삭스러움이 느껴졌다. 그러나 약삭스러움에는 그 나름의 장점이 있었다. 민첩하다는 것. 난징에 도착하기 무섭게 지팅팅은 두훙을 사푸밍에게 데려가 말했다. "사 사장님, 돈 열리는 나무 한 그루가 또 생겼어요."

사푸밍은 면접을 봐야 한다고 했다. 당연한 수순이었다. 지팅팅도 업계 사람이니 이러한 규칙을 알았다. 지팅팅은 사푸밍을 끌고 가더니 그를 마사지칸에다 밀어넣고 그대로 침대에 눕혔다. 그리고 두훙의 손을 잡아 사푸밍의 목에 올려놓았다. 두훙은 지팅팅의 이런 행동이 마음에 들지 않았다. 지팅팅은 자기 시력을 너무 과시했다. 두훙의 손가락이 사푸밍의 목에 닿았을 때, 사푸밍은 벌써 계산이 섰다. 두훙은 이 일을 해서 먹고살 인물이 아니었다.

사푸밍은 침대에 엎드린 채 두훙의 마사지를 받으며 질문을 던졌다. 출신지, 나이 등을 두서없이 물었다. 말투도 별로 좋지 않았다. 완전히 거들먹거리는 사장 행세였다. 두훙은 그 질문에 일일이 답했다. 나중에 사푸밍이 출신 학교를 물었을 때에도 두훙은 순순히 답했다. 사푸밍은 잠시 말을 멈추더니 화제를 바꿔 교육에 대해 이야기하기 시작했다. 그때 두훙은 마침 사푸밍의 목을 풀어주던 참이었다. 마사지 침대의 구멍에 얼굴을 들이밀고 있던 사푸밍이 갑자기 웃음을 터뜨렸다. 이게 무슨 마사지람? 가려운 데 긁어주는 건가? 사푸밍은 무겁게 한숨을 내쉬며 말했다.

"오늘날의 교육은 멀쩡한 애들을 망쳐놓기 일쑤지."

사푸밍이 비난하는 '오늘날의 교육'은 두훙과 아무런 관계도 없었다. 그러나 두훙은 영리한 사람이었다. 그녀는 그대로 멈췄다. 잠시 가만있다 사푸밍의 몸에서 두 손을 거두었다.

사푸밍은 두훙의 일솜씨에 대해 지팅팅에게 한마디도 하지 않았다. 그는 문 앞으로 가서 지폐 한 장을 내밀었다. 오십 위안이었다. 사푸밍이 말했다. "휴가를 줄 테니 저 아가씨 데리고 교외라도 나가서 놀고 와. 어쨌거나 먼 데서 난징까지 왔으니까." 그의 뜻은 분명했다. 지팅팅은 돈을 돌려주고 사푸밍의 손을 잡은 채 꿈쩍도 하지 않았다. 간청의 뜻이었다. 사푸밍은 입꼬리에 웃음을 매단 채 말했다. "이거 억지 부리는 거야." 그가 몸을 앞으로 살짝 숙이고 지팅팅의 귓가에 속삭였다. "실력이 보통 처지는 게 아니라고."

사푸밍은 지팅팅의 어깨를 두어 번 툭툭 치고 자리를 떴다. 사푸밍은 줄곧 지팅팅을 잘 봐주었다. 어느 정도는 남달리 마음에 두고 사정을 봐주기도 했다. 그러나 지금 이 일은 원칙과 관련된 것이었다. 봐줄 수 없었다. 사푸밍은 휴게실로 가지 않았다. 지금 두훙이 휴게실에 있으리라 짐작했던 것이다. 두 사람이 지금 맞닥뜨리는 것은 좋지 않았다. 어쨌든 부딪치지 않는 것이 상책이었다.

지팅팅은 마사지센터 입구에 서 있었다. 마음이 저 바닥까지 가라앉았다. 순식간에 여남은 번이나 눈을 깜빡였다. 그녀는 휴대폰을 꺼내들었다. 먼 곳의 자오 언니에게 전화를 걸 생각이었다. 두훙은 자오 언니가 부탁한 사람이었다. 이 상황을 자오 언니에게 어떻게 전해야 좋을지 난감했다. 자오 언니는 전화로 지팅팅에게 "어떻게든 그애를 좀 도와줘"라고 했다. 거의 애원하다시피. 애원이라는 것이 그렇다. 어느 지경까지 가면 애원은 죽어도 지켜야 하는 명령이 된다. 지팅팅은 생각 끝에 전화기를 다시 집어넣을 수밖에 없었다.

그런데 전화벨이 울렸다. 지팅팅은 휴대폰을 귓가에 갖다 댔다. 두훙의 목소리였다. "팅팅 언니, 저 다 알아요. 괜찮아요."

"어디야?"

"화장실에 있어요."

"밖에 나와서 얘기하지 않고?"

두훙은 잠깐 말을 멈추더니 작은 소리로 말했다. "어쨌든 저는 여기 조금만 더 있을게요."

지팅팅은 점점 더 뭐라 대꾸하면 좋을지 몰라 한참을 말없이 있다 대답했다. "난징에 중산링*이라고 있는데, 자기도 알지?"

두훙은 안다고도 모른다고도 하지 않고 이렇게만 말했다. "팅팅 언니, 괜찮아요."

지팅팅은 갑자기 마음이 찡했다. 두훙이 이렇게 동문서답을 하는 까닭은 오직 한 가지였다. 마음이 어지럽기 때문이리라. 두훙의 지금 심정을 지팅팅은 십분 이해하고도 남았다. 어쨌거나 이번은 두훙이 처음으로 집을 떠나 멀리 나온 길이었다. 맹인에게 세상에서 가장 어려운 일이 무엇이겠는가? 처음 집을 떠나 먼 곳으로 나오는 것이다. 특히 혼자 집을 떠나 멀리 오는 것. 그때의 걱정스러움, 초조함, 두려움, 자기 비하의 감정이라니. 모든 것이 한도 끝도 없이 아득하고 거대한 어둠으로 시커멓게 덮쳐와 사람을 두렵게 만든다. 이 두려움은 사실 허상이지만 또한 실제이다. 가짜라고 할 수도 있지만 진짜이기도 하다. 진짜인지 가짜인지, 허상인지 실제

---

* 난징 시 동북 교외에 있는 쑨원(係文)의 묘.

인지는 부딪쳐봐야 비로소 알 수 있다. 맹인의 두려움은 참으로 아득하고 거대하다. 보이지 않는 세계처럼 광활한 것이다. 무엇이 두려운가? 모른다. 두훙은 언제나 이렇게 운이 없었다. 처음부터 항상 헛디뎠다. 어디에 걸려 넘어지는 것이 아니라 분명 헛디디는 것이다. 이 두 가지는 근본적으로 차이가 있다. 걸려 넘어지면 아프지만, 그래도 안정감이 있다. 바닥이 있으니까. 헛디디는 것은 다르다. 잘못 디디면 넘어질 곳이 없을 수도 있다. 그러면 그대로 추락이다. 그대로 쭉 떨어져버린다. 멈출 수도 없이. 온몸이 산산조각나는 것보다 더 가슴 떨리고 겁이 나는 일이다.

지팅팅은 손안의 휴대폰을 꼭 거머쥐었다. 자기도 과거에 이런 일을 경험했지만, 도대체 무슨 말을 해줘야 좋을지 알 수 없었다.

그날 밤 지팅팅은 두훙을 자기 침대에서 재웠다. 침대가 너무 작아 두 사람은 모로 누워야 했다. 처음에는 서로 등을 맞대고 누워 있었다. 지팅팅은 마음이 편치 않아 몸을 돌려 두훙의 등을 마주했다. 말을 못할 바에는 차라리 두훙의 어깨라도 어루만져주자. 어쨌거나 위로의 뜻이라도 전하자.

두훙도 몸을 돌렸다. 원래는 팔로 지팅팅의 등을 안을 생각이었지만 잘못해서 그녀의 가슴을 건드리고 말았다. 두훙은 손을 움츠려 반원 모양으로 만들어 지팅팅의 가슴에 가져다 댔다. 두훙이 말했다. "언니 가슴 멋진데요?" 별로 좋은 이야깃거리가 아니었지만 할말을 찾지 못하는 두 여인에게는 나쁘지 않은 화제였다. 지팅팅도 두훙의 것을 쓰다듬어보고 말했다. "네 게 더 멋진데." 그리고 덧붙였다. "내 가슴도 원래는 꽤 괜찮았는데, 지금은 변해버렸어. 커지면서 점점 벌어지더니, 이젠 완전히 벌어져버렸어." 두훙이 물었다. "어떻게 그래요?" 지팅팅이 말했다. "안 그러란 법도 없잖아?" 두훙은 생각했다. 내 것도 언젠가는 벌어지겠네. 지팅팅이 입술을 두훙의 귓가에 바짝 대고 소곤거렸다. "누가 만져준 적 있어?" 두훙이 말했다. "있어요." 지팅팅이 흥미를 느끼고 서둘러 질문을 이었다. "누가?" 두훙이 말했다. "어떤 색골 같은 여자가요. 변태 같은." 지팅팅은 어리둥절해 잠시 생각해보더니 곧 무슨 말인지 알아차렸다. 그녀는 손가락으로 두훙의 젖꼭지를 세게 비틀었다. 아주 인정사정없이. 두훙은 엄청난 통증에 그대로 입을 벌려 숨을 들이켰다. 지팅팅의 손은 정말이지 거칠기 짝이 없었다.

잠깐 이러고 놀다보니 두훙은 곧 피곤이 몰려왔다. 감정을 꾹 누르고 있던 참인데 긴장이 풀리니 바로 잠이 들었다. 잠이 든 두훙은 줄곧 지팅팅의 품에 안긴 채 어깨를 움찔댔다. 맹인이 느끼는 불안감은 누군가를 물어뜯고 싶을 정도로 견디기 힘든 감정이다. 어느 정도인지는 맹인만이 알 수 있다. 지팅팅은 두훙을 꼭 껴안아주었다. 그녀는 잠을 이룰 수 없었다. 그녀가 처음 면접을 본 것은 베이징에서였다. 십 분도 되지 않아 퇴짜를 맞았다. 지팅팅은 아직도 기억한다. 자기 몸이 그대로 추락하는 듯했던 기분을. 하염없이 멈추지도 않고 아래로 아래로 떨어지는 듯했던 기분을. 그러나 지팅팅은 운이 좋았다. 바로 그때 자오 언니가 나타났던 것이다. 그녀가 지팅팅을 도와주었다. 지팅팅은 자오 언니한테 말로 다 하지 못할 고마움을 느꼈고, 언젠가는 꼭 그 은혜를 갚겠다고 줄곧 생각했다. 그런데 어떻게 보답해야 할까? 딱히 방법이 없어 보였다. 지팅팅이 할 수 있는 것도 결국 남을 돕는 것이었다. 자오 언니가 돌봐준 것처럼 한 사람 한 사람을 도와주고 이끌어주자. 그런데 그렇게 해왔던가? 아니다. 지팅팅은 아무래도 잠을 이룰 수가 없었다.

지팅팅은 후회막급이었다. 일이 잘 풀리지 않았으니, 두훙은 어쩐다? 그저 두훙을 안아줄 수밖에 없는 지팅팅은 마음이 아팠다.

어쨌거나 내일은 두훙을 여기 남게 해야지. 교외에 가고 안 가고는 나중 일이고, 난징에서 하루는 쉬게 하는 게 좋겠어. 두훙을 데리고 푸쯔먀오*에 가자. 가서 쇼핑도 좀 즐기고, 군것질도 하자. 작은 선물도 하나 해야겠어. 난징이 두훙에게 슬프기만 한 곳은 아님을 알게 해줘야지. 여기에 그녀를 걱정하고 아끼는 사람이 있다는 사실을 말이야. 그냥 이번에는 운이 좀 좋지 않았을 뿐이야. 이런 생각을 하느라 지팅팅은 더욱 잠들지 못했다. 또 깊게 잠들어서도 안 됐다. 두훙이 새벽부터 짐을 싸가지고 떠나면 안 되니까.

지팅팅은 한밤중이 지나서야 겨우 잠이 들었고, 새벽녘에는 깊은 잠에 빠지고 말았다. 하지만 그녀가 걱정하던 일은 다행히 일어나지 않았다. 잠에서 깨어난 두훙은 중산링에도 푸쯔먀오에도 가지 않겠다고 했다. 매우 완강하게. 대신 두훙은 "팅팅 언니를 따라" 마사지센터에 가고 싶다고 했다. 지팅팅은 두훙이 자신의 하루 수입이 줄어들까 걱정해서 그러는 거라 오해했다. 어쨌거나 하루 일당이 날아가는 거니까. 마사지센터에 도착했을 때에야 지팅팅은 그게 아니라는 걸 알았다. 그녀가 두훙 동생을 너무 어리게만 봤던 것이다.

두훙은 빨간색 윗옷으로 갈아입고 지팅팅을 따라 사쭝치 마사지센터로 왔다. 모든 사람들 앞에서 두훙이 갑자기 "사 사장님"을 외

---

* 공자의 신위를 모신 사당. 주변에 볼거리와 먹을거리가 풍부하다.

쳐 불렀다. 그리고 말했다. "사 사장님, 제 일솜씨가 사장님이 원하시는 수준에 미치지 못한다는 거 압니다. 제게 한 달만 시간을 주시면 안 될까요? 화장실 청소나 잡일이라도 좋아요. 여기서 세끼밥만 먹게 해주세요. 밤에는 팅팅 언니 침대에서 잘게요. 한 달 뒤에도 제가 사장님이 원하시는 수준에 미치지 못한다면 알아서 떠나겠습니다. 여기 계신 모든 분이 증인이에요. 그렇게 되면 제가먹은 밥값은 일 년 안에 꼭 부쳐드리겠습니다. 제게 한 번만 기회를 주세요."

두홍은 틀림없이 할말을 미리 생각해두었을 것이다. 그녀는 겁에 질린 듯한 말투로 숨이라도 찬 것처럼 말했으며, 몇 번 말이 끊기기도 했다. 할말을 외워둔 것 같았다. 그러나 두홍 자신도 알지못한 게 있었으니, 그녀의 행동이 모든 사람을 압도했다는 점이었다. 두홍은 두려움에 벌벌 떨면서도 그녀 안에 깃든 거침없는 기개를 무지개처럼 확 펼쳐 내보였던 것이다.

사푸밍은 이런 일이 벌어지리라곤 생각지도 못했다. 만약 두홍에게 장애가 없었다면 이런 말은 그냥 누구나 할 수 있는 말로 치부되었을지 모른다. 그러나 두홍은 맹인이었기에 누구나 할 수 있는 말로 치부할 수 없었다. 맹인의 자존심은 놀랄 만큼 강하다. 일단 거절을 당하고 나면 대개 자신의 존엄을 지키기 위해 "여기서나를 원하지 않아도 나는 갈 데가 많다"는 태도를 취하기 일쑤다. 하지만 두홍은 그러지 않았다. 사푸밍은 깜짝 놀랐다. 그는 그 자리에서 스스로에게 물었다. 같은 상황에서 나라면 이렇게 할 수 있었을까? 대답은 아니다였다. 그러나 두홍은 그렇게 했다. 사푸밍은 그녀의 이런 행동이 부적절하다고 생각하지 않았다. 오히려 그녀의 용기에 놀라고 감탄했다. 이제 보니 맹인의 가장 큰 장애는 시력이 아니라 용기인 듯했다. 지나친 자존심이 초래한 약하디약한 용기. 사푸밍은 어떤 깨달음을 얻은 기분이었다. 맹인이 대체 뭐라고 눈이 멀쩡한 사람보다 더 큰 존엄을 지켜야 한단 말인가? 실은 맹인 자신이 그렇게 만든 것이다. 이 세상에는 인간의 존엄이 있을 따름이다. 맹인의 존엄이 외따로 존재한 적은 없다.

"그러지." 사푸밍은 얼떨떨한 기분으로 두훙의 제안을 받아들였다.

사푸밍은 타고난 사장이었지만, 남을 가르치는 데도 재능이 있었다. 그는 정말 두훙을 가르치기 시작했다. 그것도 전심전력으로. 두훙도 열심히 배우기 위해 남다른 노력을 기울였다. 어쨌거나 맹인에게 마사지는 피아노보다 쉽게 배울 수 있는 일이었다. 그리 대단한 학문도 아니고, 대단한 지혜가 필요한 일도 아니었다. 그저 두훙은 '정통하지' 못했고 핵심적인 부분을 몰랐을 뿐이었다. 사푸밍은 진지하고 엄숙하게 말했다. 경혈의 위치는 한 번에 못 찾아도 상관없다. 그저 잔머리를 조금 쓰면 된다. 바로 고객의 반응을 주의깊게 살피는 거다. 자, 여기가 천중혈이다. 통점痛點이지. 사푸밍은 바로 행동으로 설명했다. 순식간에 두훙의 천중혈을 짚고 엄지손가락에 힘을 주었다. 두훙이 저도 모르게 새된 비명을 내질렀다. 사푸밍이 말했다. 이것 봐. 반응이 바로 나오지? 손님도 마찬가지다. 손님은 이런저런 소리를 내지. 만약 소리를 내지 않으면, 그때는 다리 쪽으로 옮기면 된다. 손님이 내는 소리가 말해주는 게 뭘까? 바로 경혈의 위치를 제대로 짚었다는 것이다. 앞으로 그 위치에 더 신경을 쓰고 공을 들이면 되는 거다.

손님이 아파하는 것에 대해 걱정하지 마. 아파한다는 게 뭐야? 우린 손님 입장에서 생각할 필요가 있다. 대개 손님은 이렇게 생각하지. 내가 돈을 내고 마사지사를 불러 마사지를 받는데, 전혀 아프지 않다. 그러면 받으나마나 아닌가? 인간은 원래 욕심이 많은 존재여서, 저마다의 방식으로 이익을 탐하지. 어떤 손님에게는 고통이 곧 마사지다. 전혀 아프지 않다면 그냥 이성이 해주는 안마일 뿐이야. 그러니까 있는 힘껏 아프게 해줘. 겁낼 필요 없다. 아파야 좋아한다고. 만약 손님이 좀 살살 해달라고 요청하거든 그때 가서 살살 해줘. 그때 가서는 살살 해도 마사지사의 솜씨를 의심하지 않을 테니까.

두훙은 가만히 듣고 있었다. 그녀는 말에도 혈이 있다는 사실을 깨달았다. 사푸밍은 보통 사람이 아니었다. 그의 말은 혈의 위치를 정확하게 '짚었다'. 그 말을 듣고 있으면 절로 머릿속이 환해졌다. 두훙은 자신의 마사지 실력이 좋지 않았던 원인이 마음가짐에 있었음을 이내 깨달았다. 그녀는 다른 사람을 지나치게 신경썼다. 너무 조심스러웠고 너무 주저했다. 감히 '손을 쓰지' 못했던 것이다. 손님의 몸을 어떻게 피아노처럼 만질 생각을 했는지. 손님의 몸은 영원히 피아노가 될 수 없다. 손을 써야 할 때 제대로 써줘야만 한다. 손님은 그래도 망가지지 않는다. 손을 쓸 때는 확실하게 힘을 줘야 한다. 신참인 경우에는 더욱이 그렇다. 힘을 쓰는 것은 적어도 책임감 있게 성실히 일한다는 의미니까. 손님이 아프다고 고함을 지르면 두훙은 말했다. "조금 아프시죠? 요즘 좀 피곤하셨나 봐요." 얼마나 좋은가? 상냥하고 친절하면서도 꽤 전문적으로 보이지 않는가. 다시 찾는 손님이 없을까봐 걱정할 일도 없었다. 솔직히 말해 마사지센터는 마사지센터일 뿐이었다. 여기가 무슨 병원도 아니고, 다 쉬려고 오는 것 아닌가? 치료를 받으려고 오는 사람이 누가 있겠나? 정말 병이 생기면 뭐하러 마사지센터에 오겠는가? 애초에 병원으로 달려가겠지.

사푸밍에게 가르침을 받으며 두훙은 한동안 그럭저럭 잘 지냈다. 이후로 어떻게 될지는 모두 그녀 자신의 수련 정도에 달린 문제였다. 사푸밍은 그저 넘치지도 모자라지도 않게만 해주면 그만이었다. 두훙이 잘하면 남기고, 잘하지 못하면 두훙도 사푸밍에게 공짜로 먹여달라고 하지는 않을 것이다. 아무렴, 그럴 수는 없지. 그러나 생각지도 못한 일이 생기고 말았다. 사푸밍이 화장실에 간 사이 두훙이 마사지실에 일을 하러 들어갔던 것이다. 사푸밍이 프런트의 가오웨이를 불러다 물었다. "누가 그렇게 하라고 했어?" 가오웨이가 억울하다는 듯 말했다. "손님이 직접 선택하신 걸 어떡해요?" 사푸밍은 아무 말도 할 수 없었다. 그저 쓸데없는 온정을 베푼 자신을 탓할 수밖에. 두훙이 엉망인 솜씨로 사푸밍의 명성을 해칠 게 분명했다. 사중치 마사지센터는 이제 막 본궤도에 올랐는데, 행여 입소문이라도 안 좋게 난다면 어떻게 수습한단 말인가?

하지만 정작 알 수 없는 일은 어떻게 두훙이 마사지실에 들어가 일을 시작하게 됐느냐가 아니었다. 두훙의 실적이 사푸밍의 눈앞에서 점점 더 올라갔다는 점이었다. 손님들은 한결같이 두훙을 선택했고, 서서히 단골도 생겨났다. 물론 사푸밍은 그녀를 막지 않았다. 손님이 와서 그녀를 찾고 심지어 다시 찾아오는데, 사장으로서 학술적인 입장만 내세워 자기 가게 마사지사의 실력을 폄하할 이유는 없지 않은가. 그래도 사푸밍은 마음이 놓이지 않아 몇 번이나 살그머니 현장을 살폈다. 두훙의 실적은 마른 장작에 불이 붙듯 날이 갈수록 기세 좋게 올라갔고, 고객과의 관계도 더할 나위 없이 좋았다. 어떻게 이런 일이 일어날 수 있는가?

머지않아 수수께끼가 풀렸다. 그 답은 사푸밍을 깜짝 놀라게 만들었다. 바로 두훙이 미녀이기 때문이었던 것이다. 그것도 사람들이 깜짝 놀랄 만큼 '예쁜'. 사푸밍은 마사지사들의 '외모'에 대해 이런저런 얘기를 들어 어느 정도는 알고 있었다. 손님들은 할 일이 없어 지루해했고, 그렇다고 달리 할 수 있는 것도 없으니 그저 입으로 떠들어댔다. 사실 다 쓸데없는 수다에 불과했지만. 손님들은 때때로 일부 마사지사의 인상이나 몸매, 얼굴에 대해 칭찬을 늘어놓았다. 다 그러기 마련이었다. 어쨌거나 어느 어느 어느 여자 마사지사가 '예쁘다'거나, 어느 어느 어느 남자 마사지사가 '멋지다'는 이야기였다. 사푸밍 자신도 어떤 손님에게 '멋지다'는 소리를 들은 적이 있지만, 말하는 사람이나 듣는 사람이나 마음에 두지는 않았다. 설령 손님의 말이 모두 진심이라고 한들, 그래서 어느 어느 어느 여자 마사지사가 진짜 미녀라 한들, 어차피 사푸밍은 보지 못하는데 마음에 담아 무엇한단 말인가? 그는 누가 '예쁘고' 누가 '예쁘지 않은지' 전혀 신경쓰지 않았다. 장사를 잘하고 손님 비위를 잘 맞추면, 그 사람이 바로 '예쁜' 것이다.

그즈음 특별한 손님 한 무리가 마사지센터를 찾았다. 드라마 제작진들이었다. 일고여덟 명이 동시에 들어와 통로가 꽉 찼다. 제일 앞서 들어온 이는 쉰 정도 된 듯한 사내로 중저음의 울리는 목소리로 완벽한 베이징 말투를 썼다. 다들 그를 '감독님'이라고 불렀다. 감독이 뭘 하는 사람인지 사푸밍은 알고 있었다. 비록 지나는 길에 들른 뜨내기손님이지만, 사푸밍은 감독과 그 일행에게 최고의 서비스를 제공하기로 마음먹었다. 사푸밍은 직접 일행의 신상을 파악하고 마사지센터에서 가장 솜씨가 좋은 사람만 뽑아 그들의 방에 넣었다. 물론 자신은 직접 나서지 않았지만, 또다른 사장인 장쭝치도 합류시켰다. 그리 크지 않은 마사지센터에 일고여덟 명이 한꺼번에 몰려오니, 사쭝치 마사지센터는 순식간에 사업이 번창하는 기운이 넘쳐흐르는 듯했다. 사푸밍은 날아갈 듯한 기분이었다. 손님과 마사지사가 짝을 이뤄 자리를 잡고 안정을 찾자 사푸밍은 손바닥을 비비며 휴게실로 가서 말했다. "텔레비전 드라마를 찍는 사람들이야. 〈대당 왕조〉라고, 다들 들어봤지?"

〈대당 왕조〉라면 두훙도 들어봤다. 게다가 몇 편은 '본' 적도 있다. 배경음악이 그리 대단치는 않았지만, 주제곡인 〈달빛이 햇빛보다 밝아라〉는 정말 좋은 노래였다. 두훙은 마침 탁자 왼쪽에 앉아 있다 고개를 사푸밍 쪽으로 돌리고 두 손을 허벅지에 나란히 놓은 채 미소를 지었다. 두훙의 '앉음새'에 대해 말하자면, 한 가지 특징이 있었다. 바로 '단정하다'는 것이었다. 피아노를 연주하던 시절의 습관이었다. 두훙은 자리에 앉으면 곧바로 자세가 꼿꼿해졌다. 허리가 절대 둥그렇게 말리는 법이 없었다. 그러니 가슴은 자연히 앞으로 나왔다. 상체와 허벅지, 그리고 허벅지와 종아리가 구십 도를 유지했다. 두 어깨는 긴장을 풀고 평형을 유지했으며, 두 무릎은 가지런히 모아져 있었다. 두 손은 서로 포갠 채 얌전히 허벅지 위에 올려졌다. 그녀의 앉음새는 피아노 연주 직전의 자세였다. 일종의 준비 자세. 또는 연주를 다 마치고 난 뒤의 자세. 두훙은 '단정한 앉음새'로 탁자 왼쪽에서 미소를 짓고 있었다. 사실 그녀는 조금 화가 난 상태였다. 사 사장에게. 또한 자기 자신에게. 사 사장은 어째서 자기를 그 방에 넣지 않았는가? 자신이 정말 다른 사람에 비해 그렇게 부족하단 말인가? 두훙은 한 시간 수당을 놓쳤다는 것 따위엔 관심이 없었다. 그녀가 신경쓰는 것은 그녀의 체면이었다. 두훙에게는 한 가지 버릇이 있었다. 화가 났을 때 오히려 미소를 짓는 것이었다. 그것은 다른 사람에게 보이기 위한 게 아니었다. 마음 깊은 곳에서 스스로에게 요구하는 것이었다. 화가 나더라도 의연한 태도를 유지하자고.

두훙은 거의 한 시간이나 미소를 짓고 있었다. 이 말은 곧 그녀가 거의 한 시간이나 화가 난 상태였다는 뜻이다. 한 시간이 지난 뒤 '감독님'이 자기 사람들을 이끌고 기세 좋게 방에서 나왔다. 감독은 뭔가에 특별히 흥미를 느낀 듯 마사지센터를 둘러보고 싶어했다. 어쩌면 다음 드라마에서 쓸 일이 있을지도 모른다. 사푸밍은 그들을 휴게실로 안내했다. 문을 열면서 사푸밍이 말했다. "감독님이 여러분을 보러 오셨다. 모두 반갑게 맞아드려." 휴게실에서 쉬고 있던 사람들이 모두 자리에서 일어났고, 몇몇은 박수도 쳤다. 박수 소리는 어설펐지만 분위기는 열띠었다. 조금은 멋쩍기도 했고. 그러나 모두가 흥분한 것만은 틀림없었다. 어쨌든 그들은 '드라마 제작진'이었으니까.

두훙은 미소를 지으며 가볍게 목례를 했다. 자리에서 일어나지 않은 채. 감독님은 곧바로 두훙에게 눈길을 주었다. 두훙은 정말 막 연주를 마친 피아니스트처럼 보였다. 그는 자리에 선 채로 한동안 말이 없다 작은 소리로 어떤 여자를 불렀다. 사푸밍은 감독 옆으로 온 여자가 조그맣게 '아' 하고 외치는 소리를 들었다. 감탄의 소리였다. 물론 사푸밍은 그 감탄의 진짜 의미를 알지 못했다. 그 여자의 눈에 두훙은 피아니스트가 아니라 왕관을 쓴 여황제였다. 친근하고 고귀하고 화려한. 게다가 전혀 미동조차 하지 않았는데 사람을 숙연하게 만드는 위엄까지 있었다. 이런 내막을 알지 못하는 사푸밍은 공손하게 말했다. "감독님, 물이라도 한잔 드릴까요?" 감독님은 사 사장의 말을 무시하고 옆에 있던 여자에게 속삭였다. "정말 예쁘군!" 여자가 말했다. "세상에나." 그리고 곧 한마디를 덧붙였다. "정말 아름답네요." 그 말투에서 범접할 수 없는 어떤 권위가 느껴져 마치 과학적 연구의 결론처럼 들렸다. 의심할 여지가 없다는 확고부동한 자신감. 사푸밍이 무슨 일인지 몰라 엉거주춤 서 있는 사이 감독이 휴게실 안쪽으로 발을 내딛는 소리가 들렸다. 감독이 작은 목소리로 물었다. "이름이 뭐지?" 기나긴 침묵 끝에 사푸밍은 두훙의 대답을 들을 수 있었다. "두훙입니다." 감독이 물었다. "앞을 볼 수 있나?" 두훙이 말했다. "못 봅니다." 감독은 한숨을 내쉬었다. 크나큰 상심과 깊은 아쉬움이 담긴 한숨이었다. 감독이 말했다. "류쯔, 이분 휴대폰 번호 알아둬." 두훙은 당황하거나 부끄러워하는 기색도 없이 말했다. "죄송합니다. 제가 휴대폰이 없어서요." 사푸밍은 잠시 후 감독이 두훙의 어깨를 두드리는 소리를 들었다. 감독은 휴게실 문을 나서며 다시 한번 중얼댔다. "정말 너무 아까워." 사푸밍은 동시에 여자가 더 깊은 탄식을 내뱉는 소리를 들었다. "정말이지, 너무 아름다워요." 그녀의 탄식은 진지하고도 엄숙했고, 가슴 깊은 곳에서 우러나오는 듯 절실했다. 깊은 정마저 느껴지는 그런 한숨이었다.

떠들썩하게 몰려왔던 사람들이 떠나갔다. 그들이 떠나자마자 사쭝치 마사지센터는 다시금 고요해졌다. 고요라는 말은 정확한 표현이 아니다. 뭔가 보통때의 고요와는 사뭇 달랐다. 팽팽하게 당겨진 활줄과 같은 긴장감이 감돌았다. 이곳의 모든 맹인은 이제 굉장한 사실을 깨닫고야 말았다. 하늘도 깜짝 놀랄 비밀을 마침내 알게된 것이다. '그들' 속에 굉장한 미녀가 있었다. 하늘도 땅도, 사람도 놀랄 일이었다. 그러니까 이건 보통 손님들이 말하곤 했던 실없는 말이 아니었다. 〈대당 왕조〉의 감독님 말씀이었다. 〈대당 왕조〉의 감독님이 완벽한 베이징 말투로 엄숙하고 진지하게 선언한 것이다. 거의 드라마 대사 같았다. 게다가 증인도 있었다. 그 전문가적 소양을 갖춘 권위 있는 여자 말이다.

그날 밤, 마사지센터의 여자 마사지사들은 모두 쉬지 않고 먼 곳에 있는 친구들에게 문자 메시지를 날렸다. 경기라도 들린 듯 신경질적으로. "그거 알아? 우리 가게 두훙 말야, 걔가 얼마나 아름다운지 모르지!" 그러나 그녀들은 이 일을 전혀 질투하지 않았다. 감독님이 '점찍은' 미녀를 어찌 질투할 수 있단 말인가? 그들은 두훙의 '아름다움'을 묘사할 수 없었다. 하지만 상관없었다. 과장하면 되니까. 그마저도 안 되면 그냥 자기 감정을 토로하면 된다. 어쨌든 '아름다움'이라는 말 자체가 대단한 놀라움의 표현 아닌가! 그녀들은 지금 말을 하는 것이 아니었다. 감탄과 찬미의 노래를 부르는 것이었다.

쥐죽은듯 고요한 밤이었다. 사푸밍은 침대에 누워 온통 두훙에 대한 생각만 했다. 그러나 그 모습을 그려볼 수는 없었다. 문제 하나가 점점 심각하게 사푸밍의 가슴속을 파고들기 시작했다. 매우 심각하게.

'아름다움'이란 무엇일까?

사푸밍의 마음이 동요하기 시작했다. 갑자기 너무나 초조해졌다.

샤오쿵

욕망이란 사방으로 뚫린 길이다. 멀리서 보기에는 한줄기인가 싶지만 그 뼈대에 가까이 다가가 보면 무한히 복잡하고 무한히 굴곡진 가지들이 연결되어 있는 것이다. 난징에서 일을 다시 시작하게 된 그날부터 샤오쿵은 이 무지막지한 욕망에 사로잡혔다. 닥터 왕 또한 욕망에 사로잡히게 되었다. 욕망이 정점에 달해 그 불꽃이 타오르자, 이 욕망은 새로운 가지를 뻗으며 새 잎을 싹 틔웠다. 샤오쿵과 닥터 왕은 싸웠다. 연애하는 사람들은 이런 식이다. 이들의 입술은 언제나 뜨겁게 달아올라 있어서 입맞춤을 하기에 더할 나위 없이 적합하다. 그런데 입맞춤을 할 수 없다면? 입씨름을 하는 것이다. 이런 모습이 연애의 기본 패턴이다.

닥터 왕과 샤오쿵이 정말 입씨름을 했는가? 사실은 하지 않았다. 그러나 입씨름을 하는 것보다 더 나쁜 상황이 됐다. 둘은 마음속에 원망만 쌓아두며 냉전을 벌이고 있었다. 하지만 두 당사자는 분명히 알았다. 그들은 싸운 것이다.

샤오쿵은 매일같이 깊은 밤에 닥터 왕의 숙소를 찾아갔다. 닥터 왕은 물론 기뻤다. 그러나 시간이 흐르고 횟수가 거듭되면서 닥터 왕은 뭔가 미심쩍은 생각이 들기 시작했다. 샤오쿵이 어딜 봐서 나를 보러 오는 건가? 틀림없이 샤오마를 보러 오는 것이다. 볼 테면 보라지. 닥터 왕도 그 정도 도량은 있었다. 하지만 서서히 참을 수 없게 되었다. 그녀가 어디 샤오마를 보러만 오는가? 시시덕거리고 장난치러 오는 것이다. 샤오마는 줄곧 수동적인 자세를 유지하며 거기 앉아 꼼짝도 하지 않으니 그래도 괜찮다. 이제 샤오쿵이 하는 짓을 좀 보라. 날마다 한술 더 뜨는 모양새다. 닥터 왕은 자기 표정이 어떤지 전혀 알지 못했다. 그의 표정은 말도 못하게 심각했다. 입이 계속 움직이고 있었다. 마치 두 입술과 앞니가 서로 다툼이라도 하듯 만났다 떨어지기를 반복했다. 거기에 혀로 핥기도 했다. 심사가 점점 뒤틀렸다. 말로 다 할 수 없이 마음이 쓰렸다.

샤오쿵이 언제 시시덕거리고 장난을 쳤겠는가. 그저 답답했을 뿐이다. 겉으로 보기에는 잔잔하나 속으로 요동치는 답답함, 그 안에 잠재된 힘 때문에, 그녀는 애먼 '쇼'를 하게 된 것이다. 일할 때는 더욱 답답한 마음이 들었다. 그런데 퇴근을 하고 닥터 왕의 숙소로 가면 그녀의 답답한 마음이 갑자기 얼굴을 바꿨다. 떼를 쓰기 시작하는 것이다. 그 기세가 대단했다. 물론 그녀의 떼쓰기는 닥터 왕을 향한 것이었다. 하지만 그것은 오히려 묘하게 방향을 틀어 샤오마에게로 향했다. 이는 연애를 하는 여자들에게서 가장 자주 발견되는 태도인데, 뭐든 제가 진정으로 원하는 것 말고 엉뚱한 이야기만 하는 것이다. 닥터 왕이 어디 그런 속내를 알겠는가? 닥터 왕이 보기에는 자기 여자친구가 채신머리없이 전혀 상관없는 사내 때문에 몸이 달아오른 것만 같았다. 그러니 그가 어디 낯을 들고 다니겠는가?

그러던 차에 마침 샤오쿵과 샤오마가 결국 싸우게 되었다. 싸웠다고 하면 샤오마에겐 억울한 말인데, 실은 샤오쿵이 샤오마를 때린 것이기 때문이다. 왜 그랬을까? 이번에도 그 '형수님' 소리가 말썽이었다. 샤오쿵은 그날 밤 유난히 뻣세게 굴더니 결국 샤오마의 베개를 집어서 높이 쳐들었다. 그녀는 그런 채로 샤오마를 위협했다. 다시 한번 그렇게 부르면 바로 '손을 쓰겠다'고 말이다. 그러나 샤오쿵은 샤오마처럼 무른 사람이 고집을 부리기로 들면 더더욱 완강하다는 걸 몰랐다. 샤오쿵은 정말로 손을 썼다. 그녀는 두 손으로 베개를 둥글게 말아가지고 그대로 샤오마의 머리를 내리쳤다. 그녀는 알고 있었다. 어쨌거나 베개일 뿐이니 맞아도 죽지 않고 아프지도 않다는 걸.

이렇게 한 대를 얻어맞았지만 샤오마는 전혀 화가 나지 않고, 오히려 속으로는 은근히 좋았다. 샤오마는 평소에 말대답을 잘 하지 않는데 이날만큼은 굳이 한마디를 했다.

"형수님 맞잖아요!"

샤오마의 이 말은 불난 집에 기름을 들이부은 것이나 마찬가지였다. 베개는 더이상 베개가 아니라, 폭풍우였다. 샤오쿵은 멈추지 않고 내리치고 내리치고 또 내리쳤다. 답답한 마음을 다 토해내려는 듯 때리는 일에 열중했다. 내리치면서 그녀는 웃었다. 웃음소리가 점점 더 커지는 것을 보니, 그렇게 제멋대로 굴며 속이 시원해지는 모양이었다.

샤오쿵은 마음껏 즐거워했지만 곁에 있는 닥터 왕은 즐거울 리 없었다. 닥터 왕의 안색이 어두워졌다. 입술을 몇 번 달싹이며 뭔가 말하려는가 싶더니 결국 아무 말도 하지 않았다. 그는 말도 없이 조용히, 위쪽에 있는 자신의 침대로 기어올라갔다. 샤오쿵은 한창 신이 난 참이라 닥터 왕은 안중에도 없었다. 샤오쿵은 베개를 높이 쳐들어 있는 힘을 다해 내리쳤다. 단숨에 몇십 번을 그렇게 내리치고 나니 숨이 거칠어졌다. 샤오쿵은 지쳤다. 고개를 돌려 닥터 왕을 찾았으나 그는 자리에 없었다. 샤오쿵은 "어?" 하더니 물었다. "어디 있어요?" 닥터 왕은 벌써 위쪽 침대로 올라가 누워 있었다. 샤오쿵이 다시 물었다. "어디 있어요?"

위쪽 침대에서 말소리가 들려왔다. "자려고."

퉁명스러운 말투였다. 그는 분명 모로 누워서 한쪽 뺨을 베개에 대고 있을 것이다.

연인 사이의 언어는 말이 아니라 말투다. 말투는 말 속에 숨은 뜻을 보여준다. 샤오쿵은 닥터 왕의 말투를 듣자마자 가슴이 무너졌다. 그의 기분이 상했다는 것을 바로 알 수 있었다. 숙소 안이 쥐죽은듯 고요해졌다. 그 고요함은 샤오쿵을 민망하게 만들었다. 어디로 물러설 수조차 없게 만드는 민망함이었다. 샤오쿵은 닥터 왕이 기분이 상했다는 사실 때문에 기분이 상했다. 기분이 나쁘시다 이거지! 내 마음이 어떤지 알기나 해? 뭣 때문에 자기가 기분이 상하는데? 샤오쿵의 두 어깨가 축 처졌다. 손에서 베개가 떨어졌다. 표정은 이미 좋지 않았다. 샤오쿵은 샤오마에게 예의를 차리며 말을 건넸다. "샤오마, 너무 늦었네. 나도 자러 갈게. 내일 봐."

이렇게 닥터 왕에게 첫번째 불면의 밤이 찾아왔다. 샤오쿵이 가버렸는데 그가 어디 '잠들' 수 있었겠는가? 그저 끊임없이 침대에서 몸을 뒤척였을 뿐이었다. 그가 끊임없이 몸을 뒤척였기 때문에 아래쪽 침대의 샤오마 역시 잠을 못 이루고 끊임없이 몸을 뒤척였다. 서로가 그 사실을 잘 알 수 있었다. 이리저리 몸을 뒤척이다가 닥터 왕은 문득 깨달았다. 샤오쿵은 자신의 여자친구이지 아내가 아니라는 사실을. 보름 동안 '허니문'을 함께 보냈다고 해서 샤오쿵이 곧 자기 사람이 되는 것은 아니었다. 거기까지 생각이 미치니 문제가 심각해지고 말았다. 닥터 왕은 샤오쿵에게 전화를 걸려고 자리에서 일어났다. 통화 버튼을 누르고 신호가 가자마자 닥터 왕은 벽 너머에서 울리는 휴대폰 벨소리를 들을 수 있었다. 그 소리에 닥터 왕은 깜짝 놀랐다. 여기서 어떻게 전화를 한단 말인가? 그야말로 현장 생중계가 아닌가? 닥터 왕은 더 무엇을 생각하지도 못하고 황급히 전화를 끊었다. 샤오쿵이 전화를 걸어올까봐 아예 전원까지 꺼버렸다. 거리라는 것이 연애에서 이렇게 큰 문제가 될 줄은 정말 생각도 못했다. 너무 멀어도 골치가 아프지만, 너무 가까워도 골치가 아팠다.

닥터 왕은 사실 휴대폰 전원을 끌 필요가 없었다. 샤오쿵은 아예 상대도 안 할 심산이었으니까. 그날 그 순간만 그런 것이 아니라, 다음날도 하루종일 그를 상대도 하지 않았다. 지난밤 닥터 왕의 태도는 너무 지나쳤다. 그는 샤오쿵을 난처하게 만들었다. 사람들이 다 있는 자리에서 마치 샤오쿵이 변덕스러운 바람둥이라도 되는 것처럼 취급했다. 이제 그에게 휘둘리지 않겠어. 닥터 왕의 발소리가 가까워지기만 하면 샤오쿵은 즉시 그 자리를 떴다. 마사지센터에 넘쳐나는 게 침댄데 어디든 가서 '자고' 있으라지!

닥터 왕도 물론 이런 낌새를 눈치챘지만 감히 뭘 어찌해볼 수가 없었다. 싸우는 것이 처음이라, 닥터 왕이 마지못해 손을 내민다 해도 샤오쿵이 도대체 어떤 태도로 나올지 알 수 없었다. 어찌됐든 마사지센터에서는 체면을 구기는 일을 할 수가 없었다. 여기서만큼은, 체면을 지켜야 했다.

시간은 흐르는데 닥터 왕은 어찌할 바를 몰랐다. 그렇게 밤이 되고, 집으로 돌아왔건만 샤오쿵은 찾아오지 않았다. 닥터 왕은 정말 괴로웠다. 그러나 샤오쿵의 숙소로 감히 찾아갈 수도 없었다. 잠을 이루지 못해 끊임없이 몸을 뒤척였다. 샤오마도 잠을 이루지 못했다. 그러나 그는 몸조차 뒤척일 수 없었다. 자신이 잠들지 못하고 있다는 사실을, 위쪽 침대의 사람이 알게 할 순 없었다. 샤오마에게 참으로 견디기 힘든 밤이었다. 그는 아주 깊이 자는 척 연기를 할 수밖에 없었다. 그렇게 밤을 견뎠다.

사흘째가 되자 닥터 왕은 문득 깨달았다. 그가 생각한 것처럼 그렇게 간단한 일이 아니라는 것을. 정말 문제였다. 샤오쿵이 샤오마를 좋아하게 된 건 아니겠지? 알 수 없었다. 닥터 왕은 샤오쿵이 힘들어하고 있다는 것을 가슴 깊이 느낄 수 있었다. 연애를 시작하기 직전의 샤오쿵이 딱 이랬다. 너무 힘들어해 무엇을 하든 기운이 없었다. 샤오쿵은 다시 그때의 모습으로 돌아갔다. 말투에서 느껴졌다. 샤오쿵의 고통에 닥터 왕의 고통도 더욱 커져 도대체 어떻게 실마리를 풀어야 할지 알 수 없게 되어버렸다. 이날따라 하필 손님도 끊이질 않았다. 닥터 왕은 쉴 틈 없이 마사지를 하며 점점 더 지쳐갔다. 이렇게 지치는 건 스스로를 책망하는 마음과 걱정 때문이기도 했다. 이런 것이 바로 연애라는 사실을, 그가 어떻게 알 수 있겠는가? 오후가 되자, 닥터 왕은 거의 버틸 수 없을 지경이 됐다. 넋이 나가고 얼이 빠질 것 같았다. 그래도 샤오쿵에게 전화는 해야지. 어떻게 전화를 건다? 겨우 짬이 나자 닥터 왕은 부리나케 화장실로 달려가 문을 걸어 잠그고 샤오쿵의 휴대폰으로 전화를 걸었다. 샤오쿵은 곧바로 전화를 받았지만, 말투는 얼음장같이 쌀쌀맞았다. 샤오쿵이 말했다. "여보세요? 누구시죠?" 닥터 왕은 뭐라고 말해야 좋을지 몰랐다. 어디서부터, 무슨 말부터 시작해야 할지 알수 없었다. 샤오쿵이 또 한번 물었다. "누구시죠?" 닥터 왕이 드디어 입을 열었다. "보고 싶다."

샤오쿵은 일하는 중이었는데 그녀 역시 넋이 나간 상태였다. 닥터 왕의 그 한마디 "보고 싶다"는 너무 갑작스러웠다. 샤오쿵은 그말을 듣고 만감이 교차했다. 위로와 보상, '구원'을 받은 듯한 느낌도 들었다. 샤오쿵은 이제 한시름 덜게 됐다. 그녀가 먼저 잘못을 인정할 수는 없었지만 속으로는 어느 정도 두려워지기 시작한 참이었다. 그들의 연애가 이렇게 끝이 나는 것인가? 냉전만 사흘째인데. 너무 길었다. 너무너무 길었다. 샤오쿵은 정말 너무 지쳐서 그대로 닥터 왕의 품으로 달려들어, 엉엉 한바탕 울고만 싶었다. 사랑하는 사람이 내게 항복하는 것보다 더 행복한 일이 세상에 또 있을까?

그러나 샤오쿵은 엄연히 근무중이었다. 두 손은 모두 손님의 몸위에 있었고 휴대폰은 어깨와 귀 사이에 끼어 있었다. 근무시간은 연애질을 하며 노닥거리는 시간이 아니다. 옆에는 고객들과 동료들도 있었다. 마음이 내키는 대로 굴 수는 없는 일이다. 그녀는 먼곳에 있는 옛친구를 내치는 것처럼 아주 격식을 차린 말투로 말했다. 샤오쿵은 "알았어요. 지금 일하는 중이니, 나중에 다시 얘기해요" 하고 전화를 끊었다. 샤오쿵의 마음 깊은 곳에서 달콤함이 뭉클뭉클 차올랐다.

닥터 왕은 휴대폰을 꼭 쥐었다. 전화가 끊기는 소리를 들었을 때, 이미 그의 심장은 싸늘하게 식었다. 그는 샤오쿵의 말투에서 자신을 내치는 듯한 느낌을 받았다. 그런 말투를 알아듣지 못한다면, 정말 바보 천치다. 닥터 왕은 한참을 멍하니 있다가 자신이 화장실에 있다는 사실을 깨달았다. 나가야지. 나가야 한다. 문을 잡아당겼다. 빌어먹을 문짝은 어떻게 해도 열리지 않았다. 닥터 왕은 머리 끝까지 화가 나서, 있는 힘껏 문을 잡아당겼다. 한참을 당기며 씨름을 하다 문득, 자기가 문을 걸어 잠갔다는 사실이 기억났다.

마사지를 끝내자마자 샤오쿵은 부리나케 휴게실로 달려갔다. 하지만 이번에는 닥터 왕이 일하는 중이었다. 샤오쿵이 얼마나 영리한 사람이던가! 그녀는 조금 전의 통화에서 화장실 물소리가 들렸던 것을 기억해냈다. 닥터 왕이 화장실에 숨어 전화를 했다면 그녀라고 왜 안 되겠는가? 샤오쿵은 화장실로 달려가 미소를 지으며 휴대폰을 품에서 꺼냈다. 한참을 만지작거리다가 결국 두 엄지 손가락으로 또박또박 자판의 전화키를 하나하나 눌렀다. 전화가 연결됐다. 샤오쿵은 닥터 왕이 들려주었던 그 달콤한 말을 그대로 한 글자도 바꾸지 않고 그녀의 사랑하는 사람에게 들려주려고 했다. 그런데 "나도"라는 두 글자를 덧붙이고 말았다. 샤오쿵은 "나도 보고 싶어요"라고 말했다. "나도"라는 말은 어쩌면 이리도 듣기가 좋은지. 이 말은 앞의 말을 받아서 합쳐주는 뜻을 품고 있었다. 또한 연인들 사이에서만 통하는 은밀한 비밀 전부를 숨기고 있기도 했다. 이 말을 하기까지 얼마나 오랜 시간이 걸렸든 그것은 중요하지 않다. 벌어진 시간은 순식간에 메워지니까. 연애라는 것은 이토록 좋은 것이다.

닥터 왕이 "보고 싶다"라고 말하고 벌써 삼십 분이 넘게 흘렀다. 그 시간 동안 얼마나 심란했던지. 격렬하게 들끓었던 그것은 한마디로 깊은 슬픔이었다. 그는 이미 가장 나쁜 상황까지도 예상하고 있었다. 그런데 느닷없이 샤오쿵이 말하고 있는 것이다. "나도 보고 싶어요"라고. 닥터 왕은 울어버릴 것만 같았다. 그러나 어떻게 울 수 있겠는가? 그의 곁에는 손님이 있고 동료들이 있는데. 닥터 왕도 예의를 차려 말했다. "알았어. 나도 그래. 나중에 다시 말하지." 닥터 왕은 이런 말투를 쓴 것을 원망했다. 원망스러운 것이야 그렇다치고, 닥터 왕은 마침내 깨달았다. 삶이란 본디 오해로 짜여 있고, 세상의 많은 일들이 몸소 겪어보기 전에는 이해되지 않으리란 것을. 이번 일을 교훈 삼아 다음에는 제대로 처신 해야지.

샤오쿵과 닥터 왕은 결국 휴게실에서 만나게 됐다. 휴게실은 사람들로 꽉 차 있어서 두 사람은 별다른 행동을 할 수 없었다. 닥터 왕은 샤오쿵 곁으로 가까이 다가갔다. 이번에는 샤오쿵도 피하지 않았다. 그들은 버려져 있는 마사지 침대에 어깨를 나란히 맞대고 앉았다. 그리고 한마디 말도 없었다. 그러나 이 침묵은 이전의 침묵과는 전혀 달랐다. 그 침묵 속엔 기사회생한 부드러움이 있었다. 두 사람이 평생 소중하게 보관할 가치가 있는 침묵이었다. 마침내 닥터 왕은 샤오쿵의 허벅지 위에 손을 올려놓았다. 샤오쿵은 곧 그 손을 그러쥐었다. 이제 진짜 화해한 것이다. 닥터 왕의 손가락들이 샤오쿵의 손가락 사이사이로 미끄러지며 "사랑해"라고 속삭이고 있었다. 샤오쿵의 손가락들도 닥터 왕의 손가락 사이사이로 미끄러지며 "나도 사랑해" 하고 속삭였다. 샤오쿵이 고개를 돌렸다. 이제야 비로소 '진짜 연애'가 시작된 듯이.

닥터 왕과 샤오쿵은 소리도 내지 않고 가만히 열 손가락을 서로 엮어서 점점 더 굳게 맞잡거나 쓰다듬었다. 그들은 어쨌거나 사랑을 나눠본 사이인 것이다. 서로 어루만지는 것만으로도 충분히 사람의 마음을 설레게 할 방법들을 속속들이 알고 있었다. 그들이 그동안 얼마나 사랑을 나누고 싶어했던가. 사랑을 나눠야 상대방에게 알려줄 수 있을 것이다. 자기가 얼마나 상대방을 사랑하는지. 그러나 도대체 어디서 한단 말인가? 할 수 없다. 참을 수밖에. 무조건 참는 것만은 아니고 손가락으로 상대방을 다독이기도 하는 것이다. 참아봐. 참자. 이것은 어떤 종류의 권유인가? 소리도 없이 사람의 마음을 더욱 움직이게 만드는 그런 권유였다. 그렇게 서로를 다독이고 다독여지며, 두 사람은 감정이 격해졌다. 그러나 격해진들 어쩔 것인가? 그래도 계속 참는 수밖에는 다른 도리가 없었다. '참는다'는 것은 마음속에서만 벌어지는 일이 아니었다. 그것은 힘이 드는 고된 일이었다. 사람을 완전히 나가떨어지게 만든다. 참고 참고 또 참던 끝에 샤오쿵은 힘이 다 빠져버렸다. 몸에 힘이 풀린 샤오쿵이 닥터 왕의 어깨에 살포시 기댔다. 입도 슬며시 벌어졌다. 닥터 왕은 샤오쿵의 입에서 나오는 숨결을 들이마셨다. 그의 심장을 산산이 부숴놓을 것처럼 뜨거운 숨결을. 닥터 왕은 깊은 한숨을 내쉬었다. 하루빨리 사장이 되자는 간절한 마음이 솟구쳤다. 사장이 되자. 서둘러야 한다. 고용살이는 정말 할 게 못 된다.

샤오쿵은 입씨름 끝에 이런 결과를 맞게 되리라고는 생각지도 못했다. 만족스러웠다. 그러나 싸움은 싸움이라, 사람을 다치게 했다. 싸우지 않는 편이 낫다. 샤오쿵은 일어난 일을 곰곰이 되짚어보았다. 이런 상황이 일어나게 된 이유를 생각해보니, 역시 자신의 행동에 부적절한 부분이 있었고, 스스로 반성해야 할 부분도 있었다. 어찌됐든 자기 남자친구 앞에서 다른 남자와 그렇게 웃고 떠들며 장난을 친 일은 분별없는 행동이었다. 샤오쿵은 스스로를 타일렀다. 다시는 남자 숙소에 가지 말자. 일이 이렇게까지 된 것은 절대 샤오쿵이 의도한 바가 아니었지만 닥터 왕이 진짜로 오해했으니 잘한 일은 아니다.

샤오쿵이 이제 더이상 남자 숙소로 가지 않기로 했으니 닥터 왕이 여자 숙소로 가는 것 외에 다른 방법이 없었다. 그러나 닥터 왕은 곧 샤오쿵의 방문과 자신의 방문은 같지 않다는 사실을 발견했다. 닥터 왕이 워낙 진중한 사람이다보니 여자들은 보통 그에게 농담을 걸어오지 않았다. 그렇다고 여러 사람 앞에서 샤오쿵과 닥터 왕이 귓속말로 속삭일 수도 없는 일이었다. 이리 되고 보니 닥터 왕의 방문은 어쩐지 싱거운 일이 되고 말았다. 마치 어떤 의식을 치르듯 그저 우두커니 앉아 있을 따름이었다. 고목등걸처럼 그렇게 앉아 있었다. 장식품처럼.

그제야 닥터 왕은 샤오쿵에게 세심한 관심을 기울이기 시작했다. 샤오쿵은 요사이 걱정에 휩싸여 있었다. 닥터 왕은 샤오쿵의 얼굴은 볼 수 없지만 그녀의 말투에서 이런 느낌을 받았다. 예전 같지 않았다. 사실 지금만 그런 것이 아니라, 다시 고용살이를 시작한 뒤로 샤오쿵은 내내 울적했다. 닥터 왕이 알아채지 못했을 따름이다. 선전에 있을 때 샤오쿵은 어땠던가? 목소리는 카랑카랑했고 말도 무척 빠른 편이었다. 한번 입을 열면 앞뒤를 재지 않고 쏟아냈고 때로는 거친 말도 했다. 그때의 샤오쿵은 즐거웠고 사람들에게 항상 쾌활하고 시원시원한 인상을 주었다. 샤오쿵이 지금 왜 이렇게 우울해하는지 닥터 왕은 이해할 수 있을 것 같았다. 어쨌든 문제는 역시 닥터 왕이 그녀를 사모님으로 만들어주지 못한 데 있었다. 근본적으로 샤오쿵은 닥터 왕에게 '속아서' 난징으로 온 것이다. 물론 그는 그녀를 속인 적이 없지만, 결과적으로 속인 셈이 됐다. 닥터 왕은 마음이 무거워지기 시작했다.

닥터 왕은 무거운 마음을 안고 숙소로 돌아와 위쪽 침대에 누워 라디오를 틀었다. 맹인들은 라디오 듣는 것을 좋아한다. 연예 프로그램이든 스포츠 중계든 무엇이나 듣는 즐거움이 있다. 닥터 왕은 연예 프로그램과 스포츠 중계를 좋아했다. 그러나 지금 닥터 왕에게는 그럴 여유가 없다. 그는 오직 증권 정보에만 귀를 기울였다. 마음속으로 특별한 계획을 세우고 있기 때문이었다. 닥터 왕은 다른 사람들이 이 계획을 눈치챌까봐 특별히 이어폰까지 사용했다. 이어폰을 귓속에 꽂아넣고 이리 듣고 저리 들어보아도 증시는 여전히 얼음장처럼 차갑게 식어 숨소리 하나 들리지 않는 송장 같았다.

라디오에서는 주식 정보만 흘러나오는 것이 아니었다. 난징의 부동산 상황에 대한 소식도 있었다. 난징의 부동산 상황에 대해 말할라치면, 닥터 왕은 저도 모르게 "불행은 홀로 오지 않는다"라는 문장을 떠올리지 않을 수 없었다. 증시가 미쳐서 닥터 왕을 절망의 구렁텅이로 휩쓸고 가더니, 그 사실을 채 슬퍼하기도 전에 이번에는 부동산이란 놈이 미쳐서 날뛰기 시작한 것이다. 닥터 왕은 왜 매번 이렇게 미친 것들만 만나게 되는가? 난징의 부동산은 보통 미친놈이 아니었다. 쌍칼을 든 미친놈이었다. 미친개였다. 개목걸이를 아무리 단단히 옥죄어도 잡아둘 수가 없다. 사람의 콧잔등을 할퀴고 머리통을 갈긴다. 지금 와서 보니 닥터 왕은 스스로 죽을 길을 찾아 난징으로 귀향한 셈이었다. 부동산 가격은 곧 상가 건물의 가격을 결정하니 지금 같은 상황이라면 주식시장의 정체가 풀려 닥터 왕이 한몫 잡더라도 가게를 열기는 어려웠다. 그때 주식시장에 전 재산을 털어넣지 않았더라면, 백번 양보해서 닥터 왕이 자기 가게를 낼 수는 없다 치더라도, 방 두 칸에 거실 하나가 있는 집 한 채 정도는 충분히 사고 남았을 것이다. 지금 보니 세상이 아주 잘도 돌아간다. 처음에는 주식시장이, 이제는 부동산이 미쳐 날뛰고 있다. 이제 그의 수중에는 돈이라고 부르기조차 민망한 몇 푼만 남았다. 그래도 닥터 왕은 한 가지 사실을 분명히 알게 되었다. '제 힘으로 먹고살기' 위해 애쓰는 사람은 틀림없이 한평생 가난하리라는 점 말이다. 제아무리 갖은 고생을 해서 한 푼 두 푼 기를 쓰고 벌어들이더라도, 제아무리 피곤에 절어 피를 토하더라도, 한순간에 빈털터리가 될 위험은 언제나 존재한다. 닥터 왕은 '죽어 묻힐 땅 한 뼘조차 없을지 모른다'는 걱정마저 들었다.

샤오쿵은 도대체 언제 사모님이 될 수 있을까.

사실 닥터 왕은 잘못 생각하고 있었다. 샤오쿵이 걱정에 휩싸인 것은 맞았다. 그러나 사모님이 되지 못해서가 아니라 다른 걱정 때문이었다. 그때까지도 샤오쿵은 난징으로 옮긴 일을 부모님에게 숨기고 있었던 것이다. 그녀는 자신이 연애중이라는 사실을 부모님에게 알릴 엄두가 나지 않았다. 두 분은 이 연애를 절대로 허락하지 않을 것이다. 특히 아버지는.

샤오쿵의 남자친구에 대해, 샤오쿵의 부모님은 단 한 가지 바람을 가지고 있었다. 사실 바람이라기보다는 명령이었다. 다른 것은 아쉬운 대로 넘어갈 수 있지만 시력에 대해서는 분명한 요구 사항이 있었다. 무슨 일이 있어도, 반드시 앞을 볼 수 있는 사람이어야 한다. 아예 보지 못하는 사람은 절대 안 된다. 멀리 선전으로 떠나기 전날 밤, 부모님은 샤오쿵에게 분명히 말했다. 네 연애와 결혼에 대해 우리는 전혀 간섭하지 않을 것이다. 다만 한 가지, 삶이라는 것은 '살아가는' 것이지, '더듬어가는' 것이 아니라는 사실을 명심하거라. 네가 전혀 앞을 보지 못하니, 우리는 너를 '더듬어'가며 '살아가는' 남자한테는 절대로 시집보낼 수 없다!

사실 자기와 함께 '살아갈' 남자를 찾기 위해, 샤오쿵은 많은 노력을 했다. 그러나 아쉽게도 눈물 외에는 아무것도 얻지 못했다. 아무것도 얻지 못한 샤오쿵은 한 가지 이치를 분명히 깨달았다. 사람이란, 제아무리 영리하고 사리에 밝다고 해도, 일단 맹인의 부모가 되고 보면, 자신이 먼저 눈이 멀기 마련이라는 것을. 그래서 이들은 평생을 오로지 자신의 일방적인 소망 안에서만 살게 된다. 샤오쿵인들 함께 '살아갈' 남자를 원하지 않겠는가? 어려운 일이었다. 그러나 맹인의 부모는 역시 맹인의 부모라 이들의 고집은 막무가내였다. 이유는 간단하다. 자식에 대한 그들의 희생, 걱정, 희망, 사랑이 일반적인 부모들의 그것을 뛰어넘기 때문이다. 한마디로 자식에게 일반적인 수준 이상을 요구한다는 이야기다. 그들은 자식의 결혼에 간섭하고 싶지 않지만 간섭하지 않을 수 없다. 마음이 놓이지 않으니까.

그런데 하필 닥터 왕이 앞을 전혀 못 보는 사람이었다. 샤오쿵은 연애를 시작할 때부터 집에는 사실을 숨기기로 마음먹었다. 둘이 어떻게 될지 일단 두고보자는 심산이었다. 하지만 공교롭게도 이 사랑에 평생을 걸어도 좋겠다싶었던 것이다. 함께 지내다보니 진짜 사랑에 빠지게 된 것이다. 샤오쿵은 줄곧 자기 감정이 지나치지 않도록 억누르고 경계했다. 그러나 젊은 여자가 처음으로 사랑의 감정을 느낄 때 경계심이라는 것이 대체 무슨 소용이 있겠는가? 사랑은 천리 둑이 개미굴 하나에 무너지는 것을 기다리고 있는 개미와 같다. 샤오쿵은 자신의 천리 둑에 아주아주 작은 구멍을 하나 냈을 뿐이었다. 나중에 가서 어떻게 막아보려는 마음이 들었을 때는 이미 늦었다. 샤오쿵은 울어버렸다. 실컷 울고 난 뒤에는 사랑을 하기로 마음먹었다. 샤오쿵도 나름대로 계획이 있었다. 일이 어느 정도 진행될 때까지 기다리자. '생쌀이 끓어 밥이 되면' 어떻게든 무슨 수가 생길 것이라는 생각이었다. 물론 보통 이상의 인내심을 필요로 하는 일이었다. 이 말을 받아 다시 말하면 사실 맹인으로 살아가기 위해선 인내심이 필수다. 맹인에게 인내심은 생명과 같다. 인내심만이 보이지 않는 눈을 보완해줄 수 있으니까. 결국 맹인은 기다리는 법을 배워야만 하는 것이다. 어떤 일이든 맹인은 조바심을 내면서 덤벼들 수 없다. 그렇게 덤벼들었다가는 넘어지고 만다. 이가 다 나가버릴지도 모른다.

　샤오쿵은 인내심을 갖고 기다릴 수 있었건만 사랑은 그녀를 기다려주지 않았다. 샤오쿵은 그녀의 연애가 이렇게 어지러울 만큼 빠른 속도로 진행될 줄은 꿈에도 생각지 못했다. 이렇게 빨리 난징까지 오게 될 줄이야. 난징 하면, 샤오쿵의 가슴속에 거센 물결이 너울거린다. 이곳에 오기까지 어찌나 파란만장했던지. 닥터 왕이 샤오쿵에게 '함께 난징으로 가서' 설을 쇠고 싶다고 말을 꺼냈을 때 샤오쿵도 어린 소녀는 아니었으므로 '함께 난징으로 가자'는 말 뒤에 숨은 의미를 모르지는 않았다. 샤오쿵은 그 말에 대답하지 않았다. 대답하고 싶지 않아서가 아니라 감히 대답할 수 없었기 때문이었다. 그녀는 자기 목소리가 어떻게 나올지 잘 알았다. 부끄러울 정도로 덜덜 떨리겠지. 닥터 왕은 대답을 듣지 못하자 위축되고 말았다. 샤오쿵이 대답할 엄두를 못 낸 것은 긴장한 탓만은 아니었다. 그녀의 인생에서 가장 중대한 한 발을 내디뎌야 하는 순간이 닥쳤기 때문이었다. 일단 이 걸음을 내디디고 선을 넘으면, 이제 그녀는 돌이킬 수 없으리라. '돌이킬 수 없는' 이 행동에는 또다른 문제가 딸려 있다. 부모님을 배반해야 한다. 이 '배반'이 어떤 의미를 담고 있는지, 두 눈이 멀쩡한 사람들은 도무지 이해할 수 없을 것이다. 샤오쿵은 또 울고 말았다. 울고 또 울 뿐이었다. 하지만 '함께 난징으로 가자'는 그 말은 사람을 홀리고 마음속으로 파고들어 요상한 기운을 내뿜는, 도무지 거역할 수 없는 마력을 지니고 있었다. 이 말은 누에가 토해내는 실처럼 샤오쿵을 꽁꽁 옭아맸는데, 돌돌 에워싸고 끈적끈적 달라붙어서는 떨어질 줄 모르고 조여왔다. 샤오쿵 자신도 알고 있었다. 그것은 그녀 자신이 토해낸 실이라는 것을. 자승자박이었다. 한 번, 또 한 번 둘리니 결국 몸부림칠 수 있는 힘마저 사라졌다. 그녀는 사랑의 미로에 완전히 갇히고 말았다.

그래도 샤오쿵은 갇혀 있지만은 않았다. 그녀는 행동했다. 이 이야기를 들으면 다들 놀라 까무러칠, 하늘도 땅도 깜짝 놀랄 행동이었다. 그녀는 미용실에 가서 머리를 했다. 머리를 다 한 뒤에는 쇼핑을 하러 갔다. 하이힐 한 켤레를 샀다. 하이힐은 맹인들에게는 금기시되는 물건이었다. 사실 쓸모없다고 하는 편이 맞을 것이다. 그러나 단 한 번을 신고 말지라도, 단 하루, 단 몇 시간만이라도, 그녀에게는 충분한 가치가 있었다. 그녀는 아주 얇고, 만져보면 절로 감탄이 나오는 정교한 레이스가 있는 트라이엄프 속옷도 한 벌 샀다. 마지막으로 그녀는 젖 먹던 힘까지 모두 짜내서, 정확히는 용기를 내서, 샤넬 넘버 5 향수 한 병을 샀다. 왜 이것을 샀는가? 젊은 여자 손님 둘이 나눈 수다 때문이었다. 둘 중 한 명이 샤오쿵의 VIP였다. 그들은 마사지를 받는 즐거움을 한껏 만끽하면서 끝없이 수다를 떨었다. 수다의 내용은 사실 꿈을 꾸는 것이었다. 생활 저변에 대한 것이 아니라 사치스러운 생활에 대한 꿈이었다. 이들은 바다가 훤히 내다보이는 전망 좋은 해변의 고층 빌라에 대해 떠들다가, 커튼과 침대에 대해 떠들고, 침대에서 지치지 않는 남자에 대해 이야기했다. 샤오쿵의 VIP는 마릴린 먼로의 유명한 말을 끌어다 붙였다. "만약 그런 날이 온다면 난 잠잘 때는 샤넬 넘버 5만 입을 거야." 또다른 여자 손님이 웃으면서 음란하다고 그녀를 놀렸다. 샤오쿵은 처음엔 그 말의 뜻을 이해하지 못했지만 그녀도 여자인 까닭에 곧 그 뜻을 짐작할 수 있었다. 샤오쿵은 갑자기 심란해졌다. 그녀는 '샤넬 넘버 5만 입는다'는 이 환상에 미쳐서 숨이 막힐 것 같았다.

이 모든 것을 갖추고 난 뒤, 샤오쿵은 자기 행동에 소스라치게 놀랐다. 내가 지금 시집을 가겠다고 이러나? 그랬다. 샤오쿵은 어느새 시집갈 준비를 하고 있었다. 모든 것이 완벽하게 준비되었는데, 닥터 왕은 연말이 가까워지도록 침묵을 지키며 난징에 가자는 이야기를 다시 꺼내지 않았다. 한 번 거절을 당했으니, 닥터 왕이 어디 또 말을 꺼낼 용기가 있었겠는가? 없었다. 결국은 역시 샤오쿵이 전화를 걸었다. 샤오쿵이 말했다. 설이 점점 가까워지고 있는데, 당신 도대체 난징에 갈 거예요, 말 거예요? 닥터 왕은 한참을 우물쭈물하더니 말했다. 응, 그래, 그렇지. 샤오쿵이 욱하는 마음을 억누르며 물었다. 그래, 그렇지, 라는 게 무슨 뜻이에요? 닥터 왕, 이 목석같은 사내는 또 "그래, 그렇지"라고 말했다. 샤오쿵은 답답한 마음에 화가 났다. 그래서 휴대폰에 대고 소리를 질렀다. 잘 생각해봐요! 잘 생각한 뒤에 나한테 다시 전화해요! 그리고 전화를 끊었다. 이렇게까지 이야기했는데도 닥터 왕은 그저 머리만 긁적일 따름이었다. 한참이나 머리를 긁적이며 어떻게 말해야 할지 구상은 다 해놓았지만 여전히 입을 열 용기가 나지 않았다. 몇 분 후 마침내 그가 전화를 걸었다. 닥터 왕이 말했다. 난 그저 당신이랑 함께하고 싶어. 실질적인 내용은 하나도 없는 빈말이었다. 닥터 왕은 스스로 참 머리를 잘 썼다고 생각했다. 얼마나 아름다운 말인가! 심지어 그는 걸리는 데 없이 슥 빠지는 이 매끄러운 답변에 으쓱해서 눈썹꼬리를 들썩였다. 이렇게 바보 같고 둔박한 사람이니 정말 사랑하지 않을 수가 없다. 샤오쿵이 사랑에 빠진 것 또한 바로 이런 면 때문이 아니겠는가! 샤오쿵이 나지막이 물었다. "그럼 나한테 잘해줄 거예요?" 말투가 한결 부드러워진 것이 완전히 새색시 같았다. 닥터 왕은 여자라는 산이 얼마나 높은지, 또 그 물속이 얼마나 깊은지 알 도리가 없었지만 적어도 샤오쿵의 말에서 희망을 보았다. 희망은 닥터 왕을 진지하게 만들었다. 더이상 두루뭉수리로 넘길 수 없었다. 그는 진지하게 입을 떼더니 휴대폰에 대고 큰 소리로 외쳤다. "내가 당신한테 잘 못하면 문을 나서자마자 차에 치여 죽게 될 거야!"

그 순간 샤오쿵은 완벽하게 신혼의 마음이 되고 말았다. 신혼의 한 쌍에게는 맹세의 말이 필요하다지만 그처럼 저주에 가까운 맹세는 해선 안 된다. 샤오쿵이 말했다.

"주책없는 소리! 젠장! 다시는 당신이랑 말 안 해요!"

샤오쿵은 이렇게 난징으로 왔다. 부모님에게는 홍콩으로 간다는 거짓말을 하고. 처음으로 부모님에게 거짓말한 것이라, 이루 말할 수 없을 정도로 죄책감이 들었다. 그러나 '이런 일'에 거짓말을 하지 않으면 어떻게 하겠는가? 샤오쿵은 자신에게 이런 배짱이 있다는 것을 믿을 수가 없었다. 사랑에 눈이 멀면 세상에 무서운 일이 없다더니. 생각하면 모두 두려운 일이었다. 하지만 뒤집어 생각해보면 만약 누군가 샤오쿵의 부모님에게 사실을 말한다 해도, 두 분은 절대 그 말을 믿지 않을 것이다. 그분들은 당신 딸이 '이런 문제'에 있어서 얼마나 참하고 도리를 잘 지키는지 알고 있다. 하지만 이렇게 참하고 도리를 잘 지키는 아가씨들이 한번 빠지면 앞뒤 안 가리고 내달리는 법이다.

샤오쿵은 담이 커졌다. 샤오쿵은 간절히 바랐다. 샤오쿵은 사랑을 하고 있었다. 시간을 되돌린다 해도, 샤오쿵은 똑같은 선택을 할 것이다. 연애라는 문제에 있어서, 부모들은 결국 자식의 속임수에 넘어갈 수밖에 없다. 샤오쿵의 '안중'에는 신랑밖에 없었다. 샤오쿵은 그의 목덜미를, 그의 가슴팍을, 그리고 엄청나게 우람한 그 팔뚝을 사랑했다. 그는 난로 같았다. 얼마나 따뜻한지. 그의 따뜻함은 끝이 없었다. 그녀는 그의 몸을 원했다. 그의 체중을 원했다.

그의 품안에서는 언제나 안전하다고 느꼈다. 그가 그녀를 두 팔로 감싸안으면, 그녀는 안전 금고에 들어간 것 같았다. 그리고 그것이 전부가 아니었다. 가장 중요한 것은 그가 그녀를 사랑한다는 사실이었다. 그녀는 그가 자기를 사랑한다는 사실을 알았다. 그 사실에 대해 그녀는 확신과 믿음이 있었다. 그는 결코 어떠한 위험도 그녀에게 가까이 오지 못하게 할 것이다. 칼날이나 불꽃, 쇠못, 유리, 전신주, 건물의 모퉁이, 나는 듯 달려가는 오토바이, 미쳐 날뛰는 자동차 바퀴, 펄펄 끓는 싼셴러우쓰탕*…… 이 모든 위험 앞에서, 그는 몸을 던져 그녀를 보호할 것이다. 사실 그녀에게는 그런 보호가 필요 없었다. 스스로 알아서 대처할 수 있으니까. 그래도 그는 그렇게 하길 원할 것이다. 사랑이란 정말 좋은 것이다. 온몸에 수백 개의 눈이 달린 것보다 훨씬 더 좋다.

샤오쿵이 가장 좋아하는 것은 역시 그의 성격이었다. 그는 진중했고 근면했다. 어느 곳에 가든지 사람들의 존경을 받았다. 물론 그의 '작은 놈'은 아주 짓궂었다. 밤낮을 가리지 않고 '원했다'. 샤오쿵도 '원했다'. 하지만 '원하는' 순간과 비교했을 때 샤오쿵은 사랑을 나누고 난 뒤의 순간이 더 좋았다. 그녀는 '샤넬 넘버 5'를 입고 있는 것이다. '오직' 샤넬 넘버 5만. 두 사람 모두 조용하고 평온한 가운데 그녀는 그의 품안에 누워 있다. 그가 그녀를 어루만지고 그녀는 그를 어루만진다. 바깥세상이 온통 거친 바람과 사나운 비, 차가운 눈과 얼음뿐일지라도, 늑대와 이리와 호랑이가 날뛰는 험악한 곳일지라도, 그것이 그들과 무슨 상관이 있겠는가? 그들은 이

---

* 해산물과 돼지고기로 끓인 국.

렇게 평온하고 따스한데 말이다. 이런 순간에는 아까워서 잠들 수가 없다. 그래서 샤오쿵은 자주 잠든 척을 하기도 했다. 그녀가 잠든 줄 아는 닥터 왕은 다시 한번 그녀에게 입을 맞추며 작은 소리로 그녀에게 속삭이는 것이다. "내 사랑, 내 보물." 이런 행복한 시간을 어떻게 잠자는 데 쓸 수 있을까. 그녀는 잠이 오는 걸 꾹 참았다. 쏟아지는 잠을 도저히 감당할 수 없어지면, 그때는 하는 수 없이 두 어깨의 힘을 풀고 새근거리며 그의 품안에서 잠이 들었다.

두 사람이 모두 잠든 뒤에도, 그녀는 그의 가슴에 손을 올려놓고 있었다. 그녀는 마음이 놓이지 않아 손을 떼고 싶지 않았다. 여기저기를 어루만졌다. 실수로 손을 잘못 대 그의 '작은 놈'을 건드리는 경우도 있었다. 그의 '작은 놈'은 어찌나 민첩한지 샤오쿵의 손가락이 슬쩍 닿기만 해도 깨어나, 순식간에 팽창하고 점점 단단해졌다. 그놈이 잠을 깨면 샤오쿵도 잠에서 깼다. 닥터 왕 역시 잠에서 깨어났다. 잠에서 깬 그는 또 '원했다'. 사람들이 잠든 고요한 한밤중이라 샤오쿵은 사실 '원하지' 않았다. 너무 피곤하기도 했다. 그러나 샤오쿵은 그의 소유니까 그가 원하면 줘야 한다는 원칙을 따를 수밖에 없었다. '작은 놈'이 나쁜 것이다. 너무 나빴다. 이 원수 같은 꼬마놈은 그의 '형님' 닥터 왕처럼 진중하게 자기 본분을 지킬 줄 몰랐다.

샤오쿵은 행복했다. 그러나 그녀는 세상에서 가장 행복한 순간에조차 휴대폰에 대한 경계를 늦추지 않았다. 여기서 말하는 휴대폰은 '선전의 휴대폰'이다. 그녀는 난징에서 벌써 새로운 휴대폰을 하나 장만했지만 '선전의 휴대폰'으로 거짓말을 해야 했다. 번호가 달랐기 때문이다. 거짓말은 더러운 흔적을 남기며 그녀의 행복을 깎아먹었다. 부모님의 길고 아득하며 과분한 희생을 생각할 때마다 그녀는 자기가 속이고 있는 사람이 부모님이 아니고 자기 자신인 것만 같았다. 하지만 거짓말은 멈출 수 없는 행진 같아서, 일단왼발을 내디뎠으면 다음에는 반드시 오른발을 내디뎌야 했다. 그런 뒤에는 또 왼발, 또 오른발. 그러나 거짓말이란 결국 믿을 놈이못 된다. 그놈은 반복을 견뎌내지 못한다. 어느 정도 반복을 하다보면, 거짓말의 힘은 더 세지지 못하고 오히려 약해진다. 약해지고약해지다 결국 본래의 모습을 드러내고 마는 것이다.

샤오쿵과 닥터 왕이 한창 냉전중이던 그즈음, 마침내 샤오쿵의어머니가 의심하기 시작했다. 어머니는 샤오쿵의 말을 믿지 않았다. "너 도대체 어디 있는 거냐?"

"선전에 있죠."

어머니는 딱 잘라 말했다. "너 선전에 있는 거 아니잖니."

그러자 샤오쿵은 더 단호한 어조로 대꾸했다. "제가 선전에 있는게 아니면 도대체 어디 있겠어요?"

선전이냐 난징이냐, 그것이 문제였다. 샤오쿵은 '난징'에 있다는사실을 알릴 수 없었다. 그 사실이 알려지면 그다음에는 '네가 도대체 왜 난징에 가 있는 거냐?'와 같은 질문을 받는 더 큰 문제가생기게 되기 때문이다.

거짓말을 하는 사람은 자신이 속이고 있는 사람을 상당히 낮게평가하기 때문에 잘못된 판단을 하기 쉽다. 사실 샤오쿵의 어머니는 이미 당신 딸이 선전에 있지 않다는 사실을 알아차렸다. 딸의휴대폰 너머에서 들려오는 소리가 예전처럼 그렇게 왁자지껄하지않았고, 무엇보다 목청을 길게 늘여 말하는 광둥어 억양이 더이상

들리지 않았다. 그들의 사랑스러운 딸은 절대로 선전에 있는 것이 아니었다.

어머니는 속이 탔다. 아버지도 속이 탔다. 딸의 인생에 도대체 무슨 일이 생긴 것인가? 딸은 대체 어디에 있는 걸까?

샤오쿵은 선전의 휴대폰을 진동으로 설정해놓았다. 진동이 올 때마다 샤오쿵의 마음은 옥죄어들었다. 또 거짓말을 해야 한다. 샤오쿵은 하릴없이 마사지실 밖으로 걸어나가, 마치 도둑이라도 된 듯이 아버지 어머니와 '지금 어디 있느냐'를 놓고 빌어먹을 논쟁을 치러내야 했다. 다른 사람들 앞에서, 더욱이 닥터 왕 앞에서, "저 선전에 있어요"라는 말을 할 수는 없었다. 거짓말하는 것 자체가 어려운 일인데, 여러 사람들 앞에서 거짓말을 하는 것은 더욱 어려운 일이었다.

게다가 샤오쿵은 한 가지 사실을 특별히 조심해야 했다. '부모님이 허락하지 않는다'는 사실을 닥터 왕이 알게 해서는 안 된다. 그에게 상처를 줄 테니까. 그래서 그녀는 거짓말을 할 때마다 닥터 왕을 피해 다녀야만 했다.

진옌과 타이라이

마사지센터에는 샤오쿵과 닥터 왕 커플만 있는 것이 아니었다. 한 쌍이 더 있었다. 진옌과 타이라이였다. 샤오쿵과 닥터 왕의 연애와 진옌과 타이라이의 연애는 완전히 달랐다. 우선 그 시작이 달랐다. 샤오쿵과 닥터 왕은 사쭝치 마사지센터에 오기 전부터 커플이었지만, 진옌과 타이라이는 이곳에 온 뒤에야 가까워졌다. 연애의 분위기 또한 달랐다. 샤오쿵과 닥터 왕은 오래 만난 연인 사이로, 속으로 감정 갈무리를 잘하고 절제할 줄 아는 커플이었다. 겉으로 보기에 둘은 일반적인 친구 사이와 별다른 차이가 없었다. 진옌과 타이라이는 달랐다. 그들은 티를 많이 냈다. 특히 여자 쪽인 진옌, 이 계집애는 어찌나 요란스럽게 연애를 하는지 하루도 조용할 날 없이 야단법석이었다.

일반적으로 연애는 남자가 여자를 마음에 두고 적당한 기회를 봐서 살그머니 고백을 하는 것으로 시작되는 경우가 많다. 물론 여자가 남자를 쫓아다니는 경우도 있다. 보통 여자가 남자를 쫓아다닐 때는 남자들처럼 그렇게 감정을 숨기지 않고 직접적으로 자신의 감정을 밝힌다. 진옌과 타이라이가 바로 그런 경우였다. 진옌은 독특했다. 쉬타이라이를 알게 된 지 며칠도 채 되지 않았는데, 이해할 수 없는 행동을 보인 것이다. 진옌은 폭약포대를 어깨에 멘 강도가 공공연하게 물건을 훔치는 것처럼 행동했다. 타이라이가 뭐라고 대답하기도 전에 진옌은 마사지센터의 모든 사람들 앞에서 이런 태도를 취했다. 다른 사람은 끼어들 생각도 하지 마. 쉬타이라이는 내 사람이야. 나 진옌은 한번 마음먹은 일은 반드시 해내는 사람이야.

진옌의 이런 태도는 사실 너무 지나친 것이었다. 타이라이가 무슨 대단하고 희귀한 보물단지도 아닌데, 누가 서로 갖겠다고 싸우겠는가? 타이라이는 아주 평범한 사람이었다. 특별한 구석이라고는 전혀 없다 해도 과언이 아니었다. 생김새만 보더라도 한마디로 너무 못생겼다. 이목구비 어디 한 군데도 잘난 구석이 없었다. 맹인들은 서로의 생김새를 피차 보지 못한다. 하지만 두 눈이 멀쩡한 사람들과 섞여 사는 세상이니, 그들이 하는 말을 주워들으면서 서로의 생김새에 대해 대강 파악하곤 한다. 그에 따르면, 타이라이와 진옌은 전혀 어울리지 않았다. 진옌이 그렇게 목숨을 걸고 타이라이를 쫓아다닐 이유가 없었다. 군이 이유를 따지고 들자면, 둘 중 하나일 테다. 짚신도 짝이 있다는 것. 그렇다면 더 설명할 것도 없다. 둘이 잘 만난 것이다. 만약 이 이유가 아니라면, 진옌의 머리가 어떻게 된 것이거나.

사실 진옌과 타이라이 사이는 좀 복잡하다. 사연이 있었다. 다른 사람들은 알지 못하는 복잡한 사연이. 다른 사람들이 알지 못하는 것은 말할 것도 없고 심지어 타이라이 본인조차 알지 못하는 사연이 있었다.

쉬타이라이는 쑤베이* 출신으로 집을 떠나 처음 일을 시작한 곳이 상하이였다. 진옌은 어디 사람이던가? 다롄** 출신이었다. 둘이 이렇게 각각 멀리 떨어져 살고 있었으니 서로 알고 지낼 수가 없는 사이였다. 풍수를 제아무리 이리저리 짜맞춘다 해도 그들 두 사람이 얽힐 일은 전혀 없었다.

타이라이가 상하이에서 일하며 살아가는 것은 그리 순탄치 않았다. 그는 집을 떠나 살기에 적합한 사람이 아니었다. 이유는 간단했다. 타이라이는 능력도 모자랐고, 자신감이라곤 전혀 없었으며, 사람 사귀는 재주는 더더욱 없었다. 말을 하자니 말인데, 요즘 같은 세상에 밖에 나와 일을 하는 맹인치고 제대로 된 교육을 받지 않은 사람이 어디 있겠는가? 제대로 된 교육을 받았음을 증명하는 가장 기본적인 표지는 바로 푸퉁화***다. 타이라이도 다른 사람들이 받은 교육을 그대로 받았다. 하지만 입만 열면 차이가 났는데, 쑤베이 사투리를 심하게 쓰기 때문이었다. 그가 푸퉁화를 전혀 못하는 건 아니었다. 억지로 하자면, 하기는 했다. 하지만 푸퉁화만 쓰려고 하면 타이라이는 저도 모르게 어깨가 움츠러들고 목덜미가 오그라들면서 온몸에 닭살이 돋았다. 그래서 아예 말을 안 했다. 사투리 억양이 전혀 없는 사람이 어디 있겠는가? 사실 별문제가 되

* 장쑤 성 북부 지역.
** 랴오둥반도의 남쪽 끝에 있는 항만도시.
*** 중국의 북방어에 근거한 중국 표준어.

지 않는다. 그러나 열등감에 싸여 있는 사람은 다르다. 억양을 지나치게 의식해서 스스로를 힘들게 만드는 것이다.

왜 이렇게 된 걸까? 그의 발음이 재밌어서 남들이 놀려먹기에 딱 좋았기 때문이다. 쉬타이라이의 쑤베이 사투리에는 특징이 있었다. 'h'와 'f' 발음이 구분되지 않는 것이다. 구분되지 않는다기보다는 반대로 쓴다는 편이 옳다. 'h'는 꼭 'f'로 발음하고 'f'는 끝끝내 'h'로 발음한다. 그러면 '화낸다'는 '파낸다'가 되고 '나눠주다'란 의미의 '펀페이分配'는 '결혼하다'라는 의미의 '훈페이婚配'가 되고 마는 것이다. 재미있는 일이 아닌가? 재미가 있으니 사람들이 그의 말투를 흉내냈다. 심지어 프런트의 아가씨들까지도 그를 놀렸다. "타이라이, 당신한테 일 '훈페이'해줄게요. 9번 침대예요."

타이라이는 사람들이 자기 말투를 흉내내는 데 매우 화가 났다. 사투리는 다름 아닌 신분을 드러내는 증명이었다. 타이라이가 가장 두려워하는 것은 맹인이라는 신분이 아니었다. 모두가 다 맹인이니 쉬타이라이만의 문제는 아니었으니까. 쉬타이라이는 자신이 시골 출신이라는 점이 노출되는 것이 가장 두려웠다. 시골 출신이라는 신분은 그에겐 불치병과 같았다. 제아무리 제힘으로 먹고살기를 실현하더라도 그는 절대 운명의 손아귀에서 벗어날 수 없다. 사투리가 버티고 있으니 시골 출신은 영원한 시골 출신이 되는 것이다. 다른 사람이 그의 사투리를 흉내낸다는 것은 곧 그를 '시골 촌놈'이라고 욕하는 것이나 마찬가지였다.

화가 나기는 했지만 프런트에 미움을 살 수는 없었다. 그렇다고 그가 어느 누구에게도 미움을 살 수 없었던 것은 아니었다. 그는 자기 동료에게는, 그러니까 맹인에게는 과감히 복수심을 드러냈다. 그는 감히 손을 썼다. 말투를 흉내낸다는 이유로 주먹을 휘둘 렀다. 사실 쉬타이라이가 주먹을 휘두른 건 용감무쌍해서가 아니 었다. 반대로 너무 겁이 많고 약한 사람이기 때문이었다. 겁이 많 고 약했기에 그는 참아야만 했다. 참을 수 없는 일조차 그는 그저 꾹 참을 수밖에 없었다. 그러던 어느 날, 더이상 참지 못하고 주먹 이 나갔다. 쉬타이라이 자신조차 작은 일을 왜 크게 키워서 막무가 내로 주먹질을 했는지 알 수 없었다. 그러나 다시 생각해보면 그렇 다. 그토록 순박하고 성실한 사람이, 막무가내의 주먹질 말고 또 무엇을 할 수 있단 말인가?

이 주먹질이 문제를 해결하기는 했다. 더이상 아무도 그를 흉내 내지 않았다. 쉬타이라이는 마음이 홀가분해졌다. 그러나 나중의 결과로 살펴보건대, 쉬타이라이는 너무 일찍 마음을 놓은 셈이었 다. 거의 모든 사람들이 한순간에 그를 냉대하기 시작한 것이다. 좋게 말해서 냉대한 것이고, 모든 사람들이 타이라이를 무시하기 시작했다고 하는 편이 맞다. 사람들은 이제 그를 알은척도 하지 않았다. 자존심이 센 타이라이는 별로 개의치 않는다는 듯 의연한 척했다. 알은척을 하거나 말거나, 나도 너희들을 상대할 마음이라 고는 추호도 없으니까. 타이라이는 까마귀 노는 곳에 가지 않는 백 로라도 된 듯 자기가 먼저 인간관계를 끊기 시작했다. 그러나 제아 무리 그런 척을 해봤자, 자기 자신까지 속일 수는 없는 일이다. 타 이라이도 한 가지 사실만큼은 잘 알고 있었다. 까마귀와 놀지 않는 백로는 뭐든지 자기 힘으로 해결해야 해서, 아무도 몰라주는 답답 한 심정 또한 반드시 혼자 힘으로 해결해야 한다는 것을. 쉬타이라 이는 이렇게 답답한 심정을 어깨에 걸머지고 매일매일 점점 더 우울해져갔다. 우울함은 이자와 같아서 굴리면 굴릴수록 커진다. 쉬타이라이의 우울 또한 이렇게 갈수록 더 커지고 깊어졌다.

  우울한 나날 가운데 쉬타이라이는 특별히 한 사람을 주목하게 되었다. 산시陝西*에서 온 시골 아가씨 샤오메이였다. 쉬타이라이가 샤오메이를 주목한 것은 샤오메이에게 남다른 매력이 있어서가 아니었다. 분명 아니었다. 단지 샤오메이가 늘 아주 당당하게 자신의 산시 사투리로 말했기 때문이다. 그녀는 아주 자신만만하고 거리낌없는 투로 말했다. 푸퉁화로 말할 생각은 전혀 없는 것 같았다. 타이라이는 곧 산시 사투리가 상당히 기분좋게 들린다는 사실을 알았다. 평성이 특히 많아서 소리의 굴곡이 없이 고르게 들린다고 해야 할까? 그래도 어떤 말이고 한 부분은 꼭 과장되게 세게 발음을 하고, 마지막에는 다시 고른 어조로 바뀌었다. 게다가 길게 늘어져 여운까지 느껴졌다. 마치 창이라도 하는 것처럼 들렸다. 사투리 억양으로 치면 산시 사투리가 쑤베이 사투리보다 세면 셌지 덜하지 않았다. 그러나 샤오메이는 전혀 개의치 않았다. 아예 인식조차 못하는 듯했다. 그녀는 그렇게 시원스럽게 말을 했다. 샤오메이의 말을 오래 듣고 있으면 어쩐지 푸퉁화가 잘못된 것 같다는, 모든 사람이 그녀처럼 완벽한 산시 사투리로 말해야 할 것 같다는 생각이 들었다. 비교하자면, 쑤베이 사투리는 뭣도 아니었다. 특히 운모 부분은, 밑도 끝도 없이 입성과 거성**을 잔뜩 써서 짧고 투박했다. 일단 내뱉고 나면 뒤가 없이 딱 끝나는데다 여운이라고는 전

---

* 중국 중서부에 있는 성.
** 한자음의 사성 중 하나로, 입성은 짧고 빨리 끝나는 소리이고, 거성은 높고 평탄한 소리이다.

혀 없고 꽉 막히는 느낌이다. 타이라이는 너무 부끄러웠다. 어떻게 쑤베이 사투리를 남들 앞에서 쓸 수 있단 말인가? 산시 사투리라면, 같은 시골스러움이라도, 그 역시 수긍했을 것이다.

그런데 의외의 사건이 발생했다. 그날 저녁 타이라이와 샤오메이가 함께 세면장에 들어섰다. 두 사람이 나란히 수돗가에 서 있었는데, 양말을 빨던 샤오메이가 갑자기 타이라이에게 성가신 질문을 던졌다. 그쪽은 어떻게 그렇게 말이 한마디도 없어요? 타이라이는 눈꺼풀만 몇 번 끔뻑이고 아무런 대꾸도 하지 않았다. 샤오메이는 쉬타이라이가 자기 말을 듣지 못한 줄 알고 다시 한번 물었다. 타이라이는 대답을 하기는 했지만, 그 말투가 썩 곱지는 않았다.

"그게 뭔 소리요?"

"별 뜻은 없고. 뭔 말이라도 듣고 싶어서요."

"뭔 말?"

"뭔 말이든지. 그냥 말하는 거를 들어보고 싶다는 거예요."

"뭐 때문에?"

"듣기가 좋아서요."

"뭐라고?"

"그쪽 고향 말이 듣기가 좋아 그런다고요."

그 말은 정말 놀라웠다. 쉬타이라이는 한참을 생각한 끝에야 비로소 그 뜻을 이해했다. 남의 떡이 더 커 보인다는 옛말이 맞았다. 사투리는 쉬타이라이를 부끄럽게 만들었고, 그의 약점 중의 약점이었다. 그런데 그 약점이 샤오메이에게는 부러움의 대상이었던 것이다. 믿을 수 없었다. 그러나 믿지 않을 수도 없었다. 샤오메이의 말투가 더할 나위 없이 진지했으며, 부러움과 찬탄이 배어 있었기 때문이다.

이렇게 샤오메이 앞에서 타이라이는 자신감을 되찾았다. 이제 타이라이는 말을 할 수 있게 되었다. 말을 할 수 있다는 자신감은 아주 신기한 것이어서, 누군가의 앞에서 당당하게 말을 할 수 있다는 것은 마음속에 자신감 이외의 다른 감정까지도 빚어냈다. 자신감은 좀더 부드러운 것으로 변해, 사람을 휘감는 능력도 만들어냈다. 두 사람 사이는 그렇게 가까워졌다. 서로가 각자의 고향 사투리를 쓰고, 서로 나누는 말이 많아지면서 깊이 있는 대화도 나누게 되었고, 결국 좋은 사이가 된 것이다.

타이라이와 샤오메이의 연애는 열 달을 미처 채우지 못했다. 구월의 어느 일요일, 샤오메이의 아버지가 상하이로 전화를 걸어와 샤오메이에게 당장 집으로 돌아와 결혼하라고 '부탁'했던 것이다. 아버지는 모든 것을 솔직히 털어놓았다. 남편이 될 사람은 지적장애인이었다. 샤오메이의 아버지는 무지막지한 사람은 아니라, 모든 상황을 명확하게 설명해주었다. '감히' 자기 딸을 속일 생각은 하지 않았다. 또한 '감히' 자기 딸에게 강요할 생각도 하지 않았다. 그는 그저 샤오메이와 '상의'를 하고 싶어했다. 사실 '간청'하셨다. 아버지는 심지어 샤오메이에게 이 결혼 이면의 거래에 대해서도 귀띔해주었다. 한마디로 '이 결혼이 성사되면' 샤오메이 집안의 모두에게 '좋은 일'이 있으리라는 얘기였다.

"아가, 집으로 오거라."

샤오메이는 떠나기 전에 전혀 티를 내지 않았다. 그저 근처 여관에 방을 하나 잡아놓고 조용히 타이라이를 불렀을 따름이다. 잠에서 깨어났을 때, 타이라이는 샤오메이가 남긴 편지를 읽고 그녀가 떠났음을 알게 되었다. 그는 손가락으로 샤오메이의 편지를 읽어내려갔다. 자음 하나, 모음 하나가 모두 샤오메이의 살결이고 샤오메이의 땀구멍이었다. 편지 한 장으로, 샤오메이는 모든 것을 '타이라이 오라버니'에게 털어놓았다. 편지의 마지막에 샤오메이는 이렇게 적었다. "타이라이 오라버니, 이 하나만 기억해주세요. 나는 오라버니 여자고, 오라버니는 내 남자라는 걸요." 샤오메이의 편지를 몇 번이나 읽었는지 모른다. 타이라이는 샤오메이의 편지를 허벅지 위에 올려놓고 손으로 어루만지며 노래를 하기 시작했다. 시작할 때는 작은 소리였다. 나지막이 몇 마디를 흥얼대다가 타이라이는 목청이 터져라 노래를 부르기 시작했다. 여관의 경비원들이 타이라이를 찾아왔다. 그들은 타이라이에게 나가달라고 한 뒤, 그대로 마사지센터로 돌려보냈다. 쉬타이라이는 귀신이라도 들렸던 게 틀림없다. 그는 마사지센터로 돌아와서도 노래를 불렀다. 거의 하루 반나절을 그렇게 목을 놓아 불렀을 것이다. 처음에는 모두가 안타까워하다가 나중에는 안타까움에 놀라움이 더해졌다. 도대체 타이라이는 어떻게 그렇게 많은 노래를 부를 수 있는 것일까? 그는 한번 노래를 시작하자 그치지 않고 불렀다. 20세기의 80년대 말부터 21세기 초까지의 모든 노래를 망라하고 온갖 장르와 창법으로 노래를 불렀다. 사람들을 정말 놀라게 한 것은 그다음이었다. 타이라이가 그토록 멋진 목청을 가졌을 줄은, 아무도 상상조차 하지 못했던 것이다. 평소에 그가 보였던 심약한 모습과는 전혀 달랐다. 그의 확 트인 목소리는 하늘을 부르고 땅을 치는 듯했다. 게다가 불가사의한 일이 또 한 가지 있었다. 타이라이는 지금껏 분명 푸퉁화를 제대로 발음하지 못했는데, 노래하는 것을 보

니 그가 발음하는 모든 자음과 모음이 한 치의 어긋남도 없이 정확
했다. 'f'와 'h'도 분명하게 구별되었고, 'n'과 'l'도 정확하게 구분
됐다. 심지어는 'zh, ch, sh'와 'z, c, s'의 발음까지 여지없이 분명
했다. 타이라이는 동료들이 아무리 권해도 먹지도 마시지도 않고
혼자 숙소 침대에 드러누운 채 노래만 불러댔다.

추웠던 적이 없어요 당신이 내 곁에 있기에
언제나 가만히 속삭여줬죠 어두운 밤에 당신이 있다고
언제나 말없이 받아줬죠 이런 나를 원망하지 않는다고
지금은 어째서 다시 나를 보지 않나요
당신이 가장 사랑한 사람 내가 맞나요 어째서 말이 없나요

환한 낮과 어두운 밤은 자리를 바꾸지만 서로를 대신할 순 없죠
서로의 세계를 상상할 수조차 없으니까요
우린 그저 기다려요 각자의 자리에서
서로 다른 두 세계에 갇혀서
당신은 영원히 내 슬픔 모르죠
환한 낮이 어두운 밤을 알 수 없듯이

아홉째 아홉째 어여쁜 누이
아홉째 아홉째 새빨간 꽃잎
아홉째 아홉째 귀여운 누이
아홉째 아홉째 내 맘속 누이

정말로 당신을 사랑한 나 하루도 후회한 적 없죠

단 하루만이라도 당신과 산다면

이 모진 세상 아쉬울 게 없어요

하늘 끝 땅끝도 변하는 날 오네요

이 순간 당신은 어디 있나요 미처 하지 못한 말 있는데

어떻게 하면 닿을 수 있나요 다시 당신 곁에 갈 수 있나요

사랑하는 마음에 답이 없으면 나는 무슨 의미로 살아갈까요

바람에 비 내리는 구름 한 조각 비 내리는 구름 한 조각

구름은 바람 속에 마냥 서러워 어디로 불어갈지 알 수 없어라

내 집은 황토산 높은 비탈 큰바람 불어오는 곳

북풍인지 남풍인지 알 수 없어도

모두 내 노래

내 노래여라

들어봐요 나 오래 기다렸어요 들어봐요 내 마지막 바람을

당신 두 손을 붙들 거예요 당신은 나와 함께 가요

당신의 손이 떨리고 당신의 눈물이 흐르겠죠

당신은 내게 말해요 아무것도 없는 나를 사랑한다고

나와 함께 갈 거라고

마지막 노래에 이르러서 타이라이는 더이상 목소리가 나오지 않

았다. 가쁜 숨만 몰아쉴 따름이었다. 사람들이 모두 저러다가 생사람 하나 잡겠다고 너나없이 걱정을 했지만 타이라이는 목숨을 잃지는 않았다. 그저 한동안 기척도 없이 움츠리고 있다가 혼자서 자리를 털고 일어났다. 누가 뭘 먹으라고 권하지 않았는데도 그는 먹었다. 누가 뭘 마시라고 권하지 않았는데도 그는 마셨다. 배부르게 먹고 알아서 잘 마시더니, 아무 일도 없었다는 듯 그렇게 일을 하러 갔다.

이때 진옌은 아직 다롄에 있었다. 다롄이 상하이에서 얼마나 멀던가? 적어도 이천 킬로미터는 떨어져 있을 것이다. 그렇다면 완전히 다른 세상이라고 할 수 있다. 그러나 휴대폰이 있는 시대에 이천 킬로미터가 대수인가? 거리는 아무 의미가 없었다. 진옌은 자기 고향에서 타이라이의 일을 듣게 되었다. 휴대폰을 통해 전해진 이야기는 사건의 진상과 아주 동떨어졌다. 이야기는 가공에 가공을 거치고 또다시 가공되었던 것이다. 줄거리가 갖추어지자 이야기는 상승과 하강의 곡선을 그리며 이야기꾼들의 기질에 따라 덧칠되면서 러브스토리다운 폭발력을 갖추게 되었다. 그것은 완전하면서도 파괴적이고, 격렬하면서도 처연하고 쓸쓸한 이야기였다. 쉬타이라이와 샤오메이의 이야기는 맹인들의 세계, 이 폐쇄된 세계에 회오리바람을 일으켰다. 그들의 이야기를 다 듣고 휴대폰을 끊고 눈물을 채 다 닦기도 전에, 진옌은 사랑의 감정을 느꼈다. '쿵' 하는 소리와 함께 진옌은 그대로 덫에 걸리고 말았다. 사실 진옌은 그때 이미 사랑에 빠지고 만 것이었다. 그녀의 남자는 바로 그 이야기의 남자 주인공, 쉬타이라이였다.

일주일 뒤, 다롄에서의 일을 그만둔 진옌은 기차를 타고 상하이로 갔다. 일자리를 구하는 것은 진옌에게 아무것도 아니었다. 마사지사로서 진옌의 재주는 열 손가락에 모두 담겨 있으니 여기서 그만두어도 다른 곳에서 벌면 그만이다. 그러나 사랑은 달랐다. 사랑은, 오로지 '지금', 바로 '여기'여야만 했다. 한번 놓치고 나면 결국 영원히 놓치고 마는 것이 사랑이니까. 맹인으로서 진옌은 매우 비관적인 사람이었다. 그녀의 비관적인 예측은 한도 끝도 없었다. 그녀 눈에는 자신의 일생이 훤히 내다보였다. 이 세상은 그녀에게 그리 많은 것을 주지 않을 것이다. 이런 비관적인 태도는 오히려 진옌을 여유롭게 만들었다. 그녀는 뼛속까지 집착이 없는 사람이었다. 아무것도 원하지 않았고 무엇이든 아낌없이 내버릴 수 있었다. 이 삶에서 그녀는 다만, 사랑만을 원했다. 사랑이 있다면 굶어 죽는다 해도 상관없었다. 사랑의 은총을 받으면 그녀는 장미 같은 자태로 그녀의 꽃봉오리를 활짝 터뜨릴 것이다. 그리고 자신이 가진 모든 향기로 세상을 그득 채울 것이다. 단 한 번의 사랑을 위해, 신부가 되기 위해 그녀는 자신의 일생을 걸었다. 어떤 희생을 치르더라도 사랑에 성공할 것이다.

하지만 진옌은 허탕을 치게 됐다. 진옌이 상하이에 도착하기 일주일 전에 타이라이가 말없이 떠나고 말았던 것이다. 모든 전설들이 그러하듯 주인공은 단 한마디만을 남기고 사라졌다. "아주아주 먼 곳으로" 사라진 것이다. 흔적도 없이. 진옌은 타이라이의 휴대폰 번호를 눌러보았다. 예상했던 대답이 들려왔다. "지금 거신 전화번호는 이미 사용이 정지되었습니다." 진옌은 실망하지 않았다. "이미 사용이 정지되었습니다"라는 건 가장 좋은 소식은 아니지만, 그렇다고 가장 나쁜 소식도 아니었다. '이미'라는 말은 일종의 신호였다. 그것은 적어도 그 '이야기'가 정말이라는 뜻이었다. 쉬타이라이라는 인물은 진짜였다. 진짜. 여기에는 타이라이가 없지만, '저기 어딘가'에는 분명히 있는 것이다. 다만 휴대폰이 '이미' 정지되었을 따름이다. 그게 무슨 상관이란 말인가? 정지되려면 정지되라지, 사랑이 있으면 그만이다.

진옌의 사랑은 처음부터 그렇게 반쪽짜리였다. 반은 존재하는 실체였지만 나머지 반은 실체가 없었다. 그래서 반은 지상에, 나머지 반은 천상에 있었다. 반은 이미 알고 있는 영역이었지만 나머지 반은 미지의 영역이었다. 반은 '여기'에, 나머지 반은 '저기'에 있었다. 반은 당연한 것이었지만 나머지 반은 당연한 것이었으면 하는 것이었다. 그것은 사람을 홀리고 또 괴롭혔다. 사람을 괴롭히기에 더욱 홀렸다. 그것은 하늘만큼 땅만큼 아득하고 어룽어룽한 환상의 색채를 띠고 있었다.

그래서 타이라이는 어디 있는가? 모른다. 그러다 불행한 소식이 결국 그녀를 찾아왔다. 거의 악몽과도 같은 통첩이었다. 진옌의 휴대폰은 타이라이의 번호가 더이상 '사용 정지'가 아니라 '없는 번호'라는 사실을 알려주었다.

진옌은 슬퍼하지 않았다. 마음속에서 갑자기 노랫소리가 울려퍼졌다. 세상 모든 노래가 다 울려퍼지기 시작했다. 주룩주룩 쏟아지는 소나기처럼, 소용돌이치는 눈보라처럼, 80년대 말부터 21세기 초까지의 모든 노래를 망라해, 온갖 장르와 창법의 노래가 다 있었다. 노래는 진옌의 주위를 안개처럼 둘러쌌다. 진옌의 마음은 소리 없이, 그러나 거침없이 노래를 부르고 있었다.

타이라이, 실연의 상처를 안은 남자, 아득한 어둠 속에 갇힌 남자, 허무라는 공간 속에서 진옌이 사랑하게 된 남자. 이 남자가 또 한차례의 사랑이 자신을 끌어안았음을 어떻게 알겠는가? 그의 성姓은 쉬, 그는 쉬타이라이라고 불린다. 진옌의 마음은 아득해지고 넓어지는 것 같았다. 물고기가 헤엄칠 수 있는 바다처럼, 새들이 날아가는 저 하늘처럼. 그러나 이 세상엔 애꿎은 물고기들과 새들만 가득차 있었다. 타이라이는 이 바다와 하늘에 무정히 잠기고 말았다. 그는 어디에…… 어디에 있는가?

진옌은 상하이에 머무르기로 결심했다. 금방이라도 숨이 끊어질 것 같았다. 꿈속에 있는 것 같았다. 그녀는 타이라이가 일했던 마사지센터에 남기로 했다. 슬펐지만 절망하진 않았다. 여기는 타이라이가 일하며 생활했던 곳이다. 그녀는 자신이 하는 모든 일이 결코 맹목적인 행동이 아님을 똑똑히 알고 있었다. 그녀는 맹인들의 세계에 대해 잘 알았다. 우선 맹인들의 세계는 아주 큰 것처럼 보이지만 알고 보면 작다. 매우 작다. 그리고 맹인들에게는 치명적인 특징이 하나 있다. 옛것에 대한 미련이다. 상하이에는 타이라이가 알고 지내던 사람들이 있다. 타이라이는 언젠가 한 번은 상하이로 전화를 할 것이다. 진옌의 계획은 한 가지였다. 기다리는 것. 작고 작은 세계에서 그저 기다리는 것. 진옌의 심장이 어떻게 뛰고 있는지 누가 알까? 그러나 진옌 자신은 안다. 다른 사람들의 심장이 토끼처럼 빠르게 뛴다면, 진옌의 심장은 거북이처럼 느리게 뛴다. 거북이는 커다란 나무 아래서 자신의 토끼를 기다릴 것이다. 진옌은 굳게 믿고 있었다. 사랑에 빠진 여자의 심장은 뛰고 있는 매 순간마다 의미를 가진다고. 심장이 한 번 뛸 때마다 그녀의 연인이 조금씩 가까이 다가온다고. 가까이, 좀더 가까이, 조금 더, 더 가까이. 진옌에게는 보이지 않았지만, 그녀의 동공 안쪽에는 타이라이의 아련한 그림자가 그득히 고여 있었다. 첩첩이, 빽빽한 숲처럼. 진옌은 사랑을 하는 중이었다. 비록 외사랑이었지만. 혼자서 하는 사랑이야말로 가장 사람을 울리는 사랑이다. 혼자서 하는 사랑이야말로 더없이 사랑다운 사랑이다. 사랑하는 이여! 내가 왔어요. 사랑하는 이여! 내가 왔다고요.

진옌은 스스로에게 일 년이라는 제한 시간을 주었다. 진옌은 기다릴 것이다. 시간이라는 놈은 무척 빨리 지나가지만, 그 의미는 그 시간이 어떻게 쓰이느냐에 온전히 달려 있다. 기다리는 사람은 고단하고 힘들지만, 어쨌든 행복하다고 할 수 있다. 매일 매시간 이 사실은 기다림의 끝에 다가가고 있는 셈이니까. 매 순간이 소중하게 쓰이고 있는 것이다. 가까워질 수만 있다면, 기다림의 시간은 분명 무엇보다 소중했다.

진옌은 채 일 년을 기다리지 않았다. 운명이란 정말이지 예측할 수 없는 것. 진옌은 상하이에서 다섯 달을 기다렸을 뿐이었다. 다섯 달이 지났을 때, 진옌은 자신의 삶을 뒤흔드는 운명의 웃음소리를 들었다. 어느 밤이었다. 저녁 일이 일찍 끝나 몇몇 남자들이 진옌의 숙소로 놀러와서 과쯔를 까먹고 있었다. 그들이 뱉어내는 과쯔 껍질이 이리저리 허공을 날았다. 아마 새벽 한시가 좀 넘었을 것이다. 이 이야기 저 이야기를 하다 어쩐 일인지 타이라이의 이야기까지 하게 됐다. 타이라이의 이름이 나오자 모두가 갑자기 입을 다물었다. 그때 문 앞에 앉아 있던 '산토끼'가 입을 열고 아주 담담하게 말했다. "그 사람 지금은 아주 잘 지내. 난징에 있어."

방안의 분위기가 확 가라앉았다.

"누구 말이에요? 누가 아주 잘 지낸다고?" 진옌이 고개를 기울이고 물었다.

산토끼는 "에휴" 하는 소리를 내뱉더니 말했다. "괴짜 녀석이 하나 있어. 당신은 모르는 사람이야. 쉬타이라이라고."

진옌은 침착하려 애썼지만 떨리는 목소리를 막을 수는 없었다. 진옌이 말했다. "그 사람 전화번호 가지고 있어요?"

"있지." 산토끼가 말했다. "그저께 점심때 타이라이가 나한테 전화를 했었거든."

진옌이 말했다. "왜 나한테 말 안 해줬어요?" 뜬금없는 질문이었다.

산토끼는 과쯔 한 알을 이 사이에 끼우고 입을 벌린 채 아무 말도 하지 못했다. 진옌의 말이 뜬금없었던 것이다. 산토끼는 잠시 생각해보더니 말했다. "그 사람 모르잖아."

진옌이 말했다. "나 그 사람 알아요."

산토끼가 말했다. "어떻게 그 녀석을 알아?"

진옌은 재빨리 머리를 굴려 이렇게 대답했다. "그 사람한테 빚을 졌어요."

난징. 난징이라. 난징. 진옌이 아직 다롄에 있을 때 난징은 아득하게 먼 곳이었다. 마치 수수께끼 너머에 숨어 있는 해답처럼 아득히 멀었다. 그러나 지금 난징은 훅 하고 가까워졌다. 난징은 상하이 바로 옆이었다. 진옌은 갑자기 두려움을 느꼈다. '고향 가까워질수록 그리움 더욱 커져 떨리는'* 그런 공포였다. 그러나 진옌에

---

* 당나라 시인 송지문의 시 「한강을 건너며(渡漢江)」의 한 구절.

게 어디 두려워할 시간이 있겠는가. 그녀의 마음은 벌써 다섯 달을 조준한 탄환이었다. '철컥' 하고 그녀는 방아쇠를 당겼다. 그대로 자기 자신을 날려보냈다. 두 시간 동안 기차에 몸을 싣고. 물론, 그런 뒤에도 다시 이십여 분 더 차를 탔다. 이튿날 오후 세시 이십칠분. 택시 한 대가 조용히 사중치 마사지센터 앞에 멈춰섰다.

진옌은 사중치 마사지센터의 유리문을 밀고 천천히 안으로 들어갔다. 그리고 마사지를 받겠다고 하며 쉬타이라이를 지명했다. 프런트의 아가씨는 닥터 쉬가 근무중이니 다른 사람을 배정해주겠다고 했다. 진옌은 아주 담담하게 프런트 아가씨에게 다섯 글자를 말했다.

"기다릴게요."

'기다릴게요.' 진옌은 이미 오랫동안 그를 기다려왔다. 조금 더 기다린다 해도 상관없었다. 지난간 '기다림'은 어떤 기다림이었던가. 부질없는 기다림, 바보 같은 기다림, 어리석은 기다림이었다. 그 기다림의 시간 동안 그녀와 함께한 것은 혼자만의 사랑, 정확히는 괴로움이었다. 이제, 다르다. 이렇게 기다리든 저렇게 기다리든 구체적이고 실재하는 기다림이다. 그녀는 갑자기 지금의 이 '기다림'을 좋아하게 되었다. 마음을 다해 지금의 이 '기다림'을 천천히 음미하고, 누렸다. 진옌이 말했다. "물 한 잔만 주세요."

나중에도 진옌은 자신이 그토록 평온하고 침착했다는 사실을 믿을 수가 없었다. 어떻게 그토록 평온하고 침착할 수 있었을까? 그녀가 어떻게 했던가? 정말 평소와는 다른 모습이었다. 그날 진옌은 자신의 마음이 고여 있는 물처럼 평온하다는 사실에 무척 놀랐다. 그리고 자신과 쉬타이라이 사이에는 틀림없이 전생의 인연이 있는 거라고 느꼈다. 한차례 파란만장하고 구구절절한 인연 끝에 또 복잡한 환골탈태의 윤회를 거쳐서, 그녀, 그리고 그는, 또다시 만나게 된 것이리라. 바로 그런 것이리라.

마침내 진옌의 앞에 쉬타이라이가 나타났다. 대략적인 윤곽이 어렴풋하고 아득하게 보였다. 그러나 진옌은 그것이 '실체'라는 사실을 알 수 있었다. 키는 일 미터 칠십육 정도 되겠다. 진옌의 눈은 다른 맹인들과 달랐다. 그녀는 맹인이었지만, 아주 새까만 맹인은 아니었다. 약간은 볼 수 있었다. 그저 확실하게 보이지 않을 따름이다. 그녀는 십 년 전 황반변성 때문에 시력이 나빠졌다. 황반변성은 매우 음험한 병이다. 그것은 아주 오랜 시간 동안 조금씩 시력을 약화시키고 시야를 좁아지게 만들다가 결국 이 세계의 모든 것을 하나도 남기지 않고 가져가버린다. 진옌의 시력은 아직 어느 정도 남아 있긴 했지만, 정면에 있는 것을 수직 형태로만 볼 수 있는 수준이었다. 볼 수 있는 거리도 제한적이어서 고작 몇 센티미터 이내가 다였다. 거울을 들여다보려면 코끝을 유리면에 바짝 갖다붙여야만 겨우 제 얼굴을 볼 수 있었다. 이 말은 진옌이 쉬타이라이를 자기 코앞까지 끌어당겨야 쉬타이라이의 얼굴을 또렷이 볼 수 있다는 뜻이었다. 그러나 사실 진옌은 쉬타이라이의 생김새가 어떻든 개의치 않았다. 두견새가 피를 토하며 울듯 노래를 토한 그의 이야기를 생각해보라. 이 남자의 생김새가 어떻든 무슨 상관이겠는가?

타이라이의 손가락이 마침내 진옌의 몸에 닿았다. 늘 그렇듯 목에서 시작했다. 그는 그녀의 몸에서 긴장을 풀어주려 했다. 그의 손은 상당히 말랐다. 그래도 힘이 있었다. 관절이 헐거운 듯한 손가락은 그의 연약하고 피동적인 천성과 완전히 닮아 있었다. 움직임의 폭이나 힘으로 보아 자신만만한 사람은 아니고 신중하고 소심한 사람인 듯했다. 대충대충 하는 사람도 아니었다. 모든 경혈을 정확하고 세심하게 다루었다. 민감한 부위에 이르면 손가락의 움직임이 한결 상냥해졌다. 손님을 배려할 줄 아는 사람이었다. 그리고 왼손잡이였다.

하늘이 드디어 굽어살피기 시작했다. 쉬타이라이의 이야기를 들었던 그 순간부터 진옌은 쉬타이라이가 '어떠한' 사람인지 알았다. 신탁이라도 받은 사람처럼 실제로 한 번도 만나본 적 없는 쉬타이라이에 대해 손바닥을 들여다본 것처럼 훤히 알았다. 지금 보니, 진옌의 생각이 틀리지 않았다. 쉬타이라이는 진옌이 그리던 사람이었다. 그녀의 이상형이었다. 진옌은 너무 강한 남자를 좋아하지 않았다. 강한 남자는 모든 일을 다 자기가 휘두르려 하고 여자가 남자 품안에서 꼼짝 못하기를 바란다. 진옌은 그런 남자는 원치 않았다. 진옌이 좋아하는 남자는 그런 타입이 아니었다. 진옌이 생각하는 좋은 남자의 첫째 조건은 부드러움이었다. 조금쯤 기대올 줄 알면 더 좋다. 그러면 그녀는 누나처럼 또는 엄마처럼 그를 보호하고 이끌어준다. 진옌이 탐닉하는 사랑은 아낌없이 내주는 사랑이었다. 아낌없이 사랑을 쏟아줌으로써 남자가 혼미해져 절대로 떠날 수 없게 만드는 것. 진옌도 짧은 사랑을 나눈 적이 있었다. 그 녀석은 시력이 많이 나쁘지 않아서 앞을 꽤 볼 수 있었다. 그런데 그 같잖은 시력이 그 녀석을 망쳐놓았다. 그는 자존감이 대단해서 진옌 앞에서 제멋대로 굴었다. 진옌은 그와 키스도 했다. 그러나 단한 번 키스를 나눈 뒤 진옌은 단호하게 헤어지자고 말했다. 진옌은 그의 키스가 싫었다. 너무 자신만만했고, 폭력적이었으며, 사람을 집어삼킬 듯했다. 진옌이 갈망하는 키스는 '진정 사랑하는 남자'를 자기 품에 꼬옥 안고 조금씩 그에게 먹여주는 것이었다. 진옌 스스로도 알고 있었다. 그녀의 사랑은 추상적이지만 힘이 세고 모든 것을 휩쓸며 감싸안는, 어미 호랑이 같은 사랑이라는 것을. 그녀는 착한 남자, 말 잘 듣는 남자, 내성적인 남자, 부드러운 남자를 좋아했다. 그녀에게 착 달라붙어서 떨어질 줄 모르는 그런 남자를 좋아했다. '사랑받는' 것보다 '사랑하는' 편이 좋았다. 그녀는 '사랑하는' 것만 생각했다.

진옌의 황반변성은 열 살 때부터 시작되었다. 열 살 때부터 열일곱 살 때까지, 진옌은 거의 병 치료에만 매달려 살았다. 팔 년 동안 병원을 드나들면서 진옌이 알게 된 것은 결국 한 가지였다. 그녀의 병이 갈수록 심해져 시력이 점점 더 떨어지고 있고, 이 상황을 결코 바꿀 수 없다는 것. 진옌은 그녀의 부모를 설득해 병원에 드나드는 것을 그만두었다. 실명은 물론 더할 나위 없이 고통스러운 일이었다. 그러나 진옌의 실명은 다른 사람과는 달리 서서히 이루어졌다. 덕분에 한 발 한 발 마음의 준비를 할 수 있었다. 열일곱, 소녀들이 가장 아름답게 꽃피는 나이에 진옌은 치료를 포기했다. 자신에게 남아 있는 마지막 찬란함을 마음껏 누리기 위해서. 그녀는 남은 시력을 최대한 활용했다. 마지막 남은 기회를 잡기 위해 그녀는 끊임없이 보았다. 책을 보고 신문을 보고 연극을 보고 영화를 보고 텔레비전을 보고 DVD를 보았다. 그녀가 보는 것들에는 어느새 주제가 생겼다. 책과 영화 속의 사랑이 바로 그것이었다. 사랑이란 얼마나 좋은 것인가! 그것은 사람을 감동시킨다. 파란만장하며 극적으로 전개된다. 사랑은 입고 먹는 것을 걱정하지 않는다. 땔감이나 쌀, 소금, 기름, 식초, 차, 그리고 약 따위로 골치를 썩지 않는다. 사랑은 사람을 매혹한다. 설령 그것이 다른 사람의 사랑일지라도. "보기만이라도" 하자. "보기만 해도" 좋은 것이다. 진옌의 머릿속에 서서히 새로운 생각들이 떠오르기 시작했다. 사랑이라는 것은 사실 그저 첫걸음이다. 그것은 일종의 포석일 뿐이다. 사람을 가장 매혹시키는 것은 무엇인가? 결혼식이다. 진옌은 소설이나 영화 속의 결혼식을 무척 좋아했다. 특히 영화 속 결혼식을. 그녀가 전부 몇 번의 결혼식을 보았더라? 차마 다 헤아릴 수도 없다. 구식, 신식, 중국식, 서양식, 모두 다 봤다. 진옌은 영화 속의 결혼식에서 드라마틱한 규칙들을 금세 찾아냈다. 극이라는 것은 비극 아니면 희극이다. 희극은 모두 결혼식으로 끝나고, 비극은 모두 죽음으로 끝난다. 결혼식 아니면 죽음. 그야말로 삶의 모든 것이다. 무슨 정치니 경제니 군사니 외교니 성격이니 운명이니 문화니 민족이니 시대니 풍속이니 행복이니 슬픔이니 음식이니 옷이니 복고니 유행이니 그런 머리 아픈 것들은 다 그만두고, 결혼식이나 보자. 그게 장땡이다.

　머리 좋은 아가씨 진옌은 자신이 결국 맹인이 되리라는 사실을 잘 알았다. 그녀는 받아들여야만 했다. 하늘은 그녀에게 그리 많은 기회를 주지 않을 것이었다. 겨우 굶어 죽지 않고 얼어 죽지 않을 뿐, 무얼 더 할 수 있단 말인가? 남은 것은 사랑뿐이었다. 그러나 그녀의 사랑은 아직 오지 않았다. 진옌은 스스로에게 속삭였다. 이번 생에 아무것도 없더라도 상관없지만 사랑만큼은 없어서는 안 돼. 진옌은 자신의 사랑을 아름답게 장식하고 싶었다. 어떻게 해야 잘 장식할 수 있을까? 연애도 잘해야겠지만, 가장 중요한 순간은 결혼식이었다. 어떤 의미에서 보자면, 치료를 포기한 그 순간부터 진옌은 매일 결혼식을 올리고 있었다. 그녀는 자신을 소설 한가운데에, 영화와 드라마 속에 가져다놓았다. 그녀는 끊임없이 결혼식을 올리고 있었다. 어느 때는 동북 지방에서, 어느 때는 서남 지역에서, 어느 때는 중국에서, 어느 때는 외국에서. 또 어느 때는 아득히 먼 옛날로 갔다가, 어느 때는 휘황찬란한 현대로 돌아왔다. 그것은 진옌의 비밀이었다. 결코 부끄러워하는 것은 아니었다. 오히려 결혼식은 그녀를 지탱해주는 힘이었다. 그녀에게 단백질과 비타민과 바람과 비와 햇빛과 눈을 가져다주는 것이었다. 물론 진옌이 행복하기만 한 것은 아니었다. 근심스러운 순간도 있었는데, 가장 큰 걱정은 결혼식 전에 두 눈이 다 멀어버리면 어쩌나 하는 것이었다. 무슨 일이 있어도 두 눈이 아주 다 멀어버리기 전에 시집을 가야 했다. 결혼식은 영상으로 찍어놓을 것이다. 운이 좋다면 매일 한 번씩 비디오를 볼 수 있을 것이다. 화면 앞에 딱 붙어서라도, 그녀는 볼 셈이었다. 두 눈이 다 멀어서 다시는 아무것도 볼 수 없게 될 때까지. '눈이 빠지도록 본다'는 게 그런 게 아닐까.

　'망천추수望穿秋水'라는 사자성어도 있다. 기다리다 지쳐서 가을 물처럼 맑은 두 눈이 다 멀어버렸다는 뜻이다. 진옌은 자신의 눈동자를 기억하고 있었다. 황반변성이 시작되기 전에, 그녀의 눈동자는 맑고 투명하고 밝게 빛났다. 잔잔한 물결이 일듯 반짝거리기도 했다. 거기다 눈꼬리까지 살짝 치켜 올라가 있었으니, 그야말로 가을 물결이 아니고 또 뭐란 말인가? 진옌은 때때로 이런 생각까지 했다. 눈이라도 안 좋아서 다행이지, 모든 게 다 좋았어봐, 남자를 꾀는 데 한가락 했을 거야. 물론 확인해볼 도리는 없지만 말이다.

진옌은 침대에 엎드려 쉬타이라이의 손가락을 느끼며 아렴풋하게 한숨을 내쉬었다. 꼭 꿈을 꾸는 것만 같다. 그러나 그녀는 확고한 태도로 스스로에게 말했다. 이건 꿈이 아니야. 진짜라고. 그녀는 한 차례, 또 한 차례 스스로에게 경고했다. 견뎌, 견뎌야 해. 이건 꿈이 아니야, 진짜라고. 몇 번이나 몸을 뒤집고 싶었는지 모른다. 타이라이의 손을 꼭 부여잡고 말하고 싶었다. 우리는 이미 오랫동안 사랑하고 있었어요. 당신은 아니요?

진옌이 말했다. "살살 해주세요."

진옌이 또 말했다. "좀더 살살요."

"왜 그렇게 못 참으세요?" 쉬타이라이가 말했다. 그것이 쉬타이라이가 진옌에게 던진 첫마디였다. 쉬타이라이가 말했다. "더 살살하면 효과가 없어요."

왜 효과가 없을까? 지나치게 살살 하면 그것은 더이상 마사지가 아니다. 그것은 애무가 된다. 남자들은 이해할 수 없을 것이다. 진옌은 가볍게 신음 소리를 내더니 물었다. "선생님, 성씨가 어떻게 되시죠?"

"선생님이라뇨, 편하게 말씀하세요." 쉬타이라이가 말했다. "저는 쉬 가입니다."

진옌은 얼굴을 마사지 침대 구멍 속에 넣은 채 "아!" 하고 외쳤다. 심장이 거세게 뛰었다. 진옌이 말했다. "형제자매가 몇 명인지 말해주면, 내가 당신 이름을 맞힐 수 있어요. 믿어져요?"

쉬타이라이가 한 손을 멈추더니 생각에 잠겼다가 대답했다. "뭐 하시는 분입니까?"

"명리학을 배웠거든요."

"점 보시는 분인가요?"

"아뇨. 하지만 세상만사가 다 이치에 따르는 법이니까요. 도에는 도리가 있고, 수에는 수리가 있고, 사물에는 물리가 있는 법이죠. 운명에는 명리가 있고요."

"그럼 한번 맞혀보세요. 저한테 형제자매가 몇 명이나 있을까요?"

"먼저 당신 이름을 말해줘요. 이름을 알면, 당신에게 형제자매가 몇 명이나 있는지 맞힐 수 있어요."

쉬타이라이는 잠시 생각하더니 말했다. "당신이 내 이름을 맞히는 게 낫겠습니다. 지지배 동생이 하나 있어요."

역시 쑤베이 사람이다. 확연한 쑤베이 사투리가 들려왔다. 쑤베이 사람들만이 누이동생을 '지지배 동생'이라고 한다. 쉬타이라이는 분명 '지지배 동생'이 하나 있다고 말했다.

진옌은 좀 생각하는 척을 한 뒤 말했다. "쉬씨라고 했지요? 누이동생이 하나 있고요? 그러면 당신은 쉬―타이―라이겠군요. 맞죠? 당신 이름은 쉬타이라이예요."

쉬타이라이의 두 손이 그대로 멈췄다. "당신 누구십니까?"

"난 명리학을 배웠다니까요."

"어떻게 내 이름을 알고 있죠?"

"모든 일은 다 이치에 따르는 법이니까요. 아주 분명해요. 당신은 쉬씨고, 누이동생이 하나 있으니, 쉬타이라이일 수밖에요."

"당신이 하는 말을 어떻게 믿죠?"

"날 믿으라고는 안 했어요. 난 그냥 당신이 쉬타이라이라는 사실을 확신해요. 그런가요?"

한참이 지난 뒤 쉬타이라이가 말했다. "뭘 또 알고 있죠?"

진옌은 자리에서 일어나 앉았다. 온몸에 신기가 넘쳐흐르는 듯했다. 진옌은 알고 있었다. 신기 같은 것은 없고, 넘쳐흐르는 것은 기쁨이라는 것을. "손 좀 줘보세요."

쉬타이라이는 얌전히, 남자는 왼손이고 여자는 오른손이라는 원칙에 따라서, 자신의 왼손을 진옌에게 건넸다. 그러나 진옌은 그의 두 손을 한데 움켜쥐었다. 진옌이 처음으로 쉬타이라이를 만진 것이다. 마음이 벅차올라 견디기 힘들었다. 그러나 진옌은 스스로를 힘들게 두지 않았다. 그녀는 쉬타이라이의 손을 앞으로 뒤로 더듬었다. 그런 뒤에 멈췄다. 진옌은 타이라이의 손을 잡아끌고 결연하게 말했다.

"당신 운명에 여자가 둘이네요."

"어떻게 둘이죠?"

"우선 첫번째는 당신에게 속한 사람이 아니에요."

"왜 나한테 속하지 않았다는 겁니까?"

"운명이 그렇게 정해져 있어요. 당신은 그 사람에게 속해 있지 않아요."

쉬타이라이는 갑자기 움츠러들었다. 진옌은 느낄 수 있었다. 그는 흔들렸다. 그가 아니라면 방안의 공기 전체가 흔들렸든가.

"그녀는 왜 내 사람이 아닙니까?"

"당신이 두번째 여자에게 속해 있으니까요."

"내가 만약 그 여자를 사랑하지 않으면요?"

"문제가 바로 거기 있네요." 진옌이 쉬타이라이의 손을 놓아주었다. "당신은 그녀를 사랑해요."

쉬타이라이가 얼굴을 들어올렸다. 그의 눈은 위쪽을 보고 있었다. 우주라고 부르는 그곳.

쉬타이라이는 우주에 서 있었다. 바람이 휘휘 불어오는 곳. 그는 막막한 사위를 둘러보았다.

진옌은 더이상 그와 실랑이하지 않았다. 그녀가 말했다. "죄송하지만 사장님 좀 불러주세요."

쉬타이라이는 자기 운명에 무슨 일이 일어나고 있는 건지 전혀 모른 채 순간 그 자리에 얼어붙었다. 타이라이는 물론 옆에 있는 이 여자를 믿지 않았다. 그러나 맹인들은 미신을 신봉했다. 정도의 차이는 있지만 그들은 운명을 믿었다. 운명이 보이지 않고, 맹인도 볼 수 없었다. 그래서 맹인과 운명 사이의 거리는 특별히 가까웠다. 쉬타이라이는 우두커니 서서 생각해보고는 손님이 불만을 제기하려는 줄 알고 정말로 사푸밍을 불러왔다. 사푸밍의 발걸음은 상당히 급했다. 그러나 문을 들어서는 순간, 그를 기다리는 것은 불만에 찬 고객이 아니라 구직자라는 것을 알았다.

진옌은 손님이 아닌 마사지사가 되어 사푸밍에게 자리에 누우라고 권했다. 사푸밍에게 묻지도 않고 마사지실을 면접장으로 바꾸어버린 것이다. 그녀는 당장 면접을 볼 기세였다. 하지만 사푸밍도 호락호락한 사람이 아닌데, 어디 그녀 뜻대로 순순히 따르겠는가? 사푸밍은 거절하며 말했다. "우리는 작은 가게라서 지금은 일손이 더 필요하지 않습니다."

"그럴 리가요?" 진옌이 말했다. "어디나 우수한 일손은 늘 부족하기 마련이죠."

진옌은 사푸밍을 잡아끌어 자리에 눕게 했다. 사푸밍도 이런 상황은 겪어본 적이 없는데다 무턱대고 처음 보는 사람과 실랑이를 할 수도 없어 일단 침대에 누웠다. 몇 분 뒤 사푸밍은 판단이 섰다. 손놀림이 나쁘지 않고 힘도 있는 편이었지만, 그녀가 말한 것처럼 '우수한' 수준까지는 아니었다. 사푸밍은 헛기침을 두 번 하고 일어나 앉아 깍듯하고 완곡한 어투로 말했다. "우리 가게는 규모가 작습니다. 작은 가게지요. 가이거 로路를 따라서 앞으로 쭉 사 킬로미터쯤 가면, 가이거 로와 카이팡 로가 교차하는 사거리 쪽에 가게가 하나 더 있습니다. 거기 가서 한번 더 운을 시험해보시죠." 분위기를 좀더 부드럽게 만들기 위해서 사푸밍은 가벼운 농담까지 한마디 섞었다. "가이거 로와 카이팡 로 일대는 사실 모두 마사지센터나 다름없어요."

진옌은 웃지 않았다. 그녀가 말했다. "저는 아무데도 안 가요. 여기에 있을 거예요." 억지나 다름없었다. 이런 구직자는 한 번도 본 적이 없다. 사푸밍은 오히려 웃음을 터뜨리고 말았다. "그게 대체 무슨 소립니까?"

진옌이 말했다. "저는 여기 일을 하러 온 게 아니에요. 일자리를 찾을 거였으면 다른 데로 갈 수도 있겠죠."

사푸밍이 다시 웃음을 터뜨렸다. "우리는 사장도 더 필요 없는데요."

진옌이 말했다. "저는 이곳의 시스템이 마음에 들어요. 꼭 여기에서 배우고 싶어요." 이 말 역시 억지스러웠지만 꽤 듣기 좋은 소리여서 사푸밍의 마음에 쏙 들었다. 부드럽게 마사지를 받은 것처럼 사푸밍의 몸이 순식간에 확 풀어졌다. 웃음소리를 내진 않았지만 입이 헤벌어졌다. 사푸밍이 물었다. "우리 가게 얘기는 누구한테 듣고?"

"상하이에서 들었어요." 너무 모호해서 하나 마나 한 소리였다. 구체적으로 '누구'를 언급하지 않고 상하이 전체를 지목한 것이었다. 이 말은 또한, 사푸밍이 가게를 어떻게 운영하는지 상하이 전체가 알고 있다는 뜻이기도 했다. 하나 마나 한 소리 같은 이 말은 단순한 마사지 수준을 뛰어넘어 혈을 짚는 것과 같은 효과를 냈다. 정확하게 사푸밍의 경혈를 찍어들어온 것이다. 이미 흡족한 대답을 얻은 사푸밍은 더이상 진옌을 냉정하게 대할 수 없게 됐다. 사푸밍은 성공한 사람 특유의 겸손함과 꼭 맞는 태도로 담담한 척 재빨리 대꾸했다. "돌다리도 두드리며 더듬더듬 가는 게지. 사실 특별한 건 없소."

진옌이 말했다. "전 여기서 사장님의 관리 방식을 배워 나중에 기회가 되면 제 가게를 하나 열어보고 싶어요. 사장님이 마음에 걸리신다면 이 자리에서 맹세하지요. 제가 여기 난징에서 가게를 열게 된다면, 제 가게는 여기서 적어도 십 킬로미터는 떨어진 곳에 열게요. 사장님의 은혜에 보답하는 셈치고요."

말이 '보답'이지 이 '보답'이라는 말속에서는 어쩐지 도전의 의미가 느껴졌다. 사푸밍은 이 도전을 받아들이지 않을 수 없었다. 사람이라는 것이 그렇다. 그 사람의 강한 구석이야말로, 그 사람의 취약점인 것이다. 사푸밍은 또 웃었다. 그러고는 목청을 가다듬으며 말했다. "다 같은 맹인인데, 그런 말은 맙시다. 당신이 잘되면 나도 잘되는 거지. 사쭝치 마사지센터와 함께하게 된 걸 환영합니다."

감사 인사를 하고 난 뒤, 진옌은 두려운 마음이 들었다. 지금까지 긴 시간 동안 진옌은 쉬타이라이의 소식조차 모르는 채로 줄곧 혼자만의 사랑을 해왔다. 용감하고 씩씩하게 여기까지 왔다. 외줄타기를 하는 사람처럼, 대담했고 침착했으며 인내심이 있었다. 그리고 지금, 드디어 쉬타이라이의 옆에 온 것이다. 외줄타기를 하는 사람은 어떤 일이 있어도 고개를 돌려선 안 된다. 고개를 돌린 순간 진옌의 마음에 두려움이 급습했다. 걸음걸음마다 추락의 위험이 도사리고 있었다. 갑자기 너무나 마음이 아팠다. 밀려드는 아픔을 도저히 자제할 수가 없었다. 다행히 울지는 않았다. 사랑이라는 것이 너무도 힘들고 고단한 것임을, 또한 뼛속 깊이까지 감동을 주는 것임을 느꼈다. 이게 바로 사랑이리라. 진옌은 그 순간 자신의 사랑을 사랑하게 되었다.

그러나 타이라이는 이 모든 일들을 전혀 알지 못한다는 점이 문제였다. 그는 아무것도 몰랐다. 진옌의 입장에서는, 혼자만의 사랑을 어떻게 두 사람의 연애로 바꾸는가 하는 것이 난관이었다. 한 가지 분명한 사실은 쉬타이라이가 아직 첫 연애의 실패에서 빠져나오지 못했다는 점이었다. 설령 빠져나와 기운을 차린다고 해도, 그땐 또 어떻게 할 것인가? 그가 어떻게 진옌의 마음을 알 것이며, 알게 된다고 한들, 그는 또 뭐라 말할 것인가?

진옌은 질질 끌고 싶은 생각이 없었다. 이리저리 생각을 굴린 끝에 일단 사투리를 가지고 접근하기로 했다. 난징은 쑤베이에서 아주 가까운 지역임에도 타이라이의 독특한 발음은 확연히 도드라졌다. 그는 자신의 발음에 너무 신경을 썼으며, 지나친 자기 비하에 빠져 있었다. 타이라이가 말하는 데 어려움을 겪는 것을 극복하도록 돕지 않으면 둘이 가까워지는 것도 요원한 일일 것 같았다.

역시 기회가 왔다. 진옌은 마침내 타이라이와 둘만 있을 기회를 얻었다. 휴게실이었다. 이런 기회는 오래가지 않음을 진옌은 알고 있었다. 오 분? 이 분? 알 수 없었다.

문제는 타이라이가 그녀를 두려워한다는 점이었다. '점을 친' 순간부터 타이라이는 그녀를 두려워했다. 그 사실은 진옌도 알고 있었다. 진옌은 타이라이에게 바로 말을 걸지는 않았다. 일부러 휴대폰을 꺼내서 다롄 집에 전화를 걸었다. 당연히 아무도 받지 않았다. 진옌은 한숨을 내쉬며 휴대폰을 닫고 말했다. "타이라이, 당신 집은 난징에서 멀지 않죠?"

"멀지 않아요." 타이라이가 말했다. "백 킬로미터 정도죠."

"백 킬로미터요?" 진옌은 믿을 수 없다는 듯 말했다. "어떻게 그럴 수 있죠?" 진옌은 느릿느릿 말했다. "난징 사투리는 듣기가 싫던데, 백 킬로미터만 더 가도 이렇게 다르네. 그쪽 고향 사투리는 정말 좋네요. 당신이 말하는 거 정말 듣기 좋아요."

그 말은 폭탄과도 같았다. 수중폭탄이었다. 그것은 타이라이의 심장 저 깊은 곳에 출렁대는 바닷속을 헤집고 돌아다니다 서서히 가라앉기 시작했다. 타이라이는 그것이 가라앉는 것을 느꼈다. 그러나 아무것도 할 수 없었다. 갑자기, 그의 귓속에 웅 하는 먹먹한 폭발음이 들렸다. 폭탄이 터진 것이다. 바닷물에서 거대한 물기둥이 치솟았다, 날아올랐다, 끓어올랐다. 미친듯이 끓어올랐다 미친듯이 추락했다. 아무도 그의 가슴속에서 들끓은 놀라움의 물결과 해일처럼 밀려온 어지러움을 묘사해내지 못하리라. 진옌은 쉬타이라이의 거친 숨소리를 똑똑하게 들을 수 있었다.

타이라이는 얼이 나간 채 거기 그렇게 앉아 있었다. 진옌은 되레 자리를 떴다. 휴게실을 나가며 진옌이 말했다.

"당신의 말투를 좋아하는 사람들이 많을 것 같아요. 틀림없이 나 하나가 아니겠죠."

어쩐지 의기소침한 말투였다. 그 속에는 헤아릴 수 없이 많은 뭔가가 담겨 있었다. 자기 연민 같은 것. 뭐라 말할 수 없이 의미심장한 그 무엇.

사푸밍

'아름다움'이란 무엇인가? '아름다움'은 대체 뭐란 말인가? 감독이 마사지센터를 떠난 그 순간부터, 사푸밍은 이 문제에 사로잡혔다. 온갖 궁리를 해보았지만 생각하면 할수록 오리무중이었다. '아름다움'이라는 것은 대체 무슨 물건인가? 그것은 어디서 자라나는 것인가?

엄밀히 말하자면, 사푸밍이 제대로 알고 싶은 것은 '아름다움'이 아니었다. 그가 알고 싶은 것은 두훙이었다. 그러나 '아름다움'이 두훙에게 있었다. '아름다움'과 두훙이 하나인 셈이다. 만약 '아름다움'이라는 문제를 제대로 해결하지 못하면 두훙을 영원히 알 수 없는 것이다. 사푸밍은 초초했다. 애가 닳아 죽을 지경이었다. 하지만 초조함은 아무런 소득이 없었다. 그저 더없이 망망한 아득함을 안겨주었을 따름이다. 물론 거기에 심연의 칠흑 같은 어둠까지 더해졌다. 그것은 영원히 도달할 수 없는 세계였다. '두훙을 머리에서 발끝까지 샅샅이 더듬어보자.' 사푸밍은 그렇게 생각했다. 그는 스스로의 생각에 놀라서 펄쩍 뛰었다. 손으로 더듬어봤자 무엇을 얼마나 알 수 있단 말인가? 손으로는 크고 작음, 길고 짧음, 부드러움과 단단함, 차갑고 뜨거움, 건조하고 축축함, 오목함과 볼록함을 구별할 수 있다. 그러나 손에는 분명히 한계가 있다. 이 손의 한계라는 것이 사푸밍을 절망에 빠뜨렸다. 사람이 완전히 의기소침해진 것이다. 그는 온종일 휴게실에 멍하니 앉아 생각에 잠겼다. 위통도 있어서 안색이 더 나빠졌다.

책에선, 아름다움은 숭고함이라 한다. 숭고함이란 무엇인가?

책에선, 아름다움은 온유함이라 한다. 온유함이란 무엇인가?

책에선, 아름다움은 조화로움이라 한다. 조화로움이란 무엇인가?

고귀한 순수란 뭘까? 위대한 고요는? 장엄함은 무엇이고 화려함은 또 뭘까? 섬세한 정교함은 무엇이며, 아득한 오묘함이란 뭘까? 물빛이 반짝이며 빛난다는 것은? 산빛이 아련하다는 것은 뭘까? 불처럼 붉고 띠꽃처럼 하얀 것은? 어둑하게 우거져 뒤덮음이란? 푸른 섬이 처연하다는 것은? 흰 안개가 아스라하다는 것은? 끝없는 사막이라는 것은? 광활한 들판이란? 연하고 곱다는 것은 무엇인가? 날씬하니 어여쁘다는 것은 무엇인가? 요염한 자태라는 것은 무엇인가? 단아하다는 것은 무엇인가? 생긋 웃는다는 것은? 근사하다는 것은? 멋지다는 것은? 맵시 좋다는 것은 무엇인가? 품위 있다는 것은 무엇인가? 마음먹은 대로 붓을 휘두른다는 것은 무엇인가? 물은 어째서 졸졸 흐르는가? 안개는 어째서 아스라한가? 먼 길은 어째서 굽이굽이 이어져 있는가? 풍광은 어째서 눈부신가? 군대는 어째서 일사불란하게 움직이는가? 팔방으로 창이 나 있으면 어째서 안팎이 훤한가? 허무는 어째서 보일 듯 말 듯한가? 세월은 어째서 불쑥 다가오는가?

붉다는 것은 무엇인가? 푸르다는 것은 무엇인가? '붉은 그리움과 푸른 시름'*이란 무엇인가? 어째서 '아는가 모르는가, 푸름은 무성해지고 붉음은 시드는 것을'**이라고 하는가?

사푸밍은 기억력이 남달랐다. 지금까지 그가 암송하는 시와 고사성어의 수는 상당했다. 초등학교 시절부터 남다른 기억력은 그에게 일찍이 '꼬마 박사'라는 위대한 호칭을 안겨주었다. 그 시와 고사성어 들을, 그는 이해하고 있었던가? 이해하지 못했다. 대부분 이해하지 못했다. 그저 그 말을 외고 있을 따름이다. 세월이 흐름에 따라 아는 말이 많아지면서 거의 대부분을 이해하게 된 것 같았다. 이 '이해한다'라는 말은 무슨 뜻인가? 그가 그 말들을 사용할 수 있다는 뜻이었다. 엄격하게 말해서, 맹인들은 이 세계를 '사용'할 뿐, 이 세계를 '이해'할 수는 없었다.

문제는, '아름다움'은 사용하는 것이 아니라 이해해야만 하는 성질의 것이라는 데 있었다.

사푸밍은 속이 탔다. 조급함에 심장이 날뛰었다. 하지만 심장이 아무리 날뛴들 어쩌겠는가. 사푸밍은 그저 자기 자신을 억누를 수밖에 다른 도리가 없었다. 그는 휴게실에 자리를 잡고 앉았다. 염주를 돌리는 노승처럼 손가락을 움직이며 마음을 가다듬었다. 하지만 그 마음이 어떻게 가다듬어지겠는가. 그의 심장은 조용히 들

---

* 청나라 학자 겸 시인 공자진의 시 「기해년의 잡시들(己亥雜詩)」에서 유래한 관용적 표현.
** 송나라 시인 이청조의 시 「여몽령(如夢令)」의 한 구절.

끓었다.

그와 이 세계가 관계가 있긴 한가? 있겠지. 있다. 당연히 있다. 명명백백히, 그는 이 세계 안에 존재한다. 이 세계 안에는 또 한 명의 아가씨도 존재한다. 그녀의 이름은 두훙이다. 그녀는 바로 그의 곁에 있다. 그러나 '아름다움'이 그와 두훙 사이에 가로놓여 있다. 명명백백히, 그들 사이를 갈라놓고 있다. 그래서, 그와 이 세계는 아무 관계가 없다. 갑작스럽게 떠오른 이 생각이 사푸밍의 심장을 번쩍 들어올렸다가 떨어뜨렸다. 쿵 하고 떨어지는 소리가 들렸다. 이 세상에서 사푸밍은 하나의 가설일 뿐이었다. 아니면 이 세계가 하나의 가설이든지.

문제는 '아름다움'이 힘을 지녔다는 것이다. 아름다움은 비할 바 없는 응집력을 지니고 있었다. 바꾸어 말하면, 그것은 사람을 추동하는 힘으로 작용한다. 그것은 사람을 몰아붙이고 옥죄어 어떤 반응을 하도록 만든다. 이런 의미에서 보자면, 두훙의 '아름다움'이 사푸밍을 매혹했다기보다는 '아름다움'에 대한 감독의 찬탄이 그를 매혹했다고 하는 편이 옳겠다. 사람들은 감독의 찬탄을 찬탄했다. '아름다움'이라는 것은 어떻게 저런 찬탄을 불러일으키는 것일까? 도대체 어떠한 마력을 지닌 걸까?

꼬박 일주일을 '아름다움'에 사로잡혀 보내고, 사푸밍은 더이상 참지 못하는 상황에 이르렀다. 쉬는 시간을 노려 사푸밍은 살짝 두훙을 불렀다. 그녀의 '업무'를 '평가'하겠다는 구실이었다. 두훙이 들어서자 사푸밍은 문을 닫고 한 손으로 벽을 더듬어 스위치를 눌렀다. '딸깍' 소리와 함께 불이 들어왔다. 전등불을 켜도 어두웠다. 사푸밍의 눈동자처럼 까맸다. 어째서 굳이 불을 켜야 한단 말인가?

곰곰 생각해봤지만 사푸밍은 어떤 대답도 얻지 못했다. 평가를 마치고 사푸밍이 말했다. "아주 좋아." 그러나 그의 몸은 부자연스럽게 경직되었다. 그는 하릴없이 웃었다. 그의 웃음소리는 앞뒤가 맞지 않는 말처럼 멋쩍었다. 결국 사푸밍은 농담을 시도했다. 다소 능글맞은 말투였다. "두훙, 사람들이 다 당신더러 아름답다고 하던데, 당신이 얼마나 아름다운지 한번 설명해주겠어?"

"사장님, 농담하시는 거죠?" 두훙이 말했다. 딱 적절한 대답이었다. 이런 때에는 약간 겸손을 떨어주는 쪽이 더욱 아름다운 법이다. "사람들도 다 농담하는 거예요."

사푸밍은 웃는 낯을 거두고 진지하게 말했다. "농담이 아니야."

두훙은 그만 멍해졌다. 사 사장의 진지함에 놀란 듯했다. "제가 어떻게 알겠어요." 두훙이 말했다. "저도 사장님처럼 아무것도 보이지 않는걸요."

결코 의외의 대답은 아니었다. 그러나 사푸밍에게는 의외였다. 그냥 의외가 아니라, 정확하게 말하자면, 의외의 일격이었다. 그의 상체가 뒤로 젖혀졌다. 누군가에게 칼로 찔리거나, 뒤통수라도 한대 세게 얻어맞은 것처럼. '아름다움'의 당사자조차 아름다움에 대해 아무것도 알지 못한다니. 이 사실은 말로 표현할 수 없는 어떤 슬픔을 그에게 안겨주었다. 이 슬픔은 어떤 소리도, 작은 움직임도 없었지만, 비바람을 불러일으킬 수 있었다.

사푸밍은 더할 나위 없이 피로를 느꼈다. 그는 포기하기로 결심했다. 이 요사스럽게 사람을 미혹하는, 한 편의 사기극 같은 '아름다움'을 포기하기로 했다. 그러나 사푸밍은 '아름다움'의 힘을 너무 얕잡아 보았다. 그것은 유혹 그 자체로, 불가항력적인 흡인력을 지니고 있었다. 그것은 소용돌이다. 끊임없이 회전하며 사람을 위험에 빠뜨리고 또 사람을 유혹한다. 사푸밍은 그 안에 휩쓸렸다. 끊임없이 그 안에 잠겨들었다.

'아름다움'은 재앙이었다. 그것은 부드럽게, 서서히 내려앉았다.

위가 다시 들쑤셨다. 이렇게 아플 리가 없는데. 통증은 보통때보다 두 시간이나 일찍 찾아왔다.

위통을 참고 견디는 중에 사푸밍은 까닭없이 감독에 대한 미움이 북받치는 것을 느꼈다. 그리고 감독 곁에 있었던 그 여자. 그냥 보통 손님이었더라면, 그들은 그저 두훙을 보고 이렇게 말했을 것이다. "아가씨, 거 참 예쁘군!" 그런 말이었다면 사푸밍이 귀담아 듣기나 했을까? 그러지 않았을 것이다. 그러나 다름 아닌 예술가의 입에서 그런 말이 나왔고 뭐라 말할 수 없는 예술적인 분위기를 띠었다. 마치 아나운서의 방송 멘트처럼. 어쨌건 그들은 사쭝치 마사지센터에 들어오지 말았어야 했다. 예술가란 존재는 화근 덩어리다. 플라톤도 그의 '이상 국가'에서 예술가들을 몰아내야 한다고 하지 않았던가! 플라톤이 옳았다. 예술가들은 사람의 마음을 미혹시킨다. 물론 이것은 화가 나서 하는 말이었다. 사푸밍은 마음속으로는 감독과 그 여인에게 감사했다. 사푸밍은 그들의 발견에 감사했다. 그들은 어둡지만 사람의 마음을 흔드는, 그러면서도 따스한 봄날을 그에게 선사해주었다.

봄이 왔다면 설마 여름이 멀리 있을까? 사푸밍은 두훙이 만드는 개나리 내음을 맡을 수 있었다.

하지만 사푸밍은 어쨌든 슬펐다. 맹인은 사랑에 빠질 때조차 다른 사람의 판단에 따를 수밖에 없다는 사실을 곧 깨달았기 때문이다. 맹인도 다른 사람과 마찬가지로 연애를 할 때 한 가지 사실에 매우 신경을 썼다. 그것은 바로 사랑하는 사람의 생김새였다. 하지만 보통 사람들과 조금 달랐는데, 맹인들은 어찌할 수 없이 '다른 사람'의 의견을 마음에 담아두었다가 조금씩 덧셈, 뺄셈, 곱셈, 나 눗셈을 한 뒤에야 비로소 자기만의 사람인 누군가의 모습을 만들 어낼 수 있었다. 매우 사적인 대상임에도 불구하고 그 형상의 뼈대 는 여전히 공적이었다. 맹인의 삶이란 평생 '다른 사람'의 평가에 의지하지 않을 수 없는 법이다. 나는 없고 다른 사람만 있다. 감독 이 있고, 또다른 감독들이 있을 따름이다. '다른 사람'의 평가 속에 서 맹인들은 첫눈에 반하는 사랑을, 그들 나름의 놀라운 마주침이 나 놀라운 아름다움을 맞닥뜨리게 된다.

사푸밍도 예전에 놀라운 마주침을 경험한 적이 한 번 있었다. 정말이지 무척 놀라운 마주침이었다. 사푸밍이 열여섯 살 때의 일이었다. 그때 사푸밍은 공부만 열심히 하는 고등학생이었다. 열여섯 살의 고등학생이 자기가 거리에서 사랑에 빠지게 될 것을 상상이나 했을까.

지금도 사푸밍은 햇볕이 쏟아지던 그 여름의 오후를 기억한다. 햇빛이 사푸밍의 이마를 비추었다. 햇빛은 과장되게, 힘있게 한줄기 한줄기 뛰었다. 막 쑤궈 슈퍼에서 나온 사푸밍은 온몸의 피부가 불타는 것 같았다. 사푸밍은 계단을 내려가고 있었다. 다섯 걸음째를 내디뎠을 때, 사푸밍의 손이 갑자기 다른 누군가의 손에 붙잡혔다. 사푸밍은 순간 부끄러움이 앞서 그 자리에 멈추어 선 채 입술을 삐죽 내밀었다. 맹인들이 길을 걷다가 이런저런 도움을 받는 일은 사실 일상다반사였다. 그런데 이 손은 달랐다. 그것은 소녀의 손이었다. 피부의 촉각이 그렇게 말했다. 사푸밍의 마음이 뭐라 말할 수 없는 이상한 감각으로 요동치기 시작했다. 그는 도무지 자연스러워지지 않는 자신을 느끼며 그녀를 따라 걸었다. 사푸밍은 이렇게 그녀를 따라 걷는다는 것이 무엇을 의미하는지 전혀 알지 못했다. 모퉁이를 도는 곳에 이르자 사푸밍은 소녀의 손을 놓았다. 그리고 매우 깍듯하게 고마움을 표했다. "고맙습니다." 소녀는 외려 사푸밍의 손을 잡아끌면서 말했다. "같이 뭐라도 마시지 않을래?" 목소리를 들어보니 역시 소녀였다. 열여섯, 아니면 열일곱. 절대 틀릴 리가 없다. 사푸밍은 순간 기뻐해야 하는 건지 화를 내야 하는 건지 판단이 서지 않았다. 많은 사람들이 좋은 마음에서 맹인들에게 도움의 손길을 내밀고 난 뒤 저도 모르게 맹인을 비렁뱅이 취급하곤 했다. 멋대로 뭐라도 베풀고 싶어하는 것이다. 사푸밍은 그런 사람이나 그런 짓을 싫어했다. 사푸밍은 더할 나위 없이 깍듯하게 예의를 갖춰 대답했다. "감사합니다. 곧 수업이 있어서요." 소녀는 사푸밍의 대답에 아랑곳하지 않고 말했다. "난 스쓰 고등학교에 다녀. 나도 수업이 있고. 그래도 가자." 스쓰 고등학교라면 사푸밍도 알고 있었다. 그가 다니는 맹인학교에서 대각선에 있는 학교다. 지난 학기에는 두 학교가 합동으로 문예 공연을 주최하기도 했다. 소녀가 말했다. "친구가 되는 것쯤은 괜찮지 않아?" 그녀가 사푸밍의 손을 잡은 팔을 흔들자 사푸밍의 팔뚝도 따라서 흔들렸다. 얼굴 피부에서도 이상한 느낌이 들었다. 이런 느낌이 '귀뿌리까지 빨개진다'라는 거겠지? 사푸밍은 고개를 돌리며 말했다. "여기까지 고마웠어. 난 오후에도 수업이 있어서." 소녀는 입술을 사푸밍의 귓가에 가까이 대고 속삭였다. "우리 함께 땡땡이치는 건 어때?"

나중에, 아주 나중에야 비로소, 사푸밍은 당시의 상황과 딱 맞아떨어지는 성어를 하나 발견했다. 소녀의 말은 그야말로 '청천벽력'이었다. 푸른 하늘 아래에서 치는 벼락같이 사람을 완전히 뒤흔드는 놀라운 힘을 지니고 있었다. 사푸밍은 줄곧 성실한 학생이었다. 땡땡이는 말할 것도 없고, 지각조차도 그에게는 불가능한 일이었다. 지금은 상황이 달라졌다. 한 소녀가 그를 '초대'하고 있다. 너무도 곱고 어여쁜 초대였다. '땡땡이'면 어떤가? '함께' 땡땡이를 친다는데? '우리' 함께 땡땡이를 치는 게 어떻겠냐고 하지 않는가?

사푸밍은 순식간에 유혹에 사로잡혔다. 그는 망설였다. 이 '청천벽력'의 뒤에는 사람의 마음을 뒤흔드는 '어떤 것'이 도사리고 있었다. 그 '어떤 것'은 '주류 사회'라 불렸다. 언제부터 시작된 것일까? 맹인들은 아주 확고한 인식을 공유했다. 그들은 눈이 보이는 사람들이 있는 곳을 습관적으로 '주류 사회'라 불렀다. '청천벽력'의 뒤에는 '주류 사회'가 있었을 뿐 아니라, '주류 사회' 가운데서도 가장 남다른 무언가가 있었다. 주류이면서도 남다른. 사푸밍은 온몸이 근질근질했다. 까닭도 없이 마음속에 모험을 향한 호기심과 용기가 끓어올랐다.

두 사람은 창러 로에 있는 카페로 갔다. 소녀는 카페의 단골인지 익숙하게 얼음이 든 콜라를 주문했다. 카페에 처음 와본 사푸밍은 마음이 복잡했다. 흥분한 것은 사실이지만 마음 한구석이 편치 않은데다 어쩐지 나쁜 짓이라도 하는 것처럼 두려운 마음이 들었다. 소녀의 앞에서 겁에 질린 모습을 보이나 않을까 하는 게 가장 두려웠다. 다행히 사푸밍의 머릿속은 아주 맑았다. 끊임없이 판단하고 모든 것을 기억했다. 십 분쯤 지나니 서서히 느긋해졌다. 점점 숨통이 트이는 기분이었다. 부활의 조짐은 사푸밍의 말에서 드러났다. 조금씩 말수가 늘었다. 말수가 늘면서 자신감도 생겼다. 그러나 사푸밍은 아무래도 스스로를 믿을 수 없었기 때문에, 이 자신감은 다소 과장된 구석이 있었다. 말은 할수록 점점 더 많아졌다. 한마디가 끝나기 무섭게 다음 말이 나왔고, 마침내는 멈추지 않고 주절주절 떠들게 되었다. 실내에 흐르고 있는 음악을 화제로 삼았다. 사실 이는 사푸밍의 작은 계략이었다. 가장 자신 있는 화제로 이야기를 이끌어야 한다. 서서히 사푸밍은 자신이 원하는 주제로 이야기를 주도했다. 또래 대부분의 아이들처럼 그가 의지하는 것은 이해력이 아니라 기억력이었다. 사푸밍은 격언을 잔뜩 인용하기 시작했다. 물론 경구警句 또한 빠뜨리지 않았다. 사푸밍은 격언과 경구를 인용하여 음악과 영혼의 관계에 대해 한바탕 논리정연한 주장을 폈다. 그렇게 한참 늘어놓다가, 사푸밍은 문득 말을 멈췄다. 소녀가 벌써 한참 동안이나 입을 열지 않고 있다는 사실을 드디어 깨달았던 것이다. 내가 하는 말이 재미없는 걸까? 사푸밍은 말을 멈출 수밖에 없었다. 말소리가 뚝 끊겼다. 소녀는 뭔가를 눈치챘는지 입을 열어 말했다. "듣고 있어." 정말로 '듣고 있다'는 사실을 증명이라도 하듯이 그녀는 사푸밍의 한 손을 끌어당기더니 자신의 손과 함께 탁자 위에 올려놓았다. 소녀가 말했다. "나, 듣고 있어."

사푸밍은 원래 두 손을 모아 허벅지 사이에 끼고 양 무릎으로 힘주어 누르고 있었다. 지금 그의 왼손은 소녀에게 끌려가 탁자 위에 놓여 있다. 그녀의 손바닥은 아래에, 그의 손바닥은 그 위에. 소녀의 손가락이 사푸밍의 손가락 사이사이를 찾아와 단단히 얽혀들었다. 이 보이지 않는 장면은 사푸밍의 상상을 뛰어넘었다. 도무지 믿을 수가 없었다. 아무 관계도 없던 두 손이 이렇게 단순하고도 복잡한 관계를 맺을 수 있다니. 정밀한 설계에 따른 것처럼 손가락 하나하나와 손가락 사이사이가 딱 들어맞았다. 아주 단단하고 흔들림 없이. 그의 손은 아무런 힘도 없이, 조금 떨리고 있었다. 손과는 반대로, 마음속에서는 파도가 출렁댔다. 자신감과 열등감이 서로 죽어라 싸우며 일으킨 너울이 넘실대는 것이다. 높아졌다가는 가라앉고, 가라앉았다가는 또 높아졌다. 바로 여기 있는 것 같다가, 금세 저 아득히 먼 곳으로 가버렸다. 두 사람이 당시唐詩에 대해 이야기하기 시작하면서 사푸밍은 조금씩 안정을 되찾았다. 당시는 사푸밍이 가장 자신 있는 분야였다. 그의 뛰어난 기억력은 이 분야에 딱 들어맞았다. 그는 시를 외우는 재주가 뛰어났다. 말을 하는 중간중간 시구를 인용했다. 비록 수다를 떠는 것이었지만, 그의 수다는 더할 나위 없이 논리정연했고 또 근거가 있었다. 그가 하는 말은 모두 출처가 분명했다. 뭔가 대단해 보이는 것이다. 모든 시를 알고 있는 듯한 그에게서는 학문적인 분위기가 넘쳐흘렀다. 사푸밍의 재능이 빛을 발하기 시작했다. 그는 자신의 '소질'을 느낄 수 있었다. 그는 수다를 떨면서 인용을 했고 서술과 연상의 능력을 과시했다. 그런데도 자신감이 없어, 소녀가 자기 말을 듣고 있는지 궁금해했다. 소녀는 듣고 있었다. 그녀는 벌써 다른 한 손도 사푸밍의 손 위에 포개어놓았다. 그러니까 그녀의 자그마한 손바닥 두 개가 사푸밍의 손을 아래위로 포위했다는 말이다. 사푸밍은 다시 한번 말을 멈췄다. 그는 감히 더는 입을 열 수가 없었다. 입을 열면 심장이 그대로 툭 튀어나올 것만 같았다.

"이름이 뭐니?" 소녀가 물었다.

"사푸밍." 사푸밍은 목을 길게 빼며 목청을 가다듬고 말을 이었다. "모래 사沙, 부활을 나타내는 푸復, 밝은 빛을 뜻하는 밍明이야. 너는?"

소녀는 자기 이름을 좀더 또렷하게 소개하기 위해서 창의력을 발휘했다. 유리컵에서 얼음 한 조각을 꺼낸 다음 사푸밍의 팔뚝을 끌어당기더니 얼음으로 팔뚝 위에 세 글자를 적었다.

사푸밍은 팔뚝에 얼음이 닿는 것을 느꼈다. 팔뚝 위에 그려지는 얼음처럼 차가운 가로획과 세로획, 삐침과 점을 느꼈다. 그 감촉은 매우 특이했다. 뭐라 말할 수 없는 그 느낌이 마음 깊숙이 파고들었다. 차가움 때문인지, 소녀의 가로획과 세로획과 삐침과 점은 '쓰이는' 것이 아니라 '새겨지는' 것만 같았다. 사푸밍의 허리 아래 그곳이 서서히 꼿꼿해지기 시작했다. 그는 눈을 감고 싶었다. 자신의 눈이 보이지 말아야 할 어떤 흔들림을 드러낼까 두려웠다. 그러나 사푸밍은 눈을 감지 않았다. 오히려 눈을 크게 뜨고 앞쪽을 보았다.

소녀는 의외로 짓궂었다. 굳이 그에게 큰 소리로 그녀의 이름을 말해보라 졸랐다. "말해봐. 내 이름이 뭐야?"

사푸밍은 팔을 거둬들였다. 한참을 소리 없이 숨죽이고 있다가 마침내 말했다. "나, 난 글자를 몰라."

사푸밍의 말은 사실이었다. 그가 말하는 것은 중국어였지만, 그가 아는 글자는 중국어가 아니었다. 그것은 아주 특수한 글자였다. 정확하게 말하면 '점자'였다. 그는 한자는 단 한 자도 배운 적이 없

었다. 아주 능숙하게 『당시삼백수唐詩三百首』 한 권을 통째로 외울
수 있는 그이지만 말이다.

소녀가 웃었다. 샤푸밍이 그녀를 놀리는 거라고 생각한 모양이
었다. 소녀가 말했다. "아, 넌 글자를 모르는구나. 그럼 '문맹이기
도' 한 거네."

사람이 자존심을 지키려고 할 때는 농담을 할 수가 없는 법이다.
샤푸밍은 낯빛을 바꾸고 정색을 하며 말했다. "나는 문맹이 아니
야. 하지만 나는 정말 글자를 몰라."

샤푸밍의 표정 때문에 분위기가 심각해졌다. 소녀는 한참을 물
끄러미 살피더니 그 말을 믿었다. "어떻게 그럴 수가 있지?" 샹텐
쭝이 말했다.

샤푸밍이 말했다. "내가 배운 건 점자니까." 이 문제를 좀더 확
실히 하기 위해, 또한 이야기를 좀더 깊이 있게 하기 위해 샤푸밍
은 소녀의 이름을 다시 한번 물었다. 그러고는 마찬가지로 얼음 하
나를 꺼내서 손바닥에 놓고 꼭 쥐었다. 얼음이 녹아서 물이 되어
흐르기 시작했다. 샤푸밍은 검지를 내밀어 비장하게 글자를 '써'
내려갔다. 그는 탁자 위에 '샹.텐.쭝'이라는 세 글자를 '썼다'. 사실
그것은 몇 개의 물방울들이었다. 서로 크기가 다른, 크고 작은 물
방울들.

샹텐쭝은 탁자 위에 어지럽게 찍힌, 그러나 나름의 질서를 가진

물방울들을 바라보았다. 그 물방울들이 바로 그녀였다. 그녀의 성과 이름이었다. 샹텐쭝은 왼쪽으로 머리를 갸웃하고 바라보다가, 또 오른쪽으로 머리를 갸웃하고 바라보았다. 이 얼마나 기이한지! 그들은 줄곧 함께 이야기를 나누고 있었다. 그러나 사푸밍이 사용한 것은 사실 일종의 '외국어'였다. 기묘한 느낌이다. 신기하고 재미있고 로맨틱했다. 바란다고 누구나 경험할 수 있는 그런 일이 아니었다. 샹텐쭝은 두 손으로 사푸밍의 뺨을 감싼 채 카페 안에서 큰 소리로 외쳤다. "와, 너 정말 근사하다!"

말투에 대한 사푸밍의 이해력은 언어에 대한 이해력과 맞먹었다. 그는 샹텐쭝의 말투에서 완전히 자신감을 회복했다. 게다가 그의 얼굴이 아직 샹텐쭝의 두 손 사이에 있지 않은가! 사푸밍은 고개를 빳빳하게 세우고 마른기침을 한 번 했다. 벙싯 웃음이 나올 것 같았다. 그러나 샹텐쭝이 보고 있을 테니 꾹 참았다. 힘들었다. 하지만 사푸밍은 굳센 의지로 정신을 제어할 수 있었고, 마침내 해냈다. 미소는 참 좋은 것이지만, 또한 나쁜 것이기도 하다. 좋고 나쁨은 타이밍에 달려 있었다. 웃는 얼굴은 때때로 웃는 사람의 존엄을 해치기도 한다. 사푸밍은 절대 자기의 존엄을 해칠 수 없었다. 사푸밍은 애써 마음을 가라앉히고 다시 한번 입을 열어 말을 이었다. 이번에는 일반적인 수다와 달리 거의 학술 발표 같았다.

"이 점자라는 건 아주 젊은 언어야. 창시자는 황나이라는 사람이야. 아마 너는 황나이는 모를 테지만 그의 부친은 잘 알 거야. 우리 근대사의 유명한 민주혁명가거든. 신해혁명의 중요한 지도자 가운데 한 사람인 황싱 말이야. 황나이는 황싱의 막내아들이야. 황나이는 유복자였지.

황나이는 젊었을 때 축구를 무척 좋아했는데, 축구를 하다가 부상을 당해서 오른쪽 눈의 시력을 잃었어. 1949년에는 왼쪽 눈에 망막박리가 일어나 결국 두 눈의 시력을 모두 잃게 됐지.

경애하는 저우언라이 총리는 황나이의 병세에 무척 관심이 많으셨어. 1950년에 경애하는 저우언라이 총리께서 황나이를 러시아로 보내주셨지. 정확히 말하면 구소련이지. 하지만 발병한 지 너무 오래됐기 때문에 치료는 전혀 효과가 없었대.

어둠은 황나이에게 빛의 의미를 깊이 깨닫게 해주었지. 그는 수천만 맹인들이 문화를 학습하고 사상을 교류하기 위해 이상적인 문자가 필요하다고 생각했어. 하지만 당시 중국에서 사용되던 두 종류의 점자는 모두 크게 결함이 있는 문자들이었어. 황나이는 마침내 새로운 점자를 창조하기로 마음먹었지.

수많은 시험과 실패, 개선의 노력 끝에 1952년, 마침내 황나이는 베이징어를 표준으로, 푸퉁화를 기초로 삼는 핀인* 점자 체계를 연구해냈어. 그리고 그다음해에 국가교육부의 비준을 받아 전 중국으로 보급할 수 있었지.

점자가 있어서 모든 맹인들은 문자의 세계에 눈을 뜨게 되었어. 교사, 작가, 음악가의 길을 걷게 된 맹인도 많지. 정저우** 출신의 왕훙이라는 아가씨는 각고의 노력 끝에 방송국의 메인 MC가 되기도 했고."

사푸밍은 사실 말을 한 것이 아니라 암송을 한 것이었다. 이 말

---

* 중국어의 발음을 로마자로 표기한 것.
** 중국 허난 성 북부에 있는 도시.

들을 수업 시간에 도대체 몇 번이나 들었던가? "정확히 말하면 구소련이지"라는, 그가 즉흥적으로 삽입한 한마디를 제외한 다른 말들은 모두 이미 마음속 깊이 썩어 문드러지도록 새겨둔 내용이었다. 그러나 사푸밍이 어떻게 그저 암송만 하고 말 것인가? 그는 말했다.

"중국의 점자는 사실 핀인이지만, 로마자화된 문자이기도 해. 5·4운동 이후에 적잖은 학자들이 중국어의 로마자화를 주장했었지. 아쉽게도 결국 실시하지는 못했지만 말이야. 만약 실시했다면 우리는 말을 배우는 데 드는 시간을 적어도 반으로 줄일 수 있었을 거야. 우리가 쓰는 점자만이 중국어 로마자화를 실현한 셈이지. 점자는 사실 무척 과학적이야."

이 점이야말로 사푸밍이 가장 말하고 싶었던 바였다. 가장 하고 싶었던 말까지 마친 사푸밍은 시기적절하게 말을 멈췄다. 이제 다른 사람에게도 말할 기회를 줄 차례다.

"넌 어쩜 그렇게 똑똑하니?"

샹텐중의 말투에는 감정이 실려 있었다. 사푸밍은 샹텐중이 자신을 대단하게 여긴다는 것을 느낄 수 있었다. 샹텐중의 말이 사푸밍의 몸에 공기를 불어넣어 기구처럼 부풀리는 듯 기분이 좋았다. 팔랑거리며 날아올라 곧 신선이라도 될 것 같은 기분좋은 느낌. 열여섯 살의 사푸밍은 말했다. "스스로의 길을 가면 돼. 다른 사람들이 뭐라 하건." 이것으로 답이 될까. 생각해보니 그리 적당하지 않은 것 같아 한마디를 덧붙였다. 아주 진지하게. "나는 다른 사람이 커피를 마시는 시간에도 공부를 했을 뿐이야."

카페 안을 흐르는 음악이 거미줄처럼 빙글빙글 돌며 온몸에 감겨들었다. 아무리 떨쳐도 계속해서 감겨들었다. 이렇게 감겨드는 음악 속에서 샹텐쭝이 엉뚱한 행동을 했다. 사푸밍을 뇌주는가싶더니 그의 손을 끌어 사푸밍의 손으로 자신의 얼굴을 떠받친 것이다. 이번엔 사푸밍이 샹텐쭝의 얼굴을 감싸쥔 모양새가 되었다. 사푸밍은 감히 손을 움직일 수 없었다. 젖 먹던 힘까지 다 내봤지만, 손을 움직일 수 없었다. 그러자 샹텐쭝이 스스로 움직였다. 그녀는 고개를 좌우로 두어 번 흔들어 사푸밍을 대신해 이 애무의 몸짓을 완성했다.

왼쪽 앞의 그리 멀지 않은 구석 자리에는 마침 키가 큰 고등학생 남자아이가 앉아 있었다. 그는 스쓰 고등학교 농구부에서 센터를 맡고 있는 선수였다. 그의 품안에는 눈에 띄게 화려한 치장을 한 소녀가 비스듬히 안겨 있었다. 이런 사정을 사푸밍은 절대 알 수 없었다. 나흘 전까지만 해도 그 센터의 품안에 안겨 있었던 것은 바로 샹텐쭝이었다. 그러나 지금 그 자리는 '부끄러움도 모르는 계집애'가 차지해버렸다. 샹텐쭝의 심장이 피를 흘렸다. 그녀는 패배를 인정할 수 없었다. 어떤 조치를 취해야만 했다. 샹텐쭝은 '어떤 조치'를 궁리하던 길에 사푸밍을 만나, 더 생각하고 말 것도 없이 그의 손을 낚아챘다. 반드시 어떤 '남자'와 함께 센터 앞에 나타나야 했던 것이다.

샹텐쭝의 귀는 사푸밍의 말을 '듣고' 있었지만, 그녀의 눈은 단 한 번도 떨어지지 않고 왼쪽 앞을 주시하고 있었다. 그녀는 줄곧 그 한 쌍의 '개 같은 남녀'를 노려보았다. 센터는 마침 창밖을 바라보는 중이었다. 그럼에도 불구하고 샹텐쭝의 시선은 도발을 감행했다. 화려하게 치장한 '세컨드' 또한 샹텐쭝의 도발에 맞짱을 뜨는 중이었다. 그러나 이 도발과 맞대응은 사실 귀여운 것이었다. 그녀들의 시선에는 위협적으로 사람을 몰아대는 기세 같은 것이 없었다. 반대로 행복과 달콤함이 넘쳤다. 두 사람은 경쟁중이었다. 이것은 그녀들만의 올림픽이다. 둘은 지금 서로에게 서로를 견주고 있다. 누구의 시선이 더 부드럽고 어여쁜지, 말하자면, 누구의 시선이 더욱 즐겁고 행복한지 비교하는 것이다. 승자가 된 '세컨드'의 시선은 한층 더 나른하고 요염했다. 그 어여쁘고 애교 넘치는 자태는 '밤안개가 차가운 물을 덮고 달빛은 모래밭을 뒤덮는'* 듯한 모습이었다. 샹텐쭝이 어찌 그녀에게 질 것인가? 샹텐쭝은 아예 그 쬐그만 불여우를 바라보지 않았다. 그녀는 시선을 돌려 사푸밍을 말끄러미 바라보았다. 그녀는 자신의 시선이 갈수록 몽롱해져 사푸밍에게 푹 빠진 듯한 시선이 되자 대단히 만족스러웠다. 지금 나랑 겨뤄보겠다고? 네까짓 게 나보다 더 사랑스러울 수 있다고? 웃기시네! 네 눈동자가 그렇게 반짝거리는 거, 다 콘택트렌즈 때문이라는 거, 내가 모를 줄 알고!

사푸밍은 볼 수 없었다. 그러나 그렇다고 해서 그가 자신을 향한 애정을 전혀 모른다는 뜻은 아니었다. 그도 알고 있었다. 알지 못하는 것은 다만 이것, 바로 왼쪽 앞에 있는 비밀이었다. 행복은 이렇게 찾아왔다. 너무도 갑작스럽게, 미처 막을 사이도 없이.

"땡땡이 치니까 어때?"

"좋아."

"지금 기분은 어때?"

---

* 당나라 시인 두목의 시 「진회에서 묵다(泊秦淮)」의 한 구절.

사푸밍은 입술을 달싹였지만, 순간 적당한 말을 찾을 수가 없었다. 열여섯 소년에게 지금 이 순간의 심정을 묘사하는 일은 무척이나 버겁고 어려웠다. 사푸밍의 머릿속은 어지러웠다. 그러나 완전히 엉망진창이 되지는 않았다. 그럭저럭 당시 한 편을 외우기에는 충분했다. 사푸밍이 말했다. "이 사랑은 두고두고 추억할 만하네."* 그는 거친 숨을 한차례 몰아쉬었다. 자신의 대답이 썩 마음에 들었던 것이다.

샹톈쫑은 사푸밍의 품안에 기대며 말했다. "난 계속 이렇게 앉아 있고 싶어. 평생 동안."

사푸밍은 입안에 얼음 한 조각을 집어넣고 머금었다. 입이 불도가니처럼 펄펄 끓었다. 얼음 한 조각이 순식간에 녹아내렸다.

그 사랑이 어디에서 와서, 또 어디로 가버린 것인지 사푸밍은 줄곧 알 수 없었다. 카페에서 시작된 그의 사랑은 '평생' 지속되지 못했다. 가엾은 그의 '작은 사랑'은 그저 두어 시간 남짓만 이어졌을 따름이다. 그런 뒤에 사라져버렸다. 철저하게 사라졌다. 두어 시간 남짓은 아주 짧은 시간이었다. 동시에 아련하게 긴 세월이었다. 두어 시간 남짓이라도 '세월'이라 이를 수 있는 이유는, 사푸밍이 그 후로도 오랫동안 그 순간을 경험했기 때문이다. 그의 사랑은 더는 모습을 드러내지 않았다. 정말이지 '두고두고 추억'하는 사랑이 되고 말았다. 사푸밍은 오직 '추억'할 따름이었고, 꿈꿀 뿐이었다. 사푸밍의 꿈에는 언제나 두 가지 사물이 등장했다. 하나는 손이었고, 다른 하나는 얼음이었다. 손은 감싸쥐는 것이고 천상에서 하늘하

---

* 당나라 시인 이상은의 시 「아름다운 비파(錦瑟)」의 한 구절.

늘 내리는 꽃비처럼 부드럽고 어여쁜 것이었다. 그러다 그것이 갑자기 얼음으로 굳는다. 얼음은 어찌나 단단한지, 제아무리 온도가 올라가도 꿈쩍하지 않는다. 얼음은 녹지 않고 계속 얼음인 상태다. 그것들은 사푸밍의 기억 속을 떠다니며, 오랜 세월이 지나도 도무지 녹을 줄을 몰랐다. 그 얼음들이 손의 모습을 하고 있다는 사실은 사푸밍의 마음속에서 영원히 지워지지 않았다. 다섯 손가락이 굳게 붙어 있어서 손가락 사이에 틈이 전혀 없었다. 사푸밍이 아무리 애를 써봐도 자신을 붙잡아줄 손은 찾을 수 없었다. 물 위로 떠다니는 손들은 얼음처럼 차갑고 단단했다.

두어 시간 남짓한 '작은 사랑'은 사푸밍에게 지대한 영향을 끼쳤다. 그는 한 쌍의 눈을 원했다. 반짝이는 '눈'을 말이다. 그는 자신의 연애와 결혼에 대해 가혹하고 혹독한 조건을 달았다. 반드시 '눈이 있는' 사랑을 해야 한다. 눈이 있어야만 그가 '주류 사회'로 진입하도록 도울 수 있기 때문이다.

사푸밍의 결혼은 이렇게 스스로에 의해 미뤄졌다. 두 눈과 주류 사회, 이 두 가지 키워드가 사푸밍을 봉쇄했다. 그것은 이제 연애와 결혼의 조건이 아니었다. 거의 신앙에 가까웠다. 사람이란 일단 신앙을 갖게 되면 대단한 결심과 의지력으로 시간을 소비하게 된다.

일반적으로 맹인은 연애할 때 자기보다 시력이 나은 사람을 원한다. 현실적으로 필요해서이기도 하지만 일종의 허영 같은 요소도 있다. 이런 경향은 남자보다 여자에게서 더 두드러진다. 여자들은 남과 비교하는 걸 좋아하니까. 일단 정상적인 시력을 가진 온전한 사람을 만나기만 하면, 그것은 절대적인 영광이요, 남다른 축복이 된다.

사푸밍은 허영을 부리는 사람이 아니었다. 그는 오로지 자신의 신앙만을 믿었다. 눈이 없다면, 평생 연애 따위는 하지 않아도 좋다. 아내 따위 평생 맞지 않겠다. 그러나 '아름다움' 앞에서, 그의 신앙이 무력해졌다. 신앙은 얼마나 허망한 것인가! 그것은 인간 자신의 내면에서 움직이는 무엇에 의해 단번에 붕괴될 수 있다.

　내면에서 움직이는 그 무엇은 내면에만 머무르지 않고 그에 걸맞은 행동을 이끌어낸다. 점심을 먹고 잠시 비는 짧은 시간을 이용해서, 사푸밍은 휴게실 문 앞까지 걸어갔다. 그는 휴게실 문을 두드리고 말했다. "두훙." 두훙이 자리에서 일어났다. 사푸밍이 말했다. "잠깐 봅시다." 공적인 일은 공적으로 처리하는 것이 원칙이다.

　'잠깐 봅시다'라니, 도대체 뭘 보자는 건지, 사푸밍은 이유를 말하지 않았다. 사푸밍은 그저 마사지 침대에 앉아 꼼짝도 하지 않았다. 두훙이 뭘 할 수 있겠는가? 한쪽에 우두커니 선 채, 역시 꼼짝도 하지 않았다. 두훙은 아무래도 마음을 졸였다. 사장은 요즘 계속 기분이 별로 좋지 않은 듯했다. 혹시 나와 무슨 관련이라도 있는 게 아닐까? 그녀는 아직 사쭝치 마사지센터의 정식 직원이 아니었다. 두훙은 요 며칠간 자신이 했던 말과 행동을 꼼꼼히 되새겨보았다. 도리에 어긋나는 일은 없었던 듯했다. 마음이 조금 놓이기 시작했다. 두훙이 말했다. "사장님, 어디 주물러드릴까요?"

　사장은 잠자코 말이 없었다. 어디를 주물러달라고도 하지 않았다. 두훙은 사푸밍이 허공으로 팔을 들어올렸다는 사실을 알지 못했다. 사푸밍의 두 손이 두훙의 얼굴을 더듬기 위해 다가가고 있었다. 두훙의 얼굴에서 '아름다움'이라 불리는 것을 찾아내고 검토하고 확인하려 했다. 그러나 두 손은 계속해서 망설였다. 감히 손을 댈 수가 없었던 것이다. 사푸밍은 결국 두훙의 손을 잡았다. 두훙의 손은 얼음처럼 차가웠다. 그러나 얼음은 아니었다. 단단한 느낌이 전혀 없었다. 부드럽고 연했다. 마치 기억 속의 그 감동처럼. 두훙의 손은 '손' 같았다. 다섯 개의 손가락이 모두 있었다. 사푸밍은 손가락을 하나씩 어루만졌다. 사푸밍은 곧 두훙의 손에서 사람의 마음을 설레게 하는 새로움을 발견했다. 두훙의 손가락 사이에는 네 개의 틈이 있었다. 미처 다음 생각을 할 틈도 없이 사푸밍의 손이 벌써 두훙의 손가락 사이를 비집고 들어갔다. 원래 그렇게 재단이라도 된 것처럼 꼭 들어맞았다. 그제야 사푸밍은 얼음이었던 것은 두훙의 손이 아니라 자신의 손이었음을 깨달았다. 자신의 손이 녹고 있었다. 자신의 손에서 녹은 물이 뚝뚝 떨어져내렸다. 이 물이 거세게 흐를 조짐이 보였다.

사푸밍은 경솔하게도 두훙의 손을 거칠게 잡아끌었다. 그는 완전히 다 녹아버리기 전에 너무도 오래 기다렸던 그 몸짓을 마무리하고 싶었다. 그는 두훙의 손을 자신의 뺨에 갖다 댔다. 그녀의 손으로 자신의 두 볼을 떠받쳤다. 두훙은 꼼짝도 할 수 없었다. 사푸밍이 머리를 가볍게 흔들자 두훙이 그의 뺨을 어루만지는 셈이 되었다. 두훙은 얼마나 따뜻하고 부드러운지!

"사장님, 이러시면 곤란해요."

얼마나 아득하게 긴 꿈이었던가! 하염없는 세월을 뚫고 지나온 꿈. 여기에 있었구나! 한 발짝도 내게서 떠나 있지 않았던 거야!

"머물러줘." 사푸밍이 말했다. "두훙, 영원히 머물러줘."

두훙은 자신의 손을 잡아뺐다. 두 손에 땀이 흥건했다. 두훙이 말했다. "사장님, 방금 일은 없던 것으로 하겠습니다."

샤오마

형수님이 갑자기 남자 숙소에 발걸음을 끊었다. 한동안 오지 않았다.

샤오마는 형수님의 이런 행동이 자기를 피하는 것이라 생각했다. 숙소에서뿐만이 아니라 마사지센터에서도 그랬다.

형수님이 샤오마를 피하기 시작한 때부터 샤오마는 우울해졌다. 그런데 형수님이 도대체 왜 나를 피한단 말인가? 샤오마의 슬픈 얼굴 위로 까닭 모를 미소가 떠올랐다. 그 미소는 아주 희미하게 떠올랐다 곧 사라졌다. 샤오마는 형수님이 자신을 피한다는 사실 뒤에 숨겨진 의미를 꿰뚫어 보았다. 그의 몸에 다시 생기가 차올랐다.

형수님의 냄새. 형수님의 머리칼에서 나는 냄새. 물기를 흠뻑 머금은 그 냄새. 형수님에게는 '있어야 할 것'이 다 '있다'. 형수님에게는 '없어야 할 것'은 하나도 '없다'.

샤오마는 말이 없었다. 형수님의 냄새처럼 그렇게 말이 없었다.

샤오마는 원래 말이 없는 편이었다. 그래서 다른 사람들은 그의 변화를 알아차리지 못했다. 샤오마 스스로만 자신이 평소와 다르다는 걸 잘 알 수 있었다. 과거 그의 침묵이 그저 단순한 침묵일 뿐이었다면, 지금의 침묵은 침묵 속의 침묵이다.

침묵이란 무엇인가? 침묵 속의 침묵이란 무엇인가? 샤오마는 잘 알고 있었다.

말없이 침잠할 때 샤오마는 대개 고즈넉이 앉아 있었다. 다른 사람들이 '보기에는' 더할 나위 없이 고요했다. 사실 샤오마의 고요함은 거짓이었다. 그는 놀고 있는 것이었다. 그는 그만의 장난감을 가지고 놀았다. 아무도 그의 장난감이 무엇인지 알지 못했다. 그의 장난감은 시간이었다.

샤오마에게는 손목시계도, 괘종시계도 필요 없었다. 그가 일할 순서가 되면, 샤오마는 고요하기 그지없이 마사지실로 발걸음을 옮긴다. 그리고 한 시간 뒤, 고객을 향해 "다 됐습니다"라고 말한다. 그러고는 다시 고요히 발걸음을 떼어놓는 것이다. 일 분을 더한 적도 일 분을 덜한 적도 없다. 샤오마는 시간을 재는 데 있어서 사람들이 깜짝 놀랄 만큼 천부적인 재능을 지녔다. 그에게 시간은 고유한 물질성을 지닌 구체적인 덩어리이자 형상이었다. 이 덩어리에는 길이와 면적과 부피와 질량과 무게가 있었다. 샤오마는 아홉 살이 되던 해부터 '시간'이라는 것이 이러한 물질임을 알았다. 그러나 그때는 아직 '시간'이 장난감은 아니었다. 이 장난감이 없던 시절에 그의 눈썹꼬리는 끊임없이 위로 당겨올려졌다. 그는 눈을 뜨고 싶었다. 아직 기적이 일어나기를 꿈꾸던 때였다. 그때의 샤오마는 자나깨나 이런 아침이 오길 꿈꿨다. 잠에서 깨어나면, 그의 눈빛이 눈구멍 안쪽에서 못이 튀어나오듯 불쑥 내쏘아져 눈꺼풀을 뚫고, 눈가를 온통 피로 물들이는 그런 아침을. 그의 소망은 이렇게 보통 사람들이 짐작할 수도 없는 광포함으로 죽음의 언저리를 맴돌았다.

사 년 후, 열세 살이 된 소년은 자신의 지혜로움으로 스스로를 구원했다. 그는 더이상 사납게 굴지 않았다. 그의 마음은 고요하게 가라앉았다. 그리고 시간을 자신의 완벽한 장난감으로 삼았다.

샤오마는 집에 있던 구식 탁상시계를 아직 기억한다. 동그란 모양에 시침 하나와 분침 하나, 그리고 초침 하나. 초침 끝에는 빨간 삼각형이 달려 있었다. 아홉 살 난 샤오마는 시간이란 동그란 유리 안에 갇힌 죄수라고 생각했다. 또한 시간은 빨간 시곗바늘처럼 일 초마다 째깍하고 한 걸음씩 내딛는 존재라 생각했다. 거의 일 년여를, 샤오마는 온종일 구식 탁상시계를 끌어안은 채 매분 매초를 함께했다. 그는 탁상시계를 품안에 안고 째깍 소리와 놀기 시작했다. 째깍하고 왔다가 째깍하고 갔다. 그러나 째깍하는 소리는 오든 가든, 얼마나 어지럽고 번잡하든 그 자신의 리듬을 드러냈다. 바로 그 점이 중요했다. 째깍. 째깍. 째깍. 째깍. 째깍. 째깍. 그것은 빠르지도 느리지도 않았다. 그것은 고정되어, 일정한 간격을 유지하고, 그칠 줄 몰랐으며, 인내심이 있었다. 영원히 끝나지 않을 것만 같았다.

째깍. 째깍. 째깍. 째깍. 째깍. 째깍. 째깍. 째깍. 째깍. 째깍. 째깍. 째깍. 째깍. 째깍. 째깍.

시간은 '째깍' 속에 있었다. 그것은 시간이 아니라 째깍이었다. 그것은 째깍이 아니라 시간이었다. 샤오마는 째깍이 마음에 들었다. 샤오마는 시간을 좋아하게 되었다.

일 년이 지나고 샤오마는 그 구식 탁상시계를 버렸다. 더이상 필요 없었기 때문이다. 샤오마 자신이 째깍댈 수 있게 되었으니까. 그의 몸이 째깍대는 리듬을 품었다. 절대 틀리는 법이 없었다. 시간은 그의 몸속 어딘가에서 째깍댔다. 머리를 쓸 필요도, 신경을 쓸 필요도 없었다. 어떤 상황에서도 째깍댈 수 있었다. 그의 몸 자체가 이미 새로운 탁상시계였다. 그러나 그는 탁상시계와 달리 살아 있는 존재였다. 그는 밥을 먹고 잠을 자고 숨도 쉬었다. 추운 것을 알고 아픈 것도 알았다. 샤오마는 스스로에 대해 이 점만큼은 만족스럽게 생각했다. 식사할 때도 밥을 째깍째깍 먹을 수 있었다. 숨을 쉴 때도 째깍째깍 들이쉬고 내쉴 수 있었다. 추울 때도 그는 얼마나 째깍째깍 추운지 알았다. 아플 때도 그는 얼마나 째깍째깍 아픈지 알았다. 물론 잠잘 때만은 예외였다. 그러나 일단 잠에서 깨어나면 그의 몸은 곧 자동적으로 째깍대기 시작했다. 그는 째깍대고 있었다.

샤오마는 째깍대기에 만족하지 못했다. 그 불만은 샤오마에게 새로운 즐거움을 가져다주었다. 그는 시간 안에 있을 뿐 아니라, 시간과 놀게 되었다. 시간과 노는 법은 무척 다양했다. 가장 쉬운 방법 가운데 하나가 조립이었다.

째깍하는 데는 일 초가 걸린다. 일 초는 길이라고 할 수도 있고, 넓이라고 할 수도 있다. 이렇게 보면 째깍은 사실 정방형의 면과 같다고 할 수 있다. 마치 네모반듯한 모자이크 같다. 샤오마는 째깍을 긁어모으기 시작했다. 그는 이 네모반듯한 모자이크 조각들을 짜맞추었다. 째깍 한 조각과 또 째깍 한 조각을 이어붙여나갔다. 째깍은 솟아나는 샘물처럼 끊임없었다. 아무리 써도 써도 바닥이 나지 않았다. 두 주가 흘렀다. 샤오마는 문득 엄청난 사실을 깨닫곤 고개를 들었다. 끝없이 펼쳐진 광활한 대지를 째깍이 뒤덮고 있었다. 가로로 세로로 평평하게. 풀 한 포기, 나무 한 그루 없었다. 건물 한 채도 없었다. 맹인이 눈먼 말을 몬다 해도 눈발이 흩날리듯 마음껏 내달릴 수 있을 것 같았다. 샤오마는 꼼짝도 하지 않고 있었지만 귓가를 쉭쉭 스쳐가는 바람 소리가 들렸다. 그의 머리칼이 펄럭이고 있었다.

　시간이 지나자 조립이 너무 단조롭게 느껴졌다. 건설의 단조로움이라고도 말할 수 있을 것이다. 세상 모든 것은 사람이 건설한 것이다. 그렇다면 이 모든 것은 또한 사람 손으로 부서질 운명인 것들이다. 광기 어린 생각이 머릿속에 떠올랐다. 샤오마는 파괴를 원했다. 모든 것을 부숴버리고 싶었다. 우선 샤오마는 오후가 다섯 시간이라고 가정했다. 그렇게 하니 나누기가 편했다. 이 다섯 시간을 다섯 개로 나누고 그 가운데 하나를 끄집어냈다. 한 시간이다. 그는 이 한 시간을 다시 육십 개로 나눠서 일 분이라는 시간을 끌어냈다. 일 분을 또 나누니 가장 정밀하고 섬세한 조각이 나왔다. 일 초다. 째깍이다. 째깍하면 한 조각을 덜어내고, 또 째깍하면 한 조각을 또 덜어냈다. 마지막 한 조각 째깍을 그의 손으로 없애니 광활하기 짝이 없는 오후가 신기하게도 완전히 사라지고 없었다. 공허한 웃음이 샤오마의 얼굴에 떠올랐다. 얼마나 웅장하고 화려한 오후던가! 그 모든 것이 어디로 가버린 것일까? 누가 그 시간을 완전히 사라지게 한 것인가? 그것은 누구에 의해, 어디로 치워진 것인가? 그것은 일종의 비밀, 수수께끼였다.

관점을 바꾸면, 방법을 바꾸면, 시간은 훌륭한 장난감이었다. 샤오마는 언제나 스스로를 시간과 함께 움직이도록 했다. 시계가 둥그렇기 때문에 샤오마의 움직임 또한 원운동이어야 했다. 원 주변을 샤오마는 돌고 또 돌았다. 두세 달을 그렇게 놀고 난 뒤에 샤오마는 스스로에게 한 가지 질문을 던졌다. 시간이 왜 반드시 원형이어야만 하는가? 시간은 삼각형도 될 수 있다! 한 시간이 한 변을 이십 분으로 하는 삼각형이 될 수 있는 것이다. 일 분도 하나의 삼각형일 수 있다. 이때 한 변은 이십 초씩이다. 이렇게 해서 또 한동안을 놀았다. 그러자 좀더 대담하고 미친 생각이 샤오마의 머릿속에 둥둥 떠올랐다. 시간과 시간의 양끝은 왜 꼭 붙어 있어야만 하는가? 그럴 필요 없다. 시간의 양끝을 떼어놓을 수는 없을까? 그러면 안 된다는 규정이라도 있나? 샤오마는 신선한 즐거움을 맛보았다. 그는 시간이 세로로 곧추세워진 직선이라고 가정했다. 째깍 한 번에 위로 한 번 올라간다. 이 가정을 계속 이어가는 것이다. 샤오마는 위로 기어오르기 시작했다. 이내 샤오마를 가로막는 것은 아무것도 없음이 증명되었다. 그렇게 두 시간이 지났다. 꼬박 두 시간이 지났지만, 샤오마는 되돌아갈 생각이 전혀 없었다. 그러다 문득 깨달았다. 자신이 벌써 더이상 오를 수 없이 높은 곳까지 올라왔음을. 그는 구름 위에 있었다. 놀란 샤오마의 온몸에 식은땀이 흘렀다. 흥분도 되었지만 고소공포증으로 두려운 마음이 더 컸다. 그러나 샤오마는 영리하고 냉정했다. 그는 자신의 두 손을 꼭 그러쥐었다. 그것은 의지할 곳 없는 허공에서 뚝 떨어지지 않도록 그를 받쳐주었다. 그는 허공에 매달려 있었다. 세상에, 맙소사! 그는 하늘에 있었다. 너무도 놀랍고 짜릿한 경험이었다. 그 순간 잠깐이라도 정신을 놓았더라면 그대로 떨어져 뼈조차 추리지 못했을 것이다.

냉정함과 침착함이 샤오마를 도왔다. 샤오마는 더없이 정확한 결정을 내렸다. 기어올라갔던 그대로 기어내려가기로 한 것이다. 샤오마는 숨을 크게 한 번 들이마시고 기어내려가기 시작했다. 이번에도 째깍 한 번에 한 걸음씩이었다. 샤오마는 인내심이 강한 편이었다. 째깍. 째깍. 째깍…… 칠천이백 번의 째깍이 지나갔다. 겨우 칠천이백 번 째깍했을 뿐인데 기적이 일어났다. 샤오마의 엉덩이가 원래 앉았던 자리에 무사안착한 것이다. 현명하고 용맹스러운 모험이었다. 동시에 어렵고 고단한 자기 구원의 길이었다. 땀으로 온몸이 흠뻑 젖은 샤오마는 의자에 기대어 가까스로 몸을 지탱하며 자리에서 일어섰다. 성공했다. 성공한 것이다! 샤오마는 더할 나위 없이 행복했고 평소와 다르게 흥분했다. 예전에는 맛보지 못한 해방의 자유를 만끽했다. 아무도 없는 거실에서 샤오마는 큰 소리로 고함을 내질렀다.

"알았다, 알았어! 시간은 둥근 것이 아니야! 삼각형도 아니야! 시간은 폐쇄된 게 아니라고!"

시간이 폐쇄된 게 아니라면, 째깍도 갇혀 있는 죄수가 아니었다. 한 번도 죄수였던 적이 없었던 것이다. 그것은 무한한 가능성을 품고 있었다. 힘들었지만 값진 탐험을 통해서 샤오마는 마침내 시간의 가장 순수한 진실을 깨달았다. 그 진실은 스스로의 눈에 가려져 있었던 것이다. 눈으로 보이는 것만이 진실은 아니다. 샤오마가 선천적인 맹인이었다면, 그래서 평생 그 빌어먹을 탁상시계를 보지 못했더라면, 그가 어떻게 시간이 둥글다고 생각했겠는가? 째깍은 처음부터 단 한 번도 죄수처럼 갇힌 적이 없었던 것이다.

보이지 않는다는 것은 일종의 한계였다. 그러나 볼 수 있다는 것 또한 일종의 한계였다. 마침내 샤오마의 얼굴에 자부심 넘치는 미소가 걸렸다.

시간은 단단한 것일 수도 있고 부드러운 것일 수도 있다. 시간은 물체의 외부에 있을 수도 있고 내부에 있을 수도 있다. '째'와 '깍' 사이에는 어떤 의심스러운 간극이 있을 수도 있고 없을 수도 있다. 시간은 형태가 있을 수도 있고 없을 수도 있다. 샤오마는 시간의 환영이 그리는 표정을 보았다. 깊이를 헤아릴 수 없는 그 표정을. 그 깊이를 분명히 헤아리는 유일한 방법은 시간의 이쪽에서 저쪽 끝까지 그것을 꿰뚫는 것이었다.

인류는 거짓말을 해왔다. 인류는 혼자 사랑에 빠졌다. 인류는 시간을 상자 안에 넣어두고 그것을 통제할 수 있다고, 그것을 볼 수 있다고 착각했다. 그리고 그것을 째깍이게 했다. 시간 앞에서는 모두가 맹인이다. 시간의 진실된 모습을 보려면 방법은 하나뿐이다. 시간에서 벗어나는 것.

샤오마는 그렇게 시간의 의미를 알게 되었다. 시간과 함께하기 위해서는 자신의 몸을 버려야만 한다. 타인도 버리고 자기 자신도 버리고. 이런 일은 맹인이어야 비로소 가능하다. 두 눈이 멀쩡한 사람은 그 자신의 눈이 방해물이 되어서 영원히 시간과 더불어 한 몸이 될 수 없다.

시간과 함께하는 것, 째깍과 함께하는 것, 그것이 샤오마의 침묵이었다.

침묵 속의 침묵은 이와는 다른 모습이었다. 침묵 속의 침묵은 더이상 침묵이 아니었다. 샤오마는 이때 시간으로부터 철저하게 버림받아 시간과 함께하지 않았다. 샤오마는 누군가에게 관심을 기울이는 법을 배웠다. 샤오마는 기민하게 형수님의 일거일동에 관심을 기울였다. 심지어 형수님이 몸을 돌리는 것까지도 알 수 있었다. 형수님이 몸을 돌릴 때면 공기가 미묘하게 움직였다. 샤오마는 거의 떨림도 없는 그 미세한 움직임까지 느낄 수 있었다. 휴게실은 더이상 휴게실이 아니었다. 샤오마의 눈앞에 갑자기 어린 시절의 풍경이 펼쳐졌다. 산과 물, 풀과 나무가 있었다. 푸른 하늘, 흰 구름도 있었다. 그리고 황금빛으로 찬란하게 빛나는 햇빛도 있었다. 형수님은 한 마리 나비였다. 그녀는 소리도 없이 날아올랐다. 나비가 어찌나 많은지. 나비들이 온 하늘과 온 들판을 뒤덮어 세상이 알록달록했다. 그러나 형수님은 그런 나비들과는 달랐다. 그보다 더 많은 나비떼가 있다 해도 그 속에서 형수님을 구별해낼 수 있었다. 그녀는 세상에 하나뿐인 옥으로 된 나비였다. 수많은 나비들 가운데, 형수님만이 오직 그렇게 눈에 들어왔다. 그녀의 날개에는 어여쁜 문양이 수놓아져 있고 보송보송한 솜털에선 광채가 뿜어져나왔다. 그녀가 팔랑팔랑 춤을 추기 시작했다. 그녀의 날갯짓은 전혀 부산스럽지 않았다. 날아올랐다가 내려오길 반복했다. 결국 그녀는 나비의 무리를 떠나서 기다란 나뭇잎 위에 고즈넉이 내려앉았다. 그녀의 몸 전체가 옥빛으로 빛나는 커다란 두 쪽의 날개였다. 나란히 대칭을 이룬 날개는 가볍고 화려하고 당당했다.

"샤오마, 어째서 날 따라다니지?" 형수님이 말했다. "당신이 나빠. 정말 나빠!"

샤오마는 대담하게도 형수님이 내려앉은 그 나뭇잎에 앉았다. 형수님은 무게가 없었다. 샤오마도 무게가 없었다. 그러나 기다란 나뭇잎이 흔들렸다. 형수님은 분명 그 흔들림을 느낀 모양이었다. 그녀는 다시 날아올랐다. 그러나 이 비상은 달랐다. 끝없이 펼쳐진 맑은 하늘은 만 리까지 눈길이 닿도록 구름 한 점 없고, 푸른 물은 씻은 듯 새파랬다. 이 하늘엔 오로지 두 사람뿐이었다. 형수님, 그리고 샤오마. 샤오마의 마음은 더할 나위 없이 가벼웠다. 그는 형수님의 뒤를 따랐다. 이 세상에 자유로운 네 장의 날개만이 존재했다.

형수님이 다시 한번 내려앉았다. 이번에는 물가에 앉았다. 샤오마는 형수님 주위를 빙빙 맴돌며 조심스럽게 날갯짓을 하다가 마침내 내려앉았다. 그것은 웅장하고도 화려한 안착이었다. 샤오마는 형수님의 몸 위에 앉았다. 한바탕 바람이 불어와, 형수님과 샤오마의 몸이 위아래로 흔들렸다. 요동치듯, 출렁이듯. 마음이 벅차올랐지만 한편으로는 오히려 편안했다. 샤오마는 고개를 숙여 물 위에 거꾸로 비친 자신과 형수님의 그림자를 보았다. 형수님이 마치 샤오마의 몸 위에 깃든 것처럼 보였다. 형수님의 그림자는 얼마나 화사하고 고운지. 그럼 샤오마 자신은? 자신은 한 마리 검정 나비였다. 둔하고 어리석은 몰골이다. 나비가 아니라 둔하고 어리석은 나방이다. 샤오마는 자신의 모습이 너무 부끄러웠다. 눈앞이 온통 새카매지더니 샤오마의 몸이 형수님의 몸에서 그대로 미끄러졌다. 돌이킬 새도 없이, 그대로 물속으로 떨어지고 말았다.

하필이면 이때 거대한 물고기떼가 다가왔다. 새까맣게 몰려드는 놈들은 수천, 수만이었다. 물고기들은 모두 같은 색, 같은 길이, 같은 크기였다. 샤오마는 갑자기 자신이 더이상 나방이 아니라는 사실을 깨달았다. 그는 물고기였다. 그는 물고기떼 사이로 섞여들었다. 샤오마는 이 물고기떼와 색깔도, 크기도 같았다. 이 사실은 샤오마를 두렵게 했다. 도대체 어떤 물고기가 자기 자신이란 말인가? 한도 끝도 없이 펼쳐진 물고기의 바다에서 형수님이 어떻게 나를 알아본단 말인가? 샤오마는 있는 힘을 다해 수면 위로 뛰어올랐다. 젖 먹던 힘까지 다했다. 이 무리에서 달아나고 싶었다. 그러나 샤오마의 노력은 헛된 것이었다. 그가 아무리 뛰어올라봤자 소용없었다. 올라갔다가 매번 물속으로 다시 떨어졌다. 소리조차 나지 않았다. 물 한 방울 튀지 않았다.

자기 자신을 찾기 위해 샤오마는 물고기떼에서 빠져나가려 했다. 그러나 엄두가 나지 않았다. 이 물고기떼에서 빠져나간다면 혼자서 한도 끝도 없는 광대한 바다와 맞서야만 한다. 엄두가 나지 않는다. 무리에서 빠져나가 머물 곳을 찾는 것은 얼마나 큰 고독을 의미하는가? 엄두가 나지 않는다. 빠져나갈 것인가? 빠져나가지 않을 것인가? 샤오마는 몸부림쳤다. 몸부림의 결과 샤오마에게는 절망만 남았다. 곧 숨이 끊어질 것 같았다. 마지막 한 가닥 힘이 빠져나가는 게 느껴졌다. 그의 몸이 뒤집혔다. 흰 뱃가죽이 서서히 수면 위로 떠오르고 있었다. 그는 곧 주검이 되어 물결을 따라 흘러갈 운명이었다.

이때 돌고래 한 마리가 나타났다. 녀석은 반드르르 윤기가 흘렀다. 몸의 윤곽이 또렷하고 매끈했다. 녀석이 헤엄쳐 왔다. 앞으로 전진하기 위해 온몸을 끊임없이 흔들면서. 녀석이 물길을 가르며 물고기떼를 향해 소리쳤다. "샤오마! 샤오마! 나 형수님이야!" 샤오마는 놀라 부르르 몸을 떨고 나서 정신을 추슬러 그뒤를 따라갔다. 샤오마가 목청을 높여 소리를 질렀다. "형수님! 형수님! 제가 샤오마예요!" 형수님이 그 자리에 멈췄다. 그녀는 물기 어린 둥근 눈동자로 샤오마를 바라보았다. 믿지 않는 눈치다. 형수님은 눈앞의 조그만 놈이 샤오마라는 사실을 믿지 못했다. 만약 이놈이 샤오마라면, 이 망망대해의 어떤 놈이 샤오마가 아니겠는가? 샤오마는 마음이 급해졌다. 샤오마는 몸을 뒤집으며 말했다. "형수님, 보세요. 내 목에 있는 이 커다란 상처를 보세요!" 형수님이 봤다. 그녀가 마침내 본 것이다. 샤오마는 제 얼굴로는 영원히 자신을 증명할 수 없었다. 그런데 사람들을 까무러치게 만드는 그 커다란 상처가 그들을 다시 만나게 했다. 정말 가슴 아픈 일이다. 그러나 그들은 마음이 아프지 않았다. 다만 감정이 북받쳤을 따름이다. 감정이 더없이 북받쳐 서로 끌어안고 싶었다. 그러나 그들은 팔도, 손도 없었다. 그들이 할 수 있는 유일한 일은 서로 바라보며 눈물을 흘리는 것뿐이었다. 한 방울, 또 한 방울. 어마어마하게 커다란 눈물방울이 눈가에서 흘러내렸다. 그들의 눈물은 공기 방울이 됐다. 공기 방울은 뽀르르 뽀르르르 떠올라 아득히 먼 저 하늘로 올라갔다.

"난 한 번도 이렇게 울어본 적이 없어." 형수님이 말했다. "샤오마, 당신 정말 나빠!"

샤오마는 휴게실에 앉아서 이렇게 자신만의 백일몽을 꾸었다. 쉬는 법도, 멈추는 법도 없었다. 백일몽 속에서 형수님은 그를 단단히 끌어당겼다. 가만히 있을 때조차 형수님은 한 마리 호랑나비였고, 한 마리 물고기였다. 형수님은 한 줌의 빛, 순식간에 스쳐가는 한줄기 내음, 꽃잎 위를 구르는 이슬방울, 산봉우리 위에 걸린 한 조각 구름이었다. 형수님은 한 마리 뱀이었다. 샤오마의 발치에서 그의 머리 꼭대기까지 감아올라왔다. 샤오마는 조용히 일어서서 온몸에 뱀을 감고 있었다. 그는 휴게실에서 터무니 없는 상상을 꾸며내는 장식용 돌기둥이었다.

그러나 형수님이 휴게실에서 영원히 앉아 있기만 하는 것은 아니었다. 어쨌거나 그녀가 일어나서 움직일 때가 있는 것이다. 형수님이 일단 발을 들어 옮기기만 하면, 그것이 제아무리 작은 발걸음이라 할지라도, 샤오마는 그 움직임의 첫 순간을 포착할 수 있었다. 게다가 발소리는 놀라울 정도로 확대되어 들렸다. 형수님의 발소리에는 나름대로의 특징이 있었다. 한쪽 발의 소리가 다른 한쪽 발을 딛는 소리보다 좀더 컸다. 그렇게 해서 형수님은 한 마리 말이 되었다. 형수님이 말의 모습으로 변할 때면 휴게실이라는 공간 또한 그와 함께 변했다. 순식간에 물오른 풀잎이 무성하게 우거진 너른 들판이 되는 것이다. 이 모든 세상을, 샤오마는 형수님을 위해 준비했다.

샤오마는 형수님이 갈색 말이라고 굳게 믿었다. 손님들이 하는 이야기를 통해 샤오마는 형수님이 기름을 곱게 펴 바른 갈색 머리채를 가졌다는 사실을 알게 되었다. 지금 형수님은 갈색 갈기와 꼬리를 가지고 있다. 형수님이 네 발굽을 힘차게 구르며 달려가면 그녀의 기다란 갈기가 바람을 가르며 물결처럼 너울거린다. 그녀의 기다란 꼬리 또한 너울거린다. 샤오마는 여덟 살 때 진짜 말을 본 적이 있었다. 말의 속눈썹은 샤오마에게 무척 깊은 인상을 남겼다. 말의 눈동자는 맑고 투명했다. 눈동자가 촉촉히 젖어 있었기 때문이다. 촉촉한 눈 주위로 속눈썹이 타원을 그리고 있었다. 샤오마는 그 모습에 홀렸다. 뭐라 말할 수 없는 많은 감정을 담은 눈은, 먼 산의 그림자까지 품고 있는 듯했다. 형수님은 타원형의 맑은 눈망울로 샤오마를 한 번 돌아보고, 긴 울음을 운 뒤에 마음껏 내달렸다. 샤오마는 그뒤로 바짝 따라붙었다. 줄곧 형수님의 곁에서 떨어지지 않았다. 그들은 그렇게 나란히 달렸다. 달리는 속도 때문에 그들의 발굽이 바람을 일으켰다. 바람이 샤오마의 눈동자에 부딪히며 보이지 않는 포물선을 그렸다. 바람이 샤오마의 각막을 스쳐지났다. 얼마나 시리고, 또 얼마나 아련한지. 형수님의 눈동자도 틀림없이 이 바람을 느끼고 있을 것이다. 그녀는 하늘 높이 떠오르듯 득의양양하게 발을 굴렀다.

형수님이 말했다. "샤오마, 당신 정말 샤오마*네."

이 얼마나 듣기 좋은 말인가. 평범한 말속에 평범하지 않은 뜻이 담겨 있었다. 샤오마는 한껏 내달았다. 형수님과 함께 언덕을 박차고 올랐다. 언덕 꼭대기에 이르니 그들의 눈앞에 탁 트인 황금빛 목장이 펼쳐졌다. 황금빛 목장은 거대한 분지였다. 푸른 잔디와 황금빛 풀숲이 어우러져 있었다. 햇빛이 구름의 그림자를 풀밭 위로 던졌다. 그림자가 서서히 움직였다. 황금 목장도 움직이기 시작해 회오리를 일으켰다. 회오리는 갈색 암말—그러니까 형수님—을 에워싸고 돌았다. 그러나 형수님은 아무것도 모른 채 두 앞발굽을 차올리며 길게 울었다. 그러고는 푸르르 거친 숨을 몰아쉬었다. 그녀가 푸르르 거친 숨을 몰아쉴 때 꼬리가 허공에 휘날렸다. 석양 속에서 천 가닥 만 가닥 털들이 분분히 날리며 적갈색 선을 그어댔다. 투명한 그 선들은 눈부신 빛을 발하면서, 마치 뜨겁지 않은 불꽃처럼 신비롭게 타올랐다. 샤오마는 그 불꽃에 코를 가까이 가져다 댔다. 형수님은 자신의 불꽃으로 샤오마의 얼굴을 쓸어내렸다.

---

* '샤오마(小馬)'는 '작은 말'을 뜻한다.

샤오마는 사람을 취하게 만드는 불꽃의 내음을 맡았다. 이어 형수님이 몸을 돌리더니 황금 목장을 등지고 자신의 목을 샤오마의 등위에 얹었다. 형수님의 목은 참으로 이상했다. 목 아래쪽 피부가 기이할 정도로 따뜻하고 매끄러웠다. 탄력이 있으면서도 부들부들한 것이 신기하게 느껴질 정도였다. 샤오마는 꼼짝도 하지 않고 온 정신을 집중해 그 놀라운 감각을 만끽했다. 나중에는 샤오마가 형수님에게서 몸을 떼고 반대로 자신의 목을 형수님의 등 위에 얹었다. 형수님의 몸은 온통 땀이었다. 형수님의 몸이 불규칙하게 떨렸다. 바람이 불어오자, 형수님은 자신의 몸을 샤오마 쪽으로 가까이 붙였다. 그들은 서로의 체온을 공유하고 서로의 숨을 나누었다. 그들은 각자 한쪽 눈으로 상대방을 응시했다. 형수님은 몰랐다. 그녀의 반짝이는 눈동자에 황금 목장이 가득 들어차 있고, 샤오마의 얼굴도 거기 있다는 걸. 샤오마의 얼굴은 형수님의 눈동자 속에서 둥글게 휘었다. 형수님의 눈망울과 꼭 같은 곡선을 그리며.

형수님이 눈을 한 번 깜빡였다. 그녀의 모든 속눈썹이 이 기묘하게 아름다운 과정을 함께했다. 속눈썹들이 포개졌다가, 다음 순간, '반짝' 하고 열렸다. 이 '반짝' 하는 소리에 샤오마는 전율을 느꼈다. 그는 목을 형수님에게 비비댔다. 그에 답하기라도 하듯, 또는 그를 탓하기라도 하듯, 아니면 그에게 어리광을 부리기라도 하듯, 형수님도 자신의 목을 샤오마에게 비볐다. 샤오마는 제 얼굴 반쪽을 하염없이 형수님의 젖은 숨결 속에 놓아두고 싶었다. 죽을 때까지, 영원히 그렇게.

이때 카우보이 하나가 빠른 걸음으로 성큼성큼 다가왔다. 그의 어깨에는 안장이 얹혀 있었다. 카우보이는 샤오마 쪽은 돌아보지도 않고 그대로 형수님 앞으로 다가가더니 안장을 형수님 몸 위에 얹었다. 샤오마가 큰 소리로 외쳤다. "꺼져. 건드리지 마!" 카우보이는 아랑곳하지 않고 형수님의 목을 톡톡 두드리며 말했다. "쉬이—" 카우보이는 형수님의 등에 가랑이를 걸치고 앉아서 형수님에게 말했다. "이랴—"

카우보이는 가버렸다. 형수님을 타고 가버렸다. 형수님이 카우보이를 데려가버렸다고도 할 수 있었다. 카우보이의 뒷모습이 하늘과 땅 사이에서 출렁거렸다. 샤오마는 애가 타서 네 발굽을 구르며 쫓아갔다. 몇 발 쫓아가지 않아서 샤오마는 뭔가 잘못 돌아가고 있다는 사실을 갑자기 깨달았다. 고개를 돌려보니 놀랍게도 자신의 몸이 산산조각 나서 온 바닥에 흩어져 있었다. 나사와 톱니바퀴들, 거기다 시침과 분침과 초침. 샤오마는 말이 아니라, 오랜 세월방치된 자명종이었다. 미쳐 날뛰다가 그만 제 몸을 박살내고 만 것이었다. 그는 형수님의 네 발굽이 대지를 박차고 울리는 소리를 똑똑히 들었다. 째깍, 째깍, 째깍, 째깍.

"닥터 왕, 닥터 쿵, 샤오마, 일할 시간이에요!" 샤오마가 눈을 감고 허공을 달리고 있는데, 갑자기 로비에서 가오웨이의 고함 소리가 들려왔다.

샤오마는 깨어났다. 침묵에서가 아니라 침묵 속의 침묵에서 깨어났다. 샤오마는 자리에서 일어섰다. 형수님도 자리에서 일어섰다. 자리에서 일어난 형수님은 늘어지게 하품을 하면서 천천히 기지개를 켰다. 형수님이 말했다. "아이 참, 또 일할 시간이네. 나른한데."

손님은 셋이었다. 하필이면 닥터 왕, 형수님, 그리고 샤오마 차

례였다. 샤오마가 원하지 않는 상황이었지만 샤오마에게는 선택의
여지가 없었다. 남의 가게에서 일하면서 사적인 이유로 장사를 망
칠 수는 없는 법이다.

손님들은 친구 사이였다. 그들은 셋이서 같은 방에서 마사지를
받고 싶다고 했다. 샤오마가 가장 안쪽으로 들어갔다. 형수님이 가
운데에 서고, 닥터 왕은 문 앞에 서서 세 사람이 나란히 한방에 끼
어서 일을 했다. 샤오마만 이런 조합이 어색한 것이 아니었다. 닥
터 왕과 샤오쿵도 어색하기는 마찬가지였다. 어색했기 때문에, 세
사람은 도무지 말이 없었다. 정오였다. 분위기로 말할 것 같으면,
정오는 한밤중과 별다른 차이가 없다. 고요하고 적막하다. 낮잠을
자기에 적당한 시간이었다. 그래서인지 몇 분이 지나자 손님들은
앞서거니 뒤서거니 잠이 들었다. 닥터 왕의 손님이 가장 깊은 잠에
빠졌다. 그는 벌써 드르렁대며 코를 골았다.

저쪽에서 드르렁대는 소리가 울리기 무섭게, 샤오마의 손님도 질
수 없다는 듯 드르렁대기 시작했다. 두 사람의 코 고는 소리는 꽤
재미있었다. 앞뒤로 딱 반 박자 차이가 나는 것이다. 이쪽이 올라
가면 저쪽이 내려가고, 이쪽이 내려가면 저쪽이 올라간다. 친구는
친구인 모양이다. 코를 고는 것까지도 서로 장단을 맞추다니! 게다
가 소리의 높낮이가 이중창 같았다. 한 사람만 코를 골 때는 사분
의 사박자였는데, 두 사람이 함께하는 바람에 행진곡 박자로 바뀌
었다. 듣고 있자니 어쩐지 마음이 급해진다. 낮잠이라는 것이 마치
무척 바쁜 일이라도 되는 것 같다. 어쨌든 재미있었다. 샤오쿵이
웃으며 말했다. "이러니까 딱 좋네. 내가 지휘를 맡고, 양쪽에서 둘
이 노래를 하고, 그럼 되겠는데."

샤오쿵은 사실 입에서 나오는 대로 내뱉었을 뿐, 아무런 의미도 없었다. 하지만 말이라는 것은 때와 장소에 따라 그 의미가 달라진다. 어떤 말은 특별한 때와 특별한 장소에서 특별한 의미를 지니게 된다. 그러니까 되새겨서는 안 된다. 되새기면 의미가 커진다. 되새기면 되새길수록 엄청난 의미가 되어버리는 것이다.

'내가 지휘를 맡고, 양쪽에서 둘이 노래를 하고'라니, 무슨 뜻인 거야? 닥터 왕은 생각에 잠겼다. 샤오마도 생각에 잠겼다. 닥터 왕이 정신을 딴 데 팔았다. 샤오마도 정신을 딴 데 팔았다.

마사지실 안은 손님의 코 고는 소리 외에 다른 소리는 전혀 없었다. 그러나 침묵은 오래 지속되지 않았다. 닥터 왕과 샤오쿵이 결국 대화를 시작했다. 닥터 왕이 먼저 화제를 던졌다. 그들의 대화는 주로 마사지센터의 음식, 그중에서도 반찬에 집중됐다. 샤오쿵의 의견은 분명했다. 요즘 반찬이 갈수록 말이 아니야. 닥터 왕은 이 말에 곧바로 맞장구를 치지 않았다. 이 문제를 깊이 파고들고 싶지는 않았다. 진다제의 귀에 들어가기라도 하면 좋을 일이 없으니까. 진다제는 마사지센터의 주방장이었다. 입심이 대단해서 여간해서는 말로 그녀를 당해낼 수 없었다. 닥터 왕은 화제를 바꾸어 선전에 있던 시절을 추억했다. 닥터 왕이 말했다. 역시 선전 음식이 맛있지. 샤오쿵도 동의했다. 그들은 선전의 해산물과 국물 요리에 대한 기억을 떠올리며 말을 주고받았다.

손님들이 낮잠을 자고 있어서, 닥터 왕과 샤오쿵의 말소리는 나직했다. 말도 하는 듯 마는 듯 이어졌다. 물론 거기엔 어떤 감정도 담겨 있지 않았다. 정말 일상적인 대화였다. 마치 나이든 남편과 아내가, 안방이나 부엌에서 나누는 듯한 그런 대화였다. 그들 곁에 샤오마라는 사람은 아예 없는 듯했다. 그러나 샤오마는 분명 그곳에 있었고, 그들의 한마디 한마디를 귀기울여 들었다. 샤오마에게는 닥터 왕과 형수님의 대화가 이미 한담의 범주를 넘어선 것으로 들렸다. 그 둘의 대화는 어떤 의미에서는 틀림없는 수작질이었다. 샤오마는 선전에 가본 적이 없다. 설사 가본 적이 있다 하더라도 그들의 대화에 끼어들기 어려웠을 것이다. 샤오마가 할 수 있는 유일한 일은 침묵 속의 침묵으로 잠겨드는 것뿐이었다. 그래도 마음속의 요동은 점점 더 격해졌다. 부럽기도 하고 씁쓸하기도 했다. 그러나 이런 감정들보다 더 강하게 느껴지는 것은 질투였다.

하지만 형수님은 역시 형수님이었다. 중간중간 샤오마에게도 한마디씩 건네주었다. 없는 말을 굳이 찾아내는 느낌이었지만 형수님이 말을 건네주었다는 사실이 샤오마의 마음을 적이 가라앉혔다. 어쨌거나 형수님의 마음속에 샤오마가 있긴 있는 것이다. 부럽고 씁쓸하고 질투가 났던 샤오마는 조금은 따스함을 느낄 수 있었다.

겉으로는 평화롭고 고즈넉한 시간이었지만 세 사람에게는 한없이 길게 느껴졌다. 세 사람 모두 시간이 빨리 지나가기만을 바랐다. 다행히 샤오마가 맡은 손님이 먼저 잠에서 깨어나 늘어지게 긴 숨을 내쉬었다. 그 소리에 다른 두 손님도 모두 잠에서 깼다. 방 분위기가 곧 평소와 같이 변했다. 그곳은 더이상 나이든 부부의 부엌이나 안방이 아니었다. 손님들은 졸린 눈을 비비며 이 오후의 낮잠에 대해 심도 있는 토론을 나누었다. 모두 멋진 점심시간이었다는데 동의했다. 점심시간에 마사지를 받은 것은 위대하고도 영예로우며 완벽한 선택이었다.

이때 가오웨이가 들어와서 닥터 왕에게 다가가 귓속말을 했다. 닥터 왕의 VIP가 4번 방에서 기다리고 있다는 말이었다. 마사지 침대는 벌써 준비가 끝났다고 했다. 닥터 왕은 "알겠어"라고 대답하고는 손님의 허벅지를 몇 번 주물러 풀어준 뒤 인사를 하고 방을 나섰다. 손님들이 바닥에서 신발을 찾는 틈을 타서, 샤오쿵은 선전의 휴대폰을 꺼내 손에 쥐었다. 손님들이 나가면 방에 남아서 아버지에게 전화를 걸 심산이었다. 샤오마는 형수님이 머뭇거리는 것을 소리로 알 수 있었다. 당장 이 자리를 뜰 생각이 없는 것이다. 샤오쿵은 전혀 모르고 있었다. 시간이 바야흐로 째깍이고 있고, 샤오마의 심장 또한 째깍이고 있다는 사실을.

마침내 손님들이 떠났다. 샤오마는 문 앞까지 걸어가서 복도 쪽으로 귀를 기울였다. 어떤 기척도 나지 않는 것을 확인한 샤오마는 문을 당겨서 닫은 뒤 가만히 "형수님" 하고 불렀다. 샤오쿵은 고개를 돌렸다. 샤오마가 할말이 있다는 걸 알고는 휴대폰을 다시 주머니에 집어넣은 뒤 샤오마 쪽으로 한 걸음 내디뎠다. 뭐라고 말을 해야 할지 몰라 망설이던 샤오마는 그만 형수님의 머리칼 내음을 맡고 말았다. 형수님의 머리칼이 바로 그의 코 아래서 고요하게 물결쳤다. 샤오마는 고개를 숙여 목숨을 건 것처럼 절실하게 깊고 깊은 숨을 들이마셨다.

"형수님."

그 깊은 숨이 그의 마음을 다독이며 용기를 북돋웠다. 샤오쿵의 체취가 온몸으로 퍼졌다. "형수님." 샤오마는 샤오쿵을 끌어안았다. 형수님을 자신의 품안에 가둔 채 샤오마는 코로 형수님의 머리 꼭대기를 샅샅이 훑었다.

샤오쿵은 놀라서 어찌할 바를 몰랐다. 소리를 지를까 했지만 차마 그럴 수도 없었다. 몇 번을 버둥거린 끝에 샤오쿵은 목소리를 깔고 더없이 차갑게 말했다. "이 손 놔. 안 놓으면 형님을 부르겠어."

진옌

⠿⠂⠈⠠⠠

쉬타이라이가 입을 열었다. 그가 드디어 입을 연 것이다. 쉬타이
라이가 말을 하니 이제 일은 다 된 셈이다. 그 즉시 진옌의 애정 총
공세가 시작되었다. 그녀의 애정 공세는 남다른 데가 있었다. 그녀
는 바깥부터 공격했다. 일종의 소탕 작전처럼 쉬타이라이의 주변
을 다 쓸어버린 것이다. 무슨 뜻이냐고? 그러니까, 쉬타이라이가
자신을 향한 진옌의 감정을 알아차렸을 때는 이미, 마사지센터의
모든 사람들이 그 사실을 알고 있었다는 얘기다.

진옌은 두 가지 행동을 취했다. 첫째, 밥을 먹을 때 타이라이 옆
에 붙어 앉는다. 둘째, 일을 마치고 돌아가는 길에 타이라이의 손을
잡는다. 맹인들에게 이 두 가지 행동은 사실 일상적인 일이었다.
일반적으로는 전혀 특별한 뜻이 담겨 있지 않은 행동이다. 특히 일
을 마치고 숙소로 돌아가는 길에 손을 잡는 것은 흔히 볼 수 있는
행동이다. 맹인들의 퇴근은 언제나 단체 행동이다. 세 사람, 혹은

네 사람이 한 조를 이루어서, 두 눈이 멀쩡한 사람을 길라잡이로 삼아 의지하며 손에 손을 잡고 '집'으로 돌아가는 것이다. 그러나 진옌은 역시 진옌이었다. 그녀는 언제나 보통 사람들과 달랐다.

마사지센터 사람들은 진옌과 쉬타이라이의 관계에 대해 전혀 마음의 준비가 되어 있지 않았었다. 굳이 말하자면, 어떤 남자가 어떤 여자를 쫓아다니거나, 반대로 어떤 여자가 어떤 남자를 쫓아다니거나 할 때, 사람들은 대개 한 가지 생각을 하게 된다. 그러니까 둘이 '어울리는가' 하는 생각. '어울린다'는 것은 사실 분명하게 설명할 수 없는 공허한 말이다. 그러나 일단 현실에서 실제로 어떤 사람의 사례에 적용하게 되면 '어울린다'는 말이 무척 구체적으로 다가온다. 누가 뭐라고 해도 임대옥과 노지심*이 사랑에 빠질 수는 없는 일이다. 임대옥과 노지심은 도무지 어울리지 않는다. 진옌과 타이라이도 '안 어울렸다'. 이렇게 '안 어울리는' 두 사람이 '그렇고 그런 사이'가 되리라고 누가 상상이나 했겠는가!

진옌은 이 사실을 대대적으로 선포했다. 그날 점심, 진다제가 왔을 때였다. 진다제가 왔다는 것은 점심시간이 되었다는 신호였다. 진다제는 두 눈이 멀쩡한 사람으로, 마사지센터의 전속 요리사였다. 시간 하나는 기막히게 맞춘다는 것이 그녀의 특징이었다. 손목시계를 눌러보지 않아도, 그녀가 문을 열고 들어오는 시각은 베이징 시간 낮 열두시다. 진다제는 바지런하고 정성스럽게, 깍듯하면서 친절한 태도로 사람들 손에 점심을 한 그릇씩 들려주었다. 사람들은 순식간에 그 음식을 먹어치우곤 했다. 대부분의 젊은 사람들

---

* 『홍루몽』의 등장인물들.

이 그렇듯이 꼭꼭 씹어서 느긋하게 식사하는 사람은 없었다. 남녀를 불문하고 모두가 집어삼키거나 들이마셨다. 그런데 이날 진옌은 그러지 않았다. 그녀는 밥그릇을 탁자에 내려놓더니 물부터 한 모금 마셨다. 진다제가 말했다. "진옌, 어서 먹어봐. 오늘 찬이 썩 괜찮아." 진옌은 아무렇지도 않게 담담한 말투로 대답했다. "아뇨. 저는 타이라이를 기다렸다가 함께 먹을 거예요."

타이라이는 아직 일하는 중이었다. 그의 VIP가 복숭아뼈를 다쳐서 물리치료를 받으려고 삼십 분을 추가했던 것이다. 진옌의 말에 다들 전날의 일이 떠올랐다. 전날 점심시간에 진옌이 타이라이 앞으로 걸어가서 "타이라이, 당신 옆에 앉아도 되죠?"라고 말했던 것이다. 사람들은 그것이 대수롭지 않은 농담이라고 여기고 아무도 신경쓰지 않았다. 두훙이 자리에서 일어나 진옌에게 자리를 양보했다. 여기 앉아요. 쉬타이라이가 무슨 베컴도 아니고, 옆에 앉고 싶으면 얼마든지 앉아요.

그런데 진옌이 이번에는 타이라이를 '기다린다'고, '함께' 먹을 거라고 말하자 순식간에 주위가 조용해졌다. 게다가 얼마나 가볍고 담담한 말투였던지! 가볍고 담담한 말이라는 게 그렇다. 본질은 보통 이처럼 엄청난 것이다. 진옌이 여기 온 지 며칠이나 됐다고? 이건 아무래도 너무 빠르잖아! 왜 쉬타이라이에게 반해버린 거지?

그럴 리가. 뭔가 잘못된 거겠지?

잘못된 것은 없었다. 진옌이 타이라이에게 반해버린 것이다. 아직 연애라고 하기에는 그렇지만 무슨 일이 벌어진 것만은 분명했다. 진옌은 타이라이에게 그냥 잘해주는 것이 아니었다. 동료들 사이의 의리는 더욱 아니었다. 타이라이가 일을 끝마치고 오자, 진옌은 그에게 먼저 손을 씻고 오라고 했다. 타이라이가 손을 씻고 오자, 진옌은 타이라이 옆에 앉아서 함께 먹기 시작했다. 진옌은 밥을 먹으면서 "천천히 먹어요"라며 타이라이를 보살피기도 했다. 또한 자기 반찬을 타이라이의 밥 위에 얹어주었다. 그러면서 계속해서 재잘재잘 뭔가 말을 건넸다. 이게 어디 동료 관계인가? 휴게실 안에 정적이 내려앉았다. 타이라이는 이 정적을 감지하고 고개를 숙였다. 사양하고 싶었다. 진옌이 그릇을 내려놓더니 타이라이를 한 대 쥐어박으며 말했다. "남자는 많이 먹어야 하는 거예요. 알겠어요?" 타이라이는 어쩔 줄 몰라하며 그저 밥을 퍼서 입안에 넣기만 했다. 씹는 것조차 잊어버린 듯했다. 타이라이는 볼이 미어지도록 밥을 입안에 밀어넣고 냅다 삼켜버렸다. 여기가 어딘가? 휴게실이었다. 모든 사람이 다 있는 곳이었다. 진옌은 이렇게 거침없는 기백의 소유자였다. 공개된 장소에서, 사람들이 많을수록 아무도 없는 듯 태연하게 굴었다.

진옌은 먹으면서 계속 말을 걸었다. 이따금씩 웃음을 터뜨리기도 했다. 소리는 작았고 나지막했다. 그러니까 뭔가 다정하고 친밀한 분위기가 연출되었다. '연인'들 사이에서나 가능한 그런 분위기 말이다. 상황이 이렇다보니 휴게실에 있는 다른 사람들이 외려 큰 소리로 떠들기 미안한 지경이 되고 말았다. 모두가 굳게 입을 다물자, 진옌과 타이라이의 음식 씹는 소리만이 남았다. 우적우적 와작와작. 씹는 소리를 서로 주고받는 것처럼 들렸다. 마치 부창부수처럼. 다른 사람들은 모두 침묵을 지키고 있었지만 마음속은 뭐라 말할 수 없이 복잡했다. 쉬타이라이가 대체 뭐라고? 대체 뭐라도 된단 말인가? 여기 온 지 얼마 되지도 않은 미녀가 하필이면 저런 놈에게 반해버리다니. 그런데 타이라이는 꼭 마지못해 상대해주는 모양새니, 대체 이걸 누가 믿겠나.

함께 밥을 먹으면서 용감무쌍하고 거침없는 기백을 한껏 과시했다면, 깊은 밤 '집'으로 돌아가는 길에서의 진옌은 또 달랐다. 아무것도 할 줄 모르는 여리고 안쓰러운 여인 같았다. 그녀는 타이라이에게 의지했다. 반드시 타이라이의 손을 꼭 붙잡고, 다른 사람의 손은 마다했다.

깊은 밤, 큰길은 고요했다. 시끌벅적하게 거리를 오가는 사람도 없고, 도로 가득 붐비며 빵빵대는 차들도 없었다. 시끌벅적하고 혼잡한 뒤에 찾아오는 이 고요는 그래서 조금은 갑작스럽고 황량한 느낌을 주었다. 텅 비어 탁 트인 거리는 맹인들의 자유로운 세계가 되었다. 물론 이 세계는 고독한 세계였다. 아무리 손을 잡고 무리 지어 있어도 여전히 고독했다. 진옌은 이 고독을 사랑했다. 그들은 길의 왼쪽을 따라 걸었다. 걷는 내내 그들은 속삭이고 웃었다. 이 시간이면 늘 진옌은 취한 듯한 기분에 빠졌다. 그녀는 이 세계의 주인이었다. 오직 그녀와 타이라이 두 사람만 있는 세계. 아득히 펼쳐진 사막 같은 세계.

나는야 북방의 한 마리 늑대
끝없는 광야를 헤매고 있네
시린 북풍 서글피 불어오고
누런 모래 하염없이 스쳐가네[*]

---

[*] 중국 대중가요 〈늑대(狼)〉의 가사.

이보다 더 좋을 수가 있을까? 없다. 생각해보라. 깊은 밤, 고즈넉한 거리에서, 어쩌면 처량하기까지 한 황무지에서, 한 처녀가 한 총각의 손을 잡고서 걸어간다. 조금도 주저하지 않고. 얼마나 고즈넉하고 얼마나 따스한가!

천천히 당신을 따라 걸어요
천천히 그 끝을 알게 돼요
……
하늘과 땅이 영원하듯
Love is forever*

타이라이는 진옌의 대대적인 선포에 감히 맞설 수가 없었다. 그 정도로 심약하고 겁이 많았다. 천성이기도 했고, 첫사랑의 상처가 너무 깊었던 탓이기도 했다. 뱀한테 물리면 십 년 동안 새끼줄을 보고도 무서워한다지 않던가! 그러나 바로 그런 면모가 진옌이 타이라이를 사랑하게 된 이유였다. 뼛속부터, 진옌은 안쓰러운 남자에게 쉽게 넘어가는 여자였다. 타이라이에게 그러한 상처가 없었더라면, 진옌이 이렇게까지 그를 사랑했을까? 아닐지도 모른다. 진옌은 자신을 잘 알았다. 그녀는 의지와 용기로 똘똘 뭉친 진짜 사나이를 사랑하지 않았다. 그녀는 허우대 멀쩡하고 튼튼한 진짜 사나이를 사랑하지 않았다. 그녀가 사랑하는 것은 바보 같은 사랑으

---

* 중국 대중가요 〈천천히 당신을 따라 걸어요(慢慢地陪着你走)〉의 가사.

로 산산이 부서진 마음이었다. 산산이 부서진 마음이라니, 얼마나 애틋하고 소중한가! 어떻게 부서졌든, 얼마나 조각났든, 진옌은 틀림없이 그 마음을 조각조각 다 그러모을 것이다. 그런 뒤에 손바닥 위에 받쳐들고 한 땀 한 땀 기워줄 것이다. 박음질로 촘촘하게 이어붙일 것이다. 산산이 부서졌던 심장이 바르르 떨다가 처음처럼 완전한 모습으로 수축과 이완을 할 때까지 지켜볼 것이다. 그것이 바로 진옌의 사랑이었다.

점심시간이 한 끼니, 또 한 끼니 이어졌다. 퇴근 시간이 하룻밤, 또 하룻밤 이어졌다. 진옌과 타이라이는 언제나 딱 붙어 있었다. 동료들도 모두 알게 되었다. 진옌과 타이라이, 그들이 연애중이라는 것을. 그럼 그러시든지. 이 세상에는 아름다운 꽃도 있고, 쇠똥도 있는 법이다. 꽃송이가 쇠똥에 가서 꽂히지 말라는 법이 어디 있겠는가?

그러나 문제는 그들이 아직 연애중이 아니라는 데 있었다. 진옌은 알고 있었다. 그들은 아직 연애중이 아니었다. 연애라는 것은, 절대 다른 평범한 일들과 같을 수 없다. 연애에는 연애 나름대로의 의식儀式이 있어야 했다. 한마디 말이어도 좋고, 한 가지 행동이어도 좋고, 그 둘이 함께여도 좋다. 말하지 않아도 서로 마음으로 통하는 무언가를 어떤 행위로 '드러내야만' 비로소 연애라고 할 수 있는 것이다.

진옌은 자신이 할 수 있는 모든 것을 이미 다 했다. 거칠 것 없이 대범하게 해냈다. 그러나 '의식'이라는 이 문제에 있어서만큼은, 진옌도 여자의 자존심을 지키고 싶었다. '사랑해요'라는 이 한마디만은 절대 하지 않을 것이다. 그 말만은 절대 타이라이가 먼저 해야 한다. 이 문제만큼은 진옌도 절대 타협할 수 없었다. 타이라이가 그 말을 하지 않는다면 기다릴 것이다. 진옌에게 그 정도의 인내심은 있었다. 진옌은 그 한마디 말에 집착했다. 반드시 그 말을 들을 것이다. 그녀에게는 그 말을 들을 권리가 있다. 그러고도 남았다. 그 한마디 말을 들어야만 그녀의 연애는 비로소 그 의미를 지닌다.

그러나 타이라이는 진옌에게 그 한마디 말을 해주지 않았다. 물론 진옌도 그러리라 예상했다. 이 문제에 대해서 진옌은 사실 양가적인 감정을 품고 있었다. 그녀는 하루빨리 그 한마디를 듣고 싶었다. 그러나 다른 한편으로는 타이라이가 조금이라도 늦게 그 말을 했으면 하고 바랐다. 타이라이는 이제 막 한 차례의 연애를 끝낸 참이었다. 한 남자가 연애 경험이 있는지 없는지, 결혼을 한 적이 있는지 없는지, 애가 있는지 없는지…… 진옌은 이런 문제에는 관심조차 두지 않았다. 그녀가 신경쓰는 문제는 그 남자의 여자에 대한 태도, 특히 예전 여자친구에 대한 태도였다. 타이라이는 목숨을 건 사랑에서 이제 겨우 바닥을 치고 살아난 참이었다. 목숨을 건지자마자 태도를 바꾸어 곧바로 진옌에게 그 말을 내뱉는다면, 진옌의 마음은 도리어 차갑게 식어버리고 말 것이다. 진옌은 서두를 생각이 없었다. 사랑 고백은 푹 고아낸 곰국 같아야 하는 법.

하루이틀 날이 지나갔다. 하루 또 하루, 일주일 또 일주일. 타이라이는 진옌에게 어떤 말도 하지 않았다. 진옌은 인내심이 있는 편이었다. 그러나 인내한다는 것이, 참고 있다는 것이 기다리지 않는다는 뜻은 아니었다. 시간이 지나면서 마침내 진옌도 더는 참을 수 없는 때가 와버렸다. 진옌이 무엇을 하든 어떻게 하든 타이라이는 꿈쩍도 하지 않았다. 미동조차 없었다. 진옌과 함께 밥을 먹기는 먹는다. 진옌과 함께 퇴근도 한다. 진옌과 함께 이야기도 나눈다. 그러나 막상 '결정적인 순간'이 다가오면 타이라이는 굳게 입을 닫아버렸다. 절대로 진옌의 수에 넘어가지 않았다.

타이라이의 침묵은 놀라울 정도였다. 돌이켜 찬찬히 생각해보면 진옌 스스로도 놀라서 펄쩍 뛸 지경이었다. 그들이 알고 지낸 시간이 이미 짧지는 않았던 것이다. 그런데 타이라이 쪽에서는 어떤 표현의 기미조차 없다. 말을 하려다 만 것이 아니다. 더듬대다 삼켜버린 것도 아니다. 그는 '결정적인 순간'이 닥쳐올 때마다 꿈쩍도 하지 않았다. '결정적인 순간'마다 찾아오는 타이라이의 침묵에 진옌은 자신감이 거의 무너졌다. 그는 정말 나를 사랑하지 않는지도 모른다. '꽃'이 '쇠똥'에게로 가서 꽂혔건만, '쇠똥'이 외려 싫다고 한다. 이럴 수가 있나? 그럴 수도 있다.

진옌은 서서히 힘에 부친다고 느끼기 시작했다. 이제 좀 지쳤다. 그런데도 일이 이 지경이 되었으니 사실 물러설 수도 없었다. 지금 그녀를 가장 지치게 하는 것은 타이라이의 굳은 침묵이 아니었다. 모든 사람이 그들의 관계를 다 안다는 것이었다. 그녀가 큰소리 뻥뻥 치며 대대적으로 공표했으니까. 그들이 바야흐로 '연애중'인데, 진옌이 큰소리로 허풍을 떨지 않을 이유라도 있는가? 없다. 진옌은 언제나 봄바람에 생긋 웃는 꽃송이처럼 굴어야 했다. 그건 정말 해먹기 힘든 짓이었다.

진옌은 고백하지 않았다. 타이라이도 고백하지 않았다. 진옌은 인내심이 강했다. 타이라이는 더더욱 인내심이 강했다. 진옌은 자신이 쭉 기다릴 수 있을 거라고 생각했다. 그러나 이번에는 아니었다. 그녀가 기다리는 것은 타이라이가 아니라 시간이었다. 시간 그 자체였다. 시간은 무궁무진해서, 진옌의 인내심보다 훨씬 많은 '내일'을 가지고 있었다. 이 내일은 끝이 보이지 않았다. 아득하게 멀고 정해진 기약조차 없었다. 진옌은 마침내 더는 기다릴 수 없다는 사실을 인식했다. 그녀의 인내심이 무너지고 만 것이다. 타이라이는 그녀보다 더 끈질기고 그녀보다 꾸준한 인내심으로 그녀를 철저하게 무너뜨렸다. 타이라이의 인내심은 무시무시했다. 사람이 아닌 것 같았다. 진옌에겐 오직 한 가지 생각만 남았다. 한바탕 속 시원히 울어나보자. 다행히 진옌은 제 성격을 잘 알았다. 일단 울었다 하면 그 소리가 엄청날 것이다. 그래서 아예 반나절 휴가를 내고 칼라맨으로 갔다. 칼라맨은 노래 연습장이다. 진옌은 노래방 한 칸을 빌려서 음량을 최대로 올렸다. 그런 다음 온 힘을 다해 목을 놓아 울었다.

운 건 운 거고, 진옌은 남몰래 준비를 시작했다. 그녀는 어머니에게 전화를 걸어 몸 상태가 "별로"라고 말했다. 그녀는 어머니가 뭐라고 할지 잘 알고 있었다. 예상대로 어머니는 어서 돌아오라고 했다. 진옌은 못 이기는 척 대꾸했다. 좀 보고요. 이 "좀 보고요"는 의미심장했다. 이 말에는 어떤 결심이 감추어져 있었다. 진옌은 쉬씨 성을 가진 인간과 결판을 지을 참이었다. 잘되면 그대로 난징에 남고, 안 되면 고향으로 곧장 돌아가버릴 것이다.

마지막 패를 뒤집은 사람은 역시 타이라이가 아니라 진옌이 되었다. 이날 저녁에는 장쭝치, 지팅팅, 타이라이와 진옌이 한 팀을 이루고, 종업원인 샤오탕이 길라잡이를 서서 함께 '집'으로 돌아갔다. '집' 문 앞, 그러니까 건물 입구의 계단 아래에 도착하자 진옌이 멈춰 섰다. 진옌은 장쭝치 옆으로 걸어가더니 장쭝치와 맞잡고 있는 타이라이의 손을 빼내며 말했다. "장 사장님, 먼저들 올라가세요. 저희는 좀 있다 올라갈게요." 장쭝치는 웃으며 샤오탕의 손을 잡고 위층으로 올라갔다. 진옌은 타이라이의 윗옷 자락을 잡은 채 길가에 서 있었다. 동료들이 모두 위층으로 올라갔다는 것을 확인하자 진옌은 에두르지도 않고 단도직입적으로 말을 꺼냈다. "타이라이, 나 당신과 할 말이 있어요." 그 기세가 얼마나 엄청났던지 타이라이의 표정이 금세 무겁게 가라앉기 시작했다. 진옌에게 자신의 표정이 보이는 것은 아닐까싶어 그는 고개를 숙였다. 타이라이는 오늘밤 무슨 일이 일어날 것임을 직감했다.

그러나 무슨 일이 일어나든 말을 하지 않겠다고 타이라이는 마음을 굳혔다. 진옌은 이 밤에 반드시 타이라이와 결판을 짓겠다고 벼르던 참이라 타이라이의 그런 태도를 '보고' 그만 화가 치밀어올랐다. 오늘밤 진옌은 그야말로 결연했다. 당신이 말하지 않겠다면, 좋아, 나도 말하지 않겠어. 계속 이렇게 가보자고. 언제까지 이렇게 갈 건지 두고 보겠어. 설마 해가 뜰 때까지 가려고? 당신이 목석이면 난 목석 할머니야. 하는 데까지 한번 해보자고.

그러나 이번에도 진옌이 틀렸다. 인내심을 갖고 그녀가 쉬타이라이를 이길 수는 없었다. 그렇게 십여 분쯤 지났을까? 진옌은 더는 버티지 못할 만큼 열불이 치밀었다. 진옌은 온 힘을 다해 자신을 진정시키며 한 손을 뻗어 타이라이의 어깨를 잡고 버텼다. 진옌이 말했다.

"타이라이, 센터 사람들은 모두 맹인이지만, 그 사람들은 다 알아챘다고요. 모두가 다 아는 걸 당신만 몰라보는 거예요? 당신은 아무것도 모른다는 거예요?"

타이라이는 마른기침을 한 번 내뱉고 발끝으로 땅바닥에 선을 그렸다.

"당신은 끝내 내가 입을 열도록 할 참이군요." 진옌의 목소리가 변해갔다. 거의 울음 섞인 목소리였다. "……타이라이! 나도 여자라고요."

진옌이 말했다. "타이라이, 당신은 말하지 않겠다는 거죠. 그렇죠?"

진옌이 말했다. "타이라이, 끝내 내가 말하도록 할 참인 거야. 그렇죠?"

진옌이 말했다. "타이라이, 당신 정말 말하지 않을 셈이에요?"

타이라이의 발은 계속 움직이고 있었다. 입술도 움직이고 있었다. 그러나 그의 혀는 굳은 것처럼 꿈쩍도 하지 않았다.

진옌은 이제 두 손으로 타이라이의 어깨를 잡았다. 화가 났다. 화가 머리끝까지 치밀었다. 오랫동안 억눌러왔던 우울과 분노가 마침내 터져나왔다. 진옌이 큰 소리로 말했다. "도대체 말을 할 거예요, 말 거예요?!"

"……말할게." 타이라이는 더듬거리며 입을 열었다. "말할게." 그는 진옌을 '바라보면서' 한참을 망설이다가 마침내 입을 열었다. "나는 당신에게 어울리지 않아."

이 말을 하자 타이라이는 벌써 가슴이 미어졌다. 그는 거의 흐느끼고 있었다. 그는 알고 있다. 그는 사랑하는 사람에게 어울리는 짝이 아니었다. 진옌이 제대로 듣지 못했을까봐 타이라이는 다시 한번 그 말을 반복했다. "진옌, 난 정말, 당신에게, 어울리는 짝이 아니야."

이런 거였구나. 세상에, 하느님 맙소사! 이런 거였어. 진옌은 이 순간을 수만 번이나 상상했었다. 모든 상황을 상상해봤지만 이 상황만은 전혀 상상하지 못했다. "나는 당신에게 어울리지 않아" "난 정말, 당신에게, 어울리는 짝이 아니야"라니. 세상에는 수천 수만 가지의 연애가 있다지만 이보다 더 좋은 시작이 또 있을까? 없다. 없었다. 사랑 앞에서 진옌은 줄곧 자신을 낮춰왔다. 스스로를 낮춰 생각하는 그녀의 마음이 기다려왔던 것은 결국 더 못나고 모자란 마음이었던 것이다. 하찮고 못나고 모자라고 정말 형편없는 마음. 하지만 사랑 안에서, 하찮고 못나고 모자란 것은 사람의 마음을 움직인다. 그것은 사람을 취하게 만들고 사람의 마음을 따스하게 한다. 사랑이란 본디 그런 것이다. 자신은 실오라기 하나 걸치지 않더라도, 자신이 지닌 깃털을 마지막 하나까지 뽑아 상대에게 달아주는 것. 진옌은 제 팔을 거둬들이고 제자리에 못박힌 듯 서서 타이라이를 '바라보고' 있었다. 그녀의 어깨가 떨리기 시작했다. 온몸이 떨렸다. 그녀가 무슨 말을 더 할 수 있을까? 무슨 말을 해야 좋을까? 진옌은 주먹을 불끈 쥐었다. 머릿속이 텅 비었다. 이 순간 우는 것 말고 그녀가 또 무엇을 할 수 있을까? 진옌은 흑 하는 소리와 함께 큰 소리로 엉엉 울기 시작했다.

진옌의 울음소리가 깊은 밤을 뚫고 날아갔다. 밤이 깊어서 무척 고요했다. 진옌의 울음소리는 갑작스러웠다. 여기가 어디인가? 고즈넉한 주택단지였다. 장쫑치가 진다제와 가오웨이를 대령하고 쏜살같이 아래층으로 내려왔다. 그들은 진옌을 끌고 안으로 들어가려고 했지만 진옌은 말을 듣지 않았다. 장쫑치는 어찌할 도리가 없어서 우는 낯으로 웅얼댔다. "진옌, 우리는 세 들어 사는 사람들이 야. 당신이 이러면 여기 사람들한테 원망을 듣게 돼." 진옌의 귀에 어디 그런 소리가 들어가기나 하겠는가? 진옌은 그런 일 따위는 상관도 하지 않았다. 그녀는 그저 울고 싶을 따름이었다. 이런 때에 실컷 울지 않고 뭘 더 기다리는가!

진다제는 일찌감치 잠이 들어 꿈속을 헤매다가 장 사장의 부름에 깨어난 터였다. 잠에서 깨자마자 진옌의 무지막지한 울음소리가 들려왔다. 진다제는 일의 내막은 알지 못했다. 그러나 진옌이 저렇게 목 놓아 운다면 원인은 딱 하나다. 쉬타이라이가 울린 것이다. 여자들은 어떠한 경우라도 여자 편에 서는 법이다. 진다제는 왕언니의 명분을 내세워 사람을 잡아먹을 듯이 사납게 다그쳤다. "쉬타이라이, 도대체 무슨 일로 우리 진옌을 울린 거야?!" 쉬타이라이는 억울했다. 진옌이 왜 이렇게 난리법석을 떠는지, 그는 도무지 알 수 없었다.

쉬타이라이는 장쫑치에게 저만치 끌려갔다. 진다제는 진옌을 다독이며 말했다. "됐어. 이제 그만 울자." 진옌은 흐느끼면서 고개를 들었다. 거의 숨이 넘어갈 지경이었다. 진옌이 말했다. "언니 먼저 올라가세요. 저는 오 분만 더 울고 갈게요." 희한한 말이었다. 도대체 어떤 상황이기에 '오 분만' 더 아프고 만단 말인가? 진다제는 가로등 불빛을 빌려 진옌의 표정을 자세히 살폈다. 진옌의 표정과 그녀의 울음소리는 도무지 어울리지 않았다. 그 즉시 진다제는 상황을 파악했다. 쉬타이라이는 십중팔구 애먼 누명을 쓴 것이다. 누명을 썼으면 쓴 거지 뭐. 고기 반찬을 하는 날 두어 점 더 얹어주면 된다. 쉬타이라이가 누명을 쓴 거라면 진옌한테는 아무 일도 없는 셈이다. 진다제는 부드러운 말씨로 그녀를 달랬다. "내 말 듣고 함께 올라가자. 너는 안 자도 다른 사람은 자야 하잖아?" 진옌은 진다제를 밀어내며 말했다. "안 돼요, 언니. 울지 않으면 안 된다고요."

진다제는 속으로 긴 한숨을 내쉬었다. 세상이 정말 변했다니까. 젊은 사람들 말은 도통 알아들을 수가 없단 말이지. '울지 않으면 안 돼요'는 또 뭐란 말인가!

'사랑해'라는 말조차도 결국은 진옌이 먼저 해버렸다. 타이라이의 품에 안긴 채로. 타이라이는 열등감에 시달리고 있었다. 그는 사랑을 두려워했다. 사랑을 표현하는 데에는 더더욱 그랬다. 그러나 진옌은 자신에 대한 타이라이의 애틋함을 느낄 수 있었다. 그는 진옌을 두려워했다. 자신이 그녀를 망칠까봐 두려워했고, 그녀를 어떻게 하게 될까봐 두려워했다. 긴장한 나머지 거친 숨을 몰아쉬었다. 손가락이 다 굳어버렸다. 진옌은 타이라이의 품에 안겨서, 하염없이 밀려드는 사랑의 감정에 그만 저도 모르게 그 말을 내뱉고 말았다. 말할 수 없으면 하지 말라지 뭐. 더는 그를 몰아세우지 않을 거야. 사랑 앞에서 타이라이는 농사꾼 같다는 사실을 진옌은 이제 알게 됐다. 타이라이는 겁이 많고 아둔한데다 앞뒤가 꽉 막혔으며 도무지 하나밖에 몰랐다. 이것들은 모두 단점이었다. 그러나 이런 단점들이 사랑의 특징이 되고 나면 특별해진다. 진옌은 농부의 품에 안긴 한 마리 뱀이 되기로 했다. 물론 독사는 아니고 물뱀이었다. 아주 작고 요리조리 꿈틀대는 물뱀. 뱀은 사람을 무는 법이다. 그녀도 타이라이를 물고 싶었다. 그녀의 사랑은 영원히 날카로운 송곳니를 지닐 것이다. 이런 생각들을 하다보니 웃음이 났다.

진옌은 소리 없이 웃었다.

"타이라이, 나 좋아해요?"

"좋아해."

"나 사랑해요?"

"사랑해."

"자기 전에 내 생각 해요?"

"생각해."

"평생 나한테 잘해줄 거죠?"

"그럴 거야."

진옌은 그를 깨물었다. 그냥 장난으로 문 게 아니라 정말로 세게
물었다. 진옌은 타이라이의 목을 꽉 깨물었다. 타이라이가 고통에
찬 신음을 내뱉을 때까지. 그 소리를 듣고야 진옌은 물었던 이를
스르르 풀었다.

"아파요?"

"아파."

"내가 당신을 얼마나 많이 사랑하는지 알아요?"

"알아."

"내가 당신 같은 사람한테 시집가고 싶어하는 거 알아요?"

"알아."

"당신도 날 물어봐요."

"난 안 물 거야."

"물어봐요."

"난 안 물 거야."

"왜 안 물어요?"

"난 당신을 아프게 하고 싶지 않아."

그 대답에 진옌은 감동했다. 너무 감동해서 진옌은 한번 더 타이라이의 목을 물었다. 데이트를 한 지 한 시간도 채 되지 않았는데 타이라이의 몸 이곳저곳이 상처투성이가 되었다.

진옌이 갑자기 뭔가 생각이라도 난 듯 타이라이의 품에서 빠져나가더니 타이라이를 제 품에 안고 어루만지며 더할 나위 없이 중요한 질문을 던졌다.

"타이라이, 나 예뻐요. 꽤 미인이라고요. 알고 있어요?"

"알아."

진옌은 타이라이의 손을 쥐며 말했다.

"한번 만져봐요. 예뻐요?"

"예뻐."

"다시 한번 만져봐요. 예뻐요?"

"예뻐."

"어떻게 예쁜데요?"

쉬타이라이는 난처했다. 그는 선천적인 맹인이었다. 예쁜 게 무엇인지 알 리가 없었다. 쉬타이라이는 한참을 묵묵히 숨을 참고 있다가 마치 선서라도 하는 것처럼 비장한 목소리로 말했다.

"훙사오러우*보다 예뻐."

---

* 돼지고기를 간장 양념으로 볶은 요리.

닥터 왕

⠠⠙⠀⠠⠕

닥터 왕은 혼자서 집으로 돌아갔다. 샤오쿵은 데리고 가지 않았다. 수화기를 통해 전해지는 어머니의 목소리가 뭔가 심상치 않았기 때문이다. 닥터 왕은 어머니에게 여러 말을 묻지 않았다. 그러고는 일이 끝나자마자 샤푸밍에게 인사를 하고 바로 집으로 돌아갔다. 집이라면, 사실 두려운 마음이 있었다. 가까이하고 싶은 마음도 있지만, 멀리하고 싶은 마음도 있었다. 가장 큰 문제는 부모님과 서로 무슨 말을 해야 좋을지 모르겠다는 점이었다. 난징에 돌아왔으니 집에 자주 들러 부모님을 뵈는 것이 마땅한 도리겠지만 닥터 왕은 그러지 않았다. 대신 매일 한 번은 집에 전화를 걸어 나름의 책임은 다하려고 했다. 일반적인 상황이라면 닥터 왕이 한창 열애중이니 자주 집에 간다면 얼마나 좋겠는가! 밖에서는 많은 일들이 불편하기 마련이니까. 그런데도 닥터 왕은 내키지 않아했다. 차라리 부모님과 어느 정도 거리를 두고 지내면서 그리워하고 애틋해하는 편이 낫다고 생각했다. 그렇게 지내는 데 거의 익숙해졌다.

닥터 왕은 십 안으로 들어서자마자 분위기가 심상치 않다는 것을 느꼈다. 부모님은 아무 말이 없고, 집안에 다른 누군가가 있는 것 같았다. 무슨 일이 생긴 거지? 영 음산했다.

닥터 왕은 당황했다. 집으로 오면서 동생에게 미리 전화 한 통 걸지 않은 게 후회됐다. 어쨌거나 두 눈이 멀쩡한 동생이 이 집의 기둥이었다. 동생이 있었다면 집안 분위기가 분명 이렇지 않았을 것이다. 다행히 닥터 왕은 대충 마음을 가라앉히고 먼저 어머니에 게 인사를 하고 아버지에게도 인사를 했다. 한 손으로 소파를 더듬 으면서 다른 한 손으로는 호주머니 속의 휴대폰을 잡았다. 그러곤 바로 동생의 휴대폰 번호를 누르기 시작했다.

"이분이 형님이시겠죠?" 누군가 듣기 좋은 목소리로 말했다.

닥터 왕은 짐짓 놀랐다는 듯 웃으며 말했다. "집에 손님이 계셨 네요. 누구시죠?"

닥터 왕의 휴대폰이 그 순간 호주머니 속에서 이렇게 말했다. "죄 송합니다. 전화기가 지금 꺼져 있습니다."

"우리가 누구인지는 말씀드려도 별 의미가 없습니다. 동생분께 물 어보시는 편이 낫겠네요. 하지만 동생분 전화는 늘 꺼져 있어서요."

휴대폰에선 기계음만 되풀이되며 흘러나왔다. "죄송합니다. 전 화기가 지금 꺼져 있습니다."

고요한 거실에 휴대폰 소리가 또렷하게 울려퍼졌다. 닥터 왕은 어찌할 바를 몰라 아예 호주머니의 휴대폰을 꺼버렸다. 마음속의 두려움이 커지는 것을 도무지 막을 수가 없었다.

"어머니, 왜 손님들께 차도 한 잔 안 드리세요?"

"신경쓰지 마세요. 벌써 주셨습니다."

"그럼…… 차 드세요."

"신경쓰지 마세요. 계속 마시고 있으니까요. 우리는 돈을 받으러 온 겁니다."

닥터 왕의 심장이 우당탕 내려앉았다. 역시 문제가 생긴 거였어. 역시 잘못 걸린 거야. 그러나 다시 생각해보니 이건 아니었다. 아무리 그래도 돈 받을 사람들이 집까지 쫓아오다니! 이렇게까지 하는 건 아니지. 닥터 왕은 예의바르고 깍듯하게 말을 건넸다. "제게 설명 좀 해주시겠습니까? 누가 그쪽에 빚을 졌나요?"

"당신 아우님요."

닥터 왕은 깊게 한 번 숨을 들이마셨다. 알겠다. 일단 상황을 파악하고 나니 더이상 두렵지 않았다.

"어디서 오신 분들입니까?"

"아래쪽에서 왔습니다."

"아래쪽이라니요?"

"아래쪽 말입니다. 물론 바지 아래쪽이라는 뜻은 아니죠. 마작 하우스 아래 속한 사람들입니다. 우리는 규정대로 하는 사람들이죠."

닥터 왕은 아무런 말도 하지 않고 손가락 마디를 꺾기 시작했다. 왼손 마디를 다 꺾고 나서는 오른손 마디를 꺾었다. 오른손 마디를 다 꺾고 나서는 다시 왼손 마디를 꺾었다. 하지만 이미 한 번씩 관절을 꺾고 난 후라 더이상 소리는 나지 않았다.

"빚을 졌으면 갚는 게 당연한 도리죠." 닥터 왕이 말했다. "하지만 우리 아버지가 여러분께 빚을 진 것도 아니고 우리 어머니가 여러분께 빚을 진 것도 아닙니다. 저도 여러분께 빚을 지지 않았고요."

"우리 규성도 형님께서 굳이 이렇게 오시도록 성가시게 해드리는 건 아닙니다. 우리는 아우님의 상환 각서를 가지고 있습니다. 상환 각서에는 전화번호와 주소가 적혀 있죠. 우리는 각서만 알지 사람은 모릅니다. 우리는 규정대로 하는 사람들이니까요."

듣기 좋은 목소리의 주인공은 벌써 두 번이나 자신들이 규정대로 하는 사람들임을 강조했다. 듣다보니 닥터 왕의 심장이 내려앉으며 저도 모르게 솜털이 곤두섰다. 막 내려놓았던 마음이 다시 조여들었다. '규정대로 하는 사람'이라니 대체 무슨 뜻인가? 한없이 나락으로 떨어지는 것만 같은 말이다.

"우리는 돈이 없습니다." 닥터 왕이 말했다.

"그건 우리 소관이 아니지요." 듣기 좋은 목소리가 말했다.

닥터 왕은 숨을 한 모금 급히 들이마시고 온몸의 용기를 끌어모아 대항했다. "있다고 해도 우리는 돈을 드릴 수 없어요."

"그건 안 될 말씀입니다."

"해보자는 거군요?" 닥터 왕이 말했다.

"뭘 해보자는 게 아닙니다." 듣기 좋은 목소리가 말했다. "우리는 돈에 관해서만 관여합니다. 도저히 받을 수 없을 것 같으면 그만두죠. 그 뒷일은 다른 사람들이 합니다. 그게 우리 규정이거든요. 우리는 규정대로 하는 사람들이고요."

오싹한 말이었다. 닥터 왕은 말 한마디 한마디에 뼈가 있다는 것을 분명히 알아들었다.

"동생이 도대체 얼마나 빚을 졌나요?"

"이만 오천. 장시에서 산베이까지.* 아주 멋진 숫자죠."

"뭘 어쩌자는 겁니까?"

"우리는 돈을 가져갈 겁니다."

"세상에 인정과 사리도 없습니까?" 닥터 왕은 갑자기 버럭 고함을 내질렀다. 소리는 무척 우렁찼지만, 사실은 두려움이 가득 어려 있었다.

"세상의 인정과 사리가 아닙니다." 듣기 좋은 목소리는 따지는 것을 좋아했다. "법률이죠. 우린 법에 대해 잘 압니다."

닥터 왕은 더이상 말하지 않고 가쁜 숨을 몰아쉬기 시작했다. 그러고는 벌떡 자리를 박차고 일어나 휴대폰을 꺼내든 뒤 삑삑삑삑 전화번호를 눌러댔다. 휴대폰에선 여전히 같은 말만 흘러나왔다. "죄송합니다. 전화기가 지금 꺼져 있습니다." 닥터 왕은 팔을 치켜들며 휴대폰을 냅다 내던지려 했지만 누군가 그를 막았다. 닥터 왕은 힘이 좋았다. 다시 한번 팔을 휘둘렀다. 그러나 저쪽 팔심이 더 좋았다.

"휴대폰에 그러실 필요 없지 않습니까." 듣기 좋은 목소리가 말했다. 막아서는 팔뚝 따로. 달래는 목소리 따로. 그 또한 규정인 모양이었다. 집안에는 다른 일을 할 사람들도 더 있었다.

"용건은 나한테 말해요!" 닥터 왕이 말했다. "우리 부모님은 건드리지 말고!"

"우리가 당신을 상대할 수는 없지요." 듣기 좋은 목소리가 말했다.

몸이 불편한 사람으로서 닥터 왕은 그 말의 뜻을 충분히 알아들었다. 그 말은 모욕적이었다. 그러나 이 모욕이 닥터 왕에게 이성

---

* 중국 공산당이 장시에서 산베이까지 대장정을 한 거리가 이만 오천 리.

을 되찾아줬다. 닥터 왕은 흥분을 가라앉히고 말했다. "도대체 뭘 어써셌나는 겁니까?"

"돈을 받아 갈 겁니다."

"지금은 내가 줄 돈이 없습니다. 정말 돈이 없어요."

"우리가 시간을 좀 드릴 수 있을 겁니다."

"좋아요." 닥터 왕이 말했다. "일 년으로 합시다."

"닷새."

"반년."

"열흘 드리죠."

"석 달." 닥터 왕이 말했다.

"가장 길게 드릴 수 있는 게 보름입니다." 듣기 좋은 목소리가 말했다. "이게 마지막입니다. 보름 이상은 드릴 수 없습니다. 댁의 아우님이 정말 나빴죠. 그 사람은 길을 잘못 들어섰어요."

닥터 왕이 마사지센터로 돌아왔을 때는 이미 밤 아홉시가 넘어 있었다. 돌아오는 길에 닥터 왕은 만원 버스 안에 꼭 끼어 흔들리면서 똑바로 앞만 바라보았다. 그것은 닥터 왕의 버릇이었다. 그는 공공장소에 있을 때면 언제나 그렇게 똑바로 앞만 보았다. 그러나 그의 마음은 눈앞이 아니라 돈을 향해 있었다. 그는 이리저리 열심히 주판알을 튕겼다. 이만 오천 위안. 수중의 현금으로는 어떻게 쥐어짜도 안 되는 돈이었다. 주식을 파는 것 외에 다른 방법이 없어 보였다. 그러나 그 생각은 바로 지워버렸다. 결혼을 한대도 그렇게까지 하지 않을 텐데, 지금 이 상황에서는 더더욱 내키지 않았다. 닥터 왕은 마음을 모질게 먹었다. 니미 시부릴! 내가 빌린 돈도 아닌데 알게 뭐야!

'마음을 모질게 먹었다'는 말은 사실 닥터 왕이 스스로를 위로하기 위해 그런 척한 것에 불과했다. 한차오성*이 중국 축구 경기를 해설하며 했던 말처럼 말이다. "아무개 선수가 수비수가 없는데도 완벽한 할리우드 액션을 취하네요." 할리우드 액션이 끝나자, 닥터 왕의 마음은 중국 축구팀 선수들의 허벅지처럼 완전히 물러져버렸다. 마음이 무른 사람은 원망을 잘한다. 닥터 왕은 돈이 미웠다. 아래쪽이 미웠다. 아래쪽에서 온 사람들이 미웠다. 동생이 미웠다.

동생은 인간쓰레기다. 차마 냄새를 맡을 수 없을 정도로 상한 고깃덩어리다. 부모님이 너무 오냐오냐해서 그 모양이 되었다는 데에는 의심의 여지가 없다. 그런 생각을 하니 닥터 왕은 부모님 때문에 또 가슴이 아팠다. 부모님은 당신들의 피와 살을 모두 헛되이 쓰고 말았다. 그 모든 사랑을 동생놈 하나에게 쏟아부어 결국 그런 무용지물을 길러내시다니! 동생은 닥터 왕의 부족함을 메우기 위해 이 세상에 온 것이었다. 그렇게 생각하니 닥터 왕은 또 자기 자신을 미워할 수밖에 없었다. 자기 눈이 미웠다. 이놈의 눈이 아니었다면 부모님은 동생을 낳지 않았으리라! 설사 낳았다 해도 지금처럼 금이야 옥이야 키우지는 않았으리라! 어쨌든 아우는 자기 죄의 산물이었다.

이 빚은 반드시 닥터 왕이 갚아야 하는 것이다. 그렇게 정해진 운명이었다.

닥터 왕은 경찰에 신고하는 쪽으로도 머리를 굴려보았지만 그래서 해결될 일이 아니었다. 그자들 손에는 동생이 쓴 상환 각서가

---

* 중국의 축구 해설위원. 재치 있는 입담으로 유명하다.

있다. 닥터 왕에게는 승산이 없었다. 닥터 왕은 동생이 그 각서에 대체 뭐라고 썼는지 영원히 알 수 없을 것이다. 닥터 왕은 그 개자식들에게 완벽한 조직이 있음을 진작 알아차렸다. 그들은 떳떳했다. 그들은 어떻게 '법대로 처리하는지' 알고 있다. '규정대로 하는 사람들'이니까.

그래서 돈은? 대체 어디서 돈을 구한다?

닥터 왕은 문득 아직까지 동생의 이야기는 듣지 못했다는 데 생각이 미쳤다. 닥터 왕은 다시 한번 아우의 휴대폰 번호를 꾹꾹 눌렀다. 휴대폰은 여전히 꺼진 채였다. 닥터 왕은 또 한 가지 생각이 떠올랐다. 왜 제수씨를 찾아볼 생각을 못했지? 닥터 왕은 바로 어머니에게 전화를 걸어 제수의 휴대폰 번호를 알아내 전화를 걸었다. 예상외로 바로 연결됐다. 수화기 너머에서 하늘과 땅이 뒤집히는 듯한 폭발음이 울리고 비행기가 날아가는 소리가 들렸다. 아마도 영화관인 모양이었다. 닥터 왕은 목소리를 내리깔고 말했다. "샤오닝?" 그러자 제수가 물었다. "누구세요?" 닥터 왕은 대꾸했다. "납니다, 제수씨. 동생 녀석과 함께 있습니까?" 제수가 말했다. "우리 영화 보고 있어요." 닥터 왕은 헛웃음이 절로 나왔다. "영화를 보고 있는 줄은 알겠어요. 그 녀석 좀 바꿔주세요."

드디어 동생이 나타났다. 그동안 어디 숨어 있는지 도통 모르겠더니만 결국은 나타났다. 닥터 왕이 말했다. "형이다. 너 어디냐?"

"안후이,* 시골에."

아, 안후이, 시골. 안후이 풍경이 좋긴 하지. 거기 숨어 있었구나.

---

* 중국 양쯔 강 하류에 있는 성.

하지만 숨는 것도 하루이틀이지, 보름은 넘기지 못할 텐데 언제까지 숨어 있으려고?

"무슨 일이야? 나 영화 보는 중인데." 아우가 말했다.

"너 돈 빌렸냐?" 닥터 왕은 조심스럽게, 최대한 이성적으로 말하려고 노력했다. 그는 동생이 성질을 낼까 두려웠다. 성질을 내면 전화를 그냥 끊어버릴 수도 있었다.

"응."

"사람들이 집까지 찾아왔더라."

"그 사람들 원래 집으로 찾아오고 그래." 동생이 말했다. "그게 뭔 대수라고."

"원래 집으로 찾아오고 그런다면 다야? 너는 안후이로 가서 숨는다고 치자. 아버지 어머니는 어디로 숨으시겠어?"

"누가 숨었다고 그래? 우린 그냥 황산에 놀러온 건데."

"그럼 전화는 왜 꺼놨어?"

"요금 충전한 거 다 떨어져서. 돈도 안 들어 있는데 켜놔서 뭐해?"

닥터 왕은 말문이 막혔다. 동생이 정말 숨은 것이 아니라는 사실을 알 수 있었다. 말하는 품이 전혀 '숨어 있는' 사람 같지 않았던 것이다. 동생의 말투는 거리낌이 없었다. 짐짓 그런 척하는 것도 아니었다. 동생 녀석은 정말 난놈이다. 대범하기가 이루 말할 수 없고 어떤 큰일도 대수롭지 않게 여긴다. 닥터 왕은 애가 탔다. 애가 타자 목소리가 커졌다. "넌 걱정도 안 돼? 그렇게 많은 돈을 빚 져놓고!"

"걱정할 게 뭐 있어? 내가 돈을 빌린 거지, 누가 내 돈을 빌려간 것도 아니잖아."

"너는 그놈들이 부모님한테 칼부림이라도 하면 어쩌나 걱정도 되지 않는 거냐?"

"그냥 겁만 주는 거야. 너무 걱정하지 마. 그게 뭐 대수라고? 겨우 그만한 돈에 누가 칼부림을 하겠어?"

"돈을 빌렸는데 왜 안 갚고 있는 거야?" 닥터 왕이 말했다.

"안 갚는다고는 안 했어."

"그럼 갚아."

"돈이 없는데."

"돈이 없어도 갚아야지."

"뭘 그렇게 조급해하고 그래? 왜 형이 조급해해?" 동생이 말했다. "어쨌든 다 살게 되어 있어."

동생은 웃고 있었다. 비록 웃음소리가 들리진 않았지만 닥터 왕은 알 수 있었다. 동생은 안후이에서 웃고 있다. 동생의 웃음에 닥터 왕은 자신이 초라하게 느껴졌다. 머리부터 발끝까지 사람답게 살지 못하고 있는 기분이었다. 문득 말할 수 없이 참담해진 닥터 왕은 황급히 전화를 끊었다.

닥터 왕은 대로변에 멈춰 선 채로 망연히 사방을 둘러보았다.

난징에는 동생 같은 사람들을 부르는 특별한 호칭이 있다는 것이 떠올랐다. '산 귀신'. 닥터 왕은 지금까지 그게 대체 무슨 뜻인지 알 수 없었다. 이제는 알겠다. '산 귀신'은 신기한 존재였다. 누구도 그들이 이 세상에서 어떻게 살아가는지 알지 못한다. 어떤 해괴한 마력을 지녔는지도 큰 비밀이었다. 사람들은 그들이 결코 살아갈 수 없을 거라 걱정하지만 그들은 잘 살아간다. 대부분의 사람들보다 훨씬 더 잘 살아간다. 그들은 삶의 바깥에 있기도 하고, 삶의 한가운데에 있기도 하다. 삶의 가장 밑바닥에 있기도 하고, 삶의 가장 높은 곳에 있기도 하다. 그들은 낙관적이지도 않지만 그렇다고 비관적이지도 않다. 얼굴에 떠오른 소리 없는 미소가 그들의 표지 가운데 하나다. 그들이 지닌 가장 두드러지는 특징은 그들의 입버릇이다. 그들이 입버릇처럼 내뱉는 말에는 그들의 철학이 담겨 있다. "너무 걱정하지 마." "그게 뭔 대수라고." 아무리 엄청난 일을 맞닥뜨려도 마찬가지다. "그게 뭔 대수라고?" "너무 걱정하지 마."

"그게 뭔 대수라고." 그 말에 해가 떨어졌다. "너무 걱정하지 마." 그 말에 해는 다시 떠올랐다. 해는 날마다 떠오르니 "너무 걱정하지 마"라고 그들은 말했다. 날마다 떨어지는데 해인데 "그게 뭔 대수라고."

닥터 왕이 마사지센터에 돌아왔을 때 샤오쿵은 아직 일하는 중이었다. 닥터 왕은 완전히 지쳐 소파에 몸을 묻었다. 손가락 하나 까딱하고 싶지 않았다. 머릿속은 온통 돈 생각뿐이었다. 돈 문제만큼은 어떻게든 만반의 준비를 갖출 셈이었다. 일단 돈은 마련해 둬야 한다. 그게 옳다. 동생은 자신의 '보완재'로서 이 세상에 태어난 것이 아니던가? 닥터 왕은 마음을 정했다. 이번에는 내가 동생의 '보완재'가 되어주자. 닥터 왕은 어두운 표정으로 웃었다. 이런 게 삶이라는 거겠지? 삶의 본질은 이렇게 '메우는' 것이다. 동쪽 담을 허물어서 서쪽 담을 메우고, 서쪽 담을 허물어서 동쪽 담을 메운다. 남쪽 담을 허물어서 북쪽 담을 메우고, 북쪽 담을 허물어서 남쪽 담을 메운다. 안쪽 담을 허물어서 바깥쪽 담을 메우고, 바깥쪽 담을 허물어서 안쪽 담을 메운다. 높은 담을 허물어서 낮은 담을 메우고, 낮은 담을 허물어서 높은 담을 메운다. 허물고 메우다. 마지막까지 허물고 마지막까지 메우면 삶은 제자리로 돌아가 있겠지만, 어쩌면 완전히 새로운 모습일 수도 있다.

사실 샤오쿵에게 돈을 빌리지 못할 이유는 없다. 그러나 말을 하자니 아무래도 껄끄러웠다. 금전 문제만큼은, 샤오쿵은 말하기 좋은 상대가 아니었다. 그래도 우선 상의라도 해보자. 열시가 되기 전에 샤오쿵의 일이 끝났다. 닥터 왕은 사푸밍을 문밖으로 끌고 나갔다. 그는 사 사장에게 작은 소리로 그와 샤오쿵이 오늘 "첫 퇴근 조"보다 조금 "일찍 돌아가겠다"고 말했다. '첫 퇴근 조'는 마사지센터의 '첫 출근 조' 때문에 생긴 규정이었다. 마사지센터는 오전 열시 전에는 손님이 별로 없어서 대부분의 마사지사들은 오전 열시에 출근한다. 그러나 열시까지 가게 문을 닫은 채로 놔둘 수는 없어서 누군가는 먼저 나와야 했다. 아침에 먼저 나오는 그룹이 바로 '첫 출근 조'였다. '첫 출근 조'이니만큼 '첫 출근'을 할 사람들은 그 전날 한 시간 당겨서 '첫 퇴근'을 했다. 그래야 공평하니까. 사푸밍은 손목시계를 눌러 시간을 들었다. 베이징 시간으로 밤 열시, '첫 퇴근 조'의 퇴근 시간까지 아직 한 시간이나 남아 있었다.

사푸밍은 직원 관리에 엄격한 사람이었다. 출퇴근 시간에 있어서 누구에게도 예외를 둔 적이 없었다. 뭐라고 한마디 하려는 순간, 갑자기 어떤 생각이 머릿속을 스쳐갔다. 이 사람들은 연인 사이가 아닌가! 어쨌거나 닥터 왕이 처음으로 이런 부탁을 한 것이다. 자주 있는 일이 아니었다. 관리는 엄격해야 하지만 사정을 봐줄 줄도 알아야 한다. 사푸밍은 말했다. "그렇게 해. 하지만 반드시 한 시간을 보충해줘야 해. 이번 딱 한 번만이야." 닥터 왕이 대꾸했다. "그야 물론이지." 닥터 왕이 막 돌아서려는데 사푸밍의 손바닥이 어깨에 와 닿았다. 사푸밍은 손바닥으로 닥터 왕의 어깨를 툭 쳤다. 이어 또 툭툭 쳤다.

마지막으로 와서 닿는 그 손바닥은 무척 의미심장했다. 닥터 왕은 문득 뭔가를 깨달았다. 일단 깨닫고 나자 이만저만 쑥스러운 게 아니었다. "그런 게 아니야." 닥터 왕은 다급하게 말했다. 뭐가 '아니'란 말인지 설명하기도 쑥스러웠다. 사푸밍은 외려 시원시원하게 말했다. "어서 가보라고." 그 말은 더욱 의미심장했다. 닥터 왕은 민망해 죽을 지경이었지만 뭐라고 말할 수도 없어 염치 불고하고 휴게실로 돌아왔다. 닥터 왕은 샤오쿵 앞으로 가서 작은 소리로 속닥였다. "샤오쿵, 사장님과 얘기 다 됐으니 우린 먼저 집으로 돌아가자." 닥터 왕이 듣기에도 자기 목소리가 어딘지 수상쩍었다.

영문을 모르는데다 언제나 솔직담백한 샤오쿵은 이렇게 물었다. "끝나려면 아직 멀었는데 이렇게 일찍 돌아가서 뭘 하려고요?"

그러나 말을 뱉자마자 샤오쿵은 곧 짚이는 것이 있었다. 닥터 왕이 이렇게 수상쩍게 속닥이며 "집으로 돌아가자"는데, 가서 과연 "뭘" 하겠는가?' 샤오쿵의 피가 쉭 소리와 함께 빠르게 내달리기 시작했다.

구석 자리에 앉아 있던 샤오마가 갑자기 마른기침을 내뱉었다. 이런 상황에서 샤오마의 기침 소리는 아무래도 괴상했다. 어쩌면 전혀 괴상한 게 아닐지도 모르지만 샤오쿵 귀에는 괴상망측하게 들렸다. 그 당혹스럽고 어처구니없는 짓을 저지른 뒤로 샤오마는 줄곧 긴장하고 있었다. 샤오쿵도 그랬다. 그들의 관계는 더 긴장 상태였다. 물론, 비밀스럽게. 샤오마가 긴장하는 데에는 이유가 있었다. 자신이 한 짓이 드러날까 두려운 것이다. 샤오쿵은 샤오마가 다시 엉뚱한 짓을 할까봐 두려웠다. 이렇게 긴장한 나머지 두 사람은 지나칠 정도로 조심스러워졌다. 어떻게든 서로를 건드리지 않으려 안간힘을 쓰고 있었다. 그러다보니 오히려 각자의 마음속에서 상대방의 자리가 점점 더 커졌다.

마른기침을 내뱉은 샤오마가 자리에서 일어나 혼자 문 쪽으로 더듬어 나아갔다. 그의 무릎이 뭔가에 부딪친 것 같았다. 샤오쿵은 고개를 돌리지 않아도 샤오마의 등뒤로 아득하게 펼쳐진 허공이 보이는 것만 같았다.

샤오쿵은 순간 마음이 아팠다. 그러고는 스스로도 깜짝 놀랐다. 도대체 뭘 마음 아파한단 말인가? 말도 안 된다. 바로 그 미묘한 찰나에 샤오쿵은 정말 자신이 샤오마의 형수가 된 듯한 기분이 들었다. 혹은 어머니의 마음에 가까운 그런 느낌이었다. 이 갑작스러운 역할은 뭐라 말할 수 없는 따스함을 느끼게 해주었다. 일종의 안도감이었다. 샤오쿵은 스스로가 여자라는 사실을 실감했다. 그녀는 샤오마가 잘 지내기만을 바랐다.

물론 이것은 스쳐가는 생각이었을 뿐, 민망한 기분이 더 컸다. 사람은 민망하면 멍청한 짓을 하게 된다. 그러한 멍청함은 오히려 똑똑한 척을 하려는 데서 오는 경우가 많다. 샤오쿵이 닥터 왕에게 말했다. "나 데리고 뭐 맛있는 거라도 먹으러 가려고요?" 붙이지 않으면 좋았을 사족이었다.

닥터 왕은 걱정에 잠겨 있었다. 걱정 때문에 마음이 너무 무거웠다. 우물쭈물하더니 겨우 이렇게 말했다. "그건 아니고."

바보! 얼간이! 거짓말로라도 그렇다고 하면 누가 잡아먹나?

장이광이 되레 한마디 거들었다. "어서 가봐. 가서 뭐든지 먹어보라고."

꽤 재치 있는 말이었지만 불행히도 휴게실에 있던 사람들 중 아무도 웃지 않았다. 샤오쿵은 부끄럽고 난처해 미칠 지경이었다. 둘 사이의 일을 남들이 다 지켜보는 앞에서 하는 것만 같은 기분이었다.

그러나 샤오쿵이 아무리 난처하더라도 이렇게 많은 사람 앞에서 닥터 왕의 체면을 구길 수는 없었다. 샤오쿵은 얼굴이 뜨거워져 두 뺨이 둥그렇게 부풀어버린 것만 같았다. 샤오쿵은 닥터 왕의 손을 끌어당기며 말했다. "가요." 호탕하게 말하긴 했지만 마음이 복잡했다. 닥터 왕에게 조금 화가 나기도 했다.

일이 이렇게 되었으니 어디 돈 문제를 상의나 하겠는가. 어쩌다 보니 닥터 왕의 의도와 달리 짬을 내는 일이 완전히 다른 의미가 되고 말았다. 그러나 이미 엎질러진 물, 닥터 왕은 별수없이 샤오쿵의 손을 잡고 밖으로 나섰다. 마음이 어지러웠기 때문인지 문을 나서자마자 발을 헛디뎌서 하마터면 엎어질 뻔했다. 샤오쿵의 손을 잡고 있지 않았다면 머리를 여러 바늘 꿰매야 했을지도 모른다. "좀 천천히 가요." 샤오쿵이 말했다. 그녀의 목소리가 영 이상했다. 게다가 몸까지 부르르 떨고 있었다. 닥터 왕은 마음을 가라앉히려 했지만 별 효과가 없었다. 아마도 두 배는 더 노력해야 '좀 천천히'가 가능할지도 모르겠다.

지금은 베이징 시간으로 열시. 첫 퇴근 조의 퇴근 시간은 베이징 시간으로 열한시다. 닥터 왕과 샤오쿵에게는 한 시간이 있는 셈이었다. 길에서 보내는 십칠 분을 빼면 사실상 그들에게 주어지는 시간은 사십삼 분이다. 사십삼 분이 지나면 장이광과 지팅팅이 '첫 퇴근'을 한다. 심각하게 시간에 쫓기는 상황이었다. 닥터 왕과 샤오쿵은 하릴없이 분초를 다투게 됐다. '집'으로 돌아가는 내내 두 사람은 한마디도 하지 않았다. '집'에 도착했을 때는 이미 온몸이 땀에 젖어 있었다. 이제 첫번째 문제에 직면했다. 샤오쿵의 숙소로 갈 것인가, 닥터 왕의 숙소로 갈 것인가? 그들은 거친 숨을 몰아쉬며 잠시 머뭇거렸다. 닥터 왕이 이내 남자 숙소로 가기로 결단을 내렸다. 닥터 왕이 문을 열고 안으로 들어갔다. 샤오쿵은 조금 망설이다가 따라 들어갔다. 샤오쿵이 안으로 들어섬과 동시에 닥터 왕은 문을 닫고 내친김에 보조 자물쇠까지 잠가버렸다. 그들은 입을 맞췄다. 숨을 한 번 내쉰 샤오쿵은 온몸이 녹아내리듯 닥터 왕의 품안으로 쓰러졌다.

그러나 그들은 곧 서로에게서 떨어졌다. 귀중한 시간을 입맞춤만 하며 보낼 수는 없었다. 그들은 입을 맞추며 움직였다. 샤오마의 침대 앞까지 움직여 간 그들은 다시 서로에게서 떨어졌다. 그들은 각자 자리에 선 채 스스로 옷을 벗기 시작했다. 옷가지들이 모두 바닥에 널부러졌다. 닥터 왕은 먼저 샤오쿵을 위쪽 침대로 올려주었다. 막 침대에 누운 샤오쿵은 그들이 너무 급하게 움직였다는 데 생각이 미쳤다. 아무리 그래도 옷가지들을 그렇게 마구 벗어던져서는 안 되는 것이었다. 하나씩 차곡차곡 개어뒀어야 했는데. 맹인에게는 맹인만의 고충이 있다. 옷을 벗고 자리에 누울 때는 반드시 자기 옷을 차곡차곡 잘 개어두어야 한다. 하나를 벗을 때마다 잘 개어 정해진 곳에 두어야 하는 것이다. 가장 아래쪽에는 양말을 둔다. 다음에는 바지, 그다음에는 윗옷, 그다음에는 스웨터, 그다음에는 재킷이나 외투 순으로 정리해놓는다. 이렇게 해야만 입을 때도 체계적이다. 순서를 맞춰 집고 순서를 맞춰 입으면 되는 것이다. 누가 그렇게 냅다 덤비라고 했던가? 윗도리고 아랫도리고 정신 없이 벗어던졌으니, 벗을 때는 좋았지만 나중에 입을 때는 대체 어쩐단 말인가. 첫 퇴근 조가 돌아왔을 때도 바닥에서 양말을 더듬어 찾고 있을 수는 없는 일이었다. 어쨌거나 맹인들은 냅다 덤벼드는 일 따위는 해서는 안 된다. 단 한 발짝도. 샤오쿵은 초조하고 속이 상했다. "옷, 옷이!" 그러자 닥터 왕이 위로 기어오르다 말고 "무슨 옷?"하고 물었다. 샤오쿵은 대꾸했다. "바닥에 온통 어질렀잖아요. 이따가 다시 입어야 하는데! 좀 서둘러봐요!"

닥터 왕이 마침내 위로 올라왔다. 닥터 왕은 이미 단단해져 있었다. 중간 단계는 거의 생략하고 닥터 왕은 그대로 들어갔다. 샤오쿵의 몸이 파르르 떨리더니 단단히 긴장하는 게 느껴졌다. 한 번도 이런 적이 없었는데 말이다. 하지만 닥터 왕에게 어디 묻고 자시고 할 여유가 있었겠는가. 그의 머릿속은 온통 시간에 대한 생각뿐이었다. 샤오쿵도 마찬가지였다. 그들은 시간을 아껴야 했다. 시간을 아끼기 위해 그들은 서둘러야만 했다. 닥터 왕의 속도가 빨라지고 동작도 커졌다. 더없이 맹렬했다. 격렬한 움직임 끝에 닥터 왕이 외마디 탄성을 내질렀다. 끝났다. 순간 숙소는 닥터 왕의 숨소리로 가득찼다. 두 사람 다 거친 숨을 몰아쉬었다. 몹시 가쁜 숨이었다. 샤오쿵이 숨을 가라앉힐 새도 없이 말했다. "내려가요. 빨리 입어야죠!"

그들은 허둥지둥 침대를 정리하고 아래로 내려갔다. 후회막급이었다. 아까 조금만 더 침착했더라면 얼마나 좋았을까. 이제 와서 옷 하나하나를 다 더듬어 찾아야 하는 꼴이라니. 이건 당신 것이고, 또 그건 내 것이로군. 그러나 시간은 사람을 기다려주지 않는다. 이럴 때 누가 돌아오기라도 하면 어쩌나! 그들은 손발을 바삐 놀렸다. 마음은 벌써 어지러워진 지 오래다. 하지만 당황해서는 안 된다. 인내심을 갖고 침착하게. 두 사람은 십 분이 넘게 더듬대고 나서야 겨우 옷차림을 바로 할 수 있었다. 그런 뒤에도 여전히 안심이 되지 않아 머릿속으로 다시 한번 매무새를 쭉 훑었다. 다시 자리에 나란히 앉았을 때는 두 사람 모두 머리가 온통 땀으로 젖어 있었다. 닥터 왕은 손으로 땀을 닦을 여유도 없어 허둥지둥 달려가 문을 활짝 열었다. 그 김에 손목시계를 더듬어 찾아 버튼을 눌렀다. 겨우 열시 이십사분이었다. 시간을 듣고 닥터 왕은 놀라서 펄쩍 뛰었다. 아직도 삼십육 분이나 남았다니! 그러니까 길에서 버린 시간을 제외하고, 옷을 벗고 입느라 어이없이 날린 시간을 제외하면, 그들이 사랑을 나누기 위해 쓴 진짜 시간은 일 분이 채 안 되는 것이다. 어쩌면 몇십 초에 불과할지도 모른다. 이게 무슨 사랑을 나눈 것인가. 그저 사랑하는 여인에게 허겁지겁 사정을 한 것에 불과하다.

어쩌면 이게 한 노동꾼이 그의 여자에게 해줄 수 있는 전부인지도 모른다. 닥터 왕은 할말이 없었다. 삼십육 분, 남아버린 이 이천백육십 초는 두 사람이 애써 마련한 시간이었다. 그런데도 닥터 왕은 그 시간을 자기 여자에게 바치지 못하고 아무 의미 없는 기다림으로 낭비하고 있을 뿐이었다. 그들은 뭘 기다리고 있는가? 첫 퇴근 조 사람들이 집으로 돌아오는 것? 그런 뒤에 그들 앞에서, 자신들이 아무것도 하지 않았다는 사실을 증명하는 것? 어처구니가 없다. 닥터 왕은 그렇게 문 앞에 멍하니, 아무것도 하지 않고 있었다. 어찌할 바를 몰랐다. 그저 숨을 한 번 들이켰다가 천천히 내뱉었다. 탄식하듯이. 땀이 송골송골 맺힌 채로. 닥터 왕은 샤오쿵 곁으로 돌아가 그녀의 손을 더듬어 찾은 뒤 마음을 다해 어루만졌다. 부드럽게 달래주었다. 순간 닥터 왕의 가슴속에서 애틋함과 사랑이 샘물처럼 한없이 솟아났다. 좀 전에, 그가 대체 무슨 짓을 한 걸까? 사랑하는 이 보배 같은 여자에게. 마음이 아팠다.

샤오쿵도 아팠다. 몸이 아팠다. 그녀는 자기 무릎 위로 엎드려 있었다. 너무나도 아팠다. 몸속 깊은 곳이 얼얼했다. '처음'보다도 더 아팠다. 첫 경험의 아픔은 일종의 증명이었다. 그들이 서로를 소유했음에 대한 증명. 그때 샤오쿵은 울었다. 자신의 행복을 표현할 길이 없어서 울었다. 바보 같은 닥터 왕은 샤오쿵의 눈물이 만져지자 쉼 없이 "미안하다"는 말을 되뇌었다. 당시 샤오쿵이 느낀 행복은 너무 행복해서 죽고 싶은 마음이 든다는 말로나 표현이 가능한 것이었다. 그때 그 아픔은 흠뻑 젖어 있었다. 지금은? 바짝 말라붙어 있다. 눈물조차 나오지 않는다. 샤오쿵은 그저 울적할 뿐이었다. 지금 그녀는 대체 뭘 하고 있는가? 이게 대체 뭐 하는 짓이란 말인가? 그녀는 싸구려다. 아무도 그녀를 우롱하거나 농락하지 않았지만 샤오쿵은 난생처음 모욕을 당한 기분이었다. 스스로를 부끄러움도 모르는 암캐로 만들어버렸다.

"우리 결혼해요." 샤오쿵은 닥터 왕을 꽉 움켜잡으며 고개를 반짝 쳐들었다.

"뭐라고?"

샤오쿵은 고개를 돌리고 말했다.

"결혼하자고요."

닥터 왕은 잠시 생각하더니 말했다. "아직 아무 준비도 안 됐는 걸."

"무슨 준비가 필요해요? 당신이 있고, 내가 있는데, 뭘 더 준비한다는 거죠?" 샤오쿵의 입에서 나는 열기가 닥터 왕의 얼굴까지 훅 끼쳤다.

"그게 아니라…… 돈이 없잖아."

"당신 돈 필요 없어요. 나한테 있으니까. 내 돈을 써요. 우리 그냥 간단하게 식만 올려요. 어때요?"

"당신 돈을? 그건 안 되지."

"그럼 어떻게 하면 되는데요? 말해봐요."

닥터 왕은 입술을 두어 번 달싹였지만 도대체 뭐라고 하면 좋을지 알 수 없었다. 그가 말했다.

"뭐가 그리 급해?"

그 말은 샤오쿵에게 상처를 주었다. 여자가, 여자의 자존심도 내버리고 먼저 결혼 얘기를 꺼냈건만. 뭐가 그리 "급하냐"니? 너무했다. 샤오쿵을 시집 못 가 안달이 난 고물짝으로 여기는 듯이 들렸다. 그런 것인가?

"나야 당연히 급하죠." 샤오쿵이 말했다. "내가 이렇게 됐는데, 누가 나를 원하겠어요? 내가 안 급하면 누가 급해요?"

샤오쿵의 말도 지나쳤다. 두 사람이 막 몸을 섞고 난 뒤에 샤오쿵이 "이렇게 됐는데"라고 하니 본래 그 뜻이 무엇이든 닥터 왕에게는 책망의 뜻으로 들렸다. 샤오쿵은 역시 그를 원망하고 있었다. 하긴, 몸을 섞자고 할 때는 신이 나서 설치고 결혼 얘기가 나오자마자 물러터진 태도로 미적거렸으니…… 도리가 아니지. 그러나 닥터 왕은 돈이 필요했다. 한참을 아무 말 없이 있다가 닥터 왕은 그녀의 말에 따르기로 하고 웅얼웅얼 말을 뱉었다. "그럼 결혼하려면 하자고."

"뭐가 '결혼하려면 하자고'예요?" 샤오쿵이 말했다. 그녀는 눈물이 흐르고 있다는 사실조차 몰랐다. 지금까지 줄곧 꾹꾹 참아왔던 모든 것들, 부모님의 압박, 샤오마의 돌발 행동으로 인한 말 못할 괴로움 같은 것들이 한꺼번에 밀려들었다. 그 모든 것이 누구 때문이었는데? 모두 당신 때문이었어! 샤오쿵은 정말로 마음이 상하고 말았다. 난징에도 왔고 당신 뜻대로 다 따라줬어. 그런데 당신이 어디 내 입장을, 내 어려움을 생각이나 해봤어? 어디 내가 당신을 생각하는 것처럼 그렇게 날 위해봤냐고. "결혼하려면 하자고"라니! 그 말은 정말 감당하기 힘들었다. 마음이 너무 아팠다. 샤오쿵은 울음 섞인 목소리로 고함을 내질렀다. "야, 이 왕가 자식아! 내가 너를 따라 천리만리 먼 난징까지 어떻게 왔는데! 내가 당신한테 그런 소리나 듣자고 이런 미친 짓을 한 줄 알아? 뭐? 결혼하려면 하자고? 그게 어디 사람이 할 소리야? 그렇게 결혼하려거든 의자랑 하든지 탁자랑 하든지 신발 깔창이랑 하든지! 혼자 결혼하지그래? 차라리 내가 당신 어머니랑 해버리겠어. 니미 씨부럴!"

돈을 빌리는 일은 입 밖에 낼 수조차 없었다. 닥터 왕은 참담했다. 너무 괴로워서 중얼댈 뿐이었다. "그건 아니지. 당신이 우리 어머니랑 뭘 어떻게 해버린다는 거야?"

샤오쿵은 눈물을 훔치며 있는 힘껏 소리를 내질렀다. "니미 씨부럴!"

진옌

∷ · ∷

동료들은 전혀 알지 못했다. 진옌, 그리고 타이라이, 그들의 연애가 시작되었다는 사실을. 진옌은 이제껏 타이라이를 쫓아다니면서 보였던 그 박력을 갑작스럽게 거둬들이고 태도를 백팔십도 바꾸어 요조숙녀처럼 굴었다. 동료들은 마사지센터에서 큰 소리를 내는 진옌의 모습을 거의 볼 수 없게 되었다. 심지어 그녀가 어디에 있는지 기척조차 알아채지 못할 정도였다. 그러자 사람들은 도리어 분위기가 심상치 않다며 쉬타이라이를 걱정하기 시작했다.

사실 아무리 야단법석을 떠는 진옌이라 해도 맹인들의 일반적인 연애 방식에서 벗어나진 못했다. 맹인들의 일반적 연애 방식이라 함은 한마디로 '소란 속의 고요'이다. 그들은 아무도 없는 조용한 구석을 찾아가서 고즈넉이 자리에 앉아 있거나, 아니면 말없이 서로를 꼭 껴안거나, 말없이 입을 맞춘다. 그러고 나서 손을 맞잡고 한마디도 하지 않은 채 그냥 있는 것이다. 대부분 그렇게 연애

한다. 보통 연애중인 젊은이들은 이리저리 쏘다니기를 좋아한다. 여차하면 극장에 가고, 저차하면 카페에 가고, 또 걸핏하면 교외로 놀러나가 서로 잡기 놀이를 하고 희희낙락 애정 행각을 펼친다. 맹인이라고 해서 움직이고 싶지 않은 것은 아니다. 그들도 이리저리 다니고 싶지만 불편하다. 불편하니 어쩌겠나? 그저 자신의 몸을 단단히 추스르고 일종의 방어 태세에 돌입한다. 너는 내 손을 잡고 나는 네 손을 잡고 함께 서로를 단단히 지킨다. 배수진을 치는 것처럼. 그들은 아무런 기척도 내지 않은 채, 아주 오랫동안 말없이 앉아 있을 수도, 아주 오랫동안 서로를 껴안고 있을 수도, 아주 오랫동안 입을 맞추고 있을 수도 있다. 할 일이 없다면 그렇게 온종일이라도 앉아 있을 것이다. 하나도 답답하지 않다. 할 일이 있을 때만 그들은 서로에게서 떨어진다. 서로에게서 떨어질 때는 한 손으로 상대방의 얼굴을 어루만지며 작은 소리로 이렇게 말하곤 한다. "기다려요." 또는 아예 아무 말 없이 맞잡은 두 손을 놓지 않는다. 서로 떨어져서는 도저히 살 수 없을 것처럼. 두 사람 사이의 거리가 꽤 멀어지면 검지만이라도 잠시 맞걸고 있다.

이런 특성 때문에 진옌도 이 일반적인 방식을 벗어나지 않았다. 그러나 진옌은 진옌이었다. 남다른 데가 있었다. 진옌은 자신의 속도를 조금 늦추고 또다른 기다림을 시작했다. 무엇을 기다리는 걸까? 바로 그녀의 결혼식이었다. 진옌은 기다리며 상상했다. 타이라이의 곁에 앉기만 하면 그녀의 생각은 결혼식을 상상하느라 멀리 떠난 뒤 돌아올 줄 몰랐다.

진옌의 머릿속을 하드디스크에 비유하면 메모리 사용이 가장 많은 것은 결혼식이었다. 눈이 불편하지 않았더라면 진옌은 웨딩컨

설팅 회사의 메인 플래너가 됐을지도 모른다. 그 방면에서 그녀는 박학다식했다. 그 박학다식함 덕분에 진옌에게는 무한한 싱싱의 공간이 있었다. 그런 의미에서 진옌은 '연애중'이 아니라 '결혼식 상상중'이었다.

진옌은 중국 전통 결혼식은 마음에 들지 않았다. 전통 혼례의 특징이자 단점은 주로 음식에서 두드러진다. 손님들의 부조로 상이 차려지다보니 모두들 음식을 먹어치우는 데 목숨을 건다. 여기에는 물론 술도 포함된다. 술이 있으면 문제가 생기기 마련이다. 누군가 꼭 너무 많이 마시는 사람이 있고, 술자리에서 목소리가 큰 사람이 결국 결혼식의 주인공이 되어 사람들의 시선을 빼앗는다. 바로 이렇게 시선이 분산되는 것이 전통 혼례의 가장 큰 폐단이다. 혼례의 주인공인 신랑과 신부가 부각되기 어렵다. 게다가 품위도 없다. 중국은 자칭 '예의지국'이지만 사실 중국인들은 예의를 모른다. 피로연의 막바지를 보면 알 수 있다. 물잔이며 술잔이며 쟁반과 접시가 나뒹구는 모습을 보라. 얼마나 더럽고 어지럽고 덜그럭덜그럭 요란스러운가. 그러나 역시 다른 면을 무시할 수는 없다. 중국 전통 혼례에도 사람을 혹하게 만드는 부분이 있다. 그것은 다름 아닌 '화촉동방'이다. 진옌은 '화촉동방'이라는 말 속에 수줍음과 여자다운 내숭, 관능적인 뉘앙스까지 모두 깃들어 있다고 생각했다.

분명 타이라이의 아버지가 먼저 손님들과 인사를 나눌 것이다. 피로연이 끝나면 손님들은 이를 쑤시며 술내를 풍기면서 트림을 하고 삼삼오오 집으로 돌아간다. 진옌과 타이라이는 주례의 인도로 신방에 들어간다. 둘은 어깨와 어깨를 맞댄 채 함께 침대에 걸터앉는다. 타이라이의 어머니, 온 얼굴에 잔주름이 가득한 여인이 다가와 아들에게 몇 마디 당부의 말을 하고 뒤돌아 물러간다. 기뻐서 함박만해진 입을 다물지 못한 채. 어머니는 방 밖에서 신방의 문을 닫는다. 진옌은 붉은 면사포 너머로 촛불의 불꽃이 작아졌다 커졌다 하는 모습을 본다. 초들은 거기 그렇게 꼿꼿이 서서 아리따운 자태를 뽐내며 요염을 떤다. 탑 모양으로 꽂힌 촛불이 주변을 온통 붉은빛으로 물들인다. 그 옆으로 금박을 입힌 붉은 쌍희도안*이 눈에 들어온다.

양초의 불꽃은 환하게 타오르고 있지만 신방을 모두 밝히기에는 어둡다. 불꽃은 신부의 반쪽만을 겨우 비춘다. 진옌의 나머지 반쪽은 신비한 어둠 속에 남아 있다. 이게 촛불의 좋은 점이다. 촛불의 고유한 특징이기도 하고. 어떤 사물이든 비파를 안듯이 절반만 감싸안아주는 것이다. 여기서 신부의 반쪽이 빛나는 것은 다른 것이 빛나는 것과는 전혀 다르다. 붉기 때문에 빛나고 빛나기 때문에 붉은, 타는 듯한 붉은빛이 난다. 신부의 저고리와 면사포는 모두 진홍 비단으로 지은 것이라 촛불 빛이 닿기만 하면 화르르 살아나 붉은빛을 넘실넘실 자아낸다. 그래서 화촉동방의 장면은 사람들에게 착각을 일으킨다. 붉은 양초의 불빛이 다른 것들은 아랑곳않고 오직 신부에게만 쏟아진다고. 정확히는 신부의 반쪽에만 쏟아지는 것이지만. 다른 부분은 온통 새까맣다. 그것들의 사명은 몸을 살라 신부를 돋보이게 하는 것이다. 반쪽의 신부가 아름다움을 뿜어내고 있다. 붉디붉고 따사롭다. 그녀는 다소곳이 침대에 걸터앉아 있

---

* 기쁠 희(喜)자를 연이어 붙인 도안으로 경사스러운 날에 사용한다.

다. 수줍고 어여쁘고 얌전하고 조신하다. 한 떨기 꽃송이가 물 위에 곱게 비치는 듯하다.

신방에 들어설 때 진옌은 붉은 비단 띠로 타이라이와 연결되어 있었다. 붉은 비단 띠는 신랑 신부 가운데에서 커다란 꽃송이 모양으로 묶여 있다. 다른 쪽 붉은 비단 띠는 타이라이의 몸에 묶여 있다. 마치 타이라이의 온몸을 오라로 꽁꽁 묶은 것처럼 보여서 어쩐지 우스운 모양새다. 이 비단 띠로 만든 커다란 꽃송이가 타이라이의 가슴 앞에도 하나 달려 있다. 진옌은 타이라이에게 이끌려 신혼 침대 앞까지 다가간다. 진옌은 손으로 더듬지 않고 허리를 살짝살짝 돌리며 엉덩이로 침대 가장자리를 찾아 가만히 앉는다. 세상 삼라만상이 모두 고요하다. 온 세상 가운데 오직 한 가지 사물만이 소리를 낸다. 오직 신부의 심장만이. 두근. 두근. 두근. 어쩌면 좋지? 그녀의 심장은 삼라만상이 고요한 이 세상과 어울리지 않게 두근거린다. 신부 스스로가 창피하다고 느낄 정도로.

진옌은 부끄러움을 타지 않는 성격이다. 단 한 번도 부끄러워해본 적이 없는 여인이다. 오히려 무지막지하다싶을 정도로 사내 같은 호방함이 있다. 눈에 문제가 생기지 않았더라면 세상을 호령하는 여장부가 되었을지도 모른다. 그래도 이건 결혼이 아니던가! 아니, 그저 결혼이라 불러서는 안 된다. 성혼成婚이라 부르자. 진옌은 성혼하는 이 하루만큼은 부끄러워하는 새 신부이고 싶다. 부끄러움을 모르는 천성이어도 부끄러워할 줄 알아야 한다. 안 되면 배우기라도 해야지.

마침내 타이라이가 다가온다. 두 사람의 어깨가 맞닿는다. 어깨의 긴장이 풀리면서 진옌의 아래팔에 걸려 있던 둥근 옥팔찌가 툭

하고 진옌의 손목으로 떨어져내린다. 옥팔찌가 빛난다. 물기를 머금은 듯 매끈하게 반짝인다. 마치 응결된 기름처럼, 새 신부만이 낼 수 있는 독특한 빛처럼. 타이라이는 먼저 옥팔찌를 어루만지다가 마침내 제 손으로 진옌의 손등을 덮는다. 진옌은 손에 쥔 비단 손수건을 꼬옥 틀어쥔다. 그녀가 할 수 있는 일이 그 한 가지뿐인 것처럼, 비단 손수건을 단단히 틀어쥔다. 누가 무어라 해도 놓지 않을 것처럼.

이제 절정의 순간이다. 타이라이가 진옌의 붉은 면사포를 끌어내린다. 붉은 면사포가 진옌의 얼굴에서 떨어져내리는 순간, 진옌, 이 호방한 여인이 놀랍게도 부끄러워한다. 타이라이가 진옌에게 키스한다. 아니, 키스가 아니다. 뽀뽀다. 그가 그녀에게 뽀뽀한다. 입술에. 그들은 입을 맞춘다. 그의 입술과 숨결이 뜨겁다.

"나 좋아요?" 진옌이 묻는다. 이 말을 꼭 물어야만 했다.

"좋아."

"당신 나 아끼죠?"

"아끼지."

"그럼 좀 부드럽게 해줘요."

모든 것이 어둑하게 가려져 있다. 모든 것이 내밀하게 숨겨져 있다. 그리고 이런 묘한 대화. 지나치게 억제되고 지나치게 담담하고 지나치게 섹시하다. 진옌은 '훅' 소리를 내며 촛불을 불어서 끈다. 몹시 화가 난 것처럼.

진옌은 중국 전통 결혼식을 좋아하지 않았다. 그러나 '화촉동방'에 대해서만은 한없이 매료되었다. 너무도 오묘하고 요염하다. 귀신에 홀린 것 같은 느낌까지 든다. 산들거리는 봄바람 같기도 하고 깊고 고요한 물속 같기도 한 것이 매우 신비스럽다. 화촉동방에서 가장 중요한 것은 물론 섹스다. 그러나 그냥 섹스가 아니다. 성적 요소는 부차적일 수밖에 없다. 가장 사람의 마음을 끄는 것은 특수한 종류의 친밀감이다. 신랑과 신부는 부부이면서, 오빠와 동생 혹은 누나와 동생이기도 하다. 서구적인 사고로는 이 점을 절대 이해할 수 없을 것이다. 신랑이 어떻게 신부의 '오빠'가 될 수 있고, 신부가 어떻게 신랑의 '누이동생'이 될 수 있겠는가? 그들은 패륜이라고 하겠지만 중국인에게는 이야말로 천륜과 인륜에 부합하는 일이다. 전혀 혼란스러운 것이 아니다. 이 점은 중국인들에게만 있고 중국인들만 이해하고 중국인이어야만 비로소 느낄 수 있는 정서다. 이것이 동양의 성性이요, 정情이다. 진옌은 좋아 죽을 것만 같았다. 옛사람들이 말하기를, 인생에는 세 가지 좋은 일이 있다고 했다. 화촉동방으로 첫날밤을 보내는 일, 장원으로 과거에 급제하는 일, 타향에서 아는 사람을 만나는 일. 화촉동방을 맨 앞에 둔 것은 다 그럴 만한 까닭이 있어서일 것이다. 진옌은 화촉동방의 유혹을 이기기 힘들었다. 오로지 '화촉동방'을 위해서 진옌은 자신의 처녀성을 반드시 지키려 했다. 타이라이가 아무리 목을 매도 진옌은 "안 돼"를 연발했다. 안 된다. 안 돼! 안 돼! 결혼 전에는 타이라이와의 어떤 성적 행위도 절대 용납할 수 없었다. 그녀는 화촉동방을 기다려야 했다. 그런 뒤에야 장아이링이 말했던 것처럼 타이라이와 함께 "신선이 되어 죽으리라"*.

　중국 전통 결혼식에서 아쉬운 점은 사실 음식 문제가 아니었다.

---

*중국 신여성을 대표하는 소설가 장아이링이 그의 연인과의 사랑을 이처럼 표현했다.

가장 중요한 한 가지, 모든 여자들이 설레며 기대하는 한 가지ㅡ
웨딩드레스가 없다는 점이었다.

　진옌의 결혼식에서 어떻게 웨딩드레스가 빠질 수 있겠는가? 웨
딩드레스, 얼마나 아름다운가! 그것은 '옷'이 아니다. 그것은 모든
미혼 여성들의 살갗 위로 자라나는 그녀들의 꿈이다. 아니, 매우
특수한 살갗 그 자체다. 웨딩드레스에는 나비가 허물을 벗듯 한 여
인을 완전히 다른 존재로 탈바꿈시키는 마력이 있다. 그것은 정결
하고도 복잡하며 화려하고도 고귀하다. 올곧게 서 있을 때는 아름
답고, 한 걸음씩 움직일 때는 우아하고 나긋하다. 웨딩드레스 자체
가 지닌 몽환적인 분위기를 차치하고라도 진옌이 그토록 웨딩드레
스에 연연하는 더욱 큰 이유가 있었으니, 바로 그녀의 몸매가 빼어
나기 때문이었다. 만약 진옌 자신에게 스스로의 몸매를 평가하라
고 한다면 '미끈하다', 이 한마디로 표현할 것이다. 이처럼 빼어난
몸매로 웨딩드레스를 입어보지 못한다는 것은 너무 억울한 일이
다. 진옌은 동북 지역 여성의 이상적인 신체를 지니고 있었다. 가
장 큰 특징은 길다는 것이었다. 특히 팔이 길었다. 그녀의 팔은 늘
씬했다. 팔이 늘씬하다니, 딱 맞아떨어지는 표현은 아니지만 진옌
은 그렇게 생각했다. 그녀의 팔뚝은 '물 찬 제비 같다'고. 생각해보
라. 민소매에 가슴이 깊게 파인 웨딩드레스가 진옌의 가슴을 따라
곡선을 그리며 몸을 감싸면 그녀의 매끄러운 팔이 얼마나 감동적
인 모습이겠는가! 그 팔은 결혼식을 위해 태어난 것이나 다름없었
다. 설사 신랑이 아무것도 보지 못하더라도, 진옌 자신 또한 제대
로 볼 수 있는 것이 아무것도 없다 해도, 진옌은 자신의 팔에 푹 빠
져 있었다. 적어도 그녀는 한 가지 사실을 증명할 수 있으리라! 여

자가 지녀야 할 모든 것을 그녀가 갖추고 있다는 점을. 바로 그 점이 진옌에게는 더할 나위 없이 중요했다.

다만 한 가지 문제가 있었다. 진옌의 온몸에 군살이 슬슬 늘어나 날이 갈수록 몸이 예전만 못하게 변하고 있다는 것이었다. 맹인은 운동을 할 수가 없고 가만히 있는 시간이 길기 때문에 몸에 군살이 붙는 일을 면할 수 없었다. 진옌은 벌써 팔뚝 바깥쪽이 조금 불어나 버린 것을 느낄 수 있었다. 예전에 그녀의 팔뚝은 정말 예뻤다. 완벽히 매끈하게 쭉 빠져서 군살 따위는 전혀 없고 매끌매끌하니 부드러웠다.

결혼식에서 단 한 번 입는 웨딩드레스를 위해 진옌은 어느샌가 웨딩드레스의 주의사항을 완벽히 파악해놓았다. 전체적으로 모두 여섯 가지 부분에서 반드시 주의해야 했다.

1. 웨딩드레스의 정석은 흰색이다. 붉은 계통은 피해야 한다. 절대 붉은 신발을 신어서는 안 된다. 붉은 신발은 불로 뛰어든다는 의미니 불길하다. 붉은색은 모두 안 된다. 붉은 꽃, 붉은 허리띠, 붉은 속바지도 안 된다.

2. 웨딩드레스를 입은 뒤 신부는 허리를 숙여 인사하면 안 된다. 피치 못할 때에는 가볍게 각도를 조절해야 한다. 이는 신부의 자존심을 지키기 위해서가 아니라 가슴의 노출을 피하기 위해서다.

3. 웨딩드레스에는 페티코트를 받쳐 입어서는 안 된다. 드레스 자락이 너무 심하게 흔들리면 안 되기 때문이다.

4. 웨딩드레스를 입은 뒤에 신부는 부케를 들고 한 걸음 걷고 한 걸음 쉬면서 조신하게 걸어야 한다.

5. 식이 진행되는 동안에는 반드시 면사포를 드리우고 있어야 한다. 면사포를 걷어올릴 수 있는 사람은 오직 신랑뿐이다.

6. 남자가 오른쪽에, 여자가 왼쪽에 서야 한다. 중국 전통 혼례처럼 남자가 왼쪽, 여자가 오른쪽에 서는 것이 아니다.

경치가 아름다우니 봄이 좋네, 공기가 상쾌하니 가을이 좋네 하지만 그런 것은 모두 중요하지 않다. 중요한 것은 대지 위에 가득 흩뿌려지는 햇빛이다. 햇빛은 오색찬란한 것이다. 햇빛은 눈부시게 어지러운 것이다. 햇빛은 눈부신 빗방울처럼, 가벼운 깃털처럼, 팔랑대는 꽃잎처럼 흩뿌려져 사람들의 얼굴 하나하나, 심지어는 웃음으로 드러난 앞니 하나하나까지 모두 밝게 비춰준다. 햇빛은 모든 물질의 색채를 드러내 보인다. 대지 위의 초록은 초록으로, 빨강은 빨강으로, 노랑은 노랑으로, 보라는 보라로. 화려하다. 식물은 참 신기한 것이, 어떤 색이든지 식물을 통해 표현되면 그 색깔들이 서로 어울리지 않는 법이 없다. 아무리 선명하고 아무리 화사해도 야하거나 천박하게 보이지 않는다. 친지들과 친구들이 도착한다. 그들은 싱그럽게 살아 숨쉬는 초록의 풀밭 위에 서 있다. 모든 사람들의 얼굴에 기쁨의 빛이 넘쳐흐른다. 하객들은 가죽구두에 정장 차림이다. 햇빛을 받은 사람들의 이마가 시원하고 아래 턱은 깔끔하고 콧날은 더욱 오뚝하다. 결혼행진곡이 울려퍼진다. 타이라이가 진옌의 손을 잡고 야외 식장으로 나가는 문을 연다. 진옌은 타이라이에게 손을 맡긴 채 풀밭 위로 나선다. 풀밭은 푹신 푹신하고 부드럽다. 그들은 천천히 앞으로 나아간다. 모든 사람들이 길을 열어준다. 모든 친지와 친구가 타이라이와 진옌에게 길을 만들어준다. 마치 골목길을 걷는 듯하다. 진옌의 웨딩드레스가 풀밭 위로 끌린다. 진옌은 날씬하고 어여쁘며, 수줍어하면서도 오연한 모습이다. 행복해서 머리가 어지러울 지경이다. 신랑과 신부는 풀밭 한가운데, 사람들 한가운데에 선다. 모두가 두 사람의 축복을 빌며 갈채를 보낸다.

타이라이는 짙은 남색 양복을 입었다. 햇빛 아래, 새하얀 웨딩드레스는 남색 양복 옆에서 눈부실 정도로 반짝인다. 얼음처럼, 눈꽃처럼. 진옌은 이 순간 더없이 맑게 빛난다.

남자 양복의 가장 돋보이는 부분은 역시 어깨다. 타이라이의 그리 건장하지 않은 어깨는 양복 덕분에 힘을 얻는다. 타이라이의 체구가 꽤 당당해 보인다. 진옌은 타이라이의 가슴에 기댄다. 타이라이의 가슴 앞에서 진옌은 자신의 가슴을 더욱 앞으로 내민다. 그냥 가슴이 아니다. 신부의 앞가슴이다. 가슴은 정확하게 대칭을 이루며 유혹적인 가슴골을 드러낸다. 바로 이 순간 그녀의 가슴골은 눈부신 햇살의 세례를 받으며 신부 특유의 광채를 띤다. 그리고 진옌의 어깨. 진옌의 어깨는 특별하다. 뼈가 없는 부분은 소담하고 뼈가 있는 부분은 골격이 또렷하다. 바람이 진옌의 어깨에서 미끄러진다. 바람은 진옌의 어깨 위에 머물지 못해 상심한다. 이 상심은 진옌의 몫이 아니다. 진옌은 우쭐한다.

당신은 진옌을 당신의 아내로 맞기를 원합니까? 물론, 원합니다. 타이라이가 말한다. 당신은 타이라이를 당신의 남편으로 맞기를 원합니까? 진옌의 대답은 두말할 필요도 없다. 네, 원합니다. 두 사람이 모두 원하므로 타이라이는 자그마한 족쇄로 진옌을 구속한다. 진옌 또한 같은 족쇄로 타이라이를 구속한다. 그렇다. 이 자그마한 족쇄는 무척이나 예쁜 이름을 지녔다. 반지. 그것은 한 쌍이다. 진옌은 타이라이에게 주고, 타이라이는 진옌에게 준다. 그것은 세상에서 가장 따스하고 향기로운 경고이자 알림이다. 당신은 이제 내 사람이 되었어요. 반지는 백금으로 만들어졌다. 영원히 녹슬지 않는다. 만년이 지나도 새것처럼 반짝일 것이다.

이제 진옌은 타이라이를 '구속'했다. 타이라이도 진옌을 '구속'했다. 그들은 다시는 떨어질 수 없다. 진옌은 타이라이의 연鳶이다. 하늘과 땅 사이가 아무리 멀다 해도, 그녀는 타이라이가 날리는 그의 연이다. 한평생 타이라이의 약지에 걸려 있으리라. 그러나 타이라이는 진옌의 연이 아니다. 그는 진옌의 요요다. 설사 진옌이 그를 세상 어디에 내버린다 해도 그는 쏜살같이 방향을 바꾸고 스스로의 관성에 의지해 순식간에 그녀의 손안으로 돌아올 것이다. 풀밭 위로 행복에 물든 사람들의 기쁨에 찬 웃음소리가 넘쳐흐른다.

신랑 신부는 친지와 친구에게 에워싸인다. 그들은 신랑 신부에게 연애 이야기를 들려달라고 한다. 타이라이는 부끄러워서 아무 말도 못한다. 화통한 신부가 큰 소리로 자신이 어떻게 신랑을 쫓아다녔는지 들려준다. 이야기를 극대화하기 위해 그녀는 그를 '쫓아다녔다'라고 말하지 않고, 어떻게 신랑을 '손에 넣었는지' 들려줄 생각이다. 사람들은 틀림없이 배꼽을 잡고 웃으며 뒤로 넘어가겠지. 동북 지역 사람들은 모두 장난꾸러기다. 남녀를 불문하고 모두 그렇다. 사소한 장난으로 사람을 놀리지 않으면 동북 사람이라고 할 수 있겠나? 웃고 웃기고 장난질이 끝나면 진옌은 타이라이와 함께 노래를 부르기로 한다. 진옌은 멋진 노래 열 곡을 고를 것이다. 매해를 기념하는 가장 대표적인 노래들로. 노래 열 곡은 십 년을 의미하고 그 상징적 의미는 백 년이다. 그들은 손에 손을 잡고 노래를 부를 것이다. 해가 서산으로 질 때까지 계속 부를 것이다. 마지막 저녁 빛이 뉘엿뉘엿 사라질 때, 등잔 위의 불꽃이 하나둘씩 켜지며 화려한 빛을 발한다.

웨딩드레스는 물론 벗어야만 하는 것이다. 그러나 벗었다 해도 웨딩드레스는 여전히 웨딩드레스다. 그것은 옷걸이 위에 곱게 걸려 전설의 앞머리를 장식할 것이다. 아주 오래전에 말이지……

웨딩드레스에 대해 이것저것 생각하다보니, 더욱 터무니없는 생각이 진옌의 머릿속에서 불쑥 솟아났다. 기왕에 웨딩드레스를 입었으니 아예 서양 결혼식으로 가자. 서양 결혼식을 하려면 아예 교회에서 하는 거야. 진옌은 한 번도 교회에 가본 적이 없지만 영화에서 봤다. 교회의 가장 큰 매력은 사실 그 외관에 있는 것이 아니라 내부에 있다. 교회는 인간 세상의 천국이다. 드넓은 아치형 천장이 하늘을 떠받치고 있다. 얼마나 위엄이 넘치는가! 장엄하고 엄숙하고 신성하며, 또한 정결하다. 파이프오르간 소리가 울려퍼진다. 찬송의 선율이 돌기둥들 위에서 메아리친다. 끝없는 메아리가 아스라이 퍼져나가며 하늘에서 땅까지 세상을 뒤덮는다. 생각이 이어지면서, 진옌은 이미 타이라이의 손을 붙잡고 교회로 '들어서고' 있다. 등에 날개라도 돋아서 날아갈 것 같다. 머릿속에는 온통 모자이크유리의 찬란한 빛이 아롱거렸다. 진옌은 자신의 머리 위가 곧 하늘이며, 발아래는 땅임을 실감한다. 하늘과 땅 사이에서 웅장하게 울려퍼지는 오르간 소리와 같은 그녀의 결혼식이 진행되고 있다. 웅장하게 울려퍼지는 그녀의 사랑이 거기 있다.

교회에서 못할 이유가 있는가? 안 될 게 뭐란 말인가? 〈진링의 소리〉*에서 광고를 듣고 진옌은 결국 '로맨스웨딩'이라는 웨딩컨설팅 업체에 전화를 걸었다. 화요일 점심시간이었다. 로맨스웨딩의 안내 여직원은 무척 친절했다. 그녀는 진옌의 이야기를 참을성 있게 다 들어준 뒤에 진옌이 생각해보지 못한 질문을 했다. "신도이신가요?" 진옌은 순간 무슨 말인지 몰라 멍하니 아무 말도 못했다. 안내 여직원은 좀더 알아듣기 쉬운 말로 물었다. "하나님을 믿으시나요? 신랑 신부 두 분 중 어느 한쪽이라도 믿으시면 되는데요." 사뭇 진지한 질문이었다. 진옌은 그런 문제는 생각해본 적이 없다. 진옌은 아무 말도 할 수 없었다. 자신은 하나님을 믿지 않았으니까. 하지만 아니라고 말하고 싶지도 않았다. 그렇게 말하는 것은 어쩐지 불길한 느낌이었다. 진옌은 그냥 그대로 휴대폰을 닫았다. 로맨스웨딩에서 전화를 걸어올까봐 아예 휴대폰 전원을 꺼버렸다. 더 깊이 따져 물을까봐 겁이 났다.

그러나 그 직원의 말은 진옌에게 어떤 깨달음을 주었다. 결혼식을 하기 전에 신부든 신랑이든, 어쨌거나 뭔가를 믿는 편이 좋으리라.

무엇을 믿으면 좋을까? 생각에 생각을 거듭했지만 진옌은 뭘 믿으면 좋을지 도무지 알 수 없었다. 그녀는 빛을 믿었다. 그러나 빛은 그녀를 원치 않았다. 그녀는 자신의 눈을 믿었다. 그러나 진옌의 눈은 그녀를 원치 않았다. 시력이 점점 떨어지고 시야가 점점 좁아지면서 이 세계는 갈수록 더 어두워졌고, 갈수록 더 좁아졌다. 이 세계는 그녀를 원치 않았다. 푸른 하늘도 그녀를 원치 않았고, 흰 구름도 그녀를 원치 않았다. 푸른 산도 그녀를 원치 않았고, 푸

---

* 난징의 라디오방송.

른 물도 그녀를 원치 않았다. 거울 속 자신의 얼굴조차 그녀를 원치 않았다. 그녀가 내체 뭘 믿을 수 있단 말인가? 그녀가 할 수 있는 것은 오직 더듬어 추측하는 것뿐이었다. 더듬어 추측하는 여자는 무엇인가를 믿기가 어려웠다. 진옌은 휴대폰을 만지작거리며 스스로에게 말했다. 믿지 않는 게 옳아. 믿지 않으면 더이상 실망하지도 않으니까. 이것으로 됐다. 이제부턴 모든 것이 큰 바다와 마주하고 따뜻한 봄바람이 불고 꽃이 피는 것처럼 잘될 것이다.

그녀는 그저 결혼식만 믿었다. 결혼식이 있으면 그만이었다. 결혼식이 있으면 그녀는 더이상 혼자가 아니었다. 적어도 또다른 누군가와 함께하게 되는 것이다. 그것만은 믿을 수 있었다. 결혼식은 마법이다. 이 세상을 집으로 만들어주는 마법. 완전무결한 마법.

그것은 진옌에게 즐거운 발견이었다. 결혼에 대한 신실한 믿음으로 인해 그녀는 이미 결혼의 광적인 신도였으니까. 결혼식은 늘 진옌과 함께했다. 진옌은 매 순간 결혼식 안에 있었다. 밥 먹을 때도 그랬다. 진옌은 원래 숟가락이 편해 숟가락을 사용했었지만 지금은 더이상 숟가락을 사용하지 않는다. 그녀는 젓가락을 선택했다. 진옌은 젓가락의 뭉툭한 윗머리에 살짝 구멍을 냈다. 그런 뒤에 실로 나머지 젓가락 한 짝에 매어놓았다. 젓가락이 결혼을 한 것이다. 진옌은 젓가락에게 성대한 결혼식을 치러주었다. 영화 〈시시〉*의 한 장면처럼 웅장하고 화려하게. 진옌은 점심 한 끼를 먹는 시간에 이 결혼식을 거행했다. 그녀의 마음속에서 성대하고도 화려한 의식이 치러졌으며, 그녀가 음식을 씹는 소리는 웅장한 오케

---

* 오스트리아 엘리자베스 황후의 이야기를 다룬 영화.

274 마사지사

스트라 선율이 되었다.

부항을 뜰 때도 결혼식은 가능했다. 마사지의 보조 치료법 가운데 부항은 가장 일반적인 수단이었다. 중의학에서는 '기'를 매우 중시한다. 사람의 몸안에는 뜨거운 기운인 화기火氣와 차가운 기운인 한기寒氣가 있다. 한기가 있으면 어떻게 해야 하나? 뽑아내야 한다. 이때 필요한 것이 부항이다. 진옌은 고객에게 부항을 떠줄 때 특별한 주의를 기울여 언제나 짝을 맞추어 부항을 사용했다. 어느 때는 네 쌍을 썼고 어느 때는 다섯 쌍을 썼으며 어느 때는 여섯 쌍을 썼다. 손님들의 등판은 거대한 예식장이 되어 합동 결혼식이 열렸다. 합동 결혼식은 별로지만 그래도 그것 나름대로의 기쁨이 있다. 결혼식을 주재하는 데서 오는 성취감이 크기 때문이다. 합동 결혼식은 중국인의 특성을 잘 드러낸다. 가장 개인적인 일에서도 집단주의 정신이 넘쳐흐른다는 것.

음식의 맛도 결혼할 수 있다. 달콤함과 새콤함이, 얼얼함과 매콤함이 가장 잘 어울리는 두 쌍이다. 달콤함은 여자이지만 남성적인 면도 있고, 새콤함은 남자이지만 여성적인 면도 지니고 있다. 그들의 결혼이란 두말할 것 없이 탕수육이다. 새콤하면서 달콤한, 새콤달콤한. 이는 가난한 사람들의 결혼이다. 가난하고 초라하지만 서로 사랑하는 법을 잘 알고 만족할 줄 아는 사람들의 소박한 결혼. 가난한 딸깍발이 선비가 빈농의 아리땁고 야무진 처녀를 아내로 맞이하는 그런 결혼, 상냥한 유치원 교사가 착실한 택시 운전사에게 시집가는 그런 결혼. 결혼식은 화려하지 않지만 두 사람은 행복하다. 서로의 마음이 완전히 하나가 되어 어려웠던 지난날들이 모두가 즐기는 요리로 재탄생한다.

얼얼함은 도무지 말이 통하지 않는 막무가내 사내이고 매콤함은 왈가닥 아가씨다. 둘은 앙숙이다. 아마도 전생에 원수였으리라. 그러니 함께할 수 없는 사이라고 봐야 한다. 아무도 그들을 좋게 보지 않는다. 그러나 인생의 흥미로움과 의미심장함이 바로 여기에 있다. 얼얼함과 매콤함이 의외로 인연이 있는 것이다. 그들은 연애를 시작하는 그 순간부터 서로를 인정하지 않고 서로 트집 잡고 멸시하고 적대적으로 맞선다. 모든 사람들이 겁에 질린 시선으로 이들을 바라본다. 그러나 그들은 오히려 싸울수록 가까워지고 티격태격할수록 더 끈끈해져, 마침내 결혼을 하기에 이른다. 결혼식장에 선 그들 자신조차 이 사실을 믿기 힘들어한다. 그들에게 어떻게 이런 날이 올 수 있단 말인가? 평생에 단 한 번뿐인 이날까지도 그들은 티격태격한다. 중재자가 나서 그들을 말린다. 결혼식은 결국 좋지 않게 끝이 나고 신랑 신부는 각각 이혼 준비에 돌입한다. 신기하게도 이들은 도무지 갈라서지 못한다. 긴 세월이 흘러 백발이 성성해진 뒤에 보니, 맙소사, 어느새 금혼식이 눈앞이다. 평생을 으르렁대고 입씨름하며, 이웃들이 아무리 질려해도 자신들은 전혀 질리지도 않고, 씹으면 씹을수록 더 맛있게 살아왔다. 마치 길가에서 파는 양꼬치처럼 서로의 일상에서 큰 부분을 차지하고 있음을 그들 자신은 알지 못했다. 그들은 평생 불만 속에서 살면서도 좀처럼 헤어지지를 못했다. 모범적인 결혼생활이라고는 해보지 못한 그들은 얼마 남지 않은 생 앞에서야 후회를 한다. 밤이 깊어 고요한 시각, 남편이 마누라에게 말한다. 내가 그때 왜 당신한테 좀 더 잘해주지 못했을까? "여기 꼬치 하나 더요!" 다시 처음부터 한번 더 살아보고 싶다. 하지만 처음부터 다시 시작한다고 해도 이럴 것이다. 삶이란 이렇게 사랑스러운 장면들로 채워져 있는 것이다.

가장 흥미로운 것은 자전거의 결혼이다. 두 바퀴는 늘 덤벙덤벙한다. 남자 쪽이 덤벙대지 않으면 여자 쪽이 덤벙댄다. 둘이 장가들고 시집간다. 신부와 신랑은 평등한 관계라고 말들 하지만 그 속내는 불평등하다. 언제나 하나는 앞서가고 하나는 뒤따른다. 하나가 바깥쪽에 있으면 하나는 안쪽에 있기도 한다. 심지어는 결혼식 날도 마찬가지다. 하나가 주동적으로 움직이고 다른 하나는 얌전히 따라간다. 그들은 언제나 거리를 두지만, 뒤에 있는 쪽은 용케도 장단 맞춰 달리며 걸음걸음 바짝 따라간다. 마치 여자가 결혼 후 평생 남편을 따르듯이 말이다. 그런데 가만히 들여다보면 그게 아닌 것도 같다. 뒤따르는 쪽이 실은 숨은 일인자인 것이다. 숨어서 조종하기 좋아하는 그것은 계속 앞에 선 쪽을 밀어붙인다. 앞에 선 쪽은 사실 시키는 대로 움직이면 그만이다. 그러나 마음에서 우러나와 기꺼이 따르는 것이다. 다 자신을 위한 것임을 알기 때문이다. 이런 결혼이 거리의 풍경을 결정짓는다. 온 거리에 가득한 자전거 바퀴는 다 그렇게 하나는 앞서고 하나는 뒤에 선 채, 짝을 이뤄 오고가는 것이다. 갈라설 때도 물론 있다. 때때로 뒤에 선 쪽이 앞으로 나서고 싶어하기 때문이다. 이렇게 되면 참 골치 아파진다. 뒤에 선 쪽이 너무 심하게 밀어붙이면 그대로 큰 사고가 날 수도 있다.

이렇게 여러 결혼들을 비교해 따져보았을 때, 진옌은 땅콩의 결혼이 특히 좋았다. 대부분의 경우, 땅콩 껍질 안의 땅콩은 둘씩 짝을 이루고 있다. 그들은 서로 이웃해 살면서 바짝 붙어지낸다. 그러면서도 아주 조용하다. 서로 있다는 것을 알면서도 끝끝내 자주 오가지는 않는 것이다. 어떻게 그럴 수가 있느냐고? 진옌은 땅콩 껍데기를 깐다. 하나는 금이야 옥이야 곱게 자란 도련님이고, 다른 하나는 금이야 옥이야 곱게 자란 양갓집 규수다. 도대체 어떻게 그렇게 답답하게 지내는 거야? 진옌은 그들을 위해 다리를 놓아주고 한자리에 앉을 기회를 마련한다. 진옌의 손바닥 위에서 그들의 비밀스러운 결혼식이 거행된다. 그들은 정말 잘 어울리는 한 쌍이다. 두 사람은 성격 또한 비슷하다. 둘 다 너무 부끄러움을 탄다. 진옌은 이들을 화촉동방까지 밀어넣어준다. 수줍어하는 이들을 위해 옷도 대신 벗겨준다. 새신랑과 새색시는 실오라기 하나 걸치지 않고 벌거벗었다. 야하기도 하지. 사실 신랑 신부는 서로가 서로를 좋아하는 눈치다. 하늘과 땅이 한데 어울리는 어느 봄밤이다. 진옌은 타이라이를 이 결혼식의 하객으로 초대했다. 타이라이의 손을 잡아끌어 이 한 쌍의 신혼부부를 그의 손바닥 한가운데에 내려놓았다. 타이라이가 말했다.

"당신 먹어."

바보! 바보! 이 바—보—야!

물론 그녀가 늘 다른 이를 위한 결혼만 생각하는 것은 아니었다. 그보다 훨씬 더 많이 자신의 결혼에 대해 생각했다. 어디 그냥 생각만 하겠는가? 그녀는 이쪽저쪽을 비교하며 여러 가지를 따지고 재보았다. 중국식 전통 혼례가 좋을까, 서양식 결혼이 좋을까? 정하기 힘들었다. 하지만 못 정하면 또 어때? 진옌은 결혼에 미쳤다. 두 가지 결혼식 모두를 원했다! 부부가 꼭 한 번의 결혼식만 해야 한다고 누가 그래? 결혼식 횟수를 법으로 정한 것도 아닌데. 진옌은 먼저 웨딩드레스를 입고 타이라이에게 '시집간' 다음, 다시 붉은 양초가 봄꽃처럼 흐드러진 화촉동방에서 타이라이가 자신에게 '장가드는' 것으로 하기로 마음을 정했다. 결혼식, 두 번 하면 어떤 가? 돈이 좀더 드는 것뿐이지 않나? 진옌은 그 정도는 얼마든지 쓸 수 있었다. 결혼식을 위해서라면 얼마든지 뿌려주지. 돈은 곧 꽃망 울을 터뜨리려는 꽃이 아니던가. 돈은 그러라고 버는 거야. 개처럼 벌어서 정승같이 쓰라고 하잖아? 그게 다 무슨 뜻이겠어? 돈이란 모름지기 쓸 때 제대로 써줘야 가치 있게 빛나는 거지. 봄바람 살 랑 부는 달밤에 가지마다 맺힌 꽃망울이 활짝 벌어지도록 화촉동 방에 불을 밝히는 것보다 더 가치 있는 일이 세상에 또 어디 있겠 어? 돈을 써서 화촉을 밝혀야, 밤바람 달빛 아래 봄꽃이 흐드러지 는 법이라니까.

가오웨이

⠠⠊⠌⠚⠢⠦

두훙은 이렇게 빨리 마사지센터에 자리를 잡은 것이 믿어지지
않았다. 다행히도 두훙은 자기 자신을 잘 아는 사람이었다. 그녀는
자신의 마사지 솜씨가 이렇게 많은 단골 손님을 만들기에 부족하
다는 사실을 잘 알았다. 사실 이제는 왜 그런지 명백해졌지만. 역
시 '외모' 덕을 톡톡히 보았던 것이다. 처음 '강호에 나섰을' 때까
지만 해도 두훙은 여자의 '외모'가 얼마나 중요한지 알지 못했다.
하지만 지금은 알았다. '외모'라는 것도 일종의 생산수단이었다.
'외모'는 경쟁력이 있었다.

'외모'가 그녀의 일과 관계있다는 것은 그녀의 단골이 하나같이
남자라는 점에서도 확인되었다. 두훙을 찾는 단골의 연령은 거의
삼십대 중반에서 사십대 중반 사이였다. 두훙은 자신의 외모에 대
해 만족했으며 자부심을 가졌다. 물론 낯설고 어색하기도 했지만,
이 낯섦에서 즐거움을 느끼기도 했다. 여자라면 너무나 당연한 즐

거움이었다. 세상 밖으로 나서지 않았더라면 두훙은 평생 그 사실을 알지 못했을 것이다. 두훙은 자신이 '예쁘다'는 사실은 알았지만, 자신의 '아름다움'에 대해서는 전혀 알지 못했다. '예쁘다'와 '아름답다'는 서로 다른 개념이다. 본질 자체가 완전히 다르다. 두훙의 자부심은 사실 바로 여기에 있었다. 그러나 두훙은 또 한 가지의 사실도 놓치지 않았다. 젊은 미혼 남성들은 그녀에게 마사지를 받으러 오지 않는다는 것. 이 사실은 두훙에게 뭐라 말할 수 없는 실망감을 안겨주었다. 그러나 두훙은 이내 실망감을 극복할 수 있는 근거를 하나 찾아냈다. 보통 젊은 사람들은 건강하기 때문에 마사지센터에 올 이유가 없는 것이다. 그러니 두훙이 젊은 미혼남들에게 매력적이지 않은 게 아니라, 그저 만날 기회 자체가 부족한 것이다. 만약 그들이 여기 온다면? 그렇다면? 결과는 알 수 없는 일이다.

자신이 아름답다는 사실을 안다는 것은 좋은 일이다. 하지만 항상 그렇지만은 않다. 두훙은 생각이 점점 '많아졌다'. 여자들은 그렇다. 자신의 '외모'가 어떤지 알게 되면서부터 모든 고민이 시작된다. 사실 두훙은 자신의 '외모'에 대해 알게 된 것을 어느 정도 후회했다.

마사지센터 장사가 잘되면서 사람들과 접촉할 기회도 많아졌다. 사람이 많아지면 복잡해지기 마련이다. 사람은 정말 이상한 존재이다. 별별 사람이 다 있다. 어쩌면 그렇게도 천차만별인지! 사람마다 모두 제각각이고 같은 사람은 하나도 없었다. 두훙은 그 남자들을 볼 수는 없었지만, 그들에게 마사지를 해주고 한두 마디 이야기도 나누다보니 그들의 차이점을 또렷이 구분할 수 있었다. 어떤 사람은 살이 쪘고 어떤 사람은 깡말랐으며, 어떤 사람은 체격이 좋고 어떤 사람은 허약했다. 어떤 사람은 점잖았지만 어떤 사람은 거칠었고, 어떤 사람은 잘 웃었지만 어떤 사람은 과묵했다. 어떤 사람은 술냄새가 진동을 했고, 어떤 사람은 담배 냄새에 절어 있었다. 그러나 그 모든 차이점에도 불구하고 그들 모두 자신의 휴대폰을 가졌다는 공통점이 하나 있었다. 휴대폰에는 모두 저마다의 '음담'이 들어 있다는 것 또한 공통점이었다. 두홍이 들었던 첫번째 '음담'은 이런 내용이었다. 한 농부가 밭에 일을 하러 나가자 마누라의 애인이 잽싸게 마누라를 찾아왔다. 둘이 아직 뭔가를 해보기도 전에 남편이 집으로 돌아왔다. 하필이면 호미를 깜빡하고 나갔던 것이다. 마누라는 급한 와중에도 기지를 발휘해서 애인한테 자루 속에 숨으라고 하고 자루를 문 뒤로 숨겼다. 남편은 호미를 찾아 쥐고 서둘러 다시 일을 나가려고 했다. 막 문 앞까지 갔는데 문 뒤에 커다란 자루가 놓여 있는 게 보였다. 자루는 뭔가 실하게 꽉 차 있었다. 농부는 발로 자루를 한 번 걸어차며 중얼댔다. "어라, 이 부대 안에는 뭐가 들어 있다지?" 자루 안에서 다급해진 애인은 그만 소리를 지르고 말았다. "옥수수요!"

이것은 두홍이 들은 첫번째 '음담'이었다. 두홍은 처음 이 이야기를 듣고 우스워 죽을 뻔했다. 몇 개를 잇달아 듣고 나자 '음담'은 복잡해지기 시작했다. 모든 '음담'이 '옥수수'처럼 순박하지만은 않았던 것이다. 순진한 두홍은 사실 대부분의 '음담'을 알아듣지 못했다. 알아듣지 못했으니 물어볼 수밖에 없었다. 두홍은 바보같이 순진한 표정으로 손님을 바라보면서 그 '음담'의 '속뜻'을 물어보았다. 그러나 말이 채 끝나기도 전에 대개는 절로 그 뜻이 깨달아지곤 했다. 이 '깨달음'이야말로 두홍을 몹시 곤란하게 했다. 그것은 세상에서 가장 더럽고 저속한 말들이었다. 피가 그대로 얼굴로 다 쏠렸다. 두홍은 더할 수 없이 부끄럽고 서러웠다. 자기까지 함께 파렴치한이 된 것 같았다. 그러나 '음담'은 참 한도 끝도 없었다. 시간이 지나면서 두홍은 그런 '음담'에 자연스럽게 익숙해졌다. 어쨌거나 두홍은 손님과 이야기를 하지 않을 수 없었다. 두홍은 곧 어떤 유형의 남자들이 있음을 알게 되었다. 그들은 여자들에게 음담패설을 들려주는 데 열중한다. 이야기를 거듭할수록 기세등등해져 결국 제가 한 말이 모두 실제 경험인 것처럼 군다. 두홍은 이런 남자들을 싫어했다. 그래서 못 들은 척했다. 설사 들었다 할지라도 알아듣지 못한 척했다. 문제는 두홍이 알아들었다는 데 있다. 일단 알아들으면 웃음을 참기 어려웠다. 두홍은 웃고 싶지 않았다. 그러나 웃음은 참기 어려운 것이다. 두홍은 아무래도 참을 수가 없어서 웃고 말았다. 결국 웃고 나면 기분이 찝찝해졌다.

사람들마다 휴대폰이 있고, 휴대폰마다 음담이 있으니, 두홍은 이 세계가 곧 휴대폰이며, 삶이라는 게 본디 이 음담에 불과하다는 사실을 깨달았다.

음담에는 또 한 가지 공통된 특징이 있었다. 그것은 '육식'*이라는 점이었다. 육식이 무엇인지 두홍은 물론 알고 있었다. 그것은 채식의 반대말이다. '육식'의 배후에는 반드시 고기가 있다. 고깃덩어리와 불가분의 관계인 것이다. 두홍은 육식에 두려움을 느꼈다. 도무지 몸 둘 바를 모를 지경이었다. 이야기를 듣는 날이 많아

---

* '육식' '고기 요리'를 뜻하는 중국어 '훈(葷)'에는 '외설적인' '음란한'이라는 뜻도 있다.

지면서 두흥은 이 세상에 대한 어떤 깨달음이, 혹은 이 세상에 대한 판단이 생겼다. 그녀가 속한 이 세상은 '육식'이라는 것. 자신이 동경하는, '사회'라 불리는 그것은 육식이었다는 것. 남자들도 모두 육식주의자, 여자들도 모두 육식주의자였다. 남자들과 여자들은 잠시도 한가할 틈이 없이, 모두 무언가를 하느라 바빴다. 온 세상에 난잡하고 광란적이고 중독적인 섹스가 조금의 가림도 없이 널려 있었다. 그나마 다행인 것은 두흥이 맹인이라는 점이었다. 그렇지 않았다면 대체 눈을 어디에 두었을 것인가? 모든 사람들이 걸어다니는 고깃덩어리다. 고기가 '지글지글'하고 있다.

두흥은 처음 집을 떠나던 순간을 여전히 기억했다. 그때 두흥은 분명 두려움에 떨고 있었다. 자신이 사회에서 과연 자리를 잡을 수 있을지 걱정스러웠다. 그러나 두려움과 동시에 마음 한편에 또다른 무엇이 있었음을 인정하지 않을 수 없다. 바로 '동경'이라 불리는 것이었다. 얼마나 이 세상을 동경했던가! 그녀는 낯선 사람들을, 낯선 일들을, 날마다 전혀 다른 날들을 동경했다. 그때 두흥의 마음속에는 얼마나 많은 것들이 꿈틀대고 있었던가! 그녀는 하루라도 빨리 세상 사람들에게 인정받고 받아들여지고 싶었다. 하루빨리 그 속에 섞여들고 싶었다. 삶이란 두흥의 모든 꿈이 들어 있는, 의미 있는 무언가였다. 그러나 지금 온 세상에 넘쳐나는 휴대폰과 음담이 삶의 진실을 훤히 드러내 보여준다. 이 세상은 비천하고 파렴치하다. 너무 더럽고 너무 지루하고 너무 저열하다. 두흥이 동경할 만한 것이라고는 전혀 없었다. 황제부터 거지까지, CEO부터 사무 경리까지, 스튜어디스부터 버스 안내원까지, 촌장부터 동네 건달까지 다 똑같다. 두흥은 매일 개똥 무더기 위에 서 있는 기분이었다. 그래야만 했다. 여기를 떠나서는 제힘으로 먹고살 수가 없기 때문이었다. 이렇게 있다가 언젠가는 그녀도 고깃덩어리가 될 테고, '지글지글'하게 될 것이다.

사실 사푸밍은 벌써 그녀에게 '지글지글'하고 있었다. 두훙은 사푸밍의 손이 제 얼굴 위에서 '지글지글'하는 소리를 들었다. 그는 틀림없이 보다 은밀한 여러 가지 수단과 방법으로 '지글지글'할 것이었다. 사푸밍은 그녀에게 다가오고 있었다. 그 생각만 하면 두훙은 절로 긴장됐다. 매우 위험한 상황이었다. 두훙이 언제 홀딱 벗은 옥수수처럼 자루에 담기게 될지 아무도 모르는 일이었다. 그뒤에는 그 이야기도 휴대폰 속의 우스개가 되고 말겠지!

두훙은 한층 더 삼엄하게 경계하기로 했다. 그러나 사푸밍에게 무례하게 굴 수는 없었다. 어쨌거나 사푸밍은 사장이었다. 그가 나가라고 하면 두훙은 나갈 수밖에 없는 것이다. 나가라면 못 나갈 것도 없다. 하지만 대체 어디로 간단 말인가? 다른 곳으로 자리를 옮긴다 해도 마찬가지다. 세상에 남자가 없는 곳이 어디 있는가? 세상에 여자가 없는 곳이 어디 있는가? 세상에 음담이 없는 곳이 어디 있는가? 세상에 휴대폰이 없는 곳이 어디 있는가? 온 세상에 넘치는 게 옥수수 자루였다. 이 세상은 옥수수가 넘쳐나는 자루 안이었다.

두훙은 모르쇠로 일관했다. 깍듯하게, 나는 모르노라, 아무것도. 그녀는 사푸밍에게 깍듯하게 굴었다. 가까이 가지도 멀리 달아나지도 않았다. 받아들이지도 버리지도 않았다. 남이야 몸이 달아서 애를 태우든 말든, 어떻게 이용하면 좋은지가 핵심이었다. 모르쇠는 최고의 무기였다. 소녀다운 순진무구함은 핵무기였다. 천하무

적이었다. 사푸밍이 어떻게 '지글지글'하든 두훙은 아무것도 모르는 것이었다. 꾸며낸 무지야말로 진정한 무지다. 그것은 잠든 척하는 것과 비슷하다. 잠든 척하고 있는 사람은 아무리 깨워도 깨어나지 않는다.

사푸밍은 가슴이 아팠다. 그는 진심이었다. 두훙 때문에 그는 자신의 신앙을 포기했다. 그는 더이상 눈을 갈망하지 않았다. 그토록 애타게 그리던 '주류 사회'를 더는 갈망하지 않았다. 그는 이제 눈이 보이지 않는 두훙과 함께하기를, 자신에게 주어진 어두컴컴한 날들이 계속되기를 바랐다. 사푸밍은 두훙을 쫓아다니기 시작했다. 두훙은 흥미로운 여자였다. 받아들이지 않았지만 거절하지도 않았다. 어리바리, 아무것도 몰랐다. 사푸밍이 어떻게 표현을 해도 두훙은 전혀 눈치채지 못했다. 마치 어린아이가 사탕을 먹는 데만 온 정신을 쏟는 것처럼 그녀는 계속해서 밝고 단순한 어조로만 반응했다. 사푸밍은 에둘러 말하기도 하고 은근히 암시하기도 하고 간절하게 애원하기도 했다. 마음이 급해질수록 점점 더 직접적으로 속내를 드러냈건만 두훙은 어떻게 해도 알아듣지 못했다. 사푸밍이 뭘 더 할 수 있겠는가? 그저 솔직히 말할 수밖에. 사실 거의 애걸하는 수준이었다. "두훙, 난 당신을 사랑한다고!"

두훙은 순진한 척했다. "전 아직 어려서요."

사푸밍이 더 뭐라고 할 수 있었겠는가? 두훙이 애처롭게 굴수록 사푸밍의 마음은 더욱 커졌다. 두훙을 지켜주고 싶은 욕망이 넘실거렸다. 그녀를 보호하고 싶은 마음뿐이었다. 악마의 장난에 걸린 듯, 도저히 헤어나올 수 없었다. 좋아, 어디 해보자. 사푸밍은 악마의 장난에 가만히 당하고만 있지 않았다. 고집스럽게 버텼다. 네가 어리다고? 그럼 기다려주마. 올해가 안 되면 내년, 내년이 안 되면 내후년, 내후년이 안 되면 그 후년, 그 후년이 안 되면 또 그 후년. 언젠가는 너도 더이상 어리지 않은 날이 올 테지. 사푸밍은 굳게 믿었다. 그저 인내심을 갖기만 하면 되었다. 그게 관건이었다. 그녀를 한결같이 사랑하는 한, 사푸밍은 두훙이 다 자라 어른이 되는 그날까지 기다릴 수 있었다.

이 기다림은 물론 은밀했다. 깊이깊이 숨겨져 오직 사푸밍의 마음속에서만 일어나는 일이었다. 사푸밍은 신중에 신중을 기했다. 어찌됐든 간에 그는 사장이었다. 직원들에게 권력을 사적으로 남용한다는 비열한 인상을 줄 수는 없었다. 게다가 또 한 가지 중요한 점은, 사푸밍에게도 허영심이 있다는 것이었다. 사푸밍이 드러내놓고 두훙을 쫓아다닌다면, 권력으로 사랑을 쟁취했다는 오해를 피하기 어려울 것이었다. 영예롭지 못한 일이었다. 모든 일이 확실해지기 전까지는 역시 다른 사람들은 모르게 하는 편이 나았다.

그러나 사푸밍이 틀렸다. 그의 속내를 아는 사람이 있었던 것이다. 누구냐고? 가오웨이였다. 마사지센터의 프런트 아가씨. 가오웨이는 단번에 사푸밍의 속내를 눈치챘다. 맹인들은 너무 쉽게 한 가지 사실을 잊어버린다. 그들 자신에게도 눈이 있다는 사실을. 그들의 눈에는 빛이 없기에 영혼의 창문이 될 수는 없었다. 그러나 오히려 영혼의 대문이 될 수 있었다. 어떤 것에 흥미를 느끼고 관심을 가질 때 그들은 자기 눈을 숨기는 법을 알지 못했다. 심지어 대놓고 목까지 돌리거나, 어떤 때는 아예 온몸을 돌려 표를 냈다. 요즘 들어 사푸밍은 줄곧 저기압이었다. 그러나 두훙이 기적을 내기만 하면 곧 딴사람으로 변했다. 정신이 번쩍 들며, 목이며 허리까지 순식간에 두훙 쪽을 향하는 것이었다. 가오웨이가 보기에, 두훙이 해라면 사푸밍은 한 송이 해바라기였다. 고요한 가운데서도 움직임이 있었다. 그는 주의를 기울여 소리를 듣고 있었다. 사푸밍은 자신의 영혼이 벌써 그렇게 두훙의 몸짓 하나하나에 반응하고 있다는 사실을 알지 못했을 것이다. 입술조차도 독특한 움직임으로 그 상황에 끼어들었다. 아주 사소한 움직임이었다. 좀 난데없기도 했다. 희미한 미소가 아주 갑작스럽게 나타났다 갑작스럽게 옅어진다. 감정이 북받치는 것이다. 그는 사랑에 빠졌다. 구제할 길이 없었다.

가오웨이는 이렇게 그녀의 사장을 지켜보고 있었다. 지켜본다는 사실을 사장이 알아챌까 두려워하지도 않았다.

가오웨이가 아무래도 알 수 없었던 점 하나는, 두훙이 움직이기만 하면 사푸밍의 목이 돌아간다는 사실이었다. 도대체 어떻게 아는 거지? 그는 어떻게 그 움직임이 두훙의 것임을 아는 걸까? 가오웨이는 이 점에 흥미를 느꼈다. 그래서 두훙의 두 다리를 유심히 관찰했다. 그랬더니 답이 나왔다. 두훙은 걸을 때 샤오쿵처럼 왼발에 무게를 싣고 오른발을 보다 가볍게 디뎠다, 물론 아주 미세한 차이였지만. 다만 샤오쿵은 발뒤꿈치를 먼저 내디디고, 두훙은 발끝을 먼저 땅에 댄다는 점이 달랐다. 두훙은 샤오쿵보다 겁이 많아서 걸음을 내디딜 때마다 먼저 발끝으로 살피는 버릇이 있었던 것이다. 가오웨이는 눈을 감고 유심히 귀기울여 소리를 들어보았다. 과연 두훙의 발소리를 분명히 분간할 수 있었다.

바로 그날 저녁, 가오웨이는 두훙과 가까운 사이가 되었다. 퇴근 시간이 되자 가오웨이는 두훙의 손을 잡고는 삼륜차 곁까지 갔다. 두훙이 여전히 망설이는데도 가오웨이는 그녀를 부축해 차에 태웠다. 가오웨이가 두훙의 신발을 벗겨주자 두훙은 시트 위에 편안하게 자리잡고 앉았다. 두훙이 얼마나 감동했을지는 생각해보면 알 일이다. 가오웨이는 좋은 사람이구나. 정말 따뜻하고 정이 많은 사람이야. 가진 게 아무것도 없는 내게 이렇게 잘해주다니. 두훙은 자신이 복이 많다고 생각했다. 이렇게 좋은 사람을 만나게 되다니 말이다.

가오웨이는 이렇게 해서 두훙의 친구가 되었다. 가까워졌다. 한 사람의 인간관계에서 거리란 일정한 값을 가진 상수常數와 같다. 두훙이 가오웨이와 가까워지면서 지팅팅과는 자연스럽게 멀어졌다. 두훙은 이 문제에 대해 자괴감을 느꼈다. 솔직히 말해서 자신한테 유리한 쪽에 붙은 것이었으니까. 이 유리함이란 단지 삼륜차의 문제는 아니었다. 이 유리함의 핵심은 바로 '눈'이었다. 가오웨이는 두 눈 멀쩡히 앞을 보는 사람이었다. 두훙에게는 앞이 훤히 보이는 눈을 가진 친구가 필요했다.

두 사람의 사이가 점점 더 가까워지면서 금세 서로 못하는 말이 없는 사이가 되었다. 그러나 두훙은 자신의 가장 큰 비밀만은 가오웨이에게 말하지 않았다. 사푸밍에 대한 이야기를 그녀는 단 한마디도 입에 올린 적이 없었다. 두훙은 이 비밀을 절대 가오웨이에게 말하지 않을 것이다. 가오웨이를 믿지 못해서가 아니었다. 솔직히, 서로 다른 눈을 가진 사람에게는 서로 다른 입도 있는 것이다. 보는 것이 다르고 생각이 다르면 나오는 말도 같지 않다. 맹인과 두 눈이 멀쩡한 사람들 사이에는 아무래도 그런 벽이 있었다. 적당한 거리는 우정을 지키기 위한 기본 조건이었다.

가오웨이도 두홍 한 사람한테만 잘해주는 것은 아니었다. 객관적
으로 그녀는 어느 맹인에게나 꽤 잘해주는 편이었다. 그러나 한 가
지, 가오웨이는 마사지센터의 몇몇 '멀쩡한 사람'과는 사이가 좋지
않았다. 마사지센터에는 멀쩡하게 앞을 보는 사람이 모두 다섯 명
이었다. 두 사람은 프런트를 지키는 가오웨이와 두리였고, 여러 가
지 보조 업무를 보는 종업원 샤오탕과 샤오쑹이 있었으며, 주방장
인 진다제가 있었다. 같이 프런트를 보는 사이지만 가오웨이와 두
리의 관계는 처음부터 영 좋지 않았다. 어째서인지 시작부터 어긋
나버린 것이다. 굳이 비교하자면, 두 눈이 멀쩡한 다섯 가운데 가
장 기세등등한 사람은 진다제였다. 진다제는 마사지센터의 또다른
사장인 장쭝치의 먼 친척이었다. 두리는 진다제가 데려온 사람이
었다. 가오웨이는 처음에 이런 관계를 전혀 알지 못했다. 다만 두
리가 중학교도 졸업하지 않았다는 사실을 알고는, 어쨌거나 자신
은 고등학교를 이 년이나 다니고 중퇴했으니 그 위세로 상대를 누
르려고 했던 것이다. 두리와 사이가 틀어지고 난 뒤에야 진다제와
의 관계를 알게 되었다. 가오웨이는 이미 진다제에게 완전히 찍힌
것이다. 진다제가 누구인가? 매 끼니 밥이 모두 그녀의 손에 달려
있었다. 그녀가 국자를 똑바로 세워 국을 뜨는지, 기울여 국을 뜨
는지에 따라 식사의 질이 달라지는 것이다. 샤오탕과 샤오쑹은 실
제로 어느 정도 진다제의 비위를 맞춰주고 있었다. 이렇게 되니 가
오웨이는 난처해졌다. 배운 사람의 체면이 참으로 곤란하게 된 것
이다.

크게 보면 마사지센터의 사람들은 두 부류로 나뉘었다. 한 부
류는 맹인들이고, 다른 한 부류는 눈이 멀쩡한 사람들이었다. 이

두 부류는 서로 꽤 잘 지냈다. 굳이 어느 쪽이 더 우월한지 따지자면 결국 맹인들일 수밖에 없었다. 맹인들은 어찌됐든 마사지센터의 주인이었다. 그들은 전문직이었고, 기술이 있었으며, 당연히 보수도 좋았다. 이에 비해 두 눈이 멀쩡한 사람들은 그저 조연급이었다. 잔심부름을 하면서 맹인들에게 손을 빌려주는 존재에 불과한 것이다. 일반적으로, 맹인들은 멀쩡한 사람들 사이에서 벌어지는 일에 간여하지 않았고, 멀쩡한 사람들은 맹인들 사이에서 벌어지는 일에 간여하지 않았다. 그들은 우물물이 강물을 침범하지 않는 것처럼 벽을 두고 지냈다. 하나는 땅속 깊은 곳에서 고요히 고여 있고, 다른 하나는 땅 위로 넘쳐 펄떡대면서 흐르는 것이다.

가오웨이가 막 왔을 때는 다른 멀쩡한 사람들 모두와 사이가 나쁘지 않았다. 그러다 단 한 번의 잘못으로 두리와 사이가 틀어졌다. 그날은 원래 두리가 근무하는 날이었다. 볼일이 좀 있어서 두리가 가오웨이에게 근무 날짜를 조정해달라고 부탁했고 가오웨이는 그녀의 부탁을 들어주었다. 하필이면 그날 밤에 가오웨이가 실수를 하고 말았다. 퇴근할 때 6번 방의 에어컨을 끄지 않은 것이다. 에어컨은 하룻밤을 꼬박 돌아갔다. 사푸밍과 장쫑치는 다음날 아침에 바로 범인 색출 작업에 들어갔다. 범인을 색출하고 말고 할 게 있나? 그것은 당연히 가오웨이의 책임이었다. 가오웨이는 어쩐지 억울했다. 십 위안을 물게 된 것은 그렇다 치더라도, 두리는 가오웨이의 쉬는 날을 좀처럼 돌려주지 않았던 것이다.

두리는 실수한 적이 한 번도 없을까? 사실 두리가 실수하는 경우가 가오웨이보다 훨씬 더 많았다. 원래 프런트 일이라는 것이 아무래도 실수하기 쉽다. 장부에 기록한 숫자가 맞지 않는 경우도 빈

번했고, 손님들의 이름을 잘못 적는 실수, 말 한마디를 잘못했다 손님들의 불만이 접수되는 일도 피하기 어려웠다. 깜빡 조는 것도, 퇴근할 때 불을 끄지 않거나 에어컨을 끄지 않는 일도 그랬다. 실수 없이 살아가는 사람이 어디 있겠는가. 사쭝치 마사지센터의 프런트 업무는 사실 위험성이 높았다. 다른 마사지센터는 그래도 나은 편이었다. 프런트는 손님들을 배정하면서 살짝 손을 써 딴 주머니를 차기도 한다. 하지만 사쭝치 마사지센터에서는 그런 일이 절대 통하지 않았다. 두 사장 모두 노동자 출신이니 직원들의 꿍꿍이를 모르겠는가? 까딱 잘못했다가 들키면 끝장이었다.

같은 잘못을 저질러도 가오웨이와 두리는 처지가 달랐다. 두리가 잘못을 저지르면 처분은 받지만 회의는 열리지 않았다. 가오웨이가 잘못을 저지르면 상황이 완전히 달랐다. 반드시 회의가 열렸다. 가오웨이는 회의가 제일 무서웠다. 회의는 아주 특별한 어떤 것이었다. 몇 사람 되지 않으니 그래 봤자 말하는 입도 몇 되지 않았다. 그런데도 일단 회의가 시작되면 뭔가 달라졌다. 사람들의 말소리가 평소와 달랐다. 사람들은 앞다투어 표준어를 구사하기 바빴고, 모두가 동일한 입장에 서기 위해 격렬하게 논쟁했다. 회의란 그런 것이다. 입장이 통일되면 결과가 나온다. 모든 사람이 다 옳고 가오웨이 한 사람만 총살형을 당해도 마땅한 몹쓸 인간이 되는 것이다. 가오웨이는 자기 이름을 잘못 지은 탓이라는 생각이 들었다. 자신의 어디가 '높고 유일'한가, 오히려 '위험성이 높을' 뿐이다.*

---

* '높고 유일하다'는 뜻의 '高唯'와 '위험성이 높다'는 뜻의 '高危'는 중국어 발음이 둘 다 '가오웨이'이다.

마사지센터에서 가오웨이의 입지는 좋지 않았다. 나갈 생각을 안 해본 것도 아니었다. 해보았다. 도저히 화를 참기 어려웠으니까. 고졸이 중졸 하나 제대로 '주무르지' 못해서야, 구겨지는 것은 더 배운 사람의 체면일 뿐이었다. 가오웨이는 가까스로 버티었다. 이랑이 고랑 되고 고랑이 이랑 된다는 말을, 가오웨이는 굳게 믿었다. 어떤 일이든 길게 봐야 한다. 길게 보면 삶은 아름다운 것이다. 조급하게 굴지 말자.

사 사장은 언제부터 두흥을 사랑하게 된 걸까? 어떤 낌새도 없었는데. 두흥이 미인이라는 사실을 가오웨이는 알고 있었다. 하지만 사 사장은 앞도 안 보이면서 다른 사람 생김새에 신경을 쓰면 뭐하겠다고? 가오웨이는 이 문제로 한동안 궁리해봤지만 아무래도 답이 나오지 않았다. 답이 나오지 않으면 그냥 그렇게 놔두자. 어쨌거나 가오웨이는 맹인도 다른 사람의 외모에 신경을 쓴다는 사실을 알게 되었다. 잘된 일이다. 사 사장님, 다음번 회의 때 두고 봅시다. 가오웨이는 굳게 믿었다. 사 사장은 머리가 좋은 남자였다. 머리 좋은 남자가 어떤 여자를 얻고 싶다면, 그 여자의 단짝 친구를 신경쓰지 않을 수 없을 것이다. 당신의 '외모'가 내 혀끝에 달려 있다고.

가오웨이는 두흥에게 목숨이라도 내줄듯이 잘해줬다. 두흥에게 대가도 바라지 않았다. 가오웨이의 바람은 오직 하나, 자신과 두흥이 절친한 사이라는 사실을 모든 사람이 다 알게 되는 것뿐이었다. 언젠가 사 사장과 두흥의 관계가 잘되고 나면 가오웨이는 사 사장이 가장 신임하는 사람이 될 수밖에 없으리라. 회의, 열 테면 열라지. 회의는 때때로 유용한 것이기도 하다. 어느 때는 아무 소용도 없지만 말이다. 원래 그런 것이다.

가오웨이의 무조건적인 우정에 대해 두훙도 받은 만큼 돌려주고 싶어했다. 두훙은 가오웨이와의 관계를 지나칠 정도로 과장되게 말하곤 했다. 이는 계산 끝에 나온 행동이었다. 가장 큰 목적은 위험한 상황에서 안전을 확보하기 위해서였다. 사푸밍이 언제 어디서 두훙에게 '지글지글'할지 알 수 없었다. 사탕수수도 양끝이 다 달지는 않은 법이다. 사장이 '지글지글'하는 한 일자리는 안정적일 것이다. 쫓겨날 염려는 없을 테니까. 하지만 '지글지글'하는 위협에 맞닥뜨려야만 한다. 다행히 지금은 곁에 가오웨이가 있어 안전해졌다. 가오웨이에게는 눈이 있었다. 사푸밍도 가오웨이의 눈을 신경쓰고 삼가지 않을 수 없으리라. 가오웨이의 눈이 두훙에게는 한낮의 햇빛이며 한밤의 달빛과 같았다. 사푸밍이 감히 사리에 어긋나는 짓을 하려 하면 가오웨이의 두 눈이 즉시 경보음이 되어주리라. '삐—' 소리가 울리면 '지글지글'하려는 수작은 와르르 무너질 수밖에.

점심의 한가한 시간을 이용해 두훙과 지팅팅은 슈퍼마켓에 쇼핑을 하러 갔다. 가오웨이에게 길 안내를 부탁했다. 세 여자—맹인두 명과 눈이 보이는 사람 한 명—가 손에 손을 잡고 걸었다. 가오웨이는 더할 나위 없이 친절하고 세심했다. 가오웨이의 친절함과 세심함은 말수가 적은 데 있었다. 일반적으로 맹인들은 눈이 멀쩡한 사람들과 함께 다닐 때, 아무래도 자격지심 때문에 말수가 적어져 거의 대화에 끼어들지 않는다. 지금 상황은 정반대였다. 두 맹인이 길을 걸으며 이야기를 주고받는 동안 가오웨이는 전혀 끼어들지 않았다. 보기 드문 일이었다. 지팅팅조차도 가오웨이가 보기 드문 미덕을 지녔다는 점에 동의하지 않을 수 없었다. 그녀는 그날 밤 두훙에게 이렇게 말했다. "가오웨이는 정말 좋은 사람이야. 말 수도 많지 않고." 두훙이 그 말을 듣고 생각하니, 아닌 게 아니라 정말 그랬다. 다음날 오전 두훙은 휴게실에서 열쇠를 꺼내 자신의 사물함을 열었다. 두훙은 초코샌드쿠키 두 개를 꺼낸 다음 사물함을 다시 잘 잠근 뒤 프런트로 갔다. 자기가 하나를 먹고 가오웨이에게 하나를 주었다. 가오웨이는 맹인들 사이에서는 서로 물건을 주고받는 일이 거의 없다는 사실을 알고 있었다. 두훙의 행동은 일반적인 답례가 아닌 것이다. 가오웨이는 과자를 입에 넣고 매우 기쁜 마음으로 먹었다. 두훙이 처음으로 자신에게 '다가온' 것이다. 가오웨이는 두훙의 뒷머리에 매달린 포니테일을 슬며시 잡아당겼다. 두훙의 고개가 쳐들려 하늘을 향했다. 두훙이 얼굴을 천장으로 향한 채로 소리 없이 웃었다. 이애는 정말이지 예쁘게 생겼구나. 가벼운 미소만으로 충분히 사람을 홀리고도 남겠어. 사 사장은 이애 뒤를 쫓아다닐 줄만 알지, 이런 아름다움에 대해 알기나 할까? 그는 아무것도 모른다. 두훙은 이렇게 눈에 띄게 사랑스러운 아이인데, 이 아름다움이 아무짝에도 소용이 없는 것이다. 아까워라.

가오웨이는 마침내 대담한 행보를 보이기 시작했다. 일도 두훙에게 유리하게 배정하기 시작한 것이었다. 노골적이었다. 예민한 맹인들은 이 상황을 매우 빨리 눈치챘다. 이런저런 말들이 곧 두리의 귀에도 들어갔다. 정의감에 불타는 솔직한 여자 두리는 화가 났다. 하지만 정면으로 공격할 수는 없었다. 확실한 증거가 없었기 때문이다. 그래서 대신 삼륜차의 사적 사용 문제를 안건에 올렸다. 회의가 시작되자마자 두리는 사람들에게 매우 심각하게 문제를 제기했다. "삼륜차가 도대체 누구 겁니까? 센터 겁니까, 아니면 어느 한 사람의 사유물입니까?" 두리는 더 나아가 근본적인 문제를 따져 물었다. "마사지센터의 원칙과 규율이라는 게 있기는 있는 건가요?"

두리의 말뜻이 어디를 향하는지는 두말하면 잔소리였다. 휴게실 안은 순식간에 정적에 휩싸였다. 사람들은 모두 가오웨이가 뭐라고 한마디할 거라 생각했다. 가오웨이는 한마디도 하지 않았다. 그녀는 기다렸다. 그녀는 알고 있었다. 사 사장이 뭔가 한마디할 것이다. 과연 사 사장이 입을 열었다. 그의 말은 업무와 관련된 내용이었다. 그는 우선 영유아의 식이장애에 대해 이야기했다. 사푸밍이 주로 분석한 것은 가장의 심리였다. 가장이 영유아에게 약을 먹이고 싶어할 것인가? 답은 그렇지 않다, 였다. 영유아의 식이장애 치료에 적당한 방법은 역시 물리치료인 것이다. 위 주변 근육을 마사지해줌으로써 위를 편안하게 만들면 된다. 이것이 최근에 개발된 새로운 치료법이다.

사푸밍은 식이장애로 시작해서 슬슬 실질적인 삶의 내용 쪽으로 화제를 옮겨갔다. 그는 이제 휴머니즘에 대해 설파하는 중이었다. 휴머니즘에서 가장 중요한 요소는 인간에 대한 관심이다. 그는 단숨에 '사람과 사람 사이의 상호 협조'에서 정신문명 단계까지 설파했다. 사푸밍은 줄곧 진지한 태도였지만 말투는 여전히 온화하고 나긋나긋했다. 그는 그 빌어먹을 삼륜차에 대해서는 한마디도 입에 올리지 않았다. 그러나 그의 결론은 마사지센터의 소유물이 모두에게 제공되기 위해 구비되었다는 사실에 방점을 찍었다. 사푸밍이 말했다. "어떤 직장에서든, 그 직장에서 일하는 사람들끼리 서로 협조하는 것은 좋은 일입니다. 서로 권하고 배워야 할 일이지요." 사푸밍은 이어서 이렇게 반문했다. "그렇다면, 이전부터의 원칙과 규율은 과연 지켜야 하는 것일까요?" 사푸밍은 이렇게 대답했다. "좋은 것은 계속 지켜나가고 좋지 않은 것은 반드시 고쳐야 할 것입니다. 개혁이라는 것은 결국은 이 두 가지입니다. 하나는 철저히 지키는 것, 그리고 다른 하나는 새롭게 고치는 것. 정부 또한 이런 일은 세심한 주의를 기울여 일을 처리합니다. 그런데 우리 맹인들이라고 해서 그러지 못할 이유가 있습니까?"

두리는 입술을 삐죽거리며 한쪽으로 물러났다. 그녀는 아무 말도 하지 않았지만, 속으로는 이렇게 욕을 퍼붓고 있었다. 사가 자식아, 허튼소리 작작해라! 뭘 철저히 지키고, 뭘 새롭게 고친다는 거야? 결국은 네 놈이 그 잘난 주둥아리를 놀리는 대로 될 것 아니냐? 두리는 가오웨이를 무섭게 흘겨보았지만 가오웨이는 두리 쪽을 전혀 보지 않았다. 예쁘지도 않은 얼굴을 봐서 뭐하겠는가. 가오웨이는 이 대목에서 정부 얘기까지 나올 줄은 몰랐다. 이렇게 황송할 데가. 가오웨이는 살짝 거슬렸다.

샤오쿵은 소파에 앉아 있었는데 마음이 아주 불편했다. 누가 삼륜차를 타든 그건 전혀 상관없었다. 그러나 마사지사와 프런트 사이에 일어나는 모종의 결탁은 그냥 참고 넘길 수가 없었다. 샤오쿵은 선전에 있을 때 프런트와 사이가 좋지 않아 손해를 보았다. 그래서 아무래도 프런트를 깔보는 경향이 있었다. 그러나 샤오쿵이 진정으로 경멸하는 것은 마사지사가 슬그머니 그 비위를 맞춰주는 일이었다. 어쩌면 저렇게도 천박할 수가 있담! 정말 부끄러운 일이 아닐 수 없었다. 두훙, 너 참 대단하다. 언제 그렇게 프런트랑 한통

속이 된 거지? 어쩐지 너를 찾는 손님이 많더라니, 알고 보니 가오웨이가 손써준 것이었구나! 그러면 그렇지.

샤오쿵은 입이 싼 편이었다. 마침 지팅팅과 함께 일을 하러 들어가게 되자 그 입을 가만두지 못했다. 샤오쿵이 불쑥 한마디를 던졌다. "이런, 어딜 가든 아첨 떠는 인간들이 꼭 있단 말이죠!" 모호한 말이었지만 사실 가리키는 바가 분명했다. 샤오쿵은 물론 지팅팅과 두훙의 관계를 알고 있었지만, 지팅팅이 그 말을 어떻게 받아들이는지 떠본 것이었다. 지팅팅이 뭐라 입을 열기도 전에 닥터 왕이 마침 복도를 지나다가 마른기침으로 샤오쿵을 단속했다. 지팅팅은 회심의 미소를 지으며 맞받아 마른기침을 한 번 했다. 닥터 왕의 경고에 뜻을 같이하며, 다른 한편 샤오쿵에게 눈치를 준 셈이었다. 지팅팅은 샤오쿵에게 슬며시 농담을 던졌다. "샤오쿵, 닥터 왕은 참 좋은 사람이야. 당신한테는 분에 넘치는 사람이니 그만 내게 양보하라고." 샤오쿵은 지팅팅에게서 원했던 대답을 얻지 못하자 실망을 감추지 못하고 말했다. "그렇게는 못하죠. 그렇게 원하시면 제가 본처를 할 테니 첩을 하시든지요. 그래도 홀대하지는 않을게요." 지팅팅에게 마사지를 받던 손님까지 웃음을 터뜨렸다. 오랜 단골인지라 전혀 거리낌 없이 대화에 끼어들었다. "닥터 지, 이거 축하하우. 둘째 마님이 됐으니." 지팅팅은 한마디 말도 없이 왼손으로 손님의 엉덩이 한가운데를 더듬어나갔다. 그녀는 장강혈을 찾아서 엄지에 단단히 기합을 넣고 쿡 찍었다. 손님은 순식간에 온몸이 저릿저릿해져 순간 저도 모르게 새된 비명을 내질렀다. 지팅팅이 말했다. "둘째 마님 손맛이 어떠세요?"

그날 저녁 두리는 모두가 깜짝 놀랄 만한 새로운 이야기를 들려주었다. 두훙이 누군가에게 아첨을 떨고 다닌 게 아니라는 이야기였다. 가오웨이 따위에게 아첨을 떨 이유가 뭐가 있다고? 그럴 가치나 있나? 진짜 아첨꾼은 바로 가오웨이였다. 가오웨이는 두훙에게 아첨을 떤 것이 아니라, 미래의 사모님에게 아첨을 떨었던 것이다!

두리가 실없는 소리를 한 게 아니었다. 가면 갈수록 분명해졌다. 사 사장이 아주 확 홀려버린 것이었다. 사 사장이 아무리 체면을 신경쓰는 사람이라고 해도 두훙 앞에서는 '비굴한 모습'을 드러낼 수밖에 없었다. 바로 그렇게 사 사장은 가오웨이 앞에서도 갈수록 '비굴해'졌다. 말을 할 때조차 바보처럼 웃고 있었다. 목소리만으로도 알 수 있었다. 하, 사랑이란 놈은 독약이다. 누구든 사랑에 빠지면 약자가 된다. 사 사장, 당신은 끝장났다. 이제 끝장났다고.

장쫑치

:: . :: :: ::

    사정을 모르는 사람들, 혹은 온 지 얼마 되지 않은 사람들은 종종, 사푸밍이 마사지센터의 유일한 사장이라고 오해하곤 했다. 사실은 전혀 그렇지 않았다. 마사지센터의 사장은 줄곧 두 사람이었다. 만약 굳이 한 사람을 꼽아야 한다면, 그 '한 사람'은 사푸밍이 아니라 장쫑치였다.

    외향적인 성격인데다 앞에 나서서 일을 처리하고 말을 잘하는 사푸밍과 비교하면, 장쫑치는 좀더 맹인처럼 행동했다. 그는 안 보이는 정도가 무척 심했다. 돌이 되던 해에 의료사고로 눈이 멀었으니 후천적인 맹인이라고 할 수 있겠지만 성장 과정을 들여다보면 선천적인 맹인이라고 할 만했다. 장쫑치는 극도로 내성적인 성격에, 속내는 거의 알아차리기 힘들 정도로 깊었다. 눈이 잘 보였을지라도 이런 천성은 바꾸기 힘들었을 것이다. 오히려 강화되었을지도 모른다. 그는 자폐증이 있다고 할 정도로 내성적인 사람이었던 것이다. 말도 거의 하지 않았고, 하더라도 허튼소리는 전혀 하지 않았다. 그가 한 말에는 언제나 그에 해당하는 결과가 나왔다. 만약 말을 해서 바뀌지 않을 일이라든지, 결정을 할 수 없는 상황이라면 장쫑치는 차라리 입을 꾹 다물고 있었다.

사푸밍은 사장이어서 마사지방에 거의 들어가지 않았다. 그가 마사지센터에서 하는 일은 주로 경영이었다. 이리저리 오가며 상황을 봐두는 것이다. 손님들은 한눈에 그가 사장이라는 것을 알아챘다. 장쫑치는 달랐다. 그도 사장이었지만 언제나 마사지방에 틀어박혀 제 할 일만 했다. 그렇게 해서 장쫑치의 수입은 두 부분으로 나뉘었다. 일부는 마사지센터에서 나오는 연간 수입의 배당금으로 사푸밍과 마찬가지였고, 나머지 일부는 시간당 십오 위안의 시급으로 닥터 왕만큼 되었다. 장쫑치는 쉰다는 것에 익숙하지 않았다. 휴게실에서 쉬고 있을 때에도 뭔가 하기를 좋아했다. 예를 들면 독서 같은 것. 그가 가장 좋아하는 책은 『홍루몽』이었다. 『홍루몽』의 등장인물 가운데 두 사람을 좋아했는데 그중 한 사람이 임대옥이었다. 임대옥이 "찡그린 듯 만 듯 굽은 검은 눈썹"을 가졌거나 "기쁜 듯 아닌 듯한 두 눈망울"을 가졌기 때문이 아니었다. 그녀가 장님이나 다름없기 때문이었다. 더없이 총명하나 도무지 어떤 것도 보지 못하는 사람이었고 결국 제 운명조차 알아보지 못했다. 가엾게도. 장쫑치가 좋아한 또다른 인물은 초대였다. 거칠고 "글자라고는 하나도 알지 못하는" 이 사내는 무엇이든 다 알았다. 영국부榮國府의 일이든, 녕국부寧國府의 일이든 그가 모르는 일은 하나도 없었다.

사푸밍은 무슨 일을 할라치면 대대적으로 일을 벌이는 편이었다. 사장님의 '풍격'을 세우는 일을 중시하고 사장님의 '스타일'에 열중하며 사장 노릇 하기를 즐겼던 것이다. 장쭝치는 이 모든 일을 사푸밍에게 미뤘다. 사푸밍이 '이렇게 하는 것'을 즐겼다면, 장쭝치는 '저렇게 하는 것'을 좋아했으니 서로 잘된 일이었다. 암암리에 한 사람은 주유가, 다른 사람은 황개가 됐다.* 서로가 원하는 일을 하니 더 바랄 것이 없었다. 장쭝치는 사푸밍처럼 그렇게 공을 내세우는 일을 좋아하지 않았다. 장쭝치는 매우 실리적인 사람이었다. 구체적인 이익이 생기는 것만 중시했다. '사장님'이라는 허명 때문에 자신의 손을 묶히고 있을 사람이 아니었다. 그는 그저 충실한 '노동자'였다. 사푸밍과 '일대일'로 마주하는 순간에만 잠시 '사장님'이 될 따름이었다. 그런 의미에서 그는 사장님의 '사장님'이었다. 그렇다고 장쭝치가 군림하려드는 성격도 아니었다. 그러나 '대부분의 경우' 사푸밍이 주도하고 있으니 '어떤 경우'에는 장쭝치도 '사소한 의견'을 제시할 수 있지 않은가? 더욱이 그들은 친구 사이가 아니던가. 이러한 상황에서 평소 말이 없는 장쭝치의 의견은 특별한 의미가 있었다. 큰일에 있어서 장쭝치는 절대 얼버무리는 법이 없었던 것이다. 게다가 또 한 가지 장쭝치에게 유리한 점이 있었다. 평소 직접 경영에 참여하지 않기 때문에 다른 사람에게 미움을 받을 일이 거의 없었다. 투표가 이루어지는 경우, 그의 의견은 보통 주도적인 위치를 점했다. 다른 사람에게 사장 자리가 넘어갈 일도 없고 두 사람분의 급여를 챙길 수도 있으니, 썩 좋

---

*『삼국지연의』의 등장인물들. 주유와 황개가 힘을 모아 짜낸 계책으로 조조의 대군을 물리친다.

은 일이었다. 장쭝치는 별다른 야망이 없었다. 그저 마사지센터가 안정적으로 운영되기만을 바랄 뿐이었다. 그대로 유지되기만 하면 되었다.

그런데 상황이 갑작스레 변했다. 마사지센터가 안정을 잃는 일이 생긴 것이다.

점심시간이 되어, 진다제가 탕국 냄비 하나를 휴게실로 날라 왔다. 진다제는 보통 탕국을 맨 먼저 들여오고 다음에 밥을 가져왔다. 도시락이었다. 진다제가 숙소에서 밥과 반찬을 도시락에 담은 다음 마사지센터로 날라 오는 것이다. 이렇게 하는 편이 마사지센터 사람들에게는 편했다. 한 사람이 도시락 하나를 집으면 되니까. 진다제는 한쪽에서 도시락을 나눠주며 소리쳤다. "밥이요, 밥! 오늘은 양고기랍니다!"

장쭝치는 이미 양고기인 줄 알고 있었다. 진다제가 문으로 들어서자마자 진한 양고기 냄새, 누린내가 코를 찔렀기 때문이다. 장쭝치는 양고기를 좋아했다. 바로 그 독특한 누린내가 좋았다. 사람들이 저마다 자기 고향의 양고기 요리를 자랑하는데, 보통 자기 고향의 양고기에서는 '누린내가 안 난다'고 했다. 완전히 말도 안 되는 소리였다. 누린내가 안 나는데 어떻게 양고기라고 할 수 있나? 누린내가 안 난다면 양머리는 걸어만 놓고 개고기를 파는 것과 뭐가 다른가? 하지만 장쭝치가 아무리 좋아한다 하더라도 양고기를 먹는 것은 쉬운 일이 아니었다. 이유는 아주 단순했다. 마사지센터에는 마사지센터의 원칙이 있기 때문이다. 직원들의 숙식은 모두 사장이 부담한다. 사장이 돈을 많이 벌고 싶으면, 일단은 잘 먹이고 볼 일이다. 사장과 직원은 언제나 함께 밥을 먹었다. 직원들을 통제하기 위한 일이었지만, 실은 그래서 사장 또한 통제의 대상이 된다. 그들이 다 함께 양고기를 먹는 일은 정말 한 번도 쉽지 않았다.

장쫑치는 진다제의 손에서 도시락을 받아들고 뚜껑을 연 다음 온 정신을 집중해 그 냄새를 들이마셨다. 맛좋은 음식은 다 그렇게 하는 법이다. 절대로 한입에 꿀꺽 털어넣어서는 안 된다. 먼저 냄새를 맡아야지. 냄새를 맡다가 더이상 참을 수 없게 될 때에야 비로소 서서히 입안으로 밀어넣는 것이다. '군침을 돌게 한다'라는 말의 뜻이 무엇이겠는가? 바로 이거다. 맛있는 음식일수록 군침이 돌고, 군침을 돌게 할수록 맛있어지는 것이다.

그때, 아무 예고도 없이 가오웨이가 벌떡 일어났다. 그러고는 도시락을 탁자 위에 '탕' 소리가 나도록 내려놓았다. 소리가 무척 컸다. 가오웨이가 말했다. "잠깐만요. 다들 먹지 말고 기다려보세요. 제가 할말이 있거든요." 그녀의 말투는 날이 서 있었다.

장쫑치는 영문을 모른 채 양고기를 집어들고 고개를 갸우뚱하며 기다렸다.

가오웨이가 말했다. "내 도시락에는 양고기가 세 점 있네요. 두리 씨도 한번 세어보시죠. 거기는 몇 점이나 있어요?"

정말 갑작스러운 일이었기 때문에 두리는 순간 아무 반응도 하지 못했다. 그녀의 도시락은 어느새 가오웨이의 손에 들려 있었다. 가오웨이는 두리의 도시락을 열어젖히더니 탁자 위에 나란히 내려놓았다.

"여기 닥터들께서는 보기 힘드시니까, 볼 줄 아는 두리 씨가 한번 세어보세요. 크게요. 여기 계시는 분들이 다 들을 수 있게."

두리는 물론 똑똑하게 볼 수 있었다. 그녀는 가만히 두 개의 도시락을 보고 있었다. 하나는 자기 것이었고, 다른 하나는 가오웨이의 것이었다. 자신의 도시락에는 양고기가 '차마 눈 뜨고는 보지 못할' 정도로 너무 많았다. 두리가 이 상황을 어떻게 말할 수가 있겠는가!

가오웨이가 말했다. "두리 씨가 셀 수 없다면, 좋아요. 그럼 내가 셀게요."

그러자 두리가 갑자기 입을 열었다. "밥은 내가 퍼 담은 것도 아닌데 나랑 무슨 상관이에요? 난 한 점도 건드리지 않았는데 내가 왜 세어야 하죠?"

가오웨이가 말했다. "그건 그렇네요. 두리 씨랑은 상관없는 일이죠. 그럼 이 일은 두리 씨랑은 상관없는 일이니까 한쪽으로 물러나세요."

가오웨이는 두리의 도시락을 곧바로 진다제의 얼굴 앞에 들이밀며 말했다. "진다제, 두리 씨가 그러네요. 이 일은 자기랑은 상관없다고. 도시락은 진다제가 퍼 담은 거죠? 그럼, 진다제가 한번 세어보세요."

진다제가 그렇게 한 건 하루이틀 일이 아니었지만 믿는 구석이 있어 그 일이 알려질 것이라고 걱정해본 적이 없었다. 맹인들이야 아무것도 보지 못하니 차치하고라도, 두 눈이 멀쩡한 사람들은 누가 고기가 몇 점인지 일일이 헤아리고 있단 말인가! 누가 그런 생각을 한단 말인가! 가오웨이는 똑똑히 볼 수 있는 사람이었다. 그런 가오웨이, 이 계집애가 기어이 일을 낸 것이다. 진다제의 이마에서 갑자기 식은땀이 흘러내리기 시작했다.

가오웨이가 말했다. "진다제가 셀 수 없다면, 좋아요. 아무도 안

센다면 제가 세죠, 뭐." 가오웨이는 정말로 고기가 몇 점인지를 헤아리기 시작했다. 그녀는 아주 천천히 헤아렸다. 자신이 세는 개수가 모든 맹인들의 귓속에 쏙쏙 박히도록 천천히 헤아렸다. 휴게실에 죽음 같은 정적이 흘렀다. 가오웨이가 열두번째 고기 조각을 헤아리자 드디어 사람들이 동요하기 시작했다. 불평과 불만의 움직임이었다. 도저히 사그라들지 않는 감정의 동요였다. 어쩌면 분노의 움직임이었을지도 모른다. 그러나 아직 다 끝난 것이 아니었다. 가오웨이는 아직도 수를 세고 있었다. 열다섯까지 헤아렸을 때, 가오웨이는 사태를 장악하는 능력을 보여주었다. 그녀는 "모두 열다섯 점이네요"라고 말하지 않았다. 가오웨이는 이렇게 말했다. "다시 셀 필요는 없겠죠?" 그녀의 말은 모든 사람들의 머릿속에 거대한 상상의 공간을 만들었다.

"진다제, 양고기를 사는 돈은 진다제 돈이 아니라 마사지센터의 돈이지요?"

가오웨이는 도시락을 다시 한번 두리의 얼굴 앞으로 들이밀며 말했다. "사람이 하는 일은 하늘이 다 보고 계시는 법이지. 두리씨, 당신도 한번 봐요. 내가 거짓말을 하고 있는 건지 어떤지."

두리의 부끄러움은 이미 화로 변한 상태였다. 사람이 부끄러워 화가 났을 때는 앞뒤를 가리지 않고 일의 결과도 생각지 못하는 법이다. 두리는 팔을 뻗어서 그대로 도시락을 뒤엎어버렸다. 휴게실 안에 소낙비가 쏟아졌다. 밥알의 비, 양고기의 비였다. 두리는 버럭 고함을 내질렀다. "이게 나랑 무슨 상관이냐고!"

"말은 그렇게 하는 게 아니지." 가오웨이가 말했다. "당신 혼자 그렇게 깨끗하면 진다제는 어떻게 하라고? 죽 써서 개 주는 것도 아니고?"

"죽 써서 개 주는 게 왜 아니겠어?!" 진다제가 갑자기 발작하듯 분노를 터뜨렸다. "죽 써서 개를 줬구먼!"

"진다제가 어렵게 입을 여셨네요." 가오웨이가 말했다. "여러분의 식사를 방해해서 죄송합니다. 식사하셔요. 식사합시다."

사푸밍은 양고기를 뒤적이며 조용히 그릇 속에 있는 양고기의 개수를 헤아렸다. 그렇게 하고 싶지 않았다. 사실 그런 행위를 경멸했다. 그러나 잠자코 있을 수가 없었다. 그래도 명색이 사장 중한 사람이건만 사푸밍의 그릇에 놓인 양고기 수는 도통 체면이 서지 않는 수준이었다. 지금 사푸밍의 관심은 두리가 아닌 다른 사람, 바로 장쭝치, 좀더 정확하게 말하자면 장쭝치의 밥그릇에 있었다. 물론 장쭝치의 그릇을 뒤져 양고기 조각의 수를 헤아릴 수는 없었다. 그러나 결과적으로는 그래서 더 나빴다. 아주 나빴다. 사푸밍은 그릇을 넘치게 뒤덮은 엄청난 수를 상상해버렸기 때문이다. 사푸밍은 가오웨이가 소인배라는 사실을 인정했다. 그녀가 이렇게까지 한 것은 아무래도 지나친 일이었다. 유치하고 졸렬했다. 그럼에도 사푸밍의 분노는 이미 통제불능 상태에 이르고 말았다. 사푸밍은 도시락을 들고 자리에서 일어났다. 혼자 자리를 떴다. 그리고 발마사지실의 문을 벌컥 열어젖혔다. 그는 도시락을 내던지고 자리에 누웠다. 이게 대체 뭔가? 무슨 짓거리란 말인가? 양고기 몇 점이 대체 뭐라고? 하지만 왜 누군가 줄곧 이런 짓을 해왔단 말인가? 왜 누군가는 이런 일이 벌어지는 것을 내버려두었고? 썩었다. 썩은 것이다. 마사지센터가 썩어가고 있었다.

장쭝치는 꼼짝도 하지 않았다. 그저 먹었다. 먹지 않을 수 없다. 이 순간, '먹는' 행위만이 그가 할 수 있는 유일한 일이었다. 진다제는 그가 불러들인 사람이었다. 마사지센터의 모든 사람이 그 사실을 알고 있었다. 게다가 진다제는 자신과 떼려야 뗄 수 없는 관계였다. 이른바 '일가의 먼 친척'이었던 것이다. 마사지센터의 모든 사람이 그 사실을 잘 알고 있었다. 장쭝치는 가오웨이가 두리를 지목한 이유를 수천 가지는 말할 수 있었다. 하지만 이제 누가 대체 두리를 신경쓰겠는가!

가오웨이의 배후는 누구일까? 어떤 사주를 받은 거지? 생각이 여기에 미치자 장쭝치의 목에 소름이 오소소 돋았다. 그는 문제의 심각성을 깨달았다. 언제부터 시작된 일이지? 난 어째서 눈치조차 채지 못했을까? 이 바닥에서 잔뼈가 굵다는 사실이 남부끄럽다.

일이 이 지경이 되었으니 반드시 뒷수습을 해야 했다. 그러나 이번에는 진다제가 공분을 불러일으켰으니 민주적인 방식으로는 해결할 수 없으리라.

진다제는 장쭝치가 불러들인 사람이었다. 두리는 또 진다제가 데려온 사람이었다. 그래서 진다제와 두리는 '그'의 사람으로 여겨지고 있었다. 이 일은 하릴없이 '그'가 해결해야만 했다. 일반적인 관례에 따르면 그랬다. 장쭝치는 미친듯이 이 일을 되씹고 또 되씹었다. 생각을 이리저리 굴린 끝에 장쭝치는 마침내 모진 마음을 먹었다. 숙청이 불가피하다. 그는 결정했다. 마사지센터는 가오웨이를 '잘라'버릴 것이다. 이런 유의 인간을 그냥 놔둬서는 안 된다. 이 인간을 내버려두면 마사지센터는 절대 평안할 수 없을 테니 말이다.

진다제는 내쫓을 수 없었다. 무슨 짓을 했든 간에 진다제는 반드시 남겨둬야만 했다. 진다제를 남겨둔다면 두리도 남겨둬야만 한다. 그러지 않으면 진다제의 운신이 불편해진다. 장쫑치는 윗입술을 핥고는 아랫입술도 핥았다. 그리고 침을 꼴깍 삼켰다. 그 순간 그는 이 일이 참으로 해결하기 어렵다는 것을 절감했다.

해결하기 어려운 일에는 오직 한 가지 '방법'밖에 없다. 미루는 것이다. 때가 되면, 더없이 어려운 일이라도 처리하기 쉬워진다.

장쫑치는 입도 뻥긋하지 않고 침묵을 지켰다. 미루기로 마음을 먹은 것이다. 일단 마음을 먹고 나자, 그는 자리에서 일어나 말없이 『홍루몽』을 집어든 채 혼자서 마사지방으로 갔다. 환란이 닥쳤을 때 '국학'을 파는 것 외에 더 좋은 일이 어디 있겠는가!

진다제를 왜 내쫓을 수 없는가? 그에 대한 이야기는 하려고 들면 너무 길다.

장쫑치가 극도로 두려워하는 한 가지는 바로 사람, 오직 사람뿐이었다. 이 두려움은 그가 다섯 살 때 마음속에 뿌리를 내렸다. 그해에 그의 아버지는 두번째 결혼을 했다. 장쫑치는 상황이 어떻게 돌아가는 건지 전혀 아는 바가 없었다. 그저 아주 사소한 부분들만 알 수 있을 따름이었다. 건설업 일용직으로 일하는 아버지가 온몸에서 신기한 향기가 나는 여자 한 명을 데려왔다는 사실. 그의 향기롭지 않은 어머니가 떠나자, 향으로 둘러싸인 다른 어머니가 온 것이다.

다섯 살의 장쫑치는 그녀가 향기롭다고는 전혀 생각하지 않았다. 속으로 냄새나는 아줌마라고 불렀다. 그녀는 밤이면 종종 아버지에게 얻어맞곤 했다. 그럴 줄 알았다. 아버지는 예전에는 향기롭지 않은 어머니를 단 한 번도 때린 적이 없었다. 냄새나는 아줌마는 아버지에게 맞으면 귀신 곡하는 소리로 울부짖었다. 그녀의 비명은 끔찍하게도 슬펐다. 끊어질 듯하면서 끊어지지 않고 처량하게 이어졌다. 장쭝치는 그 소리를 귀기울여 들으며 진심으로 기뻐했다. 하지만 이상했다. 아버지가 그녀를 심하게 두들겨 패면 팰수록, 그녀는 오히려 장쭝치에게 상냥하고 깍듯하게 굴었다. 다음날 아침이면 너무도 부드러운 손길로 그의 머리를 쓰다듬곤 했던 것이다. 이 여자는 싸구려다. 장쭝치는 싸구려 여인의 손길을 원치 않았다. 그 향기가 가까이 다가오기만 하면 머리를 한쪽으로 기울여 피했다. 세상의 모든 향기는 전부 구렸다.

누이동생이 태어나자 모든 것이 달라졌다. 냄새나는 아줌마의 몸에서 향기가 사라졌다. 게다가 아버지는 깊은 밤중 고요한 때에 더이상 그녀를 때리지 않았다. 심지어 집에 돌아오는 일마저 드물었다. 그러고는 또다른 여자를 데려왔다. 그 여자는 냄새나는 아줌마와 장쭝치에게 밥을 해주기 위해 온 사람이었다. 장쭝치는 이 여자도 좋아하지 않았다. 그녀와 냄새나는 아줌마는 줄곧 뭐라고 쑥덕거리곤 했다. 그들은 쑥덕쑥덕 수군댔다. 게다가 그녀는 이말저말 전하기를 좋아했다. 그녀는 장쭝치가 한 말을 냄새나는 아줌마에게 전했다. 그녀에게서 냄새가 난다고.

냄새나는 아줌마는 그녀와의 짧은 쑥덕거림 이후에 처음으로 '어린 장님'을 쥐어박았다. 사실 그녀는 그를 때리지 않았다. 꼬집지도 않았다. 그녀는 '어린 장님'의 가늘고 여린 두 팔을 등뒤로 꺾어 잡은 뒤에 위로 끌어당겼을 뿐이다. 장쭝치는 아팠다. 오장육부가 갈가리 찢기는 듯 아팠다. 그러나 장쭝치는 소리를 지르지 않았다. 그는 이 여자의 간계를 알 수 있었다. 그녀는 장쭝치를 자기 자신처럼 울부짖게 만들려는 것이다. 장쭝치는 절대로 비참한 소리를 내지 않았다. 냄새나는 아줌마의 처참한 울부짖음은 그의 마음에 분노의 꽃을 피우게 했다. 그는 절대로 그처럼 처량하게 끊어지지 않고 이어지는 소리를 들려주지 않을 참이었다. 그는 너무도 아팠지만 아무런 소리도 내지 않았다. 그는 그저 부서지게 아픈 한 움큼의 뼛조각이었고, 그저 문드러지게 아픈 살 한 덩어리였다.

마침내 냄새나는 아줌마가 지치고 말았다. 그녀는 부서지게 아픈 한 움큼의 뼛조각을, 문드러지게 아픈 살 한 덩어리를 내려놓았다. 놓아주고 말았다. 그녀는 실패한 것이다. 장쭝치는 아직도 기억한다. 그는 행복을 느꼈다. 고통 속에서 벗어나는 것은 얼마나 가뿐한 일이냐. 행복이라 부를 수 있을 것이었다. 그는 미소를 지으며 아버지가 돌아오길 기다렸다. 아버지가 돌아오기만 하면 이 모든 일을 고할 것이다. 이야기에 기름도 치고 식초도 뿌려가며 맛깔나게 전하리라!

당신은 밤에 또 아이고 아이고오 울부짖게 될걸!

냄새나는 아줌마는 물론 그 점을 잘 알고 있었다. 그의 속마음을 꿰뚫어보고 있었던 것이다. 장쭝치의 뺨에 냄새나는 아줌마의 입김이 스쳤다. 그는 그 입의 온도까지도 느낄 수 있었다. 그녀는 입술을 장쭝치의 귓가에 바짝 들이대더니 낮은 목소리로 뇌까렸다. "쬐그만 장님놈아, 아무 말이나 멋대로 지껄이면 내가 네 놈을 독살하고 말 테니 그리 알아. 내가 못할 것 같지?"

장쭝치는 부르르 몸을 떨었다. 갑자기 몸안 한구석에서 '팍' 하고 환하게 불이 들어왔다. 장쭝치의 기억에 따르면, 이때 그는 일생에서 단 한 번 자기 몸 안쪽을 들여다볼 수 있었다. 몸안은 텅 비어 있었는데, '독살'이란 말을 듣는 순간 몸안에서 검은 빛이 번득인 것이다. 그리고 나서 몸은 서서히 원래대로 돌아왔다. 밝은 빛이 꺼져버린 그후에 장쭝치는 갑자기 어른이 되었다. 그는 그렇게 어른이 된 것이다. 냄새나는 아줌마는 그를 독살할 수 있었다. 그는 그렇게 믿었다. 그들을 위해 밥만 짓는 그 여자도 그를 죽일 수 있었다. 그는 그 사실 또한 믿었다.

장쭝치는 다시는 감히 밥 짓는 여자와 말을 하지 않았다. 말을 하는 것은 안전하지 않다. 더할 나위 없이 숨기 좋은 곳에 있어도, 멀리 떨어져 있다 할지라도 말을 해선 안 된다. 말이란 한마디라도 입 밖으로 내뱉어지면, 반드시 다른 누군가의 입을 통해 아주 머나먼 곳까지도 전해지기 때문이다. '말하는 것'을 조심해야 했다. '먹는 것'은 더욱 조심해야 했다. 자신의 입으로 '먹는 것' 중에 '독약'이 있을 수 있었다. 더욱 효과적으로 막기 위해, 장쭝치는 목숨을 걸고 귀까지 쫑긋 세웠다. 그의 듣기 능력은 갈수록 신의 경지에 가까워졌다. 일종의 마력을 획득했다. 장쭝치의 귀는 평범했지만 그 귀의 능력은 일반적인 수준과는 비교도 되지 않을 정도로 엄청났다. 그의 귀는 호스 모양으로, 쫙 벌린 양팔처럼 대칭이었고, 사방으로 뻗어갈 수 있었다. 이 귀는 불가사의한 탄성이 있어서 아주 커지기도 하고 아주 작아지기도 했다. 아주 짧아지기도 하고 아주 길어지기도 했다. 원하는 곳이라면 어디든지 달려갈 수 있었고 원한다면 언제라도 마음먹은 대로 변신할 수 있었다. 어느 곳이나 파고들 수 있었고, 해내지 못할 일이 없었다. 그래서 부엌과 식탁에서 일어나는 어떤 움직임도 정확하게 판단할 수 있었다. 솥 소리. 그릇 소리. 접시 소리. 젓가락 소리. 국자 소리. 뒤집개 소리. 그릇과 젓가락이 부딪치는 소리. 병 소리. 마개 소리. 마개가 열리는 소리. 마개가 닫히는 소리. 나사 돌아가는 소리. 뽑히는 소리. 박히는 소리. 쌀 소리. 쌀밥 소리. 밀의 소리. 국수 가락 소리. 이렇게 듣는 것만으로는 부족했다. 그는 각 소리를 정확하게 구분하는 법을 터득했다. 그는 음식을 만드는 모든 과정을 정확하게 판단할 수 있었을 뿐 아니라, 이 모든 과정에서 사용되는 서로 다른 조리 기구들의 소리도 구별할 수 있었다. 물론 행동은 이전보다 훨씬 더 조심스러워졌다. 무엇이든 그는 먼저 다른 사람의 입으로 들어가서 목으로 넘어가는 것을 듣고 난 뒤에야 먹었다. 그의 삶에는 죽기 살기로 지키는 것, 오로지 이 한 가지 일만이 존재했다. 절대로 집에서 무참히 독살당할 수는 없었다. 그는 살아남았다. 이것은 그 여자들이 목적을 이루지 못했음을 의미한다. 그러나 그 여자들도 마찬가지로 살아 있었다. 그것은 그들이 언제라도 목적을 이룰 기회를 잡을 수 있다는 뜻이었다. 매일매일이 위험과 고난의 시험이었다. 그는 될 수 있는 한 먹지 않고 마시지 않았다. 그래도 하루 세끼는 먹어야 했다. 우선 아침을 먹어야 했고, 그다음에는 점심을, 마지막에는 저녁을 먹어야 했다. 저녁밥을 먹고 나서야 비로소 해방이 됐다. 하루종일 긴장했던 그의 심신이 비로소 자유를 얻는 것이다. 그는 하루를 살아냈다. 그러니 이제 철저히 안전한 것이다!

장쭝치에게 가정에서의 일상은 더이상 단순한 일상이 아니라, 독살로부터 스스로를 지키기 위한 행위의 연속이었다. 독살을 막기 위한 경계심은 일종의 기관처럼 장쭝치의 몸에서 자라났다. 그가 성장함에 따라 그 기관도 성장하고 발달했다. 장쭝치는 자라면서 지나친 긴장 때문에 심장에서 낯선 물질이 만들어지기 시작했다는 것을 느낄 수 있었다. 그것은 독이었다. 그의 몸에 자생적으로 독이 생긴 것이다. 그의 뼈, 피부, 혈액에 모두 독이 있었다. 잘된 일이었다. 자신이 먼저 독을 품은 사람이 되어야 비로소 독을 제압하고 독으로 공격할 수 있을 테니 말이다.

먹을거리와 물을 앞에 두고, 다시 말해, 모든 '입으로 들어가는' 것들 앞에서 장쭝치는 자신이 이미 강철 같은 신경을 갖게 되었다고 확신했다. 그의 신경은 목줄기만큼이나 굵고 허벅지만큼이나 굵었다. 때로는 허리둘레만큼이나 굵기도 했다. 장쭝치는 세상에 존재하는 갖가지 방법으로 죽음을 맞을 수는 있어도 평생 독살만은 당하지 않으리라 확신했다.

상하이에서 고용살이를 하던 시절, 장쭝치의 인생에도 마침내 연애라는 것이 찾아왔다. 하지만 꽤 복잡한 연애였다. 아주 간단히 말하면, 장쭝치는 파란만장한 일들을 겪으면서 다른 사람 손에서 여자를 빼앗았다. 그때 장쭝치에게 연애는 단순한 연애가 아니었다. 일종의 승리였다. 그 승리의 기쁨이 얼마나 컸을지는 가히 상상이 갈 것이다. 장쭝치는 여자친구를 끔찍이도 사랑했다. 그들의 연애는 날개를 단 듯 급속도로 발전했다. 물론 '날개를 단 듯'이란, 함께 산책을 하면서 손을 잡고 껴안고 입을 맞추고 사랑을 나누는 그 과정의 속도를 의미한다. 연애라는 것이 그 외에 뭐가 있겠는가.

장쭝치는 두번째 만남에서 벌써 입맞춤까지 나갔다. 여자친구가 먼저 그에게 입을 맞췄다. 두 사람의 입술이 닿자마자 장쭝치는 그만 멍해져서 피하고 말았다. 여자친구는 장쭝치의 손을 붙잡고 한참을 아무 말이 없었다. 숨막힐 듯 긴 시간이 흐른 뒤, 여자친구가 울기 시작했다. 그녀가 말했다. 그녀가 다른 사람과 입을 맞춘 적은 있지만 단 한 번뿐이었노라고. 절대로 한 번뿐이라고. 맹세할 수도 있다고. 장쭝치는 손으로 그녀의 입술을 막으며 말했다. 난 당신을 사랑해. 그런 건 신경쓰지 않는걸. 정말이죠? 정말이야. 나도 맹세할 수 있어. 여자친구는 장쭝치에게 맹세하라고 하지 않았다. 다만 뜨거운 입술로 다시 한번 장쭝치의 입술을 덮쳤을 뿐이었다. 그녀의 장난스러운 혀끝이 장쭝치의 입안으로 밀려들어왔다. 먼저 그의 두 입술 사이를 벌리고 아래윗니 사이를 벌리려 했다. 장쭝치의 앞니는 굳게 닫힌 철문 같았다. 그러나 연인의 혀끝은 마법의 주문 같았다. 열려라, 참깨. 열려라, 참깨! 활짝 열려라!

장쭝치의 앞니가 열렸다. 여자친구의 혀는 한 치의 주저함도 없이 그대로 장쭝치의 입안으로 밀려들어왔다. 하느님, 맙소사! 혀끝과 혀끝이 그렇게 만났다. 그것은 뭐라 말할 수 없이 감동적인 경험이었다. 두 사람 모두 은밀하고 격렬한 흥분으로 몸을 떨었다. 여자친구가 장쭝치의 혀끝을 감쌌다. 순간 눈앞이 아찔해진 장쭝치는 갑자기 여자친구의 혀를 입 밖으로 토해냈다. 지나치게 촌스러운 자신의 행동을 무마하기 위해 장쭝치는 짐짓 토하는 시늉을 했다. 그런데 그런 척을 하니 정말 그렇게 되고 말았다. 정말 토하기 시작했던 것이다. 여자친구가 뭘 더 어떻게 할 수 있었겠는가? 그녀는 더욱 그를 안쓰러워하며 한 손으로 장쭝치의 등을 치고 두드리며 아래위로 재빨리 쓸어내리기까지 했다.

장쭝치는 처음 입맞춤을 했던 이날, 입맞춤 자체에 극도의 공포를 느끼고 말았다. 집으로 돌아오는 길 내내 그는 너무도 고통스러웠다. 그는 사실 입맞춤이 좋았다. 그의 육체가 그렇게 말하고 있었다. 그는 입맞춤을 하고 싶었다. 그에게는 입맞춤이 필요했다.

그는 입맞춤이 고팠다. 그러나 그만큼 두려웠다. 그의 입술과 혀는 입을 뚫고 들어오는 그 어떤 물질에 대해서도 두려움을 느꼈다. 그 것이 설사 여자친구의 혀끝이라고 해도 말이다. 입맞춤은 하지 않 아도 될까? 그 말을 그는 도저히 할 수가 없었다.

입맞춤이 없는 연애가 어디 있겠는가? 입맞춤은 연애의 공기이 자 물이고, 단백질이자 비타민이었다. 입맞춤이 없다면 사랑은 죽 는다.

입을 맞출 것이냐, 아니 맞출 것이냐, 이것이 문제였다. 사랑할 것이냐, 아니 사랑하느냐, 이 또한 문제였다.

그럴 리는 없었다. 여자친구가 독을 품었을 리는 없는 것이다. 절대로 그럴 리는 없었다. 장쫑치는 자기 자신을 타이르고 또 타일 렀다. 믿어야 해. 반드시 믿어야만 한다. 그러나 일이 닥치면 장쫑 치는 또다시 움츠러들었다. 그는 할 수가 없었다. 입맞춤만이 아니 었다. 여자친구가 먹을 것을 가져와도 장쫑치는 그것을 밀어두었 다. 여자친구가 젓가락을 들지 않으면 그 또한 절대로 젓가락을 들 지 않았다. 믿을 수가 없었던 것이다. 그는 의심했다. 철저한 회의 주의자에게는 약도 없는 법이다. 죽는 순간에도 그의 딱딱하게 굳 은 얼굴에는 여전히 의심의 표정이 남아 있으리라.

장쫑치는 결국 여자친구와 헤어졌다. 여자친구가 먼저 말을 꺼 냈다. 그녀는 종이 한 장을 남겼다. 편지였다. 편지에는 이렇게 쓰 여 있었다. "쫑치, 아무 말도 하지 마요. 난 당신 마음을 알 것 같 아. 나도 사실 당신과 마찬가지니까. 사랑이 내게 용기를 줬죠. 당 신에게 이런 용기가 없었던 건, 겁이 많아서가 아니라, 나를 사랑 하지 않기 때문이에요."

장쭝치는 검지로 그녀의 편지를 쓰다듬었다. 한 글자, 한 글자를 손으로 어루만졌다. 그는 사랑했지만 이제 그 사랑을 잃었다. 그는 사랑의 뒷면에서 비로소 사랑을 이해하게 되었다. 꼭 점자 같다. 글자의 뒷면이라야 그것을 만질 수 있고 읽을 수 있고 이해할 수 있듯이.* 아마도 그것이 그에게 정해진 운명이리라.

여자친구의 편지를 들고 서 있던 장쭝치는 깜짝 놀라고 말았다. 눈물로 얼룩졌던 그의 입꼬리가 서서히 올라가기 시작했던 것이다. 눈물을 닦아내면서 장쭝치는 깨달았다. 그는 웃고 있었다. 이제 벗어난 것이다.

마음속의 비밀이야말로 영원한 비밀이었다. 사장이 된 뒤, 장쭝치는 아주 사소한 한 가지에 목숨을 걸었다. 주방장은 무슨 일이 있어도 그가 찾을 것이다. 그의 시험을 거쳐서, 그가 결정하리라. 그것만은 협상의 여지가 없었다.

사실 처음 사푸밍과 동업을 구상할 때, 두 사람은 이 문제를 이미 상의한 바 있었다. 마사지센터에서는 절대 자기 친인척을 쓰지 않기로 말이다. 그러나 생각에 생각을 거듭한 끝에 장쭝치는 결국 진다제를 데리고 왔다. 다행히 사푸밍은 이 문제에 대해 장쭝치에게 시비를 걸지 않았다. 기껏해야 주방장이었다. 신경이 쓰이는 민감한 자리가 아닌 것이다. 뭐 어떤가? 그럼 그렇게 하든지.

누가 생각이나 했으랴? 이렇게 민감하지 않은 자리가 이토록 민감한 문제의 핵심이 될 줄이야.

---

* 점자는 송곳처럼 생긴 점필로 오목새김하여 오른쪽에서 왼쪽으로 써나가고, 읽을 때는 뒤집어서 왼쪽에서 오른쪽으로 읽어나간다.

진다제를 반드시 내보내야 한다. 사푸밍은 발마사지 의자에 드러누워 생각했다.

진다제는 절대로 내보낼 수 없다. 장쭝치는 마사지 침대에 드러누워 이렇게 생각했다.

진다제가 어떻게 장쭝치의 속내를 알 수 있겠는가? 숙소로 돌아간 진다제는 아무래도 마음을 가라앉힐 수가 없었다. 일이 잘못돼도 단단히 잘못됐다. 그녀는 이미 마흔을 바라보는 나이였다. 난징에서 이런 일자리를 또 찾기란 정말이지 쉽지 않다. 진다제는 촌사람이었다. 남편과 딸은 모두 둥관*에 일을 하러 나가고 집에는 그녀 혼자만 남았었다. 혼자서 살아가는 나날은 무척 힘들었다. 직접 겪어보지 않으면 절대 이해할 수 없을 것이다. 남편과 딸이 집을 떠난 지 사 년이 지난 해에 그녀는 마을 동쪽에 사는 둘째 숙부와 '정'을 통하고 말았다. '정'을 통했다는 말은 사실 옳지 않다. 정확하게 말하자면, 진다제는 둘째 숙부에게 욕을 본 것이다. 진다제는 소리를 지르려고 했지만, 귀신도 곡할 노릇이지, 그것은 그저 찰나의 생각이었을 뿐, 결국 아무 소리도 내지 못했다. 둘째 숙부는 예순일곱이었다. 온몸이 주름으로 접혀 있고 '늙은이'다운 기름이 번들거리는데도 숙부의 벌거벗은 아랫도리는 펄펄 뛰는 짐승 같았다. 진다제는 욕지기가 났다. 콱 죽어버릴까 하는 생각도 했다. 그러나 짐승 같은 둘째 숙부의 공격 앞에서 속수무책일 수밖에 없었다. 앞뒤로 '두 번'이나 '혼'을 빼앗기자 죽은 물고기처럼 물 위에 둥둥 떠 있는 느낌이 들었다. 한 번도 경험해본 적이 없는 감각이

---

* 광둥 성의 시.

었다. 진다제는 두렵기도 하고 이미 엎질러진 물이었기 때문에 그의 뜻을 따랐다. 스스로가 더럽게 느껴졌다. 깜짝 놀랄 정도의 혐오감과 사람을 진저리 치게 하는 불결함만이 마음속에 가득했다. 거의 미칠 지경이었다. 그들이 결국 단 한 번 '정'을 통하고 나서 진다제는 두 눈이 퉁퉁 붓도록 울었다. 둘째 숙부는 마치 유령처럼 아침부터 저녁까지 동네를 어슬렁거렸다. 진다제는 둘째 숙부의 그림자만 봐도 가슴이 뛰고 살이 떨렸다.

진다제가 집을 나서서 일자리를 찾게 된 것은 마을을 떠나기 위함이었다. 그렇게 가까스로 그 악귀 소굴 같은 곳을 빠져나왔는데 어떻게 다시 돌아갈 수 있단 말인가? 누가 뭐라 해도 다시 돌아갈 수 없다. 마을에 악귀가 떠돌고 있으니, 맞아 죽는다 해도 돌아갈 수 없는 일이다.

이게 다 두리 그 죽일 년 때문이야! 스무남은 살이나 처먹어서 남들은 진작에 아랫도리로 껄떡댈 나이에 위로 껄떡대기만 바쁘지. 오로지 입을 즐겁게 할 생각뿐이니! 그녀를 위해서가 아니었다면 진다제가 이렇게 꼴불견이 될 리 있었겠는가? 자신이 뭘 건드린 적이 있던가? 없다, 하늘에 맹세코 없었다! 진다제는 한 달에 천 위안 정도를 받았다. 그것만으로도 하늘과 땅에 감사를 드릴 일이었다. 그녀는 밥을 짓는 일에서 자기 자신을 위해 어떤 수작도 부린 일이 없었다. 단 한 푼도 따로 챙긴 일이 없었다.

진다제는 타고난 다혈질이었다. 그녀는 누가 마음에 들면 먹을거리라도 몇 입 더 주고, 누가 마음에 안 들면 식사에서 쓴맛을 보게 했다. 두리는 자기가 데려온 사람이고 늘 그녀에게 알랑방귀를 뀌는데, 어떻게 국자질을 몇 번이라도 더 해주지 않을 수 있겠는가! 두리에게 조금이라도 더 덜어주다보면, 가오웨이에게는 아무래도 덜 줄 수밖에 없었다. 하필이면 재수없이 가오웨이 같은 웬수한테 걸려서. 천한 것. 결국 제 몸도 팔 년이야.

그러나 일이 이쯤 되니 진다제는 도리어 침착해졌다. 이렇게 속수무책으로 발목을 잡힐 수는 없었다. 그럴 수는 없었다.

진다제는 한나절을 울고 나서야, 죽어가는 얼굴로 저녁을 하러 갔다. 저녁을 하고 사람들에게 밥을 날라다주었다. 그리고 다시 숙소로 돌아와 자신의 침대를 정리하고 조용히 짐을 쌌다. 그녀는 침대맡에 걸터앉아 기다렸다. 한밤중이 되어 사푸밍이 돌아오고, 장쭝치가 돌아오고, 모든 마사지사들이 다 숙소로 돌아왔을 때, 진다제는 자기 짐을 들고 나서서 살그머니 장쭝치의 방문을 두드렸다.

진다제는 짐 가방을 바닥에 내려놓고 작은 소리로, 그러나 고개를 똑바로 쳐든 채 장쭝치에게 이렇게 물었다.

"장 사장님, 당신이 그러고도 아직 사장이시오? 당신이 마사지 센터에서 아직도 중요한 사람이냐 이 말이오?"

뜬금없는 질문이었다. 그러나 지금 장쭝치에게는 가장 뼈아픈 한마디였다. 장쭝치의 아래 눈꺼풀이 파르르 떨렸다.

장쭝치의 옆방에는 사푸밍이 있었다. 장쭝치는 목소리를 내리깔고 무섭게 다그쳤다. "무슨 헛소리를 하는 겁니까?"

장쭝치는 목소리를 낮췄지만 진다제는 그것을 원치 않았다. 그녀는 갑자기 목청을 높이며 매달렸다. "장 사장님, 이 내가 죽을 죄를 지었으니, 여기서는 더 일할 면목이 없어. 내가 사 사장님한테 너무 미안하오. 장 사장님한테도 너무 미안하고, 여기 있는 식구들 모두, 모두 다한테 죽을 만큼 미안하오. 다들 돌아오기만 눈빠지게 기다리고 있었소. 식구들 모두한테 미안하다 말 한마디는 하고 가야 할 것 같아서. 짐은 다 챙겼소. 오늘밤으로 당장 시골로 내려가겠소! 지금 갑니다." 이 말을 반쯤 늘어놓을 때부터 진다제는 목놓아 울고 있었다. 그녀는 목소리를 길게 늘여서 말을 이었다 끊었다 하며 이야기를 마쳤다. 못 들어줄 정도로 엄청나게 큰 울음소리였다. 체면이고 뭐고 아랑곳 않고 엉엉 울었다.

단체 숙소는 사실 방 네 개, 거실 두 개가 있는 커다란 일반 주택을 개조한 것이었다. 거실 두 개와 안방에는 다시 합판을 가로질러 공간을 분할했다. 이렇게 해서 크기가 각기 다른 크고 작은 방을 만들어놓았다. 그러니 이 숙소에서 진다제의 갑작스러운 통곡을 듣지 못한 사람이 누가 있으랴? 못 들은 척이 아닌 이상에야.

사푸밍이 나왔다. 그는 나오고 싶지 않았다. 당연히 장쭝치가 처리할 일이었다. 자기가 말을 보태봐야 좋을 일이 없었다. 그러나 일이 이쯤 되니 밖으로 나오지 않을 수 없었다. 사푸밍은 장쭝치의 방문 앞에서 마른기침으로 목을 가다듬고 말했다. "곧 한시예요. 모두들 종일 피곤했는데, 잠도 안 재울 참이오?" 진다제는 사푸밍이 그녀에게 '소란'을 그만 떨라고 했지, '나가'라는 언급은 하지 않았다는 점을 알아차렸다. 그의 말에는 그녀를 내보낼 거냐, 안 내보낼 거냐를 묻는 속뜻이 있었다. 장쭝치도 사푸밍이 자기 체면을 봐주고 있다는 사실을 알았다. 그러면서 동시에 어려운 문제를 떠안긴 것이다. 상황은 분명했다. 진다제를 '나가도록' 하든 '남도록' 하든, 이 문제에 대해 사푸밍은 의견을 내세우지 않을 것이다. 그는 이 문제를 고스란히 장쭝치에게 떠넘겼다.

사푸밍이 방밖으로 나왔을 때 대부분의 사람들이 따라 나왔다.

좁다란 통로에 모든 사람들이 서로 끼인 채 서 있었다. 샤오마와 두훙을 제외하고 거의 모두가 그렇게 밖에 서 있었다. 잘된 일이었다. 손으로 얼굴을 가리고 있던 진다제는 손가락 사이로 바깥쪽에 흘긋 시선을 던지며 사태를 파악했다. 잘됐다. 설령 그녀가 정말 여기서 나가게 된다 해도, 이 사람들을 뚫고 지나가기란 쉬운 일이 아니리라.

진다제는 계속해서 목놓아 울기로 했다. 그녀는 흐느끼면서 말했다. 지난 일을 생각하니 도저히 면목이 없고 후회가 되어 '떠날 수밖에 없노라'는 것이 대강의 내용이었다. 깊은 밤이었다. 맹인들 숙소에서 벌어지는 일이 지나치게 떠들썩했다. 머리 위에서 천장이 '쿵' 하고 한 번 울렸다. 위층 주민이 항의하기 시작한 것이다. 한 번 발을 구른 것으로는 문제를 해결할 수 없으리라 여겼는지, 위층 주민은 다시 한번 세게 발을 굴렀다. 빈 공간을 울리는 소리가 숙소 안에 파도처럼 퍼졌다. 소리의 물결은 사푸밍의 귀까지 미쳤다. 같은 소리가 장쭝치의 귀에도 미쳤다.

장쭝치가 갑자기 무서운 얼굴로 고함을 내질렀다. "다들 못 들었나? 이만하면 됐어! 공중도덕도 지키지 않을 셈이야? 모두 방으로 돌아가! 모두 자기 방으로 돌아들 가라고!"

진다제는 감히 움직이지 못했다. 장쭝치의 얼굴을 흘긋 보았다. 그의 얼굴은 날이 선 무쇠처럼 시퍼랬다. 사푸밍의 얼굴을 보니, 그의 얼굴 또한 무쇠처럼 시퍼랬다. 진다제는 고개를 돌렸다. 그녀의 시선이 하필이면 가오웨이에 가닿았다. 가오웨이는 아예 눈을 감고 이 모두를 외면하고 있었다. 가오웨이가 눈을 떴을 때, 하필이면 진다제와 눈이 마주쳤다. 수많은 맹인들의 시선 한가운데서,

두 쌍의 앞을 보는 눈이 그렇게 눈빛을 주고받았다. 두 쌍의 앞을 보는 눈은 자신감에 차서 도전적으로 서로를 바라보았다. 물론 끝장을 보지는 못했다. 다행히도 양쪽 모두 한 가지는 암묵적으로 동의한 것 같았다. 각자의 방문 앞에서 두 개의 눈이 서로를 비껴갔을 때, 그들은 서로를 향해 무언의 암시를 보냈다.

어디 두고보자고.

장이광

⠨⠚⠕⠊⠛�

양고기 통계가 마사지센터를 바꿔놓았다. 우울과 침묵이 센터 안을 잠식했으며, 어느샌가 긴장감이 자리잡기 시작했다. 사람들은 무슨 일이 벌어지리라 예상했다. 그러나 아무 일도 벌어지지 않고 있었다. 물론 아무 일도 벌어지지 않았다는 것이, 앞으로도 아무 일도 벌어지지 않으리라는 것을 의미하지는 않는다. 도리어 틀림없이 일어날 것이었다. 아직 때가 되지 않았을 뿐. 그래서 사람들은 모두 기다렸다. 보이지 않는 눈으로 온 사방을 두리번대며 '관망'했다. 마사지센터의 분위기는 완전히 달라졌다. 가장 달라진 부분은 두 사장이 갑자기 모든 직원을 깍듯하게 대하기 시작했다는 점이었다. 식사도 눈에 띄게 개선되었다. 굳이 비교하자면, 장 쫑치의 말수가 눈에 띄게 늘었다. 그의 말에 농담이 섞였고, 직원들을 '경영'하는 것처럼 보이기도 했다. 이는 별로 좋은 징조가 아니었다. 두 사장 사이에 뭔가 큰 문제가 생겼다는 잠재적인 사실을 암시하는 징조였다. 그들이 전면전을 펼치기에 앞서 자기 세력을 확보하고 있는 것이다.

세력 확보란 원래 무척 겁나는 일이다. 어느 정도 세력이 확보되면, 사람들은 모두 살아 있는 폭탄이 된다. '쾅' 하는 굉음이 나는 순간, 그대로 서 있는 일부를 제외하고 나머지 사람들은 모두 바닥에 널브러지고 마는 것이다.

이런 상황에서 가장 난처한 것은 역시 직원들이다. 그들은 어디든 줄을 서야 하는 것이다. '사 사장'의 사람이 아니라면 '장 사장'의 사람이 될 수밖에 없다. 다른 길을 선택할 여지는 아예 없다. 줄을 서는 사람들은 결국 곤란한 처지가 된다. 어느 쪽 줄이 살아남을지는 아무도 모른다. 하긴 실패해도 뭐 별것 없다. 그냥 떠나면 된다. 하지만 세상 어떤 장님이 그렇게 선뜻 제자리를 떠나고 싶겠는가? 골치 아픈 일이다. 일단 밥벌이하던 곳에서 자리를 걷어 돌돌 말아올리면, 그때부터 헤아릴 수 없이 많은 길이 펼쳐지는 것이다. 영락없이 처음부터 다시 시작할 수밖에 없다.

이렇게 무거운 분위기 속에서 장이광은 매우 뜻밖에도 샤오마와 가까이 지내기 시작했다. 장이광은 틈만 나면 앞을 더듬어 샤오마를 찾아 목덜미를 주물러주는 등 한마디로 친한 척을 했다. 그러나 샤오마는 되레 그런 그를 오해했다. 지금껏 샤오마와 장이광은 전혀 왕래가 없었다. 그런데 이런 분위기 속에서 갑자기 무슨 바람이 불어 이렇듯 가까워지려 한단 말인가! 대체 무슨 수작을 부리려고? 샤오마는 장이광이 사 사장이나 장 사장의 사주를 받은 것이 틀림없다고 생각했다. 그는 일찍부터 확실히 마음을 정한 상태였다. 그는 절대로 줄을 서지 않을 것이다. 그 누구의 사람도 되지 않을 생각이었다. 장이광이 목덜미를 주물러줄 때마다 샤오마는 뻣뻣하게 굴면서 장이광의 팔을 뿌리치고 빠져나갔다. 샤오마는 그의 팔뚝을 좋아하지 않았다. 그는 장이광의 겨드랑이에서 뿜어져나오는 열기와 복잡한 기운을 싫어했다.

'뭘 도망치고 그래?' 장이광은 생각했다. '형이 좋은 마음에서 얘기나 좀 하려는 건데…… 다 네 녀석을 위해서 이러는 거라고!'

후천적인 장님으로서 장이광은 특별한 케이스였다. 후천적인 장님들은 대개 지나치게 조급한 편이었다. 어느 정도 안정을 되찾은 듯하면 이미 절망하고 있는 것이다. 결국 그들은 언제나 사람들에게 기진맥진한 인상을 주었다. 장이광은 전혀 그렇지 않았다. 그는 가스폭발 사고의 생존자였다. 한순간의 가스폭발이 장이광의 동료 백십삼 명의 목숨을 앗아갔다. 그런데 장이광은 살아남은 것이다. 그는 기적을 창조했다. 물론 그 대가로 두 눈을 내놓아야만 했지만. 살아남은 장이광은 자기 '눈'에 대해 미련을 두는 대신 새까만 눈으로 자기 마음속을 꿋꿋하게 지켜보았다. 그 안에는 무한한 기쁨이, 물론 무한한 두려움과 함께 존재했다.

장이광의 두려움은 일종의 트라우마에 속했다. 두 눈을 잃은 현실보다 이 트라우마가 더 사람을 괴롭혔다. 그런 의미에서 실명은 차라리 부차적인 문제였다. 사고 이후 다시는 빛을 보지 못하게 되었기 때문에 장이광은 상당히 오랫동안 자신이 아직도 갱도 안에 있다는 생각을 떨칠 수 없었다. 그는 두 손으로 막대기를 틀어쥐고 놓지 않았다. 두려움이 몰려올 때마다 의자의 등받이를 붙잡고 서서 손에 쥔 막대기로 위쪽을 찔러보았다. 이렇게 찔러보면 머리 위가 갱도의 윗면이 아니라 천장이라는 것을 알 수 있었다.

두려움은 뱀이다. 이 뱀은 사람을 물지는 않고 휘감기만 한다. 이놈은 걸핏하면 장이광의 가슴속으로 흘러들어와 그의 심장을 서서히 감아쥔다. 그런 뒤에 콱 조여들었다. 장이광이 가장 두려워하는 것이 바로 이 뱀의 조임이었다. 한번 조이기 시작하면 도무지 숨을 쉴 수가 없었다. 비록 조이긴 하지만, 장이광의 심장이 조여든다는 점은 변함없는 진실이었다. 그런 의미에서 보자면, 두려움이란 좋은 것이다. 두려워도 좋은 것이다. 살아 있으니 두려움을 느끼지. 두려움을 느낀다는 것은 어쨌거나 틀림없이 살아 있음을 의미하는 것이거든. 너는 아직 살아 있다고. 가서 향이라도 한 대 사르고 천지신명께 빌어야지. 죽은 목숨을 다시 건져온 거다. 하늘이 뭔가 덤으로 더 준 거란 말이다.

어떤 경우라도 덤을 받는 것은 기분좋은 일이다. 게다가 그것이 제 목숨이라면 더 말할 것 없다. 그는 이미 한 번 '죽었던' 사람이니, 그가 져야 할 모든 책임이 사실 없어진 것과 다름없었다. 그러나 여전히 그의 아내에겐 남편이 있고, 부모님에게는 아들이 살아 있으며, 그의 자식들에게는 그래도 아비가 있었다. 이게 무엇을 의미하는가? 그의 가족들이 모두 함께 하늘로부터 덤을 얻었다는 뜻이다. '행운'의 생존자란 대체 무엇인가? 결국 그가 무지하게 운이 좋다는 뜻이다. 이제 이 세계와 그는 아무런 상관도 없었다. 그는 '죽은 사람'이니까. 그는 팔팔하게 살아 움직이는 '주검'이고 구천을 떠도는 '망령'이었다. 이제부터 그는 매일을 자기 자신만을 위해 살아갈 수 있는 것이다. 그는 자유인이다!

장이광은 반년 동안 그저 집안에만 있었다. 반년이 지난 뒤, 그는 집을 떠나기로 결심했다. 집안에만 있는 자유가 대체 무슨 자유란 말인가? 철저하게, 완전하게 즐기지 않으면 안 된다. 그는 이제 겨우 서른다섯이었다. 한평생이 칠십이라면, 그의 인생은 이제 겨우 반을 온 것이다. 아직도 서른다섯 해라는 대단한 시간이 그를 기다리고 있는 것이다. 나머지 삼십오 년을 이대로 집안에서 낭비할 수는 없는 일이다. 이 집안을 위해 그는 이미 허리가 굽고 뼈가 빠지도록 애써왔다. 심지어 두 눈을 잃은 대가로 받은 보상금마저 가족을 위해 희사하지 않았던가! 살아 있는 '주검'으로 무엇을 더 희생해야 한단 말인가! 그는 새로 태어난 사람이었다. 그는 어둠의 세계에서 새로이 성장해나가야만 했다.

장이광은 쉬저우로 가서 마사지를 배웠다. 사실 마사지는 그리 어려운 일이 아니었다. 그저 힘이 좀 들 뿐이었다. 갱도에서 십육 년을 지내며 잔뼈가 굵은 막노동꾼에게는 오히려 가뿐한 편이었다. 안전하고 안정적인데다 즐겁게 웃으며 수다도 떨 수 있었다. 장이광은 자신의 선택에 더욱 만족했다. 또하나의 행운이었던 것이다. 일 년이 지난 뒤, 장이광은 성공적으로 인생의 획기적인 전환을 맞았다. 장애가 있는 탄광 노동자에서 신체 건장한 마사지사가 된 것이다. 물론 돈을 벌고자 한다면 반드시 자격증을 취득해야 했다. 그리 어려운 일도 아니었다. 백열세 명의 동료들이 함께 죽는 것이야말로 어려운 일이 아닌가? 어려운 일이다. 너무 어려운 일이었다. 그처럼 어려운 일은 탄광에서나 가능했다. 자격증 한 장에 어물쩍 물러설 장이광이 아니다! 장이광은 런민비 사백 위안과 진상품 '훙선수' 담배 한 갑으로 자격 증서를 획득했다. 자격증을 얻은 장이광이 거리로 나섰을 때, 담뱃갑에는 아직 마지막 담배 한 개비가 남아 있었다. 그는 담배에 불을 붙였다. 한바탕 쿨럭거리며 모진 기침을 몰아대다가 장이광은 문득 이 담배가 참 좋다는 생각을 했다. 이래서 '진상품' 담배로구나. 틀림없이 역대의 황제들은 다 이 담배를 피웠으리라. 그렇지 않다면 어떻게 '진상품'이라는 이름이 붙었겠는가? 그는 마지막 담배를 끝까지 다 태웠다. 황제의 마음가짐으로 마지막 한 모금까지 들이마셨다. 사실 맛은 뭐, 그리 대단치 않았다. 그러나 아무리 별 볼 일 없는 맛이라도 어쨌거나 황제 노릇을 한 번 한 셈이었다. 황제 노릇을 하는 것이 이토록 쉬운 일이었나? 이건 너무 쉬운 일이었다.

장이광은 빈 담뱃갑을 손으로 구겨 길 쪽으로 내던졌다. 그는 기차표 한 장을 사서 난징으로 떠났다. 난징은 그 옛날의 수도였던 절대 성지다. 장이광은 기차에서 안절부절못하고 주먹과 손바닥을 비벼댔다. 열 손가락에 다 눈이라도 달려서 번득이는 기분이었다. 장이광은 그 눈들이 일찍부터 그가 갈망해온 삶을 호시탐탐 노리고 있다는 사실을 알 수 있었다.

난징에서 지낸 첫 달에 장이광은 한 달 동안 벌어서 받은 급여를 모두 시터우팡洗頭房*에 갖다 바쳤다. 그는 황제가 되고 싶었다. 그는 번 모든 돈을 다 바쳐 '나만의' 여인을 찾았다. 그가 누구를 좋아하든, 누구든지 바로 그만의 여인이 되었다. 장이광은 순식간에 오입질에 빠져버렸다. 그는 오입질을 하는 것이 아니었다. '패를 뒤집으며'** 후궁을 고르는 것이었다.

"사랑하는 왕비여! 내 비빈이여!"

---

* 머리를 감겨주는 가게로, 성매매가 이루어지기도 한다.
** 중국 황제가 비(妃)를 고를 때 각각의 비가 될 수 있는 대상을 적은 패를 골라 뒤집었다.

아가씨는 배꼽이 빠져라 웃었다. 밖에 있던 아가씨들마저 웃었다. 아가씨들은 이 앞 못 보는 사내가 이토록 우스운 인물일 줄은 생각도 못했을 것이다. 황제 폐하시니라. 그가 계산할 때 하는 말도 꼭 들어봐야 한다. 장이광은 이렇게 외쳤다. "상을 내리노라!"

장이광은 사나흘이 멀다 하고 시터우광을 찾아갔다. 서너 번 다녀온 다음에 장이광은 자신의 내면에서 뭔가 큰 변화가 일어나고 있다는 사실을 깨달았다. 그는 더이상 참지 않았다. 혼자 참아서 '속을 끓이는' 일이 없었다. 탄광에서 일할 때보다 더 활달하고 명랑했다.

장이광은 기억했다. 탄광에서 일할 때 얼마나 힘들고 답답했었는지, '그곳'에 가기를 매일같이 얼마나 동경했는지. 그러나 동경은 동경일 뿐, 장이광은 단 한 번도 가보지 못했다. '그곳'에 가려면 돈이 필요했다. 그의 집에는 노동력이라고는 전혀 없는 부모님이 계셨고, 학교에 다니는 어린 아들딸이 있었다. 장이광은 그저 참을 수밖에 없었다. 참고 참고 또 참고, 너무 오래 참아서 밤마다 이불 속에서 공포탄을 쏘았다. 장이광은 죽을 만큼 부끄러웠다. 동료들은 엉망진창이 된 그의 침대보를 바라보며 실실 웃곤 했다. 게다가 악랄하게도 이런 별명까지 지어주었다. 지대공미사일, 줄여서 '지대공'. 돌이켜 생각해보면 '지대공'이란 별명에 동의하지 않을 수 없었다. 그는 그저 한 마리 수퇘지였다. 마누라의 눈에 비친 그는 거세된 수퇘지였다. 고용주의 눈에 비친 그는, 단순히 거세된 돼지가 아니라 공포탄마저 다 쏜, 가죽과 살마저 발려 팔린 돼지였다. 이른바 보상금은 몇 푼 되지 않는 가죽과 살의 대가였다.

다행히 장이광은 눈이 멀게 되었다. 눈이 보일 때는 아무것도 보이지 않더니 일단 눈이 멀자, 이 무지렁이 촌놈이 갑자기 앞을 훤히 보게 되었다. 그가 어찌 '지대공'이란 말인가! 그는 황제였다.

얼마나 운이 좋은지! 가스가 폭발했을 때 날아온 돌멩이는 그의 눈만 앗아갔을 뿐 그의 목숨은 건드리지도 않았다. 그가 잃은 것이 두 눈이 아니고 목숨이었다면 지금 이렇게 황제 노릇을 할 수 있겠는가? 어림없는 소리다.

장이광은 마사지센터에서 더 힘써 일했다. 이유는 간단했다. 더 많이 일하면 더 많이 버니까. 더 많이 벌어야 오입질도 더 많이 하니까. 장이광은 시터우팡에서도 마찬가지로 힘써 일했다. 그 이유도 간단했다. 오입질이라는 문제에서 장이광은 자기만의 변치 않는 지표를 갖고 있었다. 그는 반드시 여든한 명의 여인을 거느려야 했다. 책에서 읽었는데, 모든 황제는 삼궁三宮과 육원六院, 칠십이비七十二妃에 이르는 여든한 명의 여인을 거느렸다고 했다. 장이광 또한 여든한 명의 여인과 밤을 지새운 뒤에야 황제라고 할 수 있을 것이다. 적어도 아마추어급 황제는 되지 않겠는가!

"사랑하는 왕비여! 내 비빈이여!"

평소에는 갱도 아래에서의 공포가 떠오르지 않았다. 그러나 일을 할 때에는 앞이 캄캄한 까닭에 여전히 갱도 안에 있다는 느낌이 들었다. 장이광은 '동료들'과 함께 '갱도 안'에 있다는 착각을 완전히 떨칠 수가 없었다. 그래서 장이광과 마사지사들의 관계는 특이한 측면이 있었다. 장이광은 마사지사들을 자신의 형제라 여기고 그들과 형제가 되기를 갈망했다. 반면, 대부분의 마사지사들은 장이광을 '자기 사람'으로 여기지 않았다. 여기에는 나이 문제도 있었지만, 그보다는 장이광의 '출신' 문제가 더 컸다.

장이광은 서른다섯 살 이전까지 두 눈이 멀쩡한 사람이었다. 지금은 실명한 상태라 해도 그의 마음가짐과 버릇 등은 맹인이 아니라 두 눈이 멀쩡한 사람에 가까웠다. 그에게는 맹인으로서의 역사가 없었다. 맹인학교에 다닌 적도 없고, 일을 시작했을 때도 정규적인 수습 과정을 밟은 적이 없었다. 어느 모로 보나 떠돌이가 중도에 불쑥 뛰어든 것에 불과했다. 이러니 그가 어떻게 '자기 사람'이 될 수 있단 말인가. 이렇게 바꿔 말할 수도 있었다. 장이광은 '저쪽 세계'에서 빠져나왔지만 미처 '이쪽 세계'로는 완전히 진입하지 못한 것이다. 그는 뻣세게 끼어든 침입자였다. 침입자는 언제나 고독한 법이다.

고독한 사람은 살기 힘들다. 장이광의 성질이 들쑥날쑥한 것도 그를 힘들게 만들었다. 그는 천성이 불같았고, 워낙 경박한 데가 있었다. 하지만 보통 맹인들은 조용하고 냉정한 성격이었다. 사람과 사람은 어떻게든 함께 지내야 하는데, 이런 상황에서 타는 불처럼 열렬한 장이광의 성격은 어쩔 수 없이 이 냉정한 사람들의 성격과 부딪칠 수밖에 없었던 것이다. 그의 연배로는 사실 자존심이 상하는 일도 많았고 억울한 사연도 잇달았다. 억울한 일을 겪을 때면, 그에게는 또 맹인들이 반드시 갖추고 있는 인내심이 뒷받침되지 않았다. 그러니 충돌을 피하기 어려웠다. 장이광은 그렇게 자주 다른 사람과 충돌을 일으켰는데, 이내 후회하고, 후회를 하면 곧 달려가 용서를 빌었다. 사정을 구하며 애걸복걸하는데, 자존심이 바닥에 떨어지지 않을 리 없다. 이렇게 해서 억울함이 그를 다시 찾아왔다. 탄광 일을 할 때도 장이광은 다른 사람과 부딪치곤 했다. 그러나 그러한 충돌은 쉽게 해결됐다. 주먹다짐을 한 뒤에 거나하게 술자리를 한 번 하고 서로의 어깨를 두드리면 끝났던 것이다. 모두가 한형제였던 탄광 동료들은 사소한 원한을 마음에 두지 않았다.

그러나 맹인들은 달랐다. 그들은 원수를 반드시 기억했다. 그야말로 맹인들의 영혼에 뿌리박힌 흔들림 없는 특징이었다. 장이광의 어려움은 사실 여기 있었다. 마사지센터에 온 지 채 며칠 되지 않아 그는 마사지센터의 모든 사람에게 죄를 지었고, 단 한 사람도 자기편으로 만들지 못했다. 마사지센터에서 그는 더할 나위 없이 외롭고 쓸쓸했다.

외롭고 쓸쓸한 사람들은 살기 힘들다고 느끼는 데서 그치지 않고 남의 일에 끼어들기를 좋아한다. 장이광도 남의 일에 끼어들기를 좋아했다. 남의 일에 끼어들기 좋아하는 사람들은 언제나 두 눈을 뒤룩거린다는 특징이 있다. 장이광은 이미 없어진 상태와 다름없는 두 눈 대신에 두 귀를 촉수처럼 쫑긋 세우고 있었다. 그러다 그 귀가 마침내 어떤 문제를 발견하게 되었다. 샤오마가 형수님에게 '마음이 흔들렸다'는 사실이 장이광의 촉수에 걸려들고 만 것이다.

샤오마는 온종일 혼자만의 생각에 잠겨 있었다. 그 생각은 무척이나 달콤했다. 그러나 한편으로는 몹시 고통스럽기도 했다. 스스로 빠져나올 길이 없었던 것이다. 장이광은 이 모든 것을 눈여겨보고 있다가 마음이 아파졌다. 이렇게 가다가는 샤오마가 위험해. 너무 위험하다. 그러나 샤오마는 이 사실을 모르고 있었다. 저러다 제 스스로 자신을 망칠 수 있다. 저 녀석은 짝사랑에 빠져선 자기가 똑똑한 줄 알고 함부로 행동하고 있다. 다른 사람은 전혀 모를 거라고 생각한단 말이야. 걸핏하면 귀와 코를 '형수님'한테 바짝 '들이대고' 있으면서 말이지. 한번 '들이대면' 그저 이십 분이고 삼십 분이고 턱이 떨어질 때까지 멈출 줄을 모르면서.

맹인들에게는 맹인들만의 눈이 있었다. 그것은 귀와 코였다. 눈이 보이는 사람의 경우로 바꿔놓고 말해보자. 만약 누군가 어떤 여인을 '뚫어지게' 바라본다면? 결국 그 눈의 비밀은 다른 사람의 눈에 발각되고 마는 것이다. 마찬가지로 귀와 코의 비밀은 귀와 코가 먼저 알아차리는 법이다. 샤오마, 네 놈이 어쩌자고 '형수님'을 마음에 품는단 말이냐! 안 될 일이다. 일단 발각되면 네가 어떻게 마사지센터에 있겠느냐! 닥터 왕은 아무 말도 하지 않지만, 아무 말도 하지 않는다는 것이 아무것도 모른다는 뜻은 아니다. 샤오마, 네가 눈이 멀어도 단단히 멀었구나! 너도, 다른 사람도 해치게 될 거야. 그런 마음은 갱도 안의 차오르는 가스와 같다. 장이광은 그렇게 생각했다. 샤오마의 온몸에서 가스가 흘러넘치고 있었다. 그러나 냄새가 나지 않았다. 냄새가 나지 않는 가스야말로 위험하다. 가장 위험한 놈이다. 가스는 잠깐 정신을 놓는 사이에 '펑' 소리와 함께 모든 것을 박살낸다.

샤오마를 구해야 한다. 얼른 저 길을 잃고 방황하는 어린 동생을 구해야만 하는 것이다.

장이광은 열심히 머리를 굴렸다. 그러나 아무리 생각해봐도 도무지 좋은 생각이 나지 않았다. 장이광은 과감하게 문제를 근본적으로 해결하기로 결심했다. 그는 샤오마 나이의 중닭들이 보이는 생태를 충분히 이해했다. 그 무렵을 생각하면, 장이광도 마찬가지였다. 하루 일을 마치면 너무 지쳐서 손발을 닦을 힘조차 없었다.

그런데도 침대에만 누우면 온몸이 생생해져 마누라 생각만 간절했다. 작은 정자들이 총총히 들어차 사람을 물어뜯었기 때문이다. 그놈들은 비록 작지만 그 수는 헤아릴 수 없이 많았다. 그 천군만마의 위력은 대단해서 칠 척 장신의 사내라도 당해낼 재간이 없었다. 개미떼가 큰 나무를 쓰러뜨릴 수 있는 법이었다. 문제를 근본적으로 해결할 수 있는 방법은 그들을 몰아내는 것 뿐이다. 일단 몰아내고 나면 모든 것이 평화로워진다. 침대에 누운 다음 숨을 크게 한 번 쉬고 두 눈을 감으면 잠들 수 있는 것이다.

샤오마는 그렇게 장이광에게 이끌려 시터우팡에 갔다. 샤오마는 어리둥절해하면서 안으로 들어갔다. 장이광은 꽤 주도면밀하게 모든 준비를 해놓았다. 무슨 일이 벌어지고 있는지 샤오마가 분명히 알게 되었을 때에는 이미 모든 것이 늦은 뒤였다. 장이광은 샤오마를 위해 샤오만을 물색해두었다. 샤오만으로 말할 것 같으면, 장이광이 가장 총애하는 후궁이라고 할 수 있었다. 요즘 들어 장이광은 언제나 그녀에게만 은총을 베풀었다. 그녀는 침대 위에서 최고였다. 사람을 어르고 달래면서 완전히 뻗게 만들었다. 솔직히 샤오만을 샤오마에게 내어주면서 장이광은 섭섭한 마음이 적지 않았다. 그러나 장이광은 다시 한번 굳게 결심을 다졌다. 그는 모질게 아쉬운 정을 끊었다. 샤오마에게 달콤함을 맛보여줘야 한다. 완전히 시터우팡에 빠져서 헤어나지 못하도록. 샤오마는 성실하고 착한 놈이다. 외골수니까. 시터우팡에 빠지고 나면 더이상 '형수님'이 샤오마의 마음을 어지럽히진 않을 것이다.

진옌과 샤오쿵, 타이라이와 닥터 왕

⠿⠒⠤ ⠠⠤⠶⠶⠶
⠂⠶⠶⠶ ⠒⠤⠒ ⠒⠒ ⠤⠶⠂⠤⠶

　사람들 사이의 일은 참 재미있다. 마사지센터의 분위기가 날로
살벌해지던 그 무렵, 샤오쿵과 진옌이 슬그머니 가까워지더니, 어
느 날 갑자기 죽고 못 사는 사이가 되었다. 닥터 왕은 예전에 샤오
쿵이 뒤에서 진옌에 대해 말하는 것을 제 귀로 직접 들은 적도 있
었다. 진옌의 '인상'이 좋지 않다고 했었다. '그 여자'한테서 뭔가
좋지 않은 '냄새'가 난다고. 주로 몸가짐과 차림새에 대한 말이었
다. 봐요. 저 여자 하고 다니는 꼴을. 걸음걸이도 어찌나 거슬리는
지. 쿵쿵대지 않으면 사르륵사르륵 다니고. 지금이라도 당장 결혼
식장에 들어설 것처럼. 매일매일 시집갈 수는 없잖아요? 이 말은
무슨 뜻인가? 진옌이 꼬리를 치고 다닌다는 뜻이었다. 샤오쿵이 이
런 생각들을 가지고 있었기 때문에 둘 사이가 가까워질 수 없는 게
당연했다. 서로 맞지 않는 사람들이었다. 마사지센터의 마사지사
들 모두 이 점을 눈치채고 있었다. 샤오쿵은 다른 사람들과 대화

를 나눌 때 거리낌없이 시원스럽게 말하는 편이었다. 그러나 진옌과 말을 할 때는 좀 달랐다. 늘 말꼬리를 늘이며 거만한 말투로 말했다. 닥터 왕이 그녀에게 이 점에 대해 말한 적도 있었다. 그럴 필요까지 있어? 우리 다 맹인이고, 모두 타향에 와서 고생하는 처지잖아. 샤오쿵은 막 난징에 와서 배웠던 난징 사투리 한마디로 닥터 왕에게 대꾸했다. "남이사."

자신에 대한 샤오쿵의 태도를 알고서도 진옌은 마음에 두지 않았다. 마음에 두지 않았다는 것은 거짓이다. 다만 샤오쿵과 '같은 수준'이 되고 싶지 않았을 따름이다. 진옌은 자기 나름의 방법으로 대응했다. 일부러 '그녀의 남자'를 찾아가 말상대가 된 것이다. 샤오쿵이 이를 두고 질투를 할 수는 없었다. 뒤에서 몰래 무슨 짓을 하는 것도 아니고, 대놓고 우스갯소리를 몇 마디 나눌 뿐인데 뭘 어쩌겠나? 게다가 진옌이 남자친구가 없는 사람도 아니고. 진옌이 닥터 왕과 주고받는 말이란 가령 이런 것이다. 일이 너무 바쁘면 닥터 왕도 어쩔 수 없이 손님에게 양해를 구하게 된다. "죄송합니다. 제가 도저히 참을 수가 없어서. 잠깐 볼일 좀 보고 오겠습니다." 그럼 진옌은 닥터 왕의 그 말을 이어받아서 비할 바 없이 상냥한 목소리로 이렇게 말하는 식이었다. "어서 다녀오셔요, 닥터 왕. 무슨 비싼 목걸이도 아닌데 가지고 있으면 뭐하겠어요."

샤오쿵은 진옌과 싸워보았자 자신이 상대가 되지 않으리라는 것을 알고 있었다. 그래서 그저 어떤 '태도'만 견지했다. 진옌도 샤오쿵이 자신을 좋아하지 않는다는 사실을 알고 있었다. 딱히 어떤 이유가 있어서 그러는 게 아니라는 것도, 굳이 태도를 바꾸지 않으리라는 것도. 그럼 그만두지, 뭐. 닥터 왕과 좋은 관계를 유지할 수 있으면 그만이다. 됐어.

이랬던 두 여자가 갑자기 같이 다니기 시작한 것이다. 여자들이란 그렇다. 억지로 엮어주려면 힘들지만 일단 무언가 계기가 생겨서 같이 다니기 시작하면 한도 끝도 없다. 자기 머리를 잘라내서 상대방의 목 위에 얹어줄 것처럼 군다. 사실이 그랬다. 같이 다니기 시작한 후로 두 사람은 걸핏하면 머리통을 바꾸는 흉내를 냈다. 네 머리를 내 어깨 위에 갖다 얹지 않으면, 내 머리를 네 어깨 위에 갖다 얹기라도 할 것처럼 아침부터 밤까지 속에 든 소리를 끝도 없이 속닥였던 것이다. 아예 자기 남자들까지 저멀리 내동댕이친 형국이었다. 틈만 나면 소곤소곤, 이 세상에 마치 자기네 둘만 있는 듯 굴었다.

샤오쿵과 진옌이 갑자기 사이가 좋아진 건 어쩌다 한 번 일을 함께 하고 난 뒤부터였다. 순번에 따라 그들은 프런트의 두리가 정해준 대로 2인실 작업을 맡았다. 손님은 남자 둘이었는데, 사장과 그의 운전기사였다. 사장은 술을 마신 상태였고, 운전기사는 마시지 않은 상태였다. 두리가 마사지사를 배정했을 때, 먼저 샤오쿵을 골랐다. 그래서 샤오쿵이 사장을 맡았고, 진옌은 사장의 운전기사를 맡았다.

샤오쿵은 술이라면 질색이었다. 특히 두려워했다. 술냄새는 도무지 맡을 수가 없었다. 손님 두 사람이 자리에 눕자 샤오쿵은 가볍게 한숨을 내쉬고 말았다. 한숨이라고 하기에는 조금 과장됐을지 모르겠지만, 어쨌든 콧구멍에서 조금 센 바람이 나온 것은 사실이었다. 그때 진옌이 샤오쿵 앞으로 걸어가서 아무 말도 하지 않고 샤오쿵의 사장 손님을 넘겨받았다. 샤오쿵에게는 그 행동이 정말

뜻밖이었다. 그리고 마음속 깊이 감격하지 않을 수 없었다. 진옌이 어떻게 내가 술냄새라면 질색하는 줄 알았을까? 틀림없이 닥터 왕에게서 들은 것이겠지. 샤오쿵은 생각했다. 이 사람은 정말 속이 넓은걸. 내가 그렇게 함부로 대했는데, 닥터 왕과 속깊은 이야기까지 나누며 계속 좋은 관계를 유지했구나.

샤오쿵은 어릴 적부터 술냄새를 싫어하고 두려워했다. 어린 시절의 기억 속 아버지에게선 늘 술냄새가 진동했다. 샤오쿵이 두 살 때 눈이 먼 뒤로, 완베이*의 이 시골 교사는 걸핏하면 술에 취하곤 했다. 취하면 언제나 짙은 술냄새와 함께 비틀비틀 엎어지고 고꾸라지며 집으로 돌아왔다. 아버지가 집으로 돌아오면 곧 샤오쿵에게 재난이 시작됐다. 그는 딸을 자기 허벅지 위에 앉히고 "눈을 떠 보라"고 했다. 딸은 그저 앞이 보이지 않을 뿐이지, 사실 두 눈을 '뜨고' 있었다. 이 사실이 아버지를 미쳐 날뛰게 만들었다. 그는 계속해서 같은 명령을 내리고 또 내렸다. "떠라!" 샤오쿵이 노력을 하지 않은 건 아니었다. 그러나 샤오쿵은 아무래도 알 수 없었다. 도대체 어떻게 해야 눈을 '뜰' 수 있는가! 아버지는 두 손으로 딸의 눈꺼풀을 꼬집고 비틀었다. 거의 찢어놓을 기세였다. 마디지고 거친 손가락으로 아버지는 온 마음을 다해 가엾은 딸아이의 눈을 '뜨게' 하려 애썼다. 하지만 그래서 어떻게 눈이 떠지겠는가? 그래서 아버지는 손을 사용했다. 때리기 시작한 것이다. 그 딸의 엄마는 또 무엇을 할 수 있었겠는가? 그저 제 몸으로 자기 딸을 막아 보호하는 수밖에. 그러나 샤오쿵이 정말 두려워한 것은 아버지의 매

---

* 안후이 성의 양쯔 강 북부 지역.

질이 아니었다. 진짜 공포는 대개 다음날 오전에 닥쳤다. 아버지가 술에서 깬 뒤에. 술에서 깬 아버지는 딸아이의 몸에 난 상처들을 보았다. 아버지는 울었다. 아버지는 너무 가슴이 아파 울었다. 미친듯이. 그는 눈에 넣어도 아프지 않을 딸을 어루만지며 하늘을 부르고 머리로 땅을 치며 목을 놓아 울었다. 이것이 어디 사람의 집 구석이란 말이냐! 멀쩡하게 산 사람의 지옥이다. 어머니는 딸을 아비 없는 자식으로 만들 수 없어서 참았다. 참고 또 참았다. 딸이 여섯 살이 될 때까지 참고 또 참았던 어머니는 마침내 이혼 얘기를 꺼냈다. 아버지는 동의하지 않았다. 동의하지 않으면 좋다, 어머니는 아주 무시무시한 제안을 했다. 딸아이를 위해서, 앞으로 평생 단 한 방울도, 술은 건드리지도 말아야 한다는 제안이었다. 아버지는 오후 내내 말이 없었다. 한나절을 그렇게 보낸 뒤에 아버지는 대답했다. 좋다, 라고. 아버지는 그 한마디로 완전히 깨끗하게, 철저히 술을 끊었다. 그뒤로 아버지는 다시는 딸의 털끝 하나 건드리지 않았다. 아버지는 한번 한다면 하는 사람이었다. 그는 거기서 멈추지 않고, 딸을 위해 혼자서 병원에 갔다. 병원에 가서 몰래 정관수술을 받았다.

샤오쿵은 자라면서 아버지를 이해하게 되었다. 그것은 감내하기 쉽지 않은 부정父情이었다. 그 사랑은 강렬하고 극단적이었으며, 기형적이고 병적이었을 뿐 아니라, 희생정신으로 가득차 사람의 마음을 뒤흔드는 비극성을 지닌 것이었다. 아버지가 자신을 얼마나 사랑하는지, 샤오쿵은 알게 됐다. 아버지는 정말이지 그녀를 사랑했다. 그 사랑 덕분에 샤오쿵은 '제힘으로 먹고살기'를 할 수 있었다. 그러나 술냄새에 대한 샤오쿵의 두려움은 평생 가시지 않았다.

그것은 낙인과도 같았다. 샤오쿵의 기억은 이 낙인을 만나면 불현듯 다시 그녀를 덮쳐왔다.

물론 진옌이 이 모든 것을 다 알지는 못했다. 진옌은 묻지도 않았다. 물어서 좋을 게 뭐가 있나. 맹인들은 각자 나름의 금기를 가지고 있는 법이다. 그리고 이 각자의 금기 뒤에는 다시는 돌아보고 싶지 않은 과거의 기억이 숨어 있었다.

어쨌든 진옌의 이 사소한 행동은 샤오쿵이 진옌에 대해 품고 있던 생각을 좋은 쪽으로 바꿔놓기에 충분했다. 이 사람 전혀 나쁜 사람이 아닌 것 같아. 분명 그럴 거야. 그녀의 말버릇을 따르면 바로 그런 '성격'인 것이다. 뼛속까지 따뜻한 사람.

폭우가 쏟아지던 어느 날이었다. 마사지센터의 장사는 형편없었다. 두 여자는 휴게실에 대기하고 있을 생각이 없어서 함께 마사지실로 갔다. 앞서 나온 이야기를 마저 하면, 요즘 같은 때 누가 휴게실에서 손님을 기다리고 싶겠는가. 샤푸밍과 장쫑치가 자석 두 개의 같은 극을 맞대어놓은 것처럼 대치중인데. 그들 사이에 아무것도 없어도 '대치중'이라는 것은 누구나 느낄 수 있었다. 그들은 계속해서 이렇게 '대치'하고 있을 것이다. 한쪽이 다른 한쪽을 뒤집어엎지 않는 한.

장사가 안되어서 한가하기도 했기 때문에 진옌과 샤오쿵은 서로 마사지를 해주기로 했다. 그것은 단순한 '마사지'가 아니라 '내가 먼저 네 시중을 들어줄게, 그러고 나면 너도 나의 시중을 들어줘'였다. 흥미롭고 재미있는 놀이였다. 그들은 복부 지방 제거 마사지를 했다. 복부 지방을 제거하기 위해선 복부의 살들을 세게 비비고 문지르고 누르고 밀고 비틀어줌으로써 배의 온도를 높이는 물리적인 방법을 써야 한다. 이렇게 복부의 온도를 높여 지방이 연소되는 온도까지 도달해야 비로소 지방 제거라는 웅대한 목표를 이룰 수 있는 것이다. 그래서 복부 지방 제거 마사지는 참을 수 없는 통증을 수반한다. 생각해보면 알 일이다. 배에는 뼈라고는 없는데다 몸의 요혈要穴이 특히 집중되어 있고 무척이나 민감한 부분이다. 더욱이 여자의 복부는 연하고 부드러운 곳이다. 마사지사가 꼬집고 잡아당기고 있는 힘껏 밀고 비틀면 거의 불에 지지는 수준으로 아픈 것이다. 그러나 아무리 아프더라도 복부 지방 제거 쪽은 언제나 장사가 잘되는 편이었다. 그게 무슨 소린가? 여자들이 점점 더 자기 자신을 아끼고 살피는 추세라는 뜻이었다. 날씬한 배가 없다면 좋은 옷을 어떻게 입는단 말인가? 더할 나위 없이 좋은 옷감이나 비할 바 없이 좋은 디자인이라 해도 효과가 떨어지기 마련이다. 배는 이처럼 중요한 곳이다. 아픈 게 뭐 대수라고. 여자가 되는 일 중 아프지 않은 게 어디 있는가.

진엔과 샤오쿵은 둘 다 전혀 뚱뚱한 편이 아니었다. 그러나 둘 다 연애중이었다. 세상에 연애를 하고 있는 어떤 여자가 자기 배에 만족한단 말인가? 모두 불만족하기 마련이다. 그들은 아주 불만족스러워했다. 이유는 간단했다. 모두 자신의 열여섯 시절과 비교를 하기 때문이다. "예전에는 절대 이렇지 않았는데." 연애중인 여자들은 모두 이런 생각을 한다. 줄곧 자신의 과거가 지금보다는 나았다고 생각한다. 지금의 남자친구가 감히 쫓아오지도 못할 정도로 괜찮았다고 말이다. 아주 힘들고 어려운 노력을 통해서만 과거의 영광을 되돌릴 수 있다고 믿는다. 그녀들은 영원히 현재의 배를 용서할 수 없는 것이다.

샤오쿵의 손은 크지 않았지만 힘은 신기할 정도로 셌다. 진옌은 곧 참을 수 없는 지경이 되었다. 물론 샤오쿵이 일부러 그런 것이기도 했다. 어쨌거나 놀자고 하는 짓이니까, 네가 좀 전에 날 그렇게 아프게 했으니 이번에는 네 차례다. 너도 한번 이 언니의 손맛을 보아라. 진옌은 더이상 고통을 참지 못하고 마침내 비명을 내지르고 말았다. "이 못된 계집애!"

'이 못된 계집애!'는 아주 특별한 표현이었다. 뭔가 여자들끼리만 통하는, 그들만의 친밀함을 나타내는 표현. 앙, 하고 짐짓 깨무는 체하는 그런 제스처랄까. 여자들끼리는 아주 특별한 계기가 있어야만 상대방을 '이 못된 계집애'로 받아들인다. 아무나 그렇게 될 자격이 있는 것이 아니다. 날더러 '이 못된 계집애'라고 했겠다? 좋아. 샤오쿵은 한마디 대꾸도 없이 진옌의 뱃가죽을 잡아서 손안에 넣고 죽어라 비틀었다. "다시 한번 말해보시지?" 샤오쿵은 신이 나서 외쳤다. 진옌도 입으로는 절대 지지 않는 사람이었다. 진옌이 다시 말했다. "이 못된 계집애야!" "한번 더 해봐?" "한번 더 해봐"라는 말에 비례해 샤오쿵의 손아귀 힘은 엄청난 강도였다. 진옌은 입을 썩 벌렸다. 벌릴 만큼 벌려서 더는 벌릴 수도 없을 지경이었다. 그저 입을 쩍 벌리고 애원하는 수밖에. 진옌이 말했다. "아이고, 아가씨, 내가 잘못했어요. 제가 다시 아가씨 시중을 들어드릴게요." 샤오쿵은 손에서 힘을 뺐다. 아주 천천히 힘을 뺐다. 샤오쿵은 경험을 통해 손에서 힘을 빨리 빼면 사람을 죽을 만큼 아프게 한다는 것을 알고 있었다. 샤오쿵이 말했다. "이건 괜찮을 거야." 손바닥을 쫙 펴서 진옌의 평평한 배 위에 올려놓은 뒤 살살 문질러주었다. 이 과정은 꼭 해줘야 한다. 진옌의 배는 평평했다. 타일 바닥처럼 평평했다. 샤오쿵의 배보다 훨씬 나았다. 샤오쿵은 그런 진옌의 배가 마음에 들었다.

샤오쿵은 그저 문지르기만 하는 것이 아니었다. 그녀의 손은 진옌의 배를 어루만지고 있었다. 부드럽게 문지르던 샤오쿵의 손이 다시 한번 진옌의 뱃가죽을 가볍게 잡아올렸다. 샤오쿵은 그녀의 귓가에 입을 갖다 댔다. 그러고는 아주 은근한 말투로 말했다. "배가 끝내주네. 타이라이가 좋아히겠어? 말해봐! 타이라이랑 그 뭔가를 했어?"

진옌은 샤오쿵이 이런 질문을 할 줄 미리 예상하고 있었던 듯했다. 그녀는 타이라이와 '그 뭔가를' 해본 적이 없었다. 절대로, 한 번도 없었다. 진옌은 허벅다리를 쭉 뻗으며 자신 있다는 듯 느긋하고 떳떳하게 말했다. "없어. 우린 참을 수 있거든." 속뜻이 있는 말이었다. 샤오쿵은 얼굴이 화끈 달아올랐다. 부끄러운데 어디로 피할 곳이 없는 기분이었다. 하릴없이 애꿎은 진옌의 배만 다시 쥐어뜯었다. "말하라니까! 정말 안 했어?" 진옌의 두 다리가 고통으로 인해 번쩍 들렸다. 그 모습이 무언가 더 외설적으로 보였다. 진옌이 가쁜 숨을 몰아쉬며 말했다. "멀쩡한 사람 잡네." "이래도 아니야? 봐라 봐, 이 다리 좀 봐. 왜 다리는 그렇게 번쩍 들고 그래?" 진옌은 갑자기 멍해졌다가 푸핫 하고 웃음을 터뜨리며 말했다. "내가 어떻게 알아? 누가 찔리는 사람이 있는 것 같은데!"

"정말 안 했어?"

"정말이야."

"왜 안 했는데?" 이제는 완전히 억지를 부리는 말투였다.

왜 안 했냐니? 그걸 말이라고? 진옌은 태도를 바꿔 아주 진지하게 말했다. "나는 결혼 첫날밤을 위해 아껴두고 싶어."

그제야 샤오쿵은 믿었다. 그러곤 손바닥으로 진옌의 얇은 뱃가죽을 부드럽게 문지르기 시작했다. 여자가 '그 뭔가'를 입에 담는 일은 무척 중요하다. 일단 두 사람이 '그 뭔가'를 입 밖으로 꺼내 말하자 그들의 관계는 순식간에 변했다. 순식간에 서로 간이며 쓸개를 빼주는 사이가 된 것이다. 밖에는 여전히 비가 내리고 있었다. 아주 세차게. 미닫이창을 후두두 때린다. 두 여자는 갑자기 조용해졌다. 마사지칸 안에 침묵이 흘렀다. 그 침묵은 따스하고 부드러웠다. 머리 위에서 빛나는 등처럼 아슴아슴 빛이 너울대는 아늑한 느낌이었다. 사실 눈앞은 깜깜했지만 말이다. 깜깜했기 때문에 완전히 따스하고 부드러웠다고 말하기는 어렵고 어딘지 조금은 울적했다고 하는 것이 맞을 것이다. 샤오쿵과 진옌은 서로 마음속에 둔 비밀을 털어놓고는 그렇게 조용해졌다. 아마도 진옌의 입에서 갑작스레 튀어나온 '결혼'이란 말 때문이었을 것이다. 그 말 때문에 둘 다 놀라버린 것이다. 말한 쪽도, 들은 쪽도. 두 사람은 서로 자기만의 생각에 빠져들었다. 결혼이라, 결혼. 결혼을 해보지 않은 사람은 걸고 그것이 어떤 것인지 알 수 없다. 연애는 달콤하기만 한 것이 아니라 씁쓸하기도 한 것이어서, 그 둘은 요즘 '결혼' 때문에 골머리를 앓고 있었다. 내일 무슨 일이 일어날지 누가 알겠는가? 마사지센터도 요즘 그런 상황이고. 뭔가 사단이 나기는 단단히 날 것 같은데. 여기서 더 막판으로 가면 어떻게 한단 말인가? 어찌 될는지 아마 하늘도 모르리라.

샤오쿵은 진옌의 말을 듣고 속이 상해버렸다. '나는 결혼 첫날밤을 위해 아껴두고 싶어'라는 말을 샤오쿵은 평생 할 수 없을 것이다. 그녀에게는 아껴둘 것이 없었다. 이미 완전히 내주었기 때문이다. 후회하는 것은 아니었지만 마음이 좋지 않았다. 닥터 왕과 했던 그 어떤 일에도 후회는 없었다. 문제는, 진옌이 감히 '그 무엇'을 '결혼 첫날밤'을 위해 아껴둔다고 말한 데 있었다. 그 말의 이면에는 어떤 진실이 있었다. 진옌이 타이라이와의 결혼에 대해 확신을 가지고 있다는 뜻이었다. 완벽하게. 이 '확신이 있다'는 사실이 샤오쿵의 아픈 곳을 제대로 찔렀다. 샤오쿵은 사신의 결혼식을 그리 중요하게 생각하지 않았다. 적당히 해도 괜찮고 초라해도 상관없었다. 그래도 최소한은 아버지와 어머니는 계셔야 하고 밥 한 끼는 제대로 먹을 수 있어야 했다. 그뒤에 아버지가 예법에 맞게 진중하게 딸의 손을 사위에게 건네주는 것이다. 그런데 지금은 부모님의 동의도 얻지 못한 상태니, 그걸 무슨 결혼식이라고 할 수 있겠나? 결국 그녀의 결혼식은 부모님을 등지고 도둑처럼 살금살금 치를 수밖에 없는 상황이었다. 이것이 무슨 뜻인가? 그것은 샤오쿵이 또 한번 부모님께 큰 빚을 진다는 의미였다. 무엇보다 아주 중요한 점이 한 가지 더 있었다. 샤오쿵도 어쨌거나 여자였다. 결혼을 앞두고서는 아무래도 남자 쪽이 조급해서 재촉하는 것이 좋고, 간청하면 그게 더 좋은 것이다. 사랑은 사랑이고, 여자의 마음은 또다른 문제인 법이다. 샤오쿵의 경우엔 도리어 그녀가 먼저 남자 쪽에 간청했다. 결국엔 '뭐가 그리 급해?' 하는 꾸지람까지 들었다. 샤오쿵은 너무 비참한 기분이었다. 이에 비하면 진옌은 정말 행복하다. 정말 운이 좋다. 이렇게 생각하니 샤오쿵은 갑자기 속이 쓰렸다. 샘이 나기도 했다. 어루만지던 손이 멈췄다. 울 것 같다. 그렇게 생각하니 정말 눈물이 났다. 눈물 한 방울이 툭 하고 진옌의 배 위로 떨어졌다.

갑자기 배 위로 물이 한 방울 떨어지자, 진옌은 손바닥을 허공으로 들어올렸다. 한참이 지나서야 그것이 샤오쿵의 눈물이라는 사실을 깨달았다. 진옌은 그대로 일어나 앉아 샤오쿵의 손을 잡았다. 샤오쿵은 기어코 손을 뺐다. 샤오쿵이 말했다. "진옌, 결혼하게 되면, 아무리 멀리서 하더라도 꼭 나한테 말해줘야 돼. 내가 무슨 일이 있어도 갈 테니까."

진옌은 아무 말도 하지 않았다. 그저 마음속으로 '흠' 하며 소리 없이 읊조렸다. 결혼식이라니? 무슨 결혼식이란 말인가?

타이라이와의 관계에서 진옌은 줄곧 주도권을 쥐고 있었다. 주도권을 쥔 사람들에게는 한 가지 공통점이 있다. 어떤 일을 계획할 때, 보통 자신이 바라는 대로, 제멋대로 정해버린다는 점이다. 그들은 다른 사람의 의견까지도 결정해버리곤 한다. 다른 사람을 생각하지 않는 것이다. 진옌은 자신이 동경하는 결혼식에 대해 입도 뻥긋한 적이 없었다. 타이라이와 상의한 적은 더더욱 없었다. 그러나 진옌이 전혀 모르는 사실이 한 가지 있었다. 일자리를 찾아 집을 떠나오기 전에 타이라이는 부모님과 타협을 했다. 타이라이의 결혼식 날 '집'에서 아무것도 하지 않기로 말이다. 이유는 단순했다. 타이라이의 신부라면 십중팔구 맹인일 텐데, 맹인 둘이 시골에서 결혼을 해봤자 낯이 서지 않는 것이다. 보기 좋은 일도 아니고, 남의 입방아에 오르내리기 십상이었다. 타이라이의 아버지는 아예 타이라이에게 단단히 못을 박았다. "그 돈은 한 푼도 빼지 않고, 다너에게 주마. 결혼식만 하지 말자." 타이라이는 동의했다. 그야말로 타이라이가 바라던 일이었다. 타이라이는 자신이 고달픔과 비

웃음 속에서 성장했다는 사실을 분명히 알고 있었다. 고향 마을에 친구라고는 한 사람도 없었다. 누가 그를 거들떠보기나 하겠는가? 그의 여동생조차 그를 상대하지 않았다. 그러면 돈이라도 받아두는 게 낫지. 적어도 5~6만 위안은 될 테고, 많으면 7~8만 위안은 되리라. 그 돈을 수중에 넣고 또 남사스러운 일도 면하는 셈이니 썩 괜찮은 거래였다.

진옌 앞에서 타이라이는 결혼식에 대해 이렇게 말해왔다. "내 마음속에서는 우리의 첫번째 입맞춤이 우리 결혼식이야. 나는 내 모든 재산을 당신에게 맡길 거야. 나는 다른 사람에게 보여주기 위해 돈을 낭비하지는 않을 거야."

타이라이의 말은 무척 감동적이었다. 한마디 한마디가 가슴에 들어와 박혔다. 진옌은 타이라이가 이렇게 말하는 것을 좋아했다. 성실하고 든든하고 완전히 마음을 다 바치는 그 태도. 사랑에 대한 무한한 진심을 느낄 수 있었다. 얼마나 낭만적인가! 그러나 그 말은 결혼식을 반대한다는 뜻이기도 했다. 진옌은 감동했지만, 울고 싶은 기분도 들었다.

샤오쿵이 진옌의 결혼식에 참석한다고 했기에 진옌은 샤오쿵의 손을 끌어당겨 그녀의 손가락을 만지작거리며 서글픈 마음을 달랬다. 진옌이 말했다. "기다려야 될 거야. 나 스스로도 결혼식을 기다릴 수 있을지 모르겠다."

"무슨 뜻이야?"

"타이라이는 결혼식을 안 하겠대."

샤오쿵은 아무말도 하지 않았다. 앞이 안 보이는 맹인으로서 그녀도 타이라이의 마음은 충분히 알 수 있었다. 이해도 했다. "그럼,

너는?"

"나?" 진옌이 말했다. "난 그냥 기다리는 거지."

"언제까지?"

"나도 몰라." 진옌이 말했다. "난 기다리고 싶어. 서른이 되든, 마흔이 되든." 진옌은 자신의 이마를 샤오쿵의 이마에 가져다 대면서 속삭였다. "난 여자잖아." 진옌의 목소리는 한층 더 낮아졌다. 그녀는 이렇게 덧붙였다. "어떻게 여자가 결혼식을 포기하겠어?" 샤오쿵은 진옌의 가냘픈 숨소리 속에서 필사적인 의지를 느꼈다. 그 말에는 진옌의 모든 것이 담겨 있었다. 소망을 이룰 때까지 포기하지 않겠다는 맹세였던 셈이다.

여자로서 샤오쿵은 진옌의 마음을 완벽히 이해했다. 샤오쿵은 진옌의 목 언저리를 부드럽게 어루만지며 말했다. "이해해."

"네가 더 나은 거야." 진옌이 말했다. "너하고 닥터 왕은 완벽하잖아. 너희가 우리보다는 먼저 결혼할 거야. 계집애, 결혼하는 그 날, 꼭 말해줘야 한다. 난 네 결혼식에 가서 노래할 거야. 내가 아는 모든 노래를, 처음부터 끝까지, 다 불러야지."

이야기가 이렇게 진전되자 샤오쿵은 이제 진옌 앞에서 더 감추고 할 생각이 없어졌다. 뭔가를 감추고 속인다면 진옌 같은 친구에게 너무 미안한 일이었다. 샤오쿵이 말했다. "나도 내가 결혼식을 언제까지 기다릴 수 있을지 모르겠어." 방금 진옌이 한 말과 같은 말이었다. 진옌이 한 말을 그대로 돌려준 것이나 다름없었다.

그 말을 들은 진옌이 깜짝 놀라며 물었다.

"왜?"

"나랑 닥터 왕, 우리 부모님은 찬성하지 않으셔."

"왜 찬성 안 하시는데?"

"우리 부모님은 내가 맹인에게 시집가는 거, 반대하시거든."

그런 거구나. 그런 것이었구나. 에휴, 세상에 부러워할 사람 없다더니.

"우리 부모님은 내 일에는 절대 간섭 안 하셔. 그저 맹인에게 시집가는 것만 반대하실 뿐이야." 샤오쿵이 말을 이었다. "안심 못하시는 거지. 우리 부모님은 평생 나만 바라보고 사셨어. 나, 사실 그 사람 따라서 난징까지 야반도주한 거야." 샤오쿵은 선전의 휴대폰을 꺼내며 말했다. "나 계속 휴대폰 두 대를 사용하고 있어. 그분들은 아직도 내가 선전에 있는 줄 아셔."

진옌은 휴대폰을 받아들고 손으로 어루만졌다. 아침부터 밤까지 계속 거짓말을 하며 지내다니. 그게 어디 사람이 사는 것인가! 이번에는 진옌이 샤오쿵의 목을 어루만지며 말했다. "이해해."

두 여인은 그렇게 얼싸안게 됐다. 처음부터 안아버릴 생각은 아니었지만 두 여인의 '이해해'가 그들을 하나로 엉기게 만든 것이다. 둘은 서로의 왼손을 상대방의 등에 올린 채 끊임없이 쓸어내렸다. 끊임없이 토닥였다. 비가 계속 내리고 있었다. 미닫이창의 유리에 빗방울이 부딪혀 투두둑투두둑 북소리를 냈다.

"진옌, 수수께끼 하나 낼게, 맞혀봐. 두 장님이 안고 있어."

진옌이 말했다. "눈먼 포옹이지."

"다시 하나 낼게, 맞혀봐. 두 장님이 어루만지고 있어."

진옌이 말했다. "눈먼 애무지."

"또 하나 낼게, 맞혀봐. 두 장님이 속삭이고 있으면."

진옌이 말했다. "눈먼 소리!"

"너 완전 눈먼 소리야!"

"너야말로 눈먼 소리야!"

"네가 눈먼 소리를 한 거지!"

"네가 먼저 한 거잖아!"

두 사람은 서로에게 죄를 씌우려는 듯, 순식간에 '눈먼 소리'를 여남은 번이나 외쳤다. 한 치의 양보도 없이 그렇게 대치하다가 두 사람은 갑자기 웃기 시작했다. 처음엔 큭큭거리다가 서로의 가슴이 상대방의 품안에서 떨려 간지러워지자 서로 떨어졌다. 그러나 여전히 이마는 맞대고 있었다. 더이상 참을 수가 없었다. 샤오쿵이 먼저 소리를 냈다. 샤오쿵의 웃음이 진옌에게 전염되었다. 진옌도 소리를 냈다. 진옌의 목청은 샤오쿵보다 두세 배쯤 컸다. 웃음소리에 옆 사람이 깜짝 놀랄 정도였다. 배꼽 아래서 올라오는 웃음소리였다. 단전 아래 꿈틀대던 기운이 그대로 목구멍을 치고 올라와 밖으로 터져나왔다. 진옌의 그 웃음소리가 샤오쿵의 민감한 부분을 간질였다. 샤오쿵도 목청을 열고 소리 내어 깔깔 웃기 시작했다. 두 사람은 마사지센터에 있다는 사실을 잊었다. 까맣게 잊었다. 자신이 누군지도 잊었다. 까맣게 잊었다. 기분이 무척 좋았다. 힘센 말이 들판을 내달리듯 쏟아지는 웃음이었다. 속이 시원했다. 막힌 것이 확 뚫리는 느낌이었다. 웃음소리는 서로 만나 물결치기 시작했다. 어울려 덩실덩실 춤을 추었다. 아예 경주를 하는 것 같았다. 한 소리가 다른 소리보다 높다가, 또다른 소리가 그보다 더 높아졌다. 도무지 멈출 수가 없었다. 거의 짐승의 울부짖음에 가까웠다. 미쳤구나! 미친 거야! 드디어 내가 미쳐버리고 말았어! 아, 근데, 참! 시원하다. 아주 속이 후련하다. 어찌나 속이 시원한지 이대로 죽어도 좋겠다.

　다른 맹인들은 휴게실에 모두 모여 옷깃을 여민 채 단정히 앉아 있었다. 사푸밍이 있었고, 장쭝치도 있었다. 그곳에 두 사장이, 두 개의 자석처럼 딱 버티고 있는데, 감히 누가 옴짝달싹할 수 있겠나? 아무도 그럴 수가 없었다. 심지어 창밖의 빗소리도 조심조심, 조용히 내리고 있었다. 이 고요함을 깨고 갑자기 두 여인의 미친듯한 웃음소리가 들려온 것이다. 순식간에 모두가 멍해져서는, 소리가 나는 쪽으로 머리를 기울였다. 두 여인은 왜 저렇게 웃을까? 왜 저렇게까지 기뻐할까? 듣자하니 정말 박장대소하는 것 같은데. 뭔가 대단히 재미있는 일이 있는 것 같았다. 모두의 얼굴 위로 미소가 번졌다. 장이광이 닥터 왕에게 말했다. "웃다가 죽을 리는 없잖아, 닥터 왕." 닥터 왕이 빙그레 웃으며 말했다. "저 두 사람이 그러겠네요." 사실 닥터 왕은 여기서 웃고 있을 마음의 여유가 없었다. 동생의 빚을 갚아야 하는 기한이 겨우 보름밖에 남지 않았다. 하루하루 날이 가까워져서 발등에 불이 붙을 지경이었다. 닥터 왕은 귀에 꽂아두었던 담배 한 개비를 만지작거리며 혼자서 문밖으로 걸어나갔다.

　문밖은 처마 밑이어서 마사지사들은 보통 이곳에 서서 담배를 태웠다. 닥터 왕은 흡연자는 아니었다. 하지만 담배를 피우는 손님들이 그의 마사지를 받고 감사의 표시로 권하는 담배는 받아두었다. 한가할 때면 가끔씩 닥터 왕도 심심풀이 삼아 한 개비 정도를 태웠다.

　밖으로 나왔는데도 두 여인의 미친듯한 웃음소리가 들렸다. 닥터 왕이 '미쳤네' 하고 한마디를 내뱉는 순간 처마 아래 누군가 한 사람이 더 서 있었다는 걸 알게 됐다. 닥터 왕은 '아' 하고 외마디 소리를 냈다. 그 사람도 '아' 하고 외마디 소리를 냈다. 다름 아닌 타이라이였다.

닥터 왕과 타이라이는 평소에 교류가 거의 없었다. 서로의 일에 간섭하지 않는, 그저 깍듯한 동료 사이였다. 그런데 지금 재미있는 상황을 맞은 것이다. 두 사람의 여자친구들이 갑자기 친해지더니 저렇게 어울려 마사지센터를 발칵 뒤집어놓았으니 말이다. 두 사람 모두 순간적으로 당황하면서도, 친해져야만 할 것 같은 기분을 느꼈다. 닥터 왕은 이런저런 생각들을 제쳐두고 귀에 꽂아두었던 담배 한 개비를 뺐다. 손님이 건네줬던 롼중화*였다. 닥터 왕은 롼중화를 타이라이의 손에 건네며 말했다. "타이라이, 여기." 타이라이가 손으로 더듬어보니 담배였다. 타이라이가 말했다. "전 안 피우는데요." 닥터 왕이 말했다. "나도 안 피워. 그냥 재미 삼아 피워봐. 이렇게 한갓지기도 쉽지 않은데." 닥터 왕이 라이터를 건넸다. 타이라이가 담배에 불을 붙이고, 닥터 왕이 다시 라이터를 건네받아 자기 담배에도 불을 붙였다. 그는 타이라이를 위하는 마음으로 말했다. "깊게 들이마시지는 마. 습관 들이면 안 좋아."

그것은 타이라이에게 첫 담배였다. 처음에 그는 담배 필터 쪽에 불을 붙였다가 이내 담배를 돌려 물었지만 뜨거운 담배 필터에 입술을 데었다. 타이라이는 혀로 입술을 핥았다. 이것으로 한 모금 빨았다고 치자. 타이라이는 힘껏 빤 다음 입술을 앙다물고 연기를 콧구멍으로 내뿜으려 했다. 그러나 사레가 들려 계속해서 기침이

---

* 한화로 만 원이 넘는 고가의 담배.

나오고 말았다. 기침이 멈추자 타이라이가 말했다. "좋은 담배네요." 말하는 품은 많이 피워본 사람 같다.

"물론이지. 좋은 담배야."

그들은 담배에 대해 이야기하기 시작했다. 그러나 '좋은 담배' 외에는 달리 할말이 없었다. 서로 할말이 없다보니 곧 침묵이 흘렀다. 사실 그들은 서로 대화를 나누고 싶었다. 하지만 이야깃거리를 찾지 못해 어색한 상태가 되어버렸다. 그저 담배만 계속 빨 뿐이었다. 그래서 두 사람은 무척 빨리 담배를 태워버렸다. 원래 담배를 안 피우는 사람들이 담배를 피우면 꼭 그렇다. 다들 그렇게 빨라진다. 그때 가오웨이가 마침 프런트에 앉아 있었다. 바닥까지 내려오는 유리창 너머로 두 남자가 담배를 피우는 모습이 보였다. 검붉은 작은 빛이 깜빡, 깜빡했다.

타이라이는 원체 진지한 사람이어서, 흡연자가 아니면서도 무척 진지한 태도로 담배를 피웠다. 그래서 한 모금 한 모금을 아주 깊숙이 안으로 빨아들였다. 여남은 모금을 빨자 순식간에 한 개비를 다 태웠다. 타이라이는 주머니 안으로 손을 뻗더니 같은 물건을, 담배를 꺼냈다. 타이라이는 닥터 왕에게 한 개비를 건네고 제법 노련한 말투로 닥터 왕에게 말했다. "형님, 한 대 더 태우시죠."

두 여인의 미친듯한 웃음소리가 마침내 잠잠해졌다. 틀림없이 이제 귓속말을 시작했으리라. 닥터 왕은 두번째 담배를 피웠다. 담배꽁초는 멀리 내던졌다. 담배꽁초가 빗속에서 꺼지며 '칙' 하는 소리를 냈다. 닥터 왕이 그래도 형님인지라 결국 화제를 찾아 타이라이에게 말을 걸었다. "타이라이, 진옌과 사귄 지 좀 됐지?"

타이라이가 말했다. "그리 오래된 건 아니에요."

닥터 왕이 물었다. "결혼은 언제 할 거야?"

타이라이는 입을 굳게 다물었다. 어떻게 말해야 할지 모르겠는 모양이었다. 한참을 생각하다 말을 잇는다. "형님은요?"

"우리?" 닥터 왕이 말했다. "우리야 급할 게 없지."

"결혼식은 크게 치르시겠죠?"

"그렇지도 않아." 닥터 왕이 말했다. "뭐한다고 크게 치르겠어. 조촐하게 하는 거지." 닥터 왕은 말을 이었다. "결혼이란 건 결국 두 사람이 함께 살아가는 문제니까. 결혼식이 뭐 중요하겠어." 닥터 왕은 조금 더 생각하다가 한마디를 덧붙였다. "우리 샤오쿵 생각도 그럴 거야."

겨우 말이 통하는 사람을 만났다 싶었던 쉬타이라이는 닥터 왕 쪽으로 다가가 뭔가를 말하려다가 곧 그만두었다. 결국 그는 하염없이 긴 한숨을 내쉬고 말았다. "골치 아픈 일이에요."

"뭐가 골치 아픈데?"

타이라이가 낮은 목소리로 말했다. "진옌은 아주 성대한 결혼식을 하고 싶어해요. 그렇지 않으면 아예 결혼을 안 하겠대요."

"왜?"

"그 친구 말로는 여자는 평생 그 한 번의 결혼식을 바라고 산다나봐요."

닥터 왕이 웃으며 말했다. "설마 그러기야 하려고. 여자가 평생 결혼식만 바라고 살다니?"

"저도 설마 그러기야 하려고, 그렇게 생각중이에요."

"진옌이 또 뭐라 그래?"

"세상 여자는 모두 다 그렇다고도 하던데요."

닥터 왕은 타이라이의 말을 들은 다음 방금 깊숙이 빨아들인 담배 연기 한 모금을 천천히 뱉어내기 시작했다. '세상 여자가 모두 다 그렇다', 그러면 샤오쿵은 왜 그렇지 않겠나? 닥터 왕은 문득 결혼식에 대해 그녀와 제대로 이야기를 나눠본 적이 없다는 사실을 깨달았다. 그녀가 결혼하고 싶어한다는 것은 알고 있었다. 하지만 결혼식을 어떻게 준비할지, 규모는 얼마만큼 할지에 대해서는 전혀 이야기한 적이 없었다. 샤오쿵은 언제나 내 말을 따라주었시. 이러고 보니 문제가 될 수 있겠다는 생각이 들었다. 언제든 그 사람에게 제대로 물어보도록 하자. 샤오쿵이 내 말을 따라주는 걸 마냥 좋아할 게 아니다.

"휴." 쉬타이라이는 못마땅한 듯이 말했다. "진옌은 아주 번듯한 결혼식을 원해요. 아무리 설득해도 안 들어요."

"설마 그러기야 하려고?" 닥터 왕은 스스로에게 속삭이듯 말했다.

"샤오쿵에게 물어보시면 금방 아실 거예요." 쉬타이라이가 말했다. "진옌은 아마 속에 든 소리를 전부 샤오쿵에게 말했을 거예요."

두 남자는 처마 아래 선 채 각자 생각에 잠겼다. 그래, 이렇게 이야기하는 것이 필요했다. 결혼식에 대한 것뿐이라도 두 남자는 속에 든 말이 많았으니, 상대방과 상의를 하고 토론도 하니 좀 좋은가! 이렇게 상의해서 나쁠 건 없으니까. 두번째 담배를 다 태우기도 전에 두 사람은 문득, 자신들이 속을 털어놓는 형제처럼 가까워졌음을 느꼈다.

닥터 왕

전화를 받은 순간 느낌이 왔다. 안 좋은 소식을 전하는 전화라는 걸. 수화기 너머로 듣기 좋은 목소리가 들렸다. 듣기 좋은 목소리는 그에게 '부디' 와주십사, '집으로' 와주십사 간청했다. 듣기 좋은 목소리는 정말이지 마치 가족이 집으로 오라고 말하는 것처럼 듣기 좋았다. 그러나 닥터 왕은 그런 전화가 아니라는 걸 누구보다 잘 알았다.

지난 보름 동안, 이만 오천 위안이라는 돈이 커다란 맷돌처럼 닥터 왕의 마음을 짓누르고 있었다. 닥터 왕은 이렇게 스스로를 타일렀다. 그 문제는 생각하지 말자. 죽으라는 법은 없다. 때가 되면 어떻게든 방법이 생기겠지. 방법이 어떻게 생기기는 생겼다. 샤푸밍에게 일만 위안의 급여를 가불 받았던 것이다. 그 일만 위안과 닥터 왕이 과거에 모아두었던 현금을 다 털고 보니 그럭저럭 어떻게 이만 오천 위안은 만들 수 있었다. 닥터 왕은 가불을 받으면서 사푸밍에게 어떤 설명도 하지 않았다. 다행히 사푸밍도 아무것도 묻지 않았다.

지금 문제는, 닥터 왕이 이만 오천 위안을 손에 들고 가만히 어루만지고 있다는 데 있었다. 어루만지고 또 어루만졌다. 아무래도 그 돈을 포기할 수가 없는 것이다. 닥터 왕은 한 선배가 해줬던 말을 떠올렸다. 맹인이고 여자였던 그 선배는 이렇게 말했었다. 돈이란 건 어린 자식과 같아. 잠깐 한눈을 팔거나 제대로 붙잡고 있지 않으면 순식간에 품에서 빠져나가고 말지. 닥터 왕은 이 돈이 무척 아까웠다. 명치에서 피가 나는 것 같다. 그는 가슴에 고이는 피 비린내를 맡았다. 원망스러웠다. 동생이 집을 사는 거라면, 아내를 맞는 거라면, 목숨을 구하는 거라면 그냥 줄 돈이었다. 그러나 이 무슨 말도 안 되는 빚이란 말인가? 집을 사는 일도 아니요, 아내를 맞는 일도 아니며, 목숨을 구하는 일은 더더욱 아니었다. 도박 빚이었다. 도박 빚이라는 건 원래 밑 빠진 독에 물 붓기가 아니던가! 이번에는 어떻게 막아준다고 치자. 다음에 이놈이 또 도박을 하면? 또 이만 오천 위안을 빚지면? 이놈아, 이 형을 죽이려느냐, 어떻게 살란 말이냐?

닥터 왕은 처음으로 자기 자신을 증오하기 시작했다. 그는 왜 형이 되었단 말인가? 그는 왜 이 원수를 그리도 아끼고 예뻐했단 말인가? 도대체 뭐라고 그놈의 방패막이가 됐더란 말인가? 정말 그럴 필요가 없었다. 닥터 왕이 없어도 지구는 여전히 돌았다. 이놈의 병을 고쳐야지. 다음번에는 반드시 고치고 말아야지. 이번에는 물론 하는 수 없지만. 그가 약속한 일이니 말이다. 그가 제 입으로 약속을 해버렸다. 누가 뭐라 해도, 입 밖으로 낸 말을 눈감고 넘어갈 수는 없는 일이다. 사람이 제가 한 말에도 눈을 감아버리면, 세상도 그의 앞에서 눈을 감는 법이다.

빚을 졌으면 갚아야 한다. 그것이 도리였다. 원래 그런 것이다.

통화를 마친 닥터 왕은 휴대폰을 덮고 자신의 배를 어루만졌다. 요 며칠 닥터 왕은 이만 오천 위안을 제 몸에, 그러니까 허리띠 안쪽에 붙여두고 있었다. 이런 일을 대충할 순 없었다. 닥터 왕은 선글라스를 꺼내 쓰고 혼자서 거리로 나섰다. 그는 찻길 옆에 섰다. 그에게 거리는 칠흑 같은 아득한 어둠이었지만, 차들의 울부짖음은 어지럽게 귓속을 파고들었다. 울부짖음이라고 하는 것은 그리 정확하지 않다. 자동차 타이어들이 길바닥을 '뜯으며' 다니고 있다 해야 맞을 것이다. 차 한 대가 지나갈 때마다 길바닥이 한 겹씩 벗겨지는 듯했다.

이번이 마지막이야. 정말 마지막이다. 닥터 왕은 끊임없이 자기 자신에게 다짐을 했다. 오늘부터는, 앞으로는 동생 놈에게 무슨 일이 일어나든 절대 물어보지도 않겠다. 바로 이 순간부터. 닥터 왕은 단단히 마음을 굳혔다. 그의 마음은 바위처럼 완강하고 냉정해졌다. 절대, 절대로, 마지막 한 번이다. 이만 오천 위안, 이것은 돈이 아니다. 이것은 면죄부다. 이 이만 오천 위안을 내놓고 나면 닥터 왕은 더이상 이 세계에 빚이 없는 것이다. 그는 누구에게도 빚을 지지 않았다. 어떤 빚도 지지 않았다. 안타까움이야 물론 있었다. 미련이 없을 수 없다. 이만 오천 위안이, 어디 한 군데 좋은 곳에도 써보지 못한 이만 오천 위안이, 그 빌어먹을 놈들 손아귀에 고스란히 들어가는 것이다. 어디 가져가봐라. 가져가서 이 돈을 먹고 죽어버려라!

닥터 왕은 갑자기 팔을 쭉 뻗었다. 위풍당당하게. 택시를 잡으려
는 것이다. 이런 니미릴! 이만 오천 위안을 내다버리는 마당에 이
까짓 차비 몇 푼을 아끼겠어? 써버려! 아주 화끈하게 써버리자고!
이 어르신이 오늘은 죽어도 다 쓰고 죽어버리겠다. 이 어르신은 이
날 이때까지 택시 한 번 탄 적이 없단 말이다!

　택시 한 대가 가만히 와서 닥터 왕 곁에 섰다. 닥터 왕은 그 소리
를 들었다. 택시가 벌써 그 앞에 와서 서 있었다. 그러나 닥터 왕은
손을 뻗지 않았다. 그는 택시 문을 어떻게 여는지 알지 못했다. 하
필 성질이 급한 택시 운전사였다. "안 탈 거요? 뭘 꾸물거려?" 닥
터 왕은 순간 온몸이 뻣뻣하게 굳었다. 이거 실수를 했구나. 어쩌
자고 택시를 잡을 생각을 했단 말인가? 택시 타는 법도 알지 못하
는데 말이다. 닥터 왕은 잠시 부끄러웠지만 곧 마음을 가라앉혔다.
그는 기분이 좋지 않았다. 무척 나빴다. 기분이 나빠 죽을 지경이
었다. 닥터 왕은 말했다. "뭘 소리를 지르고 그래? 내려서 어서 문
이나 열어요."

　운전사는 고개를 옆으로 기울이고 택시 유리창 너머로 닥터 왕
을 아래위로 훑었다. 닥터 왕은 선글라스를 끼고 있었다. 낯빛은
근엄했다. 다른 맹인들처럼 닥터 왕의 선글라스도 알이 무척 크고
색이 무척 짙었다. 거의 얼굴 전체를 다 가릴 기세였다. 눈은 전혀
보이지 않았다. 운전사는 그가 맹인이라는 것을 알았다. 하지만 아
닌 것도 같았다. 어쩌 보면 볼수록 아닌 것 같았다. 내가 이거 오늘
어디서 무슨 귀신을 만난 건가. 운전사는 결국 차에서 내렸다. 그
는 계속해서 닥터 왕 쪽을 흘끔거리며 차문을 열어주었다. 그 검은
선글라스 너머에 어떤 의중을 담은 눈이 숨어 있는지 도무지 알 수

없었다.

닥터 왕은 온정신을 집중하고 있었다. 갑자기 허세라는 것을 부리게 됐으니 이런 순간에 망설이거나 이수룩해 보이고 싶지 않았다. 자신이 맹인이라는 사실을 다른 사람이 알아차리게 하고 싶지도 않았다. 차문 여는 소리가 들리자마자 그는 재빨리 움직였다. 그는 택시 문 위에 손을 얹은 뒤 자연스럽게 안으로 들어가 앉았다.

운전사는 운전석으로 돌아가 아주 공손하게, 심지어 비굴하기까지한 어조로 말했다. "사장님, 어디로 모실까요?"

닥터 왕의 입꼬리가 슬며시 올라갔다. 그가 언제 '사장님'이 된 걸가? 오늘 그는 확실히 예의범절과 거리가 멀었다. 보통 때 그는 전혀 이런 사람이 아니었다. 무례함에 대한 대접이 생각보다 융숭했다. 운전사가 그를 깍듯하게 모셨던 것이다. 이게 대체 무슨 빌어먹을 계산법인가? 나중에 꼭 곰곰이 따져봐야겠다.

"궁위안루 시장으로." 닥터 왕이 말했다.

집에 도착했다. 계단을 통해 위층으로 올라가는데 심장이 벌렁대기 시작했다. 망설여지고 두려웠다. 망설임보다는 두려움이 더 컸다. 맹인들은 두 눈이 멀쩡한 사람들을 대하는 것을 대개 두려워한다. 이유는 단순하다. 맹인들은 그들을 볼 수 없지만, 그들은 맹인들을 볼 수 있기 때문이다. 이것이 바로 맹인들이 두 눈 멀쩡한 사람들과는 잘 사귀지 않는 근본적인 이유다. 맹인들의 마음속에서 두 눈 멀쩡한 사람들은 완전히 다른 종의 생물이다. 한 단계 높은 차원의, 눈이 있는, 그러나 무엇인지 도무지 알 수 없는 종의 생물. 일종의 신비한 의미를 갖고 있는 것이다. 마치 사람들이 귀신을 무서워하고 멀리 두고자 하는 마음과 같다.

닥터 왕이 만나려는 사람들은 '규정대로' 하는 이들이었다. 귀신과 별로 다를 게 없었다.

집안으로 들어선 닥터 왕은 깜짝 놀랐다. 동생이 집에 있었다. 어디서 굴러다니던 이 망할 개뼈다귀 같은 놈이 뻔뻔스럽게도 집에 들어앉아 있는 것이다. 무슨 손님처럼 유유자적하게 닥터 왕을 기다리고 있었다. 순식간에 온몸의 피가 부글부글 끓어올랐다. 소파에 여러 명이 앉아 있는 것 같았다. 모두 그를 기다리고 있었던 듯했다. 그들은 태연하게도 텔레비전을 보고 있었다. 텔레비전 소리가 무척 소란했다. 땡강땡강, 금속과 금속이 부딪치는 소리가 흘러나오고 있었다. 금속과 금속, 더 정확히 말해 무기들이 맞부딪치며 싸우고 있었다. 칼과 창이 마구 부딪는 소리가 거실 안을 메우고 있었다. 잔혹하고 광포하고 날카롭게 귀를 찢는 그 소리는 오히려 짜릿한 쾌감을 주었다. 그들은 틀림없이 무술 영화를 보고 있을 것이다. 아니면 누아르 영화였다. 닥터 왕도 무술 영화를 알고 있었다. 주먹과 총알을 진리로 삼는 영화들. 닥터 왕은 문득 택시 운전사의 일을 떠올렸다. 그가 예의범절을 내다버리자 상대가 갑자기 더할 나위 없이 공손한 태도로 대접했다. 심지어 그를 '사장님'으로 모셨다. 닥터 왕이 소파로 다가가자 텔레비전 소리가 줄어들었다. 그때 누군가가 닥터 왕의 어깨를 잡았다. 동생이라는 걸 알 수 있었다. 닥터 왕의 피가 순식간에 뜨거워졌다. 뜨거워 끓어오를 정도였다. 통제가 되지 않았다. 닥터 왕은 자신의 몸을 볼 수 있었다. 그의 몸이 빛을 발하며 투명해지고 있었다. 온몸에서 사방으로 빛줄기가 뻗어나갔다. 닥터 왕은 씩 웃으며 동생과 악수를 하려 오른손을 내밀었다. 닥터 왕의 오른손이 동생의 오른손을 잡는 순간 그의 왼손이 움직였다. 무시무시한 바람이 지나가듯 그의 손바닥이 한 치의 오차도 없이 동생의 얼굴을 냅다 후려쳤다.

"꺼져!" 닥터 왕이 고함을 내질렀다. "당장 꺼져! 네 놈은 이 집에 있을 사석이 없어!"

"동생 분은 가실 수 없습니다." 듣기 좋은 목소리가 말했다

"난 이놈을 보고 싶지 않소." 닥터 왕이 말했다. "내가 말했지요. 이건 당신과 나, 우리 둘의 일이라고요." 닥터 왕이 갑자기 웃기 시작하더니 말을 이었다. "나는 어디 갈 수도 없습니다. 그럴 생각도 없고요."

"돈은 가져오셨습니까?"

"가져왔소."

"돈을 주시면 저흰 가겠습니다."

"안 됩니다. 저놈을 먼저 보내시오."

"보낼 수 없습니다." 듣기 좋은 목소리가 말했다.

"보내야 돈을 주겠소. 저놈이 안 가면 못 줍니다. 마음대로 해보시오."

닥터 왕은 이 말을 마치고 혼자 부엌으로 갔다.

부엌에 들어서자마자 닥터 왕은 냉장고를 열었다. 그는 허리띠를 뒤집어 돈을 꺼낸 뒤 냉장고 안에 던져버렸다. 그 참에 손을 뻗어 얼음 두 조각도 더듬어 집고는 입안으로 밀어넣었다. 동생이 밖으로 나가는 소리를 듣고 나서 닥터 왕은 얼음을 씹기 시작했다. 얼음이 와그작와그작 부서지는 소리를 냈다. 닥터 왕은 자신이 이미 제정신이 아님을 느꼈다. 그는 윗옷을 벗고 식칼을 빼든 채 거실로 돌아갔다.

거실은 쥐죽은듯 고요했다. 너무 고요해서, 닥터 왕은 벽과 소파, 찻상 위에 올려진 찻잔의 기척까지도 느낄 수 있었다. 물론 자신이 빼든 식칼도. 식칼은 시퍼런 서슬을 내뿜으며 울고 있었다.

듣기 좋은 목소리가 말했다. "이렇게 놀 생각이셨습니까? 우리는 그럴 생각이 없었는데요. 저희도 이렇게 놀 줄은 압니다만, 저희가 규정대로 하는 사람들이어서요."

닥터 왕이 말했다. "이걸 가지고 댁들과 놀 생각은 없소." 닥터 왕은 칼을 쳐들었다. 그러고는 느닷없이 제 가슴을 확 그어버렸다. 피는 부끄러움을 타는 듯, 잠시 후에야 나오기 시작했다. 일단 나오기 시작하니 더이상은 부끄러워 몸을 사리지 않았다. 두 갈래로 갈라지더니 닥터 왕의 가슴과 배를 따라, 마지막엔 정확히 바지 속으로 흘러내렸다. 피는 뜨겁구나. 사랑하는 이의 손길처럼.

닥터 왕이 말했다. "우리 장님들이 가장 사랑하는 게 뭔 줄 아시오?"

닥터 왕이 말했다. "돈."

닥터 왕이 말했다. "우리 돈은 댁네들 돈과는 다르거든."

닥터 왕이 말했다. "댁네들한테는 돈이 그냥 돈이겠지만, 우리한테는 돈이 명줄이란 말이지."

닥터 왕이 말했다. "돈이 없으면 우리는 끝이거든. 돈 없는 장님은 어디 가서 뒈져도 아무도 모르거든."

닥터 왕이 말했다. "길거리서 빌어먹는 장님 본 적 있소? 한 번쯤 봤을 거요."

닥터 왕이 말했다. "나도 얼마든지 빌어먹을 수 있소. 못 믿겠나?"

닥터 왕이 말했다. "하지만 난 그렇게 못해."

닥터 왕이 말했다. "왜? 난 우리 어머니 아버지가 낳았으니까. 그래서 난 못해."

닥터 왕이 말했다. "우리한테는 낯짝이라는 게 있어서 말이지."

닥터 왕이 말했다. "우리도 낯짝이라는 걸 지키고 싶기든."

닥터 왕이 말했다. "우리도 이 낯짝을 사랑하거든."

닥터 왕이 말했다. "안 그러면 우리가 어떻게 살겠나? 응?"

닥터 왕이 말했다. "우리도 사람처럼 살고 싶단 말이다."

닥터 왕이 말했다. "사람처럼 살고 싶다고. 알아들어?"

닥터 왕이 말했다. "당신들은 모를 거야."

닥터 왕이 말했다. "이만 오천 위안, 못 줘."

닥터 왕이 말했다. "그 돈을 줘버리면 나는 빌어먹으러 가야 하거든."

닥터 왕이 말했다. "내가 그 돈을 어떻게 버는지 아나?"

닥터 왕이 말했다. "네 놈들 다리를 주물러주고 벌지."

닥터 왕이 말했다. "이만 오천 위안을 벌려면 다리를 몇 개나 주물러야 하는지 알아?"

닥터 왕이 말했다. "다리 한 쌍에 십오 위안이야. 한 짝에 칠 위안 오 자오*라고."

닥터 왕이 말했다. "이만 오천 위안이면 삼천삼백서른세 짝이지."

닥터 왕이 말했다. "돈은 못 줘."

닥터 왕이 말했다. "하지만 나도 빚을 떼먹을 생각은 없어."

닥터 왕이 말했다. "그러니 내 피로 갚겠다."

---

* 중국의 화폐 단위. 10자오가 1위안.

피는 이미 닥터 왕의 발아래까지 흘러내렸다. 닥터 왕은 자기 피가 솟구치는 소리가 너무 작다고 느꼈다. 그는 그 피가 내지르는 고함 소리를 듣고 싶었다. 닥터 왕은 가슴팍을 한번 더 확 그었다. 이번에는 제대로 먹혔다. 피가 콸콸 솟구쳤다. 듣기 좋은 소리다. 보기에도 썩 좋을 것이다.

닥터 왕이 말했다. "이건 내 비자금이다."

닥터 왕이 말했다. "내 비자금을 네 놈들에게 다 주마."

닥터 왕이 말했다. "미안해하지 말고 가져가시지. 다 가져가라고."

닥터 왕이 말했다. "가져갈 수 있는 만큼 어디 가져가봐!"

닥터 왕이 말했다. "모자라면 목숨도 있으니까."

닥터 왕은 칼자루를 틀어쥐고 칼날을 목덜미 가까이로 가져다 댔다. 닥터 왕이 말했다. "모자라나?"

닥터 왕이 말했다. "말해! 아직도 모자라나?"

거실에 낭자한 피는 이미 충분히 무서운 장면이었다. 듣기 좋은 목소리의 주인공은 더이상 듣기 좋은 소리를 하지 않았다. 칼은 닥터 왕의 손에 쥐여 있었다. 시퍼런 칼날이 번쩍거렸다. 듣기 좋은 목소리의 주인공이 손을 뻗어 닥터 왕의 손목을 잡았다. 닥터 왕이 말했다. "손대지 마. 아직도 모자라?"

듣기 좋은 목소리가 말했다. "안 모자랍니다."

닥터 왕이 말했다. "충분한가?"

닥터 왕이 말했다. "……충분한가? 확실해?"

닥터 왕이 말했다. "……이것으로 빚은 갚은 셈이지?"

닥터 왕이 말했다. "그럼 가보셔도 좋소."

닥터 왕이 말했다. "이제 그만 가시오."

닥터 왕은 칼부림을 멈추고 손바닥에 칼을 올려놓았다. 그러곤 듣기 좋은 목소리의 주인공 앞으로 칼을 내밀며 말했다. "그 짐승 같은 놈이 거길 다시 가거든, 이 칼로 베어버리시오. 몇 토막을 내든 알아서 하라고."

온 집안이 쥐죽은듯 고요했다. 듣기 좋은 목소리의 주인공은 더이상 닥터 왕을 상대하지 않고 가버렸다. 그들은 함께 왔다가 함께 갔다. 세 사람이었다. 여섯 개의 발소리가 들렸다. 여섯 개의 발소리는 우왕좌왕하진 않았지만 조금은 흐트러진 것처럼 들렸다. 닥터 왕은 여섯 개의 발소리가 문 앞에서 어지럽게 흩어지다가 결국 또박또박 멀어지는 소리를 들었다. 그제야 비로소 칼을 내려놓고 고개를 돌렸다.

집안은 여전히 쥐죽은듯 고요했다. 피비린내처럼 조용했다. 닥터 왕은 그제야 부모님이 집에 계신다는 사실을 떠올렸다. 지금 이 순간 부모님은 그를 바라보고 있을 것이다. 닥터 왕은 아버지를 '바라보고' 또 어머니를 '바라보았다'. 그렇게 십여 초 동안을 바라보았다. 문득 닥터 왕의 눈두덩이 후끈 달아올랐다. 뜨거운 것이 뭔가 왈칵 차올랐다. 눈물이었다. 부모님은 이 모든 것을 두 눈으로 보고 계셨을 것이다. 분명 그러셨을 거다.

어떻게 이런 일이 벌어졌는가? 대체 어쩌다 이리 되었는가? 닥터 왕은 원래 동생의 빚을 갚아주려고 결심하고 집으로 돌아왔다. 그런데 잠깐 다른 마음을 먹었더니 빚을 갚지 않게 되었다. 대체 무슨 짓을 저지른 것인가? 이 황당무계한 짓을 정말 닥터 왕이 한 것인가? 어떻게 그가 이런 짓을 하고 말았는가? 오늘 그의 행동이 건달이 하는 짓거리와 다른 점이 있었나? 없었다. 부끄러운 일이다. 오늘 그는 완전히 양아치였다. 인간쓰레기라고 해도 틀린 말이 아니었다. 정말 더러웠다. 닥터 왕은 이제 더이상 '낯짝'을 내세울 수 있는 인간이 아니게 되었다. 결국 자신이 한 말에도 눈을 감아버리는 일을 하고 만 것이다.

닥터 왕은 이런 사람이 아니었다. 결코 아니었다. 어려서부터 착한 아이였고 좋은 학생이었다. 모든 선생님들이 그렇게 말씀하셨다. 닥터 왕은 부모에게 의존하는 사람이 아니었다. 그는 길에서 성장한 것이나 다름없었다. 그가 자라는 데 부모님의 사랑은 그리 큰 몫을 차지하지 않았다. 그에게 힘을 주었던 것은 언제나 맹인학교의 선생님들이었다. 아니, 그것도 사실이 아니다. 닥터 왕 자신만은 알고 있다. 언제나 가장 결정적인 역할을 한 것은 선생님이 아니라 '부모'였다. 이 '부모'들은 실제의 아버지나 어머니가 아니었다. 그들은 추상적인 존재였다. 닥터 왕은 언제나 그들에게 미안함과 감사한 마음을 품고 있었다. 닥터 왕이 뭔가 바람직하지 못한 일을 할 때마다, 아주 작은 잘못이나 실수라고 할지라도 선생님들은 늘 이렇게 말하곤 했다. "네가 이러면 '부모'님 앞에서 떳떳하겠니?" 그렇게 '부모'님은 언제나 닥터 왕 곁에 있었다. 그들은 언제나 그의 머리 꼭대기에 앉아 있었다.

여기서 그치지 않았다. 어른이 된 후에는 '체면'에 집착했다. 거의 광적이었다. 마음 아주 깊은 곳에서 닥터 왕은 자기 자신에게 '체면을 지키는 사람'이 되자고 되뇌었다. 이렇게 하는 것이 '부모'의 교육에 보답할 수 있는 길이었기 때문이다. 그는 '부모' 앞에서 '떳떳하고' 싶었다.

그런데 오늘 이게 다 무슨 일인가? 돈 때문에 그가 어이없는 짓을 해버린 것이다. 그의 혓바닥이 '부모' 앞에서 눈먼 소리를 내지른 것이다. 그는 완전히 체면을 잃고 말았다. 자신의 존엄을 전부 잃고 말았다. 다름아닌 '부모' 앞에서.

"아버지, 어머니" 닥터 왕은 고개를 떨구었다. 뭐라 너 말할 수 없을 정도로 가슴이 메었다. "이 아들이 두 분께 너무 죄송합니다."

닥터 왕의 어머니는 아직도 반쯤은 혼이 나간 상태였지만, 그래도 마음 한 켠으로는 기뻤다. 닥터 왕의 어머니는 감동한 나머지 뜨거운 눈물로 눈시울을 적셨다. 어머니는 닥터 왕의 손을 잡고 말했다. "둘째가 네 반만 되었으면 얼마나 좋았겠니."

"어머니, 아들이, 죽을 죄를 지었습니다. 죄송합니다."

닥터 왕의 어머니는 아들이 왜 이런 말을 하는지 알지 못했다. 아버지는 닥터 왕의 말을 이해했다. 닥터 왕의 아버지가 말했다. "큰애야, 이 아비가 미안하다. 그런 짐승 같은 놈은 낳지 말았어야 하는데."

닥터 왕의 배가 갑자기 움찔하며 공기를 빨아들였다. 그러자 그의 가슴이 곧 부풀어올랐다. 여전히 흐르고 있는 피에서 이제 거품까지 났다. 닥터 왕이 말했다. "아버지, 이 아들은 이렇게 살지 않았습니다. 어디든 가서 물어보세요. 아버지 아들은 절대 이렇게 살아오지 않았습니다."

닥터 왕의 부모는 서로를 바라보았다. 그들은 아들이 무슨 말을 하는지 알 수 없었다. 그들이 판단할 수 있는 것은, 아들이 고통으로 미쳐가고 있다는 것뿐이었다.

"이 아들이 두 분께 죄송합니다. 죄송합니다." 닥터 왕은 이 말만 계속 반복했다.

"아비된 내가 네게 미안하구나!"

닥터 왕은 손으로 허공을 더듬거렸다. 아버지는 아들이 무얼 찾는지 몰라 되는대로 손을 뻗었다. 닥터 왕은 아버지의 손을 그대로 꽉 잡았다. 절대 놓지 않으려는 듯 꼭 붙잡고 제 쪽으로 끌어당겼다. 무척 신비한 느낌이었다. 너무 이상해서 그 느낌이 그대로 심장에 박혔다. 닥터 왕은 이 순간이 어쩐지 낯설었다. 이십구 년이다. 이십구 년 만에 닥터 왕의 살갗이 아버지와 밑닿은 것이다. 아버지의 살갗은 기억 속에서 언제나 '영'이었다. 닥터 왕은 아버지의 손바닥을, 손가락을, 살갗을 끌어당겼다. 순간 마르지 않는 샘처럼 눈물이 치솟았다. 가슴팍에 흐르는 피처럼 뿜어졌다. 닥터 왕은 부들부들 몸을 떨었다. 어떻게 막을 길이 없었다. 온 얼굴이 다 눈물이었다. 그 얼굴을 하고서 닥터 왕은 속삭이듯 간청했다. "아버지, 이 아들놈 뺨 좀 세게 때려주세요."

"아버지." 갑자기 닥터 왕의 목소리가 갈라졌다. 그는 갈라지는 목소리로 버럭 고함을 내질렀다. "아버지! 이 아들놈 뺨을 세게 때려주세요!"

닥터 왕의 부모는 이미 놀라서 얼이 빠져 있었는데, 점점 더 어안이 벙벙해졌다. 도대체 무슨 일인지 알 수 없었다. 그들이 뭐라고 하면 좋단 말인가? 큰아들이 대체 뭘 어쩌자는 것인가? 닥터 왕의 아버지도 눈물을 흘리고 있었다. 그는 한평생을 같이 살아온 아내를 눈물 너머로 넘겨다보았다. 나간 혼을 추스르지 못한 아내는 차마 입조차 다물지 못하고 있었다. 아버지는 피는 아랑곳하지 않고 아들을 끌어안았다. "우리 나중에 다시 얘기하자꾸나. 나중에. 우선 병원에 가자. 아들아, 병원부터 가자!"

닥터 왕은 병원에서 모두 백열여섯 바늘을 꿰맸다. 상처는 깊지 않았지만 꽤 길게 찢어졌다. 앞가슴의 살갗은 너덜너덜해진 누더기 같았다. 바늘이 한 땀, 또 한 땀, 들어갔다가 나오길 반복했다. 마취 주사를 맞았는데도 닥터 왕은 통증을 느꼈다. 닥터 왕은 왼손으로 아버지를, 오른손으로 어머니를 꼭 붙잡았다. 그의 심장이 너무도 아팠다. 그는 자기 '부모'를 대신해 그 아픔을 느꼈다. 부모님은 아들 둘을 모두 헛낳았다. 큰놈은 인간쓰레기고, 작은놈은 막가는 양아치라니! 그들의 일생에 또 뭐가 더 남아 있는가? 아무것도 없었다. 그들의 한평생이 다 눈먼 세월이었다.

백열여섯 바늘을 막 다 꿰맸을 때, 닥터 왕은 응급실에서 경찰에 붙들렸다. 의사가 닥터 왕 대신 경찰에 신고를 한 것이다. 딱 보기에 환자의 상처는 분명 칼자국이었다. 보통 사람이었다면 의사도 그러려니 했을 것이다. 하지만 그의 환자는 장애인이었다. 장애인에게 이런 악독한 짓을 한 사람이 있다니, 의사로서 모르는 척할 수 없었다.

경찰이 물었다. "누가 이랬소?"

닥터 왕이 날했다. "제가 한 겁니다."

경찰이 말했다. "사실대로 말해요."

닥터 왕이 말했다. "사실대로 말하는 겁니다."

경찰이 말했다. "당신은 우리에게 사실을 밝힐 의무가 있소."

닥터 왕이 말했다. "제가 말한 게 사실 그대롭니다."

경찰이 말했다. "한번 더 말하겠소. 당신이 비록 장애인이지만, 그래도 당신은 우리에게 사실을 밝힐 의무가 있는 거요."

닥터 왕은 입술을 삐죽거리고 눈썹을 치켜올렸다. 그가 말했다.

"당신들이 비록 장애인은 아니지만, 당신들 역시 이 장애인을 믿을 의무가 있습니다."

경찰이 말했다. "좋소. 그러면 말해보시오. 왜 그랬소?"

닥터 왕이 말했다. "내 피가 울고 싶다 하더이다."

경찰은 말문이 막혔다. 이런 어처구니없는 장애인을 어떻게 다뤄야 할지 도무지 방법이 없었다. 경찰이 말했다. "마지막으로 한 번만 더 묻겠소. 도대체 무슨 일이 있었던 거요? 사실대로 말하는 게 당신한테도 좋은 일일 텐데."

"정말 제가 한 일입니다." 닥터 왕이 말했다. "빌어먹을 맹세라도 하라면 하지요." 닥터 왕이 말했다. "내가 눈먼 헛소리를 지껄이고 있는 거라면, 이 방에서 나가는 즉시 이 두 눈을 번쩍 뜰 거요."

닥터 왕은 마사지센터로 바로 돌아가지 않았다. 우선은 집으로 가야만 했다. 냉장고 안에는 아직 그의 돈 이만 오천 위안이 있는 것이다. 옷도 갈아입어야 했다. 문을 열고 들어서니 동생놈이 집안에 있었다. 놀랍게도 이놈이 또 집으로 돌아온 것이다. 그는 마침 소파에 드러누워 사과를 우적거리고 있었다. 잘 익은 사과다. 아삭아삭 단물이 흘렀다. 소리를 듣는 것만으로 알 수 있었다. 그 순간 닥터 왕의 마음이 쿵 하고 내려앉았다. 동생놈이 냉장고를 열어본 것은 아니겠지? 닥터 왕은 그대로 곧장 부엌으로 향했다. 조심스럽게 냉장고 문을 열어봤다. 다행히도 돈은 그대로 있었다. 닥터 왕은 이만 오천 위안을 허리띠 안쪽에 밀어넣고 단단히 동여맸다. 돈이 닥터 왕의 아랫배에 닿았다. 냉기가 그대로 뚫고 들어왔다. 살갗을 에며 파고든다. 돈은 정말이지 시리도록 차가웠다.

닥터 왕은 어떤 말도 하지 않은 채 그대로 아래층으로 내려갔다.

벌써부터 아픔이 밀려왔다. 돈도 되찾아 몸에 지녔다. 닥터 왕은 아주 천천히 발걸음을 뗐다. 갑자기 집안이 소란스러워졌다. 어머니와 아버지의 목소리는 정확히 들리지 않았지만 동생의 말소리는 똑똑히 들려왔다. 동생은 목청이 무척 좋았다. 층을 하나 두고 있는데도 그는 동생의 볼멘소리를 똑똑하게 들을 수 있었다. 그의 동생은 이렇게, 불공평한 운명을 하소연하는 중이었다.

"왜 나는 눈먼 놈으로 낳지 않았어요? 장님이었으면, 그래도 내 밥벌이는 했을 거 아냐!"

사푸밍과 장쭝치

⠿⠀⠿⠿⠀⠿⠿⠀⠀⠿⠿⠀⠀⠿⠀⠿⠿⠀⠀⠿⠿

일반적인 경우라면, 사푸밍과 장쭝치는 기회를 봐서 진다제 처리 문제를 상의하기 위한 자리를 벌써 마련했을 것이다. 그런데 그러지 않았다. 사푸밍이 줄곧 입을 열지 않았으므로 장쭝치도 전혀 입을 열지 않았다. 이렇게 해서 냉전 상황이 시작되었다.

마사지센터는 벌써 한참 동안 회의를 열지 않았다. 좋은 징조가 아니었다. 상황은 분명했다. 사푸밍은 진다제를 내치고 싶어하고 장쭝치는 가오웨이를 자르고 싶어했다. 그들은 회의를 열고 싶어하지 않았다. 이는 한 가지 사실을 이야기해준다. 두 사장은 결단을 내리지 못한 것이다. 사태의 주도권을 쥘 확신이 없으니 일단 대치 상태로 버텨보는 것이다. 회의를 하지 않는다는 것은 또한, 두 사장이 서로 양보할 마음이 조금도 없다는 사실을 설명해준다.

사푸밍은 오직 진다제를 내칠 생각뿐이었다. 그러나 그가 만약 진다제를 내쫓게 된다면 결국, 오십 대 오십으로 가오웨이도 함께

해고할 수밖에 없다는 것 또한 알고 있었다. 하지만 가오웨이를 어떻게 내보내겠는가? 그녀는 이미 두훙의 눈이었고 다리 노릇까지 해주고 있는데. 그녀가 가버리면 두훙은 어쩔 것인가? 두훙에게 뭐라 할말이 없어지고 만다. 지금 문제는 바로 거기 있었다. 사푸밍이 패를 던지자니 그의 패가 장쭝치의 손안에 바로 들어갈 것이요, 장쭝치가 패를 내놓으면 그 패가 사푸밍의 손안으로 들어갈 것이었다. 이제는 인내심 싸움이었다.

그렇게 서로 버티며 인내심을 겨루는 동안 하루이틀 날이 흘렀다. 이렇게 시간만 가는 것이 표면상으로는 양쪽 모두에게 공정한 것처럼 보였다. 그러나 실제로는 그렇지 않았다. 문제가 처리되지 않고 그대로 남아 있는 것이다. 생각을 굴리고 굴리던 사푸밍의 머릿속에 한 가지 생각이 싹텄다. 완전히 새로운 길이었다. 갈라서는 것이다.

한참을 면밀히 검토한 끝에, 새벽 한시에 사푸밍은 장쭝치를 불러냈다. 그들은 쓰팡차관四方茶館으로 갔다. 사푸밍은 홍차를 주문했고 장쭝치는 녹차를 주문했다. 이번에 사푸밍은 돌려 말하지 않고 곧바로 본론으로 들어갔다. 그는 장쭝치에게 십만 위안을 주고 가게 이름을 '장쭝치 마사지센터'에서 '사푸밍 마사지센터'로 바꾸고 싶다고 말했다. 사푸밍이 십만 위안을 생각한 것은 제법 근거가 있었다. 동업을 하기로 했을 때, 두 사람은 각자 팔만 위안씩을 내놓았다. 그래서 그 돈으로 허가를 내고 세를 빌리고 인테리어를 하고 각종 기구들과 필요한 재료들을 사들였다. 그러고 나자 두 사람 모두 약간의 빚이 생기고 말았다. 지금 사푸밍이 장쭝치에게 팔만이 아니라 십만 위안을 내준다고 한 것은 이런 셈을 모두 마친 뒤의 배려였다.

장쭝치도 머뭇거리지 않고 아주 시원하게 갈라서는 데 동의했다. 그러나 한 가지 조건을 내걸었다. 분할 자금 액수에 대해 소소한 정정을 요구한 것이다. 그는 '십만'이 아니라 '십이만'을 원했다. 장쭝치는 아주 분명하게 말했다. 십이만 위안이 손에 들어오면 그 즉시 '나가준다'는 것이었다. 이는 사푸밍이 예상한 그대로였다. 십이만 위안은 비쌌다. 그러나 사푸밍은 '비싸다'라고 말하지는 않았다. 그는 돌려 말했다. "십이만도 괜찮지. 그러면 자네가 나한테 십이만을 주게나. 내가 나가겠네."

만약 이야기가 여기서 끝났다면 사푸밍은 자신의 담판이 성공적이었다고 생각했을 것이다. 현재 그의 손에는 여유 자금이 조금 있었다. 거기에 십이만 위안이 다시 들어온다면 새로운 사업을 시작하기에 충분할 터였다. 가게를 구하고 허가증을 내고 내부 수리와 장비 설치를 하는 데 최대 석 달만 소요하면 그는 다시 새로운 사장이 될 수 있는 것이다. 사푸밍은 이 모든 것을 계산해두었다. 어쨌거나 그래도 한때는 친구 사이였으니 새로운 가게를 낸다면 좀 멀리 떨어져서, 적어도 장쭝치의 사업장에서 반경 5킬로미터 밖에 업소를 차리리라. 그런 뒤에는 일단 두훙과 가오웨이를 데려가면 되겠지. 닥터 왕과 샤오쿵이 괜찮다면 함께 하기로 하자. 이 년 정도 고생을 하면 다시 일어설 수 있을 것이다. 그가 자리를 잡을 때까지 장쭝치가 버틸 수 있느냐는 알 수 없는 일이었다. 어쨌거나 '사쭝치 마사지센터'의 일상 대소사는 사푸밍이 혼자서 꾸려온 것이나 다름없으니까.

기본적으로 사푸밍은 동업의 해지 쪽으로 급격히 마음이 기울었다. 장쭝치와의 마찰은 이유 중 하나에 불과했다. 가장 주요한 원인은 역시 두훙과의 관계였다. 독립적인 창업도 중요하지만 무엇보다 사적인 삶이 중요했다. 그도 이제 마냥 젊지만은 않았다. 안정된 삶을 위해서 애를 써야 할 때였다. 두훙은 '아직 어리다'고 하지 않던가? 그러면 다시 한번 새로 시작해서 두훙이 커가는 동안 사업도 커나가기를 천천히 기다리면 된다. 시간이라는 건 거꾸로 흐르지는 않는 법이니까. 새로 가게를 열면 사푸밍은 피아노를 한 대 살 생각이었다. 두훙이 원한다면 그녀는 매일같이 마사지센터에서 연주를 할 수도 있을 것이다. 그 부분에 대한 급여는 자기가 부담하면 되니까. 그렇게 하는 데는 두 가지 좋은 점이 있었다. 첫째, 피아노 소리가 우아하게 울려퍼지면 새 가게의 분위기도 확실히 다르게 돋보일 것이다. 그는 누구보다 특색 있는 서비스를 제공하는 셈이다. 둘째, 두훙을 붙잡아둘 수 있었다. 이것이 가장 핵심적인 이유였다. 두훙이 있다면 희망이 있었고, 행복도 그곳에 함께 있는 것이다. 사푸밍은 더이상 꿈을 꾸지 않을 생각이었다. 언제나 꿈에서 두 개의 손만 보며 살 수는 없다. 언제나 두 덩이 얼음만 꿈꾸며 살고 싶지 않았다. 얼음은 너무 차가웠고, 그 손은 너무 단단했다.

　그래서 독립은 필연적이었다. 문제는 어떻게 하느냐였다. 사푸밍이 처음부터 장쭝치에게 십이만을 불렀다면 사푸밍은 자신이 나간다고 하지 못했을 것이고, 장쭝치도 거절할 이유가 생기는 것이다. 지금은 장쭝치 자신이 십이만을 불렀으니 일이 쉬워졌다. 그는 차라리 십이만을 들고 나가는 쪽에 서고 싶었다. 십이만이 안 된다면 십만이라도 받아들일 의향이 있었다. 상황을 정리하자면 사푸밍의 유일한 걱정은 장쭝치가 갈라서는 데 반대하지 않을까 하는 것이었다. 가격 문제를 꺼냈다면, 십만이든 십이만이든, 사실 자신에게는 손해볼 것이 없는 거래였다.

사푸밍은 차를 한 모금 마셨다. 담판이 거의 끝을 향해 달려가고 있는 것 같았다. 일이 이렇게 완벽하게 해결되다니! 사푸밍조차 전혀 생각지 못했던 일이었다. 갈라서긴 하지만 얼굴을 붉히진 않는다. 이보다 더 좋은 결과가 어디 있단 말인가? 없다. 사푸밍은 상쾌한 기분으로 '사쭝치 마사지센터'가 막 문을 열었을 때의 일들을 떠올렸다. 그때는 장사가 아직 궤도에 오르기 전이었지만, 두 사람은 한마음 한뜻이었다. 말을 해본 적은 없지만, 누구라도 먼저 말을 꺼냈다면 심장까지도 꺼내주었으리라. 잠을 잘 때도 한침대에 비집고 들어가 자고 싶을 정도였다. 그 얼마나 아름다운 날들이었던가! 친구 사이의 허니문이었다. 사내대장부들의 우정이었다. 나중에 와서 이토록 서로 삐걱대는 날이 올 줄 누가 알았겠는가! 다행히 갈라서게 되더라도 이렇게 공평하게 할 수 있으니, 앞으로도 좋은 친구로 지낼 수 있을 것이다.

하지만 사푸밍이 틀렸다. 혼자서만 튕긴 그의 주판알이 그의 뒤통수를 제대로 친 것이다. 사푸밍 혼자 기분좋게 앞서 달려나가는 동안, 장쭝치는 여전히 거기 버티고 서 있었다. 장쭝치가 말했다.

"자네에게 십이만을 주지. 문제없네. 다만…… 오랜 친구 사이이니 자네에게만 밝히겠네. 내가 지금 수중에 현금이 없다네. 자네가 원한다면 몇 년은 더 기다려야겠네. 돈은 한 푼도 빼지 않고 그대로 줌세. 그 부분에 대해서는 자네가 나를 완전히 믿어도 된다네. 언제든 가겠다고 하면 내 각서를 써주지."

사푸밍은 이러한 대응은 전혀 예상 못했다. 그는 장쫑치의 말에 숨이 턱 막혔다. 그는 이 일을 계산하기 시작했을 무렵을 떠올렸다. 자신이 얼마나 미안한 마음이었던가! 도대체 어떻게 장쫑치에게 이런 말을 꺼내야 하나…… 얼마나 망설였던가! 겨우 용기를 내서 입을 열지 않았던가! 그는 장쫑치 또한 한시도 쉬지 않았음을, 그제야 깨달았다. 그 역시 나름 주판알을 튕기고 있었던 것이다. 사푸밍 자신보다 더 주도면밀하게. 그보다 훨씬 더 앞서나가고 있었던 것이다. 그가 사푸밍 자신보다 한 수 위였다. 사푸밍은 서툴렀던 자신의 한 수를 후회했다. 먼저 패를 보이지 말았어야 했는데, 당했다. 완전히 당한 셈이었다.

사푸밍은 순간 어떻게 말을 이어가야 할지 감이 잡히지 않았다. 할말이 없으면 말자. 사푸밍은 입꼬리를 올리며 미소를 띤 채 손목시계 단추를 눌렀다. 시계가 시간을 알렸다. 이미 이른 시간은 아니었다. 일어나는 것보다 더 좋은 방법은 없었다. 사푸밍은 지갑에 손을 뻗었다. 자신이 계산할 생각이었다. 장쫑치도 지갑을 꺼내며 말했다. "반씩 하지." 사푸밍은 아무 생각 없이 입에서 나오는 대로 대꾸했다. "이게 무슨 짓인가? 겨우 차 한 잔에." 장쫑치가 말했다. "그래도 반씩 하는 게 좋겠네." 사푸밍은 고개를 끄덕였다. 고집을 부리지 않고 동의했지만 마음속은 오히려 복잡해졌다. 속이 쓰리다는 말로도 부족할 정도였다. 이 '반씩 하지'는 두 사람이 처음 함께할 때의 '반씩 하지'와 같은 의미가 아니었다. 이 말은 두 사람의 우정이 완전히 끝났다는 의미였다.

처음 동업을 하기로 했을 때, 그러니까 두 사람이 함께 '사쫑치 마사지센터'를 열기로 이야기를 했을 때, 사푸밍이 먼저 '둘이서 반반'이라는 의견을 냈었다. 그때는 둘 다 상하이 바닥에서 고용살이를 하던 시절이었다. 사푸밍은 이 '둘이서 반반'의 개념을 무척 중시했다. '둘이서 반반'은 단순히 이익을 절반으로 나누는 방식만 뜻하는 것이 아니었다. 그 말속에는 다음과 같은 숨은 뜻이 있었다. '우리는 둘 다 사장이 되는 거다. 하지만 둘 중 누구도 다른 누구의 사장은 아니다.' 솔직히 말하자면, 이 말은 사푸밍의 속마음과는 달랐다. 그는 '사장' 신분에 대한 집착이 있어서 그 권리를 다른 사람과 나눌 생각이 전혀 없었다. 신기한 일이었다. 맹인들, '제힘으로 먹고살기'가 목표인 집단의 사람들은 '사장 되기'에 두 눈이 멀쩡한 사람들보다 훨씬 더 악착같은 야심을 품었다. 사실 '사장'이라는 신분에 눈독을 들이지 않는 맹인은 거의 없었다. 한가할 때 동료들과 이야기를 나눠보면 그 사실을 확인할 수 있었다. 거의 모든 맹인들이 같은 속내를 품고 있었다. '돈이 좀 모이면 고향으로 돌아가 가게를 내야지' 하는. '가게를 낸다'고 하면 단순한 사업 목표처럼 들리지만 그 안을 들여다보면 '사장'이 되고 싶다는 두근대는 마음이 있었다.

사푸밍이 기꺼이 장쭝치와 '둘이서 반반'인 사장 노릇을 받아들였던 것은 전적으로 장쭝치와의 우정 때문이었다. 상하이에서 두 사람은 진심으로 마음을 주고받는 가까운 사이였다. 그들이 어떻게 마음을 주고받는 사이가 되었던가? 다음과 같은 일이 있었다.

모든 마사지사와 마찬가지로, 사푸밍과 장쭝치에게도 대도시 상하이에서 고용살이를 하던 날들이 있었다. 현대적인 상하이의 화려한 풍경은 그들과 아무 상관 없었다. 그들에게 대도시 상하이는 그저 침대 두 개를 의미할 뿐이었다. 침대 하나는 마사지방에 있었다. 그것은 그들의 밥그릇이었다. 나머지 침대 하나는 숙소에 있었다. 그것이 그들의 삶이었다. 마사지방의 그 침대는 그래도 어떻게 참고 견딜 수 있었다. 죽어라 일하고 지쳐서 쓰러지면 그만이었다. 사푸밍이 정말 두려워한 것은 단체 숙소 안의 침대였다. 그의 침대는 열세 평짜리 작은 방안에 있었다. 이 열세 평 안에 침대 여덟 개가 꽉 들어차 있었다. 침대 여덟 개는 곧, 다 큰 성인 남자 여덟 명을 뜻했다. 사내 여덟이 한데 모여 있으니 괴상망측했다. 그들이 뿜어내는 냄새는 사내들의 그것이 아니었다. 심지어는 사람의 냄새조차 아니었다. 싸구려 술, 싸구려 담배, 싸구려 치약, 싸구려 비누가 뿜어내는 냄새들이 뒤섞여 있었다. 최고의 발냄새와 겨드랑이 땀냄새와 온갖 기막힌 배설물 냄새도 함께 있었다. 그 냄새들이 얽혀서 함께 있으면, 그야말로 사람의 눈이 튀어나올 만큼 끔찍한 냄새가 되었다. 그것은 아주 특수한 냄새였다. 바로 고용살이하는 사람들의 냄새였다.

사푸밍과 장쫑치는 바로 그 숙소에 함께 살았다. 사푸밍은 위쪽 침대를 썼고 장쫑치는 맞은편의 침대 위쪽을 썼다. 얼굴을 마주보고 서는 셈이었지만 두 사람이 서로에게 말을 건네는 일은 거의 없었다. 그러다가 어느 날 갑자기, 그들은 서로에게 할말이 많아졌다. 그들의 아래쪽 침대 남자들에게 거의 동시에 여자친구가 생겼기 때문이다.

아래쪽 침대의 남자들이 여자친구를 사귀는 것은 마땅히 축하할 일이었다. 물론 그들과는 아무 상관도 없었지만. 그런데 아래쪽 침대에서 정말이지 어이없는 일이 벌어졌다. 아래쪽 침대가 거의 동시에 제 여자친구를 끌어들여 밤을 보낸 것이다. 그들은 어디선가 몇 장의 천을 구해 와서 침대 가장자리에 두르고 못으로 고정해 벽을 제외한 나머지 세 면을 완벽히 가렸다. 그렇게 해서 완전히 밀폐된 개인 공간이 탄생했다. 하늘과 땅이 굽어보는 줄은 아는지, 그래도 마지막 양심은 남아 있어서, 밀폐된 공간 안에서 그들은 나름의 규율을 철저히 엄수했다. 그들은 극도로 자제했다. 밤새도록 딸깍 소리 한 번 난 적이 없었다. 정말이지 사람이 할 짓이 아니었을 것이다. 그러니 아마도, 당사자들은 알지 못했으리라. 제아무리 노력해도 그들이 통제할 수 있는 것은 소리에 불과하다는 사실을. 몸의 기본적인 움직임마저 통제할 길은 없었다. 움직임은 그대로 위쪽 침대에 전달되었다. 아래쪽 침대가 움직이면 연결된 위쪽 침대도 따라서 움직였다. 아래쪽보다 진폭이 조금 더 컸다. 사푸밍은 위쪽 침대에 누워 있었고, 장쭝치도 위쪽 침대에 누워 있었다. 이 때문에 그들은 종종 느닷없이 리듬을 타게 됐다. 소리는 없었지만 리듬은 일정했고, 직접적으로는 아무것도 하지 않는데도 위쪽 침대의 두 사람은 죽을 노릇이었다. 그저 가만히 누워 아무 일도 없다는 듯 있었지만 사실 사푸밍과 장쭝치의 속에서는 온몸을 불태우는 욕정이 들끓었다.

사푸밍과 장쭝치는 그렇게 친구가 된 것이다. 그들은 뒤에서 몰래 사람들을 욕하기 시작했다. 니미럴 욕지거리를 퍼부으며 속에 든 원망을 쏟아냈다. 일종의 동병상련이었다. 그들은 환자가 아니었다. 그런데 졸지에 없는 병이 나타나 같이 앓는 환자가 되고 만 것이다. 이 형벌은 누구나 견딜 수 있는 것이 아니었다. 다른 사람은 절대 이해할 수 없을 것이다. 그들만 알 수 있는 일이었다. 그들은 몸으로 함께 느꼈기 때문이다. 그들의 고통은 같은 크기였다.

원망 또한 같았다. 괴로움도, 답답함도 같았다. 해소법과 쓴웃음마저 같지 않을 수 없었다. 그들은 그저 서로를 위로할 따름이었다. 그들은 하루빨리 서로의 이상을 실현할 수 있도록 빌어주었다. 어서 빨리 내 가게를 마련하자. 그러면 얼마나 좋을까! 도대체 어떻게 하면 '자기' 가게를 마련할 수 있는 거지? 답은 오직 하나였다. 사장이 되는 것이다.

사푸밍과 장쭝치는 이렇게 생사의 어려움을 함께 나누며 우정을 키워왔다. 그들은 '이글대는 욕정의 바다'를 함께 건넜다. 그게 죽음으로부터 살아나온 것이 아니라면 또 무엇이겠는가? 과장이 아니다. 그들은 '고용살이'에 치를 떨었다. 다시 말해, 그들은 '사장'이 되고 싶어 죽을 지경이었다. 이와 같이 공통된 열망이 간절했기에 그들은 함께 자금을 모아 사장의 대열로 뛰어들 수 있었던 것이다. 사푸밍이 말했다. "우리가 둘이서 반반 책임지는 거야. 내가 이름도 다 생각해뒀어. '사쭝치' 마사지센터야. 어때?" 상하이는 물가가 너무 비쌌다. 그러면 어쩌지? 난징으로 돌아가자! 어디서든 장사만 제대로 하면 돼.

쇠뿔도 단김에 빼랬다고, 사푸밍은 즉시 장쭝치를 데리고 난징으로 돌아왔다. 왜 사푸밍이 장쭝치를 '데리고' 난징으로 왔을까? 그 이유는 간단하다. 난징은 사푸밍에게 고향 같은 곳으로, 말하자면 그의 본거지였던 것이다. 그러나 장쭝치는 난징에 어떤 연고도 없었다. 그의 고향은 내륙의 작은 시골 마을이었다. '마사지센터'라는 건 아무래도 오지의 작은 시골 마을에는 차릴 수 없는 것이다.

'사쭝치 마사지센터'는 일종의 표지였다. 그 표지는 사푸밍과 장쭝치가 고용인에서 고용주인 사장님으로 변신했다는 의미가 아니었다. 그 표지는 사푸밍과 장쭝치라는 전혀 연고 없는 두 고용인이 모든 시련과 고난을 함께 나눈 형제가 되었음을 뜻하는 것이었다. 그들의 우정이 번듯하게 세워져 절정에 올랐다는 의미였다. 사실 뼛속 깊이 내밀한 곳에는 사푸밍이나 장쭝치 모두 내키지 않는 부분은 있었다. 사푸밍의 원래 목표는 '사푸밍 마사지센터'를 여는 것이었다. 장쭝치는? 마찬가지다. 그의 마음속에 자리잡은 것은 '장쭝치 마사지센터'였다. 그러나 이왕 어려움을 함께 나누고 삶과 죽음의 고비를 함께 넘었다면 '사푸밍'이나 '장쭝치'보다야 '사쭝치'가 더 낫지 않겠나? 사푸밍은 사푸밍이었다. 사푸밍에게는 부모가 있었다. 장쭝치는 장쭝치였다. 장쭝치에게도 부모는 있었다. 그러나 '사쭝치'는 달랐다. '사쭝치'에게는 부모가 없었다. 사푸밍이 바로 '사쭝치'의 부모였다. 장쭝치가 바로 '사쭝치'의 부모였다. 그들은 사장이었지만 동시에 여전히 일하는 노동자였다. 그들은 계속해서 앞으로 나아가기를 바랐고 부지런했으며 누구보다 더 겸손하고 양보하는 마음을 가졌다. 함께해온 우정을 지키기 위해 그들은 최선을 다했다. 그들은 스스로의 우정에 감동했고, 스스로의 마음씀씀이에 감동했다. 인생에 내 맘을 알아주는 벗을 하나 얻었으니 족하다. 마음에 두고 아껴가며 살필 일이었다.

표면적으로 두 사람 사이에는 이제껏 아무런 갈등이 존재하지 않았다. 물론 이 말이 꼭 옳은 것은 아니다. 함께 사장 노릇을 하고 있으니 갈등이 있는 것은 당연했다. 사소하고 매우 일상적인 갈등은 쎄고 쌨다. 그러나 그런 것은 뭐, 갈등이라고도 할 수 없는 일들이었다. 두 사람은 우정을 위해 한 가지 원칙만 굳게 지켰다. 어떤 일이 일어나든지, 입에 올리지 말자. 말하는 놈이 쩨쩨하고 치사한 거다. 누가 말하든 그렇게 되는 거다. 형제 아닌가. 서로 먼저 양보하면서 그렇게 지내는 게 옳지 않겠나. 문제가 전혀 없는 게 어떻게 가능한가? 어쨌거나 두 사람이 하는 일이고, 그래도 장사고 회사인데. 분명 두 사람은 하나의 목표를 향해 나아가는 파트너였다. 갈등이 생긴다 하더라도, 상대방을 위해 넓은 아량을 베푸는 것처럼 따지지 않고 있는 한 모든 게 괜찮을 것이다.

입 밖에 내지 않으니 마음속에 불만이 생기는 것은 당연한 일이었다. 사푸밍의 불만은 장쫑치가 도무지 어떤 일에도 간여하지 않는다는 것이었다. 사람들에게 욕먹는 일은 하나도 하지 않았다. 게다가 돈은 사푸밍보다 훨씬 더 많이 벌었다. 그런 점에서 장쫑치는 너무 영리하게 구는 것 같았다. 장쫑치는 딱 정반대의 불만을 가지고 있었다. 그 역시 팔만 위안을 투자한 사장이었다. 하지만 장쫑치가 아무리 이리저리 바쁘게 움직여봐도 마사지센터는 결국 사푸밍 한 사람의 소유인 것 같았다. 아침부터 밤까지, 호령이란 호령은 혼자서 다 해대니 말이다. 사푸밍 이 친구는 허영이 지나쳤다.

실제로 사푸밍은 사장이라는 신분에 집착하는 허영심 많은 사람이었다. 그럼에도 그 역시 돈은 중요하게 여겼다. 장쫑치는 돈을 중요하게 생각했다. 하지만 뼛속 깊이 사장의 신분에도 집착했다. 자본을 반씩 댔기 때문에 그들은 사실 반쪽짜리였다. 아무래도 만족되지 않는 점이 있었다. 참으로 세월을 이겨낼 장사는 없는 법이다. 하루가 가고 또 하루, 다시 하루가 가고 또 하루, 또다시 하루가 가고 또 하루가 갔다. 그러는 동안 원망이 쌓일 데까지 쌓이게 된 것이다. '원망'이 두려운 것이 아니라 원망이 '쌓인다'는 것이 두려운 일이다. 쌓인 원망은 날개와도 같았다. 날개가 할 수 있는 일은 한 가지다. 펼쳐지는 것. 어두컴컴한 방향을 향해 비상하는 것이다.

그런데도 우정이라는 것이 중요해서 두 사장은 남모르게 원망을 쌓아가면서도 마주할 때면 아무 일도 없는 것처럼 행동하려 했다. 그것은 굉장한 노력이 필요한 일이었다. 긴 시간에 걸친 각고의 노력. 그러나 전혀 쓸모없는 가소로운 노력. 지금 돌이켜 생각해보면, 두 사람의 관계에서 가장 좋지 않았던 것이 바로 노력했다는 사실이었다. 이 노력은 독약과 같았다. 만성적인 독. 아무 일 없이 매일 모든 것이 좋았다. 의외의 일이 일어날까봐 두려웠다. 만성적인 독이 의외의 사건을 통해 발작할 기회만을 노리고 있음이 틀림없었기 때문이다. 그 결과 드러나게 될 서로를 향한 강렬한 적의는 다른 사람을 놀랠 뿐 아니라, 마찬가지로 그들 자신까지 놀라게 할 것이다. 차라리 그때그때 몇 차례 입씨름을 하고 넘겼으면 좋았을 것을.

그러나 이런 것들도 치명적인 문제는 아니었다. 가장 중요한 것은 사장인 두 사람이 맹인이라는 사실이었다. 마사지센터의 사장이 맺고 있는 관계 속에는 맹인들만 존재하는 것이 아니었다. 그들은 두 눈이 멀쩡한 사람들과도 함께 일하고 관계를 맺어야 했다. 인간관계 속에서 맹인들은 당연히 맹인들끼리 한편이 될 수밖에 없다. 그들만의 독특한 특성 때문이기도 하고, 일을 하는 데 효율적이기 때문이기도 했다. 두 눈이 멀쩡한 사람들이 거기 끼어들면 골치 아파진다. 누가 뭐라고 해도 맹인은 약자일 수밖에 없다. 그들의 허약한 자신감은 뿌리깊었다. 두 눈이 멀쩡한 사람들과 함께 있기만 해도 그들은 본능적으로 자기편을 버리고 두 눈이 멀쩡한

'다른 편'에 가서 붙으며 자신의 '편'을 바꿔치기 한다. 이유는 단순하다. 맹인들은 보이지 않고 '진상'이라든가 '사실'은 그들과 상관없기 때문이다. 그들은 '눈'을 빌려서 판단할 수밖에 없다. 그래야만 일을 해나갈 수 있다. 결국 알게 모르게 맹인들은 자신의 인간관계를 두 눈이 멀쩡한 사람들의 범주 안으로 끌고 들어간다. 그들은 자신의 판단이 실은 다른 사람의 판단이라는 사실을 알지 못한다. 그러나 의심은 한다. 의심을 할 때는 두 세계를 동시에 마주하게 된다. 이것이 사람을 미치게 한다. 그러면 어떻게 하는가? 그들 나름의 방법이 있다. 그들은 품위를 지키면서 매우 결단력 있게 자신의 마음을 두 조각으로 나눈다. 그러곤 마음의 반은 믿고 나머지 반으론 의심하는 것이다.

사푸밍과 장쫑치는 마사지센터의 일을 처리하면서 믿는 한편 의심하는 이런 과학적 태도를 견지했다. 사실 두 눈 멀쩡한 사람들과 분리되어 독립적으로 존재하는 맹인의 세계는 없다. 맹인들의 세계에는 언제나 멀쩡한 사람의 눈빛이 반짝이고 있는 것이다. 그 눈빛은 예리하고 견고하며 존재하지 않는 곳이 없을 정도로 요상하고 신기하다. 맹인들이 기세등등하게 두 눈 멀쩡한 사람들의 사회로 들어설 때, 그들의 발아래에는 언제나 두 개의 주춧돌이 놓인다. 하나는 자기 자신의 '마음의 눈'이며 나머지 하나는 다른 사람의 '빛나는 눈'이다. 맹인들은 이 돌들을 더듬으며 어렵사리 제 앞길을 헤쳐나간다.

사푸밍은 믿을 만한 사람이었고, 장쫑치도 믿을 만한 사람이었다. 다만 '사쫑치'가 그들만큼 미덥지 않았던 것이다.

사푸밍이 찻집에서 숙소로 돌아온 것은 새벽 두시가 조금 넘은 무렵이었다. 그가 장쫑치보다 늦게 돌아왔다. 그들은 함께 나갔는데 함께 돌아오지는 않았다. 함께 돌아오지 않은 발소리는 문제로 느껴졌다. 그것도 아주 큰 문제였다. 장쫑치는 벌써 인터넷에 접속 중이었다. 키보드 치는 소리가 다다다다 아주 또렷하게 들렸다. 인터넷 접속 하니 말인데, 장쫑치는 지나치게 빠져 있었다. 때로는 새벽 세시가 넘어서까지 빠져나올 줄 몰랐다. 맹인들의 컴퓨터는 아무래도 다를 수밖에 없다. 그들의 컴퓨터는 특수한 프로그램을 사용해서 말을 한다. 모든 정보를 소리로 바꿔주는 것이다. 그래서 맹인들의 컴퓨터는 컴퓨터가 아니라 스피커였다. 장쫑치 네가 스피커를 계속 켜놓고 있으면 다른 사람의 수면에 얼마나 방해가 되는지 알아? 말하고 싶지만 체면이 깎일까봐 아무 말도 하지 못할 뿐이야.

사푸밍은 숙소에 들어서자마자 곧장 화장실로 향했다. 변기 앞에서 마른기침 소리 하나가 들렸는데 닥터 왕이었다. 다시 조용하다가 작은 신음 소리가 들렸다. 아무래도 미심쩍었다. 설마 손장난을 하고 있는 건 아니겠지? 사푸밍은 자리를 뜨려고 했지만, 또 그렇게 그냥 가는 것도 아닌 것 같았다. 그럴 리는 없겠지. 사푸밍은 고개를 돌리고 작은 소리로 물었다. "닥터 왕, 무슨 일이야?" 닥터 왕이 말했다. "아무것도 아니야." 말하는 목소리가 예사롭지 않았다. 사푸밍은 서서 기다렸다. 한참을 기다리다가 다시 물었다. "도대체 뭐야?" 닥터 왕이 말했다. "아무것도 아니라니까." 사푸밍이 말했다. "아무것도 아닌데 거기서 뭘 하고 있어?" 닥터 왕이 말했다. "금방 괜찮아져. 정말이야. 괜찮아." 이렇게 말하니 더 의심이 가지 않을 수 없었다. 대체 뭘 하고 있는 건데? 사푸밍은 눈살을 찌

푸리며 말했다. "뭐가 괜찮아지는데?"

닥터 왕이 웃으며 말했다. "아무것도 아니야."

샤오마

.·. :·: ·.

섹스는 원래 중독되기 쉬운 법이다. 젊은 나이에는 특히 그렇다. 샤오마는 단 한 번의 경험으로 완전히 중독됐다. 그 한 번이 어땠는지 세세한 것까지는 기억나지 않았다. 샤오마가 한 것은 거의 아무것도 없었다고 말할 수 있었다. 샤오마는 그저 자신이 굉장히 허둥댔다는 것만 기억했다. 그러나 손발조차 제대로 놀릴 수 없었던 그 일의 결과에 대해, 샤오마는 정말이지 전율했을 정도로 놀랐다. 마사지센터로 돌아온 샤오마는 자신을 완전히 비워낸 것 같았다. 몸과 마음의 긴장이 완전하고 철저하게 풀려버린 것이다. 편안했고 거리낌이 없었다. 고요하고 차분했다. 아무런 욕망도 더이상 존재하지 않았다. 그의 몸과 마음은 예전에는 미처 가보지 못했던 놀라운 경지를 경험했다. 섹스의 대단한 점은 그 순간의 흥분에 그치지 않는다는 점이었다. 그뒤로도, 머리부터 발끝까지 그는 뭐라 말할 수 없는 안도감에 휩싸여 있었다. 그가 내보낸 것은 이기적이고 가없은 정액 따위가 아니었다. 모든 초조와 번뇌의 찌꺼기였다.

섹스에 대해서, 샤오마는 정말이지 너무도 무지했었다. 허둥지둥 엉망진창이었던 그 한 번은 마치 성공적인 외과수술 같았다. 손을 대자마자 병이 사라졌다. 그는 이제 아무 걱정 없이 편히 잠들 수 있으리라. 그러나 바로 다음날, 문제의 심각성이 드러났다. 샤오마는 어제의 모든 것이 다 헛되었다는 사실을 깨닫곤 의기소침해졌다. 모든 문제가 다시 찾아왔다. 아니, 더욱 심각해졌다. 단단하고 난폭한 어떤 알 수 없는 힘이 그의 안에 나타났다. 골격이나 근육과는 아무 상관도 없는 힘이었지만 그것은 불시에 그를 공격했고 또 압도했다. 그것은 은밀하고 광포하며 막을 수 없는 종류의 힘이었다. 샤오마는 애써 막아보고 견뎌보기도 했다. 그러나 도道가 한 자 높아지면 마魔는 한 길이 자란다고, 어떤 일들은 원래 견딜 수 없는 법이다. 견딜 수 없다는 사실을 스스로 깨달았을 때, 샤오마가 할 수 있는 유일한 일은 결국 타협하는 것이었다. 그는 다시 한번 더듬더듬 시터우팡을 찾아갔다.

샤오마의 몸은 몸이 아니었다. 자명종이었다. 자명종의 내부에는 팽팽하게 조여진 거대한 태엽이 있었다. 시간은 악랄한 마수였다. 이 거대한 태엽이 풀리기 시작하면 시간은 다시금 서서히 그 몸체를 죄었다. '허둥대는' 그 일을 치뤄야 비로소 그것은 째깍째깍 소리와 함께 풀어지는 것이다.

그것은 그냥 태엽이 아니라 생명이 있는 태엽인지도 몰랐다. 똬리를 똘똘 틀고 있는 거대한 뱀일지도. 그놈은 몸을 움츠리고 혓바닥을 날름거렸다. 그렇게 뱀의 혀가 샤오마의 몸안 구석구석을 이리저리 핥아대는 것이다. 그것은 펄떡거리는 에너지와 괴이한 힘을 분출하는 치명적인 유혹이었다. 샤오마의 몸은 회오리바람을 불러올 수도, 거센 물결을 일으킬 수도 있는 매혹적인 것이었다.

샤오마는 혼란스러워하면서도 한 번, 또 한번 시터우팡을 찾았다. 그는 더이상 허둥대지 않고 침착했다. 침착해지자, 그의 주의력이 자신의 몸에서 샤오만의 몸으로 옮겨가 그녀의 몸에 대해 알아갈 수 있었다. 손바닥과 손가락을 통해 샤오마는 샤오만의 몸에서 깜짝 놀랄 비밀을 발견했다. 마침내 '있어야 할 것은 다 있고, 없을 것은 하나도 없는'이라는 말이 무엇을 의미하는지 알게 된 것이다. 그 말은 여자들을 칭찬하기 위한 말이었다. 형수님은 바로 그런 최고의 영예를 안았던 것이다. 샤오마는 손에 모든 신경을 모았다. 그는 손가락 끝을 깨워 두 눈을 번쩍 뜨듯 형수님의 팔을, 손을, 머리칼을, 목을, 허리를, 가슴을, 허벅지를, 엉덩이를, 그리고 종아리를 샅샅이 훑어보았다. 샤오마는 심지어 형수님의 냄새까지도 볼 수 있었다. 그 냄새는 모든 곳에 펼쳐져 있었고, 모든 것을 뒤덮었다. 그는 형수님의 숨결마저도 볼 수 있었다. 형수님의 숨결은 특별했다. 있는 듯 없는 듯하다가도 때로는 강렬히 느껴졌다. 그런 여자가 바로 형수님이었다.

형수님은 샤오마에게 평화와 안식을 주었다. 그는 더이상 허둥지둥 손발을 놀리지 않았다. 그는 다른 사람은 원치 않았다. 오직 형수님만을 원했다.

시터우팡의 아가씨들은 곧 아주 흥미로운 사실을 알게 되었다. 겉으로 보기에는 멀쩡하니 준수하게 잘생긴 그 맹인 총각이 샤오만에게 '꽂혔다'는 것을 말이다. 샤오마가 시터우팡에 오면 그들은 이렇게 말했다. '그녀'가 바쁘다, 지금 '일하는 중'이다, 다른 사람으로 '바꿔'주마, 모두 다 '마찬가지'다. 그때마다 샤오마의 낯빛은 무척 심각해졌다. 그는 자리에 앉으며 아주 진지하게 대답했다.
"기다릴게요."

샤오만은 샤오마가 그처럼 일편단심인 셈을 눈여겨보았다. 그이 그런 점이 좋았다. 샤오만의 생김새는 보통이었다. 사실 예쁜 편은 아니었다. 젊은 아가씨에게 이것은 치명적 결함이었다. 그러나 샤오만은 야망이 있고 자존심도 셌다. 이 길로 나서자마자 큰물을 찾아다녔다. 사람은 모름지기 큰물에서 놀아야 한다. 큰물이 조건도 좋고 단가도 세니 누군들 원하지 않겠는가? 샤오만도 그래서 큰물로 갔다. 그러나 남만 못했다. 이쪽 일에서 다른 여자들하고 비교해서 '남만 못하다'라는 것은 무척 난감한 일이다. 돈을 적게 버는 것은 오히려 사소한 일이었다. 문제는 심리적인 위축이었다. 샤오만은 그러한 자괴감을 참을 수가 없었다. 그녀는 자포자기해서 시터우팡에 왔다. 그러나 시터우팡에서는 정말 아무 낙도 없었다. 예전에 있던 이른바 '큰물'에 비하면, 이곳에 오는 남자들은 대부분 월급쟁이라 도무지 분위기도 없고 감정도 없고 제대로 할 줄 아는 것도 없었다. 그저 맨몸뚱이 하나만 있었다. 사실 샤오만은 '이야기'를 좋아했다. 진짜든 가짜든, 가짜라도 진짜처럼, 진짜인데 가짜 같은 그런 이야기들 말이다. 어떤 판이든, 그 판이 어찌 돌아가든, 여자치고 이야기를 싫어하는 사람이 있나?

시터우팡에는 이야기가 없었다. 이야기가 없어도 일은 해야 했다. 여자 혼자 힘으로 먹고살아야 했으니. 하, 그래. 일해야지. 일하자.

샤오만이 이야기에 대해 기대하지 않고 있는 동안 샤오마가 그녀의 체면을 세워주었다. 이는 분명한 사실이었다. 샤오마는 언제나 '오직' 샤오만을 찾았다. 모두가 그 사실을 눈여겨보고 있었다. 이야기에 대한 희망을 버리니, 오히려 이야깃거리가 찾아온 셈이었다. 샤오만은 샤오마의 '눈빛'에서 이야기를 발견할 수 있었다. 샤오만은 남자의 눈빛에 대해 좀 아는 바가 있었다. 일단 위로 덮쳐오기 전에, 그들의 눈빛은 번뜩이며 활기를 띠었다. 힘과 정기, 에너지가 옹골지게 담긴 강렬한 눈빛이었다. 그러면서 입으로는 온갖 낯간지러운 말들을 쏟아냈다. 물론, 이는 '일을 치르기 전'의 얘기다. 샤오만이 가장 두려워하는 것은 남자들이 '일을 치르고 난 뒤' 보이는 눈빛이었다. 일단 '일을 치르고 난 뒤'에 남자들은 보통 두 눈을 감았다. 그런 뒤 다시 눈을 뜨면, 좀 전의 그 남자는 어디로 가고 생판 다른 남자가 거기 있곤 했다. 그 눈빛은 흐리고 김이 빠진 것 같으며 고요하고 어딘지 슬프기까지 했다. 그래서 샤오만은 '일을 치르고 난 뒤'에 결코 남자의 눈을 바라보지 않았다. 바람이 빠지기 전의 남자들은 그래도 봐줄 만했다. 하지만 바람 빠진 남자들의 고요함은 깨진 달걀처럼 수습하기가 어려웠다.

샤오마는 전혀 달랐다. 그 반대였다. 그는 '일을 치르기 전'에는 지나치게 신중하고 소심한 태도를 보이다가 '일을 치르고 난 뒤'에는 오히려 마음을 썼다. 그는 빛을 발하지 않는 눈동자로 샤오만을 뚫어지게 바라보았다. 그는 보고 있었다. 가만히 바라보고 자세히 살펴보고 뚫어지게 봤으며 굽어보았다. 손가락으로 그녀를 만질 때면 그 손가락을 따라 빛을 발하지 않는 눈동자도 움직였다. 손가락이 어디를 향하든지 그 눈빛은 가만히 바라보고 자세히 살펴보고 그곳에 시선을 붙박아 뚫어지게 봤으며 샅샅이 굽어보았다. 그가 샤오만의 눈언저리를 더듬었을 때 놀라운 일이 생겼다. 샤오만과 샤오마가 똑바로 마주보게 된 것이다. 빛을 전혀 발하지 않는 샤오마의 검은 눈동자는 너무도 밝고 깨끗했다. 물기가 어리어 맑고 투명하게 안쪽까지 비쳤다. 갓 태어난 아이의 눈처럼, 그 눈에는 어떤 삿됨도 깃들지 않았다. 그 눈은 아무것도 경계하지 않았고 어떤 꿍꿍이도 담고 있지 않았다. 있는 그대로 다 털어놓고 있을 따름이었다. 그는 그렇게 오래도록 그녀를 바라보았다. 그의 눈동자는 희미하게 떨리고 있었다. 그러나 그는 노력중이었다. 자신의 눈동자가 떨리지 않도록.

그렇게 처음 샤오마의 눈동자를 마주했을 때, 샤오만은 깜짝 놀랐다. 뭐라 말할 수 없는 두려움을 느꼈다. '존재하지 않으면서'도 그처럼 맑고 투명하다니, 그것을 과연 눈빛이라고 말할 수 있는 것일까? 그녀는 확언할 수 없었다. 눈빛이라면, 그녀는 그것이 눈빛이 아니기를 바랐다. 눈빛이 아니라면, 그녀는 또한 그것이 눈빛이기를 바랐다. 그들은 서로를 마주보고 있었을까? 어떻게 서로를 마주볼 수 있었을까? 그들은 서로에게서 무엇을 보고 있었던 것일까? 터무니없게도 샤오만은 바짝 긴장하고 말았다. 그러고는 당혹스러운 나머지 샤오마의 '눈빛'을 피했다. 그녀가 다시 한번 바라보았을 때에도 샤오마의 눈빛은 여전히 그대로였다. 그의 눈빛이 그녀를 뒤덮고 있었다. 진지함과 성실함을 담아.

샤오마의 '눈빛'에 샤오만은 어찌할 바를 몰랐다. 몸을 파는 여자로서 샤오만은 이야기를 좋아했다. 이야기는 모두 거짓이기 때문이다. 거짓은 재미있다. 거짓은 가지고 놀기 좋다. 소꿉장난 같다. 그러나 이런 이야기 속에 '진지함과 성실함'이 끼어들면, 그녀는 두려워졌다. 온 세상 사람들이 '몸 파는 여자들은 매정하다'고 알고 있다. 또 그래야만 하는 것이다. '몸 파는 여자'가 어떻게 '다정'할 수 있단 말인가? 그녀가 아무리 '다정'하다 해도 결국 상대는 '매정'할 수밖에 없을 터인데. 그래서 '매정할 것'은 '몸 파는 여자'의 조건이자 직무였다. 그녀들은 '매정'할 수밖에 없었다.

몸 파는 여자는 그냥 파는 것이다. 난징 사람들이 늘 하는 말을 빌리면 그것은 '돈 고생'이었다. 난징 사람들은 '돈을 번다'라고 말하지 않았다. 돈을 버는 것은 무척 고생스러운 일이다. 그래서 그들은 돈을 번다고 하지 않고 '돈 고생을 한다'라고 말했다. 그러나 몸 파는 여자들은 대개 이런 식으로 말하지도 않았다. 그들은 보다 더 적나라하게, 더욱 생동감 넘치게, 자신들의 일을 '돈 맞기'라고 불렀다. 누가 이 '돈 맞기'라는 말을 만들었는지는 모르지만, 샤오만은 그 말을 떠올리기만 해도 웃음이 터져나왔다. 왜 아니겠는가? 돈을 '맞는' 일이 아닌가 말이다. 이 '맞는' 일은 눈과는 관련이 없다. 어쨌거나 이 '맞는' 일은 조준을 할 필요도 없기 때문이다. 두 눈을 질끈 감아도 조준을 틀리게 할 수는 없으니 말이다.

그런데도 샤오마는 구태여 자신의 눈을 쓰는 것이다. 샤오만은 샤오마의 눈이 정말 예쁘다는 사실을 눈여겨보았다. 눈매도 곱고 '눈빛'도 아름다웠다. 남자가 어떻게, 어쩌면 이리도 깨끗하고 맑은 '눈빛'을 가졌을까? 샤오만은 이제껏 이런 눈을 본 적이 없었다. 그는 대체 무엇을 '보고 있는' 것일까?

샤오마는 그저 '보기만' 하는 것이 아니라 냄새도 맡았다. 그는 코를 사용했다. 그는 코끝으로 샤오만의 온몸 구석구석을 찾았다. 냄새를 맡는 방식이 참 재미있었다. 숨을 깊게 들이마셔 마치 그녀

의 몸에 있는 비밀을 그의 오장육부 속으로 빨아들이려는 것 같았
다. 샤오만의 몸에 어떤 비밀이 있는 걸까? 없었다. 샤오마의 관심
은 점점 탐닉으로 변해갔다. 그는 온 힘을 다했다. 그렇게 온 힘과
마음을 바치고 있을 때면 자신이 완전히 의지될 곳 없는 어린애 같
았다. 짓궂기도 하고, 주눅이 든 것 같기도 하고, 무척이나 천진했
다. 샤오만은 결국 왼손을 뻗어서 샤오마의 턱을 받쳐들었다. 샤오
만은 지금 눈동자도 굴리지도 않고 상대에게 완전히 집중하고 있
는 사람은 샤오마가 아니라 자기 자신이라는 사실을 알지 못했다.
그녀의 눈길은 이미 샤오마의 눈동자 깊숙한 곳에 꽂혀 벗어날 줄
몰랐다. 샤오만은 이렇게 샤오마를 물끄러미 바라봐선 안 되었다.
여자는, 어쨌거나 여자였다. 여자들에게는 못 말리는 병이 있다.
여자란 마음이 약한 동물이다. 여자의 눈빛은 한군데 오래 붙박일
수 없다. 그렇게 한군데 오래 붙박이다가는 곧, 텅 비어버리고 마
니까. 샤오만의 눈빛이 텅 비어 흔들리자, 문득 그 마음도 그렇게
'말랑'해지고 말았다. 샤오만의 가슴이 희미하게 부풀어올랐다. 좋
지 않아. 어쩌다 이렇게 됐담?

"이제 가보세요." 샤오만이 말했다.

샤오마는 곧 돌아갔다. 샤오마가 돌아가고 난 뒤에 동료들은 샤오
만을 놀렸다. 샤오만은 어쩐지 지친 기색으로 말했다. "시끄러워."

다음날 점심때 샤오마가 또 왔다. 이번에 샤오마는 샤오만의 몸
위에서 다소 거칠게 굴었다. 그는 두 손으로 샤오만의 어깨를 움켜
쥐고 위협하듯 말했다. "다시는 다른 사람에게 잘해주지 마!" 샤오
만은 무슨 소리인지 알아듣지 못했다. 샤오만이 말했다. "뭐라는
거예요?" 샤오마가 문득 허물어졌다. 그는 샤오만의 팔을 따라 더

들어서 그녀의 손을 찾아 쥐며 가만가만 속삭였다.

"나 한 사람한테만 잘해줘!"

샤오만은 순간 멍해졌다. 그녀는 예전에 이 년 가까이 연애를 한 적이 있었다. 그 연애는 그녀의 마음을 갈기갈기 찢어놓았다. 그길로 그녀는 몸을 팔기 시작했다. 그 연애는, 그녀의 그 한마디로 끝장이 났었다. 샤오만은 말했었다. "나 한 사람한테만 잘해줘요." 그러자 남자친구가 말했다. "그야 물론이지." 그러나 비스듬히 치켜올라간 그의 입꼬리는 두 번 다시 내려오지 않았다. 샤오만은 자신이 얼마나 주변머리가 없는 사람인지 알게 되었다. 그녀의 그 타고난 바람둥이 남자친구가 어떻게 '오직' 그녀 '한 사람'에게만 잘해줄 수 있겠는가! 샤오만은 살아생전에 이 말을 다시 들으리라고는, 그것도 자신의 손님에게서 들으리라고는 꿈에도 생각지 못했다. 그런데 손님이 그녀에게 그렇게 말한 것이다.

"좋아요." 샤오만은 거친 숨을 몰아쉬며 말했다. "그럼 당신이 날 먹여 살려요."

샤오만이 이 말을 하면서 가랑이를 바짝 갖다대자 그들의 몸은 동시에 명령이라도 받은 것처럼 합쳐졌다. 하나의 리듬이 생겨났다. 조금의 틈도 없이 하나로 붙었다. 신기한 움직임이 음악처럼 그들의 몸속 깊숙한 곳까지 파고들었다. 불가항력적이었다. 샤오만은 심장을 꿰뚫는 듯한 기쁨을 느꼈다. 아픈 것도 같고 취한 것도 같았다. 절정이 오고 있다는 전조였다. 그것은 불가사의하고 사람을 홀리며 두려워 몸을 떨게 만드는 어떤 것이었다. 샤오만의 직업은 남자에게 절정을 느끼게 하는 것이었다. 그러나 그녀 자신은, 그녀에게는 필요하지 않았다. 그녀는 아주 오래전부터 그런 느낌을 경험할 수 없었다. 그러나 오늘 그녀는 원했다. 그렇다. 절정을 원했다. 샤오만의 허리가 샤오마의 움직임에 맞춰 요동치기 시작했다. 그녀는 원했다. 강렬히 원했나. 그녀는 속도를 높이기 시작했다. 위에 닿으려면 마지막 일 센티미터, 일 센티미터가 필요했다. 곧 그 빌어먹을 순간에 닿을 것 같았다. 샤오만은 닿은 후에 어찌되는지 알고 있었다. 틀림없이 산산조각 나고 말 것이다. "죽어." 그녀는 자기 자신을 향해 모질게 내뱉었다. "죽어버리라고!" 마침내 위에 가닿았다. 온몸이 그 순간을, 그 지점을 기다리다 산산이 부서졌다. 그녀의 몸은 원래 단단한 결정체였지만 지금 그녀는 산산이 부서져, 온 세상에서 반짝이고 있었다. 그러나 사금파리의 모습이 아니라 실이었다. 얼기설기 복잡하게 뒤엉킨 실타래였다. 그것들이 샤오만의 몸안에 흩어져 있었다. 갑자기 샤오만의 열 손가락이, 그리고 열 개의 발가락이 마치 스무 개의 신비한 통로가 된 것처럼, 손가락과 발가락이 쫙 펴지면서 어지러운 실타래들을 풀어내기 시작했다. 다시는 돌아올 수 없는 길을 떠나는 기분이었다. 이대로 아득히 떠나가버리면 영영 돌아올 수 없을 것만 같았다. 샤오만은 손님을 껴안고 바짝 끌어당겼다. 하느님, 하느님, 하느님 맙소사! 넌 몸 파는 여자야. 어쩌려고 이래?

빌어먹을 진심으로 사랑을 나눠버렸어! 샤오만은 자신의 헐떡이는 숨소리를 들을 수 있었다. 그와 동시에 샤오마의 헐떡이는 숨소리도 들었다. 그들의 숨소리가 어찌나 우렁찬지, 그야말로 야생의 암말 한 마리와 수말 한 마리가 수많은 산을 넘고 강을 건너, 모든 어려움을 극복한 뒤에 숨을 돌리고자 토해내는 소리 같았다. 그들의 숨결은 손이라도 델 것처럼 뜨거웠다. 그 뜨거운 숨이 그대로 상대방의 얼굴에 쏟아졌다. 그 숨결에는 초원의 싱그런 풀냄새와 내장 속부터 뿜어져나오는 체취가 얽혀 있었다. 샤오만이 말했다. "당신 정말 작은 말* 같아요." 샤오마는 넋을 잃은 듯 한 손으로 샤오만의 머리칼을 꼭 쥐고 말했다.

"형수."

사실 그 '형수'라는 말은 샤오마의 입안에 머물러 있고 입 밖으로 나오지는 않았다. 이 갑작스러운 생각이 샤오마를 텅 비게 만들었다. 그녀는 형수님이 아니다. 그럼 그 자신은? 자신은 대체 누구란 말인가? 그는 그저 사정 후 남은 찌꺼기였다. 샤오마는 눈물을 흘리고 있다는 것을, 그 눈물이 벌써 눈가에서 흘러넘치고 있다는 사실을 알지 못했다. 그는 눈물 너머로, 존재하지 않는 눈빛으로 가슴속의 여인을 뒤덮었다. 그러곤 보고 또 보았다. 눈 한 번 깜빡하지 않으면서.

샤오만은 샤오마의 눈물을 보았다. 그랬다. 그녀는 손가락으로 샤오마의 눈물을 받았다. 눈물이 샤오만의 손가락 끝에 닿았다. 샤오만은 빛이 있는 곳으로 팔을 뻗었다. 눈물이 수정처럼 반짝이며 프리즘처럼 빛을 굴절시켰다. 그 가운데 유독 한 줄기가 특별히 길게 반짝였다. 샤오만은 손님의 얼굴에서 처음으로 이런 것을 보았다. 수정과 같은 눈물은 온몸을 빛내며 그녀의 침대를 비추었다. 샤오만은 입술을 오므리고 웃었다. 그녀는 자신의 얼굴을 볼 수 없었다. 그 미소가 얼마나 달콤한지, 또 얼마나 많은 자조가 섞여 있는지 보지 못했다.

---

* 중국어로 '작은 말(小馬)'은 '샤오마'로 발음한다.

바로 그때 불길한 일이 일어났다. 샤오마의 눈물이 떨어져내린 것이다. 눈물은 샤오만의 젖가슴 위로 떨어졌다. 정확하게 말하자면, 젖꼭지 근처의, 젖꽃판 한쪽에. 사오민은 여지의 젖가슴에 그러한 특이한 기능이 있을 서라고는 전혀 상상조치 못했다. 그녀는 자신의 젖가슴이 '쉬익' 소리를 내며, 모래처럼 순식간에 샤오마의 눈물을 그대로 심장까지 빨아들이는 것을 느꼈다.

이럴 수가? 샤오만은 중얼거렸다. 이럴 수가 있나?

샤오만은 벌써 샤오마의 입술을 찾고 있었다. 그녀는 몸을 일으켜 자신의 입술을 샤오마의 입술 위에 정확하게 겹쳤다. 그녀는 혀끝으로 그의 입술을 벌리고 그의 입속으로 들어갔다. 샤오마의 혀끝은 너무 놀라 넋을 잃은 채 꼼짝도 하지 못했다. 얼이 빠져서 무엇을 어떻게 해야 할지 몰라했다.

"가야겠어요." 샤오마가 말했다.

마사지센터로 돌아왔을 때, 샤오마는 어쩐지 추웠다. 아무것도 걸치지 않고 얇디얇은 콘돔만 끼고 있는 듯한 기분이었다. 샤오마는 그렇게 혼자서만 추워했다.

무슨 일인지 두훙이 덤벙대다가 휴게실 입구에서 샤오마와 정면으로 부딪칠 뻔했다. 두훙은 그대로 샤오마의 손을 붙잡고 웃기만 했다. 아무 말도 하지 않았다. 샤오마는 그 자리에 붙박인 듯이 선 채 귀를 바짝 세웠다. 그렇게 바짝 세운 귀로 몇 개의 모퉁이를 돌며 모든 방의 소리를 들었다. 그는 형수님을 찾고 있었다. 형수님은 마침 일을 하는 중이었다. 깍듯하게 예의를 갖추며 손님과 담소를 나누는 중이었다. 자세한 내용은 들리지 않았다. 갑자기 어떤 냄새가 떠돌았다. 그 냄새와 함께 형수님의 체온이 느껴졌다. 샤오마는 사방을 두리번댔다. 마음속이 완전히 텅 비어버린 것만 같았다. 그 텅 빈 공허가 샤오마에게 장엄한 착각을 일으켰다. 어떤 공허는 깊이 새겨져 지워지지 않을 수도 있다는 착각을.

두훙은 샤오마가 뭐라고 한마디하지 않을까 생각했다. 그러나 그는 아무 말도 하지 않았다. 얼이 빠진 채 서 있을 따름이었다. 두훙이 말했다. "샤오마, 내가 당신한테 부딪친 거죠?" 샤오마는 대답하지 않았다. 두훙은 샤오마의 손을 놓고 무안해하며 혼자 휴게실로 조용히 들어갔다.

샤오마는 형수님의 일이 이제 끝났음을 알았다. 형수님의 손님이 막 떠나려는 참이었다. 샤오마는 앞을 더듬으며 그곳을 향해 갔다. 그와 형수님의 손님의 어깨가 스쳤다. 샤오마는 입구로 가서 형수님의 앞에 섰다. 어떤 인기척도, 머뭇거림도 없이. 샤오마는 조용히 그녀를 불렀다. "형수님."

샤오마가 말했다. "죄송해요." 심각한 말투였다.

샤오쿵은 자리에서 일어났다. 아무래도 영문을 알 수가 없어서, 안갯속에 서 있는 기분이었다. 생각해보니, 역시 '그때 그 일'뿐이었다. 에휴, 다 지난 일인걸. 오래전인데. 이제 와서 그런 이야기를 해서 뭐하겠어…… 샤오마, 너무 지나친 말이야. 내가 몸 둘 바를 다 모르겠다. 하지만 샤오쿵은 곧 알 수 있었다. 샤오마는 뒷일이 걱정되는 모양이었다. 샤오마는 그녀가 '입 밖에 내어 말할까' 줄곧 걱정한 것이다. 그는 언제나 잘 놀라고 걱정이 많았다. 샤오쿵이 어떻게 닥터 왕에게 말할 수 있겠나? 사실 샤오마가 자기를 두고 뭘 어떻게 한 것도 아니고, 그저 충동적으로 한 번 껴안았을 뿐인데. 그것도 자기를 좋아해서 그런 것뿐이다. 샤오쿵은 정말로 조금도 그를 미워하지 않았다.

샤오쿵은 샤오마 앞으로 바짝 다가섰다. 자신의 왼손을 샤오마의 어깨 위에 얹으며 작은 소리로 말했다. "걱정 마, 샤오마. 아이 참, 지난 일이잖아. 다 지난 일이라고." 그리고 샤오마의 어깨를 툭툭 치며 말을 이었다. "나 아무한테도 말하지 않았어." 생각 끝에 샤오쿵은 또 한마디를 덧붙였다. "그 사람한테도."

샤오쿵은 전혀 생각지 못했다. 샤오마가 그렇게 극단적인 행동을 하리라고는 말이다. 샤오마는 입 한 번 달싹하지 않더니, 제 어깨 위에서 샤오쿵의 손을 잡아 들고 떨어뜨렸다. 그리고 갑자기 그 손을 획 끌어가더니 그 손으로 자기 따귀를 세게 때렸다. 그러고는 그대로 가버렸다. 샤오마는 틀림없이 있는 힘을 다했을 것이다. 소리가 무척 또렷했다. 발마사지 소리보다도 더 컸다.

샤오쿵은 마사지방에 혼자 남겨졌다. 너무 놀라서, 완전히 넋이 나간 상태였다. 샤오마, 이게 대체 무슨 짓이야? 이게 대체 무슨 짓이냐고! 샤오쿵은 화가 났다. 화만 나는 것이 아니었다. 속도 쓰리고 마음도 아프고 형언할 수 없을 만큼 답답했다. 눈물이 나올 것 같았다. 그러나 샤오쿵에겐 그런 자신의 마음을 달랠 시간이 없었다. 샤오마의 따귀 맞는 소리가 그토록 컸으니, 모두들 틀림없이 궁금해할 것이다. 누가 물어보면 대체 뭐라고 대답해야 하지? 사람들에게 대체 뭐라고 설명을 한단 말인가? 속상해할 시간도 없었다. 샤오쿵은 갑자기 두 손을 들고 박수를 치면서 즐거운 듯 목청을 높였다. "너 한 대, 나 한 대, 어린 친구가 비행기를 탔네." 샤오쿵은 연달아 박수를 두 번 치면서 소리쳤다. "너 두 대, 나 두 대, 비바람이 불어도 무섭지 않아!" 샤오쿵은 더할 나위 없이 가벼워진 마음으로 휴게실을 찾았다. 닥터 왕이 깜짝 놀랐는지 얼른 다가와 미소를 지으며 물었다.

"뭘 먹었는데 이렇게 기분이 좋아?"

샤오쿵의 귀는 샤오마를 찾는 데 온통 정신이 팔려 있었다. 그러나 샤오마의 기척은 전혀 들리지 않았다. 여기 없는 건가? 분명히 있을 거야. 샤오쿵은 오직 한 가지 생각뿐이었다. 샤오마를 끌고 나가서, 어디 조용한 곳을 찾아들어가, 다시 한번 분명하게 말해주고 싶었다. "괜찮아, 샤오마. 아무한테도 말하지 않았으니, 괜찮다고. 난 너를 미워하지 않아. 그냥 나한테 이미 다른 사람이 있을 뿐이야. 알겠어?" 이렇게 말해주면 샤오마도 다 이해할 것이다.

샤오쿵은 큰 소리로 닥터 왕에게 대답했다. "너 세 대, 나 세 대, 오늘밤에는 죽을 먹자!"

샤오마가 다시 시터우팡에 간 것은 일주일이나 지난 다음이었다. 샤오만은 막 일을 마치고 나왔는지 아주 지쳐 있었고, 왠지 우울한 듯했다. 게다가 어딘지 쌀쌀맞았다. 샤오만은 샤오마를 데리고 뒷방으로 갔다. 두 사람은 침대 모서리에 걸터앉은 채 서로 한마디도 하지 않았다. 방안의 분위기가 순식간에 무거워졌다. 샤오만은 손으로 머리칼을 몇 번쯤 쓸어내리다가 마침내 입을 열었다.

"다른 데 다니는 거죠, 당신?"

샤오마는 무슨 말인지 전혀 알아듣지 못했다. 샤오만이 말했다. "내가 질투를 할 리도 없고. 뭘 어쩌자는 것도 아니니까." 이 말은 샤오마도 알아들었다. 그래서 샤오만의 첫번째 말이 무슨 뜻이었는지도 알 수 있었다.

"아니야." 샤오마는 착하고 순하게 대답했다.

샤오만이 말했다. "그래도 돼요. 나랑은 상관없어요."

"안 그랬어."

다시 침묵. 이번에는 특히 길었다. 샤오만은 더이상 참을 수가 없었다. "그럼, 해요."

샤오마는 움직이지 않았다. 할 생각도 전혀 없어 보였다. 그는 고개를 들어 샤오만을 마주보며 말했다. "미안해. 내가 당신을 속였어."

재미있는 말이다. 사실 좀 우스웠다. 샤오만은 팔짱을 꼈다. 가슴 바로 아래에 그녀의 팔뚝이 가로놓였다. 이런 말을 듣다니. 대체 누가 누구한테 하는 말인가? 됐다고! 이런 일에서 누가 누구에게 미안하다는 말인가? 이런 곳에서 누가 누구를 속일 수 있다고? 다 정해진 가격대로 하는 장사인데. 샤오만은 아직 어떤 손님에게서도 이런 말 같지도 않고 믿을 수도 없는 말을 들어본 일이 없었다. 무슨 상관이야. 어울리지도 않는다고.

"내가 정말 미안해." 샤오마가 말했다.

"무슨 말이에요, 오빠?"

"내 말을 이해 못하는구나."

샤오만이 뭐라고 채 대답하기도 전에 샤오마는 흥분했다. 그의 두 손이 침대 모서리를 꽉 붙들었다. 손등의 혈관이 순식간에 불거졌다. 샤오마가 말했다. "내 말을 이해 못하고 있어!" "상관없어요." 샤오만이 말했다. "알아듣든 못 알아듣든 오빠는 나한테 돈만 주면 그만이에요."

샤오마의 오른손이 왼손의 다섯 손가락을 하나씩 잡아당기기 시작했다. 한차례 돌더니 다시 한번 더 손가락을 잡아당겼다. 세번째로 잡아당기면서 샤오마가 말했다.

"난 이제 더이상 당신에게 돈을 주지 않을 거야." 샤오마는 아주 진지하게 말했다. 그 말의 무게감이 상당했다.

그 정도의 말을 샤오만이 어떻게 알아듣지 못하겠는가! 하지만 너무 갑작스럽고 너무 무거웠다. 샤오만은 가볍게 농담을 주고받는 대화에 익숙한 사람이었다. 분위기를 띄우고 장난만 했었다. 기껏해야 농담반 진담반이었다. 그래서 샤오마의 무거운 말에 샤오만은 순간 할말을 잃었다. 며칠 동안 샤오마가 오지 않았기 때문에 솔직히, 샤오만은 걱정을 했었다. 계속 생각이 났다. 물론 문득문득 스쳐지나가듯 생각이 났을 뿐이었다. 그는 왔다가 떠나고, 또 왔다가 떠났다가 결국 나타나지 않았다. 이게 샤오만이 살아온 모습 아니었던가. 상관없어. 상관없다고. 그냥 거래였을 뿐이다. 세상 모든 것이 부족했지만, 남자만큼은 부족한 적이 없었던 샤오만이었다.

샤오만은 이렇게 계속 스스로의 마음을 다잡았지만 스스로도 뭔가 잘못돼가고 있다는 사실을 인식했다. 예상했던 것처럼, 정말 위험하게 된 것이다. 샤오만은 조금 후회가 됐다. 이런 제길, 마음을 줘버리다니. 샤오만은 길게 한숨을 쉬었다. 이건 모두 하느님의 잘못이다. 하느님은 여자들에게 이런 직업을 갖도록 해서는 안 되는 거였다. 이건 남자들에게나 알맞은 직업이다. 그들에게 훨씬 더 맞는다. 여자들은, 여자들은 안 된다.

손가락을 모두 잡아당기고 나서 샤오마는 샤오만을 찾기 위해 팔을 뻗어 손을 더듬기 시작했다. 샤오만은 슬그머니 몸을 피했다. 그를 놀리려는 것도, 수작을 부리려는 것도 아니었다. 정말로 그에게 잡히고 싶지 않았다. 그녀는 스스로를 잘 알고 있었다. 일단 그의 손에 잡혀버리면, 정말로 끝장이었다. 그다음부터는 틀림없이 골치 아파질 것이다.

샤오마의 손은 계속 샤오만을 비껴갔다. 한 번, 또 한 번, 그녀는 그의 손을 피했다. 그러나 샤오마는 포기하지 않았다. 그는 계속 노력했다. 그가 자리에서 일어섰다. 둔중하고 어설픈 그 모습이 어쩐지 웃겼다. 샤오만은 웃음이 나오려고 했지만 웃지 않았다. 샤오마는 그렇게 둔중하고 어설프게 불굴의 의지를 보여주고 있었다. 하지만 불굴의 의지가 있는 것이 다 무슨 소용이란 말인가? 눈은 샤오만의 얼굴에 붙어 있는걸. 샤오마는 그저 텅 빈 공간만, 아무 의미도 없는 곳을 조심스럽게 전력을 다해 더듬고 있는 것이다. 그의 손이 샤오만의 바로 앞까지 왔다. 샤오만은 이 모든 것을 똑똑히 지켜보고 있었다. 그의 이마에 송글송글 땀방울이 맺혀 있었다. 샤오마는 결국 지치고 말았다. 그는 벽을 짚었다. 두 팔로 벽을 짚고 제 몸을 지탱하고 있는 모습이 마치 거대한, 눈먼 도마뱀 같았다. 그래도 그는 거기서 포기하지 않고 고개를 들었다. 단호한 표정을 하고는 쓸모없는 눈빛으로 사방을 두리번댔다. 어느 순간, 그의 눈이 샤오만을 똑바로 바라보았다. 분명히 마주보고 있는데도, 그는 그 사실을 알지 못했다. 그의 시선이 샤오만의 눈동자를 스쳐 미끄러져갔다. 샤오만은 천천히 눈을 감았다. 눈을 감자마자 눈두덩이 후끈 달아올랐다. 그녀는 살그머니 샤오마의 등뒤로 다가섰다. 힘없이 팔을 들어 그를 안았다. "이 웬수." 샤오만은 두 팔을 힘주어 모으며 제 몸을 샤오마의 등에 붙였다. 그러고는 자신도 모르게 소리를 질러버렸다. "이 웬수야!"

샤오마의 머리가 비스듬히 기울어졌다. 그 얼굴에 사람의 마음을 설레게 만드는 미소가 떠올랐다. 그는 희미하게 가쁜 숨을 몰아쉬었다. 샤오마가 웃으며 말했다. "당신이 있는 줄 알고 있었어."

그들은 입을 맞추었다. 이 빌어먹을 웬수가 입맞춤은 또 어찌나 서툰지. 하지만 그는 최선을 다했다. 너무 굶어서 걸신들린 사람처럼 그녀의 입술을 탐했다. 제 몸의 모든 힘을 거의 다 쏟아붓는 것만 같았다. 샤오만의 마음은 그와 여기서 사랑을 나누고 싶지 않았지만 그녀의 몸은 이해하기 힘들 정도로 샤오마의 품안을 갈망하고 있었다. 그녀는 생각과는 다르게 줄곧 굶주려 있었던 모양이었다. 샤오만은 한 손으로 침대 시트와 매트리스를 동시에 치워버렸다. 그러곤 매끈매끈한 매트 받침판 위에서 샤오마의 팔목을 잡아당기며 외쳤다. "어서!"

이번에 샤오만은 이기적이었다. 그녀는 모든 감각과 감정을 그녀 자신에게 집중했다. 남자 쪽을 생각할 여력이 없었다. 심지어 몸을 움직이며 신음 소리를 낼 정신조차 없었다. 입술을 악물고 숨소리조차 내지 않았다. 마음속으로는 스스로를 달랬다. 그녀는 그런 스스로의 위로에 감동했다. 이 개자식, 너 앞으로 나한테 잘해야 해.

샤오만과 샤오마는 정신없이 서로의 몸을 탐했다. 너무 열심이었다. 그래서 두 사람 다 문밖에서 벌어지는 난리와 소동을 무시했다. 경찰 두 사람이 벌써 침대 곁으로 와서 서 있다는 것조차 인식하지 못했다.

"아직도 이러고 있네. 아직도! 그만!"

두흥

. . . . . .
. . . . . .

원래 말 없는 사람이 냉정해지기로 들면 더 가차없는 법이다. 샤오마가 그랬다. 샤오마는 심지어 자기가 쓰던 물건들조차 챙기지 않고 떠나버렸다. 냉정하다못해 무정했다. 모두들 뒤에서 샤오마가 마사지센터에 완전히 실망한 게 틀림없다고 쑥덕댔다. 그러지 않고서야 이렇게까지 한마디 말도 없이 떠나버릴 수는 없는 일이었다. 사푸밍이 몇 번인가 전화를 걸어보았지만 샤오마는 받지 않았다. 전화기가 꺼져 있었다. 샤오마는 정말 마사지센터를 떠나버린 것이다.

어떤 곳이든 비상시에는 모든 일들이 연이어 터진다. 샤오마가 떠나자마자 지팅팅도 떠나겠다는 의사를 내보였다. 갑작스러웠지만, 한편으로는 전혀 갑작스러운 일이 아니었다. 마사지센터의 맹인들은 이 바닥에서 잔뼈가 굵었기 때문에 다들 눈치가 백단이었다. 요즘 마사지센터가 돌아가는 상황을 보노라면 누구라도 곧 무슨 일이 터질 것 같다는 예감이 들곤 했다. 이런 때 누구든 떠나겠다고 말하는 것은 자연스러운 일이었다. 다만 가장 먼저 깃발을 든 사람이 바로 왕언니 지팅팅이라는 사실이 놀라울 뿐이었다.

지팅팅은 '사쭝치 마사지센터'의 터줏대감이었다. 마사지센터가 생기자마자 제일 먼저 초빙해 온 마사지사가 바로 그녀였다. 그런 만큼 그녀는 줄곧 '사쭝치 마사지센터'의 든든한 버팀목이 되어주었다. 누군가 버팀목인지 아닌지를 알려면 한 가지만 보면 된다. 바로 실적표다. 실적표를 보면 분명해진다. 급여가 높다는 것은 그 사람의 고객이 많다는 뜻이다. 고객이 많다는 것은 그가 벌어들이는 수익이 높다는 뜻이다. 사장들은 두 가지 이유에서 급여가 높은 사람을 특별히 중요하게 생각했다. 첫째, 마사지사의 급여가 아무리 높다 하더라도 사장보다는 낮다. 그가 떠나면 가장 크게 손해를 보는 건 사장이다. 둘째, 손님들이란 존재가 원래 비이성적이기 때문이다. 그들은 사람을 가렸다. 자기에게 익숙한 마사지사가 떠나면 손님들은 다시는 돌아오지 않았다.

왕언니 지팅팅의 손재주가 최고라고는 할 수 없었다. 물론 여자들 중에서는 그래도 고수 반열에 들었다. 그러나 장사란 참으로 묘한 것이다. 손님들은 어떤 때는 마사지 기술을 중시하지만, 또 어떤 때는 전혀 중요하게 생각하지 않았다. 그럴 때 손님들이 중시하는 것은 사람됨이었다. 지팅팅은 우악스럽고 못생긴데다 목소리까지 걸걸했다. 그러나 왕언니 지팅팅과 한번 인연을 맺은 손님은 모두 그녀를 좋아했다. 닥터 왕이 오기 전에, 마사지센터에는 그녀의 단골손님이 가장 많았다. 손님들이 좋아하는 것은 역시 지팅팅의 성격이었다. 너그럽고 호탕해서, 때로는 정말 여자같이 느껴지지 않을 정도였다. 전혀 여성스럽지 않은 여자가 손님들에게 가장 사랑받은 것이다. 많은 손님들이 지팅팅 때문에 '사쭝치 마사지센터'를 찾아왔다.

지팅팅은 점심식사 후에 이 소식을 알렸다. 밥을 다 먹고 나서, 지팅팅은 숟가락을 도시락에 얹은 뒤 한쪽으로 밀어놓았다. 그러고는 목청을 가다듬고 큰 소리로 말했다.

"내 동료이자 친구인 여러분, 여기 계신 신사 숙녀 여러분, 회의를 시작합니다. 이제부터 이 지팅팅이 하는 말을 잘 들어주세요." 점심시간은 원래 쥐죽은듯 고요했다. 지팅팅이 이처럼 의외의 행동을 하자 우습기도 하고 뭔가 중요한 사건이 아닐까 흥미가 생기기도 했다. 지팅팅이 무슨 말을 꺼낼지 누구도 알지 못했다. 사람들은 음식을 씹던 동작을 멈추고 일제히 그녀 쪽으로 고개를 돌렸다. 지팅팅이 마침내 입을 열어 이야기를 시작했다.

"동료이자 친구인 여러분……"

"이런 말이 있습니다. '남자는 나이가 차면 장가를 가고, 여자는 나이가 차면 시집을 간다.' 아가씨라고 하기에 제 나이가 적지는 않죠. 그래서 이제 고향으로 돌아가 결혼을 하려고 합니다. 인생은 아주 아름답습니다. 왜냐? 저같은 여자와 결혼을 하겠다는 남자를 만났으니까요. 쉬운 일이 아니죠. 이 남자 기특하죠. 얼마나 좋은 일입니까. 우리는 전화로 한 달 넘게 사귀었습니다. 서로 솔직하게 마음을 터놓는 사이가 됐고 또 가끔 닭살 돋는 말도 주고받습니다. 서로가 서로를 사랑한다는 사실을 알고 있고, 장기적으로 좋은 관계로 살아나갈 수 있으리라는 점도 확신합니다. 우리는 함께 먹고 함께 자는 사이가 되기로 마음먹었습니다. 내일 모레가 바로 월급

날이죠. 월급을 받으면 이 아가씨는 여기서 떠날 겁니다. 여러분은 모두 여기서 자리를 잘 지켜주세요. 우리 모두가 잘 먹고 잘사는 사회를 위해 있는 힘을 다해 싸워봅시다. 자, 박수 치세요, 여러분. 열렬한 박수로 오늘 회의를 마무리합시다."

아무도 박수를 치지 않았다. 모두 어안이 벙벙할 따름이었다. 지팅팅은 모두가 박수를 치면서 자신의 행복을 빌어줄 거라 여겼다. 그러나 뜻밖에 휴게실은 고요했다. 놀라울 정도로 조용했다. 사람들은 지팅팅이 샤오마의 전철을 밟는 거라고 생각했다. 그가 떠난 김에 덩달아 떠나려고 한다고.

"박수 좀 쳐봐요. 내 말 안 들려요?"

사람들은 그제야 박수를 쳤다. 마지못해 치는 박수였다. 박자가 전혀 맞지 않고 열의는 더더욱 느껴지지 않았다. 여기저기서 후둑후둑, 전병을 먹고 입가에 묻은 참깨를 떨어내듯 박수 소리가 울렸다.

그 박수 소리는 또 한 가지 사실을 말했다. 사람들은 지팅팅이 떠난다는 사실을 믿었다. 그러나 결혼을 위해서라니, 그것은 평계에 불과하다. 사장들 입을 미리 막기 위해 생각해낸 평계. 고향으로 돌아가서 결혼을 한다는데, 제아무리 사장이라도 어떻게 더 붙잡겠는가?

마사지센터의 분위기가 차분히 가라앉았겠는가? 아니다. 오히려 심란해졌다. 모두가 술렁였다. 영리한 사람들은 다 떠나는구나. 이제 나도 내 살 길을 찾아봐야 할 때다. 지팅팅이 설마 정말 고향으로 돌아가 결혼을 하겠는가? 한 달 동안 전화로 만난 사람과 결혼하겠다고 고향으로 돌아갈 사람인가?

그러나 지팅팅의 말은 사실이었다. 그녀는 정말 곧 결혼할 생각이었다. 원래 호탕하고 거침없는 여자들은 그렇다. 사람들은 이런 여자들이 연애에 통달했을 거라 생각하지만 그렇지 않았다. 그녀들은 사랑에 대해서 전혀 모른다. 그래서 그녀들의 연애와 결혼은 그렇게 불쑥 찾아온다. 더욱이 지팅팅은 맹인이 아니던가! 연애를 할 줄 모른다는 것이 그리 큰 문제도 아니고. 그렇다면 이것저것 고르거나 재지 말고 운명에 따르자. 다른 사람이 준비해주는 대로 따라가자. 펼친 그물에 떨어지는 사람이 바로 그 사람이다. 길게 생각할 것도 없다. 호탕한 여자들의 연애나 결혼에 대한 태도는 이토록 단순했다. 건성이고 무관심했다. 하지만 또 이상한 일은, 그녀들이 아무리 건성으로, 무관심하게 해치우더라도, 그런 여자들의 결혼은 또 굉장히 완벽한 것이 되곤 한다는 것이다. 오랫동안 고심하고 이리저리 어렵게 따지고 결혼한 사람들보다 훨씬 더 행복하게 살았다. 그 이유를 누가 알겠는가? 불가사의할 뿐이다.

지팅팅은 연애에 대해 잘 알지 못했지만 동료들이나 친구들과 나누는 감정은 무척 중시했다. 얼마든지 자신을 내어주고자 했고, 기꺼이 그렇게 했다. 자기가 곧 떠나야 한다는 생각이 들자, 도무지 아쉬움을 감출 수가 없었다. 그녀의 사직 발표에는 약간의 장난기도 섞여 있었고, 어딘지 연극적이기도 했다. 하지만 속마음은 무척 슬펐다. 견디기 힘들 정도로 슬펐다. 모두가 그녀를 위해 갈채를 보내주리라 믿었다. 그러나 사람들은 그렇게 하지 않았다. 모두들 그녀를 보내고 싶어하지 않는다는 뜻이었다. 어쨌거나 오랫동안 함께 지내왔던 사람들이다. 정이 깊게 든 것은 당연했다. 지팅팅의 눈꺼풀이 몇 차례 깜빡였다. 끊임없는 갈채 소리를 듣는 것보다 더

뭉클했다.

장쭝치는 꼼짝도 하지 않았다. 마음속으로는 아마 누구보다 격하게 동요했을 것이다. 그는 사장이었다. 지팅팅같이 돈이 열리는 나무를 잃는다는 것은 마사지센터의 큰 손실이었다. 아까운 일이다. 물론 두려워할 일은 아니었다. 정작 두려운 것은 지팅팅처럼 기둥 역할을 하던 사람이 빠져나갔을 때 발생할 여파였다. 어떤 파란이 일지 감히 예측하기 어려웠다. 맹인들은 무리지어 움직이기를 좋아한다. 하나가 움직이면 나머지도 다 움직이고 만다. 하나가 떠나면 둘이 떠날 수 있고 둘이 떠나면 셋이 떠날 수 있다. 동시에 여러 명이 사직해버리면 골치가 아파진다. 장사란 본디 그렇게 파장이 빨리 퍼지는 것이다.

어쨌거나 사태가 이 지경에 이른 가장 직접적인 원인은 진다제였다. 그리고 그 뿌리는 자신이었다. 역시 장쭝치 자신의 책임이었다. 장쭝치는 지팅팅이 결혼 때문에 떠난다는 사실을 믿지 않았다. 겨우 한 달 남짓 연애를 하고 어떻게 결혼을 한단 말인가! 그녀를 붙잡아야 한다. 단 두세 달만이라도 붙들어두면, 지금 이런 꼴은 아닐 수 있다. 때가 되어 결국 그녀가 떠나고 말더라도, 지금과는 전혀 상황이 다르리라.

"축하하네." 장쭝치가 말했다. 사장된 입장으로서 장쭝치가 맨 먼저 침묵을 깼다. 그는 '조직'을 대표해 지팅팅에게 축하의 말을 건넸다. 장쭝치는 사푸밍 쪽으로 고개를 돌리며 말했다. "푸밍, 새 신부를 위해 우리가 뭐라도 준비를 좀 해줘야지?"

"그야 그렇지." 사푸밍이 말했다.

"이 일은 가오웨이에게 맡기지." 장쭝치가 말했다. 장쭝치는 지팅팅을 향해 의미심장한 말을 남겼다. "결혼은 결혼이고 일은 일이니까. 우선 가서 결혼 준비를 하시고, 다른 일들은 우리 나중에 다시 얘기합시다."

사푸밍은 한구석에 앉아 있었다. 그 역시 장쑹지와 마찬가지로 결혼 때문에 떠난다는 말을 믿을 수 없었다. 그러나 그의 불신은 장쭝치의 불신과는 또 달랐다. 장쭝치는 평소에 도무지 입을 열지 않는 사람이었다. 그런데 오늘은 이토록 발빠르게 말을 꺼내다니, 이는 보통 일이 아니었다. 보통과 다르다는 것은 곧 문제가 있다는 것이다. 그와 장쭝치, 두 사장이 이제 막 갈라서기로 상의한 참이었는데, 장쭝치가 떠나기도 전에 샤오마와 지팅팅이 먼저 떠난다. 큰 일꾼들이 이렇게 잇달아 떠나버린다면, 마사지센터의 운명은 거덜나는 길 하나뿐이다. 때가 되어 장쭝치가 십만 위안을 들고 가버린다면, 만신창이가 된 가게를 떠안는 것은 다름 아닌 자신이었다. 장사란 자리를 잡고 번창하기란 어렵지만, 일단 내리막을 걷기 시작하면 걷잡을 수 없다. 그렇게 굴러가는 것이다. 비수가 떨어지는 것보다 더 빠르게 끝장나고 만다. 재기의 가능성은? 희박했다. 장사하는 사람들이 풍수를 믿는 데는 다 이유가 있다. 풍수가 나쁘면 아무리 노력해봤자 개고생이다. 손가락에 닿는 것은 땀방울뿐, 돈을 만져볼 기회는 없는 것이다.

지팅팅이 '중대 발표'를 하기 전에 두훙과 가오웨이는 두부 한 조각을 놓고 서로 양보하며 실랑이중이었다. 결국 그 두부 한 조각은 땅바닥에 떨어졌다. 안타까운 일이다. 두 사람은 이즈음 다소 지나치게 친밀했다. 가오웨이가 직접 한 말이기도 했다. 그녀는 두훙과 자신을 '동지'라고 일컬었다. 또 자기가 '호색한'이라고도 했다. 물론 농담이었다. 하지만 그 말은 누군가에 대한 아첨이기도 했다. 두훙은 그 말을 듣고 기뻐했다. 사푸밍도 그 말을 듣고 기뻐했다. 곁에 서서 귀를 쫑긋 세우고 듣다가 가오웨이에게 '고맙다'는 말을 내뱉을 뻔했다. 사푸밍은 최근 가오웨이를 각별히 대하고 있었다. 가오웨이 또한 그 사실을 눈치채고 있었다. 사람 사이의 일은 참 재미있다. 그녀와 사 사장의 관계는 결국 한 바퀴를 빙 돌아 그녀와 두훙의 관계로 나타난다.

지팅팅의 '중대 발표'에 가장 놀란 사람은 누가 뭐래도 두훙이었다. 어떻게 간다는 말 한마디만 하고 그냥 갈 수가 있단 말인가! 그러나 두훙을 정말 놀라게 한 것은 지팅팅이 결혼한다는 사실이었다. 지팅팅은 그토록 중요한 비밀을 자신에게 일언반구도 내비치지 않았다. 그것은 무엇을 의미하는가? 팅팅 언니가 오래전부터 자신을 자기 사람으로 여기지 않았음을 의미한다. 상대를 나무랄 수만은 없는 일이었다. 그렇다면, 내가 팅팅 언니에게 그런 빌미를 주었단 말인가? 아니다. 전혀 그런 적이 없다. 두훙은 팅팅 언니가 떠나는 것이 자신과 관계있다고 확신하기 시작했다. 적어도 절반의 책임은 자신에게 있다. 내가 제대로 사람 노릇을 못한 까닭이다. 제대로 관계를 유지하지 못했기 때문이다. 나는 배은망덕한 쓰레기와 다를 바 없다. 두훙은 밥그릇을 손에 쥔 채 차마 말할 수 없는 부끄러움에 몸을 떨었다. 이제부터라도 팅팅 언니에게 조금이라도 더 잘해줘야겠다. 남은 하루하루를, 한 시간 한 시간을 좀더 신경쓰자. 팅팅 언니는 두훙이라는 사람이 자기 이익만 좇는 인간이라고 여길 것이 틀림없다. 그러나 두훙의 마음속에는 지팅팅이 늘 정신적 지주로 자리하고 있었다. 진심으로 팅팅 언니에게 감사와 호의를 느끼고 있었다.

두훙은 오후 내내 기다렸다. 퇴근 시간만을 기다린 것이다. 누가
뭐래도 오늘은 가오웨이의 삼륜차를 타지 않으리라. 오늘만은 닝
팅 언니의 손을 잡고 길을 더듬어 놓아가리라. 함께 설으며, 함세
이야기하며, 함께 웃으며 가리라. 다정하고 따뜻하게, 달콤하고 친
밀하게. 팅팅 언니도 알아야 한다. 그녀가 세상 어느 곳에 가서 살
든, 난징에는 그녀를 그리워하는 동생이 있다는 사실을. 팅팅 언니
는 좋은 사람이다. 참 좋은 사람이었다. 팅팅 언니가 자신에게 해
준 일들을 떠올리니, 두훙은 마음이 아파왔다. 언니를 만날 수 있
었던 것은 행운이었다. 두훙은 오늘밤 팅팅 언니와 둘이서 비밀 이
야기를 나누자고 마음먹었다. 언니는 곧 떠날 사람이니까. 그녀는
팅팅 언니에게 샤푸밍이 어떻게 자신을 쫓아다니고 있는지, 얼마
나 아둔하고 멍청하게 구는지, 또 얼마나 가련하고 가증스러운지
말하고 싶었다. 우스운 이야기였다. 그녀는 절대 샤푸밍에게 시집
가지 않을 테니까. 그녀는 그렇게 '미모를 밝히는' 남자가 정말 싫
었다. 언제나 사람을 붙들고 "당신은 도대체 얼마나 아름답게 생
긴 거지?"라고 묻는 것도 싫었다. 그게 무슨 짓인가? 생각만 해도
우스운 일이다. 오늘밤 그녀는 꼭 지팅팅과 한침대에서 잘 것이다.
언니의 '찌찌'를 만지며 놀려줄 것이다. 찌찌가 서로 너무 멀리 떨
어져 있는 거 아니야? 두 개가 따로 따로, 이래서야 한 쌍이라고 할
수 있어?

물론 또 한 가지 중요한 비밀이 있었다. 두훙은 그 이야기를 꼭
팅팅 언니에게 해야만 했다. 두훙은 팅팅 언니와 상의하고 싶었다.
언니의 의견을 듣고 싶었다. 샤오마와 관계된 일이었다. 그래도 세

상에 나와 나름대로 풍파를 겪은 두훙이건만, 어느새 남몰래 한 남자에게 마음이 가기 시작했다. 두훙이 보기에, 마사지센터에서 가장 괜찮은 남자를 꼽으라면 역시 닥터 왕이었다. 다만 그는 나이가 좀 많았다. 그러나 나이가 좀 많은 게 무슨 흠이란 말인가? 가장 큰 흠이라면 여자친구가 있다는 점이었다. 만약 정말 그를 빼앗으려 마음먹는다면, 그래서 수단과 방법을 가리지 않는다면, 두훙은 닥터 왕을 샤오쿵의 손에서 빼앗아 자기 품안에 안을 수 있을 것이다. 두훙에게는 그럴 자신이 있었다. 하지만 그럴 필요는 없었다. 두훙도 그저 생각만 해본 것뿐이니까. 두훙이 정작 마음에 두고 있는 사람은 사실 샤오마였다. 샤오마는 멋지다. 손님들이 다 그렇게 말했다. 두훙이 샤오마 곁에 선다면, 그야말로 천생배필이리라.

엄밀히 말하자면, 두훙은 남모르게 샤오마에게 손을 내민 적이 있었다. 물론 드러내놓고 덤빈 것은 아니다. 그녀는 아주 특별한 방식으로 접근했다. 그날 두훙은 샤오마와 같은 마사지칸에 들어갔다. 두 손님은 난징 예술대학의 부교수들이었다. 한 사람은 유화를 그렸고, 다른 사람은 이론을 맡고 있다고 했다. 어쨌거나 두 사람 다 꽤 명성이 있었다. 두 부교수는 심심했던지, 두훙의 미모를 칭찬하기 시작했다. 아름다움에 대한 찬탄이야말로 예술대학 교수들이 하는 일이었다. 두 손님은 전문인의 안목으로 두훙의 신체와 얼굴 각 부분을 뜯어보기 시작했고, 각 부분을 세심하게 찬미했다. 두훙은 그 상황이 재미있었다. 그래서 부교수들이 칭찬을 할 때마다 그녀는 전자시계의 버튼을 눌렀다. 그 뜻은 너무도 분명했다. "샤오마, 잘 들었지! 교수님들께서 뭐라고 하는지!"라고 말하는 것이었다. 사실 두훙답지 않은 행동이었다. 제멋대로에 다소 경박하기도 했다. 두훙도 자신이 교태를 부리며 추파를 던지고, 꼬리를 치고 있다는 것을 알았다. 그러나 샤오마는 미동조차 하지 않았다. 나중에야 찬물 끼얹는 말을 한마디 남겼을 뿐이다. "두훙, 어째서 그렇게 시간 감각이 없는 거지?" 두훙은 샤오마의 날에 무척 실망했다. 이 사람은 난징 예술대학의 부교수가 될 꿈은 평생 꾸지도 말아야겠다.

두훙이 샤오마를 얼마나 좋아하는지는 두훙 스스로도 모른다. 그저 그녀의 마음속에 그가 있다고만 해두자. 샤오마가 흙먼지를 날리며 그녀를 쫓아다닌다면 그녀도 생각해볼 수 있는 정도, 가능성은 있는 정도라고 할 수 있었다. 적어도 두훙 자신이 입장을 바꿔 그를 쫓아다닐, 그런 마음은 아니었다. 그 정도로 그를 마음에 담은 것은 아니었다. 샤오마가 멋있기는 하지만 결점이 분명했다. 너무 답답한데다 말수도 적고 침울했다. 아침부터 밤까지 채 열 마디도 하지 않는 사람이었다. 그런 사람과 함께 살아갈 수 있을까? 두훙이 샤오마에게 완전히 빠지지 않는 이유도 그 때문이었다. 팅팅 언니와 상의하려는 것도 바로 이 문제였다. 이런 이야기들은, 물론 가오웨이와 나눌 수 없다. 그녀와 가오웨이가 잘 지내기는 하지만, 평생 이런 이야기를 나누는 사이는 될 수 없을 것이다.

그날 밤 가오웨이는 도무지 눈치 없이 굴었다. 두훙의 속내 따위는 전혀 알지 못하고 들러붙었다. 가까스로 퇴근 시간이 되자, 가오웨이는 정리를 시작했다. 그녀는 담요와 베개들을 겹쳐 쌓은 뒤 꾸러미를 만들었다. 두훙은 가오웨이에게 오늘은 먼저 돌아가라고 말할 참이었다. 그런데 막상 앞에 서니 입이 떨어지지 않았다. 하릴없이 휴게실 문 앞에 선 채 지팅팅의 손을 잡아끌며 그 곁에 바투 다가들었다. 가오웨이는 알지 못했지만, 지팅팅은 금방 그 뜻을 읽었다. 그녀는 두훙의 머리를 두어 번 쓰다듬더니 알았다고 했다. 그리고 조금만 더 기다리라고 하고는 휴게실로 돌아가 자기 짐을 꾸렸다. 두훙은 그저 휴게실 앞 벽에 우두커니 기대어 서 있을 따름이었다. 지팅팅은 조심스럽게 행동하는 사람이 아니었다. 뭘 하든 손발을 크게 놀렸다. 그저 간단하게 짐을 꾸릴 뿐인데도, 움직임이 다른 사람과 사뭇 달랐다. 부스럭부스럭, 듣는 것만으로 움직임을 모두 파악할 수 있었다. 두훙이 말했다. "팅팅 언니, 너무 서두르지 마세요. 기다리고 있을 테니까요." 지팅팅이 말했다. "다 됐어, 다 됐어." 지팅팅이 얼마나 기뻐하는지가 그대로 드러났다. 꼭 박수를 치고 폴짝폴짝 뛰는 듯한 느낌이었다. 지팅팅의 기쁨이 고스란히 두훙에게 전해졌다. 두훙도 무척 기뻤다. 그러나 아주 짧은 기쁨이었다. 그동안 이런 기쁨을 소중히 여기지 못했구나.

두훙은 한쪽에 서서 지팅팅을 기다리며, 두 사람이 처음 만난 순간을 떠올렸다. 그리고 옛일을 추억하며 손으로 계속 문틀을 어루만졌다. 문틀은 더이상 그냥 문틀이 아니라 팅팅 언니인 것만 같았다. 너무도 아쉽고 안타까웠다.

가오웨이가 그새 짐을 다 쌌는지 꾸러미를 들고 두훙의 곁을 지나쳤다. 그러고는 곧바로 문밖의 삼륜차 쪽으로 걸어갔다. 두훙은 역시 가오웨이에게 확실히 말해두어야겠다고 생각했다. 팅팅 언니가 곧 떠나니까 오늘은 언니랑 같이 있고 싶다고. 아마 가오웨이는 내 마음을 이해해주겠지.

가오웨이가 문을 열고 나가는 순간 갑자기 바람이 안으로 확 밀려들었다. 바깥 바람이 상쾌했다. 두훙은 숨을 깊이 들이마셨다.

가슴이 자연스럽게 펴졌다. 그리고 거의 동시에 샤오탕이 멀리서 큰 소리로 두훙의 이름을 외쳤다. 저렇게 갑자기 부르다니, 깜짝 놀라잖아. 두훙은 본능적으로 즉시 한 걸음 물러서면서 잡았던 문틀을 더욱 세게 거머쥐었다. 그러나 곧 이런 상황인지 직감한 그녀는 거머쥐었던 손을 재빨리 놓으려 했다. 하지만 너무 늦었다. '쿵' 하는 소리와 함께 휴게실 문이 그대로 닫혀버렸다.

두훙의 날카로운 비명이 이제 돌이킬 수 없음을 알려주었다. 샤오탕이 두훙을 부르는 소리를 들은 순간, 지팅팅은 무슨 일이 벌어지고 있는지 알았다. 그녀는 들고 있던 짐을 내던진 채 그대로 문으로 달려갔다. 지팅팅은 두훙의 어깨를 더듬었다. 두훙의 온몸이 둥그렇게 말려 있었다. 두훙은 지팅팅의 몸에 기댄 채 연체동물처럼 축 늘어졌다. 기절했음에 틀림없었다. 지팅팅은 팔뚝으로 두훙의 겨드랑이를 떠받쳤다. 그리고 손을 뻗어 두훙의 오른손을 어루만졌다. 새끼손가락은 멀쩡했다. 검지도 멀쩡했다. 중지도 멀쩡했다. 약지도 멀쩡했다. 하지만 엄지손가락 중간에 있는 관절이 쑥 들어가 있었다. 손가락이 관절을 경계로 두 부분으로 어긋나 있는 것이다. 지팅팅은 발을 구르며 저도 모르게 비명을 내질렀다. "아이구, 하느님! 하느님 맙소사!"

택시는 폭주하듯 달렸다. 사푸밍은 두훙을 뒤에서 안고 있었다. 두훙을 한번 안아보는 일, 얼마나 간절히 바라던 일인가! 꿈에서도 바란다는 말이 전혀 과장이 아니었다. 마침내 그에게 기회가 왔는데 이게 무슨 포옹이란 말인가? 이렇게는 아니었다. 그는 두훙을 안고 두 손으로 두훙의 다친 오른손을 감싸쥐고 있었다. 그렇게 감싸쥐고 있자니, 사푸밍의 심장이 산산이 부서져 조각조각 얼음이 되었다가, 다시 손의 모습이 되었다. 사푸밍은 도무지 이해할 수가 없었다. 얼음과 손, 손과 얼음이 어째서 그의 인생에 이리도 그림자처럼 따라붙는지. 사푸밍은 손의 전생이 물이었다고 믿기 시작했다. 분명 이곳저곳을 흘러다니면서 사방으로 뻗어나갔을 것이다. 그러나 단 한 번의 충격을 견뎌내지 못했다. 운명이 고개를 든 순간, 그것은 얼어붙고 말았다. 이런 생각을 하다보니 사푸밍의 몸도 차가워졌다. 그의 품안에 있는 두훙도 차갑게 식어가고 있었다.

두훙은 너무 아파서 정신이 들었다. 꾹 참았지만 너무 아파서 사푸밍의 품안에서 몸부림칠 수밖에 없었다. 그녀의 아픔이 사푸밍에게 속속들이 전해졌다. 사푸밍은 그녀 대신 아프고 싶었다. 두훙이 겪고 있는 이 아픔을 모조리 끄집어내서 자기 입속에 쑤셔넣고 잘근잘근 씹어 삼킬 수 있길 바랐다. 그는 아픔이 두렵지 않았다. 전혀 개의치 않았다. 두훙의 아픔이 사라질 수만 있다면, 어떠한 아픔이든 자신의 위장 속에 쑤셔넣을 수 있었다.

사푸밍은 두훙의 다친 손을 감히 어루만지지도 못하고 그저 감싸쥐고 있었다. 그런데 두훙의 손을 어루만지자마자 심장이 덜컥 내려앉았다. 하느님 맙소사! 이래서 지팅팅이 끊임없이 '하느님 맙소사!'를 외쳤던 게로구나! 부러진 게 바로, 두훙의 엄지손가락이었구나!

마사지사에게 오른손 엄지손가락이 얼마나 중요한지는 말하지 않아도 자명하다. 사람의 손은 오직 두 개다. 왼손잡이가 아닌 이상 왼손은 결국 도와주는 역할만 할 따름이다. 오른손에서 가장 힘이 들어가는 부분이 어디던가? 엄지손가락이다. 긁거나 찌르거나 꼬집거나 누르거나, 하다못해 문지르기를 하더라도, 어떤 동작을

하든 없어서는 안 되는 것이 엄지손가락의 힘이다. 엄지손가락이
한번 부러지면, 의사가 제아무리 강철판과 강철못을 가져다 이어
붙이더라도, 마사지사에게 그 손가락은 쓸모없는 것이 되고 만다.
맹인은 원래 장애가 있는 사람인데 두훙은 이제 장애인 중의 장애
인이 되고 말았다. 두훙의 손엔 얼음뿐 아니라, 이제 무쇠와 강철
도 들어가게 생겼다.

　사푸밍의 머릿속에 난데없이 한 단어가 튀어올랐다. 병신. 몇 년
전만 해도 중국에는 '장애'라는 말이 없었다. 그때 사람들은 '장애
인'을 '병신'이라고 불렀다. 병신이라는 말은 장애인들이 가장 기
피하고 분개하는 단어였다. 이후 사회 전체가 장애인에게 위대한
관용을 실천하기에 이르러 그들은 마침내 '병신'이 아닌 '장애인'
이 되었다. 이는 사회가 장애를 가진 사람들에게 준 언어적 선물이
었다. 맹인들은 그 말에 춤을 추며 기뻐했었다. 그러나 두훙, 내 사
랑하는 두훙, 당신은 더이상 장애인이 아니다. 당신은 병신이다.
사푸밍은 택시 안에서 고개를 치켜들고 별들이 가득한 하늘에 제
얼굴을 마주했다. 별밤의 하늘은 원래 바람 한 점 불지 않는 철판
인가보다. 그 하늘에서는 비릿한 쇠냄새가 풀풀 났다.

　두훙은 아직 젊었다. 심지어 그녀는 '어렸다'. 이제 앞으로 어떻
게 살아간단 말인가? 그녀에게 남은 것은 오직 시간뿐이었다. 그녀
에게는 아직 너무 많은 시간이 남아 있었다. 지나치게 광대하고 풍
부한 시간이다. 지나치게 넘쳐나서 어떤 수준에 이르면 시간은 갑
자기 사악한 존재로 돌변해 송곳니 같은 잔혹한 면모를 드러낸다.
그리고 정확하고 어김없이 사방에서 이 아름답고 어린 여인을 덮
칠 것이다. 이제 만신창이가 되는 것 외에는 다른 선택의 여지가

없다.

시간이란 '흘려보내야' 하는 것이다. 두훙, 당신이 그럴 수 있을까.

사푸밍의 가슴이 뜨거워졌다. 그는 고개를 숙이고 말했다.

"두훙, 나와 결혼해줘."

두훙의 몸이 떨렸다. 두훙은 곧 사푸밍의 품안에서 몸을 뗐다. 그리고 말했다.

"사 사장님, 어떻게 이런 때 그런 말씀을 하세요?"

이번에는 사푸밍의 몸이 떨렸다. 그래, 도대체 어떻게 '이런 때' '그런 말'을 하고 말았는가?

사푸밍은 다시 한번 두훙에게 다가가 그녀를 꼭 끌어안으며 말했다. "두훙, 맹세할게. 다시는 그런 말 안 할게."

사푸밍은 온몸이 죽고 위장만 힘이 넘치는 것 같았다. 그렇게 위가 아팠다.

두훙은 내내 꿈을 꿨다. 병원의 병상 위에서 두훙은 쭉 같은 꿈을 꾸었다. 그녀의 꿈은 언제나 피아노 한 대를 둘러싸고 시작된다. 낯선 음악이 들려온다. 이상하다. 꼭 과거의 가슴 아픈 일 같다. 음역이 놀랄 정도로 넓어서 손을 크고 복잡하게 놀려야 한다. 두훙 자신이 연주중이다. 그 이상한 소리가 바로 그녀의 손끝에서 흘러나오고 있다. 손가락들은 부드럽고 유연하게 움직인다. 손가락 하나하나가 그녀가 뜻하는 대로 유연하고 거리낌없이, 생생히 움직임을 느낄 수 있다.

언제나 이쯤에서 두훙은 자신의 두 손을 들어올린다. 알고 보니 그녀는 연주를 하고 있는 것이 아니라 지휘를 하는 중이다. 합창단을 지휘하고 있다. 모두 네 파트가 있다. 소프라노, 메조소프라노, 테너, 베이스. 두훙이 가장 사랑하는 것은 역시 남성의 낮은 목소리, 즉 베이스다. 베이스는 특별하게 관통하는 힘이 있다. 모든 소리 가운데 가장 낮고, 그 낮은 곳에서 넓게 퍼지며 순식간에 헤아릴 수 없이 깊은 곳에 이른다.

이제 두훙의 꿈은 서서히 결말에 가까워진다. 놀라운 광경이 눈앞에 펼쳐진다. 두 손은 지휘를 하고 있는데, 피아노 소리가 여전히 아련하게 들려온다. 피아노 선율은 처음부터 지금까지 계속되고 있었다. 두훙은 미심쩍어 피아노 건반을 쓰다듬는다. 그 순간 깜짝 놀라고 만다. 그녀는 피아노를 연주하고 있지 않았다. 그녀의 손은 피아노와 아무런 관계도 없었다. 피아노 건반이 저절로 제멋대로 움직이고 있다. 여기저기서 쑥 들어갔다 올라왔다. 마치 무슨 마법에라도 걸린 것처럼.

두훙은 항상 거기서 눈을 떴다. 온몸이 식은땀으로 범벅이었다. 피아노 소리가 귓가에서 계속 맴돌았다.

지팅팅은 마사지센터를 떠나지 않았다. 그러다 결국 눌러앉고 말았다. 왜 떠나지 않는지, 지팅팅은 설명하지 않았다. 다른 사람들도 굳이 캐물을 수 없었다. 두훙은 벌써 두 번이나 그녀를 채근했다. 가세요, 언니. 제발 가요. 지팅팅은 대답하지 않았다. 아무런 말도 없이, 두훙의 곁을 지키며 그녀를 돌보았다. 지팅팅의 마음속에는 오직 하나의 논리가 자리잡고 있었다. 결혼이 아니었다면 그녀는 떠나지 않았을 것이다. 그녀가 떠난다고 하지 않았다면 두훙은 그녀를 기다리지 않았을 것이다. 두훙이 기다리지 않았다면 이런 화를 입지 않았을 것이다. 지금, 두훙이 이 모양 이 꼴이 되었는데, 그녀가 이대로 떠난다면 그 마음을 어찌 견디겠는가? 지팅팅이 할 수 있는 유일한 일은 자책이었다. 죽어버릴까 하는 생각까지 했다. 그러나 지팅팅은 두훙이 그녀가 자책하는 것을 원치 않는다는 것을 잘 알고 있었다. 사실 그녀가 하루빨리 고향으로 돌아가 결혼하기를 바랐다. 다른 각도에서 생각해보면, 지팅팅이 이처럼 눌러앉아버렸기 때문에 두훙은 오히려 더 괴로워졌다. 지팅팅이 머무는 시간이 길어질수록, 두훙의 괴로움도 더할 것이다. 그러니 떠나는 것이 옳은가, 아니면 가지 말아야 하나? 지팅팅은 미쳐버릴 지경이었다. 지팅팅은 병상 곁을 지키고 앉아 두훙의 손을 꼭 붙들었다. 때로는 살그머니 감싸쥐었지만, 대개는 꼭 움켜쥔 채 도무지 놓으려 들지 않았다. 맞잡은 손은 두 사람의 괴로움을 대변했다. 하늘만이 아시리라. 두 여인이 이 순간 얼마나 가까운지. 그들은 오로지 서로가 잘되기만을 바랐다. 그저 적당한 길을, 합리적인 방안을 찾지 못하고 있을 뿐이었다. 그들은 아무 말도 할 수 없었다. 뭘 말하든 어긋날 테니까. 이틀인가 사흘 뒤부터, 두훙은 지팅팅을 떠나보내기 위해 더이상 그녀를 상대하지 않았다. 지팅팅이 털끝 하나 건드리지 못하게 했다. 친밀했던 두 여인이 막다른 골목에 들어선 셈이었다. 그곳에서 둘은 진심이 전달되길 바라며 피흘리는 심장을 꺼내 보여주기 시작했다.

결국 진옌이 모질게 손을 썼다. 병원에 간 진옌은 뜻밖에 두훙이 지팅팅에게 한마디도 하지 않는다는 사실을 알게 됐던 것이다. 지팅팅이 아무리 말을 걸어도 두훙은 본체만체할 뿐이었다. 지팅팅의 입에서 참기 힘든 냄새가 날 정도였다. 진옌은 가슴이 철렁 내려앉았다. 그러나 할 수 있는 일도, 할 수 있는 말도 없었다. 그저 두 사람의 손을 잡아주는 수밖에. 진옌의 왼손은 지팅팅에게 거머쥐었고, 오른손은 또 두훙에게 꽉 잡히고 말았다. 절망에 빠진 두 손 안에서 진옌 또한 순식간에 절망의 나락으로 떨어져내렸다.

어쨌거나 오랜 세월을 함께 지낸 사이였다. 진옌은 지팅팅의 마음을 알 수 있었다. 두훙의 마음 또한 알 수 있었다. 두 사람 다 막다른 골목에서 이러지도 저러지도 못하는 상황이었다. 그러나 계속 이렇게 지낼 수는 없었다. 진옌은 자신이 총대를 메기로 결심했다. 그녀의 거침없는 성격이 이럴 때는 정말 쓸모 있었다. 진옌은 아무 말도 하지 않고 마사지센터로 돌아왔다. 그녀는 지팅팅을 대신해 사푸밍에게 가서 급여 정산 문제를 처리하고 프런트의 가오웨이에게 기차표를 끊어달라고 부탁했다. 그런 뒤 타이라이에게 지팅팅의 물건을 정리해서 전부 집으로 보내라고 했다. 다음날 저녁, 진옌은 택시 한 대를 불러서 타이라이와 함께 타고 갔다. 그녀는 지팅팅을 속여 병원에서 끌어낸 다음, 타이라이에게 지팅팅을 택시에 태워 곧바로 기차역으로 가라고 했다. 무슨 일이 있어도 기차에 태워 보내라고. 민첩하게 일이 진행되었고 그렇게 지팅팅은 길을 떠났다. 진옌은 병원으로 돌아와 휴대폰을 눌러 지팅팅에게 전화를 걸었다. 진옌은 아무 말도 하지 않고 그저 전화기를 두훙의 손에 넘겨주었다. 두훙은 영문도 모르는 채 주저하며 전화기를 귓가에 댔다. 전화기를 대자마자 지팅팅의 울부짖음이 들려왔다. 지팅팅은 "두훙아!"를 외쳐 부르고 있었다. 뒤이어 기적을 울리며 출발하는 기차 소리가 들렸다. 두훙은 그 순간 모든 것을 알 수 있었다. 모든 것을 다. 상황을 깨닫자마자 그녀는 휴대폰에 대고 "언니"를 외쳐 불렀다. 그 '언니' 한마디에 두훙과 지팅팅의 숨이 동시에 멎었다. 두 사람은 말을 멈췄다. 휴대폰 너머로 들리는 것은 기차 소리뿐이었다. 칙칙폭폭, 칙칙폭폭. 기차는 어딘지도 모르는 먼 곳으로 가는 중이었다. 두훙의 마음 또한 그와 함께 저멀리, 아련하게, 텅 비워졌다. 두훙은 더 버틸 수가 없었다. 휴대폰을 닫으며 진옌의 품안으로 쓰러졌다. 두훙이 말했다. "진옌 언니, 안아주세요. 저 좀 안아주세요."

샤푸밍, 닥터 왕 그리고 샤오쿵

⠿⠀⠫⠕⠀⠊⠾⠆⠆⠀⠈⠈⠀⠢⠕⠇⠒⠆⠀⠠⠪⠇⠶⠒⠆

샤오마가 떠났고 지팅팅이 떠났다. 두홍은 입원중이었다. 마사
지사가 순식간에 셋이나 줄었으니 마사지센터가 텅 비었다. 든 자
리는 없어도 난 자리는 훤하다고, 원래 '텅 빈' 감각은 매우 구체적
인 법이다. 모든 사람이 이 '텅 빈' 감각을 더없이 분명하게 느꼈
다. 그것은 정말이지 '텅 빈' 느낌이었다.

천천히 안정되기 시작하자 샤푸밍은 수리공을 불러 휴게실 문에
도어스톱을 달도록 했다. 문을 끝까지 밀어 열면 벽에 있는 도어스
톱이 '탁' 하는 소리를 냈다. 그 소리는 사람들에게 위안을 주었다.

한편으로 그 소리는 무척 악랄하게 들리기도 했다. 두홍의 엄지
손가락을 연상시켰기 때문이다. '탁' 소리가 울릴 때마다, 사람들
의 머릿속엔 두홍의 엄지손가락이 떠올랐다. 소리를 들을 때마다
간이 오그라들었다.

모두의 마음속에 엄지손가락 하나가 있었다. 그것은 두홍의 엄

지손가락이었다. 부러진 엄지손가락이었다. 이제, 부러진 엄지손가락만이 다른 모든 것을 압도하고 사람들의 마음속을 파고들었다. 다들 더없이 조심스러웠다. 자칫 문제라도 일으킬까 싶어서 삼가고 또 삼갔다. 마사지센터는 여전히 쥐죽은듯 고요했다.

사푸밍은 예전과는 다르게 걸핏하면 휴게실 문 앞으로 달려가서 있었다. 꽤 오랜 시간을 휴게실 문 앞에 서 있곤 했다. 그러면서 문을 도어스톱까지 밀었다 당겼다를 반복했다. 그러면 쥐죽은듯 고요한 마사지센터 안에 도어스톱에서 나는 소리만 울려퍼졌다. 탁, 탁, 탁, 탁, 탁, 탁.

사푸밍이 내는 소리는 사람들의 신경을 건드렸다. 그러나 아무도 가서 뭐라 말할 수 없었다. 하지만 정말 참기 힘들었다. 사푸밍이 두훙을 짝사랑한다는 사실은 이제 비밀도 아니었다. 그는 후회막급이었다. 사실 누군가 도어스톱을 달아야 한다고 사푸밍에게 언젠가 말한 적이 있었다. 그는 알았다고 대꾸했지만 마음에 담아두지 않았다. 어떤 의미에서는 사푸밍 자신이 이 사건의 책임자인 셈이었다. 아무도 그를 추궁하지 않았지만, 그렇다고 해서 사푸밍이 자기 자신을 추궁하지 않는다는 의미는 아니었다. 그는 계속해서 휴게실 문을 잡아당겼다 밀고 밀었다가 잡아당겼다. 탁, 탁, 탁, 탁, 탁, 탁.

사푸밍은 후회했다. 너무 후회해서 속이 다 문드러질 지경이었다. 문자 그대로 마디마디 애간장이 끊어지는 것 같았다. 도어스톱을 달지 않은 것만 후회되는 것이 아니었다. 더 큰 후회가 있었다. 사정이 어쨌든 그는 진작 직원들과 고용계약서를 작성했어야 했다. 그런데 안 했다. 한 사람도 하지 않았다.

엄격히 말하자면, 설사 사회에 나와서 '제힘으로 먹고살기'를 하더라도 맹인은 온전한 '사람'이 아니었다. 엄격한 의미에서는 아니라는 말이다. 맹인에게는 조직이 없었다. 무슨 조합도 없었다. 보험조차 존재하지 않았다. 계약서도 없었다. 한마디로 맹인은 진정으로 유효한 '사회적' 관계를 형성하지 못했다. 결혼을 한다 해도 맹인을 아내로 맞아 장가를 가든지 맹인을 남편으로 맞아 시집을 갈 뿐이다. 이런 것은 다만 양의 누적일 뿐 질적 변화라고 할 수 없다. 맹인과 사회는 아무런 관계도 없는 것인가? 있기는 있었다. 매달 정부가 백 위안쯤 되는 생활보조금을 맹인에게 주는 것이다. 이 돈은 일종의 상징 같은 것으로, 사실 사회가 양심의 가책을 덜기 위해 주는 것이었다. 그 의미는 실질적인 도움에 있지 않았다. 사회는 매달 백 위안을 지급함으로써 맹인에 대한 책임을 합법적으로 망각할 수 있었다. 맹인과 장애인은 그렇게 잊힌다. 그러나 삶은 상징이 아니다. 삶은 실제다. 그것은 해와 달과 날로 구성되고, 매 시간과 분과 초로 구성된다. 단 일 초라 하더라도 생략할 수 없는 것이다. 매 순간, 삶은 그 전체다. 누구든 매 순간을 '제힘'으로 살아나가지 않으면 안 된다.

맹인에게는 합법적인 신분이 없었다. 어떤 맹인이든 다 마찬가지다. 샤푸밍 자신조차도 그렇다. 맹인들의 삶은 사이버 세계의 삶과 닮은 데가 있다. 두 눈 멀쩡한 사람들이 필요로 할 때, 클릭만하면 맹인들의 세계는 구체화된다. 두 눈 멀쩡한 사람들이 전원을 끄는 순간 맹인은 자연스레 사이버 세계로 사라진다. 맹인들은 존재하면서도 존재하지 않는다. 이들의 삶은 삶이면서도 삶이 아니다. 맹인들에 대해, 이 사회는 눈이 멀었다. 맹인들은 언제나 맹인들의 구역에 머물 따름이다. 그래서 맹인들의 삶은 한바탕의 도박과 같다. 그저 한바탕의 도박일 뿐이고 그럴 수밖에 없다. 그래서 맹인들은 이 한 판 도박에서 아주 사소한 사건으로 모든 것을 잃을 수 있다.

사푸밍은 휴게실 문에서 손을 떼고 마사지센터의 입구로 걸어가셨다. 그곳에서 안간힘을 다해 두 눈을 깜빡였다. 하늘을 우러러보고 땅을 굽어보았다. 하지만 아무것도 볼 수가 없었다. 맹인에게는 하늘도 없고 땅도 없다. 그래서 하늘도 그를 돕지 않고 땅도 그를 돕지 않는 것이다.

사장으로서 사푸밍은 그의 마사지센터 안에 작지만 완전한 하나의 사회를 세울 수 있었다. 그에게는 그런 능력이, 그럴 의무가 있었다. 그는 마사지사들을 고용하면서 그들에게 계약서를 주고 사인하게 할 수 있었다. 계약서가 있으면, 그는 합법적으로 당당하게 고용인을 부리고 그들의 안전을 보장할 수 있었다. 그리하여 그와 마사지사들은 '사회'의 일원이 되고, 더이상 숨어사는 불법 인생을 살지 않을 수 있었다. 그의 마사지사들도 '사람'일 수 있었다.

사푸밍도 고용계약 문제를 생각하지 않았던 것은 아니다. 상하이에 있을 때부터 생각은 했었다. 고용살이를 하던 시절, 그는 사장과 고용계약서를 쓰길 원했다. 모두 다같이 숙소에 앉아 그 문제를 의논한 적도 있었다. 사람들은 중구난방으로 떠들어댔다. 그러나 어느 누구 하나 앞에 나서고 싶어하지 않았고 그렇게 문제는 흐지부지됐다. 모난 정이 돌 맞는다고, 중국인들은 집단 안에서 눈에 띄는 것을 원치 않는다. 그리고 이런 특징은 맹인들 사이에서 보다 더 두드러졌다. 맹인들에게는 거의 황금률이나 다름없었다. 왜 하필 내가? 중국 사람에게는 또 한 가지 특징이 있었다. 요행 심리였다. 이 특징도 맹인들 사이에서는 더 심했다. 또다른 황금률이었다. 어떤 횡액이 닥쳐온다 해도 나하고는 관계가 없을 거야. 설마 그럴 리가. 왜 하필 나겠어?

사푸밍은 고용계약의 중요성을 잘 알고 있었다. 계약서가 없으면 그는 사실 안전하지 않았다. 그것은 속된 말로 한 마리 들개가 되는 것이다. 삶과 죽음 모두가 운명에만 달려 있는. 운명이 뭔지, 사푸밍은 알지 못했다. 그저 그는 그것이 모골을 송연하게 만드는 마력이 있는, 무시무시한 것이라는 사실만 알았다. 결국 사푸밍은 고용계약 때문에 분노하고 말았다. 그의 동료들에게 화가 난 것이었다. 동료들은 한결같이 그를 '영리'하고 '능력 있는' 사람이라 추켜세웠지만 사실 그를 바보 취급했다. 그는 바보가 될 생각이 없었다. 어째서 내가 사장 앞에 총대를 메고 나서야 하지? 고용계약 문제는 이렇게 미뤄졌다. 사푸밍 또한 맹인은 맹인이었다. 그의 요행 심리 또한 다른 사람들만큼 심각했던 것이다. 다들 고용계약 없이도 잘만 지내는데, 나라고 잘 못 지낼 리가 있겠어? 그래서 나중에 사푸밍은 다른 마사지센터에도 고용계약이 없는지 슬그머니 알아보았다. 그리고 그는 마침내 계약서에 사인하지 않는 것이 거의 모든 맹인 마사지센터의 불문율이라는 사실을 알게 됐다.

'사쭝치 마사지센터'를 꾸리는 과정에서, 사푸밍은 다시 한번 이 희망을 가슴에 품었었다. 반드시 이 추악한 불문율을 타파하리라! 무슨 일이 있어도 그는 자기를 위해 일하는 마사지사들과 합법적인 문서를 작성하고 계약할 것이다. 그의 마사지센터가 제아무리 작다 해도 현대적인 기업이 될 것이다. 그는 사장으로서 현대적인 기업의 휴머니즘을 실천할 것이다. 비록 관리는 엄격하겠지만, 직원들은 기본적인 권익을 누리며 최고의 안전을 보장받을 것이다.

이상한 일은 사푸밍이 사장이 된 뒤에 일어났다. 어느 한 순간 일어난 일은 아니었다. 어쩌다보니 그렇게 되었다. 초기에 초빙한 마사지사들 가운데 누구도 그와 계약 문제를 상의하지 않았다. 그들이 말하지 않으니 사푸밍 또한 나서서 말할 이유가 없었다. 아마도 이런 논리일 것이다. 사장은 그들에게 일자리를 준다. 그것으로 이미 충분히 낯을 세워준 셈이었다. 거기에 계약서가 무슨 소용이라는 말인가? 사푸밍도 그 일에 대해 고민했다. 이리저리 아무리 생각해봐도, 역시 맹인들은 겁이 많다는 결론뿐이었다. 맹인들은 너무 쉽게 다른 사람의 호의에 감격했다. 하늘에 감사하고 땅에 감사했다. 사장이 일자리를 줬는데, 거기에 또 무슨 계약을 요구한다는 말인가? 맹인들은 너무도 쉽게 남의 은혜를 입었다. 맹인들은 평생 수많은 사람들이 베푸는 은혜를 입으며 산다. 두 눈이 머는 순간부터 다급히 감사하는 법을 배운다. 맹인들의 눈에는 빛이 없었다. 그러나 눈물은 적지 않았다.

기왕 이렇게 된 거, 이대로 가자. 마사지사들이 먼저 계약 문제를 언급하지 않았으니 사인할 일도 없는 것이다. 반면 사푸밍은 마사지센터의 원칙과 규율을 철저히 문서화했다. 이렇게 하니 관리가 간단해졌다. 이 원칙과 규율은 직원들이 마사지센터와 맺는 유일한 관계가 되었다. 마사지센터의 모든 원칙과 규율에 따르면, 직원들에게 남는 것은 책임과 의무뿐이었는데, 그것은 당연한 것이었다. 그들에게는 권리가 없었다. 그들은 권리에 대해 신경쓰지도 않았다. 맹인들은 정말이지 '특수'한 사람들이었다. 시대가 어떻게 변하든 그들의 마음속은 고리타분하고 원시적인 태고의 상태를 그대로 유지했다. 아마도 그들은 영원히 변치 않을 것이다. 그들은 오로지 한 가지만을 가슴속에 품었다. 그리고 오로지 그 하나만을 믿어 의심치 않았다. 바로 운명이다. 보이지는 않지만 운명은 존재했다. 그것도 아주 거대하게, 우리 머리 위를 뒤덮고 조종하고, 우리가 결코 바꿀 수 없는 존재로. 아마도 세상 어디에나 존재할 것이다. 친애하는 위험과 마찬가지로, 운명은 걸핏하면 사나운 송곳니를 드러내고 달려들었다. 우리는 어떻게 대처해야 하는가? 적극적이고 효과적인 방법은, 그 존재를 '인정'하는 것이었다. 에휴…… 인정하자, 인정하자고.

그러나 이러한 '인정'에는 전제가 있었다. 바로 굳건하고 흔들림 없는 요행심이었다. 세상 모든 일을 대할 때 요행심을 가져야 한다. 요행심을 잘 녹여서 뼛속 깊은 곳까지 들이붓자. 똑-똑-똑-똑. 그 소리가 힘있게 울린다. '구름'을 보지 못하는 사람은 어떤 '구름'에서 비가 내릴지 걱정할 필요가 없다. 비가 와도 좋고, 안 와도 좋다. 인정하자. 인정하면 그만이다.

이후의 일들은 저절로 잘 풀렸다. 사푸밍과 장쭝치가 정말 친하던 시절에는 침대에 양반다리를 하고 앉아 서로에게 못한 말이 없었다. 두 젊은 사장의 대화는 늘 봄바람에 먹을 감는 것처럼 마음에 걸리는 것 없이 산뜻했다. 그런데도 직원들의 고용계약에 대해서는 한 번도 상의한 적이 없었다. 몇 번인가, 사푸밍이 그에 대해 이야기를 꺼내려고 한 적은 있었다. 그런데 어찌된 일인지 그냥 속으로 삼키고 말았다. 장쭝치는 그런 면에서 뛰어난 사람이었다. 그도 계약 문제의 중요성을 모를 리 없었다. 하지만 절대 그 문제를 입 밖으로 내지 않았다. 말을 삼키는 것이야말로 맹인들이 지닌 최고의 천부적 재능이다. 사장이 되려면 많은 말을 삼킬 수 있어야 한다. 직원이 되더라도 많은 말들을 삼킬 수 있어야 한다.

나중에는 상황이 흥미롭고도 이상해졌다. 고용계약에 대해서 아무도 말을 꺼내지 않았다. 그럼에도 그 문제는 사푸밍과 장쭝치, 그리고 직원들 앞에 우물처럼 놓여 있었다. 어떤 약속도 하지 않았는데 모두가 알아서 우물을 비껴갔다. 사푸밍은 기뻐하지도 않았고 실망하지도 않았다. 솔직히 세상 어느 사장이 직원과 문서로 계약 맺는 것을 좋아하겠는가? 모든 문제가 사장의 말 한마디에 좌우되도록 계약서가 없는 편이 훨씬 낫다. 사장이 'Yes'라고 하면 '그런 것'이고 'No'라고 하면 '아닌 것'이다. 오로지 권력만 있고 제약은 없으니, 사장 노릇 하기가 얼마나 편한가! 시쳇말로 '째지게 좋았다'.

이런 와중에 운명이 손을 내밀었다. 운명이 가시 돋은 온몸을 드러내자 그 등장만으로 사람들은 소름이 끼쳤다. 흔적조차 남기지 않는 운명의 손은 마사지센터의 모든 사람들을 한 번씩 쓰다듬고 지나친 뒤에 입술을 한번 삐죽이더니 두훙을 골랐다. 운명은 두 손으로 두훙의 등허리를 짓눌러 '풍덩' 소리와 함께 그녀를 우물 속으로 빠뜨렸다.

지금 두훙은 우물 속에 있다. 우물은 두훙의 몸이 들어가기에 딱 맞는 크기다. 그녀가 우물 속에 있는데, 사푸밍은 우물 속에서 나는 어떤 소리도 들을 수가 없었다. 살기 위해 몸부림치는 어떤 소리도 들려오지 않았다. 운명의 선택을 받은 사람들은 사실 몸부림칠 여력도 없었다. 사푸밍은 금방이라도 질식할 것 같았다. 몸부림치며 첨벙대는 소리를 듣는 것보다 더 갑갑했다. 우물물은 모든 것을 숨겨버렸다. 우물은 깊이를 가늠할 수 없을 정도로 음산했다. 가엾은 두훙. 내 사랑. 내 어린 누이. 그녀를 구할 수만 있다면, 사푸밍은 맨손으로 우물 속을 파헤칠 힘이 있다. 하지만 어떻게? 뭘 어떻게 파헤친단 말인가?

짝사랑은 괴롭다. 끈질기고 날카롭게 파고든다. 하지만 사실 항상 그렇지만도 않은데, 두훙이 다치기 전에는 그리 괴롭지 않았다. 그저 끈질기게 매달리기만 하면 됐다. 그는 자신의 부드러움을 발견하기도 했고 도무지 막을 수 없는 따스한 감정에 사로잡히기도 했다. 이 부드러움과 따스함은 사푸밍을 포근하게 감싸주었다. 누가 이것을 사랑이 아니라고 하겠는가? 그의 마음은 따사로운 햇볕을 쬐는 것만 같았다. 그 햇살 아래 있으면 포근하고 간지러워 아무 걱정이 없었다. 언젠가 사푸밍은 두훙의 이름을 가지고 그 뜻을 해석해본 적이 있었다. 한 글자씩 뜻을 새기면서 한참을 음미했다. 두훙의 '두都'는 모두, 전부라는 뜻이었다. 그리고 '훙紅'은 빨간색을 가리킨다. 빨강. 그것은 태양의 색깔이라고 한다. 글자들의 뜻을 생각하면, 두훙이라는 이름은 완전한 빨강, 철저한 빨강을 가리켰다. 두훙은 태양이었다. 그래서 멀었다. 또한 가깝기도 했다. 사푸밍은 태양을 본 적이 없었다. 그러나 예민하게 느꼈다. 겨울에 사푸밍이 가장 좋아하는 일이 바로 햇볕 쬐기였다. 햇볕을 받는 몸의 반쪽은 포근하고 따스하고 간질간질했다.

그런 해가 진 것이다. 태양이 우물 안으로 떨어졌다. 사푸밍은 자신의 태양이 언제 다시 높이 떠오를지 알지 못했다. 그저 자신이 그늘 속에 서 있다는 사실만 알았다. 바로 곁에서 도시의 세찬 바람이 불고 있었다. 고층 빌딩들 사이로 부는 바람이 그의 머리칼을 거머쥐고 흔들었다. 아마 지금 멀쩡한 사람들 눈에 그 머리칼은 미쳐 날뛰는 광인의 그것이리라.

'양고기 사건'만 없었더라면, '갈라서자'는 말만 안 했더라면, 사푸밍은 이 문제를 장쭝치와 상의할 수 있었을 것이다. 당당하게 두훙의 일을 회의에 올릴 수 있었으리라. 계약이든 보상이든, 뭐라도 해주자고 말할 수 있었을 것이다.

'양고기 사건'이 있었더라도, '갈라서자'라는 말을 했더라도, 사푸밍이 두훙을 짝사랑하지만 않았다면, 두훙의 일을 회의에 부치고 그녀를 위한 보상을 요구하는 것쯤은 충분히 가능한 일이었다.

이제는 아니다. 사푸밍과 장쭝치의 관계가 틀어진 것은 차치하더라도, 두훙과의 애매한 관계가 드러난 이상, 사푸밍의 동기는 오직 한 가지로 읽힐 뿐이다. 말할 수 없었다. 말해봤자 소용도 없는 일이었다.

사푸밍은 스스로에게 물었다. 왜 사랑했는가? 왜 하필이면 짝사랑을 했는가? 어째서 그 죽어 마땅한 '아름다움'에 그리도 연연했는가? 어째서 그 '손'에 대한 미련을 그토록 버리지 못했는가? 적어도 어떤 경우에는, 사랑은 부도덕한 것이다.

그는 두훙에게 미안했다. 남자로서 그녀에게 미안했다. 사장으로서도 미안했다. 그는 실낱같은 도움조차 줄 수 없을 정도로 무력했다. 그는 줄곧 오직 사장이 되기만을 바랐고, 그래서 사장이 되었다. 그러나 대체 '사장'이 된 의미가 어디 있는가? 사푸밍은 고통의 나락으로 하염없이 떨어져내렸다.

만약 다친 사람이 두훙이 아니었다면? 상처를 입은 사람이 이렇게 '아름다운' 누군가가 아니었다면? 하늘 아래 둘도 없이 완벽한 한 쌍의 손을 가진 사람이 아닌, 다른 사람이 다쳤다면? 그래도 사푸밍은 이토록 고통스러웠을까? 여기까지 생각이 미치자 사푸밍은 머리꼭대기에서 영혼이 몸 밖으로 빠져나가는 것 같았다. 넋이 나갈 것 같았다.

더이상 아무 생각도 할 수가 없어서 사푸밍은 담배에 불을 붙였다. 한 대 또 한 대, 연달아 붙였다. 담배 연기가 사푸밍 안으로 빨려 들어갔다가 뿜어져나왔다. 그러나 사푸밍은 연기가 안으로 들어가기만 할 뿐 밖으로 나오지 않는 것처럼 느껴졌다. 도무지 연기를 토해낼 수가 없었다. 한 모금씩, 담배 연기가 가슴속에, 위장 속에 쌓여갔다. 연기는 그의 몸안에서 빙글빙글 맴돌다가 결국 한 덩어리씩 돌멩이가 됐다. 돌멩이가 된 연기는 사푸밍의 몸안에 차곡차곡 쌓였다. 그의 위장이 뒤틀리기 시작했다. 모든 고통이 거기 차곡차곡 쌓였다. 사푸밍은 처음으로 버티기 어렵다는 생각을 했다. 그는 자리에 주저앉았다. 병원에 가봐야겠다. 지금 이 정신없는 상황만 지나고 나면, 누가 뭐래도 꼭 병원에 가봐야지.

병원에 관해서 사푸밍에겐 말 못할 비밀이 있었다. 그는 병원을 무서워했다. 사실 어떤 사람이 병원을 무서워하지 않겠는가? 병원에 가는 것은 너무 비쌌다. 재채기를 해서 한번 다녀와도 삼사백 위안이 든다. 하지만 비싸다는 건 부차적인 문제다. 사푸밍이 정말 무서워하는 것은 '진료' 그 자체였다. 특히나 종합병원에서. 예약을 하는 것은 검사를 받기 위해 그렇다 치더라도 번호표를 받는 데도 줄을 서고, 진찰을 받는 데도 줄을 서고, 진료비를 내는 데도 줄을 서고, 검사를 받는 데도 줄을 섰다. 다시 의사의 설명을 듣는 데도 줄을 서고, 또 돈을 내는 데고 줄을 서고, 마지막에는 약을 받는 데도 줄을 선다. 그렇게 온종일 줄을 서느라 한번 가면 도무지 돌아올 기약이 없는 것이다. 사푸밍은 병원에 갈 때마다 속담 하나를 떠올리곤 했다. 장님 코끼리 만지기. 병원은 정말 커다란 코끼리였다. 도무지 속을 알 수 없는 거대한 미로였다. 사푸밍에게 병원은 커다란 코끼리이자 거대한 미로일 뿐 아니라, 입체기하학이기도 했다. 사푸밍은 아마 영원히 이 입체도형의 점, 선, 면, 각을 이해할 수 없을 것이다. 그곳은 너무 복잡하고 순서 없이 뒤엉켜 있어서 병을 치료하는 곳이 아니라, 탐험해야 할 미지의 세계 같았다.

며칠 안으로 꼭 가야지. 사푸밍은 스스로에게 맹세했다. 사푸밍의 입꼬리가 슬쩍 올라갔다. 웃는 것 같았다. 병원 가는 일에 대해서 그는 맹세의 달인이었다. 도대체 몇 번이나 맹세를 했던가? 그 맹세들은 단 한 번도 지켜지지 않았다. 그럼에도 그가 끊임없이 맹세를 했던 이유는 그의 의지가 굳건해서가 아니라 아프기 때문이었다. 너무 아파서, 통증이 밀려올 때마다 그는 말없이 맹세를 하곤 했다. 아프지 않으면? 아프지 않으면 맹세는 곧바로 방귀가 됐다. 방귀에 필요한 게 뭐 있겠나? 그냥 뀌면 되는 것이다.

닥터 왕이 기침 소리를 내면서 센터 문을 열고 밖으로 나왔다. 그는 사푸밍이 거기 있다는 사실을 미리 알았던 것처럼 곁에 붙어 섰다. 한마디 말도 않고 계속해서 손가락 마디를 꺾어 딱딱 소리를 냈다. 그 소리가 무척 의미심장하게 들렸다. 사푸밍은 닥터 왕이 무슨 말을 하려고 머뭇거리고 있다는 걸 알았다.

사푸밍도 기침 소리를 냈다. 사실 별 뜻은 없었다. 그저 침묵을 깨고 싶었을 뿐이었다. 그 소리가 대화의 시작이 될 수도 있고 끝이 될 수도 있었다. 무엇이 되든 좋았다.

닥터 왕은 사푸밍의 몸에서 좋지 않은 냄새가 난다는 사실을 알아차렸다. 벌써 며칠째 샤워도 하지 않았음에 틀림없었다. 닥터 왕의 생각이 맞았다. 사푸밍은 며칠 동안이나 샤워를 하지 않았다. 사실 숙소의 위생 조건이 좋지 않긴 했다. 온수기가 통틀어 하나뿐이어서 여남은 사람들이 줄을 서야 겨우 차례가 돌아왔다. 위가 아프면 사람의 기력이 빨리 소모된다. 그래서 사푸밍은 너무도 피곤했다. 하루종일 피로를 느꼈기 때문에, 숙소에 들어서면 그대로 뻗곤 했다. 그렇게 한번 뻗고 나면 다시 일어날 수가 없었다. 그도 자기 몸에서 나는 좋지 않은 냄새를 맡았지만, 샤워까지 하기가 너무 힘에 부쳤다.

"푸밍." 닥터 왕이 갑자기 말문을 열었다. "괜찮은 거지?" 하나마나 한 무의미한 물음이었다. 하지만 사푸밍은 닥터 왕의 말에 주의를 기울였다. 마사지센터에서 지내게 된 이후 처음으로 닥터 왕이 그를 '사장님'이 아닌 다른 이름으로 불렀기 때문이다. 닥터 왕은 그를 오랜 친구 '푸밍'으로 대하고 있었다.

"괜찮아." 사푸밍은 대답한 뒤 곧 물었다. "너도 별일 없지?" 역시 무의미한 물음이었다. 공허한 메아리 같은 말들이었다.

닥터 왕은 "별일 없어"라고 대답하곤 더 아무 말 하지 않았다. 그는 가슴으로 손을 넣어 문질렀다. 상처는 다 나은 것 같은데 이상하게 가려웠다. 닥터 왕은 차마 손톱으로 긁지는 못하고 손끝으로만 쓰다듬었다. 사푸밍도 아무 말 없었다. 그러나 사푸밍은 닥터 왕이 줄곧 뭔가 중요한 말을 하려 한다는 걸 알고 있었다. 그 말이 입안에서만 맴도는 모양이었다.

"푸밍." 닥터 왕이 마침내 작정한 듯 힘을 주어 말을 꺼냈다. "오랜 친구로서 말하는 거니까 내 말 들어. 그만 곱씹어. 그 일은 생각하지 마. 응? 소용없는 일이니까."

마찬가지로 무의미한 말이었다. 곱씹지 말라니, 뭘? 생각하지 말라니, 뭘? 그리고 뭐가 소용없다는 거지? 사푸밍은 곧 그 의미를 알아챘다. 닥터 왕은 두훙의 일을 말하고 있는 것이다. 사푸밍은 닥터 왕이 이렇게 단도직입적으로 말할 줄은 꿈에도 생각지 못했다. 오랜 친구기에 그럴 수 있는 것이겠지. 사푸밍도 물론 '소용없다'는 사실을 알고 있었다. 하지만 자신이 알고 있는 것과 다른 사람의 입에서 그 말을 듣는 것은 전혀 다른 문제였다. 사푸밍은 아무 말도 하지 않았지만 부끄러운 나머지 화가 나기 시작했다. 심장이 찢어지다못해 터져버렸다. 사푸밍은 한동안 침묵을 지켰다. 서서히 화가 가라앉았다. 그는 오랜 친구 앞에서까지 시치미를 떼고 싶지는 않았다. 사푸밍이 물었다. "다들 알고 있는 거지?"

"모두 맹인이잖아." 닥터 왕은 느릿느릿 덧붙였다. "누가 못 알아보겠어?"

"너는 어떻게 보는데?" 사푸밍이 물었다.

닥터 왕은 잠시 망설이더니 말했다. "그녀는 너를 사랑하지 않아."

닥터 왕은 고개를 돌리며 한마디를 덧붙였다. "내 말 들어. 마음 그만 접어라. 네 마음엔 온통 그녀뿐인 거, 내 눈에는 다 보이거든. 그런데 두훙 마음속에는 네가 없어. 그렇다고 해서 두훙한테 뭐라할 수도 없는 일이고. 안 그래?"

여기서 더 뭐라고 하는 건 어려운 일이었다. 아무래도 좀 잔인할 것이다. 닥터 왕은 최대한 적당한 말을 찾아보려 애썼다. 하지만 차마 더는 말을 이을 수가 없었다. 사푸밍의 위가 쥐어짜듯 아프기 시작했다. 사건의 진상은 이토록 잔혹하다. 다른 누구도 아닌 오랜 친구의 입에서 그 잔혹한 진실이 폭로되고 있었다.

"어쨌든 그녀를 도와줄 방법을 생각해봐." 닥터 왕이 말했다.

"계속 생각하고 있어."

"아니."

"뭐가 아니라는 거야?"

"넌 그냥 괴로워하고 있을 뿐이야."

"나는 괴로워하는 것도 안 되냐?"

"해도 되지. 하지만 이런 때 네 고통만 들여다보고 있는 건 사실 이기적인 거야."

"야, 닥터 왕!"

닥터 왕은 더이상 말하지 않았다. 그는 고개를 떨구고 오른발 끝으로 땅을 찼다. 처음에는 무척 빠르게 차던 소리가 서서히 느려졌다. 닥터 왕은 발을 바꿔서 계속 찼다. 마침내, 닥터 왕이 발길질을 멈추었다. 그리고 몸을 돌려 안으로 들어가려 했다. 사푸밍은 손을 뻗었다. 그 손에 잡힌 것은 닥터 왕의 바짓가랑이였다. 바지를 통해서였지만, 닥터 왕은 분명히 느낄 수 있었다. 바지를 잡은 사푸밍의 팔이 떨리고 있다는 것을. 그의 팔이 울고 있었다. 사푸밍은 위가 아픈 걸 견디며 말했다.

"친구야, 나랑 술 한 잔 하러 가자."

닥터 왕이 쪼그려 앉으며 말했다. "아직 일 안 끝났잖아."

사푸밍은 닥터 왕의 바짓가랑이를 놓으며 자리에서 일어섰다. "친구를 위해서 한 잔만 마시러 가자."

닥터 왕은 하릴없이 사푸밍에게 끌려갔다. 그가 마사지센터를 나서자마자 샤오쿵은 살그머니 빈방을 찾아서 들어갔다. 줄곧 샤오마에게 전화를 걸어볼 생각이었는데 도무지 기회가 없었다. 이제야 겨우 기회를 잡은 것이다. 샤오마는 작별 인사도 없이 떠났다. 샤오마가 왜 작별 인사도 없이 떠났는지, 다른 사람은 몰라도 샤오쿵은 분명히 알고 있었다. 다 자신, 샤오쿵 때문이다. 누가 뭐래도, 그녀는 '형수로서' 반드시 전화라도 한번 걸어주어야 했다. 안녕이라는 말을 해주어야 마땅했다.

샤오마가 샤오쿵을 사랑한다는 것을 그녀도 알고 있었다. 하지만 그런 엉뚱한 감정을 샤오쿵은 받아들일 수 없었다. 순간순간 샤오쿵은 샤오마에게 조금이나마 잘해줄 수 있기를 진심으로 바랐다. 그러나 그럴 수 없었다. 샤오쿵이 샤오마에게 냉담했던 건 사실이다. 일부러 그랬다. 그렇게 한 것은 닥터 왕을 위해서만은 아니었다. 사실 샤오마를 위한 마음도 있었다. 그녀는 샤오마에게 미안했다. 엄밀히 말하면, 샤오마와 그렇게 꼬여버린 것은 그녀에게도 책임이 있었다. 그녀가 너무 이기적이었다. 자기 생각밖에 안 하고 다른 사람의 감정 따위는 아랑곳하지 않았던 것이다. 샤오마의 사랑은 어쩌면 그녀 자신이 조장한 것이었다. 걸핏하면 남자 숙소로 달려가 엉뚱한 장난질을 하지 않았더라면, 샤오마가 이렇게 되지는 않았으리라. 이 모양까지 오지는 않았으리라. 자신이 체신머리없이 군 탓이었다. 자신의 행동이 온당치 못했다. 아, 삶에는 어쩌면 이렇게 막다른 골목이 많은지. 까딱 방향을 잘못 잡으면 어디로 들어갈지 모르니.

샤오쿵은 평생 샤오마에게 전화를 걸지 못할 운명이었다. 그의 휴대폰 번호는 없는 번호였다. 샤오마는 '사쭝치 마사지센터' 사람들과 인연을 끊기로 모질게 마음을 먹은 모양이었다. 특히 샤오쿵과의 인연을. 형수라는 사람이 네 가슴에 상처를 입혔구나! 그래, 샤오마, 알겠어. 그렇디먼 이딜 가믄 부발하고 행복하길. 내가 당신의 앞날을 축복할게…… 하지만 이렇게 가는 거 아니잖아. 가면 간다고 형수에게 인사 정도는 해줬어야지. 결국 너한테 작별의 포옹 한 번을 빚지고 말았네. 이별이란 가지각색이나 작별의 포옹은 특별한 의미가 있다. 포옹은 몸으로 느끼는 이별이다. 그래서 나중에, 아주 나중에라도 손에 잡힐 듯 기억되는 이별이다. 샤오마, 꼭 행복해야 해. 행복하게 잘 살아야 해. 응? 내 말이 들려? 절대로, 나쁜 생각은 하면 안 돼. 당신이 사랑해줘서 이 형수는 늘 감사했어.

샤오쿵은 휴대폰을 접고 선전의 휴대폰을 더듬어 꺼냈다. 요즘 너무 많은 일이 일어난 까닭에 오랫동안 부모님께 연락을 드리지 못했다. 어쨌거나 전화는 한번 해드려야지. 샤오쿵은 선전의 전화기를 더듬어 찾다가 문득 부모님 역시 한동안 전혀 연락이 없었다는 사실을 떠올렸다. 집안에 무슨 일이라도 생긴 건 아니겠지? 그렇게 생각하니 갑자기 마음이 급해졌다. 허둥지둥 다급히 고향집의 전화번호를 눌렀다. 귀기울여 들어도 아무런 소리가 없었다. 급할수록 일이 안된다더니, 휴대폰에 배터리도 없었다. 다행히 샤오쿵은 머리 회전이 빠른 편이었다. 그녀는 휴대폰 뒤 덮개를 열고 심 카드를 꺼내려고 했다. 선전의 심 카드를 꺼내서 난징의 휴대폰에 넣으면 부모님한테 들키지 않을 것이다.

그런데 선전의 심 카드가 없었다. 샤오쿵은 계속해서 몇 번이나 더듬어본 뒤에야 확신했다. 선전의 심 카드가 사라져버린 것이다.

샤오쿵에게는 치명적인 타격이었다. 카드가 없으면 전화번호도 없는 것이고 곧 그녀의 비밀이 폭로될 것이다. 샤오쿵은 순식간에 온몸이 식은땀으로 젖었다. 이런 거짓말 같은 일이 어떻게? 이럴 수는 없는 일이다.

어쩌다가 휴대폰 카드를 잃어버리고 말았을까?

그럴 리 없다. 휴대폰이 내 손 안에 있는데, 휴대폰 카드가 어떻게 사라지겠는가? 틀림없이 누군가 그녀의 휴대폰을 건드린 것이다. 그렇게 생각하고 보니 모든 것을 알 수 있었다. 진옌이었다. 틀림없이 그녀다. 그녀밖에 없다. 닥터 왕은 절대 자신의 휴대폰에 손을 대지 않았다. 순간 샤오쿵은 끓어오르는 화를 삭일 수가 없었다. 진옌, 내가 너한테 감정이 없었던 것은 아니지만, 서로 마음을 털어놓고 화해한 뒤로는, 하늘과 땅에 맹세코 양심에 부끄럽지 않을 만큼 너를 친자매로 여겼는데 어떻게 이토록 악랄한 짓을! 샤오쿵은 휴대폰을 마사지 침대에 내던지고 돌아섰다. 진옌을 찾아낼 셈이었다. 진옌을 붙들고 분명하게 시비를 가릴 생각이었다. 너 대체 무슨 짓을 한 거야? 대체 무슨 억하심정으로 내게 이런 짓을 해?

막 문 앞까지 걸어갔다가 샤오쿵은 멈춰 섰다. 무슨 신비한 계시를 받은 것같이 그렇게 멈춰 섰다. 그녀는 돌아서서 마사지 침대 쪽으로 걸어갔다. 침대 위에 던진 휴대폰을 집어들었다. 그것은 난징의 휴대폰이었다. 이대로 전화를 걸면 그녀의 비밀은 그대로 폭로될 것이다. 선전의 전화 카드는 벌써 사라지고 없었다. 돌이킬 방법은 이제 없는 것이다. 다시 말해서, 비밀은 오늘 아니면 내일 폭로될 것이다. 그러나 이 폭로는 급작스러웠다. 어쩌면 어떤 계시일는지 모른다. 그녀는 거짓말을 할 수도 있었다. 거짓말을 하면서 살아갈 수도 있다. 그러나 평생을 그렇게 거짓으로 살 수 있는 사람은 없다. 누구도 그렇게 할 수는 없는 일이다.

샤오쿵은 휴대폰을 집어들었다. 그리고 번호를 눌렀다. 전화가 연결됐다. 샤오쿵이 "여보세요" 소리가 떨어지기 무섭게 수화기 너머에서 어머니의 울음 섞인 외침이 터져나왔다. 보나마나 부모님은 벌써 며칠째 전화기 곁을 지키고 계셨으리라. 어머니가 말했다. "이 망할 계집애야, 살아 있었던 게냐? 어째서 전화를 며칠씩 꺼둔 거야? 망할 계집애, 나랑 네 아버지가 미쳐버리는 줄 알았단 말이다! 말해봐. 어디 있는 거야? 괜찮은 거냐?"

"저 난징에 있어요. 잘 지내고 있고요."

"네가 왜 난징에 있어?"

"엄마, 저 연애해요."

'연애'라는 말은 정말 이상한 말이다. 너무도 평범하고 일상적인 그 말이, 지금 이 순간, 이다지도 생생하게, 사람의 마음을 파고들어 꽉 채운다. 샤오쿵은 있는 그대로 솔직하게 사실을 말했다. 입에서 나오는 대로 순순히 그렇게. 그런데 "저 연애해요"라는 그 말이 이렇게도 사람을 울릴 줄이야. 샤오쿵의 두 뺨이 순식간에 뜨거운 눈물로 젖었다. 그녀는 한결 더 차분한 목소리로 같은 말을 반복했다. "엄마, 저 연애해요."

어머니는 한동안 말이 없다가 이렇게 물었다. "사내아이냐, 계집아이냐?"

딸과의 연락이 두절된 지 오래였던 터라 어머니는 정신이 없는 건가? 마음이 급해서인가? 처음 한 말이 이처럼 말도 안 되는 소리라니. 어쩌면 부모님은 딸의 연애를 벌써부터 짐작했던가? 그래서 딸이 벌써 아이라도 낳았다고 생각했는가? 세상 부모의 마음은 이리도 가엾다. 샤오쿵은 저도 모르게 풋핫, 웃음을 터뜨렸다. "사내아이예요. 완전히 안 보이는 맹인이고요." 샤오쿵은 마치 분만실을 나서는 산모가 아이에 대해 말하듯 대꾸했다.

전화기 저쪽에서는 아무런 소리가 나지 않았다. 한참이 지나서 소리가 들려왔다. 어머니가 아니었다. 전화기가 아버지 손으로 넘어간 모양이었다. "이 계집애가!" 아버지는 화가 나서 숨이 넘어가기 직전이었다. 호통을 쳤다. "어째서 그렇게 애비 말을 안 듣는 거냐?"

"아버지, 저는 그 사람이 맹인인 게 좋아요. 그 사람도 제가 맹인인 걸 좋아하고요. 두 사람이 다 좋아하니 된 거죠. 아빠, 아빠 딸이 공주도 아닌데, 아빠는 아빠 딸한테 뭘 더 바라세요?" 그녀 자신도 그런 말을 하게 될 줄은 꿈에도 몰랐다. 그녀는 계속 거짓말을 해왔다. 전화를 걸기 전에는 언제나 마음의 준비를 단단히 했었다. 그럼에도 말을 하면 할수록 말도 안 되는 소리를 지껄일 수밖에 없었다. 오늘은 다르다. 샤오쿵은 아무런 준비도 하지 않았다. 아무런 준비도 하지 않으니 마음먹은 대로 말이 술술 나왔다. 세상에 이렇게도 분명하게 말할 수 있다니! 답답했던 가슴이 뻥 뚫리는 기분이었다. 눈앞이 다 환했다. 황금빛으로 눈이 부실 지경이었다. 온 세상이 반짝반짝 빛났다.

샤오쿵은 휴대폰을 닫았다. 믿을 수 없을 정도로 일이 쉽게 풀렸다. 샤오쿵은 연애를 시작하면서부터 지금까지, 도대체 부모님을 어떻게 봐야 할지 알 수 없어 줄곧 괴로웠다. 그런데 마침내 사실을 말하고 만 것이다. 생각지도 않게 이렇게. 단 한마디 진실에, 그 모든 괴로움이 절로 다 사라졌다. 완전히 뜻밖의 일이었다.

마침 그 순간 진옌이 문을 열고 들어섰다. 좀 전까지 울며불며 퇴원을 하겠다고 난리를 피우는 두훙을 보고 오는 길이었다. 막 문을 열고 들어서기 무섭게, 뭐라고 채 한마디 말을 꺼내기도 전에, 샤오쿵이 와락 달려들어 그녀를 안았다. 진옌의 키가 조금 컸기 때문에 샤오쿵의 얼굴이 진옌의 목에 닿았다. 진옌의 목은 금세 샤오쿵의 눈물로 축축하게 젖었다. 마침 샤오쿵의 손에는 아직 휴대폰이 들려 있었다. 그녀는 휴대폰을 쥔 손으로 끊임없이 진옌의 등을 때렸다. 진옌은 무슨 일인지 바로 이해했다. 그래서 곧 안도의 한숨을 내쉰 뒤, 손을 뻗어 샤오쿵의 허리께에 얹고 부드럽게 문지르기 시작했다.

"못된 계집애." 샤오쿵은 진옌의 귀에 대고 속삭였다. "아무래도 평생 널 조심해야겠다."

"무슨 소리야?"

"도둑질했잖아." 샤오쿵이 작은 소리로 말했다. "잘도 했더라."

그러나 진옌은 샤오쿵을 밀어냈다. "정신없어. 소란 떨지 마." 진옌은 화를 낼 기운도 없다는 듯 말했다. "소란이라면 두훙이 충분히 떨고 있으니까…… 퇴원한다고 난리야. 대체 어떻게 해야 될까?"

닥터 왕

두훙은 끝내 퇴원일을 앞당겼다. 두훙은 사푸밍에게 기대고, 사푸밍은 가오웨이의 도움을 받아 돌아왔다. 정오였다. 사푸밍은 여러 가지를 고려해서 그 시간을 골랐다. 정오는 모두가 쉬는 시간이었다. 사람들은 두훙을 위해 간단한 환영회를 치러줄 수 있을 것이다. 의식은 필수불가결한 것이다. 때때로 의식은 상황 그 자체보다 더 많은 것을 설명해줄 수 있다. "두훙, '사쭝치 마사지센터'는 당신을 환영해"라고.

두훙이 안으로 들어서는 순간, 가오웨이가 유난을 떨며 목청을 돋웠다. "우리 돌아왔어요!" 모두가 몰려와서 북적댔다. 사람들이 휴게실을 가득 채웠고 두훙을 위해 짝짝짝 박수를 쳐줬다. 박수 소리는 뜨거웠고 또 어지러웠다. 사람들의 왁자지껄한 소리도 섞여 있었다. 사푸밍은 무척 기뻤다. 장쭝치도 무척 기뻐했다. 모두가 기뻐하고 또 기뻐했다. '양고기 사건' 이후 마사지센터에는 너무 많은 변화가 있었다. 휴게실은 더이상 안심하고 쉴 만한 공간이 아니었다. 모두가 계속 압박감에 시달리며 위기감을 느끼고 있었다. 그런데 다행히도 지금 이렇게 두훙이 무사히 돌아온 것이다. 모두가 기뻐하는 데에는 다른 의미도 함께 있었다. 모두들 환영회를 빌려 쌓였던 감정을 털어내고 싶었던 것이다. 그래서 조금 지나치게 열렬히 환영했다고도 할 수 있었다. 오래 쌓인 케케묵은 먼지를 떨어내고 대청소를 하듯이 새로운 기분을 만끽하고 있었는지 모른다.

　샤푸밍은 진심으로 기뻐했다. 이 일에 대해서는 닥터 왕에게 감사를 해야 했다. 닥터 왕은 사장이 아니었지만, 누가 뭐래도 그에게는 큰형님의 분위기가 있었다. 그는 아마 평생 절대로 흐트러진 모습을 보이지 않을 것이다. 샤푸밍이 두훙의 미래를 위해 무엇을 해야 좋을지 몰라 헤매고 있을 때 닥터 왕은 두 가지 조언을 해주었다. 첫째, 정말로 두훙을 돕고 싶다면 그녀를 위해 영원히 비밀을 지켜라. 두훙의 손가락에 문제가 생겼다는 일이 소문나지 않도록 해야 한다. 그 사실이 알려지면 손님들이 그녀에게 마사지를 받지 않을 테니까. 비밀을 지켜야 설사 두훙이 다른 곳으로 가더라도 합당한 대우를 받을 수 있다. 이 점에 대해 닥터 왕은 자신을 믿으라고 샤푸밍을 안심시켰다. 둘째로, 닥터 왕은 두훙의 부상 부위를 면밀히 살폈다. 오른손 엄지손가락을 쓰지 못하게 됐다고 하더라도, 그녀의 나머지 네 손가락은 멀쩡했다. 그것이 무엇을 의미하는가? 아마 발마사지는 계속할 수 있을 것이다. 물론 발마사지를 하는 데도 엄지손가락은 필요하다. 하지만 주로 쓰이는 것은 중지와 검지다. 중지와 검지의 두번째 관절에 힘이 있으면 보통 손님들은 문제가 있다는 걸 절대 발견하지 못할 것이다. 본인이 마사지사가 아닌 이상에는—그런데 세상 어느 마사지사가 남의 손에 발마사지를 받겠는가? 그러니 문제가 간단히 풀리는 셈이다. 두훙이 전신 마사지를 다른 사람들에게 양보하고, 다른 사람들은 발마사지를 그녀가 전담할 수 있도록 하면 되는 것이다. 그렇게 되면 두훙도 하루 대여섯 시간은 일할 수 있으니 예전과 별다른 점 없이 생활할 수 있다. 아무 일도 일어나지 않은 것처럼, 그렇게 지낼 수 있는 깃이다.

그렇다. 모든 것이 예전과 다름없으면 아무 일도 일어나지 않은 것이나 마찬가지다. 두훙의 엄지손가락은 부러진 일이 없는 것이고, 두훙은 여전히 두훙인 것이다. 이보다 더 좋은 방법이 또 있을까? 없다. 너무도 기쁜 나머지, 사푸밍은 모두를 향해 크게 박수를 치면서 이렇게 선포했다. "오늘밤 제가 모두에게 야식 삽니다!"

모두들 연달아 환호성을 내질렀다. 그들은 두훙을 에워싸고 중구난방으로 한마디씩 떠들었다. 마사지센터는 순식간에 기쁨의 도가니로 변했다. 문밖에 서 있던 사푸밍은 갑자기 마음속에서 뭉클한 감동이 솟는 것을 느꼈다. 역시 와자하니 떠들썩한 것이 좋구나! 뭔가 '생기'라는 것이 느껴진다. '생기'란 대체 뭘까? 휴게실 전체가 땅 밑에서 후다닥 솟아난 팔들과 손들로 가득찬 것처럼 느껴졌다. 팔들과 손들은 바람이 부는 것처럼 한들한들, 자유롭게 날리고 있었다. 그중에서도 사푸밍을 가장 기쁘게 하고 감동시키는 것은 당연히 두훙의 손이었다. 그 손은 사람들 가운데서 웃고 있었다. 사푸밍은 똑똑히 볼 수 있었다. 분명 웃고 있었다. 그 웃는 얼굴이 너울대면서 이파리를 펼쳤다. 한 잎, 두 잎, 세 잎, 네 잎. 그렇다. 모두 네 개의 꽃잎이 서로 다른 방향으로 퍼져나갔다. 그것은 온 세상 구석구석을 물들였다. 하늘을 가리고 땅을 덮었다. 모든 곳을 가득 채웠다. 사푸밍은 가만히 한숨을 내쉬었다. 마음이 말할 수 없이 가뿐했다. 바람에 날리는 깃털 같았다. 뼈마저 가벼워지는 기분이었다. 강물은 변함없이 동쪽으로 흘러산나.[*]

오랫동안 이런 기분은 맛보지 못했다. 정말 오래됐다. 사푸밍은 눈을 깜빡이면서 담담한 척 자신은 한 일이 없는 듯 굴었다. 자신이 가장 기쁜데, 아무렇지도 않게 담담히 있고 주위 사람들이 기뻐해주는 건 더할 나위 없이 기분좋은 일이었다. 그는 두훙에게 감사했다. 그녀에게 발생한 의외의 사건이 마사지센터에 예전과 같은 생기를 되찾아준 셈이니까. 다만 두훙이 치른 대가가 너무 컸다. 차라리 사푸밍 자신에게 그런 일이 일어났다면, 그랬다면 좋았을 것을.

만약 내 엄지손가락이 부러졌다면 병원에서 나를 데리고 돌아온 사람은 장쭝치였을까? 그랬으리라. 틀림없이 그랬을 것이다. 입장을 바꿔놓고 생각해서, 사푸밍 자신이라도 그랬을 테니까. 사푸밍은 이 관계에 대해 잘 알고 있었다. 부귀영화는 함께 나눌 수 없을는지 몰라도 궂은 시련이라면 얼마든 함께할 수 있다. 둘은 아미 이렇게 하면 좋을지 상의했을 것이다. 그렇다. 상의했을 것이다. 사푸밍은 입을 삐죽거리다 예상치 못한 발견을 했다. 맹인들에게 입술은 입술이 아니었다. 윗입술과 아랫입술이 아니라, 위 눈꺼풀과 아래 눈꺼풀이었다. 눈동자의 동공은 바로 여기에 있었다. 그

---

[*] 남당 황제 이욱의 사(詞)에 실린 구절로 강이 동쪽으로 흐르듯 사랑하는 마음이 항상 연인에게 향한다는 뜻.

의 혀끝에. 사푸밍은 갑자기 혀끝이 빛을 내는 것을 보았다. 그 빛은 희미하게 반짝이며 움직였다. 그러나 그래도 그것은 빛이었다. 눈부심이라고도 할 수 있으리라. 사푸밍은 고개를 들고 입을 벌리더니 느닷없는 한숨을 토해냈다. 그의 탄식은 절대 돌이킬 수 없는 한줄기 빛으로 뻗어나갔다. 흔들림 없이 관통하는 대못처럼, 기세등등하게.

사푸밍은 슬그머니 닥터 왕을 잡아끌었다. 그는 닥터 왕을 붙잡고 문밖으로 나갔다. 두 사람은 나란히 한 대씩 담배에 불을 붙였다. 마사지센터의 바깥에 있는 휴식 공간이었다. 닥터 왕은 아무말이 없었다. 사푸밍은 사실 닥터 왕이 뭐라도 한마디해주기를 바랐지만, 아무 말도 하지 않는다면 그건 또 그것으로 그만이었다. 사푸밍은 도무지 마음이 가라앉지 않아서 결국 입을 열었다. "닥터 왕, 난 그래도 걱정이 돼. 사람들에게 아직 하지 않은 말이 있잖아. 발마사지 일을 양보하라고 했을 때, 사람들이 동의하지 않으면 어쩌지? 그런 일을 명령할 수는 없잖아. 그런 말은 할 수가 없다고."

닥터 왕은 희미하게 웃었다. 연애하는 사람은 모두 바보라는 말이 떠올랐기 때문이다. 사푸밍은 연애를 하고 있지 않았다. 그는 그저 짝사랑에 빠진 것뿐이었다. 짝사랑을 하는 사람은 바보가 아니다. 그보다 더한 구제불능 머저리다.

"너 말야." 닥터 왕이 말했다. 목소리가 무겁게 가라앉아 있었다. "갈수록 두 눈이 멀쩡한 사람처럼 군단 말이지. 난 그런 게 싫어. 아무 말 할 필요 없어. 상황이 뻔하잖아. 결국 그렇게 될 거야."

사푸밍과 닥터 왕이 문밖의 휴식 공간을 서성이는 동안, 안의 휴게실에서는 진옌과 샤오쿵이 분위기를 몰아가고 있었다. 진옌은 두훙 옆에 바짝 붙어서서 갑자기 두 팔을 번쩍 들고 크게 소리를 내질렀다. "조용히 해요. 모두들 조용히 좀 해봐요." 사람들은 무슨 일이라도 생겼나싶어 갑자기 입을 닫았다. 휴게실 안이 순식간에 쥐죽은듯 조용해졌다. 뭐라도 기막힌 사건이 벌어지려나 하고 다들 기대하는 눈치였다.

'찌익' 소리와 함께 지퍼가 빠르게 열렸다. 그 소리가 무척 시원하게 들렸다. 부드럽고 매끄럽고 빠르고, 마치 깊은 사랑을 전하는 세레나데처럼. 진옌이 자신의 작은 핸드백을 여는 소리였다. 핸드백은 언제나 진옌의 몸에서 떨어지지 않는 것이었다. 지금 진옌이 핸드백을 열고 있다. 진옌은 작은 핸드백 안에서 두툼한 뭉치들을 꺼냈다. 크기는 모두 일정치 않았다. 진옌은 한 손에 그 뭉치들을 들고 다른 한 손으로 두훙의 팔을 붙잡았다. 그녀는 두툼한데다 크기도 제각각인 뭉치들을 두훙의 손에 전달했다. 진옌이 말했다. "두훙, 이건 우리 모두의 작은 성의야. 알지? 그냥 작은 성의야."

이 말을 하면서 진옌은 감정이 격해졌다. 그녀의 목소리가 떨리고 있었다. 사람들 모두가 그 마음의 동요를 느낄 수 있을 정도였다. 사람들 모두 그 가슴 떨리는 가쁜 숨소리를 들었다. 두훙은 윈손에 그 두툼한 뭉치들을 쥐고 망가진 오른손으로 거듭 어루만졌다. 두훙은 모두를 향해 말했다. "모두들 정말 고마워요."

진옌은 기다리고 있었다. 샤오쿵도 기다리고 있었다. 모두가 기다리고 있었다. 가슴이 가장 벅차오르는 순간을 기다리고 있었다. 그들은 두훙에게 감사하다는 말을 듣기 위해 이 일을 한 것이 아니었다. 그럴 필요는 없었다. 그러나 어쨌든 가슴에 뜨거운 것이 울컥 치미는 장면이 올 것이다. 뜨거운 포옹이 빠질 수 없었다. 사방에서 흩뿌려지는 뜨거운 눈물도 빠질 수 없었다. 소설 속에서는 그랬다. 영화 속에서도, 텔레비전 드라마 속에서도 그랬다. 그러니 현실의 삶에서도 어찌 그러지 않을 수 있으랴!

"모두들 정말 고마워요." 말을 마치기 무섭게 두훙은 한번 더 그 말을 반복했다. "여러분 모두에게 정말 감사해요." 그것이 두훙의 마지막 말이었다.

두훙의 말투는 담담했다. 아무런 감정적 동요가 없었고, 이상하리만치 깍듯하고 예의발랐다. 소위 말하는 클라이맥스는 끝끝내 나타나지 않았다. 결국 그렇게 담담하게 의식은 마무리되었다. 이 것은 모두의 예상을 어느 정도 빗나간 것이었다. 현실은 소설과는 달랐다. 영화와도, 텔레비전 드라마와도 달랐고, 뉴스 보도와도 같지 않았다. 사람들은 이제 뭘 더 해야 할지, 일이 어떻게 되어갈지 알지 못했다. 그리고 나니 휴게실의 평온은 더이상 평온이라 할 수 없었다. 모두들 조금씩 어쩔 줄 모르는 기색이었다.

다행히 손님이 찾아왔다. 모두 세 사람이었다. 두리는 곧 일을 나누기 시작했다. 그녀는 큰 소리로 마사지사의 이름을 불렀다. 없던 기운이라도 난 것처럼 신나게 사람들을 향해 외쳤다. 이런 상황에서 이처럼 예상치도 못한 일이 발생하는 것보다 더 좋은 결말이 있겠는가! 닥터 왕은 밖에 있었다. 부르는 소리를 듣지 못한 게 분명했다. 두리는 애써 문밖으로 달려가 다시 한번 목청을 돋워 외쳤다. "닥터 왕, 입실이오!"

닥터 왕이 입실했다. 장이광도 입실했다. 진옌도 입실했다. 마사지센터의 분위기는 일단 일상의 모습을 되찾았다. 두훙은 휴게실 문 앞으로 걸어가서 문을 가만히 밀어보았다. 도어스톱 소리가 경쾌했다. '탁' 소리가 났다. 또 한번 '탁' 소리가 났다.

두훙은 병원에 있을 때 이미 휴게실 문에 도어스톱이 새로 달렸다는 사실을 알았다. 가오웨이라는 핫라인이 있었기 때문이다. 생각해보면 재미있는 일이었다. 두훙은 병원에 누워서야 마사지센터가 돌아가는 상황을 전보다 더 잘 알게 됐다. 훨씬 더 자세히 이해할 수 있었다. 가오웨이는 마사지센터에서 일어나는 모든 일을 두훙에게 전했다. 거의 '제 눈으로 본 것'이나 다를 바 없을 정도로. 가오웨이의 입이 그녀의 '뉴스 전문 채널'이었다. 가오웨이의 '뉴스'는 전방위적으로 심화된 내용을 다루었다. 어떤 일이든 다 다루었다. 그리고 단순한 정보 전달에 그치지 않았다. '시사 평론'과 '중점 보도'까지 있었다. 두훙은 서서히 가오웨이의 속내를 알게 됐다. 가오웨이의 '뉴스'는 그녀 자신의 주 관심사를 강하게 드러냈다. 정신적인 지향이라고도 할 수 있을 것이다. 그것은 하나의 결론을 향하고 있었다. 그녀는 사푸밍이 두훙에게 얼마나 지극 정성인지 알리고자 노력했다. 그렇게 해서 가오웨이가 전하는 '시사 평론'과 '중점 보도'에는 나름의 목적이 있다는 것이 명백해졌다. 그 목적은 오직 하나였다. 두훙이 받은 만큼 보답해서 사푸밍에게 '좀더 잘해주기'를 바라는 것이었다.

두훙은 그와 같은 '뉴스 전문 채널'을 원하지 않았다. 그녀는 무척 심란하고 골치가 아팠다. 그러나 가오웨이의 눈을 가릴 수도 없고 그렇다고 그녀의 입은 막을 수도 없었다. 두훙도 사푸밍이 예전에 생각했던 그런 사람은 아니라는 사실은 인정했다. 그는 좋은 사람이었다. 아무데서나 염치없이 껄떡대는 사람은 전혀 아니었다. 두훙을 향한 그의 마음은 진심이었다. 그러나 두훙은 그를 사랑하지 않았다. 아무래도 그를 사랑하게 될 것 같지는 않았다. 샤푸밍이 그녀를 위해 해준 모든 일에 대해, 두훙은 고마워했다. 하지만 고마움이 사랑은 아니었다. 둘은 전혀 다른 문제였다.

가오웨이의 '뉴스 전문 채널'은 갈수록 더 큰 이벤트를 도모했다. 어느 날엔가는 갑자기 장시간에 걸친 대대적인 '현장 중계'를 시작한 것이다. 두훙은 가오웨이가 작은 목소리로 전해주는 내용을 들었다. "지금 사 사장이랑 닥터 왕은 밖으로 나갔고, 진옌은 샤오쿵을 데리고 휴게실로 들어갔어. 진옌이 거기서 버럭버럭 소리를 질러대고 있어. '회의합시다! 다들 내 말 안 들려요? 회의하자고요!' 도대체 뭘 하려는 건지 모르겠네."

두훙은 가오웨이의 휴대폰을 통해 전해져오는 진옌의 말소리를 들을 수 있었다. "우리는 스스로를 냉담하지 않다고 생각하지만, 사실 우리만큼 냉담한 사람들도 없다고요. 우리가 이렇게 서로에게 냉담하게 굴어서는 안 된다고 봐요!"

진옌 혼자서 연설을 하고 있는 것 같았다. 그녀는 거의 오륙 분 동안 혼자 말을 이어갔다. 두훙은 이른바 '회의'라는 것이 사실은 성금 모금이라는 사실을 알 수 있었다. 진옌이 사람들을 선동해서 두훙을 위해 '무엇인가 하려고' 애쓰는 중이었다. 스스로에 대한 분노인지, 다른 사람들에 대한 분노인지, 진옌의 목소리가 파르르 떨렸다. 진옌은 감정에 북받쳐 눈물을 흘렸다. 그 울음 때문에 그녀가 말하는 소리는 더 감동적이었다. 그리고 어쩌면 그래서 더 거슬렸는지도 모른다. 솔직히 그녀의 말은 거의 위협에 가까웠다. 모두가 반드시 뭐라도 성의 표시를 해야 한다는 그녀의 말은 단순한 연설이 아니었다. 일종의 권고였고 나아가 명령이었다. '가엾은'

두훙이 '저 모양이 되었으니', 그녀가 '뭘 더 해나갈 수 있겠는가', 우리가 이렇게 '두 눈 멀쩡히 뜬 채' '팔짱 끼고 구경만 할 수'는 없는 일이다. 두훙은 진옌이 이토록 가슴이 뜨거운 사람인 줄은 꿈에도 몰랐다. 그녀는 진옌의 연설 능력에 깜짝 놀랐다. 진옌이 마지막 말을 뱉어냈다. "우리는 같은 눈, 같은 눈동자를 가졌습니다. 우리가 가진 눈으로 볼 수 있는 게 무엇인지, 우리 모두 한번 봐봅시다!" 진옌은 그저 말만 앞세우지 않았다. 몸소 실천했다. 그녀가 맨 먼저 나섰다. 그녀의 호방한 기상이 돋보였다. 진옌은 쉬타이라이와 상의도 하지 않고 선뜻 두 사람 몫을 내놓았다. 샤오쿵의 인색함은 모르는 사람이 없을 만큼 유명했다. 그녀는 한 푼 한 푼을 둥글고 까만 자신의 눈동자처럼 소중하게 여겼다. 그러나 이 불꽃처럼 뜨거운 인정 앞에서 샤오쿵은 전혀 망설이지 않았다. 닥터 왕이 자리에 없는 사이에 그녀는 '닥터 왕을 대신해' 마찬가지로 두 사람 몫을 내놓았다. 휴게실 분위기가 후끈 달아올랐다. 사람들의 눈두덩을 붉히는 뜨거운 정이 여기저기서 넘쳐흘렀다.

두훙은 휴대폰을 손에 든 채, 이 모든 상황을 똑똑히 들었다. 그녀는 온몸을 떨었다. 두 눈을 감고 자신의 입을 틀어막았다. 그녀는 소리를 낼 수 없나. 그녀는 그 소리가 어디로도 나가게 할 수 없었다. 정말 좋은 동료들이고 좋은 친구들이었다. 두훙은 가슴이 찢어지게 아프면서도 뭐라 말할 수 없는 따스함이 몸안 깊숙한 곳에서 솟구치는 것을 느꼈다. '현장 중계'는 아직 끝나지 않았다. 진옌과 샤오쿵은 벌써 모금된 돈의 정리를 마치고 이야기를 나누고 있었다. 사실은 상의중이었다. 누구도 이 사실을 입 밖에 내서는 안 된다. 닥터 왕에게 말할 필요도 없다. 어쨌거나 "두 사람 몫의 돈은 이미 냈으니까," 사푸밍에게는 "더더욱 말할 필요도 없다". "그와 두훙 사이의 일"이라면, 우리가 "상관할 일이 아니니까".

두훙은 휴대폰을 닫고 베개 아래로 밀어넣은 뒤 자리에 누웠다. 큰 감동을 받았다. 고마웠다. 하지만 동시에 상심과 절망이 엄습했다. 자신의 인생은 이제 끝났다, 이것이 비정한 현실이었다. 그녀도 사실 알고 있었다. 앞으로 그녀는 평생 남의 은혜에 감사하면서 다른 사람에게 '의존'해서 살아갈 수밖에 없는 것이다. 두훙은 세상 누구보다도 더 작았다. 두 눈이 멀쩡한 사람에 비해서도 한 뼘이 작고, 두 눈이 먼 사람들에 비해서도 한 뼘이 또 작았다. 그녀에게 이제 무엇이 있는가? '아름다움'만 남았을 뿐 아무것도 없었다. '아름다움'이 대체 뭔가? 그건 콧구멍 안의 숨이다. 자신에게 속해 있으면서도 속했다고 할 수 없는 그런 것이다. 내 몸으로 들어갔다 나가는, 신출귀몰한 것이다.

두훙은 이불깃을 끌어올려 얼굴을 가렸다. 머리끝까지 가려지도록 뒤집어썼다. 그렇게 울 준비를 했지만 두훙은 울음소리를 내지 않았다. 차마 소리가 나오지 않았다. 그저 눈물만 흘렸다. 예전에는 눈물이 방울방울 떨어졌는데, 이번에는 신기하게도 주르륵주르륵 하염없이 흘렀다. 베개가 흘러내린 눈물을 흡수하고 울음소리도 흡수해버렸다. 베개 곁이 흠뻑 젖었다. 두훙이 몸을 뒤집자, 베개 한 편이 또 푹 젖었다.

아픔은 아픔을 불러온다. 두훙은 결국 스스로를 상처 입힐 수밖에 없었다. 그녀의 자존심이 사라졌다. 그녀의 존엄이 사라진 것이다. 그녀의 존엄은 문틀에 끼어서 짓눌리고 말았다. 느닷없이 불어든 바람에, '쿵' 하는 외마디 소리와 함께, 그녀의 존엄은 순식간에 피범벅이 되고 말았다. 그녀의 존엄은 사쭝치 마사지센터의 휴게실에서 완전히, 철저하게 산산조각났다.

이럴 수는 없어. 두훙은 스스로에게 말했다. 이럴 수는 없어. 이대로는 절대 안 돼. 죽으면 죽었지.

두훙은 이불을 젖히고 일어나 앉았다. 그녀는 수건을 더듬어 쥐고 혼자 조용히 화장실로 향했다. 세수를 하고 싶었다. 때마침 간호사 한 사람이 다가와서 그녀를 부축하려 했다. 두훙은 고개를 살짝 옆으로 돌리고 간호사의 얼굴 쪽을 마주하면서 웃었다. 부드럽지만 더할 나위 없이 결연하게 그녀는 간호사의 팔을 밀어내며 말했다. "고마워요."

그럴 수는 없어. 그럴 수는 없다고. 두훙은 스스로에게 말했다. 숨이 남아 있는 한, 보는 사람들마다 동정해 마지않는 불쌍한 벌레 같은 인생을 살 수는 없었다. 그녀는 그냥 살고 싶을 뿐이었다. 언제나 사람들의 은혜에 감사하면서, 그렇게 살고 싶지는 않았다.

다른 사람에게 빚을 지고 살지는 않을 것이다. 누구도 그녀에게 빚을 지게 할 수는 없다. 더없이 좋은 동료와 친구들이라고 해도 안 된다. 빚이라는 것은 일단 지면 언젠가는 갚아야 한다. 갚을 수 없다면 질 수도 없는 것이다. 은혜는 언젠가는 보답해야 하는 것이다. 두훙은 보답하고 싶지 않았다. 두훙에게 보답이란 죽기보다 무서운 공포였다. 뼛속까지 파고드는 공포. 그녀는 그저 맨몸으로 왔다가 맨몸으로 가고 싶었다.

두훙은 세수를 하면서 마음을 정했다. 떠나자. 사쭝치 마사지센터를 떠나는 거다. 일단 집으로 돌아가자. 병원비는 줄곧 사푸밍에게 신세를 졌으니 우선 부모님께 갚아달라고 부탁하자. 그 빚은 나중에 두홍이 부모님께 갚을 것이다. 어떻게 갚을 것인가? 두홍은 당장 방도가 생각나지 않았다. 그래서 울음이 날 뻔했다. 하지만 두홍은 정말 대단하게도 참아냈다. 머릿속에 다음과 같은 말이 떠올랐다. 하늘이 무너져도 솟아날 구멍이 있다. 하-늘-이-무-너-져-도.

두홍은 마음을 정한 뒤에 간호사를 불렀다. 그리고 간호사에게 기차표 한 장을 끊어달라고 부탁했다. 물론 가오웨이도 불렀다. 점자판이 필요했다. 점자판이 없으면 글자를 쓸 수 없었다. 그녀는 동료와 친구들에게 쓸 말이 아주 많았다. 그녀는 그들에게 감사해야만 했다. 어찌됐든 간에, 그녀는 감사했다. 모두들 안녕히. 안녕히, 모두. 하늘이 무너져도 솟아날 구멍은 있을 테니, 그녀는 길을 떠날 것이다. 그녀에게는 자존감이 있었다. 체면도 있었다. 존엄이라는 것이 남아 있었다. 그녀는 빚으로 살아갈 수는 없었다. 무슨 일이 있어도.

일할 사람은 일하고, 휴식할 사람은 휴식했다. 마사지센터의 분위기는 평소와 다름이 없었다. 두홍은 두툼하고, 크기가 제각기 다른 뭉치들을 자신의 사물함에 넣었다. 사물함 안에 잘 넣고 자물쇠로 잠갔다. 그러나 열쇠는 자물쇠 뒤쪽에 바로 걸었다. 그런 뒤에 가오웨이 곁으로 다가가 종이 한 장을 건넸다. 이 모든 일을 다 마치고 나서 두홍은 밖으로 걸어나갔다. 가오웨이가 그녀를 따라나섰지만, 두홍이 그러지 말라고 말렸다. 가오웨이가 물었다. "어디가?" 두홍이 대답했다. "바보 같기는. 내가 가긴 어딜 가겠어? 그냥 혼자 좀 있으려고. 그것도 안 돼?"

사푸밍이 마침 문밖에 있었다. 마침내 두홍은 사푸밍의 곁을 떠나는 것이다. 가오웨이는 두훙이 준 쪽지를 손에 쥔 채 창밖을 내다보고 있었다. 놀랍게도 두훙이 샤푸밍을 끌어안았다. 가오웨이 쪽에선 샤푸밍의 등만 보였시만, 그 뒷모습에서 샤푸밍이 한껏 기뻐하고 있음을 분명히 알 수 있었다. 가오웨이는 웃으며 두리 쪽을 흘끗 보고 싱글거리며 자리를 떴다. 그녀는 모든 사람을 불러 그 장면을 보게 하고 싶었지만, 정말이지 안간힘을 써서 겨우 참았다.

문제가 생겼음을 가장 먼저 눈치챈 사람도 역시 가오웨이였다. 가오웨이는 두훙의 쪽지를 손에 쥔 채 계속 휴게실에 앉아 있었다. 문밖에 나가거나 복도를 서성댈 생각은 없었기 때문에, 손에 든 종이만 만지작거리고 있었다. 종이 위에는 빽빽하게 울퉁불퉁한 자국들이 나 있었다. 자잘한 점들이 찍힌 것 같기도 했다. 가오웨이는 그것이 무엇인지 전혀 알아볼 수 없었기 때문에 아예 쳐다보지도 않았다. 그렇게 이삼십 분이 흘렀을 때, 가오웨이는 자리에서 일어났다. 대문 밖에 아무도 없었다. 가오웨이는 마사지센터의 유리문을 열고 나섰다. 샤푸밍이 거기 문밖에서 원을 그리며 맴을 돌고 있었다. 지름이 1미터 50센티 정도인 원을 그리며 계속 맴을 도는 모습이 눈에 들어왔다. 두 손을 계속 비비며. 가오웨이는 두훙이 거기 없는 것을 보고 문을 닫고 돌아왔다. 그러곤 마사지칸의 문을 하나씩 밀어보았다. 그러나 두훙은 없었다. 이 망할 계집애가 대체 어딜 갔담? 어딘가에 숨어서 울고 있는 것은 아니겠지?

거의 두 시간이 지나자 가오웨이는 조금씩 걱정이 되기 시작했다. 그녀는 마침내 "아이고" 하면서 혼잣말을 했다. "두훙이 대체 어딜 간 거지?" 진옌이 말했다. "계속 함께 있었던 거 아니야?" 가오웨이가 말했다. "어딜, 같이 안 있었어."

사실 두 시간은 그리 긴 시간이 아니다. 그러나 맹인의 경우에는 달랐다. 그제야 사람들은 뭔가 잘못되었다고 느끼기 시작했다. 사람들이 모두 휴게실로 모여들었다. 그러나 모두 꼼짝 않고 속수무책으로 있었다. 샤푸밍이 갑자기 말문을 열었다. "두훙이 뭐라고 하진 않았어?"

"아무 말도 안 했어요." 가오웨이가 말했다. "그냥 저한테 쪽지 한 장을 주더니, 잠깐 혼자 있겠다고 했는데."

"쪽지에 뭐라고 써 있는데?" 진옌이 물었다.

가오웨이는 그 쪽지를 반듯하게 펴서 내밀며 억울하다는 듯 말했다. "없어. 아무것도 안 써 있는걸."

샤푸밍이 물었다. "작은 점들도 없었나?"

가오웨이가 말했다. "있어요."

닥터 왕이 가오웨이와 가장 가까이 있었다. 닥터 왕이 손을 내밀자 가오웨이는 쪽지를 건넸다. 닥터 왕은 한 다리를 다른 다리 위에 걸치고 허벅지 위에 쪽지를 펼친 뒤 검지 끝으로 더듬어 내려갔다. 단 두 줄을 더듬고 나서 그는 고개를 들었다. 가오웨이는 닥터 왕의 낯빛이 예사롭지 않게 변한 것을 알아보았다. 두 눈썹이 바짝 치켜 올라가 이마를 가로질러 머리끝에 닿을 지경이었다. 닥터 왕은 아무 말 없이 샤오쿵의 손바닥 위에 쪽지를 올려놓았다.

휴게실 안은 다시금 정적 속으로 빠져들었다. 이 정적은 이전의 모든 정적과 전혀 달랐다. 정적 속에서 맹인들은 한 사람씩 두훙의 쪽지를 읽고 옆 사람에게 건넸고 마침내 샤푸밍의 손에 쪽지가 도착했다. 가오웨이는 쪽지가 손에서 손으로 전해지는 모든 과정을 지켜보면서, 극히 불길한 예감을 느꼈다. 그러나 그녀는 결국 아무것도 알 수 없었다. 그녀는 고개를 돌리다가 하필 문가에 앉아 있던 두리와 시선이 마주쳤다. 두리의 얼굴에도 망연자실한 표정이 떠올라 있었다. 두 사람의 시선은 마주치기 무섭게 서로를 피했다. 수수께끼는 풀렸다. 틀림없이 풀렸다. 그러나 그들은 아무것도 알지 못했다. 앞이 보이는 네 개의 눈동자는 방향을 잃고 흔들렸다. 눈앞은 온통 캄캄한 어둠이었다. 그들은 눈뜬장님이었다. 그들은 세상에 이런 것이 있는 줄은 꿈에도 생각지 못했다. 눈앞에 분명히 있는데도 볼 수 없는 것이 있다니. 휴게실 안의 정적은 거의 공포에 가까웠다.

사푸밍의 검지가 신경질적으로 움직였다. 마치 아래턱이 빠지기라도 한 것처럼 그의 입은 벌어져 있었다. 가오웨이는 사푸밍의 검지가 계속해서 제자리걸음을 하고 있다는 사실을 알았다. 그 손가락은 마지막 한 줄을 끊임없이 더듬고 있었다. 그가 마침내 한모금의 탄식을 내뱉었다. 결국 사푸밍은 두훙의 쪽지를 소파 위에 내던지고 자리에서 일어났다. 그는 사물함 앞으로 걸어가서 자물쇠를 더듬었다. 열쇠도 더듬었다. 그는 가뿐하게 사물함 문을 열어젖히고 안을 더듬었다. 그리고 빈손만 꺼냈다. 얼굴에는 그럴 줄 알았다는 표정이 떠올라 있었다. 그것은 마지막 증거를 확인한 표정이었다. 상심과 절망의 표정이었다. 사푸밍은 아무 소리도 없이 반대편 마사지실로 걸어가버렸다.

가오웨이와 두리를 제외한 모든 맹인들은 알고 있었다. 두훙의 마지막 말은 사푸밍에게 남겨진 것이었다. 두훙은 사푸밍을 '오빠'라고 부르고 있었다. "푸밍 오빠, 오빠한테 어떻게 감사를 드려야 할지 모르겠어요. 행복하시기를 바랄게요."

그날 오후의 휴게실은 무슨 일이 벌어질 운명이었나보다. 두훙에게 일어나지 않았던 그 일은 닥터 왕에게 일어나고 말았다.

"샤오쿵." 닥터 왕이 갑자기 입을 열었다. "당신 생각이었어?"

샤오쿵이 말했다. "그래요." 닥터 왕은 갑자기 끓어오르는 화를 주체하지 못하고 큰 목소리로 비난하기 시작했다.

"누가 당신더러 이런 짓을 하라고 그래?!"

한마디로는 모자랐다싶었는지, 닥터 왕은 곧 같은 말을 한번 더 했다.

"누가 당신더러 그런 짓을 하라고 했냐고?" 닥터 왕의 말은 모든 사람을 깜짝 놀라게 했다. 침이 사방으로 튀었다. "그러니 당신이 맹인인 거야. 아니, 당신은 맹인 축에도 들지 못해!"

닥터 왕의 행동은 너무 뜻밖이었다. 그처럼 온화한 사람이 이렇게 샤오쿵을 윽박지르다니. 샤오쿵이 어떻게 다시 얼굴을 들 수 있겠는가?

"닥터 왕, 고함지르지 마요." 진옌이 사람들을 밀어내며 닥터 왕 앞으로 다가섰다. "그 생각 내가 낸 거예요. 샤오쿵과는 아무 관계도 없으니, 하고 싶은 말이 있으면 나한테 해요!"

닥터 왕은 더욱 핏대를 올리고 말했다. "당신은 또 뭐야?" 닥터 왕은 고개를 돌리며 말했다. "당신이 맹인 자격이 있다고 생각해?"

진옌이 자신의 생각을 너무 높이 평가한 모양이었다. 그녀는 설마 닥터 왕이 이렇게 나오리라고는 생각지 못했다. 닥터 왕의 목청은 무척 컸고 그 기세는 무지막지했다. 진옌은 순간 넋을 잃고 그 자리에 얼어붙고 말았다.

진옌은 숫기 없고 겁 많은 쉬타이라이가 거기서 불쑥 앞을 가로

막고 나서리라고는 미처 생각지 못했다. 쉬타이라이는 손을 뻗어 자신의 등뒤로 진옌을 끌어당기더니 닥터 왕을 막아섰다. 쉬타이라이의 목소리는 닥터 왕처럼 기세가 대단하지는 않았지만 그렇다고 꿀리지도 않았다.

"당신이 뭔데 큰소리야? 당신이 내 마누라한테 왜 소리를 지르는데? 당신이나 맹인 노릇 잘해! 내가 다른 건 당신한테 지더라도 눈이 먼 것만큼은 절대 안 지니까, 해볼 테면 어디 해보자고!"

설마 쉬타이라이가 이렇게 불쑥 튀어나오리라고는 닥터 왕도 생각지 못했다. 전혀 예상하지 못했던 상황이라 닥터 왕은 순간 할말을 잃고 말았다. 그는 그저 쉬타이라이를 '노려볼' 따름이었다. 그는 쉬타이라이 역시 자신을 '노려보고' 있다는 사실을 알았다. 빛을 잃은 두 사람의 시선이 그렇게 서로를 '노려보고' 있었다. 뜨거운 콧김을 서로의 얼굴에 뿜어대면서. 그들 가운데 누구도 뒤로 물러서려 하지 않았다. 거친 숨을 몰아쉬는 황소들처럼.

장쭝치가 한 손으로 닥터 왕의 어깨를 잡고 또 한 손은 쉬타이라이의 어깨에 얹으며 말했다.

"싸우지들 말게."

쉬타이라이가 막 팔뚝을 치켜들던 참이었다. 장쭝치는 그 손을 내리누르며 매섭게 꾸짖었다.

"이런 일로 이러는 거 아니야."

에필로그
만찬

장쥔 대로 109-4번지에 식당이 하나 있었다. 식당이라고 하니 어쩐지 너무 거창하게 들린다. 사실은 음식을 파는 노점상이었다. 노점상에는 노점상만의 특징이 있다. 손님을 끌어들이는 가장 큰 특징은 바로 더러움이다. 가게 바닥은 카펫도 타일도 아닌 반들반들하니 그저 막 바른 시멘트 바닥인데, 이 시멘트 바닥의 장점은 손님들 마음대로 쓸 수 있다는 점이다. 뼈다귀, 생선 가시, 담배꽁초, 술병 뚜껑 등 얼마든지 내키는 대로 버릴 수 있다. 더럽기는 해도 노점상의 음식은 대체로 맛이 좋다. 양념이 진하고 음식에 연기 냄새가 배어 있기 때문이다. 여기서 먹는 것이야말로 진정한 서민 음식이다. 노점상의 음식을 먹는 이들은 대개가 육체노동을 하는 사람들이다. 그러니까 블루칼라들을 위한 요리다. 그들은 주변 환경이나 인테리어의 우아함에 주의를 기울이지 않는다. 공기가 청정한지, 바닥이 깨끗한지 개의치 않는다. 그들이 중요하게 생각하는 것은 '내 입맛'에 맞는지, 양은 넉넉한지, 가격이 적당한지이다. 식사를 하면서 내키는 대로 웃통을 벗을 수도 있다. 반가부좌를 틀고 앉아 다리를 무릎에 얹은 채로 먹고 마시며 떠들 수도 있다. 이러한 것 또한 인생의 즐거움인 것이다.

같은 노점상이라도 모두 가지각색이다. 어떤 노점상은 한낮을 노린다. 또 어떤 노점상들은 밤시간대에 주력한다. 그들의 장사는 야행성이다. 한밤중이 되어서야 본색을 되찾는 것이다. 주된 고객은 대개 '야참을 먹는' 사람들이다. 야간 택시 운전사, 사우나 또는 나이트클럽의 직원들, 술집이나 카페에서 나와 집에 가기 전에 입가심을 하는 손님들, 마작판의 동료들, 마약밀매자들, 신분을 알 수 없는 부랑자들, 업소에 나가는 여성이나 기둥서방들, 물론 예술가들도 빠질 수 없다. 어떤 예술가들은 비싼 곳들은 너무 자주 드나들어 질린데다, 어쨌거나 중요한 것은 분위기이기 때문에 색다른 것을 찾아 여기 오는 것이다. 하지만 자주는 아니다.

표준적인 삶을 사는 보통 사람들은 이 한밤중의 떠들썩함에 대해 전혀 모를 수도 있다. 공무원들도 이 시간에는 대개 게으름을 피우기 마련이다. 당직 경찰들도 애먼 고생을 바라지 않기 때문에, 노점상 주인들은 거침없이 활개를 친다. 그들은 차가 다니는 대로변까지 영역을 확장한다. 말하자면 갓길 영업이다. 그들은 길가에 선 오동나무 가지에 전선을 걸어 전등을 달고 간이 탁자와 접이식 의자를 펼친다. 그리고 장사를 시작하는 것이다. 찻길 옆에 불이 피워진다. 볶고 지지고 튀기고 끓이고 굽는 등, 다양한 요리가 빠짐없이 가능하다. 찻길 위는 노점 요리사들이 피우는 불로 벌겋게 이글대고 연기가 자욱하다. 정신없는 와중에 군침을 돌게 하는 구수한 냄새들이 피어난다. 이야말로 가난과 궁핍이 어우러진 도시의 빈민가 풍경이다. 시골에서 온 사람들이나 빈털터리들에게 이보다 더 좋은 곳은 없을는지 모른다.

열두시에 좀 못 미친 시간이었다. 사푸밍, 장쭝치, 닥터 왕, 샤오쿵, 진옌, 쉬타이라이, 장이광, 가오웨이, 두리, 샤오탕 등은 무리를 지어 장쿤 대로 109-4번지로 갔다. 진다제도 있었다. 깊은 밤이라 거리는 한산했다. 그들은 장쿤 대로 109-4번지 가게 앞에 새카맣게 몰려가 섰다. 식당 사장과 점원들이 모두 그들을 바라보았다. 하나씩 살펴보니 거의 대부분 아는 얼굴이었다. 그러나 이처럼 대단위로 몰려온 것은 처음이었다. 식당 사장이 아주 반갑게 달려나와 맞으며 물었다. "전부 다 오셨구만? 무슨 축하할 일이라도 있는가?"

아무도 대답이 없었다. 사푸밍은 짐짓 환하게 미소를 지어 보이며 말했다. "무슨 축하할 일 같은 건 아니고, 다들 고생이 많으니한번 모이자고 온 거죠."

"이리로 오시구려. 특별히 자리를 내드리지."

환한 미소를 짓느라고 사푸밍은 무척 힘이 들었다. 갑자기 무지막지한 피로가 몰려왔다. 두훙이 남긴 쪽지의 그 마지막 말을 읽은 뒤로, 사푸밍의 몸에는 정말 실낱같은 기운도 남아 있지 않았다. 갑자기 그의 힘과 넋이 그만 어떤 신비한 존재에게 빨려나간 것 같았다. 다행인지 불행인지, 그 순간 찢어지는 위장의 통증이 찾아왔다. 위장의 통증이 아니었다면 사푸밍은 자신이 텅 빈 것 같다고 느꼈으리라. 한 발짝을 떼어놓을 때마다 비어 있는 몸 안에서 울리는 메아리를 들을 수 있었다.

사푸밍이 오늘밤 모두에게 야식을 사겠다고 선언한 것은 두훙의 퇴원을 축하하기 위해서였다. 그게 바로 몇 시간 전의 일이건만, 그사이 사정이 전혀 딜라졌나. 삶이란 정말 예측불허다. 도무지 종잡을 수 없는 이상한 사건들이 평범한 삶의 구석구석에서 구름처럼 나타났다가 바람처럼 사라지곤 한다. 삶이란 얼마나 연약하고 허망한 것이냐! 삶은 한 점의 바람에도 버티지 못하는 유약한 풀포기에 불과하다. 사람들은 맹인들의 삶이 단조롭다고 말한다. 그것은 대체 무엇을 어떻게 보고 하는 말일까? 맹인들이 심장을 꺼내놓고 보여주기라도 바라는 걸까? 꺼내서 보여주지 않으면, 매일매일이 무사태평해 보인다. 매일매일이 그 전날을 복사한 것처럼 보인다. 같은 길이, 같은 넓이, 같은 높이. 그러나 실제로 꺼내서 보면 맹인들의 매일이 얼마나 괴상망측한 모양인지 알게 될 것이다. 사푸밍 심정이 지금 어떨지 닥터 왕이 모를 리 있겠는가! 그래서 닥터 왕은 오늘밤 야식을 취소하고 다른 날에 보자고 건의했다. 미룬다고 그 취지가 달라지진 않는다고, "굳이 그럴 거 있겠나"라고 제안했다. 하지만 사푸밍은 동의하지 않았다. "두훙이 퇴원했으니, 어쨌거나 축하는 해야지."

그래, 누훙이 퇴원했으니, 어쨌거나 축하는 해야지. 그러나 축하하는 그 마음이 어떨지는 오직 사푸밍 본인만 알 것이다. 닥터 왕이 사푸밍에게 야식을 취소하자고 한 말은 진심이었다. 물론 한 점의 사심도 없었다고는 할 수 없었다. 낮에 그는 샤오쿵과 사이가 틀어졌고, 이어서 진옌과도 등을 돌렸으며, 게다가 쉬타이라이와도 사고를 쳤다. 이럴 때 야식을 먹으러 가는 것은 참으로 난감한 일이다. 다른 사람들도 입장상 사푸밍에게 뭐라 한마디하지는 못하지만 속내는 엇비슷했다. 그저 사푸밍이 이 일정을 취소해주기만 바랐던 것이다. 그러나 사푸밍이 굳이 정해진 대로 하기를 고집하니 어쩌겠는가! 더구나 모두들 마음속으로 사푸밍을 딱하게 여기고 있었다. 이런 벽창호 같으니! 어째서 이다지도 답답하게 군담? 야식을 먹으러 가는 길에 아무도 말을 하지 않았다. 사푸밍의 가슴에 부는 처량하고 쓸쓸한 비바람을 느끼지 못한 사람이 누가 있겠는가! 정말이지 스산했다.

사푸밍과 달리, 장쭝치의 마음은 복잡했다. 두훙에 대해서든, 사푸밍에 대해서든, 장쭝치는 모두 애석하고 안타까웠다. 그러나 그 애석함과 안타까움 외에, 마음속 깊은 곳에는 기이한 기쁨 같은 것이 존재했다. 전혀 종잡을 수 없고 이유도 알 수 없는 기쁨이었다. 두훙의 편지를 다 읽었을 때, 장쭝치의 마음 한구석이 '쿵' 소리를 내며 무너졌다. 그 마음을 자세히 살피던 장쭝치가 발견한 것은, 놀랍게도 거기에 애석함과 안타까움 외에 어떤 기쁨이 존재한다는 사실이었다. 이 발견에 장쭝치는 화들짝 놀랐다. 스스로가 경멸스러워질 지경이었다. 어떻게 이럴 수가 있는가? 그러나 그 기쁨은 너무도 명백했다. 장쭝치의 혈관 속에 넘쳐나 빙글빙글 맴돌더니 도무지 빠져나가지 않았고 게다가 멈추지도 않았다. 그는 내심 두훙이 떠나기를 줄곧 바라왔던 것이다. 물론 아무 일 없이 무사하게 떠나기를 바랐었다. 두훙이 평안하지 않게 떠나갔다는 점이, 장쭝치가 느끼는 최고의 애석함이었다.

그는 이 야식을 먹고 싶지 않았다. 그러나 먹으러 가지 않을 수 없었다. 장쭝치는 하릴없이 대세를 따라 엉덩이를 떼고 따라나섰다.

사람들은 장췐 대로 109-4번지 앞에 서 있었다. 그저 삼삼오오 모여 있을 뿐 아무도 입을 열지 않았다. 분위기가 묘했다. 역병이 휩쓸고 지나가기라도 한 것처럼 스산했다.

점원이 탁자와 의자를 정리해서 남방 자리를 내주었다. 탁자 두 개였다. 사장은 인원수를 세어보고 탁자 두 개면 되겠다고 생각한 모양이었다. 사장은 사푸밍 앞으로 오더니 안으로 들어와 앉으라고 권했다. 사푸밍은 잠시 망설였다. 지금 상황에서는 그가 한쪽 탁자에 앉고 장쭝치는 다른 탁자에 앉게 될 것이다. 틀림없다. 사푸밍은 의자 등받이를 붙잡고 입가에 기묘한 표정을 지었다. 그와 장쭝치의 관계가 오늘 이런 지경이 된 것이 두훙 때문이라고 할 수는 없었다. 따져보면 두훙과는 아무런 관계도 없는 것이다. 그러나 그 근원을 파내려가면, 역시 두훙 때문이라고 할 수 있었다. 하지만 두훙은 지금 어디 있는가? 그녀는 자취도 없이 사라져버렸다.

사푸밍은 기운을 차리고 사장에게 말했다. "죄송하지만 탁자 좀 나란히 붙여주세요. 다 함께 먹을 테니까."

점원이 탁자 하나를 덧붙이며 배치를 바꿔주었다. 그렇게 해서 세 개의 탁자가 나란히 붙어 하나의 커다란 식탁이 되었다. 눈 깜짝할 사이에 길쭉한 탁자 위에 맥주와 음료수, 술잔, 개인용 접시와 수저가 놓였다. 장관이다. 확실히 노점상에서는 보기 드문 차림이었다. 머리 위에는 하늘이 있고 발밑에는 땅이 있으며 왼쪽에는 탁 트인 텅 빈 대로가 있었다. 그 길의 이름이 바로 장쭨 대로다. 이것을 어찌 맹인들의 일상적인 야식이라 하겠는가! 그야말로 성대한 만찬이었다.

"앉읍시다." 사푸밍이 말했다.

장쭝치는 사푸밍과 그리 멀지 않은 곳에 서 있었기 때문에, 듣지 못한 척 시치미를 뗄 수 없었다. 물론 사푸밍의 말에 특정한 대상이 있었던 것은 아니었다. 특별히 장쭝치에게 던진 말도 아니었다. 장쭝치는 "앉읍시다"라는 말을 입에 머금고 있다가 한참이 지난 뒤에야 내뱉었다.

"앉읍시다."

두 "앉읍시다" 사이에는 어감상 어떤 논리 관계도 없었다. 그러나 의미심장했다. 두 사람은 탁자의 한쪽에 나란히 앉았다. 앉자마자 조금 후회했다. 부자연스러웠던 것이다. 바늘방석에 앉은 기분이었다. 그들의 팔꿈치가 빳빳하게 굳었다. 마치 상대방의 팔꿈치가 거기 닿기라도 할 것처럼 저어하는 모습이었다.

사람들은 아직 망설이는 중이었다. 가장 망설이는 사람은 닥터 왕이었다. 도대체 어디에 앉아야 하나? 닥터 왕은 한참을 고민했다. 샤오쿵은 그에게 화가 나 있었다. 진옌도 그에게 화가 나 있었다. 쉬타이라이 또한 그에게 화가 나 있었다. 어디에 앉아도 마땅치 않기는 매한가지였다. 샤오쿵의 화에 대해서는 사실 그리 걱정하지 않았다. 어쨌거나 한 가족이었다. 어떻게든 해볼 수 있다. 그러나 진옌과 쉬타이라이는 달랐다. 장담하기 어려운 일이었다. 이런저런 생각 끝에, 닥터 왕은 우선 샤오쿵의 마음을 풀어보기로 마음먹었다. 닥터 왕은 코끝을 몇 번 벌름대더니 마침내 샤오쿵 앞으로 다가가 그녀의 소맷자락을 잡아당겼다. 샤오쿵은 그를 상대하고 싶지 않은 듯 닥터 왕의 손을 뿌리쳤다. 순식간이었다. 매몰차기도 했다. 그녀는 그의 몸에 닿는 것조차 싫었다. 그렇게 나를 망신을 주다니! 평생 다시는 당신을 보지 않겠어! 닥터 왕의 눈이 정면을 '직시'하면서 샤오쿵의 손목을 꽉 잡았다. 손아귀에 힘을 줘서 샤오쿵의 팔을 옴짝달싹 못하게 만들었다. 샤오쿵은 버둥거리며 버텼다. 샤오쿵이 버티자 달리 뭘 어떻게 해볼 도리가 없었다. 닥터 왕이 샤오쿵의 귀에 대고 속삭였다. "우리 몇 사람이지?"

뜬금없는 질문이었다. 누구도 그 말에 주의를 기울이지 않았다. 닥터 왕이 자리에 모인 사람의 수를 헤아리는 줄 알았기 때문이다. 그러나 샤오쿵은 그 말을 알아들었다. 그 말은, 그녀가 침대에서 그에게 던졌던 질문이었다. 그때 닥터 왕의 대답은 '한 사람'이었다. 그런 뒤에 닥터 왕은 절정에 이르렀고, 그녀도 곧장 절정을 느꼈었다. 그것은 그들이 나눈 사랑 가운데 가장 특별한 사랑이었다. 샤오쿵 또한 평생 그 순간을 잊을 수 없을 것이다. 완강하던 샤오쿵의 팔이 갑자기 다소곳해졌다. 다리에서도 힘이 빠졌다. 사랑이란 정말 이상한 것이다. 스위치 같다. 딱 일 초였다. 불과 일 초 전만 해도 샤오쿵은 닥터 왕이라면 이를 갈았다. 일 초, 단 일 초가 지났을 뿐인데, 샤오쿵의 두 입술은 제 고집을 잃은 채 벌어졌다. 그녀는 더이상 이를 악물고 있지 않았다. 이번엔 반대로 샤오쿵이 닥터 왕의 손을 꼭 틀어쥐었다. 그녀는 손톱을 꼼지락거렸다. 그러나 마사지사의 손톱은 무척 짧다. 샤오쿵이 힘을 써봤자 별 소용이 없었다. 그녀는 하릴없이 제 손가락을 닥터 왕의 손가락 사이사이에 끼웠다. 닥터 왕은 샤오쿵의 손을 잡아끌며 계속 조심스럽게 상황을 살폈다. 결국 그와 샤오쿵은 진옌과 쉬타이라이 맞은편에 앉기로 했다. 그것은 풍부하고 적극적인 의미를 띤 최상의 공간 배치였다.

모두가 자리에 앉았지만 아무도 말이 없었다. 술자리는 썰렁했다. 장이광은 탁자 저쪽에 앉아서 술병을 들어 외부인처럼 혼자 술을 마시고 있었다. 평소와는 다른 모습이었다. 원래 그는 술냄새만 맡았다 하면 말이 많아졌다. 마사지센터의 모두가 아는 사실이었다. 그는 맥주와 같아서 뚜껑을 따면 곧 거품이 쏟아져나왔다. 장이광이라는 사람 자체가 맥주 거품이었다.

닥터 왕은 계속 생각중이었다. 그는 진옌이나 쉬타이라이에게 말을 걸고 싶었다. 그러나 술자리의 분위기가 좀처럼 따라주지 않았다. 음식 씹는 소리와 사기 그릇 부딪치는 소리만 규칙적으로 들릴 뿐, 누구도 목소리를 내지 않았다. 닥터 왕은 장이광을 떠올렸다. 장이광이 먼저 움직이면서 뭐라도 말해주기를 기다렸다. 일단 그가 입을 열면 말을 하는 사람이 늘어날 터다. 한 사람이라도 말하는 사람이 생기면, 닥터 왕 자신도 진옌이나 쉬타이라이에게 말을 붙여볼 수 있을 터인데. 물론 기회를 잘 잡아야 한다. 아주 자연스러워야 한다. 그렇지 않으면 관계가 아예 틀어질 수도 있었다.

그런데 장이광이 말을 하지 않았다. 장이광은 늘 주변인이었기 때문에 사람들은 그에게 크게 관심을 기울이지 않았다. 사실 그의 말수가 줄어든 지는 꽤 되었다. 그는 마음속에 하늘만이 아실 크나큰 비밀을 품고 있었다. 샤오마에 관한 비밀이었다. 장이광은 시터우팡에 가보았던 것이다. 샤오마가 도대체 왜 떠나갔는지, 지금 그가 어디에 있는지 알고 있는 사람은 온 마사지센터를 통틀어 그 하나였다. 장이광의 마음은 말 못할 번뇌로 가득했다. 그가 아니었다면 샤오마는 절대 떠나지 않았을 것이다. 그가 가엾은 샤오마를 망친 것이다. 시터우팡 같은 곳에 샤오마를 데려가지 말았어야 했다.

어떤 사람들은 절대 그런 곳에 가지 말아야 할 운명인 것이다. 샤오마, 형은 널 좀 놀게 해주고 싶었던 거다. 어쩌자고 사랑에 빠진 거냐? 너는 네 자신이 이띤 사람인 줄 몰랐단 말이냐? 넌 사랑만 하면 망가져버리는, 그런 사람시린 밀이다!

탁자 이쪽에서도 움직임이 없었고, 탁자 저쪽에서도 움직임이 없었다. 사푸밍과 장쫑치는 이상하리만치 말이 없었다. 이 고요함은 선의를 품고 신중하게 자제하고 있음을 의미했다. 그 순간 두 사람은 비할 바 없이 복잡한 감정을 느끼고 있었다. 마음 깊숙한 곳에 단단히 쌓인 기운이 출구를 찾지 못하고 방황하는 중이었다. 길을 찾기만 하면 순식간에 바람직한 방향으로 내달릴 것이다. 그러나 한마디 말이 잘못되면 더 나빠질 가능성도 있었다. 그래서 두 사람은 특별히 조심스러웠다. 상대방이 던지는 정보들을 최대한 헤아리면서 자기 의중은 내비치지 않으려 했다. 다행히도 두 사람 모두 무척 참을성이 있었다. 급할 게 뭐란 말인가? 두고 보자. 서서히 좋은 방법을 찾으면 될 일이다.

사푸밍이 맥주잔을 들어서 목을 축였다. 장쫑치도 맥주잔을 들어 마찬가지로 목을 축였다. 장쫑치는 사푸밍이 뭐라 한마디를 하리라 생각했다. 하지만 아니었다. 대신 사푸밍은 갑자기 자리에서 벌떡 일어났다. 다소 급하고 거친 움직임이었다. 그는 미안하다는 한마디 말을 남기고 혼자 어딘가로 향했다. 장쫑치는 고개를 돌리지 않았다. 귓가에 울리는 발소리가 화장실 쪽으로 이어졌다.

사푸밍은 토하기 위해 화장실로 갔다. 난데없이 구역질이 났던 것이다. '우웩' 소리와 함께 안에 있던 것이 쏟아져나왔다. 속이 좀 편해졌다. 사푸밍은 입을 크게 벌리고 깊은 숨을 한 번 들이마셨다. "왜 이러지?" 사푸밍은 혼잣말을 했다. "아직 많이 마시지도 않았는데."

그것이 다만 시작일 뿐이라는 사실을 그는 알지 못했다. 눈가로 번진 눈물을 채 닦기도 전에 두번째 구역질이 올라왔다. 계속 구역질이 이어져 사푸밍은 할 수 없이 허리를 굽혔다. 구역질은 점점 더 거세졌다. 한번 토해내면 다음번에는 그보다 더 심하게 올라왔다. 사푸밍 자신도 이상하게 느낄 정도였다. 병원 가는 길에 고기만두 두 개를 먹은 것을 제외하면, 하루종일 달리 먹은 것도 없었다. 어째서 이렇게 많은 것이 올라오는 거지? 그는 더이상 토하고 있지 않았다. 토하는 게 아니라 거의 쏟아내는 수준이었다.

이때 한 손님이 화장실로 들어왔다. 그는 일행들과 많이 마시고도 누가 더 오래 화장실에 가지 않는지 겨루다 결국 지고 말았다. 방광이 터질 것 같아 서둘러 화장실 입구에 들어섰는데, 채 물건을 꺼내놓기도 전에 눈앞의 광경에 넋을 잃고 말았다. 화장실에 한 사람이 허리를 굽힌 채 토하고 있는데 바닥이 온통 피였다. 피비린내가 물씬 났다. 담벼락까지도 피범벅이었다.

"이봐요, 어떻게 된 겁니까?"

사푸밍이 고개를 돌리고 싱긋 웃으며 말했다. "저요? 전 괜찮습니다만."

손님은 사푸밍의 손을 붙잡고 고개를 돌리더니 밖을 향해 큰 소리로 고함을 쳤다. "어이! 어이! 이봐요! 당신네 일행분이 큰일났소!"

사푸밍은 맘이 좀 상해서 말했다. "괜찮다니까요."

"어이! 어이! 이봐요! 당신네 사람이 큰일났다니까!"

가장 먼저 화장실 입구로 달려온 사람은 닥터 왕이었다. 닥터 왕은 손님의 손에서 사푸밍의 손을 건네받고 맥을 짚었다. 닥터 왕이 사푸밍의 맥을 짚자마자 손님은 밖으로 달려나갔다. 그는 더이상 참을 수 없어 깨끗한 곳을 찾아 시원하게 비웠다.

사푸밍이 말했다. "많이 안 마셨는데. 아직 별로 마시지도 않았는데."

닥터 왕은 화장실에서 무슨 일이 일어났는지 알지 못했다. 그러나 사푸밍의 맥박과 손 때문에 지극히 불길한 예감에 휩싸였다. 사푸밍의 손이 얼음처럼 차디차게 식고 있었다. 뭐라고 채 자세히 캐묻기도 전에, 사푸밍의 몸이 서서히 미끄러졌다. 짚단이 거꾸러지듯 쓰러진 것이다. "푸밍." 닥터 왕이 말했다. "푸밍!" 사푸밍은 닥터 왕의 부름에 대꾸조차 없었다. 이미 그의 귀에는 아무 소리도 들리지 않았다.

만찬은 시작도 해보기 전에 그렇게 끝이 났다. 마사지센터 사람들은 모두 자리에서 일어났다. 그들은 택시 네 대를 불러 나누어 타고 장쑤제일인민병원으로 달려갔다. 닥터 왕, 장쭝치와 사푸밍이 한 대를 탔고, 나머지 사람들은 나머지 세 대에 나누어 탔다. 한밤중이라서 대로는 완전히 텅 비어 있었다. 십여 분만에 닥터 왕은 사푸밍을 둘러업고 응급실로 뛰어들어갈 수 있었다. 사푸밍은 이미 완전히 혼절한 상태였다. 닥터 왕은 가쁜 숨을 헉헉 몰아쉬며 말했다. "의사 선생님, 어서요! 어서!"

마사지센터의 맹인들이 연이어 병원에 도착했다. 그들은 하나같이 가쁜 숨을 몰아쉬면서 응급실 입구를 막아선 채 응급실 안의 상황에 대해 뭐라도 듣기를 간절히 바랐다. 간호사는 사푸밍의 입가를 간단히 닦아냈다. 그의 몸이 온통 피투성이였다. 의사가 닥터 왕 앞으로 와서 물었다. "이유가 뭡니까? 어떤 증상은 없었나요?"

닥터 왕이 말했다. "무슨? 무슨 이유요?"

의사는 그가 앞을 볼 수 없다는 사실을 깨달았다. "선생님 친구분이 출혈이 심한데, 어떤 증상이 없었냐고요?"

닥터 왕이 말했다. "없었는데요."

의사가 물었다. "무슨 병력은 없고요?"

그에게 병력이 있던가? 닥터 왕은 의사 앞에서 그저 멍해졌다, 문득 경찰이 그에게 했던 말이 떠올랐다. 당신은 우리에게 사실을 밝힐 의무가 있소.

닥터 왕에게는 의무가 있었다. 그는 의사에게 사실을 말할 의무가 있었다. 그러나 닥터 왕은 아무것도 알지 못했다. 사푸밍이 그의 동문이자 친구이자 사장임에도 불구하고 그는 전혀 알지 못했다. 사푸밍이 어떤 '병력'을 가지고 있었나? 닥터 왕은 그저 바짝 긴장한 태도로 의사를 '바라보았다'. 의사와 서로 얼굴만 마주보았다.

"어서 말해주세요. 시간이 없어요. 중요한 문제입니다."

닥터 왕도 그 문제가 중요한 줄은 알았다. 그는 마음이 급해져 저도 모르게 문밖에 서 있는 그의 동료들 쪽으로 고개를 돌렸다. 그러나 아무도 입을 열지 않았다. 아무도 알지 못했다. 닥터 왕의 심장이 갑자기 서늘해졌다. 그늘 속의 우물물처럼 싸늘하게 식었다. 자기와 푸밍, 자기와 다른 사람들, 다른 사람들과 푸밍, 매일 함께 지내는 이 사람들이 서로 이렇게도 아득히 멀었다. 사실 그들 중 누구도 다른 누구에 대해 몰랐다.

할 수 있는 일이라고는 그저 서로의 얼굴을 마주보는 것뿐이었다. 그들은 서로 얼굴만 마주보았다. 사실은 서로에게 귀를 기울일 뿐이었다. 들을 수 있는 것이라고는 서로의 거친 숨소리뿐이었다.

응급실이 바빠지기 시작했다. 의료진이 끊임없이 드나들었다. 닥터 왕은 응급실에서 물러나왔다. 그들은 자발적으로 길을 열었다. 일부는 복도 왼쪽으로, 나머지는 복도 오른쪽으로 비켜섰다. 그들은 쥐죽은듯한 고요를 지키며 한마디도 하지 않았다. 꼼짝도 하지 않았다. 의료진의 발소리가 점점 더 급해졌다. 한 차례, 또 한 차례 몰려오고 몰려가는 소리가 들렸다. 그들은 응급실 출입구를 사이에 두고 들어갔다 나오고, 또 들어갔다 나오곤 했다. 닥터 왕 일행은 그저 침만 삼키고 있을 뿐이었다. 발소리가 상황의 심각성을 여과없이 전해주고 있었다.

모든 과정에서 닥터 왕은 오직 한마디만 들을 수 있었다. 의사의 한마디였다. "당장 수술실로 옮겨. 개복 생검이 필요해."

응급실 문이 활짝 열렸다. 사푸밍은 이동 침대에 누운 채 간호사 손에 밀려나왔다. 그들은 사푸밍을 수술실로 옮겨야만 했다. 맹인들은 의료용 침대를 따라 줄을 지어 엘리베이터 문 앞까지 갔다. 사푸밍은 엘리베이터로 옮겨졌다. 사푸밍의 침대가 완전히 옮겨지자 간호사들은 다른 사람들의 접근을 막았다. 가오웨이가 허겁지겁 의사 곁으로 달려가 수술실의 위치를 물으며 닥터 왕의 손을 끌어당겼다. 닥터 왕은 또 장쭝치의 손을 잡았다. 장쭝치는 또 진옌의 손을 잡았다. 진옌은 또 샤오쿵의 손을 잡았다. 샤오쿵은 또 쉬타이라이의 손을 잡았다. 쉬타이라이는 또 장이광의 손을 잡았다. 장이광은 또 두리의 손을 잡았다. 두리는 또 샤오탕의 손을 잡았다. 샤오탕은 또 진다제의 손을 잡았다. 그들은 그렇게 수술실 문 앞까지 갔다. 제각기 자리를 정하고 선 뒤에야 비로소 서로의 손을 놓고 양쪽으로 갈라섰다. 가운데 의료진이 다닐 길을 열어놓고서.

간호사 하나가 그 대열 한가운데 서서 물었다. "어느 분이 책임지실 거죠? 사인을 해주셔야 해요."

닥터 왕이 앞으로 한걸음 나서기가 무섭게 장쭝치가 그를 붙잡았다. 간호사는 장쭝치의 손에 수성펜을 들려주었다. 장쭝치는 곧 수성펜을 입으로 가져가서 끝을 물었다. 그렇게 수성펜 끝을 확인하고 이빨로 심지를 뽑았다. 심지 끝에 한 모금 숨을 불어대자 검은 잉크가 솟아나왔다. 장쭝치는 오른손 검지에 잉크를 묻히더니 엄지손가락에 대고 문질렀다. 골고루 잉크를 다 묻히고 나서 그는 엄지손가락을 간호사에게 내밀었다.

수술실 복도는 정말 고요했다. 닥터 왕은 평생 그와 같은 적막을 경험한 적이 없었다. 마치 거대한 무게에 '짓눌리기'라도 하는 것처럼, 모든 소리가 텅 빈 공간에 짓눌려 갇힌 것처럼 적막했다. 닥터 왕과 장쭝치, 그리고 다른 사람들은 그렇게 한 시간 오십삼 분 동안 '짓눌려 갇힌 채' 꼼짝도 하지 않았다. 그 적막한 기다림에 눈알이 튀어나올 지경이었다. 아무도 입을 열어 묻지 않았다. 물어서 돌아오는 대답은 좋은 소식이 아니라고, 그들은 굳게 믿었다. 맹인들은 어떤 순간에도 묻지 않는다. 다른 사람이 전해주는 것이어야 비로소 좋은 소식이다. 다른 사람이 전해주는 소식은 언제나 그들에게 의외의 기쁨을 안겨준다.

한 시간 오십삼 분이 지나고 의사가 수술실에서 나왔다. 모두가 의사를 에워쌌다. 의사가 말했다. "수술이 성공적입니다." 의사가 말했다. "저희가 할 수 있는 건 다 했습니다." 의사가 말했다. "하지만 결과에 대해서는 저희도 지금은 모릅니다." 의사가 마지막으로 말했다. "앞으로 칠십이 시간 동안 쭉 지켜봐야만 합니다."

"앞으로 칠십이 시간 동안 쭉 지켜봐야만 합니다." 이것은 가장 좋은 소식은 아니었다. 그러나 좋은 소식임에는 의심할 여지가 없었다. 적어도 아직까지 샤푸밍은 그래도 샤푸밍이었다. 그러나 닥터 왕의 마음은 복잡했다. 저 안에 누워 있는 저 사람, 매일같이 그들과 생활한 샤푸밍은 대체 누구란 말인가? 그의 병이 오늘 갑자기 생겨났을 리는 없다. 틀림없이 오랫동안 병을 앓았을 것이다. 그런데 아무도 몰랐다. 설마 그에게 병이 있으리라고 생각한 사람은 아무도 없었다. 그들 가운데 누구도, 그에 대해 아무것도 몰랐던 셈이다. 샤푸밍은 그들 곁에 나 있던 하나의 구멍이었다. 말을 할 줄 알고 숨을 쉴 줄 아는 구멍, 그 자신이 스스로 파내려간 구멍, 그저 아래로 아래로만 떨어져내리는 구멍. 아마도 그들 각자가 모두 구멍이리라. 그들은 제각기 바닥도 없이 어두컴컴하고 깊은 구멍 속에서 미친듯이 발버둥치며 고함을 지르고 있는 것이다. 거기까지 생각이 미치니, 닥터 왕 자신도 한없이 바닥으로 떨어지는 느낌이었다. 갑자기 견딜 수 없이 괴로웠다. 그 추락의 속도는 가히 치명적이었다. 모골이 송연했다. 닥터 왕의 온몸이 그대로 휘청였다. 울고 싶어졌다. 닥터 왕은 스스로에게 되뇌었다. 이럴 수는 없어. 이대로 구멍이 될 수는 없어. 그의 발뒤꿈치가 곁에 서 있던 샤오쿵에 닿았다. 닥터 왕은 샤오쿵을 붙잡았다. 물에 빠진 사람이 지푸라기를 잡는 심정으로. 바로 그 순간, 닥터 왕은 스스로의 연약함을 절감했다. 그는 샤오쿵을 품에 안고 어루만졌다. 샤오쿵의 어깨에 아래턱을 얹고 눈물을 흘렸다. 눈물과 함께 콧물도 흘러나왔다. 눈물과 콧물이 샤오쿵의 온몸을 적셨다. 닥터 왕은 두서없이 더듬댔다. "결혼, 하자. 하자, 결혼. 결혼하자, 결혼해." 그는 우는 목소리로 애원했다. "우리 꼭, 보란듯이, 번듯하게 식을 올리자."

닥터 왕이 안은 그 여인은 샤오쿵이 아니었다. 진옌이었다. 진옌도 그 사실을 알고 있었다. 그러나 그녀는 어쩌된 일인지 닥터 왕의 품에서 떨어지고 싶지 않았다. 진옌도 목을 놓아 울며 말했다. "타이라이, 여기 모두들 그 말 다 들었어…… 당신이 한 말이니 꼭 지켜야 해."

의사를 뒤따르던 간호사가 그 눈물겨운 장면을 목격했다. 그녀는 이 맹인들에게 벌써부터 크게 감동받은 터였다. 그녀의 곁에 서 있던 사람은 가오웨이였다. 고개를 돌린 간호사의 시선이 가오웨이의 시선과 마주쳤다. 가오웨이의 눈은 특징이 있었다. 작았고, 다른 맹인들의 눈과는 뭔가 달랐다. 간호사는 한참 동안이나 가오웨이의 눈동자를 들여다보았지만, 어쩐지 마음이 편치 않았다. 그녀는 손을 들어 자기 검지를 들어 보였다. 그리고 가오웨이의 눈앞에서 좌우로 흔들어 보였다. 가오웨이는 줄곧 간호사를 주시하고 있었다. 간호사가 무엇을 하는지 몰라 그저 고개를 갸우뚱 젖힌 채 마찬가지로 손을 들어 간호사의 손가락을 부여잡았다가 옆으로 치웠다. 가오웨이는 간호사와 마주한 채 두 눈을 꿈뻑였다. 한 번, 또 한 번, 두 눈을 꿈뻑였다.

간호사는 문득 그녀가 자신과 같은 눈으로 바라보고 있다는 사실을 깨달았다. 대상을 바라보는 분명한 시선. 지극히 일반적이고 어디서나 볼 수 있으며 일상적으로 부딪히는 그런 시선 말이다. 그 사실을 깨닫는 순간, 간호사의 몸이 그대로 얼어붙었다. 어딘가에 구멍이 뚫려버린 것 같았다. 무서워서, 넋이 나갈 것만 같았다.

옮긴이 **문현선**
이화여대 사학과와 중문과를 졸업하고, 동 대학원에서 석·박사 학위를 받았다. 옮긴 책으로 『다리 위 미친 여자』 『나, 제왕의 생애』 『시쥐의 겨울』 『마씨 집안 자녀 교육기』 『끝에서 두번째 여자친구』 등이 있으며, 지은 책으로 『무협』 『세임 소재로서의 동양신화』(공저) 『신화, 영화와 만나다』(공저)가 있다.

문학동네 세계문학
마사지사

초판인쇄 2015년 8월 12일 | 초판발행 2015년 8월 20일

지은이 비페이위 | 옮긴이 문현선 | 펴낸이 강병선
책임편집 박인숙 | 편집 이현정 이원주 김경미 류현영
디자인 김현우 이원경 | 저작권 한문숙 빅얘현 김시녕
마케팅 정민호 이미진 정진아 전효선 | 홍보 김희숙 김상만 한수진 이천희
제작 강신은 김동욱 임현식 | 제작처 한영문화사

펴낸곳 (주)문학동네
출판등록 1993년 10월 22일 제406-2003-000045호
주소 413-120 경기도 파주시 회동길 210
전자우편 editor@munhak.com | 대표전화 031) 955-8888 | 팩스 031) 955-8855
문의전화 031) 955-1927(마케팅) 031) 955-2699(편집)
문학동네카페 http://cafe.naver.com/mhdn | 트위터 @munhakdongne

ISBN 978-89-546-3686-5 03820

www.munhak.com